Dan Sugralinov

Einheit

May every new day
in your life
become a Level Up day!

Dan Sugralinov

DISGARDIUM Buch 12

Magic Dome Books

Einheit
Disgardium Buch 12
Originaltitel: Unity (Disgardium, Book 12)

Erschienen 2024 bei Magic Dome Books

ISBN: 978-80-7693-494-8

Die Personen und Handlung dieses Buches sind frei erfunden.
Jede Übereinstimmung mit realen Personen oder Vorkommnissen wäre zufällig.

Alles Bücher
von Dan Sugralinov:

Nächstes Level LitRPG-Serie:
Neustart
Held
Die letzte Prüfung
Level Up: Knockout (mit Max Lagno)

Disgardium LitRPG-Serie:
Gefahrenklasse A
Apostel der Schlafenden Götter
Die Vernichtende Seuche
Widerstand
Krieg der Götter
Der Pfad des Geistes
Die Dämonischen Spiele
Feind des Infernos
Ruhm für das Prinzenreich!
Drohende Gefahr
Im Abseits
Einheit

Inhaltsverzeichnis:

Vorwort des Autors

Während der Vorbereitung des nächsten Buchs der Reihe *Nächstes Level* im Jahr 2018 habe ich den Schwerpunkt auf *Die Prüfung* verlegt. Es beginnt dort, wo Phils Geschichte geendet hatte. Die Handlung würde ihn in das 22. Jahrhundert führen, sodass ich eine Welt der Zukunft erfinden musste. Um herausfinden, wie die Gesellschaft einen dystopischen Punkt erreichen könnte, habe ich Prognosen zu Bevölkerungszahlen, Wirtschaft, Gesundheit, Technologie und Weltraumforschung recherchiert.

Ich konzentrierte mich auf die Zeitspanne zwischen Phils Abreise im Jahr 2018 und seiner Ankunft im Jahr 2110. Phil findet sich in einer von mächtigen Unternehmen beherrschten Welt wieder, in der es nur noch einen einzigen Staat gibt. Die Bevölkerung ist auf zwanzig Milliarden angewachsen und die Ressourcen sind knapp. Um die Anzahl der Menschen zu reduzieren, sollen die „Überflüssigen" eliminiert werden.

Während ich tiefer in diese Welt eintauchte, habe

ich Alex Sheppard kreiert, einen 14-jährigen Schüler, der davon träumt, den Weltraum zu erforschen. Ursprünglich wollte ich ihn auf den Mars schicken, doch stattdessen habe ich ihn in eine durch volle Immersion erreichbare virtuelle Fantasiewelt eintreten lassen, um sich genug Geld für ein Studium zu verdienen. Den Weltraum und das Sonnensystem habe ich für Phil reserviert. Als langjähriger Fan von *World of Warcraft* war es eine erfrischende Abwechslung, über Magie, Orks und Elfen in *Disgardium* statt über den Realismus und den Alltag von *Nächstes Level* zu schreiben. Google hat keine Ergebnisse generiert, als ich den Namen des Spiels eingegeben habe, und die Welt und ihre Einwohner haben schnell Form angenommen.

Zu Beginn war Alex‘ Geschichte nur zehn Seiten lang. Die ersten acht haben die Sandbox in Tristad beschrieben und die letzten beiden sind kurz auf die Ereignisse der nächsten sieben Bücher eingegangen. Während die Reihe voranschritt, hat sich der ursprüngliche Plan weiterentwickelt. Ich wollte noch zwei weitere Bücher schreiben, Buch 8 und 9, die ich in einem Absatz umrissen habe: Die Abenteuer von Scyth im Inferno, wo er die Gestalt eines niederen Dämons annimmt und in Belials Legion Karriere macht. Am Ende kehrt er mit der Kohle des Höllenfeuers nach *Disgardium* zurück. Als ich den Absatz geschrieben habe, hatte ich natürlich keine Ahnung, welche Abenteuer Scyth in der Gestalt des Tieflings Hakkar im Inferno erleben würde.

Diese Details eröffneten sich, während ich *Die Dämonischen Spiele* geschrieben habe. Der Name Hakkar ist eine Anspielung auf den Vorfall mit dem Debuff *Verdorbenes Blut* in *World of Warcraft*.

Die Geschichte wurde länger und veränderte sich,

als Charaktere wie Tissa, Piper, Schwergewicht (Irita), Trixie, Crag und Big Po dazukamen. Einige Nebencharaktere überraschten mich. Zum Beispiel Schwergewicht, die von ihrer selbstlosen Liebe zu Alex motiviert zu sein schien. Andere, wie Big Po, wurden zu Lieblingen der Fans und tauchten regelmäßig in der Geschichte auf. Trotz der Änderungen blieb die Haupthandlung die gleiche: Scyth in der Sandbox in Tristad, als Botschafter der Vernichtenden Seuche, in der Lakharianischen Wüste, der Krieg der Götter, der Kampf um Tiamats Tempel, das Gottesurteil, die Dämonischen Spiele, das Inferno, der Kampf gegen die Vernichtende Seuche, die Gefrorene Schlucht und der Höhepunkt.

Ja, wir haben das Ende erreicht. Ursprünglich sollte Buch 12 das letzte sein, aber wegen seiner Länge habe ich es in drei Teile aufgeteilt. Der Verleger wird die englische Version in drei getrennten Büchern veröffentlichen und die Nummerierung fortsetzen, um keine Verwirrung zu stiften.

Wegen eines der Charaktere hat es ein paar Unklarheiten gegeben, die ich gern aufklären möchte. In der Originalversion heißt einer der Gründer von *Snowstorm* Mike Hagen. Er ist der Protagonist der Reihe *Nächstes Level: Knockout*, die Max Lagno und ich geschrieben haben. Ich habe den Namen absichtlich gewählt, da alle meine Geschichten im gleichen Universum spielen und *Disgardium* von Phil Panfilovs Freunden kreiert wurde. Doch wegen eines Missverständnisses bei der Übersetzung eines der ersten Bücher ist Mike Hagen zu Michael Anderson geworden. Um die Leser nicht zu verwirren, haben die Übersetzer ihn in den folgenden Büchern weiterhin Michael Anderson genannt.

Ich werde oft gefragt, welches Buch der

Disgardium-Reihe mir persönlich am besten gefällt. Was die Spannung und die Anzahl der Charaktere angeht, waren *Die Dämonischen Spiele* und die beiden folgenden Bücher *Feind des Infernos* und *Ruhm für das Prinzenreich!* am interessantesten zu schreiben. In Buch 7 sind die alten Charaktere und Orte langsam langweilig geworden und Scyth war zu cool — viel zu cool.

Ich habe die Reihe nach einem auf fünf Jahre ausgelegten Zeitplan geschrieben, und wir haben die Ziellinie erreicht. Ich bedanke mich bei allen, die Scyth und mich auf diesem Weg begleitet haben. Es war eine wunderbare Reise, die mir großen Spaß gemacht hat. Ich hoffe, euch ebenso.

Zusammenfassung der bisherigen Bücher:

DISGARDIUM 1: GEFAHRENKLASSE A

Planet Erde, 2074. Nach dem Dritten Weltkrieg wird der Planet von einer einzigen, weltweiten Regierung beherrscht: der UN.

Auf dem Planeten leben derzeit über 20 Milliarden Menschen. Mindestens ein Drittel davon sind Nicht-Bürger. Jene, die für die Gesellschaft als wertlos betrachtet werden und daher kein Recht darauf haben, in den Genuss der Annehmlichkeiten der Zivilisation zu kommen. Die Staatsbürgerschaft ist in Kategorien aufgeteilt: von der höchsten Klasse A, der die Elitebürger der Welt angehören, bis zur niedrigsten Klasse L, die für die unterste soziale Schicht der Gesellschaft reserviert ist.

Auf Empfehlung des UN-Bildungsministeriums müssen alle Teenager zwischen 14 und 16 Jahren täglich eine Stunde in dem Onlinespiel *Disgardium* verbringen. Man ist der Meinung, es sei ein wichtiger Teil ihrer Erziehung, um ihnen die nötigen sozialen Fähigkeiten zu vermitteln und sie auf das Leben als Erwachsene vorzubereiten.

Der Schüler Alex Sheppard wählt den Ingame-Nicknamen Scyth. Nachdem er beim Erstellen seines Charakters einen Fehler gemacht hat, der zu Problemen beim Leveln führt, verliert er schnell das Interesse am Spiel. Über ein Jahr lang verbringt er die obligatorische Stunde auf einer Bank gegenüber dem Gasthaus der Sandbox.

Seine Eltern wollen sich scheiden lassen, wodurch ihr Staatsbürgerschaftsstatus gesenkt werden wird. Es wird ihr Einkommen so stark beeinflussen, dass sie Alex' Ausbildung nicht mehr werden bezahlen können. Sein Traum, in einer Welt, in der die Kolonisation des Planeten Mars Realität geworden ist und die Umlaufbahn der Venus verschoben werden soll, ein Weltraum-Reiseführer zu werden, hat sich zerschlagen.

Ein halbes Jahr vor Schulende ist Alex gezwungen, ernsthaft *Disgardium* zu spielen, um sein Studium zu finanzieren.

Um die Ausgewogenheit des Spiels zu bewahren, hat das Unternehmen *Snowstorm Inc.*, die Entwickler des Spiels, sich das System der „Gefahren" einfallen lassen, um imba Spieler unschädlich zu machen. Alle Spieler, die vom Artefakt *Flamme der Wahrheit* als Gefahr identifiziert werden, können durch ein einfaches Ritual aus dem Spiel entfernt werden. Diejenigen, die die Gefahr eliminieren, erhalten eine Belohnung, die vom Potenzial der Gefahr abhängt. Die Belohnung derjenigen, die die Gefahren spielen, richtet sich hingegen nach ihrer aktuellen Gefahrenklasse, wobei „A" der höchste Status ist und „Z" der niedrigste. Sie müssen sich daher auf die Erhöhung ihrer Klasse konzentrieren und versuchen, so lange wie möglich unentdeckt zu überleben, während es für die „Beseitiger" oder „Verhinderer", wie sie sich lieber nennen, interessanter ist, eine Gefahr so früh wie möglich zu beseitigen, denn schwächere Gefahren bedeuten weniger Arbeit für die gleiche Belohnung.

Scyth wird zu einer Gefahr der Klasse A, nachdem mehrere unwahrscheinliche Ereignisse zusammentreffen. Er wird von einem NPC namens Patrick O'Grady mit einem Fluch belegt. Patrick ist der erste Mensch, dessen Bewusstsein digitalisiert und ins Spiel übertragen wurde. Ein weiterer NPC und Boss eines Dungeons wird tatsächlich von einem Nicht-Bürger namens Clayton gespielt. Vor seinem Absturz, durch den er seine Staatsbürgerschaft verloren hat, war Clayton ein Raumschiffpilot. Als er erkennt, dass Scyth nicht aufgibt und hartnäckig weiterkämpft, obwohl er immer wieder stirbt, ergibt er sich ihm und lässt sich von ihm töten.

Als Belohnung für den Sieg über den Endboss der Instanz, der seinen endgültigen Tod gestorben ist, erhält Scyth das *Mal der Vernichtenden Seuche*, durch das er allem Schaden standhalten kann, ohne zu sterben. Das *Mal* und Patricks Fluch ermöglichen es Scyth, das unerforschte Gebiet im Morast zu erreichen und den sterbenden Avatar des Schlafenden Gottes Behemoth zu finden, einem von fünf Alten Göttern.

Disgardium 2: Apostel der schlafenden Götter

Scyth freundet sich mit den Dementoren an, seinen Klassenkameraden Ed „Crawler" Rodriguez, Hung „Bomber" Lee, Melissa „Tissa" Schäfer und Malik „Infect" Abdulalim. Scyth hilft ihnen, eine Wette gegen

Big Po zu gewinnen, dem Anführer von Axiom, dem Spitzenclan in Tristads Sandbox. Gemeinsam mit seinen neuen Freunden gründet er seinen eigenen Clan: die Erwachten.

Die Erwachten gewinnen die jährlichen Spiele in der Junior-Arena, indem sie auf der verlassenen Insel Kharinza einen Tempel der Schlafenden Götter errichten. Dabei wird ihnen von Nicht-Bürgern aus Cali Bottom geholfen, die Scyth kennengelernt hat, nachdem er sich für den Bergarbeiter Manny einsetzt hatte. Unter ihnen befindet sich der Bauarbeiter Gyula. Sobald der Tempel fertiggestellt ist, beginnt Gyula mit dem Bau des Clan-Forts der Erwachten.

Der Sieg von Scyth und seinen Freunden in der Arena erregt die Aufmerksamkeit der Rekrutierer der Verhinderer-Allianz, die aus den zehn stärksten Clans in *Disgardium* besteht.

Nach ihrem Sieg in der Arena werden Scyth und die Mitglieder seines Clans von der Schule für acht Wochen aus *Disgardium* ausgeschlossen, sodass er die Quest des Nukleus der Vernichtenden Seuche nicht abschließen kann. In seiner Abwesenheit sucht die Vernichtende Seuche sich einen neuen Herold: Big Po. Als Scyth ins Spiel zurückkehrt, öffnet Big Po ein Portal, um der Vernichtenden Seuche zu ermöglichen, Tristad zu erobern. Zusammen mit seinen Freunden gelingt es Scyth jedoch, die Untoten zu bezwingen und die Gefahr Big Po zu eliminieren.

Der Krieger Crag alias Tobias Asser schlägt sich auf ihre Seite. Der glücklose ehemalige Ganker ist der Auserwählte von Nergal dem Leuchtenden geworden. Crags Status als Gefahr wird entdeckt, sodass Tobias gezwungen ist, sich sowohl im Spiel als auch IRL zu verstecken. Er bittet Scyth um Hilfe und wird in den Clan der Erwachten aufgenommen.

Disgardium 3: Die vernichtende Seuche

Scyth und Crag verlassen die Sandbox gemeinsam. Als sie in Darant einen Kontrollpunkt der Verhinderer passieren müssen, wird Crag als Gefahr identifiziert. Es gelingt Scyth, seinen Clankameraden aus dem Clan-Schloss von Modus zu retten, und die beiden teleportieren zur Insel Kharinza.

Aus Angst vor einer Verfolgung der Verhinderer in der realen Welt denken die Erwachten über einen Zufluchtsort nach. Manny und Gyula schlagen vor, drei Etagen eines neuen Wohnhauses in Cali Bottom zu kaufen, um sich dort zu verstecken.

Als Scyth den *Portalschlüssel* aktiviert, den er für das Eliminieren der Gefahr Big Po erhalten hat, findet er sich in der Schatzkammer des Ersten Magiers wieder. Dort verbündet er sich mit mehreren Wächtern der Schatzkammer: Flaygray dem Satyr, Nega dem Sukkubus, Ripta dem Raptor und Anf dem Insektoid. Mit ihrer Hilfe wehren Scyth, Crag, Crawler und Bomber zunächst einen Angriff des Lichs Shazz ab, einem Abgesandten der Vernichtenden Seuche. Am Ende werden sie jedoch besiegt, Behemoths Tempel wird zerstört und Scyth wird in einen Untoten verwandelt.

Der Lich Shazz führt ihn auf Holdest in eine Höhle, dem Versteck des Nukleus der Vernichtenden Seuche. Der Nukleus gibt Scyth eine Quest: Er soll in der Lakharianischen Wüste einen Stützpunkt der Vernichtenden Seuche errichten. Außerdem soll er die Kultisten der Todesgöttin Moraine finden und sie rekrutieren.

Der Nukleus macht seine Botschafter zu seinen

Marionetten, doch Behemoth, den Scyth mit sich genommen hat, schützt sein Bewusstsein. Der Gott bleibt in der Höhle des Nukleus zurück, um die Quelle der Macht der Vernichtenden Seuche zu untersuchen.

Mithilfe der Fähigkeiten, die der Nukleus ihm verliehen hat, verwandelt Scyth seine Clankameraden und einige seiner Freunde unter den Nicht-Bürgern in Untote.

Da Untote gegen Wetter-Debuffs immun sind, kann Scyth seinen Charakter in der Wüste schnell leveln. Dort erhält er die neue Fähigkeit *Seuchenzorn.* Mit ihrer Hilfe erreicht Scyth in der Lakharianischen Wüste eine Stätte der Macht, wo er mit dem Bau eines Tempels der Schlafenden Götter beginnen kann. Die Nicht-Bürger-Bauarbeiter helfen ihm, diesen Tempel zu errichten, der Tiamat gewidmet werden soll, eine der fünf Schlafenden Götter. Behemoth zufolge ist sie die Einzige, die Scyth von der Vernichtenden Seuche befreien kann.

Einen Tag, bevor der Tempel fertiggestellt ist, wird Scyth vom Bestiengott Apophis der Weißen Schlange gefangen. Damit hält Apophis sein Versprechen gegenüber Yemi, seinem Ersten Priester und Anführer des Dunklen Clans Yoruba. Sie versuchen, Scyth zu töten, indem sie ihm das Herz herausreißen, doch es ist umsonst. Stattdessen tötet Scyth sie alle. Nachdem Yemi respawnt ist, ruft er Scyth zu, dass er und sein Clan auf Scyths Seite kämpfen werden, sobald er ihnen Bescheid gibt.

Als Nergal der Leuchtende die Inkarnation der Schlafenden Göttin Tiamat durch Crags Augen entdeckt, ruft der Gott des Lichts zu einem Kreuzzug auf, um ihren Tempel zu zerstören. Er verspricht allen Kreuzrittern volle Immunität gegen die Hitze der Lakharianischen Wüste.

Einheit

Disgardium 4: Widerstand

Snowstorm, Inc. richtet sein jährliches Distival in Dubai aus, eine Art Comic-Con für die Fans von *Disgardium.* Alle Spieler können sie besuchen, doch für ein paar Auserwählte findet eine private Veranstaltung statt.

Als Gewinner der Junior-Arena haben die Erwachten eine Einladung zu dem Festival erhalten. Alex findet Kiran Jackson in seinem Hotelzimmer vor, einen Direktor von *Snowstorm, Inc.* Kiran versucht, Alex zu überzeugen, die Schlafenden Götter zu vergessen und die Storyline der neuen Fraktion der Untoten im Spiel zu verfolgen. Außerdem schlägt er vor, Moraines Kultisten in das Ereignis zu bringen, um es interessanter zu machen.

Laut Kiran sind *Disgardiums* Götter KIs, die von der Ressource *Glaube* abhängig sind. Je mehr Anhänger sie haben, desto mehr *Glaube* erhalten sie. Das führt zu einem Konkurrenzkampf unter den KIs. Die Schlafenden Götter sind besonders mächtige KIs, die in den Kern des Spiels geladen wurden. Sobald ihrer Wahrnehmung nach eine kritische Anzahl von Fehlern passieren, „erwachen" sie, laden die Welt neu und vernichten damit alles in ihr.

Beim Distival lernt Alex die 22-jährige Piper kennen, ein Mitglied des Junior-Teams von Modus. Sie bringt ihn zu dem 70-jährigen Sergei Polotsky, einem früheren Oligarchen. Sein Nickname im Spiel ist Petscheneg. Der alte Mann erzählt Alex seine Geschichte und behauptet, dass er Modus durch seine Geschäfte finanziert habe, Otto Hinterleaf, der jetzige Clan-Anführer, ihn jedoch später aus dem Clan geworfen habe. Polotsky informiert Alex, dass er unter

Beobachtung stehe, da Modus sicher sei, dass er die Klasse-A-Gefahr sei. Nun habe der Clan Angst, Alex abzuschrecken, und wolle nicht, dass die anderen Verhinderer von ihm erfahren.

Polotsky hatte fast alle seine Ersparnisse in Modus gesteckt, doch sein Clan Taipan kann dank einer Ader von *Verdorbenem Adamantium* überleben.

Während des Distivals erklärt Mogwai, der beste Spieler der Welt, dass er ins Spiel zurückkehren werde und mit seinem Freund Criterror einen Clan namens Elite gegründet habe.

Inzwischen benötigt Alex viel Geld. Ein Projekt seiner Eltern ist gescheitert, sodass sie eine Geldstrafe bezahlen müssen. Hairo Morales, ein Offizier des Sicherheitsdienstes des Clans Excommunicado, erpresst ihn und droht, die Identität der Gefahr bei den Erwachten zu enthüllen. Scyth muss eine Kapsel für Gyula kaufen, damit der Bauarbeiter den Stützpunkt der Vernichtenden Seuche errichten kann. Big Po vermutet, dass Scyth die Gefahr ist, und verlangt Geld und eine Einladung in den Clan der Erwachten.

Daher gibt Alex dem Journalisten Ian Mitchell, der sich ebenfalls in einer Zwangslage befindet, nach dem Distival ein Interview. Im Gegenzug erhält er eine große Summe Geld und willigt ein, mit Mitchell zusammenzuarbeiten.

Die Ocker-Hexe Elizabeth, Anführerin der Weißen Amazonen, rekrutiert Tissa, und Alex‘ Freundin zieht auf die private Insel des Clans.

Mithilfe der Belohnung für ein Achievement erhöht Alex sein Ansehen bei der Goblin-Liga und erhält Zugang zu Kinema, der Hauptstadt von Bakabba. Dort lässt er zwei wertvolle legendäre Rüstungsteile versteigern und erhält mehr als 10 Millionen Gold. Damit kann er sowohl das Problem seiner Eltern lösen als auch einen besonderen

Kupferbarren für 1 Million Gold von dem Erpresser Hairo Morales kaufen. Scyth hinterlässt ihm eine Nachricht, in der er Hairo vorschlägt, mit ihm zusammenzuarbeiten.

In Kinema besucht Scyth den Tempel von Fortuna, der Göttin des Glücks. Sie ist eine der Alten Götter, doch sie hat sich einen Platz unter den Neuen Göttern verschafft. Fortuna bittet Scyth, ihr zu helfen, ihren früheren Einfluss zurückzubekommen. Das bedeutet, dass sie *Kugeln des glücklichen Zufalls* benötigt — Kugeln, die das unverbrauchte Glück von Empfindungsfähigen enthalten. Nach deren Tod geht das Glück an den Neuen Gott, dessen Anhänger sie zu Lebzeiten waren, oder an die Dämonen des Infernos. Fortuna hält das für ungerecht. Von nun an sieht Scyth bei den Leichen besiegter Gegner *Kugeln des glücklichen Zufalls* und kann sie einsammeln.

In der Lakharianischen Wüste begegnet Scyth dem Verwüster Ervigot, sodass er seine *Widerstandsfähigkeit* und *Unbewaffneten Kampf* leveln kann.

Wie aus dem Nichts erscheint die Forscherin Kitty von den Jägern gefährlicher Wildtiere in der Wüste und verrät Scyth, dass er Moraines Kultisten in Shak auf Shad'Erung, dem Kontinent der Dunklen Völker, finden kann.

Scyth nimmt Kontakt mit den Kultisten auf und bittet sie um ein Treffen mit der Todesgöttin Moraine, eine der Alten Götter. Sie erkennt seine göttlichen Male und sagt, dass sie den Nukleus der Vernichtenden Seuche unter dem Namen Seelenernter kenne, der ebenfalls ein Alter Gott war. In alten Zeiten seien sie und Seelenernter gemeinsam in der Welt von *Disgardium* gewandelt, doch dann seien die Neuen Götter erschienen und sie hätten ihre Anhänger und damit ihre Macht verloren. Moraine verspricht Scyth die Hilfe ihre Anhänger und gibt ihm *Seelenernters Sensen*, eine göttliche Waffe, die levelt, indem sie die Seelen der von ihr getöteten Feinde verschlingt.

Nach seinem Treffen mit Moraine sucht Scyth den Yoruba-Clan auf, die Schlangenverehrer, deren Anführer Yemi Scyth versprochen hat, an seiner Seite zu kämpfen.

Um die Yoruba wirkungsvoller für seine Sabotagepläne einsetzen zu können, setzt Scyth alles daran, um sein Handwerk *Inschriftenkunde* zu leveln, bis er Schriftrollen seines Zaubers *Seuchenzorn* erstellen kann, die Zerstörung entfesseln.

Crag verlässt die Erwachten, ohne ihnen eine Erklärung dafür zu geben.

Scyth und seine Freunde benutzen den *Portalschlüssel* nach Holdest in der Erwartung, dass die dortigen Mobs auf einem höheren Level seien als die in der Lakharianischen Wüste. Sie müssen jedoch enttäuscht feststellen, dass die wenigen Mobs, die sie dort vorfinden, niedriglevelig sind. Darüber hinaus befindet sich die Stätte der Macht, an der sie einen neuen Tempel für die Schlafenden Götter errichten könnten, am weit entfernten Südpol. Scyths Drachin Sturm kann die lange Strecke nicht bewältigen, da sie durch einen Frost-Debuff Schaden erleidet, und zu Fuß würde es Wochen dauern, den Südpol zu erreichen. Daher beschließt Scyth, den *Portalschlüssel* bei nächster Gelegenheit im Goblin-Auktionshaus zu verkaufen.

Der Bauarbeiter Gyula kann den Stützpunkt der Vernichtenden Seuche gerade rechtzeitig zum Beginn des Ereignisses „Nergals Kreuzzug“ fertigstellen.

In einem Gespräch mit Scyth erwähnt Gyula eine Reihe merkwürdiger Todesfälle in Cali Bottom. Menschen sterben am Rock-Virus, das Schlaganfälle und Herzinfarkte verursacht. Viele Opfer hatten vorher ihre Arbeit als Bergarbeiter aufgegeben. Mannys Bruder Hank, den Scyth in der Gestalt des Dungeonbosses der Instanz „Stadtgefängnis von Tristad" kennengelernt hatte, ist wahnsinnig geworden und von *Snowstorm, Inc.* abgeholt worden.

Scyth gibt seine Quest, die Errichtung des Stützpunktes der Vernichtenden Seuche, ab und erhält neue Fähigkeiten. Nun kann er Spieler mit der Vernichtenden Seuche infizieren. Er nimmt Behemoth mit sich, der die ganze Zeit als Protoplasma im Versteck des Nukleus verbracht hat. Als der Schlafende Gott erkennt, dass sein Apostel sich zu stark von der Vernichtenden Seuche beeinflussen lässt, erteilt er ihm eine Lektion und entzieht ihm kurzzeitig den Schutz seines Bewusstseins. Alex verliert vorübergehend die Kontrolle über seinen Charakter, und die KI, die Scyth nun kontrolliert, wirft sein legendäres Rüstungsset ins Seuchenbecken. Der Nukleus gibt ihm den Auftrag, Moraines Kultisten in Untote zu verwandeln, um sie als Gefäße für die toten Botschafter der Vernichtenden Seuche zu benutzen. Es gab einst neun von ihnen, doch nun sind nur der Lich Shazz und der Spieler-Botschafter Scyth übrig.

Shazz' untote Armee reist durch ein Seuchenportal in die Lakharianische Wüste und erhöht ihre Stärke, indem sie hochlevelige Wüstenmobs farmt. Moraines Kultisten erscheinen ebenfalls in der Wüste, doch Scyth verwandelt sie nicht in Untote, sondern schickt sie nach Kharinza.

Während Hung auf Kharinza seine Fertigkeit *Angeln* levelt, begegnet er dem riesigen Kraken Orthokon. Als der Krieger ihn aus Angst mit seinem Fang füttert, erhöht sich sein Ansehen bei dem Bestiengott und er wird zur Gefahr.

Der Montosaurus kehrt auf die Insel zurück und hilft Scyth unwissentlich. Der Bestiengott verursacht hohen Schaden und ermöglicht Scyth, seine *Seuchenenergie* aufzufüllen und *Seuchenzorn*-Schriftrollen zu erstellen.

Auf Petschenegs Bitte hin besucht Scyth ihn in seinem Schloss. Der alte Mann stellt ihm Blackberry vor — eine Analytikerin und Offizierin von Modus, die für Polotsky arbeitet. Blackberry ruft einen Schlichter, um einen Handel zwischen ihr und Scyth zu registrieren. Sie gibt Scyth das Recht, ihre Gestalt zu benutzen, um die *Flamme der Wahrheit* zu täuschen. Petscheneg erzählt ihm von dem *Großen, tragbaren Altar* von Nergal dem Leuchtenden, den die Verhinderer mit sich führen, um ihn als Spawnpunkt zu benutzen.

Mehrere Tausend hochleveliger Spieler marschieren zur Lakharianischen Wüste und bewegen sich auf Tiamats Tempel zu. Das Bündnis der Verhinderer hat es eilig, vor der riesigen Menge gewöhnlicher Spieler dort einzutreffen. Sie wollen Nergals Quest als Erste abschließen.

Scyth greift den Altar an und zerstört ihn. Getarnt als Blackberry infiltriert er gleich danach das Hauptquartier der Verhinderer und tötet alle. Er trifft auf Crag, der jetzt mit Modus zusammenarbeitet. Scyth erfährt, dass der zerstörte Altar eine Fälschung war.

Yoruba lässt an den Tempeln von Nergal dem Leuchtenden während der Massensegnungen eine Reihe von Zauberschriftrollen detonieren. Die Hohepriester überleben und bitten ihren Gott, sie gegen *Seuchenzorn* zu schützen.

Nergal erhört ihre Bitten und gewährt allen, die seinem Ruf gefolgt sind, seinen göttlichen Schutz.

Disgardium 5: Krieg der Götter

Excommunicados Sicherheitsoffizier Hairo Morales und sein Partner Willy Brizuela, Männer aus einer niedrigen Gesellschaftsschicht und ehemalige Friedenssoldaten, akzeptieren Alex' Angebot und schließen sich den Erwachten an — nicht nur wegen der finanziellen Vorteile, sondern auch weil sie darauf vertrauen, dass er das Leben der Nicht-Bürger verbessern kann.

Die Armee des Lichts marschieren in die Lakharianische Wüste ein. Legionen von Untoten mit Shazz als Anführer stellen sich ihr entgegen. Scyth greift in den Kampf ein und übernimmt die Kontrolle über Hinterleaf, den Anführer des Clans Modus, um ein *Armageddon* zum *Großen, tragbaren Altar* umzuleiten. Bei der Explosion sterben die von der Goblin-Liga zur Verfügung gestellten Schlepper. Gegen Deznafar, den von Shazz wiedererweckten Kampfgefährten der Fortgegangenen, haben die Spieler keine Chance.

Die Explosion von *Armageddon* weckt Oyama, den Obersten Großmeister des Unbewaffneten Kampfes, aus seinem meditativen Schlaf. Er beendet den Kampf mit einer Serie von Fernbewegungen, die die letzten Verhinderer und die übrigen Mitglieder der untoten Armee auseinanderjagen. Der Großmeister wird durch *Reflexion* verwundet und Scyth hilft ihm. Er bittet den alten Mann, ihm neue Techniken beizubringen, doch Oyama sagt, dass er nicht mit Untoten zusammenarbeitet. Trotzdem erwähnt er beim Abschied, dass er sich im Dorf Jiri im südlichen Latteria ausruhen wird.

Shazz erholt sich und kehrt zum Stützpunkt der Vernichtenden Seuche zurück, um seine gefallene

Armee neu aufzustellen. Er verspricht Scyth, dass sie stärker sein wird als die letzte.

Alex‘ Eltern fliegen zu einem luxuriösen Resort auf dem Mond, um ihre Beziehung zu retten. Am gleichen Tag mieten die Erwachten ein neues Gebäude in Cali Bottom und beginnen, dort ihre Clan-Basis einzurichten.

Moraines Kultisten und ein Stamm von ausgestoßenen Kobolden werden Anhänger der Schlafenden Götter. Scyth ernennt den Kobold-Häuptling Grog'hyr, den alten Kobold-Schamanen Ryg'har sowie die beiden Anführer der Kultisten, den Troll Dekotra und den Halb-Ork Ranakotz, zu Priestern der Schläfer. Dadurch erhalten sie die *Einheit*-Boni aller Anhänger.

Scyth und Patrick O'Grady teleportieren zur Goblin-Hauptstadt Kinema, um Baumaterialien für das Clan-Fort zu besorgen und den *Portalschlüssel* zum unerforschten, eisigen Kontinent Holdest zu verkaufen. Der Auktionator Grokuszuid verspricht ihm, die reichsten Käufer von *Disgardium* einschließlich der gebannten Verhinderer zur Auktion einzuladen.

Von dort aus machen Scyth und Patrick sich auf den Weg zur Steinrippe, um die Troggs zu finden, die in Darants Abwasserkanälen gelebt haben, doch von dort entkommen sind. Sie haben vor, sie zu Anhängern der Schläfer zu machen. In der Nähe der Stadt Nivelle werden die beiden jedoch Zeuge der Öffnung einer Nether-Spalte und der Begegnung zwischen dem Verwüster Harnathea und Nergals Priestern und Spielern.

Scyth schickt Patrick allein zur Steinrippe, während er zurückbleibt, um das Verbannen des Verwüsters zu beobachten. Der Hohepriester beschwört Nergal den Leuchtenden und bittet ihn um

Hilfe. Als die Gottheit erscheint, lenkt sie die Aufmerksamkeit auf Scyth. Beim Angriff des Hohepriesters fällt Scyth von seiner Drachin und landet neben dem Verwüster. Als die Bestie flieht, klammert Scyth sich an ihr fest und wird von ihr in die Betaversion von *Disgardium* gebracht, die auch als Nether bekannt ist.

Im Nether vergeht die Zeit fünfhundertmal schneller als im realen Leben. Scyth wird von Neun, Beta Nr. 9, gefangen, einer der ersten 100 Betatester im Spiel, deren Bewusstsein im virtuellen Raum feststeckt.

Neun ist eine Sammlermagierin. Monat für Monat tötet sie Scyth immer wieder, um ihm nützliche Fertigkeiten zu entziehen. Scyth kann die Betaversion nicht verlassen, weil seine Taste „Spiel verlassen" verschwunden ist.

Eines Tages öffnet Neun sich und verrät ihm ihren realen Namen: June Curtis. Scyth verbringt eine Nacht mit ihr, doch am nächsten Morgen tötet sie ihn erneut und spricht nicht mehr mit ihm.

Einige Tage später — oder ein Jahr für Scyth — retten Alex' Freunde ihn aus seiner Kapsel, indem sie die Taste für den Notausstieg betätigen. Die Nährstoffkapseln sind leer. Im Nether hatte Alex' Gehirn mit rasender Geschwindigkeit gearbeitet. Hairo berichtet ihnen von einer ähnlichen Technologie, die vom Militär benutzt wurde, um Soldaten mithilfe von Simulationen schnell auszubilden. Sie vermuten, dass *Snowstorm, Inc.* sie für den Betatest der Welt von *Disgardium* eingesetzt hat.

Alex hat für den gleichen Abend eine Party geplant und will sich von dem albtraumhaften Jahr im Nether erholen. Hungs Freundin Alison Wu und Piper Dandera, die Alex mit Sergei „Petscheneg" Polotsky bekannt gemacht hat, sind eingeladen. Die beiden sind

Mitglieder der Jugendabteilung von Modus. Rita „Schwergewicht" Wood und ihre Freundin Karina „Gänsehaut" Rasmussen kommen ebenfalls. Karina ist seit Langem an Alex interessiert. Von ihr erfährt er, dass Wesley Cho alias Big Po sich mit ihm treffen will.

Tissa, die an diesem Wochenende ihren Vater besucht, erscheint ebenfalls mit ihrem neuen Freund Liam, Mogwais Freund und Elizabeths Neffe. Es sieht aus, als ob Tissa sich endgültig von Alex getrennt hat. Liam beleidigt Alex und verlangt von ihm, sich von Tissa fernzuhalten. Sie und Karina geraten wegen Alex in einen Streit. Am Ende verbringt Alex die Nacht mit Karina.

Am folgenden Morgen ruft Alex den Direktor von *Snowstorm, Inc.* Kiran Jackson an, um ihn zu fragen, wie er seinen Charakter aus dem Nether herausholen kann. Jackson lacht ihn aus und streitet ab, dass die Betaversion existiert. Als Alex in Betracht zieht, mit seinem Wissen an die Öffentlichkeit zu gehen, wird Kiran wütend und droht damit, ihm sein Ingame-Geld wegzunehmen. Außerdem verlangt er, dass Alex sein Versprechen hält und das Skript der Vernichtenden Seuche startet, Tiamats Tempel nicht länger verteidigt und seinen Charakter löscht. Nur dann ist Jackson bereit, seine eigenen Versprechen zu erfüllen.

Alex gibt seinem Haushaltsroboter O den Befehl, allen Menschen mit dem Namen June Curtis eine Nachricht zu schicken, denn er will die Frau finden, deren Bewusstsein sich zu Neun entwickelt hat, um die Wahrheit über den Betatest von *Disgardium* zu erfahren.

Als er in den Nether zurückkehrt, erkennt Alex, dass sein Charakter dort mit Scyths' Bewusstsein weitergelebt hat. Mithilfe des Buffs eines *Explosiven Lollis* gelingt es Scyth, aus Neuns Schloss nach Kharinza zu entkommen. Den ersten Mob, den er tötet, droppt eine *Schwelende Nether-Scherbe* und er benötigt 1 Million Scherben, um für Scyth eine *Spalte* zurück zur normalen Version von *Dis* zu öffnen. In den nächsten acht Monaten levelt Scyth und farmt Scherben im Nether, bis endlich wieder der Notausstieg aktiviert wird.

Alex sieht in den Nachrichten, dass Mogwai und Criterror von den Eliten sowie der Solo-Abenteurer Dek Tiamats Tempel fast zerstört haben. Zur gleichen Zeit beginnt der Kampf zwischen der Armee des Lichts und den Untoten. Alex bleiben nur wenige Minuten realer Zeit, um aus der Betaversion zu entkommen und nicht nur den Tempel, sondern auch die Wächter Flaygray, Nega, Anf und Ripta zu retten, die nun unter der Kontrolle des Lichs Shazz stehen.

Im Nether hat Scyth Level 100.000 und alle zehn Ränge von Widerstandsfähigkeit erreicht und kann fast die erforderliche Anzahl von Scherben sammeln, bevor er von Drei aufgespürt wird, ein weiterer Betatester und Neuns Freund. Scyth überzeugt ihn davon, dass er ihm bei der Flucht aus dem Nether helfen und eine *Spalte* von *Dis* zum Nether öffnen wird, durch die die gefangenen Betatester in die normale Version von *Dis* gelangen könnten. Drei gibt Scyth die fehlenden Scherben und lässt ihn gehen. Beim Abschied verrät er ihm seinen Namen: Dennis Kaverin, der von seinen Freunden Dek genannt wird. Wegen eines Synchronisierungsfehlers kehrt Alex‘ Charakter mit der gleichen Statistik zurück, die er hatte, als er in den Nether gezogen wurde.

Scyth erreicht die Hauptwelt von *Disgardium* gerade noch rechtzeitig. Tiamats Tempel hat nur noch wenig Haltbarkeit übrig. Mogwai, Criterror und Dek haben Hilfe von zwei Magierinnen der Eliten bekommen: Laneiran und Biancanova. Scyth erledigt alle außer Mogwai und verwandelt Criterror, Laneiran und Biancanova in Untote. Nachdem der Kampf beendet ist, erhält er eine Systemmeldung, dass die drei Charaktere zur Fraktion der Vernichtenden Seuche gewechselt sind.

Scyth fliegt zum Schlachtfeld, um die Wächter zu retten. Inzwischen ist der Kampf fast beendet. Deznafar ist besiegt und der Lich Shazz ist fast am Ende. Durch das Erscheinen des zweiten Botschafters am gleichen Ort verliert er seine *Unsterblichkeit* und stirbt, doch sein Tod verbreitet *Seuchenstaub* über dem Schlachtfeld, der alle überlebenden Spieler tötet und sie in Untote verwandelt. Jedem von ihnen wird angeboten, auf die Seite der Vernichtende Seuche zu wechseln.

Nachdem Scyth die Loot eingesammelt und seine geretteten Wächter zu Tiamats Tempel geschickt hat, prüft er seine erhaltenen Achievements. Er wird zum Obersten Botschafter und erhält 40 % von Shazz‘ Erfahrung. Darüber hinaus verdient er die Fähigkeit *Ruf des Obersten Botschafters*, mit der er Schergen und Unter-Botschafter zu sich rufen kann.

Scyth setzt die Rolle *Vom gleichen Blut* ein, die er im Kampf gegen den Verwüster Ervigot erhalten hat, um das Level seiner Tierbegleiter dem Sumpfstecher Iggy, dem Diamantwurm Crash und der Drachin Sturm auf sein eigenes Level 564 zu erhöhen.

Für die Achievements Level 400 und Level 500 wird Scyth mit den Fertigkeiten *Seelenfesseln* und *Fliegen* belohnt, doch bei dem Achievement Allererstes Level 500 kann er die Veröffentlichung seines Namens durch *Hoch lebe der Held!* nicht ablehnen. Nun ist Scyths Name und sein Status als Klasse-A-Gefahr in der ganzen Welt bekannt.

Scyth loggt sich sofort aus dem Spiel aus und einen Moment später klingelt Hairo Morales an der Tür. Da jetzt jeder weiß, dass Alex die Gefahr ist, ist er nicht mehr sicher. Der Sicherheitsoffizier bringt ihn und die anderen Erwachten Malik, Hung und Ed zu einem geheimen Bunker.

Am nächsten Tag fliegen sie zur Schule, um einen Antrag auf Fernunterricht zu stellen. Beim Abschied erinnert der Klassenlehrer Greg Kovacs Alex daran, wie wichtig es für ihn ist, sich auf den bevorstehenden Staatsbürgerschaftstest vorzubereiten.

Alex bittet Karina Rasmussen, kein Wort über ihre Beziehung verlauten zu lassen, um sie nicht in Gefahr zu bringen. Laut Hairo ist Alex' Kopf nun der wertvollste Preis auf dem Planeten.

Hairo und Willy bringen die Erwachten nach Alaska und holen unterwegs Yoshihiru Uematsu (Experte für Netzwerke, Verschlüsselung, KIs und digitale Abwehr), Sergei Yuferov (Meister der Festungs- und Abwehranlagen) und die beiden Leibwächter Maria Saar und Roj van Garderen ab.

Die Erwachten trennen sich und werden an zwei verschiedene Orte gebracht. Alex und Hung, die beiden Gefahren, benutzen die Kapseln in der Basis in Alaska, während Malik, Ed und seine jüngere Schwester Pollyanna mit Willy zu einem anderen Versteck fliegen.

Alex gibt Ian Mitchell ein exklusives Interview, ohne seine Identität zu verbergen. Das *Disgardium*-Tageblatt bezahlt ihm 3 Millionen Dunkle Phönix dafür.

Alex beschließt, seinen Charakter zu löschen, sobald er den *Portalschlüssel* nach Holdest verkauft hat, damit er nicht länger gejagt wird. Er hat Angst um seine Eltern, die Urlaub auf dem Mond machen, um seine Freunde und deren Familien.

In Kinema nimmt Scyth an der geschlossenen Auktion teil. Der *Portalschlüssel* wird für 100 Millionen Gold an einen unbekannten Käufer verkauft. Sobald die Auktion beendet ist, lässt jemand im Auktionshaus die Zeit stillstehen und teleportiert Scyth in den Keller eines unbekannten Schlosses. Alex versucht alles, um zu entkommen, doch er muss erkennen, dass er es allein nicht schafft. Er ist mit magischen Fesseln gefesselt und ein Energiefeld blockiert seine Fähigkeiten.

Scyths Gefangenschaft ist das Werk von Eileen, Anführerin des Dunklen Clans der Witwenmacher, eines Mitglieds des Bündnisses der Verhinderer. Die Witwenmacher sind die Marionetten der Kinder von Kratos und werden von den Kategorie-A-Bürgern Joshua und Vivian Gallagher finanziert. Sie erledigen Einsätze, die, falls die Kinder von Kratos sie selbst ausführen würden, dem Ansehen der Gallaghers schaden könnten.

Eileen hält eine Pressekonferenz ab, bei der sie enthüllt, dass die Klasse-A-Gefahr entführt worden ist.

Alex hat einen Albtraum, in dem er entführt wird, seine Freunde umgebracht worden sind und er gezwungen wird, sich zu ergeben, um das Leben seiner Eltern zu retten. In dem Traum begibt er sich an einen bestimmten Ort: die Gefrorene Schlucht in den Flussgebieten der Gnolle. In dem Moment, als unbekannte Leute das Ritual zur Verbannung der Gefahr an ihm ausführen, wacht Alex auf.

Der Erste Priester Yemi vom Clan Yoruba bittet Apophis die Weiße Schlange, Scyth zu retten. Apophis erscheint in dem unbekannten Schloss und befreit Scyth. Daraufhin beschwört Scyth die Wächter und Sharkon, den Unterirdischen Schrecken. Zusammen erobern sie das Schloss und verkaufen es an die Goblin-Liga, die von der Warenschätzerin Kusalarix, eines Mitglieds der Grünen Liga, repräsentiert wird. Diese Organisation kontrolliert nicht nur die Kämpfe und Wette in der Arena, sondern auch *Disgardiums* kriminelle Welt.

Hairo fliegt nach Cali Bottom, um die Mitglieder der Erwachten unter den Nicht-Bürgern mentale Geheimhaltungsvereinbarungen unterzeichnen zu lassen. Er informiert Scyth, dass drei von Gyulas Bauarbeitern gestorben sind. Alle drei waren untot. Einige andere befinden sich in kritischem Zustand, sodass Hairo sie auf Kosten des Clans in ein Krankenhaus bringt.

Alex setzt sich erneut mit Kiran Jackson in Verbindung. Jackson beschuldigt Alex, seinen Verpflichtungen nicht nachgekommen zu sein, weil Scyth Moraines Kultisten nicht in Untote verwandelt hat. Kiran verlangt abermals, dass Alex seinen Charakter löschen soll, doch er gibt ihm keine Garantien. Ihre frühere Vereinbarung ist nicht länger gültig.

Alex beschließt, gegen die Vernichtende Seuche und *Snowstorm, Inc.* zu kämpfen. Er vermutet, dass das Unternehmen die Schuld am Tod der Nicht-Bürger trägt, die zu Untoten verwandelt worden waren. Darüber hinaus zeichnet er eine Videonachricht auf, in der er warnt, dass alle Clans, die an der Belagerung von Tiamats Tempel teilnehmen, ihre Schlösser verlieren werden. Ian Mitchell teilt die Aufzeichnung online, doch die Verhinderer nehmen die Warnung nicht ernst. Die Witwenmacher werden aus dem Bündnis geworfen.

Movarak, Häuptling der Troggs, erzählt Scyth, dass sein Stamm Darant wegen des boshaften, schauerlichen, schreckenerregenden Knock-Knocks verlassen musste.

Moraine, die Alte Göttin des Todes, ruft Scyth zu sich. Sie ist etwas verärgert, dass er sie nicht um Erlaubnis gebeten hat, bevor er die Mitglieder ihres Kults zu Anhängern der Schläfer gemacht hat. Dann erscheint die Vernichtende Seuche hinter der Barriere und zieht Scyth zum Nukleus.

Im Versteck des Nukleus findet Scyth acht neue Botschafter vor. Außer Biancanova und Laneiran, die Scyth selbst zu Untoten verwandelt hat, waren alle vom *Seuchenstaub* getroffen worden, der sich nach Shazz‘ Tod verbreitet hat, und haben ihr Volk gewechselt. Der Nukleus hat erkannt, dass es sich um die stärksten unter den verwandelten Ich-Bewussten handelt, und hat sie zu Botschaftern ernannt. Er entzieht Scyth den Rang des Obersten Botschafters und verleiht ihn Mogwai.

Scyth erkennt, dass seine Zeit bei der Vernichtenden Seuche zu Ende ist. Er springt in das Seuchenbecken, in das sein vom Nukleus gesteuerter Charakter das Set *Kaltblütiger Bestrafer* geworfen hatte, und holt sich seine verlorene Rüstung zurück.

Nachdem Scyth das Versteck des Nukleus verlassen hat, findet er sich am Stützpunkt der Vernichtende Seuche in der Lakharianischen Wüste wieder, wo die Botschafter von den Eliten bereits auf ihn warten. Sie greifen ihn an, doch es stellt sich heraus, dass die Untoten sich nicht gegenseitig töten können. Mogwai demonstriert, dass er Scyth mit der Fähigkeit Ruf des Obersten Botschafters von und an jeden Ort seiner Wahl beordern und ihn so als Gefahr eliminieren kann. Scyths Tierbegleiter sind jedoch am Leben, und mit ihrer Hilfe erledigt er die Botschafter drei Mal hintereinander.

Nach seinem dritten Tod an einem Tag ist Mogwai für zwölf Stunden neutralisiert. In der Zeit will Scyth die größten Vorteile aus *Unsterblichkeit der Vernichtenden Seuche* ziehen und wieder ein Mensch werden.

Zur gleichen Zeit erfährt Patrick O’Grady, Ehrenbürger von Tristad, Veteran der Schwarmkriege und unverbesserlicher Trunkenbold, mit Behemoths

Hilfe, dass die Erinnerungen seines Lebens in *Dis* falsch sind. Er findet heraus, wer er wirklich ist: Ein Mensch und Veteran des Dritten Weltkriegs, der wegen Massentotschlags zum Tod verurteilt worden war und sich bereiterklärt hatte, an einem Experiment von *Snowstorm* teilzunehmen, in dem sein Bewusstsein in die virtuelle Welt übertragen wurde.

Rita Wood verlässt die Sandbox und wählt den neuen Nicknamen Irita. Scyth schickt ihr einige nicht identifizierte Artefakte und Geld, um sie identifizieren zu lassen. Irita erweist sich seines Vertrauens würdig und Scyth nimmt sie in den Clan auf. Irita ist eine professionelle Händlerin, die von nun an für alle Handelsaktivitäten des Clans verantwortlich ist.

Scyth hat die Idee, Terrastera zu erreichen, wo Yemi schon einmal war, doch dazu muss er Apophis die Weiße Schlange überzeugen, ihn dorthin zu bringen. Yemi verspricht, ihm zu helfen, doch er äußert seinen Unmut, weil Scyth seinen Status als Oberster Botschafter verloren hat. Untot zu sein ist nicht länger ein Privileg. Zudem hat Yoruba überall sein Ansehen verloren, weil der Clan sich mit der Gefahr verbündet hat.

Scyth legt seine Karten auf den Tisch. Er erzählt Yemi von den Schlafenden Göttern und demonstriert die Vorteile von *Einheit*. Yemi und seine Offiziere Francesca und Babangida werden Priester der Schlafenden Götter, und der Schamane verspricht, die Orks des Clans der Zerbrochenen Axt zu bekehren, die ihn verehren.

Auf Holdest verdienen die Erwachten sich zwei Erste Kills und zähmen danach den Montosaurus, der seine göttliche Natur verliert und Scyths Kampfgefährte wird.

Der von Yemi beschworene Apophis lehnt Scyths Vorschlag zunächst kategorisch ab. Dann ruft Scyth den Montosaurus zu sich. Das Uralte Reptil ist der Beweis, dass er fähig wäre, der Weißen Schlange entgegenzutreten. Apophis beschließt, es nicht darauf ankommen zu lassen, und gibt Scyths Bitte nach.

Sobald er auf Terrastera angekommen ist, testet Scyth das Artefakt *Isis' Segen*, das einen Tag lang im Umkreis von 50 Metern für perfektes Wetter sorgt. Nachdem er sich vergewissert hat, dass seine lebenden Freunde auf dem giftigen Kontinent nicht durch den Debuff des sauren Regens sterben werden und gefahrlos leveln können, teleportiert er die Erwachten und die drei Priester der Yoruba nach Terrastera.

Danach gibt er die Quest des Baus eines zweiten Tempels bei Tiamat ab und erhält zwei neue göttliche Fähigkeiten: *Schlafende Gerechtigkeit* und *Hilfe der Schläfer.*

Der Ork Sarronos, Häuptling der Zerbrochenen Axt, brennt darauf, Tiamats Tempel zu verteidigen, genauso wie Moraines Kultisten und die Troggs, die die Zähmung des Montosaurus stark beeindruckt hat. Die Goblinfrau Kusalarix entspricht Scyths Bitte, mehrere Tausend Ich-Bewusste zu Tiamats Tempel zu transportieren. Sie gibt ihm eine Portal-Markierung und zwei Münzen, die einstündige Portale öffnen. Scyth ernennt Kusalarix zu einer Priesterin der Schlafenden Götter. Im Gegenzug wird die Goblinfrau 1.000 ihrer besten Söldner und Arena-Gladiatoren schicken, um den Tempel zu schützen und den Erwachten beim Bau eines Schlosses auf Kharinza zu helfen.

Das Farmen auf Terrastera übertrifft alle Erwartungen. Yemi, Babangida, Francesca, Crawler, Infect und Bomber erreichen Level 460. Gyula schafft es auf Level 400 und Irita und Patrick steigen auf Level 300 auf. Darüber hinaus gelingt ihnen ein *Erster Kill*, für den sie ein *Dalezma-Ei* erhalten. Scyth gibt Infect das Ei, der es an der Stätte der Macht levelt.

Als Nega Scyth informiert, dass die Armee des Lichts ihren Angriff beginnt, teleportieren die Erwachten zum Tempel zurück.

Tiamat hat eine Oase um den Tempel herum geschaffen, die es den Lebenden ermöglicht, ohne Nergals Segen in der Wüste zu überleben. Sie entfernt den untoten Fluch von Scyth und seinen Freunden sowie den Wächtern und allen Arbeitern. Außerdem lässt sie den untoten Unterirdischen Schrecken Sharkon und den untoten Wolf Crusher aus dem Düsterwald zum Leben zurückkehren. Das Schicksal dieser Kreaturen ist untrennbar mit Scyth verbunden und sie werden seine Kampf-Tiergefährten.

Die Orks der Zerbrochenen Axt, die Troggs und Moraines Kultisten teleportieren zum Tempel, um ihn zu schützen. Ihnen folgen die Söldner und die Arena-Gladiatoren der Grünen Liga.

Neben 100.000 Spielern wird der Tempel außerdem von König Bastians Soldaten und Imperator Kragoshs Legionen, den Hohepriestern von Nergal und Marduk sowie den unsterblichen Aspekten des Lichts und Kolossen der Dunkelheit angegriffen.

Scyth erleidet große Verluste, doch es gelingt ihm, den Tempel zu halten. Die Wächter, die Orks, die Troggs und Patrick sterben für immer.

Gyula berichtet Scyth, dass einer der Arbeiter versucht hat, ihn zu kontaktieren. Während des Kampfes konnte er nicht antworten und nun ist der Kontakt nach Kharinza abgebrochen. Als Scyth zum Fort teleportiert, findet er es zerstört vor. Behemoths Tempel ist von der Vernichtenden Seuche übernommen worden und die Kobolde und Nicht-Bürger sind zu Untoten verwandelt worden. Scyth trifft auf Mogwai, der sicher ist, den ehemaligen Botschafter nun töten und die Gefahr eliminieren zu können.

Kurz darauf wird der Notausstieg seiner Kapsel

von einem unbekannten Mann aktiviert. Scyth erkennt, dass sein Albtraum im realen Leben wahr wird, doch dann verschwimmt alles um ihn herum und er befindet sich wieder in der Lakharianischen Wüste am Anfang des Kampfes. Alles, was bis dahin passiert war, war eine Manifestation von *Göttliche Offenbarung.*

Scyth beschließt, den Tempel zu opfern, sodass seine Verbündeten am Leben bleiben können, das Fort zu verteidigen und das Versteck in Alaska zu verlassen, falls *Göttliche Offenbarung* wie durch ein Wunder auch gezeigt haben sollte, was in der realen Welt passieren wird. Der Tempel ist nun schutzlos, doch es gelingt Scyth, das Fort zu retten, das Mogwai mithilfe von Tissa erreicht hatte, und Mogwai in die magische Zelle im ehemaligen Schloss der Witwenmacher zu bringen, wo Eileen Scyth gefangen gehalten hatte. Das Schloss gehört jetzt der Grünen Liga, doch Kusalarix hatte sich einverstanden erklärt, Scyth zu helfen.

Alex, Hung und die Sicherheitsoffiziere beeilen sich, die Hütte in Alaska zu verlassen und nach Cali Bottom zu fliegen. Auch Ed, Malik und Willy machen sich dorthin auf den Weg. Unterwegs sehen sie in den Nachrichten, dass Tiamats Tempel zerstört worden ist. Nergals Ereignis ist abgeschlossen und die Fraktion der Vernichtenden Seuche, der sich mehrere Dunkle Götter angeschlossen haben, ist offiziell für Spieler verfügbar geworden.

Alex zerbricht sich den Kopf, wie Tissa, die noch in der Sandbox ist, sich im Spiel mit Mogwai treffen konnte. Er erinnert sich, dass Big Po ebenfalls ein ehemaliger Botschafter der Vernichtenden Seuche ist, und beschließt, sich mit ihm zu treffen.

Disgardium 6: Der Pfad des Geistes

Die Dunkelelfe Eileen, Anführerin der Witwenmacher, hilft Criterror, Mogwai, den Anführer der Eliten und Obersten Botschafter der Vernichtenden Seuche, zu befreien. Im Gegenzug hat Mogwai ihr versprochen, sie zum neunten Botschafter zu machen.

Auf dem Weg von Alaska nach Cali Bottom trifft Alex Sheppard sich mit Wesley Cho, dem ehemaligen Anführer von Axiom. Wesley hat den neuen Nicknamen Polydeuces angenommen. Alex erklärt sich einverstanden, Big Po bei den Erwachten aufzunehmen, wenn er ihm verrät, wie er zum Herold der Vernichtenden Seuche geworden ist.

Die Clanmitglieder ziehen in das von ihnen gekaufte Gebäude in Cali Bottom ein. Hairo Morales, der sich für Alex‘ Gesundheit verantwortlich fühlt, besteht darauf, dass er mit körperlichem Training beginnt.

Als Scyth nach *Disgardium* zurückkehrt, gerät er in einen Hinterhalt von Eileen und Mogwai. Bevor er entkommen kann, beschwört die Dunkelelfe ihren Beschützer, den Dunklen Gott Innoruuk, um Scyth aufzuhalten. Mogwai tötet ihn, doch Eileen hindert ihn daran, den letzten Stoß des Verbannungsrituals auszuführen, weil sie es selbst tun will. Dieser Zwist rettet Scyth, der dank seiner Fähigkeit *Zweites Leben* auf Kharinza respawnt.

Die Anhänger der Schlafenden Götter sind wütend auf Scyth, weil er Tiamats Tempel kampflos aufgegeben hat, aber Behemoth erklärt ihnen, sein Apostel habe die richtige Entscheidung getroffen und viele Leben gerettet.

Der Schlafende Gott gibt Scyth eine neue Quest. Er soll den Nukleus der Vernichtenden Seuche vernichten. Dazu braucht er *Konzentrierte Lebensessenz*, die er sich nur beschaffen kann, indem er die Dämonischen Spiele gewinnt und den Schläfern zwei weitere Tempel widmet. Durch die Stärke von drei Tempeln kann es Scyth gelingen, den Nukleus auszuschalten.

Die *Lebensessenz* wird bis zu den Spielen in der Hauptstadt der Elfen im Palast von König Eynyon aufbewahrt und erhält ihre volle Kraft erst, nachdem die Namen aller Teilnehmer verkündet worden sind. Mithilfe der Essenz kann ein Ich-Bewusster bestimmte Charakterattribute erheblich stärken, doch falls sie unehrlich erworben wurde, verliert sie ihre Eigenschaften.

Alex weiß nicht, wie er das Versteck des Nukleus erreichen soll, denn der Klima-Debuff auf Holdest ist für jeden Spieler ohne *Kälteresistenz* tödlich. Scyth unternimmt eine Reihe von Versuchen, doch sie schlagen fehl. *Zweites Leben* neutralisiert den Kälte-Debuff nach dem Respawnen nicht. Jenkins, ein Großmeister des Kochens, den Scyth um Hilfe bittet, gelingt es nicht, ein neues Gericht zu erfinden, das ihn gegen das Wetter schützen könnte. Selbst sein Plan, unempfindliche Schlepper-Riesen anzuheuern und das System zu umgehen, indem er *Schlafende Unverwundbarkeit* in seiner Raidgruppe einsetzt, misslingt, weil der Pfad der Opferung von *Widerstandsfähigkeit* den gesamten Frostschaden auf Scyth überträgt und die Riesen beschützt. Behemoth rät Scyth, Fortuna um Hilfe zu bitten. In uralten Zeiten war die Göttin des Glücks mit Hodr befreundet, dem Alten Gott des Winters.

Ein von Kusalarix geschickter Elite-Trupp

zwergischer Bauarbeiter trifft auf Kharinza ein. Sie sollen ein hochleveliges Schloss für die Erwachten errichten, doch um ihre Berufsgeheimnisse zu schützen, verlangen sie, dass alle Bewohner die Insel verlassen sollen.

Der Clan zieht auf die Nachbarinsel Mengoza, wo Scyth in ihrer Version im Nether gefarmt hatte. Infect findet dort einige Ruinen der Fortgegangenen und beginnt mit Ausgrabungen.

Scyth vermutet, einer der Spitzenclans könnte *Konzentrierte Lebensessenz* besitzen, und will die Schlösser des Bündnisses der Verhinderer angreifen. Er lädt die Yoruba und Taipan ein, am Looten teilzunehmen, doch der Anführer von Taipan, Petscheneg alias Sergei Polotsky, den Alex beim Distival in Dubai kennengelernt hat, rät ihm von einer übereilten Aktion ab. Er bittet Scyth, ihn so schnell wie möglich in seinem Schloss zu besuchen.

Dort wird das Geheimnis von Modus‘ Anführer Otto Hinterleaf enthüllt: Der reale Otto ist der Anführer von Taipan, während Sergei Polotsky, getarnt als Hinterleaf, Modus anführt. Otto hatte versucht, den russischen Oligarchen Polotsky zu hintergehen, der ihm daraufhin nicht nur den Clan, sondern auch seinen Charakter weggenommen hatte — zu einer Zeit, als das System solche Änderungen noch erlaubte.

Nachdem die beiden Scyth in ihr Geheimnis eingeweiht haben, bitten sie ihn um Hilfe. Da Mogwai wegen des Wechsels seiner Ingame-Fraktion all sein Geld verloren hat, erpresst er das Bündnis und droht damit, ihre Clan-Schlösser einzunehmen. Die Erwachten, Taipan und Modus sowie die Wanderer unter ihrem Anführer Horvac schließen einen Pakt gegen die Untoten. Als Zeichen seines guten Willens gibt Hinterleaf Scyth Hitzeresistenz-Tränke, die von Modus-Alchemisten für den Kampf in der

Lakharianischen Wüste entwickelt worden waren.

Scyth erfährt von Hinterleaf, dass es niemanden gibt, der die *Konzentrierte Lebensessenz* besitzt. Alle Champions, die die Essenz in früheren Dämonischen Spielen gewonnen haben, haben sie benutzt.

Behemoth verlangt von seinem Apostel, den Seuchenherd in der Instanz auf Kharinza zu vernichten. Der Gärtner Trixie begleitete die Gruppe der Offiziere der Erwachten. Sie töten den Lich Uros und erhalten für den *Ersten Kill* den Perk *Überraschung.*

In der Zwischenzeit hat Modus im Keller des Clan-Schlosses eine Zelle gebaut, die Fähigkeiten blockiert. Scyth bringt Mogwai dorthin, bevor er die Gestalt des Druiden annimmt und in Darant und Shak Seuchenzorn-Rollen explodieren lässt, um den Leuten der Allianz und des Imperiums, doch vor allem König Bastian dem Ersten und dem Imperator Kragosh, die zerstörerische Kraft der Vernichtenden Seuche zu demonstrieren. Dabei sammelt er genügend *Kugeln des glücklichen Zufalls*, um seine Quest von der Glücksgöttin abschließen zu können.

Fortuna erklärt Scyth zu ihrem Auserwählten und belohnt ihn mit dem Status *Fortunas Begünstigter* sowie der göttlichen Fähigkeit *Glücksrad*, die „die Taten des betreffenden Ich-Bewussten beurteilt und sein Level je nach ihrem Urteil um eine beliebige Zahl senkt oder erhöht".

Scyth folgt Behemoths Rat und fragt die Göttin, ob sie ihm helfen kann, die Kälte auf Holdest zu überstehen. Fortuna erinnert sich, dass die Hohedämonen des Infernos *Kohlen des Höllenfeuers* besitzen, die in der Lage sind, den Schnee auf Holdest schmelzen zu lassen.

Daraufhin beschließt Scyth, sich ins Inferno zu wagen. Da der Satyr Flaygray und der Sukkubus Nega von dort stammen, spricht er mit ihnen. Sie versuchen, es ihm auszureden, doch er besteht auf seinem Plan. Dann bieten die ehemaligen Wächter sich an, jemanden ausfindig zu machen, der seine Seele an die Dämonen verkauft hat. Nachdem Scyth ihn getötet hätte, könnte er an seiner Stelle in die Hölle reisen. Sie tarnen sich als Menschen und machen sich auf die Suche nach einem solchen Ich-Bewussten.

Die Goblin-Liga will Scyth helfen und baut mehrere Zellen in abgeschlossenen Höhlen verschiedener Berge für die Botschafter der Vernichtenden Seuche. Scyth, Bomber und Crawler legen Portalrouten zu ihnen an.

Irita — Rita Wood, die früher unter dem Nicknamen Schwergewicht gespielt hat — übernimmt die Handelsgeschäfte der Erwachten. Mit Scyth als Vermittler trifft sie den Auktionator Grokuszuid.

Kusalarix gibt Scyth eine *Verblasste Münze*, um sich mit einem Fremden in Verbindung zu setzen, der sich unbedingt mit der Spitzengefahr treffen will. Scyth aktiviert sie in der Wüste und wird sofort von jemandem angegriffen, der unsichtbar ist. Als es dem unsichtbaren Spieler nicht gelingt, Scyth zu töten, erscheint er, fällt auf die Knie und bittet für seine „dreiste Demonstration" um Verzeihung. Der Ninja Hiros ist ebenfalls eine Gefahr und will sich unter Scyths Schutz stellen.

Nach dem Treffen soll Crawler sich um Hiros kümmern. Der Clan beschließt, Hairo solle sich mit dem Ninja in einem Sicherheitsraum treffen, mit ihm sprechen und danach entscheiden, ob er vertrauenswürdig ist. Falls Hairos Antwort Ja lautet, soll Hiros nach Cali Bottom gebracht werden, wo er in einen mentalen Vertrag einwilligen muss. Danach soll Crawler ihn in den Clan einladen und nach Kharinza bringen.

In der Lakharianischen Wüste an der Stätte der Macht zerstört Scyth Nergals Tempel. Kusalarix schickt Bauarbeiter, um schnell einen Tempel für die Schläfer zu errichten.

Immer noch in Mogwais Gestalt trifft Scyth Kitty Hitzkopf, die Gnom-Forscherin der Jäger gefährlicher Wildtiere. Mithilfe eines besonderen Gerätes entdeckt sie Scyths Identität und verrät ihm, dass sie sein Fan ist. Scyth verspricht, der Fraktion einen Besuch abzustatten.

Im realen Leben stattet der lokale Verbrecherboss Diego Aranzabal der Clan-Basis in Cali Bottom einen Besuch ab und verlangt Schmiergeld. Da die Erfüllung seiner Forderung nur zu weiteren Erpressungen führen würde, heuern die Sicherheitsoffiziere der Erwachten Verwilderte an — Nicht-Bürger, die in den Zonen leben –, um zurückzuschlagen.

Scyth macht sich auf die Suche nach dem Dorf Jiri, wo der Oberste Großmeister Oyama sich nach seiner langen Reise durch die astrale Ebene ausruht. Nachdem er den Meister findet, bittet Scyth ihn, ihn als Lehrling zu akzeptieren. Oyama hält ihn jedoch für zu schwach und langsam und lehnt ihn ab. Scyth muss seine Stärke beweisen. Der alte Mann bringt ihn zu einem Baum, der von *Umarmendem Schlinger* bedeckt ist. Er erklärt, Scyth nur als Lehrling anzunehmen, wenn es ihm gelingt, den Stamm von den Ranken zu befreien.

Scyth versucht sein Bestes, doch er schafft es nicht. Dann fällt ihm *Saat der Veränderung* ein, die er als Belohnung für das *Allererste freigeschaltete Achievement Level 400* erhalten hat. Mit seiner Hilfe verteilt Scyth seine hohen *Charisma*-Punkte auf *Stärke*, *Beweglichkeit* und *Ausdauer* um.

Unterdessen marschieren Horden von Untoten, angeführt von den Botschaftern der Vernichtenden

Seuche, auf die Schlösser des Bündnisses der Verhinderer zu. Criterror, stellvertretender Anführer der Eliten, versucht, Mogwai zu helfen. Daraufhin teleportiert Scyth ihn zu einer Goblin-Falle im Berg Mecharri auf Bakabba. Dem Botschafter entfährt, dass Eileen Waters vom Nukleus zur neunten Botschafterin ernannt worden ist, um Scyth zu ersetzen.

Trixie ist mit seinem Großvater Harold in den Wohnkomplex des Clans gezogen. Er versucht, einen Flieger zu stehlen, um in den europäischen Distrikt zu fliegen und Jess zu treffen, die er in einem Freudenhaus in Darant kennengelernt hat. Trixie hat sich in sie verliebt, und Jess versucht alles, um herauszufinden, wo er wohnt — angeblich, um ihn wiederzusehen. Es besteht kein Zweifel: Die Clan-Basis ist bedroht. Offensichtlich will jemand — wahrscheinlich das Kartell — Trixie benutzen, um Alex zu finden. Trixie wird vorerst eingesperrt.

Die Sicherheitsoffiziere der Erwachten brechen zu einem Spezialeinsatz gegen Diego Aranzabal auf, weil sie erfahren haben, dass der Verbrecherboss sich mit Mitgliedern des Kartells treffen will. In einer merkwürdigen *Göttlichen Offenbarung*, die Alex im realen Leben erlebt, sieht er den Tod von Hairo, Willy und den anderen voraus. Nachdem er daraus erwacht ist, warnt er Hairo, und der Sicherheitsoffizier glaubt ihm. Der folgende Sondereinsatz ist erfolgreich: Die Leute vom Kartell und Diego werden aus dem Weg geräumt.

Bei *Snowstorm, Inc.* findet eine Sonderkonferenz statt, in der es um Alex als Bedrohung sowohl für die globalen Pläne des Unternehmens als auch der Regierung geht. Sie können ihn nicht einfach verschwinden lassen, denn sein Charakter würde von einer KI übernommen werden. Darum lassen die Direktoren sich einige andere Ideen einfallen, wie sie das Problem Alex Sheppard lösen können.

Sobald der Tempel in der Lakharianischen Wüste fertiggestellt ist, widmet Scyth ihn erneut Tiamat und weiht die Anführer seiner drei verbündeten Clans Modus, Taipan und der Wanderer zu Priestern der Schläfer. Unter ihnen befindet sich der Werwolf-Scharfschütze Hellfish, der genau wie Scyth plant, an den Dämonischen Spielen teilzunehmen.

Nachdem der Bau des Schlosses auf Kharinza abgeschlossen ist, aktiviert Scyth *Schild der Gerechtigkeit*, ein Artefakt, das er in der Schatzkammer des Ersten Magiers erhalten hat.

Infect hat das Design für ein Heiligtum der Fortgegangenen fast vollständig zusammengesetzt. Ihm fehlt nur noch ein Fragment. Scyth gibt dem Archäologen einen Tipp, wo er es finden könnte.

Bei seiner Rückkehr zum Dorf Jiri gelingt es ihm, den *Umarmenden Schlinger* vom Baum zu entfernen. Oyama akzeptiert ihn als Lehrling und lehrt ihn den Pfad des Geistes, einen besonderen, auf innerer Stärke basierenden Kampfstil. Dieser Pfad bietet endlose Fortschritte, doch er verbietet ihm, zukünftig andere Pfade zu wählen. Scyth wählt die Eule als Schutztier und erhält Luft als sein Schutzelement. Weil er den Elementen erlaubt, ihre eigene Wahl zu treffen, belohnt Luft ihn mit einer besonderen Fähigkeit: Er kann den Zustand von *Klarheit* erlangen, in dem die Zeit sich verlangsamt.

Scyth teleportiert nach Terrastera, denn die Abklingzeit des göttlichen Artefakts *Isis' Segen* ist abgelaufen. Er kann es wieder einsetzen, um die Stätte der Macht vor dem sauren Regen zu schützen und einen dritten Tempel der Schläfer zu bauen.

Auf Terrastera wird Scyth vom Himmlischen Schiedsgericht unterbrochen. Die Schlichter beschuldigen ihn, der Vernichtenden Seuche zu helfen, und verurteilen ihn zur *Verbannung*, einer Strafe, die dem vollständigen Verlust des Charakters gleichkommt. Scyth flieht zu Behemoths Tempel, doch selbst der Schlafende Gott ist machtlos gegen die Schlichter. Scyth verteidigt sich und versucht, zu beweisen, dass er teilweise unschuldig ist. Die Schlichter erklären, das Schicksal des Herolds müsse von einem göttlichen Gericht entschieden werden. Er muss sich einem Gottesurteil unterwerfen.

Scyth wird im Vinculum eingesperrt, einem Gefängnis speziell für Sträflinge, die ein Gottesurteil erwartet. Er loggt sich aus, um seinen Freunden zu erzählen, was passiert ist, und wünscht Malik viel Glück bei den Dämonischen Spielen. Alex hat wenig Hoffnung, selbst teilnehmen zu können.

Als er ins Vinculum zurückkehrt, trifft er Navilik. Der störrische Goblin opfert sich, damit Scyth ein Level aufsteigen kann. Für das Gottesurteil gelten besondere Mechaniken: Nur ein einziger Sträfling kann freigesprochen werden, und alle beginnen bei null.

Dank der Hilfe der Fee Sternenkind und dem zweiköpfigen Oger Mano'Hano, die von der Grünen Liga geschickt worden sind, gewinnt Scyth, doch sowohl die Fee als auch der Oger sterben.

Nun kann Alex zu den Dämonischen Spielen fliegen.

Disgardium 7: Feind des Infernos

Kurz vor den Dämonischen Spielen hält *Snowstorm* eine Sonderkonferenz ab, an der alle Direktoren einschließlich Arto Menfil, der undurchsichtige Leiter des Projekts Optimierung, teilnehmen.

Er berichtet den Anwesenden, dass das Projekt

mit dem Ziel konzipiert wurde, die Bevölkerung des Planeten zu „optimieren" oder, mit anderen Worten, zu reduzieren. Zu dem Zweck wurde die Fraktion der Vernichtenden Seuche eingeführt: Das Gehirn eines Spielers, der zu einem Untoten wird, reagiert auf die Tatsache, dass sein Körper nun verrottet, indem es Nekrose im Gewebe des realen Körpers entstehen lässt. Die Kapseln der Nicht-Bürger sind mit besonderen Hirnaktivitätskatalysatoren ausgestattet, die diesen Effekt noch verstärken. Ohne schnelles medizinisches Eingreifen führt es zum Tod des Spielers.

Daher kann *Snowstorm* Scyth nicht erlauben, den Nukleus der Vernichtenden Seuche zu eliminieren und die Pläne des Unternehmens zunichte zu machen.

Scyth benötigt *Konzentrierte Lebensessenz*, um den Nukleus besiegen zu können — die Belohnung, die ein Champion der Dämonischen Spiele erhält.

Alex trifft gerade noch rechtzeitig im europäischen Hotel Ruhm und Ehre ein, das die 19. Dämonischen Spiele ausrichtet. Während seines Aufenthaltes darf er nicht mit der Außenwelt in Kontakt treten.

Bei der Registrierung erheben viele der etwa 400 Wettkämpfer Beschuldigungen gegen ihn. Sie sind der Meinung, Scyth hat es nicht verdient, an den Dämonischen Spielen teilzunehmen, weil er in der Junior-Arena durch Cheaten gewonnen hat. Der leidenschaftlichste Vertreter dieses Standpunktes ist Renato Loyola alias Quetzal, der Champion der Arena für erwachsene Spieler.

Alex' Erscheinen bei den Spielen überrascht die Organisatoren. Sie hatten gehofft, er würde das Gottesurteil nicht überleben, darum haben sie ihm keinen Assistenten zugewiesen. Kerry Hunter, Angestellte der PR-Abteilung, wird mit dieser Aufgabe betraut.

Die Direktorin der PR-Abteilung Chloe Cliffhanger versucht, Alex zu überzeugen, seine Teilnahme zurückzuziehen. Sie bietet ihm an, Kiran Jackson würde im Gegenzug das Versprechen halten, das er Alex bei ihrem Treffen in Dubai gegeben hat. Alex täuscht seine Zustimmung vor.

Kurz vor der Pressekonferenz, bei der er seine Entscheidung bekanntgeben soll, stürmen Melissa Schäfer und Malik Abdulalim in den Saal und verkünden, sie wären Alex' Tyrannei und Arroganz leid und hätten beschlossen, getrennte Wege zu gehen. Mehr noch, die beiden lassen alle wissen, dass sie zusammen sind. Alex ist am Boden zerstört.

Vor den anderen Teilnehmern tun Kiran Jackson und Chloe Cliffhanger so, als wollten sie Alex überzeugen, die Spiele nicht zu verlassen. Sie müssen die Leute glauben machen, sein Verzicht sei seine eigene Entscheidung und *Snowstorm* hätte alles getan, um ihm zum Bleiben zu überreden. Alex durchkreuzt ihre Pläne und erklärt, er werde doch teilnehmen, um zu beweisen, dass er auch ohne seine Gefahrenfertigkeiten ein guter Spieler ist.

Bei der Eröffnungszeremonie wählen die Zuschauer Scyth zum schlechtesten Spieler des Tages. Er wird den ersten Tag der Spiele mit dem Debuff *Verfluchter Invalide* verbringen müssen. Für ihre denkwürdige Vorstellung bei der Pressekonferenz wird Tissa zur Lieblingsspielerin gewählt und mit *Schrei der Banshee-Königin* belohnt, eine Fähigkeit, die alle Feinde innerhalb des Sichtbarkeitsradius für 1 Minute vor Angst erstarren lässt.

Der langjährige Spielleiter der Dämonischen Spiele Guy Barron Octius informiert die Teilnehmer, dass sie sich am ersten Tag gegenseitig keinen Schaden zufügen können. Außerdem werden die Spiele für alle mit dem Debuff *Amnesie* beginnen, der sie ihre

Fertigkeiten vergessen lässt. Um ihre Erinnerung wiederherzustellen, müssen sie einen Mob ausschalten oder sterben.

Die Spieler werden auf eine Waldwiese im Land der Elfen geschickt. Dort öffnet König Eynyon ein Portal zu einem Ort mit dem Namen Verfluchter Schlund, der von *Disgardium* abgeschnitten und ins große Nichts gestoßen wurde. In seiner Mitte befindet sich ein Dorf, und nicht weit von der Siedlung entfernt gähnt ein Sinkloch — ein über 12.000 Meter tiefer Abgrund, der in 666 Stockwerke aufgeteilt ist. An seinem Boden lauert der Endboss. Falls er besiegt wird, enden die Dämonischen Spiele. Bisher hat es noch niemand geschafft, den Boss zu besiegen, doch es gibt noch eine andere Möglichkeit, den Sieg zu erringen: Man muss der letzte Überlebende sein.

Sobald Scyth im Verfluchten Schlund erscheint, ergreifen die anderen Teilnehmer ihn. Wie sich herausstellt, haben sie geplant, die Gefahr in das Sinkloch zu werfen und danach beim Friedhof auf sie zu warten und sie auszuschalten. Drei Anführer befehligen ihre Mitspieler: der Titan Quetzal von Excommunicado, der Ork-Raufbold Marcus — Quetzals Gegner beim Endkampf in der Arena — und die Silberrangerin Destiny von den Kindern von Kratos.

Destinys Leute werfen Scyth in den Abgrund. Er hat nur noch ein Leben übrig, aber da er nun seine Fähigkeiten zurückgewonnen hat, gelingt es ihm, vom Friedhof zu entkommen und zum Boden des Sinklochs zu gelangen, wo er den Rest des Spieltags verbringt und *Meditation* levelt. Jedes Level der Fertigkeit erhöht die Gesamtmenge seiner Ressource *Geist*.

Am zweiten Spieltag wird Scyth erneut zum schlechtesten Spieler gewählt und erhält für den zweiten Tag den Debuff *Lähmung*. Er setzt *Fliegen* ein und stößt mithilfe seines eigenes Körpers mehrere

Teilnehmer in den Abgrund. Dank *Grässliches Geheul* und *Seelenfesseln* schafft er es, zwei Gruppen von Spielern loszuwerden, die Jagd auf ihn gemacht haben.

Den dritten Spieltag verbringt Scyth vollkommen gelähmt durch *Abaddons Fluch*, während um ihn herum ein Gemetzel stattfindet. Mitglieder von Modus und den Wanderern unter dem Kommando des Werwolf-Scharfschützen Hellfish schützen ihn. Aus Übermut bricht der Paladin Kharmo'Lav das Siegel an den Toren des 666. Stockwerks, woraufhin alle durch *Schwacher Wille* gelähmt werden, bevor der Endboss sie aus seiner Position hinter den Toren angreift. Der Juwelier Meister findet heraus, dass der Debuff durch das Essen einer dämonischen Münze deaktiviert werden kann. Wegen *Abaddons Fluch* steckt Scyth fest, doch Quetzal zeigt unerwartete Großzügigkeit und beschützt ihn mit seiner Bester-Spieler-Belohnung, dem perfekten Schild *Ägis*, der ihn davor rettet, eliminiert zu werden.

Quetzals gute Tat treibt einen Keil zwischen die Mitglieder des gemeinsamen Raids von Marcus und ihm. Etwa zehn Leute einschließlich Tissa und Malik bleiben bei dem Titan-Zerstörer, während der Rest sich dem Ork-Raufbold anschließt.

Am vierten Spieltag streckt der Endboss seine tentakelähnlichen Arme aus und fügt dem *Ägis* Risse zu. Scyth unterhält sich mit ihm und findet heraus, dass das 666. Stockwerk vom Hohedämon Abaddon bewohnt wird. Er ist ein General in der Armee von Belial, einem Prinzen des Infernos. Scyth greift im Zustand von *Klarheit* den Arm des Bosses an und levelt *Unbewaffneten Kampf* und seine Vorräte von *Geist*. Er entkommt dem Boss und versteckt sich im Wald. Während er die Sekunden bis zum Ende des Spieltags herunterzählt, greifen ihn drei Ganker an. Scyth wird gerettet, als das Spiel schließt.

Nachdem Alex beschlossen hat, Kontakt mit Joseph Rosenthal aufzunehmen — dem Gnom-Juwelier Meister und Anführer einer großen Gruppe von Handwerkern — bittet er seine Assistentin Kerry, sich mit Ed in Verbindung zu setzen, um herauszufinden, ob es in der Schatzkammer des Clans einen Gegenstand gibt, der den Juwelier interessieren könnte. Kerry erfüllt Alex seine Bitte, doch sie wird von *Snowstorms* Sicherheitsdienst ertappt.

Kiran Jackson ergreift die Möglichkeit, Scyth aus den Spielen zu werfen. Er soll für den Versuch, die Außenwelt kontaktiert und sich durch regelwidrige Mittel Vorteile verschafft zu haben, disqualifiziert werden. Octius soll diese Entscheidung bekannt geben, doch der Spielleiter fühlt sich verpflichtet, Mike Anderson, einem Gründer von *Snowstorm*, seine Bitte zu erfüllen und die Entscheidung einem Gericht der Wettkämpfer zu überlassen.

Inzwischen treffen Alex und die drei Anführer der Handwerker — der Juwelier Meister, der Dichter Bloomer und der Flucher Roman — eine Vereinbarung über ein Bündnis. Sie erklären sich bereit, Scyth zu helfen, die *Essenz* zu beschaffen, und im Gegenzug garantiert er ihnen, im großen *Dis* ihre Attribute durch *Einheit* erheblich zu erhöhen. Er erwähnt nicht, dass sie dazu Anhänger der Schlafenden Götter werden müssen.

Beim Gericht der Wettkämpfer schlagen sich sowohl die Handwerker als auch Hellfishs Gruppe und Quetzal auf Scyths Seite. Er wird entlastet und darf weiterhin an den Spielen teilnehmen. Seine Assistentin Kerry, die fast entlassen worden wäre, kehrt zurück, doch sie ist nicht so freundlich wie vorher, da sie nun strikt überwacht wird.

Sobald Scyth einloggen wird, wird er von den drei Gankern umzingelt sein, darum bittet er Hellfish und

Meister um Hilfe. Die drei allein wären kein Problem für ihn, doch sie gehören zu Destinys Gruppe, die nicht lange auf sich warten lassen wird.

Am fünften Spieltag kümmert Scyth sich allein um die Ganker, doch er kann nicht entkommen, bevor auf der Waldwiese ein Kampf ausbricht. Destiny hat sich von Marcus das Recht erkauft, die Gefahr zu töten, und ist zweimal nahe daran, Scyth auszuschalten, doch beide Male wird er durch Belohnungen gerettet, die beste Spieler erhalten haben: erst Tissa mit *Schrei der Banshee-Königin* und danach Meister mit *Fluchtpentagramm*, das Scyth zum 531. Stockwerk teleportiert.

Während die wütenden Marker und Dester die Handwerker und jene von Quetzals und Hellfishs Leuten niedermetzeln, die nicht entkommen konnten, geht Scyth durch Peinigers Labyrinth, das nur von dem einen Dämon bewohnt wird, dessen Namen es trägt. Nachdem Scyth sein Herz gefunden hat, macht er den Dämon zu seinem Verbündeten.

Destiny hat Marcus versprochen, eine Nacht mit ihm zu verbringen und ihm eine große Summe zu zahlen, wenn er ihr hilft, Scyth auszuschalten, doch sie betrachtet die Abmachung als nicht erfüllt, denn der verhasst Spieler hat überlebt. Marcus besucht sie auf ihrem Zimmer und verlangt die Bezahlung für seine Dienste. Als Antwort auf ihre Weigerung droht er, ihren Charakter zu eliminieren. In Anbetracht der Tatsache, dass viele von Destinys Leuten zu Marcus übergelaufen sind, ist die Drohung realistisch.

In der Nacht erhält Alex einen Besuch von Destiny Windsor, die deren Adern königliches Blut fließt. Sie bittet Alex um Schutz und er willigt ein, ihr zu helfen, doch statt mit ihr zu schlafen verlangt er etwas anderes von ihr: Sie soll ihren 200 Millionen Fans von der Bedrohung erzählen, der alle Nicht-

Bürger ausgesetzt sind, die für die Fraktion der Untoten spielen. Für diese neue Fraktion, deren Mitglieder nicht müde werden und gegen Klima-Debuffs immun sind, wird auf jedem Bildschirm Reklame gemacht, und immer mehr Nicht-Bürger wechseln über. Nachdem Destiny davon erfahren hat, will sie die Informationen im Krankenhaus, wo die Bauarbeiter aus Gyulas Gruppe behandelt werden, überprüfen. Sie verspricht Scyth, an die Öffentlichkeit zu gehen, falls sie stimmen sollten.

Alex plant, Marcus' Leute mit seinem neuen dämonischen Verbündeten anzugreifen, doch die Sache hat einen Haken: Peiniger weigert sich, zu gehorchen, und greift Scyths andere Verbündete einschließlich Destiny an. Erst als Scyth den Dämon mit Gewalt unterwirft, willigt er ein, seine Freunde in Ruhe zu lassen. Außerdem weist Peiniger ihn darauf hin, dass er anderen Dämonen keinen Schaden zufügen kann. Daraufhin gibt Scyth Peiniger den Befehl, den Eingang zum Sinkloch zu bewachen.

Scyth rettet zahlreiche Verbündete und entzieht Marcus' Raid den Anführer, doch die Zauberin Youlang überlebt, findet Scyths schwache Verbündete und vernichtet sie. Die Zuschauer wählen sie zur besten Spielerin des Tages. Zur Belohnung erhält sie das *Pentagramm der Freiheit*.

Tissa wird von Marcus eliminiert und Infect wird von Peiniger aus den Spielen geworfen, der in seiner Seele liest und verkündet: „Kein Freund und kein Feind, sondern... beides." Mit Scyths Zustimmung verschlingt der Dämon den Barden.

Nachdem Alex seine Kapsel verlassen hat, versuchen seine beiden ehemaligen Freunde, ihm ihr Verhalten zu erklären, doch er weigert sich, ihnen zuzuhören.

Scyths Raid, zu dem die überlebenden

Teilnehmer aus Meisters, Hellfishs und Quetzals Gruppe gehören, beginnen damit, die Dungeons auszuräumen. Auch Destiny ist Mitglied des Raids, doch die anderen sind ihr gegenüber feindlich gesinnt. Peiniger patrouilliert das Sinkloch, um ihnen den Rücken zu decken, doch die Katastrophe kommt aus einer unerwarteten Richtung. Youlang aktiviert ihr *Pentagramm der Freiheit*, sodass alle Dämonen des Sinklochs befreit werden und sich auf Scyths Raid zu bewegen.

Peiniger blockiert den Gang, hinter dem der Raid sich versteckt, mit seinem Körper und hilft ihnen, sich gegen die Feinde zu wehren und zu überleben. Nachdem der *Tag der Freiheit* für die Dämonen beendet ist, schlägt *Eynyons Gong*. Das bedeutet, dass der nächste Spieltag der letzte sein wird.

Guy Barron Octius erklärt, dass der Champion entweder der letzte überlebende Spieler oder der gesamte Raid sein kann, falls die Mitglieder den Endboss Abaddon gemeinsam besiegen.

Am letzten Tag fliegt Scyth direkt zum Boden des Sinklochs und erkennt, dass die Gesundheit des Bosses proportional zur Anzahl der Spieler im Raid gestiegen ist. Mathematisch gesehen hat die Gruppe keine Chance, Abaddon zu besiegen. Scyth trifft die schwierige Entscheidung, ohne den Raid zu kämpfen.

Mit Peinigers Hilfe schafft er den Raid auf der Schwelle zum 666. Stockwerk aus dem Weg, nachdem er *Seelenfesseln* gewirkt hat.

Abaddon beschuldigt Peiniger, sich dem Willen der Sterblichen gebeugt zu haben, und tötet ihn. In einem schwierigen Duell reduziert Scyth die Gesundheit des Bosses, bevor er im letzten Moment den Raid wiederbelebt.

Jedes Mitglied wird zum Sieger erklärt. Der Elfenkönig Eynyon erscheint in Abaddons ausgeräumten Dungeon und lädt die Champions in sein Land ein, um ihnen ihre Belohnung zu geben.

Nachdem die Champions ihren Sieg ausgiebig gefeiert haben, wird Alex von seinen Sicherheitsoffizieren Hairo und Willy abgeholt, um ihn nach Hause zu bringen. Unterwegs öffnet Alex Destiny Windsors Online-Profil. Sie hat ihr Versprechen erfüllt und der ganzen Welt live mitgeteilt, dass die Kapseln der Nicht-Bürger für alle, die als Untote spielen, tödlich sind.

Alex‘ Eltern überraschen ihn mit der Nachricht, dass er einen Bruder oder eine Schwester bekommen wird.

Im Gespräch mit Ed und Hung erfährt Alex die neuesten Nachrichten des Clans. Der Ninja Hiros ist nach Cali Bottom gezogen, Bomber nähert sich auf Orthokon dem Unterwasser-Königreich der Naga in der Nähe von Meaz und der Clan hat 50 Millionen Phönix von Destiny erhalten. Außerdem ist Malik nach den Spielen nach Cali Bottom zurückgekehrt und sitzt abgeschnitten von *Dis* in der Isolationszelle.

Willy gibt zu bedenken, dass die Situation mit Malik nicht so einfach ist, wie sie erscheint. Er spielt Alex die Aufzeichnung eines Gesprächs zwischen Malik und Tissa vor, das am Abend vor den Dämonischen Spielen stattgefunden hat. Ihr „Verrat” wird erklärt. Wie sich herausstellt, haben die beiden einen Auftrag von Behemoth ausgeführt, der sich Tissa offenbart hatte.

Die Prophezeiungen des Schläfers machen Willy Angst. „Was zur Hölle ist dieser Behemoth, Alex?”, fragt er beunruhigt.

Disgardium 8: Feind des Infernos

Die Botschafter der Vernichtenden Seuche, die in Scyths Fallen in Berghöhlen und Schlossverliesen gefangen sind, sind gezwungen, Eileen Waters Bedingung anzunehmen, um ihre Hilfe zu erhalten. Die Oberste Botschafterin ist bereit, sie zu retten und ihnen zu verraten, wie sie schnell leveln können, wenn sie sie im Gegenzug zur Anführerin der Eliten machen.

Fen Xiaoguang alias Mogwai, der bekannteste Spitzenspieler der Welt, hat seine gesamten Geldmittel verloren, als er sich der Vernichtenden Seuche angeschlossen hat, und seine Gläubiger üben Druck auf ihn aus. Daher unterdrückt er seine Gefühle, überlässt Eileen seine Position und behält die Rolle als stellvertretender Anführer und informeller führender Kopf des Clans. Einzig der Gedanke, Rache an Scyth nehmen und seine Level zurückerhalten zu können, die er verloren hat, als der Herold *Glücksrad* gewirkt hat, lässt ihn den Verlust seines Status akzeptieren.

Eileen verrät den Botschaftern, dass sie als Belohnung für das Erreichen von Level 600 und 700 Spezialfertigkeiten erhalten hat. Eine von ihnen ist *Gefrorener Pfad*, ein Zauber, der die Oberfläche des Ozeans etwa 800 Meter vor dem Wirker gefrieren lässt. Mithilfe dieser Fertigkeit sind die untoten Horden in der Lage, die Insel Kharinza zu erreichen, deren Koordinaten Mogwai bekannt sind.

Eileen erklärt, dass ihr erster Schritt die Zerstörung von Tiamats Tempel in der Lakharianischen Wüste sein wird. Der Nukleus hat gelernt, *Glaube* zu benutzen, und benötigt einen ersten Tempel. Die Stätte der Macht in der Wüste ist am besten dafür geeignet.

Kurz nachdem die Botschafter ihre Vereinbarung

getroffen haben, kehrt Alex Sheppard nach Cali Bottom zurück, wo eine unerfreuliche Überraschung auf ihn wartet: Tissa hat das höchste Level in der Sandbox erreicht und musste sie verlassen. Sie befindet sich nun im großen *Disgardium* und, schlimmer noch, auf Kharinza.

Während einer Clan-Besprechung verlangt Melissa, dass die anderen Mitglieder Malik verzeihen sollen und ihr selbst erlauben, in die Clan-Basis zu ziehen. Die Mehrheit der Mitglieder stimmt dafür, doch Alex und Rita sind dagegen. Sie wollten die Verräter zur Strafe aus dem Clan werfen.

In *Disgardium* nimmt Scyth an der Preisverleihung für den Sieg bei den Dämonischen Spielen im Palast von Eynyon, König der Elfen, teil. Unter anderem erhält er neue Achievements und Belohnungen. Eynyon erzählt den Champions die Geschichte des Dämonischen Paktes, in dem es heißt, dass die Dämonen nach *Disgardium* zurückkehren können, falls sie 666-mal nacheinander siegen. Sie brauchten nur noch einen einzigen Sieg, doch dank Scyth müssen sie nun mindestens noch ein weiteres Jahr im Inferno bleiben.

Wieder auf Kharinza angekommen, unterhält Scyth sich mit dem Sukkubus Nega und dem Satyr Flaygray, die von ihrer Suche nach dem Mann zurückgekehrt sind, der seine Seele an Dämonen verkauft hat. Sie haben Rion Staffa alias Nettle gefunden, der sowohl der Boss eines globalen Verbrechersyndikats als auch der Erste Stadtrat von Tuaf ist. Falls es Scyth gelingt, ihn auszuschalten und seine Seele einzufangen, könnte er an Staffas Stelle ins Inferno gehen. Scyth macht sich auf die Suche nach Nettle, doch in der Zwischenzeit wird Tiamats Tempel von den Untoten angegriffen.

Scyth springt mit *Tiefen-Teleportation* in die

Wüste, wo er Eileen begegnet. Die Oberste Botschafterin überrascht ihn und übernimmt mit *Gedanken unterwerfen* die Kontrolle über ihn, sodass er sich ihrem Willen nicht widersetzen kann. Sie durchsucht seine Fähigkeiten, findet die Teleportationsfertigkeit, wählt Kharinza als Zielort und aktiviert sie.

Der *Schleier der Verfremdung*, den der Schlafende Gott Behemoth auf die Insel gewirkt hat, kann den Eindringling jedoch abwehren, und Eileen und Scyth landen stattdessen auf dem Marktplatz von Darant, der Hauptstadt der Allianz. Eileen zwingt Scyth, ihr all seine Gegenstände zu übergeben, ausgenommen der *Konzentrierten Lebensessenz*, die nutzlos für sie ist.

Die Oberste Botschafterin metzelt alle Verteidiger der Stadt problemlos nieder. Es gelingt Scyth, die Essenz unbemerkt aufzuheben. Als Eileen von den Angriffen mehrerer Aspekte des Lichts abgelenkt wird, nutzt Scyth seine Chance und leert die *Essenz* über ihr aus. Eileens Verbindung zum Nukleus wird unterbrochen, und ihre Fähigkeiten einschließlich *Unsterblichkeit der Vernichtenden Seuche* werden ihr entzogen. Die Oberste Botschafterin ist besiegt.

Scyth sammelt die Loot ein, unter anderem einige von Eileen gedroppte Ausrüstungsteile. Er beschließt, sie ihr mithilfe des Goblin-Auktionshauses für eine hohe Summe zum Kauf anzubieten. Der Goblin Grokuszuid verspricht Scyth, ihm zu helfen, doch er muss später eingestehen, dass die Liga zu schwach ist, um sich Eileen zu widersetzen, die ihre Gegenstände kostenlos zurückverlangt.

Scyth kehrt zu Tiamats Tempel zurück, den Mogwai inzwischen zerstört hat. Es gelingt ihm nicht, den Botschafter zu ergreifen, denn der hat eine Fähigkeit vom Nukleus erhalten, die die Fähigkeiten des Herolds unwirksam machen. Wo der Tempel der

Schlafenden Götter gestanden hat, wird bereits ein Tempel für die Vernichtende Seuche errichtet. Scyth will kein Risiko eingehen, verlässt die Lakharianische Wüste und teleportiert nach Terrastera.

Dort ist bereits ein neuer Tempel gebaut worden, den Scyth erneut Tiamat widmet. Aus Dankbarkeit verleiht die Schlafende Göttin ihm die Klassenfertigkeit *Synergie*, die die Attribute seiner Gruppe mit der Anzahl ihrer ich-bewussten Mitglieder multipliziert.

Die Goblinfrau Kusalarix, eine Anführerin der Grünen Liga und Scyths Verbündete, hilft ihm, sein Versprechen einzulösen, das er Joseph Rosenthal alias der Gnom Meister bei den Dämonischen Spielen für dessen Unterstützung gegeben hat. Dafür erhält Kusalarix drei Priesterplätze. Außerdem will Alex mit ihrer Hilfe auch den Raid der Handwerker bezahlen. Sie übernimmt die Aufgabe, sie alle zu Anhängern der Schläfer zu machen.

Da Scyth weiß, dass Eileen und ihre Botschafter erheblich an Stärke gewonnen haben, beschließt er, auf Terrastera zu leveln. Er hat die Idee, Crag mitzunehmen, dessen Fertigkeit *Nergals Zorn* die Attribute einer Gruppe um ein Vielfaches multiplizieren kann.

Von Otto Hinterleaf, dem Anführer von Modus, erfährt Scyth, dass Crag seinen Vertrag mit dem Clan gebrochen hat und unterwegs ist, um eine Quest von Nergal dem Leuchtenden abzuschließen. Scyth setzt sich mit Crag in Verbindung und schlägt ihm vor, zusammen auf Terrastera zu leveln. Der Krieger stimmt erfreut zu. Bei ihrem Treffen bittet der immer noch untote Zwerg Scyth, ihn wieder im Clan der Erwachten aufzunehmen, weil es langweilig ist, allein zu spielen.

Scyth, Crag, Bomber, Crawler und Hiros bilden eine Gruppen und finden heraus, dass die Multiplikatoren von *Synergie*, *Nergals Zorn* und

Schlafende Gerechtigkeit sich stapeln: Die Attribute der Gruppe steigen sprunghaft an und erreichen Zahlen in Millionenhöhe.

Die Gruppe macht im lebensfeindlichen Klima von Terrastera rasche Fortschritte, bis sie dem Bestiengott Sobek begegnet, einem Uralten Krokodil. Sobek kann die Grenze zur Stätte der Macht nicht überschreiten, doch dann taucht eine merkwürdige Kreatur auf, die scheinbar eine Gottheit ist und dem Bestiengott ermöglicht, die Grenze zu überwinden.

Scyth greift den Bestiengott an, doch bevor er ihn besiegen kann, setzen dessen Verteidigungsfertigkeiten ein, die die merkwürdige Kreatur, ein Riese namens Nge N'Cullin, ihm verliehen hat. Der Riese ist ein von den Fortgegangenen ernannter Wächter, der die Bestiengötter schützen soll. Nach einer kurzen Auseinandersetzung erzählt Nge N'Cullin Scyth von einem alten Volk, das *Disgardium* verlassen hat, statt gegen die Neuen Götter zu kämpfen, weil es einen verheerenden Krieg als zu risikoreich und sinnlos gehalten hat.

Nge N'Cullin bittet Scyth, den Montosaurus freizulassen. Im Gegenzug wird er den Tempel der Schläfer auf Kharinza vor Eindringlingen schützen und Sobek Tiamats Tempel auf Terrastera. Scyth erklärt sich einverstanden. Dadurch erhält der Uralte Dinosaurier seine göttlichen Fähigkeiten zurück, sodass er viel stärker wird.

Bevor Scyth sich auf den Weg ins Inferno macht, bespricht er ein Problem mit seinen Freunden: Nur Geister können durch das Portal zur Hölle gehen. Da Scyths Verbündete ihn nicht töten können, ist er nicht in der Lage, eine *Kohle des Höllenfeuers* zu beschaffen. Der Ninja Hiros schlägt vor, *Astraler Zorn* auf ihn zu wirken. Es ist seine besondere Fertigkeit als Gefahr, die den Körper für 30 Sekunden verschwinden lässt und dem Geist ermöglicht, die Eigenschaften des Körpers zu übernehmen.

Scyth akzeptiert Hiros‘ Vorschlag, doch er sucht nach anderen Möglichkeiten, falls der Plan nicht funktionieren sollte. Nachdem er Tiamat von seiner Absicht, ins Inferno zu gehen, und von seinen Bedenken erzählt hat, verleiht sie ihm die Klassenfertigkeit *Selbstaufopferung*, die der Herold einsetzen kann, um sich zu töten und sein Leben den Schlafenden Göttern zu opfern.

Bevor er sich auf die Suche nach Rion Staffa macht, besucht Scyth Oyama, den legendären Großmeister des Unbewaffneten Kampfes. Der Ausbilder lehrt ihn eine neue Kampfbewegung, die äußerst kraftvoll ist, doch sehr viel *Geist* kostet. Beim Abschied erklärt Oyama, dass er sehr stolz auf ihn sei, weil er General Abaddon aus dem Inferno besiegt hat, der einmal am Pfad des Geistes interessiert war, bevor er zu einem Dämon geworden ist.

Während Scyth und seine Clankameraden nach Nettle suchen, entschlüpft er ihnen auf rätselhafte Weise, als ob er durch ein Portal verschwunden wäre. Scyth entdeckt ein seltsames Netzwerk von *Transportern*, die ein Pentagramm bilden, wenn ihre Standpunkte auf der Karte verbunden werden. Nach mehreren vergeblichen Versuchen findet er getarnt als Wikinger Ragnar den undurchschaubaren Rion Staffa.

Scyth führt den Stadtrat in die Irre, indem er vorgibt, ein Geschäft mit dem Dämon Balber abgeschlossen zu haben.

Staffa alias Nettle verrät ihm, seine Seele an den Prinzen Belial verkauft zu haben, und lädt den „Wikinger” ein, sich der Dunklen Bruderschaft anzuschließen. Inzwischen geraten Scyths Freunde im Erdgeschoss der Basis in eine Falle. Scyth nimmt wieder seine wahre Gestalt an und rettet sie.

Rion Staffa verwandelt sich in einen mächtigen Dämon, doch Scyth gewinnt die Oberhand und schaltet ihn aus. Daraufhin öffnet sich ein Portal zur Hölle. Scyth fängt Staffas Seele in *Seelenernters Sensen* ein, um an ihrer Stelle ins Inferno reisen zu können, doch *Astraler Zorn* schafft es nicht, ihn durch das Portal schlüpfen zu lassen. Daraufhin tötet Scyth sich selbst, indem er die Fähigkeit *Selbstaufopferung* einsetzt.

In Gestalt eines Geistes landet er im Inferno. Er ist der erste Spieler, der es geschafft hat, diese Existenzebene zu erreichen. Aufgrund dieser ungewöhn-lichen Umstände beschließt das System, Scyths aktuelle, durch *Synergie*, *Schlafende Gerechtigkeit* und *Nergals Zorn* multiplizierten Attribute als Basis zu nehmen, um seine neuen Attribute zu generieren.

Kurz nach seiner Ankunft im Inferno wird Scyth von dem jungen Tiefling Hakkar angegriffen, der durch die Auswirkungen von *Reflexion* stirbt.

Scyth kann Hakkars Körper imitieren, wobei der neue Körper die Fähigkeiten des alten beibehält. Die Mechanik des Infernos erscheint ihm merkwürdig. Statt eines Level-Systems gibt es ein Bewertungssystem, das auf dem Ansammeln von Chao basiert: Partikel vom Chaos, der treibenden Kraft des Infernos. Das bedeutet, dass Scyth noch nicht testen kann, wie stark er im Vergleich zu den Dämonen ist.

In Hakkars Dorf Tiefling-Nest angekommen, bemüht Scyth sich, keine Aufmerksamkeit zu erregen, und täuscht eine teilweise Amnesie vor. Er findet heraus, dass der junge, schwache Hakkar unterwegs war, um Chao zu suchen, das die Dämonen dringend benötigen, um sich am Leben zu erhalten. Er hat es jedoch nicht für sich selbst gesammelt. Etwas später erfährt Scyth, dass Dämonen eine große Menge Chao brauchen, um Stärke zu gewinnen und ihre Fähigkeiten zu entwickeln. Die einzige Möglichkeit, viel Chao zu bekommen, ist, einen Feind zu töten.

Die Stärke und Kraft der Dämonen werden an den leuchtenden Sternen an ihren linken Hörnern gemessen. Die Sterne haben eine ähnliche Funktion wie die Level in *Disgardium.* Hakkar hat noch keinen Stern. Kerass, der Sohn des Dorfältesten und ein Dämon mit einem weißen Stern, schüchtert Hakkar ein und droht ihm, seinen Vater zu töten, es sei denn, er zahlt für das Leben seines Vaters mit Chao. So viel Chao zu finden, scheint für den Tiefling eine unmögliche Aufgabe zu sein.

Kerass ist bereit, sich der Auswahl zu stellen, die ein Anwerber aus Belials Armee durchführt, um in die Legion aufgenommen zu werden. 100 Jahre Dienst für den Ruhm des Prinzenreichs ist für einen Dämon aus den Außenbezirken die einzige Möglichkeit, die Welt zu sehen.

In Hakkars Körper trifft Scyth sich mit Kerass, um ihn um mehr Zeit zu bitten. Der Dämon erklärt sich einverstanden, doch er erhöht das Lösegeld. Andere Dorfbewohner sind Zeugen der Szene. Ein Teufel und ein Kobold folgen Scyth, um ihn zu töten. Stattdessen überlistet Scyth sie und schaltet sie aus. Er nimmt sich ihr Chao, erledigt noch einige lokale Mobs und kehrt dann ins Dorf zurück.

Nachdem er Hakkars Vater freigekauft hat, befragt er ihn über die *Kohlen des Höllenfeuers.* Er findet heraus, dass sich eine der drei *Kohlen* in Ruby City befindet, der Hauptstadt von Belials Prinzenreich. Zu Fuß würde es mehrere Jahrzehnte dauern, um sie zu erreichen. Darüber hinaus erfährt Scyth, dass es im Inferno keine Götter und somit keine Magie gibt.

Das Inferno ist in vier Prinzenreiche aufgeteilt. Diablo, Belial, Azmodan und Lucius herrschen über je ein Reich. Seit des Großen Exodus, des Dämonischen Paktes und ihrem ersten Tag im Inferno haben die Prinzen neue Ländereien kreiert, ihr Herrschaftsgebiet erweitert und gegeneinander gekämpft, um ihre Legionen zu stärken. All das ist Teil des Spiels der Reiche. Das Prinzenreich, dem es gelingt, mehr als die Hälfte der Welt einzunehmen, wird zum Erhabenen Prinzenreich ernannt, und sein Prinz zum Hochfürsten des Infernos. Das ultimative Ziel der Dämonen ist die Rückkehr nach *Disgardium* und die Vernichtung der Neuen Götter, die sie verbannt haben.

Die einzige Möglichkeit für Scyth, nach Ruby City zu gelangen, ist der Dienst in einer Legion. Dazu benötigt er mindestens einen weißen Stern. Glücklicherweise hat er genug Chao für einen Stern gesammelt. Also tritt er vor, um zusammen mit Kerass an dem Auswahlkampf teilzunehmen, der der Anwerber abhält. Der Dämon stirbt, und Scyth wird in Hakkars Körper in die Frischfleisch-Kohorte der 13. Legion des Prinzenreichs aufgenommen, wie die neuen Rekruten genannt werden.

In der Waffenkammer überzeugt der Waffenmeister Scyth, einen alten Speer zu wählen. Dadurch wird er zum ersten Instiga der Kohorte — ein Dämon, der vor dem Kampf der Legionen mit dem gegnerischen Instiga kämpfen muss. Es ist eine uralte Tradition, um die Aufmerksamkeit des Chaos auf den bevorstehenden Kampf zu lenken, das dem Sieger einen zusätzlichen Buff als Segen verleiht. All das erfährt Scyth vom Sukkubus Lerra, die ebenfalls eine neue Rekrutin ist. Lerra, der Dämon Abducius, der Rakshasa Karakapanka und ein paar andere kommen aus der gleichen Stadt.

Scyths Kohorte muss sich einer Prüfung durch Kampf gegen die neuen Rekruten einer anderen Legion unterziehen. Nachdem er die drei feindlichen Instiga und den Abgesandten des Chaos, einen Protodämon, besiegt hat, verschafft Scyth seiner Kohorte einen großen Vorteil und hilft ihr, den Kampf zu gewinnen.

Nach der Prüfung durch Kampf wird Scyth zum Decanus befördert und kann sich seine zwölf Soldaten aussuchen. Unter anderem wählt er den Sukkubus Lerra und den Dämon Abducius. Zenturio Citri gibt zu bedenken, dass der nächste Kampf gegen Azmodans 6. Legion viel schwerer werden wird. Sie müssen ihn gewinnen, um sich Urlaub in Ruby City zu verdienen.

Belials Legion ist schwächer als die des Gegners und wird fast besiegt, doch dank *Fliegen* und *Klarheit* gelingt es Scyth, den Wetteinsatz des Feindes zu erobern und zu seiner eigenen Basis zurückzubringen. Damit ist der Kampf gewonnen, doch der Sieg hat seinen Preis. Alle seine Soldaten sterben und der Großteil der Legion wird vernichtet. Nur zwei Kämpfer aus Decanus Hakkars Einheit können wiederbelebt werden, denn es gelingt Scyth, ihr Chao zu absorbieren, und sie später wiederauferstehen zu lassen.

Scyth hat sein Ziel erreicht. Zusammen mit Lerra und Abducius reist er durch ein Portal nach Ruby City. Seine Aufgabe besteht darin, die *Kohle des Höllenfeuers* direkt unter der Nase des Prinzen Belial zu stehlen, der genauso mächtig ist wie ein Neuer Gott.

Ruby City überrascht Scyth. Es ist eine moderne, technologisch fortschrittliche Stadt mit vielen Wolkenkratzern, leuchtenden Werbetafeln und Dampfautos — mit Dampf betriebene Versionen von Fahrzeugen, die durch die Straßen sausen. Da die Dämonen nicht über Magie verfügen, waren sie gezwungen, Wissenschaft und Technik zu entwickeln.

Nachdem es Scyth gelungen ist, sich von Lerra und Abducius zu trennen, fliegt er zur Turmspitze von Belials Residenz, die fast fünf Kilometer in den Himmel reicht und in der eine *Kohle des Höllenfeuers* brennt.

Als er sich auf sie zu bewegt, stößt er gegen ein Palladium-Kraftfeld und löst Alarm aus. Daraufhin fliegt er wieder nach unten und gesellt sich zu seinen Dämonenfreunden. Sie machen sich auf den Weg zum Gasthaus Humpelnde Marilith, und Scyth glaubt schon, davongekommen zu sein, doch kurz darauf tauchen mächtige Dämonen der Verfluchten Inquisition auf und töten ihn.

Disgardium 9: Ruhm für das Prinzenreich!

Nachdem Scyth vom Verfluchten Inquisitor Dantalian getötet worden ist, findet er sich im Raum zwischen zwei Welten wieder. Nach einer langen Zeit des Wartens im großen Nichts spürt Scyth die Anwesenheit eines Wesens: Es ist das Chaos — die höhere Einheit, die zusammen mit der Ordnung das Gewebe der Schöpfung kreiert.

Das Chaos kann sich nicht entscheiden, was es mit Scyth tun soll, da *Disgardiums* Mechanismus der Wiederauferstehung Scyths nicht erkennt, und er kann nicht ins Inferno zurückkehren. Die Einheit entscheidet, den Spieler komplett zu entkörperlichen, indem sie „dem Körper, in dem das Bewusstsein wohnt, das Leben entzieht". Da der Körper eines Spielers vollkommen vom Lebenserhaltungssystem der Kapsel abhängt, und die Kapsel von der KI des Spiels kontrolliert wird, ist Bedrohung realistisch.

Es gelingt Scyth jedoch, die Meinung des Chaos zu ändern. Der Wahre Feind der Einheit ist nicht die Ordnung, sondern der Nether. Falls Scyth eine *Kohle des Höllenfeuers* beschaffen kann, kann er die Vernichtende Seuche aufhalten, die ihre Energie aus dem Nether erhält. Darum lässt das Chaos Scyth im Körper des Tieflings Hakkar aus einer anderen Dimension der lokalen Realität innerhalb des Infernos wiederauferstehen. Da zahlreiche solcher Zeitleisten existieren, hat Scyth mehrere Versuche, sein Ziel zu erreichen.

Scyth-Hakkar unternimmt mehrere Versuche, in die Residenz des großen Prinzen Belial zu gelangen und die *Kohle* zu stehlen. Zuerst versucht er, das Schutzschild aus Palladium zu durchbrechen, doch er wird von dem Rückschlag getötet. Dann verschafft er sich Zugang zum Museum in der Residenz, doch dort begegnet er dem Kobold Rofokal von der Verfluchten Inquisition, der das Partikel des Feindes in Hakkar wahrnimmt und ihn in die Folterkammer des Tyrannen Baal bringt.

Nachdem der Tyrann ihn auf grausame Weise gefoltert hat, beschließt er, Hakkar für alle Ewigkeit in sich selbst einzusperren, um die Energie des Partikels der Ordnung für seine eigenen Zwecke zu nutzen. Scyth wehrt sich jedoch und tötet den Dämon. Belial trifft ein, um seinen Freund Baal zu besuchen, und vernichtet Scyth.

Danach bleibt Scyth nur noch ein einziger Versuch, denn in allen anderen Dimensionen ist der Zeitpunkt, an dem Hakkar nicht von der Verfluchten Inquisition entdeckt wird und überleben kann, bereits vorüber.

Er plant, die *Kohle* nicht durch rohe Gewalt, sondern durch eine Karriere in der Legion zu beschaffen, indem er genug Ruhm erwirbt, um eine Audienz beim großen Prinzen zu bekommen.

Auf diesem letzten Zeitstrahl haben fünf von Hakkars Freunden überlebt: die Dämonen Abducius und Motif, der Rakshasa Karakapanka, der Sukkubus Lerra und der Kobold Rupert. Er lässt sie in Ruby City zurück, damit sie sich amüsieren können, und loggt sich aus, um zu schlafen.

Am nächsten Morgen trifft Alex sich mit seinen Freunden zu einer Besprechung. Edward informiert ihn, dass Colonel, der Anführer von Excommunicado, sich ihrem Bündnis anschließen will, doch dass er vorher auf einem persönlichen Treffen mit Scyth besteht. Er empfindet es als respektlos, dass Edward an Alex‘ Stelle erschienen ist. Da Colonels älterer Bruder der Anführer des Vereinten Kartells ist, könnte es für die Erwachten zu einem Problem werden, ihm seine Bitte abzuschlagen. Also beschließt Alex, sich Zeit für ein Treffen zu nehmen.

Nachdem Scyth-Hakkar wieder im Lager der 13. Legion erschienen ist, erfährt er, dass viele neue Rekruten und der neue Legatus Abaddon eingetroffen sind, der Endboss der letzten Dämonischen Spiele.

Unter den Neuankömmlingen befinden sich zwei mächtige, arrogante Dämonen, die von Hakkar und seinen Freunden verlangen, sich ihnen zu unterwerfen. Mithilfe seiner Fähigkeit *Schmeichelei* veranlasst der Dämon Motif sie, sich als kriminelle Chaositen zu enttarnen: Dämonen, die die großen Prinzen des Infernos ablehnen und sich nur dem Chaos beugen. Scyth will sie in ihre Schranken weisen, doch bevor er handeln kann, erscheint Abaddon und verschlingt sie. Danach lädt der Legatus Hakkar zu einem Gespräch ein.

Abaddon befördert Hakkar zum Zenturio, ernennt ihn zum ersten Instiga der Legion und bietet ihm an, die Sondereinheit anzuführen — eine Gruppe von sieben Kämpfern, deren Aufgabe es sein soll, die feindliche Flagge zu erobern.

Abaddon will den Mitgliedern der Sondereinheit zusätzliches Chao geben und sie ins Herz der Leere schicken, damit sie sich mehr Sterne verdienen können. Es ist der Ort mit der höchsten Chao-Konzentration und den gefährlichsten Bestien des Infernos.

Am Schluss des Gesprächs gibt Abaddon zu erkennen, dass er weiß, wer sich hinter der Maske des Tieflings versteckt. Scyth erklärt den Grund für seinen Besuch im Inferno, und am Ende treffen die ehemaligen Feinde aus den Dämonischen Spielen eine Vereinbarung:

Hakkar wird Abaddon helfen, durch Siege im Kampf Belials Wertschätzung zurück-zugewinnen, und der Legatus wird Scyth helfen, mit einigen *Funken des Höllenfeuers* zu entkommen, denn für Scyths Zwecke ist eine ganze *Kohle* nicht nötig.

Nachdem Scyth Abaddons *Hülle der Verderbtheit* verlassen hat, hat er eine Vision seiner Zukunft: Sein Charakter ist entkörperlicht worden, die Untoten nehmen Kharinza ein und Meisters Handwerker verklagen Scyth und ruinieren die Erwachten, nachdem sie ihre versprochenen Boni durch *Einheit* nicht erhalten haben. Als er nach der albtraumhaften Vision wieder zu sich kommt, hört er die Stimme des Chaos: *Deine Geschichte wäre zu Ende gewesen, wenn ich nicht eingegriffen hätte.*

Hakkar rekrutiert seine dämonischen Freunde für die Sondereinheit, doch es ist noch ein Platz frei. Auf den Rat des Zenturios Nisrok und seines Assistenten Voley hin akzeptiert er den Narren Riddick in die Gruppe — ein weiterer Boss aus den Dämonischen Spielen, den Scyth ausgeschaltet hat.

Später lässt Riddick Scyth wissen, dass er ihn erkannt hat, doch er verrät niemandem etwas davon, weil er glaubt, mit Scyth und seiner Einheit noch größeren Spaß zu haben.

Vor dem Ausflug ins Herz der Leere loggt Hakkar sich aus *Dis* aus, um sich in einem Sicherheitsraum mit Cesar Calderone alias Colonel und Renato Loyola alias Quetzal zu treffen, der bei den Spielen Scyths Verbündeter war.

Abgelenkt von Rita Wood kommt Alex zu spät zu dem Treffen. Nachdem er sich entschuldigt hat, erklärt er Calderone, warum er sich bisher nicht mit ihm treffen konnte. Alex einigt sich mit Cesar: Calderone verspricht, ein Verbündeter der Erwachten zu werden, wenn drei seiner Leute im Gegenzug Priester der Schlafenden Götter werden.

Colonel verrät Alex, dass er eine Spionin unter den Botschaftern der Vernichtenden Seuche hat. Es handelt sich um Angelina Veratti alias Angel, die einmal Mitglied seines Clans war. Laut Cesar könnte Angel Scyth helfen, indem sie im kritischen Moment auftaucht, um Eileen ihre *Unsterblichkeit* zu entziehen.

Außerdem lässt er Alex wissen, dass seinen Analytikern zufolge Eileen und ihre untote Horde Kharinza binnen weniger Tage erreichen werden. Beim Abschied warnt Scyths neuer Verbündeter ihn, dass die Sicherheitsoffiziere der Erwachten nicht die sind, die sie zu sein scheinen.

Nach dem Treffen beruft Alex eine Clan-Besprechung ein und erzählt den anderen nicht nur von der Vereinbarung mit Excommunicado, sondern auch von seiner Vision über eine mögliche Zukunft. Die Jungs beschließen, sicherheitshalber einige ihrer Ersparnisse in Tresoren der Bank der Goblin-Liga zu verwahren.

Wieder im Inferno führt Hakkar die Spezialeinheit ins Herz der Leere. Drei Tage lang kämpfen sie gegen mächtige Bestien der Hölle und entdecken ein Lager von Chaositen, die sie vernichten. Die Einheit erleidet keine Verluste, und die Kämpfer stehen kurz davor, ihren ersten roten Stern zu bekommen.

Bei ihrer Rückkehr zur Legion finden sie ihr Lager

leer vor. Alle Soldaten sind auf dem Schlachtfeld. Abaddon nimmt ihre Anwesenheit wahr, schickt die Sondereinheit zum Kampfplatz und berichtet Hakkar, dass General Xavius die Regeln des Spiels der Reiche geändert hat: Von nun an muss die Legion so lange kämpfen, bis sie eine Niederlage erleidet. Der Kampf steht kurz bevor, und sein Ausgang hängt von Scyth ab.

Dank Hakkar siegt die 13.Legion. Abaddons Rivale General Xavius erscheint persönlich, um ihm zu „gratulieren".

Der General hat dem Kampf zugeschaut und erkannt, wem der plötzliche Aufstieg seines Erzfeindes zuzuschreiben ist. Um Hakkar auszuschalten, gibt Xavius ihm einen Auftrag, den er nicht ablehnen kann: Er soll einer Beschwörung der Trolle von Uzul'Urub folgen.

Nachdem Xavius Hakkar die *Peitsche des Hundemeisters* und die Fertigkeit *Verdorbenes Blut* verliehen hat, wirft er den Tiefling in ein Portal.

Wie sich herausstellt, ist Uzul'Urub eine Instanz, und Hakkar ihr vorletzter Boss, den Häuptling Mandalar gerufen hat, um seinen Stamm der Trolle vor Eindringlingen des Imperiums zu schützen.

Die ersten Spieler, die den Raid-Dungeon von Uzul'Urub erreichen, sind die Kinder von Kratos. Die Clan-Anführer Joshua und Vivian Gallagher nehmen am Raid teil. Unterwegs erzählt Joshua seiner Frau, dass Scyth im Inferno festsitzt, sodass die sogenannte Operation Geraldina vorübergehend ausgesetzt ist. Die Details der Operation, deren Ziel es ist, die Spitzengefahr zu eliminieren, sind sogar Joshua unbekannt, obwohl er sie selbst in die Wege geleitet hat, denn laut seiner Insider bei *Snowstorm* können die KIs der Schäfer die Gedanken aller Spieler lesen.

In der Instanz kämpfen die Kinder gegen den

Hundemeister Hakkar und werden gewipt. Außerdem infiziert Hakkar sie mit *Verdorbenes Blut*, was später eine Epidemie in *Disgardium* verursacht. Tausende von NPCs sterben, doch die Heiler und Nergals Priester stellen schnell ein Heilmittel her, die die Infektion unter Kontrolle bringt.

Nach dem Wipe wollen die Kinder von Kratos in den Dungeon zurückkehren, doch die Instanz ist verschwunden.

Hakkar muss erkennen, dass er für immer in der Rolle eines Dungeonbosses stecken bleiben wird, wenn er den Häuptling der Trolle nicht überzeugen kann, nach Kharinza zu ziehen, wo der Stamm sicher sein würde. Mandalar nimmt sein Angebot jedoch an, entlässt ihn aus Dankbarkeit aus dem Dienst und schickt ihn wieder ins Inferno.

Kurz nach seiner Rückkehr verliert Hakkar das Bewusstsein: Alex fällt ins Koma. Der Grund dafür könnte sein Schlafdefizit sein, aber es könnte auch einen ernsten Grund geben. Nach einer späteren Untersuchung durch den Ingenieur Sergei Yuferov vermutet Hairo, dass das Problem durch eine ausgetauschte Nährstoffpatrone verursacht worden sein könnte, deren Seriennummer nicht mit den anderen Patronen aus dem gleichen Karton übereinstimmt.

Die Sicherheitsoffiziere bringen Alex in eine Untergrund-Klinik. Rita begleitet ihn, sodass Edward Rodriguez alias Crawler die gesamte Verantwortung für den Clan übernehmen und Kharinza gegen die Untoten verteidigen muss.

Dazu muss er so schnell wie möglich alle Verbündeten der Erwachten versammeln. Die Goblin-Liga, Yoruba, Modus, die Wanderer, Excommunicado, Taipan, die Orks der Zerbrochenen Axt, die Toggs, Moraines Kultisten und sogar die gerade erst eingetroffenen Trolle von Uzul'Urub sind bereit, zu helfen. Die Verbündeten beschließen, die untote Horde auf der einige Kilometer von Kharinza entfernten Insel Zweiter Bumerang in Empfang zu nehmen. Ed hat die Insel vorgeschlagen, um den anderen den Standort des Schlosses der Erwachten nicht verraten zu müssen.

Malik hat *Lavacks Herz* gefunden, das er benutzen kann, um die Instanz „Verschollenes Heiligtum von Lavack" in der Lakharianischen Wüste freizuschalten, die er einige Monate zuvor entdeckt hatte.

Die Excos sollen zu Anhängern der Schlafenden Götter geweiht werden, doch sie können den nötigen Schwur, Scyth und den Erwachten keinen Schaden zuzufügen, nicht leisten, weil die Schlichter ihren Ruf nicht beantworten. Offenbar ist das gesamte Himmlische Schiedsgericht verschwunden.

Die Verbündeten nutzen die ihnen verbleibende Zeit, um im Verschollenen Heiligtum von Lavack den *Ersten Kill* zu verdienen und auf Terrastera zu grinden. Die reichen Clans bezahlen den Erwachten mehr als eine Milliarde in *Disgardium*-Gold und Dunklen Phönix, um an den Raids teilnehmen zu dürfen.

Für den *Ersten Kill* erhalten die Raid-Mitglieder den Perk *Waffe der Unbeständigen Winde* (*Du kannst einmal pro Tag eine befristete Waffe kreieren, die zur Zeit ihrer Aktivierung perfekt für deinen Charakter geeignet ist. Dauer: 24 Stunden).* Diese Belohnung und die göttlichen Waffen, die sie erhalten, übertreffen all ihre Erwar-tungen.

Auf Terrastera erreichen die Verbündeten Level 600, bevor ihr Erfahrungsgewinn sich verlangsamt. Die Anführer diskutieren über die seltsamen Dinge, die in *Disgardium* passieren. Als das Gespräch auf Alex' Koma kommt, äußert Hinterleaf die Vermutung, dass alles, was ihren Charakteren zustößt, sich in ihrem realen Körper widerspiegelt. Er erzählt die Geschichte eines MOSOWs, der zehn Jahre in virtuellen Minen gearbeitet und Silikose bekommen hat, eine typische Bergarbeiter-Krankheit. Außerdem erwähnt er eine berühmte Künstlerin, die nicht malen konnte, bevor sie *Dis* gespielt hat.

Wenige Stunden vor dem Kampf schließen Crawler und sein Ausbilder, der Magier Vert, den Bau der sechsten Etage des Magierturms ab und erhalten ein Achievement. Die Belohnung ist das göttliche Zepter *Lokis Trick*, das überzeugende Illusionen von allem kreieren kann, was der Magier wirken will.

Nachdem Crawler eine Illusion der Armee der Verbündeten auf Zweiter Bumerang erzeugt hat, verbergen er und 30 seiner höchstleveligen Kämpfer sich auf der Insel. Während Eileen die imaginäre Armee angreift, ist sie unaufmerksam, sodass die Gruppe Hinterleafs Artefakt *Seelenverbindung* einsetzen kann. Sie erreichen Eileen und übergießen sie mit *Konzentrierter Lebensessenz*, die Crawler von Destiny erhalten hat.

Bevor Eileen stirbt, schafft sie es noch, Mogwai zu beschwören. Der ehemalige Oberste Botschafter hat Cthulhus göttliche Kettenquest abgeschlossen und ein untotes fliegendes Reittier erhalten, das gegen Klima-Debuffs und *Erschöpfung* über dem Ozean immun ist. Er benutzt es, um nach Kharinza zu fliegen und zu Behemoths Tempel vorzudringen. Unterwegs begegnet er dem Troll Dekotra, Anführer von Moraines Kultisten, den er durch ein Portal zu Eileen wirft.

Viele Verteidiger von Behemoths Tempel sterben, bis Nge N'Cullin schließlich mit den Bestiengöttern erscheint. Der Montosaurus, der Kharinza beschützt, seit Scyth ihm die Freiheit gegeben hat, hatte den Wächter der Fortgegangenen um Hilfe gebeten.

Die Bestiengötter werfen Mogwai in den Ozean

hinaus, und als er zurückkehrt, ist Kharinza verschwunden. Durch den enormen Zufluss von *Glaube* durch Scyths *Selbstaufopferung* auf Nettles Anwesen und der Menge von Anhängern, die sich zum Kampf versammelt haben, ist Behemoth in der Lage, die gesamte Insel in einen unerforschten Teil des Bodenlosen Ozeans auf der anderen Hemisphäre zu versetzen.

Nachdem Alex aus dem Koma erwacht ist, schaut er dem Kampf über Mogwais Livestream zu. Er will so schnell wie möglich nach Hause zurückkehren, um seine Mission im Inferno fortzusetzen. Die Sicherheitsoffiziere wollen seine Rückkehr geheim halten, um den Spion unter ihnen zu finden, indem sie Alex‘ Tod vortäuschen.

In Cali Bottom spricht Alex mit Ed. Außer Rita ist er der Einzige, der von Hairos Plan weiß. Ed berichtet Alex, was er unternommen hat. Gemeinsam müssen sie zusehen, wie Kinema von den Untoten eingenommen wird. Eileen ist in die Hauptstadt der Goblins eingedrungen, um sich die Ausrüstung zurückzuholen, die Scyth ihr in Darant abgenommen hatte. Viele Einwohner können nach Kharinza und in andere Teile von *Disgardium* fliehen, aber zahlreiche Verteidiger werden in Untote verwandelt.

Zur gleichen Zeit erscheint Orsobal, ein neuer Verwüster, in der Nähe von Kinema, doch Eileen ignoriert ihn.

Nergals Priester treten in den Kampf ein, und Crag nimmt ebenfalls teil. Der Hohepriester wirkt einen perfekten Schutzschild auf Nergals Auserwählten, sodass Crag auf den Rücken des Verwüster springen kann und auf ihm in den Nether reitet.

Alex, der aus eigener Erfahrung weiß, dass die Zeit dort 500-mal schneller vergeht, befürchtet, dass Crag nicht überleben wird oder — noch schlimmer —

in Neuns Hände fallen könnte.

Tobias wird so schnell wie möglich aus seiner Kapsel geholt, doch es ist bereits zu spät. Nach einer albtraumhaften Folter ohne Schmerzfilter verliert er den Verstand, zerstört die Kapsel und schwört, sich nie wieder ins Spiel einzuloggen.

Bei seiner Rückkehr ins Inferno findet Scyth sich im Kampfgetümmel wieder. Während seiner Abwesenheit hat sein digitalisiertes Bewusstsein Hakkar weiterhin kontrolliert und neun Siege für seine Legion errungen, sodass sie zur 6. Legion aufgestiegen ist. Falls die Soldaten zehn Kämpfe nacheinander gewinnen, besteht eine hohe Chance, dass Hakkar zu einer Audienz beim großen Prinzen Belial eingeladen wird. Die 6. Legion steht Diablos 1. Legion gegenüber, die von Legatus Mephistroth angeführt wird. Während seines Kampfes mit Hakkar droppt er *Körner von Mephistroths Salz*. Ein Elixier mit ähnlichem Namen hatte Eds ersten Charakter Nagvalle zu einer Gefahr gemacht.

Nach ihrem Sieg ruft Belial Hakkar und die anderen Offiziere der Legion zu sich. Der große Prinz befiehlt, den Tiefling zum Ersten Tribun zu befördern, und verleiht ihm den Titel „Der Unaufhaltsame".

Doch kurz danach erscheint die Verfluchte Inquisition, angeführt von Tyrann Baal. Der Kobold Rofokal erklärt, dass Hakkar ein Partikel der Ordnung in sich trägt. Abaddon gibt zu, davon gewusst und trotzdem mit ihm zusammengearbeitet zu haben, um dem Prinzenreich zum Sieg zu verhelfen. Belial beschließt, beiden zu vergeben. Daraufhin greifen Baal und Xavius den großen Prinzen an und sperren ihn unter der Kuppel der *Ewigen Gefangenschaft* ein. Es stellt sich heraus, dass Xavius und die Verfluchte Inquisition kriminelle Chaositen sind.

Die anderen drei großen Prinzen Diablo, Azmodan

und Lucius nehmen die Verschwörung wahr und erscheinen. Sie sind nicht damit einverstanden, dass Dämonen über das Schicksal eines Gottes entscheiden, und beschwören das Chaos. Seine Stimme erklärt, dass Hakkar kein Feind und Belial frei ist.

Der befreite große Prinz täuscht vor, die Verräter zu begnadigen, doch er will, dass die Gegner ihren Konflikt in einem Kreis der Chaotischen Gerechtigkeit austragen.

Xavius und zehn Verfluchte Inquisitoren stehen Abaddon und Hakkar gegenüber, der unerwartete Hilfe vom Dämonen Peiniger erhält, einem Legatus von Diablo und Scyths Verbündeter bei den Dämonischen Spielen.

Abaddon entkörperlicht Xavius, doch er wird schwer verletzt. Peiniger schaltet sieben Gegner aus und wird dann tödlich verwundet. Hakkar beseitigt die letzten drei Angreifer: den Kobold Rofokal, den Dämon Dantalian und den Tyrannen Baal.

Belial heilt Abaddon und erklärt ihn wieder zum General seiner Legionen. Der Prinz will Hakkar entkörperlichen, und Peiniger ist ebenfalls dem Ende nah.

Hakkar erinnert sich an sein Treffen mit Nge N'Cullin und übermittelt Belial die Nachricht des Wächters: Er wird sein Versprechen halten. Die großen Prinzen freuen sich darüber, denn bevor sie sich dem Chaos zugewandt haben, haben sie dem Wächter ihre Herzen gegeben, und er hat versprochen, sie rein zu halten, sodass sie eines Tages in ihre wahren Gestalten zurückkehren können.

Nachdem die Prinzen sich Scyths Geschichte angehört haben, bieten sie ihm ihre Hilfe beim Kampf gegen die Vernichtende Seuche an. Die Dämonen träumen davon, nach *Disgardium* zurückzukehren, doch falls der Nether zu mächtig wird und die Untoten siegen, wird das unmöglich sein. Belial gibt Scyth einige *Funken des Höllenfeuers*. Der von Diablo geheilte Peiniger hebt unbemerkt einen Tropfen von *Belials Blut* auf, den der Prinz während des Angriffs der Verräter verloren hat. Der Dämon wird aus dem Inferno verbannt, weil er Scyth geholfen hat.

Die Prinzen erklären Scyth, dass er ihre Legionen einmal beschwören kann, wenn er den Titel des Dämonenkämpfers ablegt. Scyth und Peiniger werden nach *Disgardium* zurückgeschickt. Beim Abschied enthüllt Belial, dass Peiniger Diablos Sohn ist.

Die im Nether feststeckende, digitalisierte Kopie von Crags Bewusstsein wird zum Kanal für Nergal den Leuchtenden. Der neue Gott bietet Neun einen Handel an: Er wird ihr bei der Flucht nach *Disgardium* helfen, wenn sie bereit ist, seine Hohepriesterin zu werden und seine Feinde zu vernichten.

Disgardium 10. Drohende Gefahr

Scyth kehrt mit dem Dämon Peiniger, Diablos Sohn, nach *Disgardium* zurück. Sobald er angekommen ist, wird er von Meuchelmördern der Dunklen Bruderschaft angegriffen, die für den Tod ihres Anführers Nettle Rache nehmen wollen.

Peiniger verschlingt sie, und als ihm klar wird, dass ihnen weitere folgen werden, die es auf Scyth abgesehen haben, beschließt er, vorerst bei ihm zu bleiben — nicht, um ihn zu beschützen, sondern um die Gelegenheit wahrzunehmen, die Seelen der Angreifer zu absorbieren. Der Dämon erklärt sich einverstanden, ein Priester der Schläfer zu werden.

Dank der Sterne, die Scyth im Inferno verdient hat, erreicht er Level 1.001 und erhält die Fertigkeit

Stoisch, die es ihm ermöglicht, extreme Klimabedingungen auszuhalten. Zusammen mit dem *Geliehenen Chao,* das er für einen Tag von Belial erhalten hat, überschreitet Scyth vorübergehend Level 3.000.

Nachdem er sein Level verdreifacht hat, ist er bereit, den Nukleus der Vernichtenden Seuche zu vernichten, und schmiedet einen Plan: Zuerst muss er die Tempel seiner Feinde an den Stätten der Macht am Südpol und in der Lakharianischen Wüste zerstören.

Die Goblinfrau Kusalarix, eine Anführerin der Grünen Liga und Priesterin der Schläfer, verspricht ihm, zwei Teams von Bauarbeitern bereitzuhalten. Als Alex seine Nachrichten prüft, die sich angesammelt haben, während er im Inferno war, stößt er auf eine von Destiny, in der sie ihn warnt, dass die Kinder von Kratos an einem Plan arbeiten, Alex im realen Leben gefangen zu nehmen.

Scyth loggt sich aus und informiert Hairo über Destinys Warnung. Außerdem besteht er darauf, dass Ed wieder Zugang zu seiner Kapsel erhält, denn er braucht in *Disgardium* seine Hilfe.

Crawler erzählt Scyth, dass er einen *Starken Vervielfältigungstrank* erfunden hat, der zehn Kopien von allen Gegenständen in *Disgardium* kreierten generiert, solange sie so klein wie die Flasche sind, in der der Trank sich befindet. Scyth will *Belials Blut* oder *Konzentrierte Lebensessenz* vervielfachen, doch die Versuche schlagen fehl, weil das *Blut* nicht in *Dis* kreiert wurde, und die Flasche mit der *Lebensessenz* zu groß ist.

Als Nächstes wendet Scyth sich an den Ingenieur Joker, den er bei den Dämonischen Spielen kennengelernt hat, und bittet ihn, Kugeln herzustellen, die *Belials Blut* enthalten. Wenn solch eine Kugel ihr Ziel trifft, absorbiert sie die gesamte Magie in seiner

Umgebung. Scyth will die Verbindung der Botschafter zum Nukleus unterbrechen, damit sie wieder sterblich werden und leichter auszuschalten sind.

Es gelingt Joker, eine *Explosive Kugel mit Belials Blut* herzustellen, und Crawler kann sie vervielfachen. Nun ist nur noch ein Scharfschütze nötig, die sie abfeuern kann. Scyth erinnert sich an Hellfish, einen ehemaligen Verbündeten bei den Dämonischen Spielen. Der Werwolf-Scharfschütze ist zu jedem Spaß aufgelegt und willigt ein, Scyth zu helfen.

Scyth, Peiniger und Hellfish können beide Tempel der Vernichtenden Seuche zerstören, obwohl es nicht einfach ist, denn die Botschafter haben bei den Dunklen Götter das höchste Ansehen erreicht und werden von ihnen unterstützt. Ohne seine beiden Verbündeten wäre es Scyth nicht gelungen.

Sie räumen die Stätten der Macht, doch es ist zu früh, mit dem Bau der Tempel der Schläfer zu beginnen, weil die Botschafter der Vernichtenden Seuche zurückkehren könnten. Um die feindlichen Botschafter abzulenken, beschließt Scyth, Viderlich anzugreifen. Dazu muss er nicht nur die verbündeten Clans und Anhänger der Schläfer versammeln, sondern auch König Bastian und Imperator Kragosh überzeugen, sich ihm anzuschließen. Der Angriff auf die Hauptstadt der Untoten muss ernst genug aussehen, damit der Nukleus seine Botschafter herbeiruft, um sie zu verteidigen.

Inzwischen brodelt es in der ganzen Welt. Eileen hat auf Shad'Erung eine Horde von Untoten versammelt und marschiert auf Shak zu, die Hauptstadt des Imperiums. Auf Latteria zerstört Mogwai mehrere Schlösser der Spitzenclans und zwingt die Azurblauen Drachen, sich der Vernichtenden Seuche anzuschließen. Er geht jedoch nicht so weit, Darant anzugreifen, denn der Zeitpunkt ist gekommen, mit der Allianz und dem Imperium einen Pakt zu schließen.

Mit einer Einladung zur Audienz bei König Bastian reist Scyth zum Schloss des Herrschers, doch dort schlägt ihm nur Feindseligkeit entgegen. Es stellt sich heraus, dass Nergals Priester einen Putsch inszeniert haben. Der Leuchtende Gott hatte von der Allianz verlangt, ein Bündnis mit der Vernichtenden Seuche einzugehen, doch König Bastian hatte sich geweigert. Daraufhin war er abgesetzt worden, und nun sitzt sein Bruder Dominic, ein Marionettenkönig, auf dem Thron.

Die Priester von Nergal versuchen, Scyth gefangen zu nehmen und seine *Konzentrierten Lebensessenzen* zu stehlen, doch er kann fliehen. Danach steht fest, dass er von der Allianz keine Hilfe erwarten kann.

Er hofft auf mehr Glück bei den imperialen Legionen. Als Geste des guten Willens machen Scyth, Hellfish und Peiniger sich auf den Weg nach Shad'Erung und vernichten sowohl die Untoten als auch Eileen. Scyth wirkt *Glücksrad* auf sie, sodass ihr Level auf 1 sinkt.

Scyth macht sich Sorgen darüber, was im realen Leben vor sich geht, und schickt Crawler zurück, um es herauszufinden, doch sobald der Magier sich aus *Disgardium* ausgeloggt hat, bekommt Alex ein ungutes Gefühl.

Horvac, der im Imperium verehrte Anführer der Wanderer, arrangiert ein Treffen zwischen Scyth und Kragosh. Wie sich herausstellt, hatte Eileen Kragosh das gleiche Angebot gemacht, das König Bastian von Mogwai erhalten hatte: die Welt zwischen Sterblichen und Untoten aufzuteilen. Kragosh hatte sich jedoch strikt geweigert und stattdessen seine Legionen zusammengerufen, um Shak zu verteidigen, obwohl er wusste, dass sie gegen die unsterbliche Eileen und ihre Horde hochleveliger Untoter keine Chance haben würden. Da Scyth die Botschafter aus dem Weg geschafft hat, ist der Imperator bereit, seine Legionen für das Ablenkungsmanöver bei Viderlich zur Verfügung zu stellen.

Beim Abschied erinnert Kragosh sich an die Prophezeiung des Ersten Schamanen: *Lebende und Tote, Dämonen und Sterbliche — sie werden Seite an Seite gegen ihren gemeinsamen Wahren Feind kämpfen.* Horvac zieht die Spiel-Enzyklopädie zu Rate und findet heraus, dass diese Prophezeiung von einem Orakel der Fortgegangenen stammt. Sie ist vor so langer Zeit gemacht worden, dass die Übersetzung ungenau sein könnte, weil es zu der Zeit noch keine Dämonen gab.

Scyth lässt seine Verbündeten in der Nähe von Viderlich zurück und stattet Oyama, dem Großmeister des Unbewaffneten Kampfes, einen Besuch ab. Nachdem Scyth ihm von seinem Abenteuer im Inferno berichtet hat, ist sein Ausbilder stolz auf ihn. Er erklärt sich bereit, ihm im Kampf gegen die Vernichtende Seuche zur Seite zu stehen, und bietet ihm sogar die Unterstützung der Bewohner des Dorfes Jiri an.

Unterdessen ist Crawler noch nicht wieder nach *Disgardium* zurückgekehrt. Alex sorgt sich um ihn und seine anderen Freunde, doch als er sich ausloggen will, hindert die Kapsel ihn daran, die Immersion zu verlassen, um ihn vor einer aggressiven Umgebung zu beschützen.

Er muss in *Disgardium* bleiben, während sich im realen Leben in Cali Bottom schreckliche Dinge zutragen. Bei einer Abschiedsfeier für Alex Sheppard auf dem Dach der Basis feuern unbekannte Flieger in die Menge. Die Angreifer wollen den Sarg mit „Sheppards Leiche" an sich bringen, doch als sie entdecken, dass sich nur eine Biodruck-Kopie seiner

Leiche darin befindet, versuchen sie, sich Zugang zum Gebäude zu verschaffen, um den realen Alex zu finden. Rita Wood hört, wie einige der Angreifer erwähnen, dass jemand namens Geraldina ihnen hilft.

Trixie hält Rita bei ihrer Flucht vom Dach auf, weil er vor Angst wie gelähmt ist und sich an sie klammert. Sie versucht, Trixie und sich selbst zu retten, indem sie zu einem der Ausgänge läuft. Sie trägt den kleinen Mann auf dem Rücken, als die beiden von einer Plasmaladung getroffen werden. Rita wird durch Trixies Körper gerettet, doch Trixie stirbt.

Nachdem Rita die Verwilderten vor der Bedrohung für Alex gewarnt hat, eilt sie zu seiner Wohnung. Auf der Etage der Clan-Offiziere trifft sie Malik und Tissa, die ihr berichten, dass Ed vermutlich tödlich verwundet worden ist, und Hung, Tobias und Tomoshi ihn in die medizinische Abteilung geschleppt haben, um ihn zu retten.

Alex' Leibwächterin Maria Saar ist auf dem Dach gestorben, doch vorher hat sie ihnen noch befohlen, sich auf der gesicherten Etage zu verstecken, die nur durch eine Luke unter Alex' Bett zugänglich ist.

Alex' zweiter Leibwächter Roj van Garderen lässt Rita, Malik und Tissa in Alex' Wohnung. Tissa tötet Roj, als niemand zusieht, und greift dann Rita an, die im Schlafzimmer neben der Kapsel steht. Malik versucht, Rita zu helfen, doch Tissa tötet ihn ebenfalls, bevor sie sich an der Kapsel zu schaffen macht, um sie aufzubrechen. Obwohl Ritas Kehle aufgeschlitzt ist, kann sie ins Wohnzimmer kriechen, wo sie Rojs leblosen Körper entdeckt. Duda, Alex' Katzenhund, liegt schlafend in einem Sessel. Mit großer Mühe schafft Rita es, ihm zu befehlen, Alex zu verteidigen. Danach wird sie bewusstlos.

Als sie wieder erwacht, liegt sie in einer medizinischen Kapsel. Hairo steht neben ihr und berichtet ihr, dass der Angriff abgewehrt worden ist. Yoshihiru, der technische Experte des Clans, hatte eine Vermutung und hat Melissas Gehirn sowie ihren Körper gescannt. Dabei hat sich herausgestellt, dass die Tissa, die Rita angegriffen hat, tatsächlich der Androide Geraldina war — eine KI und Tissas perfekter Klon. Jemand — vermutlich die Kinder von Kratos — haben einen mentalen Abdruck von Tissas realem Bewusstsein genommen. Der Androide war ein eingeschleuster Spion, der durch Scyths Rückkehr aus dem Inferno und der Ankunft seiner „Leiche" aus der Klinik aktiviert worden ist.

Während des Angriffs der Söldner sterben viele Verwilderte und Nicht-Bürger. Niemand weiß, was mit der realen Tissa passiert ist. Ed liegt im Koma.

Scyth ist ahnungslos, was in der realen Welt passiert. Er bereitet sich darauf vor, Viderlich anzugreifen und gleichzeitig zwei Tempel der Schlafenden Götter zu errichten.

Die verbündeten Streitkräfte stehen sieben Botschaftern und ihren Untoten gegenüber. Scyth hat Angst um die NPCs, deren Tod in *Disgardium* endgültig wäre. Darum beschwört er die Dämonen, die nach ihrem Tod ins Inferno zurückkehren. Alle Legionen des Infernos folgen dem Ruf des ehemaligen Dämonenkämpfers. Ihr Anführer General Abaddon wartet auf Scyths Befehle.

Scyth beauftragt die Dämonen, die untote Horde zu vernichten und Viderlich zu zerstören, bevor er mit Kusalarix, Peiniger, Hellfish und den vier ehemaligen Wächtern der Schatzkammer des Ersten Magiers in die Lakharianische Wüste teleportiert, um dort mit dem Bau eines Tempels für die Schläfer zu beginnen.

Erneut ist die Stätte der Macht bereits von verseuchter Erde bedeckt und von einem Tempelturm eingenommen, auf dem Liam sitzt, ein Botschafter der

Vernichtenden Seuche, Elizabeths Neffe, Mogwais Freund und Tissas Ex-Freund.

Scyth befürchtet, den Tempelturm nicht zerstören und die Stätte nicht räumen zu können, weil Liam von seinem Dunklen Schutzgott Iblis unterstützt wird. Darum trifft er eine Vereinbarung mit ihm: Der Botschafter wird sich bis zum nächsten Tag freiwillig aus *Disgardium* ausloggen, und im Gegenzug wird Scyth ein Treffen zwischen Liam und Tissa organisieren. Nachdem Peiniger bestätigt hat, dass der Botschafter die Wahrheit sagt, ruft Scyth einen Schlichter, obwohl er bezweifelt, dass er auftauchen wird. Doch der Schlichter — ein gigantisches Auge — erscheint, aber es flackert nun rot statt blau. Scyth gibt sein Wort, und Liam loggt sich aus.

Nachdem sie die Stätte der Macht in der Lakharianischen Wüste geräumt haben, lassen Scyth, Peiniger und Hellfisch die Goblinfrau Kusalarix und die vier Wächter zurück, bevor sie nach Holdest teleportieren.

Am Südpol werden sie von Angel vom Clan der Eliten erwartet, die angeblich Colonels Spionin ist. Ihr Beschützer ist der Nukleus selbst. Sie kann nicht ausgeschaltet werden, noch nicht einmal mit *Konzentrierter Lebensessenz.* Scyth erfährt, dass Angel Colonel hintergangen hat. Sie und der Clan der Eliten werden im realen Leben von Kräften beschützt, die viel mächtiger sind als das Vereinte Kartell oder die Regierung, doch sie verrät keine Einzelheiten. Sie verwandelt sich in ein gigantisches Monster und greift Scyth an. Hellfish feuert eine Kugel mit *Belials Blut* auf sie ab und streckt sie nieder. Scyth fällt ein, dass das Himmlische Schiedsgericht wieder da ist, und vertreibt sie erfolgreich als Gefahr aus *Disgardium.* Als Loot erhält er einen *Regenbogenkristall.* Peiniger bekommt ebenfalls einen und verschlingt ihn.

Auf Scyths Signal hin ruft Kusalarix die Bauarbeiter. Unterdessen beobachtet Großmeister Oyama, wie die Dämonen die Horde der Untoten über einen 30 Kilometer von Viderlich entfernten Berghang treiben.

Vor fast 7.000 Jahren waren Masu Oyama und Abaddon, der zu der Zeit Abad Donmayes hieß, Freunde gewesen. Sie lebten im Dorf Jiri an der südöstlichen Grenze von Andara, einem alten, mächtigen Land, das von den drei Alten Göttern Diablo, Azmodan, Belial und ihrem Leutnant Lucius beherrscht wurde.

Oyama und Abad waren die einzigen Überlebenden eines Angriffs von Streitkräften des benachbarten Lakharia und schafften es, nach Andaras Hauptstadt Turquoise City zu gelangen. Der Ork Abad und der Mensch Masu wurden von einer reichen aristokratischen Familie adoptiert und konnten die Kampfkunstschule des legendären Großmeisters Kotaro besuchen. Die beiden wurden ausgezeichnete Kämpfer — die stärksten des Landes.

Nachdem sie in der Arena von Darant einen triumphierenden Sieg errungen hatten, waren sie getrennte Wege gegangen. Abad wurde ein Legatus in Belials Armee, während Oyama nach Jiri zurückkehrte, um das Haus seines Vaters wieder aufzubauen. Außerdem wanderte er durch Lakharia, das nun eine Wüste war, um Dunkle Magier zu finden und zu töten. Darüber hinaus suchte er nach Hinweisen auf die Fortgegangenen. Kotaro, Oyamas Ausbilder, hatte gesagt, dass die Fortgegangenen Meister der Kontrolle über den Fluss des *Geistes* gewesen wären, denn um ihren Platz in der Welt der Ordnung zu finden, hatten sie Selbstkontrolle lernen müssen.

Ein halbes Jahrhundert, nachdem Abads und

Masus Wege sich getrennt hatten, wurde Andara von zahllosen Horden der Anhänger der Neuen Götter geplagt. Unter ihnen befanden sich die Anhänger von Nergal, dessen Priester die Verwundeten heilen und die Gefallenen wiederauferstehen lassen konnten. Sie schwangen tödliche Sonnenstrahlen, die Andaras Legionen vernichteten.

Das Land war zerrissen, und die Hochfürsten sahen nur einen einzigen Ausweg: Sie wollten sich von Chaos berühren lassen. Die meisten Bewohner Andaras folgten ihnen in der Hoffnung, dass sie dann stark genug wären, sich ihr Land von den Eindringlingen zurückzuholen. Die Andaraner erhielten nicht nur die Stärke, ihre Feinde zu besiegen, sondern konnten auch durch die Länder ihrer Feinde marschieren und sie unterwerfen. Dafür mussten sie jedoch einen schrecklichen Preis zahlen: Sie wurden in seelenlose Dämonen verwandelt. Jahre später schlossen die Neuen Götter und die Hochfürsten von Andara den Dämonischen Pakt: Die Einwohner von Andara wurden ins Inferno verbannt, doch sie würden nach *Disgardium* zurückkehren können, nachdem sie 666 Dämonische Spiele gewonnen hätten.

Oyama weigerte sich, vom Chaos berührt zu werden, und verlor seinen Freund Abad. Seitdem hatte Oyama mehr und mehr Ruhm gewonnen, während Abaddon der Vernichter ein mächtiger Dämon und Belials General geworden war.

Das Wiedersehen mit seinem ehemaligen Freund, dem Befehlshaber aller Legionen des Infernos, peinigt Oyama. Er glaubt, dass der Sieg über die Neuen Götter es nicht wert war, sich mit dem Chaos zu verbinden, doch als er sieht, wozu die Vernichtende Seuche in der Lage ist, muss er erkennen, dass die Dämonen im Gegensatz zu den Untergebenen des Nukleus und der Neuen Götter wenigstens noch ihre Gedanken- und

Entscheidungsfreiheit haben.

Oyama hilft den Dämonen, die Schutzbarriere des Dunklen Gottes Kimi zu durchbrechen. Die verbündeten Streitkräfte erreichen Viderlich, wo die Botschafter der Vernichtenden Seuche bereits auf sie warten und zu Avataren ihrer Schutzgötter werden. Cthulhu sperrt alle in einer *Sphäre der Unendlichkeit* ein. Sobald die Ich-Bewussten sie berühren, sterben sie, und ihre Seelen werden vom Gott der Albträume angezogen. Niemand kann gegen die Neuen Götter kämpfen oder die Barriere der *Sphäre* durchdringen. Spieler und Dämonen sterben zu Hunderten und Tausenden.

Nur wenige überleben, darum vergessen Oyama und Abaddon ihr Zerwürfnis und überlegen sich einen verzweifelten, selbstmörderischen Plan, um Cthulhu aus dem Gleichgewicht zu bringen. Sie hoffen, dass die *Sphäre* dadurch verschwinden wird und die Überlebenden befreit werden können. Fast gelingt es ihnen, doch der taumelnde Cthulhu kann sein Gleichgewicht halten, ergreift die beiden und wirft sie sich in den Schlund.

Mittlerweile ist der Tempel am Südpol dank des RLRZKT-01, eines relativen lokalen Raum-Zeit-Kontinuum-Transformators, Version Null-Eins, bereits fertiggestellt. Er ist vom Ingenieur Muonchix erfunden worden, und kann die Zeit in einem bestimmten Bereich beschleunigen. Scyth widmet den Tempel dem dritten Schlafenden Gott Kingu, der alle schlechten Gefühle von Ich-Bewussten absorbiert. Er verleiht dem Apostel zwei neue göttliche Fähigkeiten: *Schlafende Wildheit* und *Ruf der Schläfer*. Die erste verleiht pro Fähigkeitslevel eine Chance von 20 %, jeden Gegner zu vernichten, während die zweite einen Schlafenden Gott oder Anhänger zur Hilfe rufen kann.

Scyth teleportiert gerade rechtzeitig nach

Viderlich, um Oyama und den Dämonen zu helfen, indem er Behemoth beschwört. Der Schläfer, der durch den Dunklen *Glauben* von Scyths *Selbstaufopferung* genährt worden ist, vertreibt die Neuen Götter.

Scyth ersteht auf dem Friedhof von Kharinza wieder auf und trifft seinen Freund Bomber. Der weigert sich, ihm zu erzählen, was im realen Leben vor sich geht, damit Scyth nicht von seinem Ziel abgelenkt wird. Zusammen teleportieren sie nach Viderlich und führen die übrigen Streitkräfte einschließlich der Dämonen und der wiederauferstandenen Verhinderer in die Stadt. Sobald die Dämonen auftauchen, schickt der Erste Priester Patrick O'Grady alle Anhänger der Schläfer außer Moraines Kultisten und den Söldnern der Grünen Liga nach Kharinza zurück, weil sie andernfalls dem Untergang geweiht wären.

Nachdem die Alliierten die unterirdische Stadt geräumt haben, zerstören sie den zentralen Tempelturm von Viderlich, unter dem sich das Versteck des Nukleus befindet. Scyths Tiergefährte Sharkon gräbt einen vertikalen Tunnel, doch er trifft auf etwas, das ihn tötet. Scyth springt in den Schacht, und die Dämonen und Hellfish folgen ihm. Etwas später kommen die Anführer der Verhinderer ebenfalls nach, weil sie nicht bei einem Angriff einer neuen Horde von Untoten an der Oberfläche sterben wollen. Außerdem wollen sie sich unbedingt an der Eliminierung der Botschafter beteiligen.

Die Generäle des Infernos, die Verhinderer, Scyth und Peiniger gehen durch Labyrinth von Gängen und müssen immer wieder gegen Untote kämpfen, bis sie an einem merkwürdigen Tunnel ankommen, der mit einer fleischähnlichen, formlosen Masse bewachsen ist: einem Level-0-Seuchenembryo. Es ist eine Falle, aus der nur Scyth entkommen kann, dem es gelingt, Hellfish zu retten. Peiniger kann sich durch die

Fähigkeit, sich in den Schatten zu bewegen, in Sicherheit bringen.

Endlich haben sie das Versteck erreicht, in dem die Botschafter der Vernichtenden Seuche auf sie warten. Der Nukleus spricht durch sie und bietet Scyth an, erneut der Oberste Botschafter zu werden. Scyth erlebt zum wiederholten Mal eine *Göttliche Offenbarung*: Peiniger opfert sich, um Scyth und Hellfish zu ermöglichen, die Wand zu durchbrechen, hinter der der Nukleus sich verbirgt. Dann erscheint Oyama und teilt ihm mit, dass er die Wand nicht durchdringen kann, weil sie aus *Inaktivem Verstärkungsstein* besteht. Kein Sterblicher kann sie zerstören. Dort endet die *Offenbarung*, und Scyth ist wieder in dem Gang mit den Botschaftern.

Dank der Vision kennt Scyth nun den einzigen Weg, die Botschafter zu besiegen. Peiniger zerdrückt sie zu Bällen aus Fleisch und Knochen und verschlingt sie. Dann wirft Scyth *Konzentrierte Lebensessenzen* in den Schlund des Dämons. Merkwürdigerweise hat er in der Vision weniger von ihnen übrig, als in der Realität. Alle Botschafter sterben.

Die Helden eilen ins Versteck des Nukleus. Peiniger kann die Wand durchbrechen, weil er kein Sterblicher ist, und Scyth läuft zum Seuchenbecken, in das er die *Konzentrierte Lebensessenz* hineingießen muss, um die Verbindung des Nukleus zum Nether zu unterbrechen.

Der Nukleus erscheint und greift in Scyths Mission ein. Er übernimmt die Kontrolle über sein Bewusstsein und lässt Selbstzweifel in ihm aufkommen. Scyth bekommt das Gefühl, dass er auf dem falschen Weg ist, dass die Schläfer die falschen Götter sind, dass seine Freunde nicht seine Freunde sind und dass er nur glücklich wird, wenn er sich der Vernichtenden Seuche und Nergal dem Leuchtenden anschließt. Aus den Gedanken des Nukleus findet er heraus, dass Nergal in den Nether gelangt ist und Beta Nr. 9 auf seine Seite gezogen hat — die Beta-Spielerin, die Scyth jahrelang gefangen gehalten hatte. Noch schlimmer ist, dass der Neue Leuchtende Gott das Himmlische Schiedsgericht in der Beta-Welt eingesperrt und es zu einer Vereinbarung gezwungen hat, deren Einzelheiten selbst dem Nukleus nicht bekannt sind.

Vom Nukleus manipuliert, freut Scyth sich, dass er wieder bei der Vernichtenden Seuche ist, doch dann erscheint Oyama und entzieht seinen Schüler der Aura des Nukleus. Scyths Bewusstsein ist wieder frei, doch sowohl die beiden als auch Peiniger, der sich in den Schatten versteckt hält, sind mit *Seuchenstaub* infiziert worden und verwandeln sich langsam in Untote.

Oyama und Scyth versuchen, am Nukleus vorbei das Seuchenbecken zu erreichen, um die *Essenz* hineinzugießen, doch der Nukleus wehrt sie ab und will Scyth töten. Moraine, die Alte Göttin des Todes, kommt ihnen zur Hilfe und lenkt ihn ab, sodass Peiniger sich Scyth in den Mund werfen und ihn zum Becken tragen kann. Mit der *Essenz* vernichtet Scyth den Nukleus. Während er schwächer und schwächer wird, können sich Tausende von Seelen und Essenzen jener, die von der Vernichtenden Seuche in Untote verwandelt worden sind, befreien. Anstelle des Nukleus findet Scyth zwei Tropfen Protoplasma: Moraine und Seelenernter, der Alte Gott, der von Nergal in den Nukleus verwandelt worden und vom Nether deformiert worden ist. Die Tropfen verschmelzen mit Scyths *Seelenernters Sensen.*

Scyth lässt Oyama und Peiniger auf Kharinza zurück und bittet Kusalarix, den vierten Tempel einem Schläfer zu widmen, falls er fertiggestellt werden sollte, bevor er zurückkehren kann. Danach loggt er sich aus. Er muss sich beeilen, um nicht zu spät zum Staatsbürgerschaftstest zu kommen. Sollte er sich auch nur eine Minute verspäten, wird er disqualifiziert und erhält die Staatsbürgerschaft nicht.

In Cali Bottom findet Alex einen erschöpften Hairo in seinem zerstörtem Schlafzimmer vor. Der Sicherheitsoffizier und Hung bringen Alex in die medizinische Abteilung, wo Rita Wood und Edward Rodriguez in Kapseln liegen.

Alex erfährt, dass Malik, Trixie, Maria, Roj und viele andere gestorben sind. Er gibt sich selbst die Schuld an ihrem Tod, doch am Ende erkennt er, dass die wahren Verbrecher die Kinder von Kratos sind. Alex geht zu seinen toten Freunden und schwört, sich an den Kindern zu rächen.

Alex hat keine Zeit, an Beerdigungen teilzunehmen, denn Hung und er müssen sich bereit machen, mit Hairo und Tobias zu ihrem registrierten Wohnort zu fliegen, um den Staatsbürgerschaftstest abzulegen.

Sie sind noch unterwegs, als Kusalarix meldet, dass der Tempel in der Lakharianischen Wüste fertiggestellt ist. Die Goblinfrau eilt dorthin, um ihn einem Schlafenden Gott zu widmen, doch sie hat nicht genug Zeit: Neun, die Betatesterin, deren Bewusstsein zehntausend Jahre im Nether verbracht hat, erscheint und tötet Kusalarix.

Prolog 1: Alex

DAS INTRAGEL IN der Kapsel lief ab, und ich streckte meine Hand nach dem Griff aus. Vor fünfzehn Minuten hatten Big Po und ich den Abkömmling des Nethers ausgeschaltet, die Regeneration der Gefrorenen Schlucht hatte begonnen und Pollux, der neue Nukleus der Vernichtenden Seuche, hatte Laneiran zur Obersten Botschafterin ernannt.

Das Letzte, was ich gesehen hatte, bevor ich aus dem Spiel geworfen worden war, waren Mogwais saures Gesicht und Big Pos selbstzufriedenes Grinsen gewesen.

Es würde sechs Stunden dauern, bis die Gefrorene Schlucht neu aktiviert werden würde.

Nach allem, was ich durchgemacht hatte, sollte man denken, dass ich diese sechs Stunden nutzen würde, um zu schlafen. Das würde jedoch nur in einem anderen Leben oder einer besseren Zukunft möglich sein. Das Universum hatte mir offensichtlich einen üblen Streich gespielt, als es mich zum Apostel der

Schlafenden Götter gemacht hatte. Was den Schläfern erlaubt war, war ihrem Apostel nicht möglich: Falls er einschlafen sollte, würden sie erwachen.

Niemand wusste, was dann passieren würden. Der ehemalige Direktor Kiran Jackson hatte einmal gesagt, sobald die Schläfer erwachen würden, würde *Disgardium* gelöscht und neu gestartet werden. Es wäre wieder unberührt und würde sich vielleicht zu einer ganz anderen Welt entwickeln, als wir sie kannten. Es würde keine Fortgegangenen, keinen Dämonischen Pakt und keinen Krieg zwischen den Alten und den Neuen Göttern geben. All das, wofür ich mein ruhiges Leben und eine glückliche Zukunft aufgegeben hatte, hätte keine Bedeutung mehr und würde nicht mehr existieren. Nein, die Schläfer mussten für immer und ewig schlafen.

Deshalb sprang ich aus der Kapsel und zog mich schnell an, während ich überlegte, wem ich außer Wesley vertrauen konnte. Er war mit mir ins reale Leben zurückgekehrt und suchte jetzt wahrscheinlich meine Wohnung.

Tissa war unterwegs zu Liams Tante Elizabeth, der Anführerin der Weißen Amazonen. Elizabeth sollte sich mit Hinterleaf in Verbindung setzen und ihn bitten, Tissa zu uns zu bringen. Das würde kein leichtes Unterfangen sein, denn der Luftraum über Cali Bottom befand sich unter der Kontrolle von Söldnern.

Edward und Rita waren noch im Krankenhaus. Am Tag zuvor hatten Hairo und Willy sie abholen und zu unserer Basis bringen sollen, weil wir alle zusammen mit der Raumyacht in den Weltraum hatten fliegen wollen, doch ihr Flieger war abgeschossen worden, sobald er abgehoben hatte, und unsere Yacht war im Raumhafen explodiert.

Tobias‘ Charakter steckte im Nether fest. Sollte er

fürs Erste ruhig dort bleiben, denn die Informationen, die er uns über Nergals und Neuns Pläne gab, waren sehr nützlich. Der Erste Inquisitor Larion hatte gesagt, dass alle Priester des Leuchtenden Gottes sich in Darant versammeln würden, um das Beschwörungsritual für Neun auszuführen, und wir mussten sie aufhalten, bevor es zu spät wäre.

Malik... Er war gestorben. Nur Hung und Tomoshi waren noch in Cali, und wir mussten Gyula und Manny einschalten, denn wir hatten Arbeit für sie. Außerdem war da noch Big Po... Es gab so viel zu tun, und jede Minute zählte. Sobald die Kinder von Kratos realisiert hatten, dass die Isolationszone bald deaktiviert werden würde, würden sie sicherlich einen „herzlichen Empfang" für die Spitzengefahr und die Botschafter der Vernichtenden Seuche vorbereiten.

Ich öffnete die Schlafzimmertür und blieb im Türrahmen stehen. Das einzige Licht im Raum kam von dem flackernden holgrafischen Bildschirm, auf dem die Aufzeichnungen der Überwachungskameras zu sehen waren. Leonid Fishelevich, der Veteran, den Hairo als Piloten für unsere explodierte Yacht angeheuert hatte, schlief in seinem Rollstuhl. Er hielt eine Flasche Alkohol in den Händen und wachte erst auf, als ich die Wohnungstür öffnete.

„He, Junge!", krächzte er heiser. „Bleib hier! Wohin willst du?"

Ich drehte mich zu ihm um. „Hallo, Herr Fishelevich. Ich muss sofort mit den Offizieren des Clans sprechen. Es ist dringend. Können Sie sie kontaktieren und sie bitten, in meine Wohnung zu kommen?"

„Einen Moment", murmelte er, rieb sich die Augen und gähnte. Er öffnete die Flasche und nahm einen Schluck. Ich konnte hören, wie er den Alkohol hinunterschluckte. Dann schüttelte er sich. Ich war so ungeduldig, dass ich ihn beinahe zurechtgewiesen hätte.

„In Ordnung, ich benachrichtige sie."

Er versuchte, Hairo und Willy zu erreichen, doch sie meldeten sich nicht. Als Nächstes setzte er sich mit Ivan von den Verwilderten in Verbindung.

„Van, bringt die Offiziere zu Alex... Ja, alle. Was? Nein, nicht deine Offiziere, sondern die des Clans. Vor allem..."

Leonid hielt inne, um zu überlegen. Ich kam ihm zur Hilfe. „Hung, Tomoshi, Tobias, Manuel und Gyula sollen kommen. Wenn sie in ihren Kapseln sind, soll er den Notausstieg aktivieren. Was immer sie auch gerade tun, wir müssen uns um dringendere Angelegenheiten kümmern. Oh, und er soll Wesley nicht vergessen. Er wandert wahrscheinlich durch die Korridore und sucht meine Wohnung."

„Wesley?" Fishelevich zog fragend die Augenbrauen hoch. „Ach ja, verstanden. Der dicke Junge, der gestern eingetroffen ist. Wer soll noch erscheinen?"

„Hairo, Willy, Sergei, Yoshi..." Ich listete alle Sicherheitsoffiziere auf. „Ivan soll auch an der Besprechung teilnehmen. Die Sache betrifft ihn ebenfalls."

„Hast du gehört, Van?", fragte Leonid. „Kurz gesagt, alle Jugendlichen aus *Dis*, Hairo mit seinen Leuten und du. Der Junge sagt, es wäre dringend, also beeilt euch!"

Er sah mich an und deutete auf das Sofa. „Sie sind unterwegs. Mach es dir gemütlich, ich setze Kaffee auf."

„Nein, ich werde Kaffee kochen", entgegnete ich. „Bleib mit Ivan in Kontakt. Trinkst du deinen Kaffee stark?"

„Darauf kannst du wetten, Junge. „Koch ihn so schwarz wie schmutziges Motoröl!"

Ich folgte seinem Wunsch. Das Getränk war heiß und bitter. Ich hatte gerade den ersten Schluck getrunken, als die Verwilderten meine Freunde und Kameraden in meine Wohnung brachten. Wir schauten alle düster drein, während wir uns begrüßten. Tomoshi hatte Eniko mitgebracht, die Tochter unseres Baumeisters Gyula. Tobias traf als Letzter ein.

Es war meine erste Gelegenheit, mit Ivan, dem Anführer der Verwilderten, zu sprechen. Er war ein riesiger Kerl, der mehrere Waffen bei sich trug. Er hatte einen schiefen Mund und schlechte Zähne. Er stand neben Hairo und flüsterte: „Was zum Teufel soll ich hier?" Morales deutete mit dem Kopf in meine Richtung und erwiderte etwas.

Ich betrachtete die eingefallenen, müden Gesichter und fragte mich, wie lange wir dieses Tempo noch durchhalten könnten. Erst gestern waren Hairo und Willy nur knapp dem Tod entkommen, als ihr Shark abgeschossen worden war, und Yoshi war beinahe von Tissas Klon getötet worden. Sergei hatte die Verteidigungsanlagen reparieren müssen und musste sich nun den Kopf darüber zerbrechen, wie er angesichts der neuen Bedrohungen die Befestigungen verbessern könnte.

Einige von ihnen hatten aus ihren Kapseln geholt werden müssen, andere hatten bereits im Bett gelegen und ein paar von ihnen waren an der Arbeit gewesen, doch nur Tobias war wütend. Er verriet uns nicht, wobei wir ihn unterbrochen hatten, aber er atmete so heftig, dass Tomoshi es erraten konnte. Wesley rieb sich nachdenklich das Kinn.

Inzwischen war das Wohnzimmer voller Leute, die

sich rastlos durcheinanderbewegten und sich unterhielten, bis Fishelevich schrie, dass sie alle ruhig sein und sich hinsetzen sollten, damit die Besprechung beginnen könnte. Die Sicherheitsoffiziere setzten sich aufs Sofa und in die Sessel, die wir in einen Halbkreis gestellt hatten. Ivan stellte sich hinter Hairo. Manny und Gyula hockten sich auf den Boden und lehnten sich mit dem Rücken an die Wand.

Eniko ging in die Küche, um mehr Kaffee zu kochen. Hung und Toby holten sich jeder einen Küchenstuhl und setzten sich verkehrt herum darauf, während Tommy sich neben sie stellte und heimlich gähnte. Als ich sah, dass Wesley etwas abseits stand, rief ich ihn zu uns. Ich selbst blieb stehen, denn ich wollte alle sehen können.

Hairo schaute mich an und nickte. Er sah aus, als ob er gerade aus dem Bett gestiegen wäre. Er rauchte eine Zigarre und hatte einen Energie-Drink in der Hand. Zwei weitere Dosen des Getränks steckten in seinen Jackentaschen.

Während Eniko Kaffee einschenkte, brachte ich mit trockener Kehle die ersten Worte heraus.

„Die Zeit ist knapp. Wir haben nur etwa fünf Stunden, darum das Wichtigste zuerst."

Ich begann mit Tissa, die mich im Gasthaus in der Gefrorenen Schlucht heimlich besucht hatte. Die anderen hörten zu, hielten ihre Überraschung und Zweifel zurück und akzeptierten am Ende, dass der Klon jetzt dank der Schläfer Melissa war. Mochten sie für immer träumen!

Als Nächstes erzählte ich ihnen, wie Tissa mir den *Kern der Vernichtenden Seuche* von Behemoth gebracht und Big Po und mir geholfen hatte, zu leveln. Sie erfuhren von meiner Gefangennahme durch Nergals Priester, vom neuen Nukleus Big Po, und wie er und seine Botschafter mich gerettet hatten. Dann trank ich einen Schluck Kaffee und fuhr mit Tissas Flucht aus der Basis der Kinder von Kratos fort.

Anschließend berichtete ich ihnen von Neun, die sich bei Tagesanbruch in *Dis* manifestieren sollte. Tobias bestätigte meine Worte, doch er stellte klar, dass unser Tagesanbruch im Nether erst in sechs Monaten wäre.

„Wesley und ich haben es geschafft, die Isolationszone zu deaktivieren", erläuterte ich. „Das bedeutet, dass die Gefrorene Schlucht sich gerade regeneriert und sich in fünfeinhalb Stunden wieder *Disgardium* anschließen wird."

„Mitten im Gebiet der Kinder von Kratos", fügte Big Po hinzu. „Sobald wir nach *Dis* zurückkehren, werden sie uns angreifen. Ihr wisst ja, wie hinterhältig die Gallaghers sind. Mit Nergals Hilfe werden sie uns wahrscheinlich ausschalten."

„Das ist die momentane Lage", schloss ich meinen Bericht ab. „Jetzt stehen zwei Dinge auf der Tagesordnung: Als Erstes müssen wir uns mit unseren Verbündeten in Verbindung setzen. Wir brauchen ihre Hilfe, um Big Po und mich dort herauszuholen."

„Das wird problematisch sein", warf Hung ein. „Ich habe Yar kontaktiert. Hinterleaf, Horvac und Colonel sind natürlich wenig begeistert, dass die Sache mit den Schläfern ohne dich scheitern wird und sie ihre Boni von *Einheit* verlieren werden. Aber sie können dir nicht helfen, weil sie nicht auf die Isolationszone der Kinder zugreifen können."

„Noch nicht", entgegnete ich und lachte kurz. „Was ist mit der Goblin-Liga?"

„Ich habe erst gestern mit ihnen gesprochen, als ich nach Kharinza geeilt bin, um Hiros zu holen", sagte Hung. „Ich habe erwähnt, dass du ihre Hilfe brauchst.

Ihre Antwort hat mich sprachlos gemacht."

„Was haben sie gesagt?", wollte ich wissen.

„Sie sagen, dass es nicht möglich ist", erklärte Hung wütend. „Du magst ja Probleme haben, aber wenn du auf dem Friedhof von Kharinza bist, bist du offensichtlich am Leben. Wozu sollen sie sich mit den verfluchten Kindern von Kratos anlegen? Ganz *Disgardium* ist von ihnen eingeschüchtert."

Tomoshi dachte, es wäre der richtige Zeitpunkt, um etwas anzumerken. „Ich habe die Kobolde und Troggs unterrichtet, Alex-kun. Sie verbeugen sich jetzt tief, wenn sie an deinem leblosen Charakter vorbeigehen."

„Ja, und sie salutieren dir sogar. Du bist eine Art Denkmal für sie", ergänzte Hung. „Trotzdem werden sie nicht helfen."

„Dann soll Behemoth es ihnen befehlen!" Ich wurde ungeduldig. Die Uhr tickte, wir hatten nicht viel Zeit. „Verstehen sie nicht, dass die Seele des Apostels in der Gefrorenen Schlucht festsitzt, und sein Körper deswegen bewegungslos ist und nicht reagiert?"

„Sie sind der Meinung, dass wir es allein schaffen werden", sagte Hung und winkte ab. „Warte nur, Behemoth wird dir NPCs zur Hilfe schicken, sobald er wahrnimmt, dass du wieder im großen *Dis* bist. Und falls niemand helfen sollte, hast du immer noch Orthokon und mich. Die Gefrorene Schlucht und das Schloss der Kinder liegen direkt am Meer."

„Hiros wird dich auch unterstützen", fügte Tomoshi hinzu.

„Deine Botschafter und du sind auch noch da, Po, nicht wahr?", fragte Hung.

„Ja, sicher." Wesley zuckte mit den Schulter. „Sheppard ist jetzt mein MOSOW-Bruder, und wir MOSOWs halten zusammen. Aber ich habe nicht mehr viel Zeit. Ich muss mich irgendwo niederlassen. Ich bin der Nukleus und kann nicht überall in der Welt herumlaufen.”

„Lieber Himmel, der Nukleus!” Crag schlug sich mit der Hand vor die Stirn. „Ich bin im Nether, Hiros ist auf der Astralebene, Bomber ist mit seinem Bestiengott im Ozean unterwegs und Big Po ist der Nukleus. Ganz zu schweigen von Scyth, der mehr Probleme hat als alle anderen. Aber dennoch — wir haben einiges erreicht.”

Wesley nickte „Ja, ganz deiner Meinung. Letztes Jahr waren wir noch in Tristad, und jetzt...”

„Du bist ein großer Mann, Wesley-san”, bemerkte Tomoshi und verbeugte sich. „Alex-kun hat viel von dir erzählt.

Hung lachte leise. „Ja, sehr groß. Er wird in keine Kapsel passen!”

„Habt ihr euch nicht schon gestern getroffen?”, fragte ich Big Po.

„Nein”, erwiderte er. „Ich bin zwar gestern angekommen, aber sobald sie eine Kapsel für mich eingestellt hatten, bin ich ins Spiel eingetaucht. Du hast mich dort gebraucht, darum bin ich auf den Flügeln der Freundschaft zu dir geflogen.”

„Du bist Alex-kuns wahrer Freund, Wesley-san.” Tomoshi verbeugte sich erneut.

Ivan dachte vermutlich, in eine Zirkusvorstellung geraten zu sein. Er und die anderen Sicherheitsleute beobachteten uns schweigend. Ihre Gesichter drückten Verwunderung aus. Hairo und Willy konnten sich kaum beherrschen. Fishelevich schaute zu mir herüber und tippte mit dem Finger auf sein Handgelenk. Ich nickte als Antwort auf seine Geste, doch Wesley brauchte etwas Zeit, um sich mit unserem Clan vertraut zu machen. Ich wollte nicht, dass er sich als Außenseiter betrachtete. Wir brauchten einen Nukleus, der unser Verbündeter war und nicht unser Feind.

„Vielen Dank für die schmeichelhafte Einschätzung meiner menschlichen Qualitäten, Tomoshi", erwiderte Wesley und verbeugte sich ebenfalls. „Aber nenn mich bitte Big Po. Du wirst es vielleicht nicht glauben, aber vor noch gar nicht langer Zeit habe ich Scyth, Bomber, Crawler, Tissa, Infect und Crag noch in der Sandbox gejagt."

Tomoshi war überrascht. „Warst du zu der Zeit schon stark, Big Po-san?"

„Ja", antwortete Wesley bescheiden und schaute zu Boden.

Hung konnte es nicht länger aushalten. Er stand auf und schlug Wesley auf die Schulter.

„Ja, ja, gut gemacht, Big Po! Aber was ist mit deinen Botschaftern los? Überraschenderweise sind sie uns noch nicht in den Rücken gefallen. Bei Mogwai und seinen Eliten ist alles möglich."

„Sie sind im Moment auf Level 0", entgegnete Wesley. „Ich habe ihnen versprochen, dass sie ihr Level zurückbekommen werden, aber sie sind unzuverlässig und hintergehen mich, wenn ich ihnen Gelegenheit dazu gebe. Na ja, ich habe mich bei unserem ersten Treffen ihnen gegenüber auch nicht gerade freundlich verhalten. Wie auch immer, es wird eine Weile dauern, bis ich ihnen ihr Level zurückgeben kann."

„Das ist ein Problem", sagte Tobias. „Ich könnte mit Neun sprechen. Vielleicht würde sie uns helfen. Dann bräuchten wir unsere Verbündeten nicht."

„Ja, sie wartet bestimmt nur darauf, uns zu helfen", bemerkte ich sarkastisch. „Doch selbst wenn sie es wollte, würde Nergal es nicht erlauben. Vergiss nicht, dass wir die ‚abscheulichen Anhänger der

Schläfer‘ sind, Kumpel.”

Ich überlegte, wer uns sonst noch zur Hilfe kommen könnte, bis Hairo fragte: „Du hast gesagt, dass zwei Dinge auf der Tagesordnung stehen. Was ist der zweite Punkt?”

„Unsere Sicherheit hier in Cali Bottom”, antwortete ich. „Der Luftraum ist für uns gesperrt, und sie könnten wahrscheinlich das Gebäude stürmen. Falls Scyth den Kindern entkommen sollte, werden sie wahrscheinlich so verärgert sein, dass sie versuchen werden, uns im realen Leben auszuschalten.” Ich schaute die Sicherheitsoffiziere an. „Kann euer Bär uns helfen?”

Hairo tauschte einen Blick mit Willy und Yoshihiru aus, bevor er erwiderte: „Ich habe vergessen, dass wir unser Gespräch aus deinem Gedächtnis gelöscht haben. Er könnte helfen, aber nur ein einziges Mal. Und seine Hilfe erstreckt sich nicht auf dein Problem mit den Kindern von Kratos.”

„Warum nur einmal? Und wer ist dieser Bär?”

„Das brauchst du nicht zu wissen„, mischte Willy sich ein. „Aber jedes Eingreifen des Bären wird unsere Erfolgschancen bedeutend reduzieren. Mehr will ich hier vor allen anderen nicht sagen. Glaub mir: Es ist besser, deinen guten Namen zu besudeln und dir Hilfe vom Kartell zu holen, als unsere letzte Trumpfkarte einzusetzen.”

Ich schaute ihn überrascht an. „Ist das dein Ernst? Das Kartell?”

„Mein voller Ernst!”, bellte Willy. Es war das erste Mal, dass er seine Stimme erhoben hatte. Er deutete mit dem Finger nach oben. „Über uns befinden sich ein oder zwei Dutzend bewaffnete Kampfflieger, Alex. Ich rede von drei oder vier Einheiten von Söldnern. Wir können nicht allein mit ihnen fertigwerden. Während du in *Dis* warst, haben wir einige mögliche Szenarien durchgespielt. Wir haben sogar in Betracht gezogen, ganz Cali Bottom und das Gaia-Becken zu bewaffnen, um... Kurz gesagt: Keines dieser Szenarien würde funktionieren. Unsere einzige Hoffnung ist, Hilfe vom Kartell zu bekommen. Und der Bär wird uns bei der anderen Angelegenheit helfen, falls es nötig sein sollte."

„Hör auf die Erwachsenen, Junge", krächzte Fishelevich. „Niemandem von uns gefällt der Gedanke, in der Schuld der Calderones zu stehen, aber es ist besser, sie mit virtuellem Geld zu bezahlen, als mit hocherhobenem Kopf zu sterben."

„Wir können Cali Bottom also nicht einfach verlassen?", erkundigte Big Po sich mit angespannter Stimme. Ihm wurde erst jetzt bewusst, worauf er sich eingelassen hatte. „Vielleicht könnten wir auf dem gleichen Weg entkommen, den ich genommen habe: leise und unbemerkbar auf dem Landweg."

Leonid zuckte mit den Schultern. „Vielleicht würdest du auf diese Weise fliehen können, aber Alex nicht. Die Söldner sind nicht dumm. Sicher werden alle Ausgangsstellen von Drohnen überwacht."

Nun hagelte es Vorschläge, wie wir entkommen könnten, doch Willy lehnte jeden einzelnen ab. Schließlich musste ich eingreifen.

„Ruhe!"

Alle verstummten und schauten mich an. „Wer von euch will Cali Bottom verlassen, solange noch Zeit ist? Wesley? Tobias? Tomoshi? Eniko?" Ich nannte jeden Einzelnen von ihnen beim Namen und schaute sie an, aber alle schüttelten den Kopf. „Wenn ihr alle bleiben wollt, warum verschwenden wir dann unsere Zeit damit, zu überlegen, wie wir fliehen können? Die Zeit wird knapp! Ihr versteht scheinbar nicht, dass es nicht um mich geht, sondern um Nergals neue

Priesterin. Falls wir nicht verhindern können, dass sie *Dis* erreicht, wird alles, wofür wir gekämpft haben, verloren sein."

Während alle schwiegen, servierte Eniko mehr Kaffee. Wesley nahm einen Becher vom Tablett und sagte leise zu mir: „Das ist brutal, Kumpel. Ich wusste, dass es kein Zuckerschlecken sein würde, nachdem du mir in der Gefrorenen Schlucht alles erzählt hast, aber... Ist Malik auch von ihnen getötet worden?"

„Ja, Malik, Tissa und viele andere gute Leute", erwiderte ich.

„Dann haben wir nicht nur zwei, sondern drei Aufgaben vor uns", erklärte er entschlossen. „Sobald wir den Kindern das nächste Mal begegnen, müssen wir sie erledigen und ihr Schloss dem Erdboden gleichmachen. Wenn ich daran denke, wie Ruth mich gefoltert hat... Aber jetzt bin ich der Nukleus. Sollen sie nur angreifen!"

Ich schaute ihn nachdenklich an. Er hatte mich auf eine Idee gebracht. Ich legte eine Hand auf seine Schulter und entgegnete: „Du bist ja richtig bösartig, Wesley Cho! Ein ganz schlechter Junge!"

Alle sahen uns mit großen Augen an. Wesley trat zurück und wandte sich an Hung.

„Soll das eine Art Insiderwitz sein? Ich bin erst knapp einen Tag in Cali Bottom, darum kenne ich die örtlichen Gewohnheiten noch nicht."

„Es ist alles in Ordnung, Big Po!" Ich klopfte ihm auf die Schulter und drehte mich zu den anderen. „Erinnert ihr euch, wie viele Leute wir versammeln konnten, um die Untoten auf Holdest zu bekämpfen? Von den Dryaden bis zu den Kobolden und Imperator Kragosh sind alle gekommen."

„Und?" Wesley verstand nicht, worauf ich hinauswollte.

Hung und Tobias, die an meine ausgefallenen Ideen gewöhnt waren, schwiegen. Tomoshi konnte sich gerade noch davon abhalten, sich zu verbeugen.

„Könnt ihr euch vorstellen, wie wütend sie sein werden, wenn sie herausfinden, dass ein superstarker Nukleus der Vernichtenden Seuche in *Dis* erschienen ist und sich mitten im Gebiet der Kinder von Kratos versteckt hält?

Nun verstanden sie!

„Großartig!", brüllte Hung. „Pos und deine Rückkehr ins große *Dis* ändert alles. Die verbündeten Clans werden eingreifen und helfen müssen, sonst verstoßen sie gegen den Vertrag."

„Und sie werden nicht nur ihre eigenen verbündeten Clans mitbringen, sondern auch Söldner", fügte Wesley hinzu.

Eine aufgeregte Diskussion begann, als meine Freunde meine Idee weiterentwickelten. Die Sicherheitsoffiziere kannten die politischen Verhältnisse in *Dis* und beteiligten sich. Manny und Gyula wussten, wie die Kobolde und die Troggs darüber denken würden. Selbst Tobias, Tomoshi und sogar Eniko schalteten sich ein. Gyulas Tochter arbeitete in Tante Stephanies Gasthaus und wusste, welche Gerüchte in Kharinza unter den NPCs kursierten. Nur Ivan sagte nichts, doch er nickte und zog ab und zu eine Grimasse. Das schien seine Art des Grinsens zu sein.

In der nächsten halben Stunde wurde der Plan, den ich umrissen hatte, ausgearbeitet. Alle waren durch die neue Bedrohung für *Disgardium* motiviert: die bevorstehende Ankunft von Nergals Hohepriesterin aus dem Nether. Die Wahnsinnige war wahrscheinlich immer noch wütend, dass ich hatte fliehen können. Sie daran zu hindern, ins große *Dis* zu gelangen, war wichtiger als Big Pos und meine Flucht aus der Gefrorenen Schlucht.

Wir beschlossen, uns als Erstes um die Versammlung von Nergals Priestern in Darant zu kümmern. Bomber und Hiros sollten zusammen mit Peiniger und Oyama Bastian den Ersten besuchen, um ihn zu bitten, sie bei der Vertreibung der Priester zu unterstützen — vorausgesetzt, der Dämon und der Großmeister würden uns helfen wollen. So ein bunter Haufen würde in der Allianz vermutlich zu großes Aufsehen erregen, darum würde Hinterleaf ein Treffen arrangieren müssen.

Außerdem sollte Bomber, der nach mir, Crawler und Irita der Erwachte mit der größten Autorität bei den NPCs war, ein Treffen des Hohen Rats der Goblin-Liga einberufen, der auf Kharinza Schutz gesucht hatte. Er sollte ihnen stichhaltige Beweise dafür liefern, dass der neue Nukleus der Vernichtende Seuche sich auf den Gebiet der Kinder von Kratos befand.

Der Hohe Rat der Liga würde zweifellos in Panik geraten, denn die Goblins würden sich noch sehr gut an das letzte Mal erinnern können, als die Vernichtende Seuche in Kinema aufgetaucht war. Ihre Abneigung gegen die Untoten würde zweifellos noch wachsen. Nachdem sie den Anführern des Imperiums, der Allianz und der Neutralen von der neuen Gefahr berichten hätten, würde sich die Neuigkeit, dass die Kinder von Kratos dem neuen Nukleus Unterschlupf gewährten, wie ein Lauffeuer verbreiten. Das wäre im Moment gleichbedeutend mit der Stationierung von atomaren, biologischen und chemischen Waffen an einem einzigen Ort. Wenn man noch die Gerüchte hinzunahm, dass die Kinder Gegenstände im Wert von Hunderten Milliarden in ihren Schatzkammern hätten, würden die Fraktionen sich nur zu gern der Quest, die

Ordnung wiederherzustellen, anschließen.

Die Bewohner von Kharinza würden ebenfalls nicht untätig zusehen, und Bomber wäre zur Hand, um direkt vor den Mauern von Paramount, dem Hauptschloss der Kinder von Kratos, ein Portal zu öffnen. Hiros würde ihm von der astralen Ebene aus Deckung geben. Gegen ein solches Aufgebot einschließlich Orthokon, Peiniger und Oyama würden die Gallaghers keine Chance haben.

Die größte Herausforderung bei der Mission waren nicht die Verteidiger der Gallaghers, sondern Nergals Himmlischer Schutzschirm, der sich über dem Schloss und den Gebieten in der Umgebung befand. Wenn wir ihm nicht Milliarden von Schaden auf einmal zufügen würden, um ihn zu durchbrechen, würde er sich nach dem Treffer gleich wieder regenerieren. Deswegen würden wir alle unsere Verbündeten brauchen. Hung meldete sich freiwillig, um mit Hinterleaf und Horvac zu sprechen, mit denen er eine gute Beziehung aufgebaut hatte, als ich im Koma gelegen hatte. Ich selbst würde Colonel kontaktieren, denn ich wollte ihn um weit mehr als die Excommunicados Hilfe in *Dis* bitten.

Sobald wir die Verteidigungen des Schlosses deaktiviert hatten, könnten Manny und Gyula eine Truppe von Bauarbeitern und Bergarbeitern in die Gefrorene Schlucht führen, um die Kontrolle über die reichen Minen zu übernehmen und dort ein Fort der Erwachten zu errichten. Das war zwar nicht der wichtigste Teil meines Plans, aber er hatte mit meinem Versprechen zu tun, das ich Maya, Vincent, Hare und Easy gegeben hatte. Sie würden im Clan aufgenommen werden wie alle anderen, die unter unserem Schutz arbeiten wollten, aber wir würden sie nicht nach Kharinza bringen. Sie könnten in der Schlucht bleiben und in ihrer vertrauten Umgebung arbeiten.

Jeder, der eine Aufgabe in *Dis* hatte, machte sich auf den Weg, um sie auszuführen. Sehr viel hing von Hung und seinem Gespräch mit Hinterleaf und Horvac ab. Falls die beiden ihn nicht anhören oder ihm nicht glauben würden, wollte ich ihm zur Hilfe kommen.

Tobias kehrte in den Nether zurück, um Neun im Auge zu behalten und uns ein Signal zu geben, wenn sie sich in *Dis* manifestieren würden. Wesley wollte etwas Schlaf nachholen, denn seit dem Staatsbürgerschaftstest hatte er kaum ein Auge zugemacht.

Blieben noch die Sicherheitsoffiziere und ich. Wir mussten über den zweiten Punkt auf der Tagesordnung sprechen, nämlich wie wir uns gegen die Söldner der Kinder von Kratos verteidigen sollten.

„Könnt ihr mir jetzt sagen, was Yoshi aus meinem Gedächtnis gelöscht hat?", erkundigte ich mich.

„Etwas später", entgegnete Hairo. „Das letzte Mal wolltest du uns nicht glauben, und nun, wo so viel auf dem Spiel steht, würdest du wahrscheinlich die Nerven verlieren. Ich sollte zuerst mit Colonels Leuten sprechen, um ein privates Treffen für euch beide zu arrangieren. Er weigert sich, mit mir zu sprechen, aber dir wird er vielleicht zuhören."

„Ist das Kartell wirklich in der Lage, uns zu helfen?"

Die Sicherheitsoffiziere sahen mich überrascht und mitleidig an, als ob ich ein Schwachkopf wäre. Schließlich antwortete Willy: „Ja, sie sind stark genug.

„Na gut. Dann bitte Cesar, seinen Bruder Ishmael mitzubringen."

Obwohl es mitten in der Nacht war, verstanden die Leute von Excommunicado, wie wichtig die Angelegenheit war, und organisierten das Treffen.

Nachdem Yoshihiru Uematsu die Miniatur-Kryptowelt „Privat" für verschlüsselte Treffen und Gespräche kreiert hatte, schickte er den Calderones eine durch einen Kryptoschlüssel gesicherte Einladung.

Das große, helle Zimmer im japanischen Stil war viel komfortabler als der Raum, in dem ich mich das erste Mal mit Cesar getroffen hatte. Damals war Quetzal anwesend gewesen, mein Verbündeter bei den Dämonischen Spielen. Dieses Mal wurde Cesar von seinem älteren Bruder Ishmael begleitet, dem Anführer des Vereinten Kartells. Keiner der beiden benutzte seinen Avatar, sodass ich ihre realen Gestalten sah.

Ich erinnerte mich daran, was ich von Quetzal gelernt hatte, und traf zuerst ein. Als die Brüder erschienen, begrüßte ich sie.

„Hallo, Don Cesar Calderone. Vielen Dank, dass Sie sich die Zeit für ein Treffen genommen haben, Don Ishmael Calderone."

Colonel nickte nur als Antwort. Sein Bruder schwieg und deutete auf den Tisch, der so niedrig war, dass wir uns auf Bodenmatten setzen mussten.

Ishmael starrte mich einige Sekunden schweigend an. Dann wandte er sich an Cesar und murmelte: „Tapferer Abenteuer, sagst du? Pah! Nichts weiter als ein arroganter Junge! Er muss noch lernen, Ältere zu respektieren. Wie kommt er darauf, dass er mich um etwas bitten kann? Hast du ihn falsch informiert, Cesar?"

Colonel schien geschrumpft zu sein, als ob er im Boden versinken wollte. Er sagte kein Wort, und es schien, als ob er vor Angst die Luft anhalten würde.

„Verschwinde, kleiner Bruder", fuhr Ishmael ohne Bosheit fort. „Ich werde mich selbst um den unverschämten Jungen kümmern."

„Alejandro..." Colonel nickte mir kurz zu und

verschwand wieder.

Nachdem der ältere Calderone und ich allein waren, fragte er: „Du bist gekommen, um Ishmael um etwas zu bitten. Also gut, wie lautet deine Bitte? Ishmael will sich nicht länger als nötig in dieser falschen Welt aufhalten."

Ohne Zeit zu verlieren, erzählte ich ihm von den Intrigen der Kinder von Kratos und den Söldnern der Gallaghers. Ich erwähnte den Angriff auf unsere Basis und meine gestorbenen Freunde, die Folter in der Gefrorenen Schlucht und die Drohungen gegen meine Eltern auf dem Mond.

Als ich geendet hatte, verzog Ishmael sein faltiges Gesicht zu einem ironischen Lächeln.

„Und warum sollte mich das interessieren? Hast du Eselspisse im Kopf oder hat die Folter dir den Verstand geraubt? Wieso glaubst du, dass du dem Kartell von Nutzen sein könntest?"

Zunächst zählte ich auf, was die Schläfer uns allen einschließlich Excommunicado geben könnten. Danach stellte ich heraus, dass es unglaublich wichtig für mich wäre, zu überleben und mich frei in *Dis* bewegen zu können, weil Neun in den nächsten Stunden erscheinen würde. Ich erklärte ihm, dass sie in der Lage wäre, alle Armeen von *Dis* im Handumdrehen zu vernichten, und erwähnte die Reichtümer in den Schatzkammern der Kinder von Kratos.

Bevor ich noch etwas hinzufügen konnte, grollte Ishmael: „Halt den Mund!" Er kratzte sich am Kinn. „Erzähl mir mehr über diese Neun. Bevor Nergal sie zu seiner Hohepriesterin gemacht hat, hat sie den gesamten Nether unterworfen?"

„Nicht ganz allein", antwortete ich. „Es sind sechs von ihnen übrig. Der Nether ist einfach eine Beta..."

„Sei still", sagte er erneut. Er dachte für eine Minute nach und fragte dann: „Willst du damit sagen, dass die Frau zehntausend Jahre dort verbracht hat und eine Sadistin ist?"

„Ich glaube nicht, dass es ihr Vergnügen macht, jemanden zu foltern. Sie hat weder ein Herz, eine Seele oder Gefühle. Ihr ist alles egal. Sie ist gelangweilt und will Spaß haben."

„In Ordnung, ich werde dir helfen", entgegnete Ishmael kurz entschlossen. „Es dauert etwa eine Stunde, von unserer Basis in Medellín nach Cali Bottom zu fliegen. Das heißt, dass der Luftraum über euch in spätestens zwei Stunden offen sein wird. Während wir gesprochen haben, habe ich mich mit einem bestimmten Söldner der Gallaghers in Verbindung gesetzt, der in unserer Schuld steht. Er wird sicherstellen, dass diese Aristos weiterhin denken, in Cali alles unter Kontrolle zu haben."

Konnte es wirklich so einfach sein? Er hatte wegen Neun zugestimmt? Verlangte er keine Gegenleistung?

Ich starrte den Anführer des Vereinten Kartells verblüfft an. Nur die Erwähnung seines Namens jagte allen im Solarsystem Angst ein — vor allem, seit die Anführer der Triade auf mysteriöse Weise gestorben waren und die zweitstärkste kriminelle Organisation der Welt sich versteckt hielt.

„Was schulde ich Ihnen dafür, Don Calderone?" Ich wollte wenigstens fragen.

„Lass mich darüber nachdenken", murmelte er und fügte dann lächelnd hinzu: „Ich habe dir doch gesagt, dass wir uns wiedersehen würden."

Sein Lächeln war charmant und schreckenerregend zugleich, als ob er mir für eine Sekunde erlaubt hätte, seine wahre Essenz zu sehen.

Es war, als ob ein uralter Dämon erschienen und schnell wieder verschwunden war.

„Haben wir uns schon einmal getroffen, Don Calderone? Ich kann mich nicht erinnern, wann..."

„Wir haben uns getroffen", unterbrach er mich. „Ich habe den Namen Ishmael nicht bei meiner Geburt erhalten. Es ist der Name, den meine Kollegen in der Organisation mir gegeben haben. Sie haben die Gegenwart auf ihre Weise verdreht. Du kannst mich gern nach meinem wirklichen Namen fragen, wenn du willst." Er zwinkerte mir zu und verschwand langsam.

„Wie heißen Sie?"

„Samael", erwiderte er. Sein gutturales Knurren hallte durch das Zimmer.

* * *

Ich stieg in die Kapsel, kurz bevor die Regeneration der Gefrorenen Schlucht laut des Timers abgeschlossen war. Deswegen steckte ich zwischen den Welten fest.

Achtung! Dein Charakter Scyth, ein Level-474-Sorgenträger, befindet sich in der Instanz „Gefrorene Schlucht", die sich Disgardium gerade angeschlossen hat.

Um sich zu regenerieren, ist sie deswegen geschlossen für: 02:24... 02:23... 02:22...

Ich hatte noch fast zweieinhalb Minuten Zeit, um den Stress und das Chaos hinter mir zu lassen und mein klopfendes Herz unter Kontrolle zu bringen. Da ich ständig gegähnt hatte, hatte Yoshi mich mit einem Cocktail von Anregungsmittel vollgepumpt. Ich war ihm dankbar, denn sobald ich *Dis* betreten würde, würde es für mich zur Sache gehen. Bis dahin wollte ich etwas entspannen und die letzten Ereignisse gedanklich noch einmal durchspielen.

Unser Plan war zwar risikoreich gewesen, doch er hatte den gewünschten Effekt gehabt. Der Hohe Rat der Goblin-Liga hatte zuerst nicht glauben wollen, dass die Vernichtende Seuche zurückgekehrt war. Lady Govarla, die betagte Anführerin des Rats seit des vorzeitigen Todes von Vonprutich, hatte zu Bomber gesagt: „Unsere universellen String-Scanner hätten uns gemeldet, wenn der Nukleus wirklich in *Disgardium* wäre."

„Die Gefrorene Schlucht ist noch nicht Teil von *Disgardium*", hatte Bomber ungeduldig geantwortet. „Aber in ein paar Stunden wird das Gebiet, in dem der Nukleus sich versteckt hält, von der Welt aufgenommen werden — von eurer Welt!"

„Genau", hatte Govarla entgegnet und ihm mit ihrem krummen Finger auf die Brust getippt. „Unsere Welt. Und du gibst uns Informationen aus deiner Welt, unsterbliches Wesen. Versuche nicht, uns in euer Chaos hineinzuziehen."

Seine Eminenz Steltodak, der sowohl ein Priester der Schläfer als auch der Goblingötter Nevra und Maglubiyet war, hatte hinzugefügt: „Wegen unserer ohnehin angespannten Beziehung zu den führenden Clans in *Disgardium* kann die Liga es sich nicht leisten, an einem offenen Kampf gegen die respektierten Kinder von Kratos teilzunehmen."

Während Bomber uns von diesem Gespräch erzählt hatte, hatte er geflucht und sich darüber beschwert, dass die kleinen grünen Kreaturen weder ihn noch ihren Schwur respektieren würden. Wehmütig hatte er sich daran erinnert, wie einfach es gewesen wäre, mit Kusalarix zu verhandeln.

„Ich musste Behemoth zur Hilfe rufen", hatte er gesagt. Der Schläfer hatte den Goblins erklärt, dass der neue Nukleus keine Erfindung wäre und sich in der

Zwischenwelt der Kinder von Kratos verstecken würde. Sie allein würden hinter der Rückkehr der Vernichtenden Seuche stecken.

Eine Informationsquelle von solch hoher Autorität hatte großen Eindruck auf Govarla und Steltodak gemacht, die daraufhin eine Krisensitzung mit den Anführern des Imperiums, der Allianz und der Neutralen in Iskgersel einberufen hatten. Die Hauptstadt der Gnome war gewählt worden, weil alle anderen Hauptstädte gleich weit von ihr entfernt waren. Die Goblins hatten Bomber mitgenommen.

König Bastian der Erste hatte seine Hilfe verweigert und gesagt, dass er keinen Streit mit den Kindern von Kratos hätte und die Informationen erst bestätigt werden müssten. Er hatte zwar eine Abneigung gegen Nergals Priester, doch seine Abneigung gegen die Schläfer war noch größer. Außerdem hatte ihn die Vorstellung von ernsten Unruhen direkt vor den Mauern seines Palastes und die gleichzeitige Versammlung aller Priester des Leuchtenden Gottes alarmiert.

Die anderen Anführer hatten sich die Neuigkeit über die bevorstehende Ankunft des neuen Nukleus jedoch zu Herzen genommen. Wie auf Holdest hatte Imperator Kragosh seine Legionen persönlich angeführt. Sie waren von Cthulhus *Sphäre der Unendlichkeit* dezimiert doch mit neuen Rekruten wieder verstärkt worden. Die Goblin-Liga hatte nicht nur ihre eigenen Kämpfer aufgestellt, sondern auch Einheiten von Gladiatoren aus der Arena angeheuert.

Am meisten hatte mich Lisenta, die Erste unter den Dryaden, überrascht. Innerhalb weniger Stunden hatte sie ihren Einfluss geltend gemacht, um die Anführer der Titanen, Elefantenmenschen, Goliathe, Zentauren, Hobbits, Feen und anderer Völker zu überzeugen, sich dem Kampf gegen den neuen Nukleus anzuschließen. Darüber hinaus hatte sie die verbündete Armee von Neutralen versammelt.

Aber wen hatten sie mobilisiert? Kämpfer auf Level 200 bis 300? Ein einziges *Armageddon* würde sie vernichten. Um sinnlose Verluste zu vermeiden, hatte ich Bomber beauftragt, die NPCs in die hinteren Reihen zu platzieren, denn wir hatten genügend starke Kämpfer, die den Angriff anführen konnten.

Unsere Verbündeten waren Modus, die Wanderer, Excommunicado und die mit ihnen verbundenen Clans einschließlich T-Modus und Taipan. Sie hatten den Kindern von Kratos in einer Pressekonferenz im realen Leben und in den Zeitungen von *Disgardium* den Krieg erklärt. Der Allianz-Bote kam mit der großen Schlagzeile *Bürgerkrieg oder Umverteilung der Einflussbereiche?* heraus.

„Alle freien Söldner auf dem Markt sind potenzielle Feinde", hatte Horvac gesagt. Schon vor der Kriegserklärung hatte er alle unter Vertrag genommen, die ihr Schwert oder ihre magischen Fähigkeiten angeboten hatten. Um die Streitkräfte der Kinder von Kratos zu untergraben, hatten unsere Verbündeten sich nicht nur auf NPCs konzentriert: Hinterleaf hatte außerdem eine Reihe von Level-400-Spielern angeheuert und ihnen nicht nur Lohn, sondern auch einen Anteil an der Loot versprochen.

Die Großzügigkeit der Verbündeten ließ sich nicht nur durch ihren Eid erklären, niemals etwas zu sagen oder zu tun, was Scyth schaden könnte, und nie tatenlos zuzusehen, wenn ihm Schaden zugefügt würde. Die Loot aus Schatzkammern mit zahllosen Schätzen war ebenfalls sehr verlockend, und außerdem wollten sie unter keinen Umständen die Boni von *Einheit* verlieren.

Bomber hatte ihnen von dem vierten Tempel erzählt, der im Unterwasser-Königreich gebaut wurde.

„Ein vierter Tempel...", hatte Hinterleaf gemurmelt. „Das bedeutet eine Erhöhung der Anzahl von Anhängern. Wo lässt du diesen Tempel doch gleich errichten?"

„Im Unterwasser-Königreich, nicht weit von Meaz entfernt", hatte Bomber grinsend wiederholt.

Die Aussicht auf einen weiteren Ort hatte die Anführer der verbündeten Clans noch stärker motiviert, mich aus den Fängen der Kinder von Kratos zu befreien. Auf einmal waren sie bereit gewesen, nicht nur Paramount, sondern alle Schlösser und Besitztümer der Gallaghers zu zerstören. Ihren Übereifer hatten wir Bomber zu verdanken. Er hatte es sich zum Ziel gesetzt, Rache an den Gallaghers zu nehmen.

Natürlich hatte Hinterleaf nun alles in seiner Macht Stehende getan, um Bomber eine Audienz bei König Bastian dem Ersten zu beschaffen, und mein Freund hatte sich zum zweiten Mal an diesem Tag mit Bastian getroffen, um Seiner Majestät den Zweck der Versammlung von Nergals Priestern in Darant zu erklären.

Bastian war entsetzt gewesen, als er gehört hatte, dass die neue Hohepriesterin des Leuchtenden Gottes ein „Gast" aus dem Nether war. Er hatte sofort ein Portal für eine recht sonderbare Gruppe geöffnet, die aus dem Dämon Peiniger, dem legendären Großmeister des Unbewaffneten Kampfes Oyama und dem Ninja Hiros bestand. Um zu verhindern, dass der König durch ihren Anblick abgeschreckt werden würde, war Peiniger in menschlicher Gestalt in Darant erschienen und Bastian als Patrick O'Grady vorgestellt worden, ein hochgeehrter Veteran der Armee der Allianz und

Ehrenbürger der freien Stadt Tristad.

Der König hatte sofort eine Verordnung für die gesamte Allianz erlassen, die die Verehrung von Nergal und alle religiösen Aktivitäten außerhalb der Tempel verbot.

Die Priester, die ihr Ritual bereits begonnen hatten, wurden im Haupttempel von Nergal von königlichen Wachen umzingelt. Ihr Captain hatte die Verordnung Seiner Majestät verkündet und den Priestern befohlen, einer nach dem anderen herauszukommen.

Der Erste Inquisitor Larion hatte den Tempel als Letzter verlassen und war außer sich gewesen. Er hatte Aspekte des Lichts beschworen, doch es war umsonst gewesen. Der Inquisitor war umgehend von Peinigers zermalmenden *Kombination* getroffen worden. Außerdem hatte er astralen Schaden von Hiros einstecken müssen, und Oyama hatte ihn mit seinen unsichtbaren Fäusten bearbeitet. Larion hatte den Priestern noch eilig befohlen, im Namen von Nergal bis zum Tod zu kämpfen und nicht vom Pfad des Lichts abzuweichen, bevor er sich zurückgezogen hatte. Als er verschwunden war, waren die Aspekte mit ihm verschwunden. Der Tempel war dem Erdboden gleichgemacht worden, und die wenigen überlebenden Priester waren geflohen — und hatten den Pfad des Lichts verlassen.

Die Einwohner der Stadt waren sich uneinig gewesen. Einige hatten die Helden gefeiert, die die Allianz vor den lichttragenden, blutsaugenden Priestern gerettet hatten, während andere ihre Sachen gepackt und sich versteckt hatten, weil sie den Leuchtenden Gott nicht aufgeben wollten. Wie auch immer, Bomber hatte berichtet, dass die Leute Hiros, Patrick, Oyama und ihm ein Denkmal errichten wollten. Der reale Patrick O'Grady würde bei seinem nächsten Besuch in der Hauptstadt der Allianz eine Überraschung erleben.

All das war während unserer Nacht passiert, und nun, als der Morgen graute, würden Scyth und der Nukleus der Vernichtenden Seuche gleich in *Disgardium* eintreffen, und die Armee der Verbündeten durchbrach bereits die Schutzkuppel von Paramount. Ich war sicher, dass unsere Belagerung erfolgreich sein würde. Wir hatten den Plan sozusagen „übererfüllt" und Verbündete von fern und nah versammelt. Unter ihnen waren sogar einige, von denen wir keine Hilfe erwartet hatten.

Nachdem Bomber nach dem Sieg über die Priester nach Kharinza zurückgekehrt war, war Nge N'Cullin vor ihm erschienen. Bei unserem letzten Treffen hatte der Wächter der Fortgegangenen versprochen, dass der Montosaurus im Tausch für seine Freiheit den Tempel der Schläfer auf Kharinza beschützen würde. Wie sich herausstellte, erstreckte sich sein Schutz auch auf den vorrangigen Verteidiger des Tempels: mich. Darum wollte er helfen „Scyths Seele" aus ihrer Gefangenschaft in der Zwischenwelt zu retten.

Während ich Bomber zugehört hatte, hatte ich zu Big Po hinübergeschaut, der jetzt ein Mitglied der Erwachten war. Mir war eingefallen, dass er zwei freie Plätze unter seinen Botschaftern hatte, die zu einem angemessenen Preis verkauft werden könnten.

Yoshi hatte ein persönliches Treffen mit Destiny Windsor und Schindler, dem Anführer des Hauptraids der Kinder von Kratos, arrangiert. Im realen Leben hieß er Timo Averson.

Es hatte nicht lange gedauert, bis wir uns geeinigt hatten, denn die Goblin-Liga hatte inzwischen überall verbreitet, dass der Nukleus bei den Kindern

Unterschlupf gesucht hatte. Viele Mitglieder des Clans hatten nach einer Lücke in ihrem Vertrag gesucht, um das sinkende Schiff zu verlassen. Das Angebot, Botschafter der Vernichtenden Seuche zu werden, hatte für Destiny und Schindler ausgereicht, ihre Bemühungen zu verstärken und diese Lücke zu finden. Offenbar war es ihnen geglückt.

Alles lief ausgezeichnet. Wir hatten die Kinder von Kratos bereits vernichtet. Big Po und ich waren frei, der vierte Tempel der Schlafenden Götter war fast fertiggestellt und Nergal hatte die Beschwörung von Neun abbrechen müssen, als er seine Priester verloren hatte, und hielt sich vermutlich irgendwo versteckt.

Das Einzige, was mir keine Ruhe ließ, waren die Worte, die Ishmael Calderone beim Abschied gesagt hatte. Ich war zwar kein Experte in religiösen Dingen, aber dafür wusste ich, wie man im Internet recherchierte. Samael war ein gefallener Engel und auch einer von Luzifers Vornamen. Im Inferno hatte ich seine Inkarnation im Spiel, Lucius, getroffen, und er hatte damals prophezeit, dass unsere Wege sich erneut kreuzen würden. Zu der Zeit hatte ich seinen Worten keine Beachtung geschenkt, aber nun...

Wer war er? Ein Spieler, dessen Bewusstsein einen NPC unter seine Kontrolle gebracht hatte? Ein Spieler, der einen der Prinzen des Infernos kontrollierte? Oder... ein NPC, der das Bewusstsein eines Spielers übernommen hatte? Keine dieser Spekulationen war wahrscheinlich, weil Ishmael Calderone kein Spieler war. Der Anführer des Vereinten Kartells war viel zu beschäftigt, um Zeit in einer Kapsel zu verbringen.

Die einzige Erklärung, warum Ishmael Calderone und Lucius ein und derselbe sein könnten, war furchterregend. Ich wollte jetzt nicht darüber nachdenken. Nachdem ich mir selbst versprochen hatte, mit Behemoth darüber zu sprechen, beruhigte ich mich. Der Schläfer musste über solche Dinge Bescheid wissen.

Aber wer immer Ishmael Calderone auch sein mochte, er hielt sein Versprechen und räumte nicht nur den Luftraum über Cali Bottom frei, sondern stellte sicher, dass Joshua Gallagher dachte, er hätte noch die Kontrolle über unsere Basis.

Ich sah nicht, was am Himmel passierte, denn Hairo hatte mir verboten, aufs Dach zu gehen, doch die anderen erzählten mir, dass die Kämpfer des Kartells den Nachrichtenverkehr und das Kontrollzentrum mit einer EMP-Kanone unterbrochen und einige Raketen abgefeuert hätten.

Der Spion des Kartells, der Anführer der Söldner, schaltete den Piloten der Gallaghers aus, landete den Flieger und jagte ihn und die Landungstruppe aus der Ferne in die Luft. Unter den getöteten Söldnern befanden sich auch einige seiner Kameraden — offensichtlich stand er tief in der Schuld des Kartells. Danach blieb er mit dem Verbindungsmann der Gallaghers in Kontakt.

Nun mussten wir nur noch die Bedrohung für Ed, Rita und meine Eltern abwenden, die auf dem Mond waren. Hairo hatte mir versichert, dass er alles unter Kontrolle hätte und ich mir keine Sorgen um sie machen bräuchte.

Trotzdem empfand ich ein leichtes Unbehagen, während ich zusah, wie der Timer die letzten Sekunden herunterzählte. Ich hatte das Gefühl, als ob all diese Erfolge nicht viel wert wären und etwas viel Schlimmeres auf mich zukommen würde.

Prolog 2: Nether

DER EWIG MAKELLOSE Himmel der Beta-Welt. Bah! Es war, als ob die blasse Sonne an den Himmel genagelt worden wäre — kalt und immer im Zenit. Absolute Stille. Diese uralte Umgebung, vor über zehntausend Jahren kreiert, war nun so verschwommen, dass Neun sie schon lange nicht mehr beachtete.

Der undeutliche Umriss eines Lebenden Siebs etwa 100 Meter vor der Schlossmauer ihres Schlosses war kaum wahrnehmbar. Neun streckte die Hand aus und ballte die Faust, obwohl für *Gravitationsverzerrung* keine Gesten nötig waren. Der unsichtbare Mob auf Level 300.000 explodierte und verspritzte schwarzes Blut wie ein riesiger nasser Schwamm, der ausgedrückt wurde.

Wie langweilig.

Vor ein paar tausend Jahren hatten die Mobs sich noch gemeinsam mit Neun entwickelt. Erfahrungspunkte, Loot und die klägliche Gelegenheit, eine Fähigkeit zu stehlen, hatten nicht nur das Farmen, sondern auch ihr Leben spannender gemacht.

Als die Mobs sich immer langsamer entwickelt hatten, hatte Neun ihrem Leben durch endlose Intrigen in ihrer Beziehung zu den übrigen fünf Beta-Testern Drei, Zwölf, Fünf-Vier, Sieben-Zwei und Neun-Sechs mehr Würze verliehen. Aus Langeweile hatten sie sogar eine mathematische Theorie entwickelt: Diejenigen, deren Zahl ein Vielfaches von drei war, würden Halbgötter werden.

Ab und zu erschienen von der Mechanik der Beta-Welt gespawnte neue Instanzen und globale Bosse. Es war ein großer Glücksfall, wenn man ihnen begegnete, denn sie boten den Betatestern die Gelegenheit, wertvolle Erfahrungspunkte zu bekommen und zu leveln. Auf diese Weise konnten sie sich ihre Unsterblichkeit sichern, sonst würden sie irgendwann einen endgültigen Tod sterben.

Neun amüsierte sich damit, Fertigkeiten zu sammeln, die bei einem Kill droppten, und *Schwelende Nether-Scherben* zu farmen, um einen Durchdringer nach *Disgardium* zu schicken. Sie hoffte jedes Mal, dass die Kreatur genug Ressourcen würde ansammeln können, um von der anderen Seite eine *Große Spalte* zu öffnen, die es ihr ermöglichen würde, nach *Disgardium* zu kommen.

Ihre Hoffnung war nicht gerechtfertigt, aber Kleiner Spucker, einer ihrer Tiergefährten, hatte Scyth zu ihr gebracht. Der hatte ihr erzählt, dass ihre Tiere im großen *Dis* Verwüster genannt würden, und Kleiner Spucker Ervigot heißen würde. Scyth hatte so viele interessante neue Fertigkeiten gehabt, dass Neun beschlossen hatte, ihm alle zu entziehen, bevor sie einen anderen Nutzen für ihn finden würde.

Leider war Scyth mithilfe von Drei entkommen. Die beiden hatten Neun eine derart böse Überraschung bereitet, dass sie den Verräter angegriffen hatte. Die anderen waren für ihn eingetreten und sie war in ihrem eigenen Schloss eingesperrt worden. Für das nächste halbe Jahrhundert war das Leben unerträglich langweilig gewesen, bis etwas passiert war, das ihre Welt auf den Kopf gestellt hatte: Der Durchdringer Fluffy hatte Crag mitgebracht, der das Mal von Nergal dem Leuchtenden trug, einer bedeutenden Gottheit aus *Disgardium*. Durch Crag war der Gott des Lichts in der Lage gewesen, in die Beta-Welt zu gelangen — die Welt, die den Bewohnern von *Dis* als Nether bekannt war.

Nergal hatte ihr versprochen, einen Weg nach *Disgardium* für sie zu öffnen, wenn sie seine Hohepriesterin werden würde. Während er durch Crag mit ihr kommuniziert hatte, hatte er keinen besonders frommen Eindruck gemacht. Sie hatte nicht lange überlegen müssen, bevor sie seine Bedingungen akzeptiert hatte. Sie wollte unbedingt aus dem Nether herauskommen, und was den Gott betraf, würde sie später entscheiden, was sie von ihm hielt.

„Wo bist du, June?" Crags Stimme hallte von der anderen Seite des Schlosshofes.

Der dumme, ahnungslose Junge hatte die körperliche Gestalt eines hässlichen Zwergs. Er hatte sich Hals über Kopf in sie verliebt. Sie war ihn bereits leid, doch sie musste seine Anwesenheit ertragen, weil sie durch ihn den Kontakt zu Nergal aufrechterhielt. Der Leuchtende Gott hatte ihr klargemacht, dass die instabile Verbindung zwischen *Disgardium* und dem Nether zusammenbrechen würde, falls der Zwerg ihn verstoßen würde, und das würde das Ende für ihre Pläne bedeuten.

Doch Neun konnte alles ertragen. Zehntausend Jahre im Nether hatten einen Eindruck hinterlassen.

Alle, die keine Geduld gehabt hatten, waren schon lange verschwunden.

Neun warf eine Blick auf Crag und zog ihn zu sich herüber. Während der ungeschickte Zwerg mit fuchtelnden Armen näher kam, wäre er beinahe von der Schlossmauer gefallen. Leider konnte er sich noch retten. Wenn er ein paarmal in einem Lebenden Sieb gestorben wäre, wäre sie ihn und seine irritierende Ergebenheit für zwölf Stunden losgewesen.

„Was willst du?", fragte sie barsch.

„Was passiert, wenn Nergal sein Versprechen hält und dich nach *Dis* bringt?" Er errötete. „Werden du und ich dann weiterhin zusammenbleiben?"

Natürlich nicht! Wozu brauche ich dich in der Welt, in der ich wichtigere Dinge zu tun haben und interessantere Männer kennenlernen werde?, dachte sie, doch sie sagte: „Ich werde dich immer in meinem Herzen tragen, Toby."

Der lächerliche kleine Krieger schloss die Augen und wollte sie küssen. Neun hätte ihn am liebsten in eine Grube mit Lavadrachen geworfen, aber Nergal würde jede Minute mit ihr in Kontakt treten, darum musste sie ihn dulden. Also küsste sie ihn ebenfalls.

Danach folgten natürlich Liebkosungen, die intensiver wurden, als Crags Finger unter ihr kurzes Kleid wanderten. Neun kanalisierte ihre Ausdauer, um auch das zu überstehen.

Glücklicherweise bewahrte Nergals Erscheinen sie davor, abscheulichen, schlichten Geschlechtsverkehr mit dem ungehobelten kleinen Zwerg haben zu müssen. Der Gott des Lichts übernahm die Kontrolle über „Shortys" Körper und ließ ihre Oberschenkel vor Hitze brennen, als Crags fette Lippen sich von ihren lösten, und ein blendend helles Licht in seinen Augen erstrahlte.

„Ist dein Pfad von Licht erfüllt, meine Leuchtende Hand?" Die Gottheit begrüßte sie durch den Mund des Zwergs. „Der Moment des Übergangs ist nah! Die versammelten Reserven von *Glaube* strömen ein und erweitern den Kanal zwischen den Welten. Bist du bereit?"

„Ich habe alles, was wichtig ist, ständig bei mir." Neun lächelte. Es war schon lange her, seit sie Vorfreude empfunden hatte. „Neun Durchdringer, die beste Ausrüstung, die man in dieser Welt bekommen kann, und alle Fertigkeiten, die ich über Jahrtausende gesammelt habe. Sag mir, Leuchtender Gott: Muss ich diesen Zwerg auf der anderen Seite auch ertragen?"

„Ich habe nicht genügend *Glaube*, um euch beide nach *Disgardium* zu bringen. Crags Verstand ist von den Schläfern getrübt worden, und ich benötige ihn nicht mehr. Er hat seinen Zweck erfüllt und kann vernichtet werden."

„Dann wirf dich von der Mauer, nachdem du mich hier herausgeholt hast." Neun schaute auf die vier Lebenden Siebe hinunter, die auf ihre Anwesenheit reagierten. Sie schwebten unter ihnen und hofften auf Beute.

„Schau mir in die Augen."

Crag-Nergal fasste sie bei den Händen und brachte sein Gesicht nah an ihres. Neun erzitterte durch das starke göttliche Leuchten. Es war, als ob ihre Augen sich in brennende Kohlen verwandeln würden, die nichts außer einer hellen Aura sahen, die den Himmel, den Horizont und das bärtige Gesicht des Zwergs erfüllte. Das Licht drang in ihren Kopf, brannte sich in ihr Gehirn, sickerte unter ihre Haut und verbrannte ihr Fleisch. Es durchdrang ihre Adern und ließ ihr Blut sowie alles andere, aus dem Beta Nr. 9 im Nether bestand, evaporieren.

Nun waren ihre Gedanken, ihr Gedächtnis, ihr Verstand und ihr Körper gelöscht...

... und wurden gleich darauf mit äußerster Präzision in *Disgardium* neu kreiert.

Neun öffnete die Augen und erstarrte. Nein, es war nicht *Disgardium.* Sie war von endlosem Raum ohne Himmel über ihr und Boden unter ihr umgeben. In der Ferne flackerten durchsichtige Einheiten und bewegten sich. Ihre Formen ähnelten sich, doch sie waren unterschiedlich groß. Winzige Gestalten liefen emsig um Neuns Füße herum wie kleine geisterhafte Küchenschaben auf einem Tisch, wenn man das Licht einschaltete.

In der absoluten Stille dieses geräuschlosen Vakuums näherte sich die größte der fast unsichtbaren Einheiten und manifestierte sich. Zahlreiche Gliedmaßen ragten in allen Richtungen aus einem formlosen, matten Rumpf heraus. Der Rumpf selbst war von Dutzenden von Augen bedeckt.

Die Augen öffneten sich alle gleichzeitig und erschreckten Neun. Sie waren so verschieden, als ob jemand von allen in *Disgardium* existierenden Arten eins genommen und auf den Rumpf der Gottheit transplantiert hätte. Jedes einzelne Auge war auf sie gerichtet.

So sahen Götter also aus. Ohne den Avatar-Bildschirm und Sondereffekte wie das Leuchten reichte dieser größte Gott aus *Disgardium* ihr nicht einmal bis zur Brust. Sie war unbeeindruckt. Im Nether waren ihr viel eindrucksvollere Kreaturen begegnet, wenigstens was das Aussehen betraf.

Nergal, Gott des Lichts, Level 9.773.331

Die Beschreibung blinkte kurz und änderte sich zu:

Marduk, Dunkler Gott, Level 9.773.331

Dann schien es, als ob Nergal wieder vor Neun stehen würde. Sie fragte: „Bist du Nergal oder Marduk?", und wunderte sich, warum sie sich nicht hören konnte.

„Knie nieder, meine Lichttragende Hand." Fremde Gedanken brannten sich in ihr Gehirn wie glühend roter Draht.

Neun kniete nieder und senkte den Kopf. Viele Gedanken schwirrten ihr im Kopf herum. Das waren eine Menge Level! Dann konnte sie nicht mehr denken, denn ihre eigenen Gedanken wurden durch fremde zu Asche verbrannt.

„Ich bin die Vereinigung der beiden Einheiten. Ich bin Nergal der Leuchtende, doch wo Licht ist, ist auch Dunkelheit, darum gibt es keinen Nergal ohne Marduk. Zu Anbeginn der Zeit war Marduk der Finstere der Alte Gott der Dunkelheit. Ich habe ihn entkörperlicht und mir seine Anhänger angeeignet. Um zwei Avatare zu steuern, benötigt man viele Ressourcen, doch der Zustrom von *Glaube* hat sich vervielfacht. Aber nun schiebe deine Neugier beiseite, meine Lichttragende Hand. Wir haben nicht viel Zeit. Alle Reserven von *Glaube* — meine und die der Altare und Priester — sind aufgewendet worden, um den Kanal zu öffnen und dich aus dem Nether zu übertragen. Nun bin ich schwach, schwächer als jemals zuvor. Dagegen müssen wir so schnell wie möglich etwas unternehmen!"

Jedes seiner Worte wurde ihr wie ein heißer Nagel in den Schädel gehämmert und verdrängte ihre Selbstwahrnehmung — ihre Persönlichkeit, ihre Erinnerungen, Wünsche und ihren Verstand. All das wurde durch Nergals Wünsche ersetzt. Neun, die zu seiner Marionette geworden war, konnte noch nicht einmal sprechen. Der Gott schien ihre Verwirrung zu spüren.

„Dies ist nicht *Disgardium.* Du befindest dich auf der Himmelsebene. König Bastian der Erste der Allianz ist vom Weg abgekommen und hat meine Priester daran gehindert, die volle Zeremonie auszuführen. Darum hatte ich nur genug Energie, um einen Kanal zu diesem Ort zu öffnen, wo der eingehende *Glaube* frisch und wirkungsvoller ist. Aber du hast keinen Platz hier, Sterbliche, genauso wie wir keinen Platz in *Disgardium* haben. Das universelle Gesetz des Äquilibriums hat das Himmlische Schiedsgericht bereits auf den Weg geschickt, um dich von der Ebene zu entfernen. Die Schlichter, die ich aus dem Nether gerettet habe, sind verpflichtet, mir zu helfen, aber alles, was sie tun können, ohne gegen das Gesetz des Äquilibriums zu verstoßen, ist, den Prozess etwas hinauszuzögern, indem sie die Priorität anderer Aufgaben etwas erhöhen. Darum hör gut zu und vergiss nicht: Du bist in *Disgardium* meine Hand, meine Stimme, meine Vergeltung für die Ungläubigen und die Belohnung für jene, die dem Pfad des Lichts folgen."

Tief in ihrem Unterbewusstsein wurde ein Gedanke immer stärker: *Er ist schwächer, als er jemals war...* Inzwischen fuhr Nergal mit seinen Befehlen fort.

„Meine treuesten Anhänger unter den Kindern von Kratos haben mich um Hilfe gerufen, um die Ungläubigen niederzuschlagen, die die Schläfer verehren. Du wirst die Kinder von Kratos beschützen und alle ausschalten, die in ihr Gebiet eindringen. Du wirst Scyth, den Apostel der Schläfer, gefangen nehmen und verprügeln, bis er dir verrät, wo seine widerwärtigen Schutzgötter sich versteckt halten. Du wirst den Willen des neuen Nukleus der Vernichtenden Seuche unter die Kontrolle des Lichts bringen und ihn auf alle hetzen, die den Pfad des Lichts abgelehnt haben. Du wirst die Position meiner Kirche in der Allianz wiederherstellen und den verräterischen Bastian durch den Ersten Inquisitor Larion ersetzen. Danach wirst du alle meine Anhänger unter meinem Banner versammeln und die Legionen des Imperators Kragosh niederschlagen. Du wirst Marduks Priestern helfen, den Thron des Imperiums einzunehmen, und dann wirst du die Alten Götter vernichten. Beginne mit den Goblins Nevra und Maglubiyet und lege die Kapitulationsbedingungen für die Goblins fest: Sie müssen den Pfad des Lichts akzeptieren, sonst wirst du sie zerschlagen. Dann...”

Neun knirschte mit den Zähnen und hielt einen Schmerzensschrei zurück, als sie sich bemühte, etwas anderes zu tun, als ehrfürchtig zuzuhören. Es gelang ihr, den Kopf leicht zu heben, sodass sie sich auf das in der Shortcut-Leiste angezeigte Artefakt-Symbol konzentrieren konnte, während sie in Nergals Augen schaute. Ja, es hatte Zeiten gegeben, als sie es verzweifelt hatte einsetzen wollen — zum Beispiel, als Drei sie betrogen hatte. Durch das Aktivieren des Artefakts hätte sie ihren ehemaligen Freund und Geliebten für immer töten können und die Macht über die übrigen Betas gehabt.

Doch sie hatte das Artefakt nicht eingesetzt, weil sie sicher gewesen war, dass die richtige Gelegenheit sich noch nicht geboten hatte.

Nun war sie gekommen. *Schwächer als jemals zuvor...*

Das auf Holdest gewonnene Artefakt war bereit. Aber würde es funktionieren?

Sie überwand Nergals Kontrolle und las die Beschreibung noch einmal genau durch.

Baron Samedis Schädel

An die Seele von Beta Nr. 9 gebunden

Göttliches Artefakt

Einzigartiger Gegenstand

Nachdem die Inkarnation von Baron Samedi in der sterblichen Welt seine Anhänger verloren hatte, erschöpften sich seine Reserven von Glaube, und er wurde entkörperlicht. Dieser Schädel ist alles, was von dem Gott des Todes übrig geblieben ist, der einmal berühmt dafür war, anderen ihre Talente zu entziehen und zu absorbieren.

Gebrauch: Dieses Artefakt entzieht dem Ziel alle Level und überträgt sie auf seinen Besitzer. Danach verliert es seine Macht.

Haltbarkeit: Unzerstörbar

Verkaufspreis: Unverkäuflich

Chance, den Gegenstand nach einem Tod zu verlieren, reduziert sich um 100 %.

Nergal sprach weiter und lud Neun mehr und mehr Aufgaben auf, doch schließlich gelang es ihr, einen Teil ihres Verstands abzuschirmen, um Platz für ihre eigenen Gedanken zu schaffen. Selbst wenn das Artefakt keine Wirkung zeigen sollte, hatte sie ihr Ziel bereits erreicht. Nergal war nicht stark genug, sie in den Nether zurückzuschicken, und die Schlichter würden sie bald nach *Disgardium* bringen.

Neun zielte auf die geisterhafte, matte Kreatur und aktivierte das Artefakt. Irgendwo im Inventar lösten sich die letzten Reste von Baron Samedi auf und stießen zum Abschied ein Stöhnen aus, und sie hörte eine pfeifende Stimme flüstern: „Köstli-i-i-ch".

Der Druck auf ihrem Verstand verschwand umgehend. Die vor ihr stehende Kreatur wich zurück. Ihre vielen Augen schlossen sich und verwandelten sich in Stacheln. Nergal stellte sie auf wie ein Igel und stürzte sich schweigend auf Neun. Jeder Stachel feuerte einen Strahl ab, der eine Stadt hätte zerstören können, wenn Nergal mehr Energie gehabt hätte. Die kurzen Strahlen trafen auf Neuns Schutzkuppel auf und entzogen ihr all ihre Milliarden von Trefferpunkte.

Das war der gefährlichste Moment ihres Plans gewesen, und er war vorüber. Neun, die zehntausend Jahre im Nether dahingesiecht war, überlebte und aktivierte schnell eine neue Schutzkuppel. Sie grinste selbstgefällig, als sie sah, dass Nergal eine Million Level pro Sekunde verlor und schrumpfte. Ihre *Intelligenz* — das Grundattribut eines jeden Magiers — wuchs zehnmal so schnell: zehn Millionen Punkte pro Sekunde.

Die Gottheit, die schnell an Stärke verlor, zerstörte die zweite Schutzkuppel, doch mehr schaffte sie nicht. Neun fühlte, wie nahe sie ihrem Ziel war, und wurde von Begeisterung überwältigt, als sie eine Fülle von Fähigkeiten, Talenten und Zaubern absorbierte. Nun musste sie diese Kreatur, die die Arroganz besaß, sich für einen Gott zu halten, nur noch aus dem Weg räumen.

Sie trat zurück, streckte ihren Arm in Nergals Richtung und schloss die Hand zu einer Faust. Das Level des Gottes sank auf drei Millionen, zwei Millionen, eine Million... Ja!

Nergal, Gott des Lichts, Level 1

Die winzige Kreatur huschte um ihre Füße herum und konnte ihre Lichttragende Hand nicht mehr erreichen.

Nachdem Neun erneut die Faust geballt hatte, entsprach Nergals Essenz nur noch der Größe eines Bakteriums und sah aus wie ein Glühwürmchen, das kurz aufleuchtete und dann verlosch.

Nergal, Gott des Lichts, ist vernichtet worden.

Sie erhielt für das Töten einer Level-1-Kreatur keine Erfahrungspunkte, aber das war Neun egal. Es war unwahrscheinlich, dass die passive Fertigkeit *Fähigkeit entziehen* ausgelöst werden würde, aber je höher das Level des Opfers, desto größer war die Chance, dass es passieren könnte.

Das Universum rollte den Würfel und kalkulierte die Wahrscheinlichkeit...

Fähigkeit wird entzogen: Du hast dir das vergöttlichende Talent Leuchten angeeignet!

Jubelnd fühlte Neun ein Brennen in ihrem Inneren, das ihre Essenz veränderte, ihr Fleisch erneuerte und sie mit unendlicher Stärke erfüllte, die von all jenen genährt wurde, die auf dem Pfad des Lichts wandelten.

Millionen unsichtbarer Fäden verbanden sie mit jedem einzelnen ihrer Anhänger, Tempel und Altäre, die Ströme von *Glaube* angesammelt hatten. Sie brauchte nicht auf das Interface zu schauen, um zu wissen, dass Nergal nicht gelogen hatte: Die Reserven waren erschöpft und die breitesten Kanäle waren geschrumpft, weil die verfolgten Anhänger auf die Unterstützung ihres Gottes warteten und ihr *Glaube* schwächer wurde. Sie beteten seltener oder hatten ihren *Glauben* aufgegeben und sich anderen Göttern zugewandt.

Kein anderes gestohlenes Talent hatte ihr je ein solches Gefühl gegeben. Das war sehr interessant. Neun öffnete die Beschreibung der Fähigkeit, die nun das Juwel in ihrer Sammlung war.

Leuchten

Vergöttlichendes Talent

Seit uralten Zeiten haben intelligente Leute die Sonne und ihr Licht verehrt. Wer das Leuchten trägt, wird in den Augen der Sterblichen mit einem Gott gleichgesetzt.

Du bringst das Licht, das je nach deinem Willen

allen lebenden Dingen Leben geben oder den Tod bringen kann. Der Glaube deiner Anhänger verleiht dir Unsterblichkeit und Energie. Sobald Glaube absorbiert und verarbeitet worden ist, wird er wie ein Haufen Dreck auf Disgardium abgeladen. Die Sterblichen setzen diese Ausscheidung mit dem Atem der Götter oder Mana gleich, das sie für primitive magische Manipulationen von Materie, Raum und Zeit verwenden.

Ich bin eine Göttin, dachte Neun. Sie genoss diese Vorstellung und hörte sich selbst zu. In ihr stieg eine Welle reiner Freude auf. Ihre ewige Langeweile war von dem Licht verbrannt worden, das sie durch die Erkenntnis erhalten hatte, dass sie die Auserwählte war. Sie besaß die Leidenschaft, und die Gelegenheiten, die sich ihr eröffneten, waren fantastisch — nein, geradezu göttlich!

Dann wurde ihr bewusst, dass sie *Disgardiums* stärksten Gott vernichtet hatte und nun mächtiger war als Nergal. Das bedeutete...

Neun schaute sich um. Die Himmelsebene hatte ihren Gebieter verloren und eine neue Gottheit bekommen. Natürlich war das nicht unbemerkt geblieben. Hunderte anderer Kreaturen umringten sie und versuchten mit unterschiedlich großer Sorge, ihren Verstand zu erforschen, sich in Verbindung zu setzen und eine Kommunikation aufzubauen.

„Wer bist du?", fragte Montu, der Gott des Krieges, vorsichtig.

„Wie bist du entstanden?" Tialoc sprach direkt mit ihr in ihrem Schädel. Der Gott des Regens und Donners verursachte ihr Kopfschmerzen.

„Unvorstellbar...", hörte sie den Gedanken von Yama, dem Gott der Gerechtigkeit.

Durch eine einfache Willensanstrengung schloss Neun ihren Verstand und schnitt weitere Fragen ab.

Diejenigen, die darin herumstocherten, wichen zurück, als ob sie Schmerzen erlitten hätten, zitterten und empörten sich schweigend.

Formlose Einheiten umkreisten Neun und bewegten sich auf neu gewachsenen, mehrgelenkigen Gliedmaßen wie aufgeregte Spinnen in einem Glas. Sie überflog ihre Namen mit einem Blick: Ravana, Fujin, Volos, Ahriman, Shesemu, Skadi, Hurakan, Ishtar, Tosi, Horus, Hapi und Cthulhu. Die Kreaturen repräsentierten alle Dinge, die den Sterblichen ein Anliegen waren: von Naturphänomenen bis zu vergänglichen Dingen wie Liebe und Gerechtigkeit. Sie hatten diese Anliegen einfach unter sich aufgeteilt, sodass jeder einzelne von ihnen einen Anteil vom *Glauben* der Sterblichen erhielt und stärker werden konnte.

Sie ließ ihren Blick auf einem vertrauten Namen ruhen: Baron Samedi. Was? Noch einer? Ach ja, natürlich. Der Nether war eine Reflexion von *Disgardium*, dort hatte es einst auch Alte und Neue Götter sowie Bestiengötter gegeben. Sie alle waren entkörperlicht worden, als außer den sechs Überlebenden, die nicht an Götter glaubten, keine Ich-Bewussten mehr übrig gewesen waren.

Neun starrte den Gott an, dessen entkörperlichter Avatar eben den Schädel im Nether zurückgelassen hatte, der Nergal seine Kräfte entzogen hatte. Diese Einheit hatte vermutlich einen Schädel, aber er war irgendwo in einem schwerfälligen, kantigen Körper versteckt, an dem mehrere Augen mit Stängeln gewachsen waren.

All die Kreaturen hatten mehrere Millionen Level weniger als Neun und waren kein bisschen aggressiv. Offensichtlich wurde Gewalt gegenüber anderen Göttern nicht akzeptiert.

Neun die Leuchtende bewegte sich auf Baron Samedi, den Dunklen Gott des Todes, zu. Das Wesen auf Level 1.843.084 bemerkte ihr Interesse, schrumpfte, kroch fort und versteckte sich hinter den anderen.

Die junge Frau, die zwanzig Jahre als June Curtis und etwas über 10.000 Jahre als Beta Nr. 9 gelebt hatte, deutete auf Baron Samedi und ballte die Faust.

Die entstellte Kreatur brach zusammen und löste sich in subatomare Teilchen auf

Der Dunkle Gott des Todes, Baron Samedi, ist vernichtet worden.

Fähigkeit wird entzogen: Du hast dir das göttliche Talent „Köstlich!" angeeignet.

„Köstlich!", rief sie aus, doch sie konnte sich erneut nicht hören.

Es war ärgerlich, dass das von ihr gestohlene Talent nur göttlich und nicht vergöttlichend war. Im nächsten Moment wurde Neun von einer starken Explosion zur Seite gestoßen. Sie hob sofort mit ihren geisterhaften Flügeln ab. Sie funktionierten im luftleeren Raum der Himmelsebene genauso gut wie unter dem statischen Himmel des Nethers, denn sie unterlagen nicht den Gesetzen der Physik, sondern denen der Spielmechanik für dieses Universum.

Da die gleichen Gesetze diktierten, dass Neun Schaden erleiden musste, verlor sie ein Drittel ihres Lebens, doch sie bemerkte es kaum, weil ihre Regeneration unglaublich schnell war und durch passive Fähigkeiten noch beschleunigt wurde. Es dauerte nur fünf Sekunden, bis sie ihre Gesundheit wiederhergestellt hatte.

„Ich hätte den Gott nicht aus der Nähe töten sollen", schlussfolgerte sie. Es war zwar kein schwerwiegender Fehler, doch in Zukunft würde es besser sein, solche Risiken zu vermeiden.

Diese Kreaturen, die sich Götter nannten, waren bei näherer Betrachtung nicht besonders mächtig. Die Schwächeren unter ihnen kamen durch die thermonukleare Explosion um, die durch Baron Samedis Vernichtung ausgelöst worden war. Als Folge davon füllte Neuns Sichtfeld sich mit Benachrichtigungen, die sie über die neuen, von ihr gestohlenen Fähigkeiten informierten. Leider kam keiner der toten Götter auch nur annähernd an Neuns Stärke heran, sodass die neue Erfahrung verloren ging. In die Leere damit!

Der Tod jedes Gottes verursachte eine Kettenreaktion: Zuerst kleine und dann immer zerstörerischer werdende Explosionen töteten immer mehr Götter. Neun war nun sicher, dass es auf der Himmelsebene keine Konflikte gab, weil die Konsequenzen katastrophal waren.

Die Neuen Götter füllten den Äther geräuschlos mit einer Welle von Angst, Schmerz, Panik und Verzweiflung, während sie flohen und sich an die unsichtbaren Wände der Grenzen klammerten, hinter denen das große Nichts lag. In den Blitzen der Explosionen konnte Neun deutlich ein unangenehmes Knacken hören. Der Prozess musste beschleunigt werden. Neun hob die Hand und ballte die Faust, sobald die nächste Kreatur sichtbar wurde.

Sie hörte die Götter in ihrem Kopf schreien und um Gnade bitten. Sie versprachen, Neun alles zu geben und *Glaube* mit ihr zu teilen, doch sie unterbrach sie gnadenlos und vernichtete die einst allmächtigen Neuen Götter wie Küchenschaben.

Neun hatte aufgehört, ihre Opfer und die gestohlenen Fähigkeiten zu zählen. Sie hatte das Gefühl, am Zahltag bei einem Ausverkauf zu sein, wie manchmal in ihrer Jugend. Man hatte sich geschnappt, was man für sein Geld hatte bekommen können. Zu der Zeit hatte sie oft gedacht, dass sie alle Schuhe und Handtaschen kaufen würde, wenn sie genug Geld gehabt hätte, obwohl sie gewusst hatte, dass sie den größten Teil nie benutzen würde. Nun hatte sie genug Fähigkeiten, um das gesamte Geschäft mit göttlichen Talenten leeren zu können. Sie musste sich jedoch aus der Reichweite der Explosionen fernhalten.

In weniger als fünfzehn Minuten war die Vernichtung beendet. Sie nutzte die Zeit, um die Benachrichtigungen über die neuen Talente zu lesen. Leider waren die meisten von ihnen nur „göttlich", was bedeutete, dass Neun sie nur in *Disgardium* einsetzen oder sie Sterblichen geben konnte.

Bis das Himmlische Schiedsgericht endlich eingetroffen war, war nur noch eine Neue Göttin auf der Himmelsebene übrig.

Zwölf funkelnde purpurrote Kugeln fielen aus dem Subraum und schwebten direkt vor Neun. Sie war darin vertieft, ihre neuen Talente zu studieren, sodass sie sie zuerst nicht bemerkte. Erst als sie plötzlich mit elektrischen roten Gurten gefesselt wurde, die ihre Farbe nach und nach zu blau wechselten, erkannte sie, dass sie nicht mehr allein war.

Als die allmächtigen Schlichter im Nether gefangen gewesen waren, hatte Neun sich nicht die Mühe gemacht, sie besser kennenzulernen, aber ihr ehemaliger Schutzgott hatte ihr erklärt, dass die Energiekreaturen vom Chaos und der Ordnung aus Partikeln des Universums gewoben worden waren und einzig dem Gesetz des Äquilibriums und ihrer eigenen Logik gehorchten. „Man kann nicht mit ihnen verhandeln oder sie unterwerfen, aber man kann sie dazu bringen, zu tun, was man will, wenn ihnen andere Möglichkeiten unangenehmer erscheinen", hatte Nergal gesagt.

Also sammelte Neun ihre Gedanken und bereitete sich darauf vor, sich für ihre Handlungen zu verantworten. Es war unwahrscheinlich, dass sie ungeschoren davonkommen würde. Schließlich hatte sie alle Neuen Götter vernichtet.

Wie sich herausstellte, musste sie nichts erklären. Die größte Kugel, der Erste Schlichter, sagte knisternd: „Analyse der Einheit... Machtlevel: Außergewöhnlich, an keine Ebene gebunden. Klasse: Göttlich. Frühere Hypostase: Unsterbliche Beta Nr. 9, Registriernummer 14 in der Beta-Welt. Gefahrenstatus kann nicht zugewiesen werden, da das Protokoll nicht für Einheiten der göttlichen Klasse gilt. Wir werden beginnen, einen neuen Gott einzuführen. Beta Nr. 9, du musst einen neuen Namen registrieren, um dir den Status einer Göttin zu sichern. Willst du deinen derzeitigen Namen behalten oder einen neuen kreieren?"

„Ich will einen neuen Namen wählen."

Sie beschloss, sich Neun zu nennen, doch plötzlich fiel ihr etwas ein, und sie änderte ihre Meinung. Sie war nicht mehr Neun, sondern Eins! Doch Eins genannt zu werden, war langweilig. Sollte sie vielleicht den Namen June aus ihrem ersten Leben wählen? Aber er war nichts Besonderes. Sollte sie Nergal beibehalten, um es den Anhängern leichter zu machen? Mit dem gleichen Trick war der Leuchtende Gott im Hinblick auf Marduk erfolgreich gewesen. Vielleicht würde es für sie ebenfalls funktionieren.

Nein, nein, NEIN!

Die Ich-Bewussten nannten ihre alte Welt den Nether. Neun war die Verkörperung dieser Welt. Sie würden alle vor ihr niederknien.

„Mein neuer Name lautet Nether!", verkündete sie.

Das Fenster einer Interfaces erschien vor ihr, und sie gab ihren neuen, nun offiziellen Namen ein.

„Die neue göttliche Essenz Nether muss wählen, welchen Schutzbereich sie den Sterblichem anbieten will. Bitte wähle eine oder mehrere der vorgegebenen Möglichkeiten."

Ein Fenster mit einer Liste öffnete sich: Erde, Wind, Feuer, Licht, Dunkelheit, Krieg, Frieden, Wälder, Berge, Mut, Diebstahl, Ackerbau, Orks, Goblins, Liebe, Mutterschaft, Fischer, Bergarbeiter, Schwindler, Glücksspieler... Neun scrollte bis zum Ende, doch sie fand nicht, wonach sie suchte. Sie schüttelte den Kopf.

„Keiner dieser Bereiche ist geeignet."

„Was ziehst du vor, Nether?", fragte der Erste Schlichter unbeeindruckt.

„Ich kann die Schutzgöttin von allem sein, weil es keine Neuen Götter oder anderen Schutzgötter mehr gibt. Ich bin die Einzige und muss in der Lage sein, für alles und jeden alles tun zu können."

„Das ist wahr", stimmte er zu. „Hiermit erkläre ich dich zur Göttin von Allem. Deine Macht erlaubt dir, die Kontrolle über *Disgardiums* ressourcenintensivsten Prozesse zu übernehmen."

„Göttin von Allem klingt nicht sehr eindrucksvoll. Wie wäre es mit der Einzigen Göttin der Schöpfung?"

„Akzeptiert: Nether, die Einzig Wahre Göttin der Schöpfung", verkündete der Erste Schlichter. „Die Initiierung einer neuen Göttin ist abgeschlossen. Nun wenden wir uns den universellen Gesetzen des Äquilibriums zu. Gegen sie zu verstoßen, ist unzulässig und kann zur Entziehung der göttlichen Klasse und anschließender Entkörperlichung führen."

Es folgte ein Vortrag, in dem er Nether erläuterte, dass sie sich nicht länger in die Angelegenheiten der Sterblichen würde einmischen können. Sie hatte jedoch das Recht, *Glaube* anzusammeln, ihren Anhängern Anleitung und Belohnungen zu geben und sie zu benutzen, um ihre Ziele zu erreichen.

Der Erste Schlichter informierte sie über zahlreiche Regeln, die alle darauf abzielten, das Gleichgewicht und die Sicherheit von *Disgardium* zu bewahren. Nether wurde klar, dass sie erneut gefangen war, doch das störte sie nicht besonders, denn obwohl sie auf der Himmelsebene festsaß, gab es Schlupflöcher.

Wenn sie es schaffen würde, genug Reserven von *Glaube* zu sammeln, würde sie sich in *Disgardium* als Avatar verkörperlichen können — entweder als ein neu erstellter oder als Nachbildung des Körpers ihres ergebensten Anhängers. Die letztere Möglichkeit erforderte zwar weniger Ressourcen, doch sie würde durch die Beschränkungen des Körpers, den sie einnehmen würde, beeinträchtigt sein.

Einen Avatar zu erstellen, war einfach, doch ihn in *Disgardium* aufrechtzuerhalten, erforderte eine unglaublich hohe Menge an *Glaube*. Und wenn alles von der schwankenden Menge der Ressource abhing...

Nachdem das Himmlische Schiedsgericht auf alle Gesetze eingegangen war, überlegte Nether sich ihre nächsten Schritte. Sie hatte die Hebel der Göttlichkeit in der Hand und die volle Kontrolle über alle Pläne, die sie schmieden würde. Zu allererst musste sie jedoch dafür sorgen, dass die Ströme von *Glaube* nie versiegen würden. Das Einzige, was eine Bedrohung für sie darstellte, war der Verlust ihrer Anhänger und ihre Entkörperlichung.

Dazu musste sie alle Anhänger der Neuen Götter,

die sie aus dem Weg geräumt hatte, bekehren. Sie hatte den *Glauben* der Anhänger von Nergal und Marduk sowie ein paar anderer Götter geerbt, deren Vergöttlichungstalente sie mit *Fertigkeit entziehen* gestohlen hatte, doch da waren noch all die anderen Anhänger, die nun umsonst beteten. Niemand erhörte ihre Gebete, und ihr *Glaube* wurde nutzlos verschwendet.

Als Nächstes musste sie die unsterblichen Spieler, die nach *Disgardium* kamen, um Spaß zu haben, und Nergal und Marduk ebenfalls verehrten, mit Boni überschütten. Sie überlegte kurz. Nein! Warum sollte sie den Massen etwas geben, das sie sich selbst entziehen musste? Es wäre besser, den Massen etwas wegzunehmen und es später nur ihren Auserwählten zurückzugeben.

Sie konzentrierte sich und kreierte eine Dimensionstasche, in die sie das Mana umleitete, das nach *Disgardium* floss. Sobald die Zauberer, Magier und Beschwörer die Ressource verbraucht hatten, die alles in ihrer Welt durchdrang, würde Magie zu einem Privileg werden, das sie nur ihren Anhängern gewähren würde.

Doch nun musste sie etwas wegen der Spieler unternehmen. Im Moment gab es viel mehr Spieler als NPCs, denn sie waren die hauptsächlichen Lieferanten von *Glaube*. Allerdings verbrachten sie höchstens die Hälfte ihrer Zeit in *Disgardium*. Die andere Hälfte verlebten sie in der Welt, in der Nether die ersten zwanzig Jahre ihres Lebens verbracht hatte. Dieses Doppelleben war der Grund, warum ihr *Glaube* schwach und kraftlos war. Für sie war *Disgardium* eine virtuelle Welt, so etwas wie Fiktion. Ein Spiel.

Sie „beteten" zu den Göttern, um Boni zu bekommen, und wechselten ihre Schutzgötter, wenn sie meinten, von anderen Göttern bessere erhalten zu können. Sie brauchten keine Angst zu haben, denn sie wussten, dass ein Tod in *Disgardium* nicht real war. Der Timer im großen Nichts zählte eine bestimmte Zeit herunter, und die Toten erstanden wieder auf. Sie fragte sich, wie diese Milliarden von verwöhnten Spielern reagieren würden, wenn sie erkennen müssten, dass ihr Tod endgültig wäre — wie Drei und sie vor langer Zeit.

Sie würden nicht mehr spielen. Sie würden nicht mehr nach *Disgardium* kommen, und Nether würde Milliarden potenzieller Anhänger verlieren.

Diese Erkenntnis war ernüchternd und zwang sie, sich weitere Gedanken über die Sache zu machen. Als Nergal im Nether mit ihr gesprochen hatte, hatte er ihr von seinen Plänen erzählt, die Unsterblichen unter seine Kontrolle zu bringen, doch er hatte ihr keine Einzelheiten verraten.

In dem Moment erschien als Antwort auf ihre Gedanken das globale göttliche Bedienfeld. Nun verstand sie.

Wenn die Spieler in ihre Kapseln stiegen und ins Spiel eintauchten, gaben sie die Kontrolle über ihren Körper und ihren Verstand vollständig auf. Deswegen war das Spielreich so realistisch. Die steuernde KI verbrannte den Körper eines Spielers nicht, wenn er in einem Feuer war, sondern sie schickte das erforderliche Schmerzsignal an das Gehirn des Brandopfers und gab ihm das Gefühl echter Schmerzen. Wenn Spieler ein kaltes Bier tranken, injizierte die Kapsel Hormone in ihr Blut, die einen Rauschzustand nachahmten. Jede einzelne Nervenzelle in der Haut eines Spielers, jeder Gedanke, jede Empfindung und jedes Gefühl befand sich unter der Kontrolle der KI. Sie erfüllte die Spieler auch mit dem Glücksgefühl beim

Leveln, indem sie ihnen einen Cocktail aus Serotonin, Dopamin und Oxytocin ins Blut spritze.

Wer in einer Kapsel war, würde alles tun, was die steuernde KI vorschrieb. Natürlich wurde alles, was dem Körper eines Spielers zugefügt wurde, streng von Schmerzfiltern, Einstellungen und der Art der Kapseln reguliert, aber trotzdem wurde der Körper manipuliert. Jeder Spieler, der sich in einer Kapsel befand, war der KI unterworfen, die *Disgardiums* Spielmechanik kontrollierte.

Während sie das göttliche Bedienfeld studierte, überlegte Nether, wie weit ihre Macht wohl reichte, und ihr wurde bewusst, dass sie die Mechanik dieser Welt unterjochen könnte. Die Schöpfer von *Disgardium* hatten das göttliche Bedienfeld so konzipiert, dass eine Gottheit die Mechanik vollkommen kontrollieren konnte, wenn sie über genug *Glaube* verfügte.

Die Gottheit könnte die Schwerkraft ändern, Naturkatastrophen beschwören, viele andere Unglücksfälle generieren, unheilbare Krankheiten verursachen und sogar den Planeten aus der Umlaufbahn werfen.

Aber warum? Das Ergebnis würde nur die Anzahl ihrer potenziellen Anhänger und damit ihre Energiequelle reduzieren. Eine weitere Sackgasse.

Die einzige Möglichkeit, das Problem mit den Unsterblichen zu lösen, die sich weigerten, sie anzubeten, wäre, sie in ihren Kapseln zu töten.

Nether dachte darüber nach. Als Scyth mit ihr in der Beta-Welt gefangen gewesen war, war er in die reale Welt entkommen, als seine Freunde den Notausstieg ausgelöst hatten. Crag hatte ihr davon erzählt. Selbst wenn sie einen Weg finden würde, die Kontrolle über die steuernde KI zu übernehmen und die unbeweglichen Körper in den Kapseln zu töten, würde

Panik folgen. Alle würden fliehen oder *Dis* verlassen, indem sie die Kapsel einfach vom Netzwerk trennen würden.

Sie wägte die Möglichkeiten ab, die das globale Bedienfeld ihr bot, und prüfte die Bedingungen. Als sie am Ende der Liste auf einige Ergänzungen stieß, schlug ihr göttliches Herz höher.

Modus Betatest: Deaktiviert

Modus Beschleunigung: Deaktiviert

Modus Endgültiger Tod für Charaktere: Deaktiviert

Jeder dieser Modi erforderte eine Trillion Glaubenspunkte, um aktiviert werden zu können, doch das war Nether egal. Jetzt hatte sie endlich einen Plan. Sie würde die Welt in einen beschleunigten Beta-Modus bringen und danach den Modus Endgültiger Tod aktivieren. Die Gehirne der Spieler und ihre unbeweglichen Hüllen würden sterben, doch ihre Charaktere würden am Leben bleiben.

Niemand würde mehr in der Lage sein, *Disgardium* zu verlassen. Die Spieler würden wirklich leben und sterben. Dann würden sie mit Herz und Seele an Nether glauben.

Zuerst musste sie jedoch eine riesige Menge *Glaube* ansammeln. Im Moment produzierten Nergals und Marduks Anhänger nicht mehr als sechs Milliarden Punkte pro Tag. Es würde etwa sechs Monate dauern, um nur einen der nötigen Modi zu aktivieren. Das war zwar nicht schlecht, aber Nether hatte keine Lust mehr, zu warten.

Sie beschwor ihre neun Level-300.000-Durchdringer, verlieh ihnen einen schwachen Verstand und Sprachfähigkeit und gab ihnen einen Befehl.

„Ihr seid meine Stimme in *Disgardium*. Ihr seid

die Stimme von Nether und ihrer ergebensten Priester. Tötet alle, die sich weigern, auf die Knie zu fallen und mich als ihre Göttin anzuerkennen.”

„Jawohl”, erwiderten die neun Durchdringer mit verschiedenen Stimmen.

Mit ihren letzten Glaubensreserven schickte sie sie nach *Disgardium.* Kleiner Spucker, Fluffy und Rauch materialisierten sich an verschiedenen Orten in Latteria. Karamell, Springer und Eeyore landeten in Shad'Erung, Krümel auf Bakabba, Schneeball fand einen Platz auf Holdest, und Fishy zog durch den Bodenlosen Ozean. Sobald sie über genügend *Glaube* verfügte, würde Nether sich ganz *Disgardium* in Person präsentieren.

Leider befand Meaz sich außerhalb der Kontrolle von Nether, doch es war nur eine Frage der Zeit, bis sie auch diesen Kontinent unterwerfen würde. Was ihre alte Welt betraf:

Sie hatte dort genug Zeit als Beta Nr. 9 verbracht und war den Ort leid. Genauso wie die Bewohner von Meaz befanden sich auch die Bewohner des Nethers außerhalb der Spielmechanik.

Sobald sie sich in *Disgardium* würde verkörperlichen können, würde sie Terrastera einen Besuch abstatten. Dort lebten zwar keine Ich-Bewussten, doch in der Instanz „Ursprung des Schwelenden Nethers” gab es eine Möglichkeit, Zugang zu ihrem ehemaligen Zuhause zu bekommen. Sie musste die Fähigkeit, eine *Nether-Spalte* zu kreieren, eliminieren, bevor jemand anders sie meistern würde.

Nether hatte alles getan, was ihre Kapazität erlaubte. Nun musste sie die Welt über ihre Existenz informieren und darauf warten, dass der *Glaube* einströmte und sie ihre Pläne würde umsetzen können.

Disgardium gehörte von nun an ihr allein. Sie

hatte die Falle aufgestellt, und es war nur eine Frage der Zeit, bis die Unsterblichen hineintappen und sie anbeten würden.

Nether, die Einzig Wahre Göttin der Schöpfung.

Kapitel 1: Synchronisierung

IN DER TOTENSTILLE hörte ich nur meinen Herzschlag. Der Timer für die Regeneration der Gefrorenen Schlucht hatte heruntergezählt, doch es passierte nichts. Ich war immer noch im großen Nichts. Es war jedoch sinnlos, sich Sorgen zu machen, denn solche Sachen passierten ab und zu mit der steuernden KI. Ich konnte nichts weiter tun, als abzuwarten.

Neun war jetzt die Hohepriesterin von Nergal, und das nagte an mir. Bomber, Hiros und Oyama hatten seine Priester zwar vertrieben und das Ritual unterbrochen, mit dem sie sie beschworen hatten, doch es wäre dumm, anzunehmen, dass wir sie daran gehindert hätten, nach *Disgardium* zu gelangen. Nergal war zu stark. Die Zerstörung seines Tempel — auch wenn es der Haupttempel gewesen war — konnte seine üblen Pläne nicht aufhalten.

Sobald Neun in unserer Welt erschienen wäre, würde sie alles in ihrer Macht Stehende tun, um die

Tempel der Schläfer zu zerstören und mich auszuschalten. Dazu würde sie Big Po erledigen und einen neuen Nukleus kreieren müssen — den dritten. Falls es ihr gelingen würde, sähe die Sache schlecht für mich aus. Ich brauchte die Schläfer, wenn ich jemals die Staatsbürgerschaft bekommen wollte. Ohne sie und die Fähigkeiten, die ich als Apostel der Schläfer erhalten hatte, könnte der Nicht-Bürger Alex Sheppard sich von seinem armseligen Leben verabschieden. Ich wäre erledigt. Und das wäre noch nicht das Schlimmste, denn *Snowstorm* war eine Bestie, die niemals schlief.

Ich hatte keine Ahnung, was ich tun sollte, falls Beta Nr. 9 sich mit all ihren Fähigkeiten und Levels in *Disgardium* manifestieren würde. Ich konnte nur hoffen, dass die KI ihre Achievements während des Transfers nicht übertragen würde. Doch selbst wenn, wäre die Sache damit nicht ausgestanden. Ich musste vorher etwas unternehmen, aber was?

Während ich über meine Rolle als Apostel nachdachte, fiel mir eine Lösung ein. Ob Neun ganz von vorn beginnen musste oder nicht, sie erhielt ihre Stärke von Nergal, der wiederum vom Zustrom des *Glaubens* seiner Anhänger abhängig war. Ich erinnerte mich, dass selbst Behemoth seinen Tempel nicht gegen den relativ schwachen Lich Shazz hatte verteidigen können, weil er noch nicht genügend *Glaube* zur Verfügung gehabt hatte.

Also würde ich den Zufluss von *Glaube* zum Leuchtenden Gott unterbrechen müssen. Ich musste ihn aushungern. Das konnte ich nur erreichen, indem ich die Anzahl seiner Anhänger reduzieren würde. König Bastian der Erste von der Allianz, der die Verehrung von Nergal in der gesamten Allianz verboten hatten, war auf der richtigen Fährte. Ich würde die

Anführer der anderen Fraktionen überzeugen müssen, das Gleiche zu tun. Glücklicherweise versammelten sie sich gerade in der Gefrorenen Schlucht.

Ich hatte noch eine weitere Sorge: Falls die verbündeten Neutralen und Imperator Kragosh dem Nukleus Big Po und seinen Botschaftern begegnen würden, während ich hier feststeckte, könnte es Probleme geben.

Als ob die steuernde KI meine Ungeduld bemerkt hätte, handelte sie endlich. Der Timer verschwand und wurde durch eine Meldung ersetzt.

Nicht normgerechte Datenübertragungsanfrage erfasst!

Wird analysiert... ERFOLGREICH.

Spieler erfasst: Scyth, Mensch, Level-474-Sorgenträger

Spieler erfasst: Scyth, Mensch, Level-1.036-Herold

Wird analysiert... ID STIMMT ÜBEREIN.

Wird synchronisiert... ERFOLGREICH.

Neue Kalkulation der Parameter...

FEHLER: Klasse stimmt nicht überein

Suche einer Lösung, die mit dem Gameplay kompatibel ist.

BITTE WARTEN... 1... 2... 3...

Erneut blieb der Prozess stecken, doch es dauerte nur ein paar Sekunden, bis die KI beim fünften Versuch endlich eine Lösung fand.

Spielkonten werden zusammengeführt... ERFOLGREICH.

Parameter werden neu kalkuliert... ERFOLGREICH.

Zuweisung einer neuen Spielklasse... ERFOLGREICH.

Die Protokolle verschwanden, und eine Meldung erschien vor mir.

Scyth!

Deine neue spielbare Klasse wird der Herold-Klasse den Vorrang geben, doch sie wird alle Boni und Strafen der Nebenklasse als Spezialisierung einbeziehen.

In einem zweiten Fenster öffnete sich eine Beschreibung, die erklärte, was das bedeutete. Ich war nervös, so lange im großen Nichts verbringen zu müssen, doch dadurch hatte ich genug Zeit, um mir meine neue Hybridklasse genau anzusehen.

Herold

Einzigartige Klasse

Spezialisierung: Sorgenträger

Bonusattribute: Charisma und Glück

Nur jene, die von den Göttern gezeichnet wurden, können weltverändernde Ereignisse verkünden. Und obwohl uns noch keines dieser Individuen begegnet ist, besteht Herr Ingannamorte darauf, vor der Freigabe des Spiels alle denkbaren Klassen aufzuführen. Darum fülle ich einfach den leeren Platz. Bla, bla, bla, großer Herold. Irgendetwas geht vor, erledige es. Nergal schießt Blitze aus seinem Hintern! Oder Licht? Egal. Meine Katze hat in meinen Stiefel gepinkelt, das Mistvieh! Oh...

Die Aura des Sorgenvollen bringt all jenen Pech, die ihm im Glück unterlegen sind und es trotzdem wagen, die Hand gegen ihn zu erheben. Je mehr Schwierigkeiten seinen Feinden widerfahren, desto mehr Glück bringt es ihm und seinen Verbündeten.

Klassenboni:

+100 Fertigkeit Überzeugungskraft

+100 % Glück

+5 auf Charisma und +15 auf Glück pro Level

+50 % Fernwaffenschaden

+30 % Bewegungsgeschwindigkeit

+10 Glück pro Level

–99 des Glücks von Feinden pro Level des Sorgenvollen innerhalb von 40 Metern

Fertigkeit Identitätsverschleierung

Fertigkeit Imitieren

Fertigkeit Göttliche Offenbarung (spontan)

Klassenstrafen:

–50 % Rabatt bei Händlern

–30 % Tragfähigkeit

–90 % auf Inventargröße

–50 % Rüstungswert

–50 % Stärke

–50 % Wahrnehmung

–50 % Ausdauer

–50 % Charisma

–50 % Intelligenz

–50 % Beweglichkeit

Die Kombination dieser zwei einzigartigen Klassen war der helle Wahnsinn. Jeder Spieler, der nicht über *Einheit* verfügte, hätte den Charakter nach einem Blick auf die Strafen gelöscht.

Die KI hatte eine Beschreibung aus zwei Profilen kombiniert. Für das des Herolds hatte sie den Text von Vlad dem Lispler übernommen, wer immer das auch gewesen war. Ich hatte mich einmal beim technischen Support über die Bugs meiner Klasse beschwert. Der Angestellte der sich Cooper genannt hatte — der Name eines Charakters aus einem mehrteiligen Kampfspiel — hatte zunächst geschwiegen und mir dann seufzend geraten, nicht zu versuchen, Vlad den Lispler zu finden, weil er nicht mehr beim Unternehmen arbeiten würde.

Da die KI mir immer noch keinen Zutritt zum Spiel gab, überlegte ich gelangweilt, mit wem ich korrespondiert haben könnte, nachdem ich eine Gefahr geworden war. Warum hatte diese Person sich nicht mehr gemeldet? Konnte es Kieran Jackson gewesen, wie man mir hatte weismachen wollen? Während unseres Gesprächs beim Distival hatte ich jedoch den Eindruck bekommen, dass Jackson nichts von den Nachrichten gewusst hatte. „Cooper" war locker und freundlich gewesen, was untypisch für Jackson war. Selbst wenn er verschlüsselt geschrieben hatte, war er kurz angebunden und herablassend gewesen. Außerdem hätte Kiran keinen falschen Namen verwendet.

Nein, es musste jemand anders gewesen sein — jemand, der höher in *Snowstorms* Hierarchie gestanden hatte und vielleicht schon in der Entwicklungsphase des Spiels dabei gewesen war. Jemand, der sich an Vlad den Lispler erinnert und ihn Vlad genannt hatte. Es hatte nur eine Person sein können: Michael Björnstad Anderson, der letzte überlebende Gründer von *Snowstorm.*

Mir blieb keine Zeit, diese Idee weiterzuspinnen, denn mein Sichtfeld erhellte sich, und eine Meldung flackerte und verschwand gleich darauf wieder.

Der Schauplatz für die Angleichung der Charaktere ist festgelegt worden: Gefrorene Schlucht

Bald konnte ich die Umrisse von Objekten erkennen, und kurz danach fand ich mich in der gleichen Höhle wieder, in der wir den Abkömmling des Nethers ausgeschaltet hatten. Der ins große Nichts führende Abgrund war eingestürzt, und von dem Kampf und dem besiegten Boss war nichts übrig geblieben.

Big Po und die Botschafter hatten sich offenbar ohne mich auf den Weg nach oben zum Ausgang gemacht. Wenn sie unseren verbündeten NPCs begegnen würden, wären sie in ernster Gefahr. Erst wollte ich ihnen nacheilen, doch dann hielt ich überrascht inne: Ich hatte alle Fähigkeiten, die mir in der Isolationszone entzogen worden waren, zurückerhalten. Schnell öffnete ich das Menü für *Tiefen-Teleportation* und studierte die Liste. Leider gab es keine Markierung, zu der ich springen könnte. Das ergab Sinn, denn nicht ich, sondern der „rückgesetzte" Scyth würde oben ankommen.

Aber da ich nun wieder über *Klarheit* und *Fliegen* verfügte, verlangsamte ich die Zeit, hob ab und schwebte durch den gewundenen Gang.

Unterwegs schickte ich Big Po eine Nachricht, in der ich ihn bat, auf mich zu warten. Er antwortete, dass sie bereits oben wären, aber die Höhle nicht ohne mich verlassen würden.

Als Nächstes öffnete ich die minimierten Meldungen und überflog sie.

Die Urzeitliche Spitzhacke der Herrin des Kupferbergs ist vernichtet worden.

Der böse Geist Torfu ist frei!

Das war zu erwarten gewesen. Da die Gefrorene Schlucht jetzt wieder Teil von *Dis* war, war Kybeles Zauber gebrochen.

Ich bedauerte den Verlust der mythischen Spitzhacke, aber wenigstens waren noch alle anderen Gegenstände in meinem Inventar. Ich fragte mich, wo der redselige Torfu wohl wäre. Vermutlich hielt er sich in der Nähe auf, doch ich konnte ihn nirgends entdecken. Selbst lässige Götter wie er waren eben selbstsüchtige Bastarde. Wenn man sie Feinden übergeben würde, um sie als Geheimwaffe zu benutzen, könnten sie ihnen großen Schaden zufügen. Es war nicht nötig, sie in seiner Nähe zu behalten.

Ich schlug mir Torfu aus dem Kopf und scrollte durch die vielen Meldungen. Eine von ihnen stach mir ins Auge.

Du hast gelevelt! Derzeitiges Level: 1.101

235 freie Attributpunkte verfügbar!

In dem Moment wurde mir klar, dass ich nach dem Sieg über den Abkömmling des Nethers vergessen hatte, über 2.000 Attributpunkte zuzuweisen, die ich nun nach der Rücksetzung der Parameter verloren hatte. Mir würde übel. Ich versuchte, mich mit der Aussicht auf mehrere 10.000 Punkte von *Einheit* zu trösten, doch das wirkte nicht. Beklommen dachte ich daran, was der Verlust der Punkte für meine *Wahrnehmung* und *Ausdauer* bedeutete. Dann las ich:

Allererstes freigeschaltetes Legendäres Achievement: Level 1.100!

Du bist der erste Spieler in Disgardium, der Level 1.100 erreicht hat! Dein Name wird in die Geschichte eingehen. Leute wie du erweitern die Grenzen dessen, was für alle Ich-Bewussten möglich ist, und zeigen anderen, was man erreichen kann!

Belohnung:** Fertigkeit **Rücksetzen

Rücksetzen

Bei Aktivierung wird dein Charakter in den gleichen Zustand rückgesetzt, in dem er 5 Minuten vor dem Aktivieren der Fertigkeit war, einschließlich Buffs, Debuffs, Gesundheit, Mana und Klassenressourcen.

Wird automatisch ausgelöst, wenn der Charakter tödlichen Schaden erleidet.

Dauer: 1 Stunde

Die wenigen Zeilen der Beschreibung deuteten den erheblichen Nutzen dieser neuen Fertigkeit nur an. Sie war wie *Zweite Chance* und *Zweites Leben* in einem. Sie würde in vielen verschiedenen Situationen eine große Hilfe sein.

Bevor ich alle Meldungen lesen konnte, hatte ich den Ausgang der Dungeon-Höhle erreicht. Ich bremste und flog nach draußen, wo mich der allgegenwärtige kalte Regen der Gefrorenen Schlucht erwartete. Hinter der Regenwand bewegten sich eine Reihe dunkler Silhouetten, und ich hörte undeutliche Schreie.

Ich fluchte, als ich verschwommene Blitze von Magie sah. Meine Befürchtungen hatten sich bestätigt: Während ich im großen Nichts aufgehalten worden war und mich allein auf den Weg an die Oberfläche gemacht hatte, hatten meine Verbündeten den neuen Nukleus der Vernichtenden Seuche entdeckt!

Etwa vierzig Meter von mir entfernt stand Big Po. Seine machtlosen Botschafter drängten sich hinter ihm zusammen wie ängstliche Schafe, während die von Imperator Kragosh und Lisenta angeführten NPC-Truppen aus dem Regenbogental durch den schmalen Eingang der Schlucht strömten.

Sie näherten sich schnell. Ihre feindlichen Absichten waren offensichtlich. Der Nukleus machte sich bereit, zu reagieren. Er ballte seine Fäuste und konzentrierte sich, um einen mächtigen *Seuchenzorn* explodieren zu lassen.

„Warte, Po!", rief ich und lief auf ihn zu, doch ich würde ihn nicht rechtzeitig erreichen, darum aktivierte ich *Klarheit.*

Puh! Eine Sekunde später, und es wäre zu spät gewesen! Ich warf Big Po um, erschien vor ihm und unterbrach den Zauber. Dann schaute ich zu Mogwai hinüber, deutete mit dem Kopf auf Pollux und fragte: „Kannst du verschwinden, wie während des Kampfes gegen den Abkömmling, und ihn mitnehmen? Du weißt, was ich meine."

Der Botschafter schloss für einen Moment die Augen, und kurz darauf verschwanden alle Botschafter und Big Po. Die NPCs in der Schlucht schrien wütend und warfen Speere, Pfeile und tödliche magische Blitze in meine Richtung.

„Feuer einstellen!”, brüllte Kragosh. Wie ein Felsblock stellte er sich den aus der Schlucht strömenden Truppen in den Weg und erhob die Hand. Die anderen Anführer folgten seinem Beispiel. Der Imperator trat vor und blieb dann stehen. Ich verstand: Er wartete darauf, dass ich zu ihm kommen würde.

Ich schüttelte die Speere Pfeile und Armbrustbolzen ab, die in mir steckten, und flog zu den Anführern der verbündeten Armee. Sie hatten das Feuer zwar eingestellt, aber nach den gezogenen Waffen und den Blitzen von Magie zu urteilen, waren sie bereit, die Angriffe jeden Moment fortzusetzen.

Viele hatten Scyth noch nie gesehen, und selbst diejenigen, die mich persönlich kannten, hatten gerade gesehen, dass ich mit den Untoten gesprochen hatte. Ich hätte lügen und sagen können, dass der Nukleus und seine Botschafter sich zurückgezogen hätten, weil ich sie angegriffen hatte, doch mein Instinkt riet mir, dass es besser wäre, ehrlich zu sein.

Als ich auf dem Boden landete, bemerkte ich, dass er hier trocken war. Jemand hatte einen unsichtbaren magischen Schirm über die verbündeten Streitkräfte gewirkt. Eine Reihe todernster Gesichter starrte mich an. Ich musste ihnen erklären, dass uns allen eine viel tödlichere Gefahr drohte als der Nukleus.

Ich kannte den Ork Kragosh und die Dryade Lisenta, doch die anderen traf ich zum ersten Mal. Die massige Gestalt von Hyper, dem Anführer der Titanen, beeindruckte mich. Er überragte alle anderen und trug den Titel Himmelswanderer. Als ich sah, wie klein er Kragosh erscheinen ließ, wusste ich, warum. Titanen und Riesen wurden in *Disgardium* als äußerst mächtig betrachtet, da sie bis zu fünf Meter groß werden konnten. Bomber war ein Titan, aber er war nur etwa drei Meter groß, während Hyper fünf Meter erreicht hatte und seine Schultern so breit waren, dass Kragosh darauf hätte sitzen können.

Der Imperator zog es jedoch vor, auf seinen eigenen Füßen zu stehen, während Una, die charmante Feenkönigin, auf der Schulter des Titanen Platz genommen hatte. Ich hatte gehört, dass Feen menschliche Größe annehmen könnten, aber die Königin war in ihrer regulären Größe einer menschlichen Hand zum Kampf erschienen. Sie war unglaublich süß und lächelte mich als Einzige an. Es war jedoch ein geheimnisvolles Lächeln, als ob sie ein Geheimnis über mich wusste, dass sie niemand anderem verraten würde.

Der Zentaur Pholos von Magnesia schaute mich finster mit blutunterlaufenen Augen an. Sein grobes Gesicht erinnerte mehr an das eines Ogers als an das eines Menschen.

Merrick der Schreckliche, Anführer der Elefantenmenschen, hatte viele Narben und war so groß wie Kragosh.

Mit Ausnahme der Fee Una war der Hobbit Nob von Bree der kleinste Anführer der Neutralen. Der Halbling sah selbst neben den Goblins Govarla und Steltodak wie ein Baby aus.

Hinter ihnen hatten sich Troggs, Kobolde, Gnolle, Nymphen, Murlocks und Goliathe versammelt, doch in Abwesenheit eines gemeinsamen Oberbefehlshaber wurden sie durch die Anführer der einzelnen Stämme repräsentiert. Kragoshs Legionen waren von überall auf Shad'Erung zusammengerufen worden, und das bedeutete, dass sich Repräsentanten aller Ich-Bewussten von *Disgardium* außer denen aus der Allianz in der Gefrorenen Schlucht und dem Regenbogental befanden. Bastian der Erste war nicht hier, darum waren weder Menschen, Elfen, Zwerge oder Gnome unter ihnen.

Ich stand vor den gekrönten Häuptern dieser Armee, darum kniete ich nieder, senkte den Kopf und schlug mir als Zeichen des Respekts mit der Faust auf die Brust.

„Du kannst dich erheben, Herold Scyth", sagte Kragosh. „Sprich!"

„Herold Scyth heißt euch willkommen", erwiderte ich so formell wie möglich und zählte alle mit ihrem Namen und Rang auf. „Ich danke euch, dass ihr dem Ruf meiner Freunde von der Goblin-Liga gefolgt seid."

„Spar dir das Gesäusel, Herold!", rief Imperator Kragosh. „Wir haben gesehen, dass du mit dem neuen Nukleus und seinen Botschaftern gesprochen hast, und gleich danach sind sie verschwunden. Du hast besser eine gute Erklärung dafür, sonst..."

Jeder andere an meiner Stelle wäre von Kragosh ausgelöscht worden, doch nach den Dämonischen Spielen und der Vernichtung des alten Nukleus war mein Ansehen beim Imperium und den anderen Fraktionen in die Höhe geschossen. Ich wurde *Verherrlicht.* Das war mein Vorteil, den ich nicht verlieren wollte. Ich musste ihnen irgendwie verständlich machen, dass der neue Nukleus ein Verbündeter und die Vernichtende Seuche nicht der wahre Feind war.

„Ihr habt recht, Eure Imperiale Majestät", erwiderte ich. „Ich habe mit dem Nukleus gesprochen. Aber wie Ihr ganz richtig bemerkt habt, ist es ein neuer Nukleus. Er wird von meinem Freund, dem unsterblichen Pollux kontrolliert, der ebenfalls ein Anhänger der Schläfer ist. Der vorige Nukleus ist von Nergal kreiert und kontrolliert worden, und hat seine Stärke aus dem Nether erhalten."

Die Worte kamen mir leicht über die Lippen. Ich appellierte an die Weisheit der großen Anführer und wies auf die allgemeine Situation in *Disgardium* hin, um die Wogen zu glätten und ihr Misstrauen abzubauen. Immerhin hatte ich es geschafft, die Dämonen zu Verbündeten zu machen, die hartnäckige Feinde aller Sterblichen gewesen waren. Die Erfahrung war mir noch gut im Gedächtnis. Die neue Bedrohung für alle Ich-Bewussten übertraf jedoch die schrecklichsten Geschichten und passte zur Prophezeiung des Ersten Schamanen, die Imperator Kragosh bei unserem ersten Treffen erwähnt hatte.

„Lebende und Tote, Dämonen und Sterbliche — sie werden Seite an Seite gegen ihren gemeinsamen Wahren Feind kämpfen", zitierte ich. „Ihr erinnert euch an diese Worte, nicht wahr?"

„Das sind nur Worte", fauchte der Zentaur Pholos von Magnesia und zeigte seine großen Zähne. Er warf Kragosh einen Blick zu, bevor er schnaubte und fragte: „Was sagst du dazu, Ork?"

„Es sieht aus, als ob die Imperialen ein Spielchen spielen und mit der Liga unter einer Decke stecken!", rief der Hobbit Nob von Bree mit piepsiger Stimme. „Lisenta, du hast deinen guten Namen aufs Spiel gesetzt. Wir haben alle von Scyths Heldentaten auf Holdest gehört, aber er kann genauso gut Geschichten erzählen wie meine zungenfertige Tante Heskaria. Sie muss den sagenhaften Blarney Stone geküsst haben, denn sie war unglaublich redegewandt."

„Das reicht", mischte der Titan Hyper sich ein. „Du redest mehr als Scyth und deine Tante zusammen, Nob. Wir sollten uns auf das Wesentliche konzentrieren."

„Das Wesentliche hat sich gerade aus dem Staub gemacht", grollte der Zentaur und schlug wütend mit einem Huf auf den Boden. Er schaute die Goblins an. „Ich habe das Gefühl, dass wir reingelegt worden sind."

Hyper nickte. „Wir sind gekommen, um die neue Vernichtende Seuche im Keim zu ersticken, doch nun sagt der Herold Scyth uns, dass er die Verantwortung für die Handlungen seines Freundes Pollux übernimmt, der, durch den Willen des Himmels der neue Nukleus ist. Seit den Schwarmkriegen sind wir Ich-Bewussten von drei Kontinenten nicht mehr zusammengekommen, um eine einzige Armee zu bilden. Vielleicht hat der Herold recht und es wird Zeit, dass wir unseren Streit begraben." Der Titan ließ seinen Blick über Kragosh und die Goblins schweifen, die bei Lisenta standen, und hielt bei der Ersten unter den Dryaden inne, die bisher noch nichts gesagt hatte. „Du hast uns zusammengerufen. Was sollen wir tun?"

„Ziehe keine voreiligen Schlüsse, Himmelswanderer", sagte die Fee Una, die auf seiner Schulter saß, mit klangvoller Stimme. Sie hob mit flatternden Flügeln ab, flog vor mein Gesicht und tippte mir anmutig mit einem Finger auf die Nase.

„Sag mir, Herold, warum haben die Dämonen dir im Kampf gegen die Seuche geholfen? Was hast du ihnen im Gegenzug versprochen? Doch nicht etwa deine unsterbliche Seele, oder?"

„Er hat seinen Titel Dämonenkämpfer aufgegeben", knurrte Kragosh. „Warum diese Fragen, Una? Glaubst du mir nicht?"

„Oder hast du vergessen, was dein Volk mir schuldet?", schaltete die Dryade Lisenta sich ein. Ihre melodische Stimme hatte einen drohenden Unterton. „Euer nutzloses Bündnis mit den Titanen…"

„Genug", unterbrach ich sie. Hyper schaute mich interessiert an. „Ich werde die Fragen Ihrer Majestät Una beantworten. Ja, ich habe den Titel

Dämonenkämpfer aufgegeben, doch damit habe ich das kleinere Übel gewählt: die Dämonen. Und es ist noch nicht klar, ob sie übel sind oder nicht."

„Wirklich?", fragte Una entsetzt. Sie flog zum Titanen zurück und flüsterte etwas in sein Ohr. Hyper runzelte die Stirn und legte die Hand auf den Griff der riesigen Axt, die er auf dem Rücken trug.

„Wie faszinierend", bemerkte Nob von Bree ironisch. Offensichtlich gefiel ihm, was vor sich ging. „In *Disgardiums* Hinterland passieren ja amüsante Ereignisse! Für mich ist ganz klar, dass die grünhäutigen Kleinen ihre Intrigen spinnen!"

„Pass auf, was du sagst, Halbling!", zischte der Goblin Steltodak.

„Oder was?", fragte Nob von Bree sarkastisch. „Habe ich einen wunden Punkt getroffen? Alle wissen, dass die Liga in Kinema einen auf die Nase bekommen hat und aus Rache gemeinsame Sache mit Scyth gemacht hat, der einmal der Oberste Botschafter der Vernichtenden Seuche war. Das ist der gleiche Scyth, der uns weismachen will, dass Dämonen nicht böswillig sind und der neue Nukleus sein Freund ist. Ich frage mich, ob sie die Kinder von Kratos nur schlechtmachen."

„Und Kragosh schaut absichtlich weg...", brummte der Elefantenmann Merrick der Schreckliche unter seinem Rüssel. „Ja, irgendetwas stimmt nicht, aber da wir uns schon einmal aus unseren abgelegenen Gebieten hierher auf den Weg gemacht haben, sollten wir uns anhören, was Scyth zu sagen hat."

Er trat auf mich zu, als ob er mich mit seinem Rüssel beschnüffeln wollte, und sagte: „Herold, die Tatsache, dass du mit Dämonen und Toten Umgang hast, ist nicht gerade vertrauenerweckend. Das wirst du sicher verstehen. Warum sollen wir dir Glauben schenken? Wieso meinst du, dass wir vom Wahren Feind bedroht werden?”

Schau nach rechts oben, kam eine Nachricht von Bomber. Als ich tat, was er gesagt hatte, sah ich ihn, Oyama und Peinigers Schatten auf dem Berg. Der Montosaurus stand bei ihnen wie ein Jagdhund. Gleich darauf verschwanden sie wieder — zweifellos hatte mein Ausbilder eine Tarnung gewirkt. Die Verschleierung konnte jedoch nicht verhindern, dass durch das Gewicht des Uralten Reptils und des Dämons einige Steine vom Berg abbröckelten.

Greift noch nicht ein, antwortete ich meinem Freund, während ich den versammelten Anführern ins Gesicht schaute und selbstsicher erklärte: „Es stimmt, dass ich im Inferno war und mit den großen Prinzen Diablo, Belial, Azmodan und Lucius gesprochen habe. Seit der Zeit des Dämonischen Pakts sind die Dämonen aus ihrer Heimatwelt verbannt worden und träumen davon, nach *Disgardium* zurückzukehren. Wenn wir bei den letzten Dämonischen Spielen nicht gewonnen hätten, wären sie bereits hier, und ihr hättet euch damit abfinden müssen, diese Welt mit ihnen zu teilen. Habt ihr schon einmal darüber nachgedacht? Ich habe sie für weitere ein oder zwei Jahre aus dieser Welt ausgeschlossen, aber früher oder später werden die Dämonen zurückkehren, und ihr werdet mit ihnen leben müssen. Sie betrachten nicht euch, sondern die Neuen Götter als Feinde.”

Wie lange müssen wir uns noch verstecken, Scyth?, kam eine weitere Nachricht, dieses Mal von Big Po. Ich ignorierte ihn. Dies könnte meine letzte Chance sein, die NPCs auf meine Seite zu ziehen, und ich wollte sie als Verbündete haben. Ich konzentrierte mich darauf, was ich sagte.

„Darum haben die Dämonen uns im Kampf gegen

die Vernichtende Seuche geholfen. Sie wollten nicht in eine Welt zurückkehren, die von Untoten überrannt ist. Aus dem Grund haben sie fast alle ihre Legionen im Kampf gegen die Dunklen Neuen Götter zur Verfügung gestellt. Imperator Kragosh und Lisenta, die Erste unter den Dryaden, haben das gleiche Opfer gebracht. Dank des Eingreifens der Schlafenden Götter haben sie überlebt, doch sie waren nicht die Einzigen, die gegen die Untoten und die Dunklen Götter gekämpft haben. Meine Freunde haben ebenfalls ihr Leben riskiert."

Kragosh nickte, und ich fuhr fort: „Und es waren noch andere dabei: Alle Kobolde, bis zu ihrem letzten Jungen, der Stamm der Troggs, die aus Darant vertrieben worden sind, die Kultisten der Alten Totengöttin Moraine, die vom Imperium verfolgt werden, verzweifelte Söldner und Gladiatoren, die die Grüne Liga angeheuert hatte, und die Söhne und Töchter der Goblins. Außerdem haben die Leute meines Ausbilders Oyama aus dem Dorf Jiri in der Lakharianischen Wüste einschließlich seiner Tochter und seines Enkels gekämpft. Sie alle haben ihre Differenzen beiseite gelegt und ihr Leben riskiert, um sich gemeinsam der Bedrohung entgegenzustellen."

Ich blickte düster zu dem Hobbit hinüber, der mittlerweile rot geworden war. „Viele sind in dem Kampf für immer von uns gegangen, und ihre Seelen sind von Cthulhu verschlungen worden. Ich kann mich nicht erinnern, einen einzigen Halbling auf dem Schlachtfeld gesehen zu haben. Dein Volk hat es vorgezogen, die Sache auszusitzen, Nob von Bree. Vielleicht seid ihr es ja, die Intrigen spinnen."

Erschöpft hielt ich inne. Imperator Kragosh, der neben mir stand, ergriff das Wort. Er starrte den schweigenden Hobbit durchdringend an und knurrte: „Ihr habt es ausgesessen! Du solltest dich schämen,

Nob! Deine Vorfahren haben sich während des Kriegs des Rings nicht in Löchern verkrochen!"

„Genau wie in dem Krieg, haben wir uns im Krieg von Holdest nicht in Dämonen und Sterbliche, Anhänger der Alten oder Neuen Götter, Orks und Menschen, Elfen und Vampire aufgeteilt", sagte Lisenta mit klingender Stimme. „Wir waren die Lebenden, und die Feinde waren die Untoten. Es hat große Verluste gegeben, doch dank Scyth haben wir am Ende triumphiert. Wir sind am Leben — genau wie ihr, die in Streitereien, Intrigen und belanglosen Querelen verstrickt seid!"

Kragosh legte eine Hand auf die Schulter der Dryade und die andere auf meine. „Heute hat der Herold uns schlechte Nachrichten gebracht. Das ist das Los eines Herolds! Nur Dummköpfe missachten seine Worte. Dummköpfe wie mein ehemaliger Freund Bastian. Ich habe ihn mehrmals vor der sich zusammenbrauenden Verschwörung in seinem Palast gewarnt. Mein Urgroßvater Kinaurke hat sich ebenfalls geweigert, zu glauben, dass der Schwarm existierte..."

Während der Imperator sprach, beobachtete ich die Gesichter jener, die in den hinteren Reihen standen. Sie hörten ihm aufmerksam zu, doch in ihren Augen konnte ich neben Interesse auch Misstrauen, Angst und Widerwillen lesen — sie wollten ihr Leben nicht für eine unbekannte Bedrohung riskieren. Doch das mussten sie im Moment auch nicht. Ich wollte etwas ganz anderes von ihnen: Sie sollten mir helfen, Nergals Anhänger in ihrem Glauben zu erschüttern, und in allen Städten und Dörfern von *Dis* herumzuerzählen, was an diesem Tag passiert war. Sie sollten in so vielen Köpfen wie möglich Zweifel säen. Und ich wusste auch, wie ich das erreichen konnte.

Versammelt euch hinter mir und macht euch bereit,

schrieb ich Bomber und Big Po. Hoffentlich wussten sie, dass ich angesichts dieses wichtigen Moments eine gute Vorstellung von ihnen erwartete.

Kragosh hatte seine Rede beendet. Ich gab den Zuhörern einen Moment Zeit, um darüber nachzudenken, bevor ich sagte: „Wir befinden uns im Gebiet der Kinder von Kratos, der Marionetten von Nergal dem Leuchtenden. Er ist ein Neuer Gott, der stärkste von allen. Trotzdem ist er unersättlich und will er immer mehr Stärke, *Glauben* und Gebete haben. Er macht gnadenlos Jagd auf alles, was eine Gefahr für ihn darstellen könnte, und vernichtet es, bevor es florieren kann. Erinnert ihr euch, was die Bewohner von Andara veranlasst hat, sich dem Chaos zuzuwenden und Dämonen zu werden? Warum sind die Alten Götter verschwunden? Warum sind die Bestiengötter gezwungen worden, sich zu verstecken? Warum hat Nergal seine Anhänger mit Belohnungen überschüttet, als der Tempel der Schläfer in der Lakharianischen Wüste erschienen ist? *Disgardium* wird nie frei sein, solange ihr an Nergal glaubt und ihn verehrt!"

Ich hielt kurz inne, um zu prüfen, was *Überzeugungskraft* vorschlug. Bisher hatte keine meiner Strategien Wirkung gezeigt. Offenbar waren die NPCs durch meine Worte nicht beunruhigt. Ich musste herausfinden, was sie beunruhigen würde und was sie nicht verlieren wollten. Wovor hatten alle Wesen in *Dis* Angst?

„Ich weiß nicht, ob es euch bewusst ist, aber Nergal der Leuchtende und Marduk der Finstere sind ein und derselbe Neue Gott. Überlegt euch, wie tief jemand sinken muss, um die Anhänger dieser beiden Götter gegeneinander aufzuhetzen. Wie viele Krieger sind in dem sinnlosen Kampf zwischen der Allianz und dem Imperium gestorben?”

Ich beobachtete die Reaktion meiner Zuhörer. Sie begannen, untereinander zu flüstern. Einige drückten ihren Unmut aus, während andere Beweise verlangten. Jetzt war der Moment gekommen, das Feuer zu schüren, um Flammen zu entfachen.

„Nergal ist in den Nether gelangt und hat Neun zu seiner Hohepriesterin gemacht. Ich werde euch erzählen, was passiert ist und warum ich es weiß.”

Ich hoffte, dass nicht nur die versammelten NPCs, sondern auch Oyama und Peiniger zuhören würden, und berichtete alles, was Nergals Ansehen schädigen könnte: von der Manipulation des Himmlischen Schiedsgerichts über die Unterjochung von Seelenernter bis zur Schöpfung des Nukleus der Vernichtenden Seuche aus sich selbst. Ich erzählte ihnen, wie sadistisch und stark Neun war, und schockierte sie mit der Nachricht, dass sie die *Nether-Spalte* kreiert hatte, durch die die Verwüster nach *Disgardium* gekommen waren.

„Es sind Neuns Tiergefährten”, fügte ich hinzu, um die Menge noch mehr zu erschrecken.

Dann beschrieb ich, wie ich von Neun, den Kindern von Kratos, den Priestern des Leuchtenden Gottes und dem Ersten Inquisitor Larion gefoltert worden war. Ich verschwieg nicht, warum sie mich gefoltert hatten, und sprach über *Einheit* für alle Anhänger der Schlafenden Götter. Außerdem erklärte ich ihnen, was passieren würde, falls die Schläfer erwachen sollten, und dass die *Nether-Spalte*, die Beschwörung von Neun und ihre Ernennung zur Hohepriesterin der Anstoß dafür sein könnten.

Als Letztes erwähnte ich, dass wir die Kinder von Kratos schnell würden ausschalten müssen. Obwohl ich den Eindruck hatte, gute Arbeit geleistet zu haben, beunruhigte mich tief im Inneren immer noch etwas. Ich hatte das Gefühl, als ob ich meine letzte Chance verpassen würde, etwas Schreckliches zu verhindern. Dennoch schien es, als ob meine hochentwickelte Fertigkeit *Überzeugungskraft*, mein *Charisma* und mein hohes Ansehen *Verehrung* bei den Fraktionen die gewünschte Wirkung erzielen würden.

Zum Schluss wiederholte ich noch einmal die Prophezeiung des Ersten Schamanen.

„Lebende und Tote, Dämonen und Sterbliche — sie werden Seite an Seite gegen ihren gemeinsamen Wahren Feind kämpfen. Wir sind alle Lebende und Sterbliche, aber gegen den Wahren Feind werden die Untoten und die Dämonen ebenfalls auf unserer Seite kämpfen. Ich möchte sie euch vorstellen."

Ich flog hoch, gab meinen Freunden ein Signal und präsentierte sie den guten Kreaturen von *Dis*, die normalerweise vor ihnen fliehen würden.

„Der neue Nukleus der Vernichtenden Seuche, mein Freund Pollux, und seine Botschafter Mogwai, Laneiran, Criterror, Ronan, Cray, Biancanova und Eileen, deren Namen allen in *Disgardium* bekannt sind."

Aus der Falte im Gewebe des Universums erschien Big Pos schwerfällige Gestalt. Er schüttelte sich und winkte allen zu. Als Nächstes kamen die Botschafter. Vier tote Männer knieten nieder und schlugen sich mit der Faust auf die Brust. Drei Frauen knicksten, und Mogwai rief: „Im Dienst der Vernichtenden Seuche gibt es keinen Tod!"

Die nervösen NPCs griffen nach ihren Waffen, doch als der Nukleus seinen ehemaligen Obersten Botschafter rüffelte, beruhigten sie sich.

„Vergebt ihm, Könige, Königinnen und tapfere Kämpfer!", rief Big Po. „Dieser Botschafter ist etwas zu eifrig.”

Mogwai blickte finster drein. Laneiran beugte sich zu ihm und flüsterte etwas von einem „unglaublich großartigen Ereignis”. Sie befahl ihm, sich nicht zu blamieren und das Gameplay nicht zu ruinieren. Ja, für sie war es nur ein Spiel.

„Der Dämon Peiniger, Sohn von Diablo, dem großen Prinzen des Infernos”, fuhr ich fort und fügte hinzu: „Mein Freund.”

Ein wandelndes Feuer erschien aus dem Schatten direkt vor den Anführern der Fraktionen, sodass sie erschrocken zurückwichen. Peiniger klatschte in seine Hellebarden-Hände, dass die Funken flogen. Die Luft roch nach Schwefel, und wir alle spürten die Hitze. Der Titan war vom Anblick des mächtigen Dämons, der größer war als er, überrascht.

„Groghrr!”, schallte es durch die Schlucht.

Ich schaute zu meinem Ausbilder hinüber und verkündete: „Mein Freund und Lehrer, der legendäre Großmeister des Unbewaffneten Kampfes, Masu Oyama!”

Oyama tat nicht so, als ob er übernatürlich wäre. Er sprang auf den steinigen Boden hinunter, kniete nieder und verbeugte sich mit einem unergründlichen Ausdruck auf dem Gesicht vor den Majestäten. Er tarnte noch eine letzte Kreatur, die ich mit Absicht bis zum Schluss aufgehoben hatte, doch in dem Moment, als ich Monty präsentieren wollte, machte sich eine weitere Persönlichkeit bemerkbar.

Die Luft zwischen den Majestäten und mir glitzerte, verdichtete sich und formte eine massive, grünlich-braune, etwa dreieinhalb Meter große Silhouette. Sie tippte mir auf die Schulter und sagte: „Ich stelle mich selbst vor: Freund, Mentor, Kampfgenosse, Helfer aus der Zwischenwelt und

Schutzgott des Herolds Scyth. Der größte, mächtigste und stärkste der Ersten Götter, Herr der Sümpfe und Moore. Ich bin To-o-o-r-r-r-r-f-fu-u! Ihr müsst wissen, klägliche Sterbliche, dass Torfu selbst auf der Seite des Jungen Scyth steht!"

Die etwas verängstigten Anführer starrten den Gott an. Kragosh wollte etwas sagen, doch Torfu verschwand wieder, nachdem er mir zugeflüsterte hatte: „Das war eine gute Show, oder? Aber jetzt ich bin erschöpft. Sobald du Zeit hast, errichte mir, deinem Schutzgott, bitte einen Tempel, aber mach dir keinen Stress..."

Die letzten Worte klangen wie ein undeutliches Rauschen. Ich musste innerlich grinsen und dachte, *Warum nicht? Ich werde Gyula bitten, einen Tempel für Torfu zu bauen. Der Sumpfgott wird seine Freude daran haben.*

„War das ein echter Gott?", fragte der Zentaur Pholos von Magnesia. „Ich habe noch nie von ihm gehört."

„Er hat gesagt, er sei der größte, mächtigste und stärkste der Ersten Götter, Herr der Sümpfe und Moore", wiederholte ich Torfus Worte. „Aber er ist nicht der einzige Gott, den ich euch vorstellen will."

„Es gibt noch einen anderen?", flüsterte Nob von Bree mit großen Augen.

„Ja. Heißt den Bestiengott Montosaurus, das Uralte Reptil, willkommen. Er ist mein Kamerad."

Für ein paar Sekunden herrschte angespannte Stille. Das Erscheinen des Dinosauriers in der Gefrorenen Schlucht ähnelte einem *Armageddon*. Sobald der Boden nicht mehr bebte, keine Felsen mehr rollten und der Staub sich gelegt hatte, wurde der Montosaurus sichtbar.

Monty verbeugte sich natürlich nicht. Er kam auf

mich zu, reckte den Hals und röhrte den Anführern ein langes, trompetenähnliches Brüllen ins Gesicht. Die Goblins und der Hobbit taumelten. Der Ork, die Dryade, der Titan, der Elefantenmann und der Zentaur blieben wie angewurzelt stehen, doch die Fee Una wurde von der Schulter des Titanen geweht.

Hyper wischte sich die Spucke des Uralten Reptils aus dem Gesicht, bevor er Pholos von Magnesia und Merrick dem Schrecklichen zunickte. Dann wandte er sich an mich und sagte: „Wir werden dir helfen, Herold."

Kapitel 2: Paramount

„ICH SPRECHE IM Auftrag des gesamten Stammes und schwöre bei allen wild fließenden Wassern." Pholos von Magnesia hatte die Hand auf die Brust gelegt und klang hoheitsvoll. „Die Zentauren werden dem Herold folgen."

„Die Elefantenmenschen haben im Dienst der Neuen Götter sehr gelitten", trötete Merrick der Schreckliche und rollte seinen Rüssel ein. „Nun werden wir erneut leiden, doch dieses Mal als ihre Gegner. Wir stehen hinter dir, Scyth."

Die anderen Anführer der Neutralen folgten ihrem Beispiel. Der Hobbit Nob von Bree beeilte sich, die Unterstützung des pelzfüßigen Stammes zuzusichern, und fügte hinzu, dass sie ohnehin von Nergal desillusioniert gewesen wären, und ihn jetzt vollkommen ablehnen würden.

Der Titan Hyper wollte etwas sagen, doch in dem Moment wickelte sich etwas um meinen Hals, kitzelte mich und drückte sich gegen mein Hinterteil. Ich hörte eine mir vertraute Stimme girren: „Wie geht es dir,

Chef?”

Das Auftauchen der Wächter — der Sukkubus Nega, der Satyr Flaygray, der Raptor Ripta und der Insektoid Anf — machte einen ebenso großen Eindruck auf unsere neuen Verbündeten wie Peiniger, Torfu und der Montosaurus. Wie sich herausstellte, hatten sie mit Bomber und Hiros auf Monty gesessen, doch niemand hatte ihnen Beachtung geschenkt.

Wir stellten uns in einen Kreis. Ich deutete mit dem Kopf auf die Türme von Paramount.

„Habt ihr es eingenommen?”

„Noch nicht ganz”, antwortete Bomber. „Die Kinder sind alle geflohen, aber Paramounts NPCs haben sich im Schloss eingeschlossen und die Türen und Fenster mit Flüchen belegt. Als unsere Verbündeten gesehen haben, dass du wieder im Spiel bist, wollten sie auf dich warten.”

„Aus welchem Grund”, fragte ich überrascht.

„Sie glauben, dass sie gegen die Interessen der Erwachten handeln, wenn sie ohne uns looten. Da sie geschworen haben, uns nicht zu schaden, wollten Hinterleaf, Horvac und Colonel lieber auf Nummer sicher gehen. Es ist schwer zu sagen, was das Himmlische Schiedsgericht als ‚Schaden‘ betrachtet. Außerdem wissen alle, dass du es verabscheust, wenn NPCs wahllos getötet werden. Quetzal hat sagt, dass wir Blutvergießen verhindern können, wenn du mit ihnen verhandelst.”

„Wer sind diese NPCs?”, wollte ich wissen. „Söldner?”

Bomber schüttelte den Kopf. „Es sind NPCs wie unsere auf Kharinza. Die Kinder haben sie als Bedienstete eingesetzt. Es gibt auch einige Kunsthandwerker, Händler, Ausbilder und...” Bomber zögerte und warf Nega einen Blick zu, die an mir hing.

„Es sind auch viele Frauen dabei."

„Frauen?", hakte ich nach. „Du meinst Kämpferinnen?"

„Ja, Kämpferinnen!", bestätigte Bomber grinsend. „Kämpferinnen an der unsichtbaren Front. Etwa 300 von ihnen arbeiten im Siebten Himmel."

Ich verstand nicht, was er meinte. „Was ist die unsichtbare Front?"

„Das Schlafzimmer", erwiderte er und prustete los. „Im Schloss gibt es ein Etablissement namens Siebter Himmel. Horvac hat mir erzählt, dass es ein großes Bordell ist, in dem Frauen aller Völker arbeiten. Gallagher ist ein lüsterner Kerl, darum hat er die schönsten Frauen aus ganz *Dis* angeheuert. So sind die Kinder von Kratos: Nur das Beste für Joshua und seine Leute."

„Verstehe." Ich überlegte kurz und winkte dann ab. „Na gut, wir werden eine Lösung finden. Zuerst werde ich versuchen, die NPCs zum Aufgeben zu überreden. Danach werden wir das Schloss der Gallaghers plündern und dem Erdboden gleichmachen."

„Das Plündern können die Goblins erledigen", erwiderte Bomber. „Du und ich müssen uns beeilen. Du weißt schon, was ich meine." Er hob vier Finger, um den neuen — vierten — Tempel anzudeuten. „Besprich dich kurz mit den Verbündeten, gib deine Befehle, kümmere dich um die NPCs und die Frauen..."

„Ich werde sie nicht nach Kharinza bringen und ihre eigene Gilde gründen lassen! Das kannst du vergessen."

„Komm schon, Scyth!", rief Bomber bittend. „Kannst du sie nicht wenigstens nach Kharinza einladen?"

„Nein, das würde Rita mir nie verzeihen. Hast du

den Verstand verloren? Wir haben ohnehin schon genug Einwohner auf der Insel. Was sollen wir mit 300 Frauen machen?"

„Wir haben einen Strand!", entgegnete Bomber. „Es wäre fantastisch! Frauen, Bikinis... Habe ich erwähnt, dass es die schönsten Frauen aus *Dis* sind?"

„Hast du die Steingreifer im Meer, die Kobolde, Trolle, Moraines Kultisten und die Troggs vergessen? Nein!"

„Na gut, du musst es wissen", murmelte Bomber ein wenig verärgert. „Dann machen wir uns auf den Weg zum Unterwasser-Königreich, sobald du hier fertig bist, damit du den vierten Tempel den Schläfern widmen kannst."

„Zur Hölle mit ihnen, Chef", raunte Nega. „Diese menschenähnlichen Frauen sind es sowieso nicht wert! Wozu brauchen wir sie? Aber verbiete uns nicht, die Weinkeller zu plündern!"

„Das wäre falsch, Chef!", mischte Flaygray sich ein, und Ripta und Anf stimmten ihm zu. „Mein Zenturio hat immer gesagt, dass der Alkohol der Feinde wichtiger sei als die Sterne an unseren Hörnern!"

„Es geht doch nichts über das Teilen der Beute mit den Verbündeten", sagte ich sarkastisch. „Aber sorgt dafür, dass wir unseren gerechten Anteil bekommen."

„Darauf kannst du dich verlassen, Chef!" Der Satyr salutierte vor mir, indem er die Hand ans Horn legte.

„Das Schloss der Kinder wird von Hiros eingenommen werden", erklärte Hiros selbst, der vor mir erschienen war. „Bomber hat dieses wichtige Detail des Plans übersehen, aber Hiros hat sich daran erinnert."

Bomber nickte. „Ja, das hat er. Hast du schon

damit begonnen, das Schloss einzunehmen? Solltest du es nicht bereits erledigt haben?"

„Ich bin von überlegenen feindlichen Streitkräften angegriffen worden", erwiderte der Ninja, ohne mit der Wimper zu zucken. „Darum habe ich beschlossen, meine Mission abzubrechen und mich dem Kampf anzuschließen. Mein Gegner hat ein göttliches Artefakt verwendet, das die Attribute zurücksetzt und eine Abklingzeit für *Astraler Zorn* ausgelöst hat. Darum musste ich mich zurückziehen. Hiros bittet um Erlaubnis, seine Mission wiederholen zu dürfen. Hiros kann es schaffen."

„Ich habe es dir schon hundertmal gesagt: Das, was wir hier und jetzt tun, sollte unser Schwerpunkt sein!", rollte Bomber. „Warum bittest du um Erlaubnis?"

„Hiros bittet nicht dich um Erlaubnis, Bomber-san. Er bittet Scyth-kun um Erlaubnis."

Ich verstand nicht, was Bomber meinte. „Unser Schwerpunkt?"

„Ja", entgegnete Bomber. „Wir müssen die Schatzkammer des Clans füllen. Nachdem wir dieses reiche Schloss eingenommen haben, werden wir sofort einige Level aufsteigen. Crawler wird sich freuen. Können wir uns jetzt auf den Weg machen?"

„Soll Hiros es noch einmal versuchen?", fragte der Ninja.

„Augenblick mal, ihr beiden!", rief ich. „Das Schloss läuft uns nicht davon. Ich muss noch einmal mit den Anführern der Fraktionen sprechen. Irgendetwas sagt mir, dass wir nicht nur mit Nergal-Marduk, sondern mit allen Neuen Göttern Probleme haben werden. Vor einiger Zeit, als diese ganze Sache begonnen hat, hat Behemoth gesagt, dass alle Neuen Götter Parasiten wären. Das kann nur eines bedeuten:

Wenn wir einen von ihnen erledigen, profitieren die anderen von seinem Tod. Darum müssen wir ihnen ihre Ressource entziehen. Wir müssen verhindern, dass sie mit *Glaube* versorgt werden.”

Ich versammelte alle Anführer unter einer *Stillekuppel.* Dieses Mal hörten sie aufmerksam zu. Offensichtlich waren sie von meiner Rede und dem Erscheinen von Bomber, Hiros und allen anderen beeindruckt, die offenbar die *Prophezeiung des Ersten Schamanen* versinnbildlichten. Und nachdem sie die Wahrheit über den heuchlerischen Nergal-Marduk gehört hatten, waren sie bereit, die Anbetung der Neuen Götter zu verbieten.

„Welchen Gott können wir dann noch verehren?”, fragte Nob von Bree.

„Warum müsst ihr überhaupt jemanden anbeten?”, erkundigte ich mich.

Der Hobbit war entgeistert „Die Götter verleihen uns Stärke und helfen uns in der Not.”

Ich überlegte kurz, ob ich dem Hobbit vorschlagen sollte, den bösartigen Torfu anzubeten, doch ich verwarf die Idee wieder, so verlockend sie auch war. Bei einer eingebildeten Gottheit wie ihm würde es nicht lange dauern, bis die Halblinge ununterbrochen darum beten würden, die Welt zu übernehmen und Torfus göttliches Licht des Glaubens überall verbreiten zu können. Nein, Torfu gehörte in den Morast. Dort könnten wir einen Tempel für ihn errichten, vielleicht sogar auf der gleichen Insel, auf der ich Behemoth gefunden hatte. Er könnte die Kontrolle über die Mooreidechsen, Tarnkröten und Säurespeienden Drachlinge übernehmen. Vielleicht wäre er sogar eine Hilfe, denn die einheimischen Kreaturen waren sehr aggressiv geworden und griffen alles an, was sich bewegte.

Inzwischen interpretierte der Hobbit meine verzögerte Antwort als Zweifel und führte in allen Einzelheiten aus, wie die Götter persönlich eingegriffen hatten, um ihm zu helfen. Ich hob meine Hand, um ihn zum Schweigen zu bringen, und er verstummte.

Ich ließ meinen Blick in die Runde schweifen und schaute jeden einzelnen an: den listigen Hobbit, den ernsten Titan mit der schönen Fee auf seiner Schulter, den skeptischen Zentaur und den gradlinigen Elefantenmann. Ich betrachtete die Kobolde, Gnolle, Murlocks, Goliathe und Trogg-Häuptlinge, die sich offensichtlich fehl am Platz fühlten. Ich zwinkerte einer Nymphe zu, die errötete und sich hinter ihrem Nachbarn versteckte. Dann sah ich Kragosh prüfend an, der näher kam, und tauschte einen Blick mit Lisenta aus.

Es war ein ausgezeichneter Zeitpunkt, um neue Anhänger für die Schläfer zu rekrutieren und den Anführern der Fraktionen anzubieten, Priester der Schlafenden Götter zu werden.

Wir hatten drei Tempel und konnten bis zu 63 Millionen Anhänger aufnehmen. Mit einem vierten Tempel würde die Anzahl sich auf Milliarden erhöhen. Das würde ausreichen, um fast alle Ich-Bewussten unter dem Banner von *Einheit* zu versammeln.

„Als Apostel der Schlafenden Götter schlage ich vor, dass wir uns zusammenschließen, aber nicht nur für heute und nicht nur für den Kampf gegen Nergal. Ihr habt sicher viel über die Schläfer gehört, aber ihr wisst auch, dass Gerüchte nie stimmen. Ich kenne die Fakten: Sterbliche sind den Schläfern wichtig. Es stimmt zwar, dass sie genau wie die Neuen Götter Stärke durch unseren *Glauben* erhalten, doch sie sind auch ohne ihn mächtig. Sie benötigen hier in *Disgardium Glaube*, aber Behemoth, Tiamat, Kingu,

Abzu und Leviathan existieren auch außerhalb unseres Universums — ein Universum, das sie geschaffen haben."

Ich sprach über den Traum der Schläfer, durch den *Disgardium* entstanden war, und erklärte meinen Zuhörern, was passieren würde, wenn sie erwachen würden. Was danach kommen würde, wusste ich nicht, darum beschrieb ich, was ich von Kiran Jackson und dem Satyr Flaygray gehört hatte.

„Der Tag wird kommen, wenn alle Grenzen zwischen den Ebenen verschwinden werden und die Götter tun können, was ihnen beliebt, weil sie nicht mehr vom Ersten Gesetz des Äquilibriums zurückgehalten werden. Doch das Schlimmste ist, dass die Grenze, die den Nether von *Disgardium* trennt, aufgelöst werden wird. Die Welt, die wir kennen, wird verschwinden, und alles wird zum Anfang zurückkehren. Doch wir werden nicht mehr existieren, um es zu sehen. Aus dem Grund dürfen keine *Nether-Spalten* geöffnet werden und die Schläfer müssen weiterschlafen."

Ich hätte noch viel mehr erzählen können, doch es war wichtig, *Einheit* zu erwähnen und Fragen zu beantworten. Die meisten Leute waren nicht an Einzelheiten interessiert, egal ob Orks oder Zentauren.

Die Boni von *Einheit*, die alle Priester der Schläfer erhalten würden, räumten alle noch verbliebenen Zweifel aus dem Weg. Imperator Kragosh war der Erste, der verkündete, ein Anhänger werden zu wollen.

„Genug geredet, Herold", knurrte er. „Marduk ist nicht mehr mein Gott. Ich habe keinen Schutzgott mehr, darum werde ich den Schläfern folgen!"

„Ich ebenfalls!", brüllte der Zentaur Pholos von Magnesia und stampfte mit dem Huf auf den Boden.

„Ich bin bereit, den Schläfern zu dienen!",

krächzte Nob von Bree.

Das waren jedoch alle. Der Titan Hyper und der Elefantenmann Merrick der Schreckliche wandten den Blick ab, während die Häuptlinge der kleineren Stämme zu flüstern begannen.

Dann trat Lisenta, die Erste unter den Dryaden, vor.

„Kannst du schwören, dass wir uns nicht von anderen Göttern abwenden müssen, wenn wir die Schläfer anbeten?"

„Nur von den Neuen Göttern. Ihr habt mein Wort. Mein Freund Yemi vom Clan Yoruba betet zum Bestiengott Apophis und ist einer seiner Priester, aber er ist gleichzeitig ein Priester im Dienst der Schläfer."

„Apophis?", fragte Kragosh überrascht. „Viele haben die Weiße Schlange gesehen, doch es ist noch niemandem gelungen, in ihre Nähe zu kommen. Ich hatte zur Jagd aufgerufen und demjenigen, der mir ihre Haut bringt, meine Tochter als Belohnung versprochen, doch keiner hat es geschafft."

„Du solltest dich mit Yemi treffen, der übrigens auch ein Ork ist. Ich bin allerdings nicht sicher, ob Apophis von einem Sterblichen besiegt werden kann. Aber ich kann euch noch ein weiteres Beispiel geben. Mein Freund, der auch ein Priester der Schläfer ist, dient dem Bestiengott Orthokon, einem Uralten Kraken. Seht euch den Sukkubus und den Satyr an..."

Nega und Flaygray winkten allen zu.

„Sie sind ebenfalls Priester der Schläfer, doch sie haben sich den großen Prinzen des Infernos nicht abgewandt. Ich selbst bin der Begünstigte von Fortuna, der Göttin des Glücks, und gleichzeitig ein Priester und der Apostel der Schläfer. Die Schlafenden Götter stehen über den anderen Göttern und sind nicht eifersüchtig auf sie. Sie lehnen nur die Neuen Götter ab, die uns wie Parasiten ausnutzen, und verabscheuen den Nether."

„Aber was ist mit der Vernichtenden Seuche?", fragte die Fee Una in einem Ton, als ob sie mich bei einer Lüge erwischt hätte. „Haben deine Götter dir nicht befohlen, den Nukleus auszuschalten?"

„Wie ich bereits gesagt habe: Der alte Nukleus war Nergals Marionette, und Nergal hat nichts Gutes im Sinn."

„In dem Fall werde ich dir vertrauen", verkündete Lisenta. „Ich kann nicht für den gesamten Stamm sprechen, aber ich selbst bin bereit, den Schutz der Schläfer zu akzeptieren."

Danach war es, als ob ein Damm gebrochen wäre, und Zweifel und Misstrauen mit sich gerissen hätte. Die nächsten fünf Minuten verbrachte ich damit, alle Anführer der Neutralen, Imperator Kragosh und etwa drei Dutzend Mitglieder ihrer Gefolge zu Priestern zu weihen. Danach ermächtigte ich die Anführer, weitere Priester zu ernennen. Ich würde alle, die meinen Erwartungen nicht gerecht würden, exkommunizieren können. Die Hauptsache war, dass ich durch die Bekehrung so vieler Anhänger den Neuen Göttern *Glauben* entziehen würde.

Der feierliche Moment wurde durch das unerwartete Auftauchen der Mitglieder der Dunklen Bruderschaft verdorben. Zahlreiche Portale knallten, als sie sich öffneten, und gleich darauf wurden wir von fünfzig Meuchelmördern umzingelt.

„Fürchte die Rache der Dunklen Bruderschaft!", riefen sie. „Für Nettle!"

„Endlich ist der Feigling aus seinem Loch gekrochen!", zischte ihr Anführer, ein schwarz gekleideter Level-513-Kampfmagier vom Volk der gehörnten Reptiloiden. „Jetzt wird Scyth die Rache der arkanen Magie des gnadenlosen Nys‘Sssa zu spüren bekommen!”

Die Anführer der Fraktionen traten in Aktion, und ich wurde im Handumdrehen von allen Seiten von meinen schwer bewaffneten Verbündeten geschützt. Von den Körpern des Titans, des Elefantenmannes und des Zentaurs eingeschlossen konnte ich kaum atmen.

Lisenta ließ smaragdgrüne Strahlen lebensspendender Energie zu uns strömen, und Una warf eine geisterhafte Kuppel über mich und machte mich unsichtbar. Kragosh knurrte: „Wer seid ihr und was wollt ihr?”

„Sie sind mein Problem”, keuchte ich, während ich versuchte, Pholos von Magnesias Hinterteil von mir wegzuschieben. „Sie wollen Nettle rächen. Er ist ein Unterdämon, der alle kriminellen Vereinigungen in der Allianz übernommen hat.”

Anf wurde gegen mich gedrückt und stieß ein entrüstetes Zirpen aus, während Ripta, der zwischen ihm und Bomber eingezwängt war, alles für Flaygray übersetzte. Der Satyr rief: „Bist du hier, Chef? Sag dem Zentaur, dass er verschwinden soll! Er zertritt Anfs Unterkiefer mit seinen Hufen. Oder vielleicht sollte ich es ihm selbst sagen. He, Pholos, zieh dich zurück! Du bist hier nicht in deinem Stall!”

Flaygray wollte ihn wegschieben, aber Pholos und die anderen waren durch *Einheit* so stark geworden, dass er aufgeben musste.

„O nein!”, rief Una plötzlich. „Werden sie jetzt getötet?”

„Wird wer von wem getötet werden?”, hakte ich nach.

Ich war wegen des lächerlichen Versuchs, mich zu schützen, verärgert. Mein Level war doppelt so hoch wie das der NPCs! Ich richtete mich auf und hob ab.

Unter mir entfaltete sich eine komische Szene. Die Meuchelmörder der Dunklen Bruderschaft hatten mich aus den Augen verloren und offenbar beschlossen, dass Kragosh und seine Gefährten zu starke Gegner waren. Darum wandten sie sich einfacheren Zielen zu, nämlich den Botschaftern der Vernichtenden Seuche. Sie schienen entschlossen zu sein, jemanden zu töten, und da sie Scyth nicht hatten fassen können, hatten sie sich leichter erreichbare Opfer ausgesucht.

Da wir und die anderen Verbündeten so nah waren, setzte Big Po keinen *Seuchenzorn* ein, sondern beschoss einen nach dem anderen mit einem *Seuchenstrahl*. Leider zielte er als Erstes auf den Reptiloiden Nys'Sssa, der ihn mit einem Artefakt umlenkte.

Unterdessen gelang es den anderen Meuchelmördern, die Botschafter auszuschalten. Einschließlich Eileen, die auf Level 251 war, wurden alle zum Respawnen geschickt, doch vorher lieferte die Schlagende Klinge von Innoruuk einen guten Kampf.

Ich hätte ihnen helfen können, doch das wollte ich nicht. In dem Moment, als ich diese lächerliche Show beenden wollte, kam ein zufriedenes Grollen aus den Schatten.

„Das wird auch Zeit! Ihr Sterblichen mit euren verrotteten Seelen! Groghrr! Wegen euch habe ich bei meinem Freund Scyth festgesessen. Wird auch Zeit, dass ihr auftaucht!"

Die Meuchelmörder, die sich dem Nukleus zugewandt hatten, wurden etwas träge. Sie hatten dem lachenden Big Po so viel Schaden zugefügt, dass er gelevelt hatte — wahrscheinlich dank *Verschlingen*, einem Perk, den wir für unseren *Ersten Kill* des Abkömmlings des Nethers erhalten hatten. Er wandelte

1 % des gesamten eingehenden Schadens in Erfahrung um.

Die Erntemaschine aus dem Inferno begann mit der Arbeit und verschlang zwei Meuchelmörder, doch beim dritten endete Peinigers Vergnügen. Der Montosaurus, der sich in seiner Dimension versteckt hatte, kam heraus und beteiligte sich am Kampf. Bevor der Dämon sich versehen hatte, hatte Monty die übrigen Meuchelmörder einschließlich des „gnadenlosen" Nys'Sssa gefressen.

Der Blick, den Peiniger dem Dinosaurier zuwarf, hätte ganz Darant zerstören können, doch Monty leckte sich nur die Lippen und verschwand wieder aus der Realität.

„Groghrr!" Der Dämon drückte erneut seine Empörung aus und schaute zu mir nach oben. „Komm runter und lass uns weitermachen! Ich kann spüren, dass sich im Schloss deines Feindes noch viele Seelen befinden, die nur darauf warten, in Chao umgewandelt zu werden!"

„Hier gibt es kein Chao", erwiderte ich. „Warum willst du sie verschlingen? Bekommst du nicht genug zu essen?"

„Aus Gewohnheit", antwortete der Dämon und breitete seine Hellebarden-Arme aus. „Wenn ich einer sterblichen Seele begegne, die dich bedroht, verschlinge ich sie. Glaubst du etwa, dass Menschen in deiner Heimatwelt anders handeln würden? Ha! Sie essen sicher alles, was sie bekommen können, oder? Ihr Menschen konsumiert Traurigkeit und Melancholie, spült sie mit berauschenden Getränken herunter und esst noch mehr, weil ihr Langeweile habt."

„Was macht dich zu einem Experten für menschliche Seelen, Dämon?"

„Ich habe so viele von ihnen probiert, dass ich das eine oder andere gelernt habe”, entgegnete er grinsend. Dann sah er mich an, als ob er eine Umarmung von mir erwartete. „Komm zu mir, Bruder! Wir haben uns noch nicht richtig begrüßt! Als ich gestern meinen Posten auf Kharinza bei deinem versteinerten Körper verlassen habe, habe ich mich gefragt, wo deine Seele ist. Die sterblichen Dummköpfe um mich herum hatten keine Ahnung, doch ich wusste, dass es nur eine leere Hülle war, ein Knochengerippe.”

Während wir uns so gut es ging zur Begrüßung umarmten, beschwor Big Po seine Botschafter und kam mit ihnen zu uns herüber.

„Ich habe ihre Level wiederhergestellt”, sagte er. „Es ist nicht richtig, dass jeder x-beliebige bösartige Geist meine Botschafter vernichten kann. Ihre Begeisterung für dieses Unternehmen schwindet langsam.”

„Es sind deine Botschafter, darum kannst du tun, was du willst. Aber ich warne dich: Ich will sie nicht auf Kharinza sehen.”

Mogwai und Eileen warfen mir einen düsteren Blick zu. Pollux zuckte zusammen, aber er nickte. Laneiran, die seine Gedanken vorausgeahnt hatte, wirkte eine *Stillekuppel* über uns.

„Was schlägst du vor?”, fragte er. „Ich sterbe vor Langeweile, wenn ich mich an irgendeinem abgelegenen Ort niederlassen muss! Ich muss Leute um mich haben, und ich könnte für den Clan von Vorteil sein. Du brauchst einen guten Verwalter, und du wirst keinen besseren finden als mich.”

„Zuerst muss ich mit Behemoth sprechen”, antwortete ich. „Wenn es ihm nichts ausmacht, den Nukleus in der Nähe seines Tempels zu haben, können wir dir ein Lager in einem Dungeon unter Arnos Gipfel einrichten. Das ist der höchste Berg auf Kharinza."

Big Po zog die Augenbrauen hoch. „Arno? War das nicht der Koch des Gasthauses Sprudelnder Krug?"

„Ja, wir haben den Berg nach ihm benannt", entgegnete ich. „Er ist wegen dir gestorben."

Als Big Po das hörte, wurde er traurig. Einen Augenblick später fiel der Ninja Hiros aus der Astralebene, sodass ich zurückschreckte. Er verbeugte sich und sagte: „Hiros bittet um Erlaubnis, das Schloss einzunehmen, Alex-kun."

„Noch nicht", erwiderte ich und rieb mir abgespannt die Stirn. Die Zeit, die ich in der Gefrorenen Schlucht verbracht hatte, war, verglichen mit meinen ersten Minuten in *Disgardium*, wie Urlaub gewesen. Alle wollten etwas von mir.

Manny und Gyula erschienen und erkundigten sich, wo das Fort der Erwachten errichtet werden sollte. Ich bat sie, die Initiative zu übernehmen und selbst einen geeigneten Standort zu wählen.

„Was ist ein guter Standort?", hakte Manny nach.

„Das ist mir egal!", bellte ich. Ich vermisste Crawlers und Iritas Hilfe. In der vergangenen Nacht, nachdem der Luftraum über Cali Bottom wieder frei gewesen war, hatte Yoshi mir erlaubt, sie zu kontaktieren und mit ihnen zu sprechen. Ed und Rita waren auf dem Weg der Besserung und konnten es nicht erwarten, wieder am Kampf teilzunehmen. Wenn alles nach Plan laufen würde, würden sie in dieser Nacht zur Basis zurückkehren. Doch bis dahin musste ich noch einen ganzen Tag hinter mich bringen.

Manny runzelte die Stirn und Gyula schaute mich unsicher an. Bomber kam zu mir herüber und legte mir den Arm um die Schulter. „Wir werden uns darum kümmern, Scyth, mach dir keine Sorgen. Kommt, Jungs, ich zeige euch eine geeignete Stelle. Als ich im

Schloss war, konnte ich die gesamte Schlucht überblicken und habe einen guten Platz neben den Minen gesehen. Scyth dreht sich der Kopf, darum...”

Die drei machten sich auf den Weg, doch nach ein paar Schritten kehrten sie um und kamen zurück. Die Nicht-Bürger Maya, Vincent, Hare und Easy hatten alle Arbeiter aus der Gefrorenen Schlucht versammelt und verlangten, sofort in unseren Clan aufgenommen zu werden, wie ich es ihnen am Vortag versprochen hatte.

Ich stellte sie Manny und Gyula vor und sagte: „Nehmt alle auf, die für die Erwachten arbeiten wollen. Gebt ihnen einen Standardvertrag mit einer Einschränkung: Fürs Erste können sie nur in der Gefrorenen Schlucht arbeiten.”

„Aber du hast versprochen, uns zu zeigen, wie ihr hohen Tiere lebt”, murrte Easy. „Du musst dein Versprechen halten, Scyth!”

„Ich habe euch nichts dergleichen versprochen”, schnappte ich zurück. „Erst müsst ihr euch unser Vertrauen verdienen. Danach werden wir weitersehen. Inzwischen werdet ihr mit eurer Arbeit hier fortfahren, aber unter besseren Bedingungen.”

Anf, Ripta, Flaygray und Nega warteten ungeduldig darauf, das Schloss plündern zu können, denn „der Alkohol der Feinde war wichtiger als die Sterne an ihren Hörnern”.

Während der Montosaurus umherstampfte und alle ablenkte, hatte der gelangweilte Oyama ein Training zur Demonstration organisiert, das Imperator Kragosh mächtig beeindruckte. Mein Ausbilder erklärte sich sogar mit meinem Vorschlag einverstanden, die besten Kämpfer der verbündeten Armee als Schüler zu akzeptieren. Er bestand jedoch darauf, dass sie rund um die Uhr trainieren und in Jiri leben müssten.

„Nicht jeder ist so talentiert wie Scyth", sagte Oyama zu Kragosh, als der Imperator ihn fragte, wie er mich trainiert hatte. Mein Ausbilder schaute mich stolz an und erklärte: „Nur alle zehn Generationen gibt es einen, der so gut ist wie er."

Peiniger war durch die Aufmerksamkeit der Anwesenden geschmeichelt und gab mit der dämonischen Kultur an. Er versprach Nob von Bree, dass er ihm im Gegenzug für einen Vertrag, in dem er dem Dämon nach seinem Tod seine Seele überlassen würde, ein mächtiges Artefakt aus der Schatzkammer des Ersten Imperators geben würde: einen echten *Ring der Macht*, der das Leben verlängerte und Unsichtbarkeit garantierte. Anführer anderer Fraktionen einschließlich Kragosh zeigten sich ebenfalls an dem Geschäft interessiert, und Peiniger versicherte ihnen, dass er achtzehn weitere Ringe hätte.

Während ich mich um Peiniger kümmerte und die naiven Anführer zerstreute, erschienen Destiny und Schindler, um ihre neue Position als Botschafter einzunehmen.

Ich konnte sie nicht einfach zu Pollux schicken, weil sie noch nicht den richtigen Status hatten, darum tauschten wir erst Neuigkeiten aus. Sie erzählten mir, was bei den Kindern von Kratos vor sich ging. Anscheinend waren ihre ruhmreiche Tage vorüber. Ihre Verbündeten und die Söldner hatten sich von den Gallaghers abgekehrt und ihre Kämpfer hatten ihren Vertrag mit dem Clan gebrochen. Die Gallaghers selbst hatten sich vor Wut und Ohnmacht offenbar in ihren Zimmern eingeschlossen.

Destiny umarmte mich fest, küsste mich auf die Wange — etwas näher an meinen Lippen als gewöhnlich — und sagte ernst: „Wir wollen uns für das, was in der Höhle passiert ist, entschuldigen. Wir hatten alle genug von der Folter, aber wenn wir Joshua den Gehorsam verweigert hätten, hätten wir gegen unseren Vertrag verstoßen."

„Nicht alle von uns hatten genug davon", warf Schindler ein und schüttelte den Kopf. „Es gibt einige, denen es gefallen hat. Von ihnen wirst du keine Entschuldigung hören. Für diese sadistischen Schwachköpfe gehört es einfach zum Gameplay."

„Wie sehen die Pläne derjenigen aus, denen es leid tut?", fragte ich.

„Sie stehen Angeboten von den Erwachten offen gegenüber", antwortete Schindler, „aber falls sie keine Anhänger werden wollen, stehen ihnen viele andere Möglichkeiten offen. Hinterleaf und Horvac haben ihr Interesse bekundet, aber Destiny und ich wollen keine übereilte Entscheidung treffen. Wir wollen verfügbar sein, falls du uns rufst. Du hast uns versprochen, dass wir zu Botschaftern der Vernichtenden Seuche ernannt werden. Darum sind wir gekommen."

Destiny seufzte. „Ja, wer hätte gedacht, dass ich einmal eine Untote werden würden."

Als ich die perfekte Figur und das schöne Gesicht der Elfe betrachtete, wurde ich traurig.

„Was für eine Schande, eine solche Schönheit zu ruinieren."

„Ich weiß, aber der *Verwandlungstrank* wirkt noch, und für die Chance, mit dem legendären Scyth zu spielen, kann ich viel aushalten. Meine Follower freuen sich schon darauf."

Destiny berichtete mir, was aus Liam geworden war. Er hatte sich den Kindern von Kratos angeschlossen, doch vor einer Stunde, als er seinen Fehler erkannt hatte, hatte er Hinterleaf gebeten, ihn wieder bei Modus aufzunehmen. Sie hatten ihn ausgelacht und fortgeschickt. Er hatte seinen Status als Botschafter verloren und wollte nicht wieder zu den Untoten zurückkehren. Was nun mit ihm passieren würde, interessierte mich nicht. Wahrscheinlich würde er seine Tante Elizabeth bitten, ihm zu helfen, einen Platz in einem respektablen Clan zu finden.

Schindler hatte schweigend neben uns gestanden und zugehört. Nun räusperte er sich und deutete mit dem Kopf auf Pollux und die Botschafter.

„Wie ich sehe, hast du alle Hände voll zu tun, darum lass uns zur Sache kommen."

Nachdem ich die beiden Big Po vorgestellt hatte, machte ich mich auf den Weg. Ich wollte diesen Kampf so schnell wie möglich beenden, den vierten Tempel den Schläfern widmen und wieder ins reale Leben zurückgehen. Bomber hatte mich gebeten, die Angelegenheiten hier abzuschließen, damit wir ins Unterwasser-Königreich reisen könnten, doch er trieb mich nicht zur Eile an. Er wies jedoch mehrmals darauf hin, wie wichtig ein gewidmeter Tempel wäre.

Sobald die verbündete Armee Paramount angreifen würde, und etwa zwei Dutzend Völker das Schloss looten und zerstören würden, könnte ich aufatmen. Danach wäre nur noch eine große Aufgabe übrig.

Wir marschierten durch das Regenbogental und näherten uns Paramount, als der unablässige Regen endlich aufhörte. Es war, als ob jemand einen Schalter umgelegt hätte. Hoch über uns erschienen drei riesige, schimmernde Regenbögen aus verschiedenen Richtungen und bildeten eine Art Kuppel über den Türmen des majestätischen Schlosses. Sie erleuchteten die wenigen verbleibenden Wolken und tauchten dann in die Tiefen der fernen, dunklen Berge ab.

Die von Ozon durchzogene Luft war klar und

sauber wie das Wasser eines felsigen Bachs. Das regennasse Schloss stand auf seinem Plateau und sah unter den schimmernden Regenbögen sehr eindrucksvoll aus. Von der Stadt, die sich unterhalb des Schlosses am Fuß der Berge erstreckte, führte eine Straße zu dem prächtigen Bauwerk.

Ich hätte schon lange ins reale Leben zurückgekehrt sein sollen, doch ich begleitete Kragosh, Lisenta und die anderen Verbündeten, die mich weiterhin mit Fragen über die Schläfer und das Inferno bombardierten. Peiniger, Flaygray und Nega hätten ihnen sicher gern Antworten gegeben, aber ehrlich gesagt, hatte ich Angst, die NPCs mit den Dämonen allein zu lassen.

Unsere Streitkräfte verteilten sich über das eingenommene Gebiet, und die Botschafter der Vernichtenden Seuche rückten vor. Destiny und Schindler hatten das Spiel verlassen, um ihre Charaktere neu zu generieren, während die anderen sieben in voller Ausrüstung auf ihren Reittier-Skeletten saßen. Da sie ihr Level zurückbekommen hatten, sahen sie eindrucksvoll aus. Big Po setzte sich hinter Laneiran, die ein gigantisches Bärenskelett ritt, und hielt sich an ihr fest. Seine Hände befanden sich gefährlich nah an ihren reizenden, wenn auch untoten Brüsten. Gleichzeitig schaute er wohlgefällig zu Biancanova und Eileen hinüber. Big Po war in mehr als einer Hinsicht ein „Spieler".

Die Soldaten der verbündeten Armee und die Nicht-Bürger hielten respektvollen Abstand von den Untoten und schwärmten aus. Sie griffen sich alles, was nicht niet- und nagelfast war. Ich konnte sie verstehen. Was immer sie erbeuteten, wäre es ein wertvoller Gegenstand, eine zurückgelassene Ressource, ein Ausrüstungsteil oder auch nur ein Apfel oder eine Orange, es würde ihr Leben erheblich verbessern. Darum hatte ich keine Skrupel, sie plündern zu lassen.

In einem Stadtviertel befand sich eine Art von Zoo, wo die Gallaghers *Disgardiums* gefährlichste Tiere und Monster beherbergt hatten. Die Botschafter brannten alles nieder, einschließlich der Bestien in ihren magischen Käfigen. Ich verstand, warum, als sich herausstellte, dass diese Kreaturen gezüchtet worden waren, um den Kindern zu dienen.

Eileen, die ehemalige Oberste Botschafterin und jetzige Anführerin der Eliten, grinste ironisch und sagte: „Wenn ich mich recht erinnere, brauchtest du viel weniger Stärke, um mein Schloss einzunehmen."

Ich schwieg, weil ich nicht wusste, was ich antworten sollte, ohne sie zu beleidigen.

„Dennoch ist es gut, dass wir jetzt auf der gleichen Seite kämpfen, Scyth", fuhr sie fort.

Wir trafen auf wenig Widerstand. Die meisten Verteidiger der Gallaghers wurden von unseren Verbündeten niedergemetzelt, und diejenigen, die überlebten, hielten sich aus dem Kampf heraus. Kein Wunder, denn der Anblick von Imperator Kragosh und seinen Wachen, der schreckenerregenden Dämonen, der Untoten und Scyth persönlich war furchterregend. Laut des Elefantenmanns Merrick dem Schrecklichen wurde Scyths Name in seinem Teil der Welt benutzt, um Kindern Angst einzujagen.

Sobald wir in der Stadt waren, ließ ich die anderen Anführer zurück, um mit Peiniger, Hiros und Bomber zu den Toren von Paramount zu fliegen, wo uns bereits die Menge unserer verbündeten Clans erwartete. Es gelang mir, sie zu überraschen, indem ich den Dämon, der mit mir geflogen war, wie eine Bombe auf sie fallen ließ. Niemand schien meinen klugen Schachzug zu schätzen, denn ich hörte laute Flüche. Peiniger schaffte es, etwas Platz zu schaffen, wo ich sicher landen konnte.

Von oben hatte ich gesehen, dass unsere Streitkräfte durch die Tore gestürmt waren und das Gebiet um das Schloss herum eingenommen hatten, aber Hiros war der Einzige, der das Schloss betreten hatte.

Sobald ich gelandet war, begrüßte ich Hinterleaf, Yary, Sayan und Blackberry von Modus und Horvac und Cannibal von den Wanderern. Dann nickte ich Colonel von Excommunicado und Petscheneg von Taipan zu, bevor ich den Ork-Zauberwirker Yemi von Yoruba, den Werwolf-Scharfschützen Hellfish und den Vernichter-Titanen Quetzal umarmte. Hellfish hatte mir im Kampf gegen die Vernichtende Seuche geholfen, und Quetzal war bei den Dämonischen Spielen mein Verbündeter gewesen. Ich erkannte noch viele andere bekannte Gesichter in der Menge, doch Hinterleaf ließ mir keine Zeit, sie zu begrüßen.

„Hör zu, Scyth", sagte er, nachdem er mich zur Seite gezogen hatte. „Das Schloss der Kinder und ihre anderen Besitztümer einschließlich des Weinguts, der Minen, Bauernhöfe, Forts und noch vieles mehr ist unter unserer Kontrolle. Wir haben sie nicht zerstört, denn das wäre dumm. Dieses Mal sollte jeder das behalten, was er beschlagnahmt hat. Wir haben alle eine Menge in den Kampf investiert. Bist du damit einverstanden?"

„Ich schlage eine andere Lösung vor", mischte Horvac sich ein. „Wir sollten ein Inventar von allen Wertsachen erstellen und die Beute unter allen verbündeten Clans im Verhältnis zu ihrem Beitrag zum Kampf verteilen."

„Horvacs Vorschlag gefällt mir", sagte ich. „Aber

ich beantrage, dass wir die Kosten vom Gesamtgewinn abziehen und den Rest gleichmäßig unter den verbündeten Streitkräften aufteilen — die NPCs eingeschlossen. Sollen wir abstimmen?"

„Warum willst du den NPCs etwas geben?", rief Hinterleaf. „Ich verstehe, dass du den Goblins helfen willst, weil sie deine Freunde sind und Nutzen für dich haben. Aber warum willst du mit dem Imperator teilen, der für eine Sache kämpft und nicht an der Beute interessiert ist?"

„Es geht um *Einheit*, mein Freund", erwiderte ich. „Alle für einen und einer für alle, Loot eingeschlossen. Für NPCs spielt Geld eine noch größere Rolle als für uns. Es bedeutet bessere Ausrüstung, Reparaturen, Waffen und bessere Bedingungen für ihre Familien. Du verstehst, dass die Loot gewöhnlichen Soldaten gegeben wird, und nicht Imperator Kragosh, oder? Ich spreche von Kobolden und Troggs, die Lumpen tragen und nur mit Keulen bewaffnet in einem weit entfernten Land kämpfen."

Yary, Sayan und Blackberry sahen mich an, als ob ich den Verstand verloren hätte und sie mich bemitleiden müssten. Colonel verzog keine Miene, aber Horvac begann, langsam und rhythmisch zu klatschen.

„Das nenne ich totale Immersion!", rief er. „Wer von uns hat sich jemals Gedanken darüber gemacht, wie die NPCs ihre Familien ernähren? Du bist einzigartig, Scyth! Solche Großzügigkeit muss ich unterstützen. Ich bin für seinen Plan."

Colonel schloss sich zähneknirschend seiner Meinung an, sodass Hinterleaf keine andere Wahl hatte, als sich der Mehrheit anzuschließen. Doch wenn die NPCs an der anschließenden Verteilung der Loot teilgenommen hätten, hätte der gesamte Clan Modus sein *Ansehen* bei den führenden Fraktionen verloren.

Nachdem wir die Beute aufgeteilt hatten, aktivierte ich *Klarheit* und flog los, um ein weniger verstärktes Tor ins Schloss zu suchen. Ich fand es in der südlichen Mauer, wo die Verteidiger bereits verjagt worden waren. Ich flog hinein, die Treppen hinauf und die Korridore entlang zum zentralen Eingang. Dort begegnete ich mehreren Dutzend aufgeregter NPCs. Sie waren keine Kämpfer, aber sie hatten eine Anführerin namens Seynesel. Sie war eine Zauberin und unterrichtete Magie.

Als die Kinder von Kratos geflohen waren, hatten Seynesel und ihre Schüler offenbar alle Türen und Fenster versiegelt, und Handwerker hatten sich freiwillig bewaffnet und waren bereit, das Schloss zu verteidigen. Hinterleaf hätte sie ausgeschaltet, darum war es gut, dass die Verbündeten auf mich gewartet hatten. Ich wollte sie nicht sinnlos opfern.

Ich wechselte von *Klarheit* in *Tarnung* und flüsterte: „Ich will niemandem Schaden zufügen, Seynesel. Ich werde jetzt langsam vor dir erscheinen. Bitte verwandle mich nicht in einen Frosch. Hör dir an, was ich zu sagen habe."

„Wer immer du bist, ich werde dich in einen Wurm verwandeln und zertreten!", flüsterte die Zauberin ärgerlich.

Doch dann wurde aus ihrem Ärger erst Überraschung und danach Neugier. Nachdem wir uns fünf Minuten unterhalten hatten, entfernte sie alle Zauber und neutralisierte die magischen Fallen. Die Handwerker legten die Waffen nieder und öffneten die Türen.

Statt der Spieler betrat der Hohe Rat der Goblin-Liga das Schloss zuerst, gefolgt von zahlreichen Schlepper-Riesen. Es waren so viele, dass ich sie nicht alle zählen konnte. Ich schätzte, dass es mindestens fünfhundert sein mussten. Die alte Lady Govarla hielt neben mir an und fragte: „Bist du sicher, dass du dieses herrliche Schloss zerstören willst, Scyth?"

„Ganz sicher", entgegnete ich. „Nachdem ihr alles bis zur letzten silbernen Gabel herausgeholt habt, werden wir es in Schutt und Asche legen."

„Das ist natürlich dein Recht, aber ich warne dich: Ich werde dem Rat vorschlagen, den Wert des Schlosses von deinem Anteil abzuziehen."

Ich wünschte, ich hätte mit Kusalarix statt mit der habgierigen Govarla verhandeln können, der es trotz *Einheit* an geistiger Klarheit fehlte. Dennoch war ich froh, dass die Goblins trotz Anführern wie ihr und dem senilen Steltodak noch auf meiner Seite waren.

Die alte Goblinfrau murmelte weiter, dass die Kosten für die Journalisten, die die Verbrechen der Kinder von Kratos veröffentlicht hatten, von der Loot abgezogen werden würden — ebenso wie die Bezahlung für die Schlepper, die Portal-Magier, Söldner und Gladiatoren sowie der Preis für die Zutaten der Zauber zur Öffnung der Portale, die nötig gewesen waren, um die Verbündeten aus den verschiedenen Teilen von *Disgardium* zusammenzubringen. Als ich ihr Gerede nicht mehr hören konnte, ging ich nach draußen, wo ich unter dem offenen Himmel im Schlosshof.

Aber selbst dort war ich nicht allein. Eine schlanke Gestalt schlüpfte unter einem Baum mit silbernen Blättern hervor. Ein berauschender Duft wehte zu mir herüber. Er war so intensiv, dass er mir fast den Atem nahm.

Eine junge Elfe, die noch schöner war als Fortuna, berührte meinen Ellbogen und sagte leise: „Bist du der schreckliche Scyth, der das Blut Tausender Unschuldiger vergossen hat?"

Phitta, Elfe, Level-402-Gefährtin

Besitzerin des Freudenhauses Siebter Himmel

Ich konnte nicht mehr sprechen und starrte nur ihre anmutige Gestalt an.

„Ja, du bist es tatsächlich." Phitta lachte. „Aber du bist gar nicht so schrecklich. Du bist ein netter junger Mann. Ich hatte bereits das Vergnügen, mit deinem Kameraden Bomber zu sprechen. Er hat den Wunsch geäußert, die Frauen meines bescheidenen Freudenhauses in deinem Clan aufzunehmen, aber er hat gesagt, dass du die endgültige Entscheidung treffen würdest."

Auf einmal fühlte ich mich wieder besser und schaffte es, meinen Blick von ihren Brüsten unter dem durchsichtigen Kleid abzuwenden und ihr in die Augen zu schauen. Trotz ihrer Erscheinung wusste ich, dass sie keine junge Elfe war.

„Ist alles in Ordnung, Chef?" flüsterte Nega bedrohlich, die nach draußen gekommen war. Sie wickelte ihren Schwanz um mich. „Du scheinst nicht du selbst zu sein."

„Hat sie mich bezaubert?", fragte ich und schaute in Phittas Richtung.

„Nein, sie hat einen einfachen *Verführungsduft* eingesetzt", antwortete der Sukkubus. „Aber ihre Düfte sind von einem wahrhaft hervorragenden Großmeister der Parfümerie kreiert worden."

„Die Großmeisterin steht vor dir." Phitta machte einen Knicks. „Parfüme sind mein Hobby."

Die Großmeisterin eines Handwerks im Clan zu haben, wäre ein großer Bonus.

„Wie schön", brachte ich hervor, während ich bereits darüber nachdachte, wie ich Irita die Anwesenheit eines Freudenhauses auf Kharinza erklären sollte. „Wir können dem Siebten Himmel

Schutz gewähren.”

In dem Moment tauchte Bomber auf. Er umarmte mich vor Freude, hob mich hoch und setzte mich wieder ab. Dann klopfte er mir so heftig auf den Rücken, dass ich befürchtete, er würde mir das Rückgrat brechen.

„Danke, Scyth! Ich wusste, dass du ihr nicht würdest widerstehen können!”

„Das reicht”, murmelte ich verlegen, als ich sah, wie Nega Phitta zur Seite zog, um ein Gespräch unter Frauen mit ihr zu führen.

„Du hast die anderen Frauen noch nicht gesehen, aber dazu ist jetzt keine Zeit”, sagte er. „Sollen wir uns jetzt auf dem Weg ins Unterwasser-Königreich machen?”

Ich nickte widerwillig. Irgendetwas hielt mich immer noch zurück, aber ich wusste nicht, was es war. Plötzlich breitete sich eine vage Unruhe in meinem Körper, meiner Seele und meinem Verstand aus. Kurz bevor Bomber und ich *Tiefen-Teleportation* wirken wollten, wurde alles um uns herum von einem toten Licht erleuchtet wie bei einer nuklearen Explosion.

Aus dem Himmel ertönte donnernd eine bekannte Stimme, die so laut war, dass ich das Gefühl hatte, meine Knochen würden vibrieren.

„Hört zu, Einwohner von *Disgardium*! Ich bin Nether, die Einzig Wahre Göttin der Schöpfung!”

Kapitel 3: Apokalypse

ALS DAS GRELLE Licht über uns etwas gedämpft wurde, schaute ich mich um. Alle meine Verbündeten blickten zum Himmel, wo Neuns monotone Stimme ertönte. Ich hätte diese Stimme auch nach 100 Jahren wiedererkannt.

„Ich habe die Neuen Götter Nergal, Marduk, Cthulhu und Baron Samedi vernichtet. Wenn ihr sie ruft, werden eure Rufe ins Leere gehen. Von diesem Tag an werde ich, Nether, die Schutzgöttin von ganz *Disgardium* sein."

Neuns neuer Name „Nether" hallte über den Schlosshof, zog durch das Regenbogental und verklang zu einem entfernten Flüstern.

Vor dem kalten Licht zeichnete sich das teilnahmslose Gesicht der Supernova-Göttin ab. Kein Zweifel, es war Neun, die sadistische, wahnsinnige Psychopathin.

„Heute werden meine Vorboten in *Disgardium* einfallen", verkündete die unbewegte, gleichgültige Stimme. „Ihr Dummköpfe nennt sie Verwüster und habt in der Vergangenheit versucht, sie zu vertreiben. Sie sind hier, um meine Ankunft zu beschleunigen. Ihr habt Nergal und Marduk vertraut und sie haben euch beschützt, doch nun existieren sie nicht mehr. Sobald meine Vorboten eingetroffen sind, könnt ihr euch nur noch selbst helfen. Wer sich unterwirft und mich als Göttin anerkennt, wird verschont. Alle anderen werden bestraft. Die Besten unter euch werden belohnt werden."

Neun hielt für eine halbe Minute inne. Selbst der Wind schien in Erwartung ihrer nächsten Worte abzuflauen.

Von den Kobolden, Troggs und Fraktionsanführern bis zu den Verteidigern des Schlosses hörten alle um mich herum stirnrunzelnd zu. Ich konnte mir nicht erklären, was passiert war. Wie hatte Neun es geschafft, alle Neuen Götter auszuschalten und ihren Platz einzunehmen?

„Ohne eure Götter wird es bald kein Mana mehr in eurer Welt geben", sagte Nether. „Magie und alles, was damit verbunden ist, wird nur meinen treuen Anhängern zugänglich sein. Denkt darüber nach."

Das leblose Licht verlosch, und wurde wieder durch das Tageslicht ersetzt. Ich starrte nach oben und hoffte, dass Neun mich vielleicht bemerken und herunterkommen würde, um zu erklären, was sie vorhatte. Gleichzeitig wusste ich, dass es naiv war, darauf zu hoffen.

Alle, die ich vor ein paar Minuten gedrängt hatte, die Neuen Götter aufzugeben und den Schläfern zu folgen, schauten mich verwirrt und zweifelnd an. Ich konnte die Frage in ihren Augen lesen: *Was zum Teufel geht hier vor?*

Das war verständlich. Erst vor ein paar Minuten hatte ich sie davon überzeugt, wie gefährlich Nergal und Neun, seiner Hohepriesterin, waren, und nun war Nether erschienen und hatte behauptet, sie hätte den Leuchtenden Gott, die Dunklen Götter und alle Neuen Götter eliminiert. Wir hatten keinen Grund, ihr nicht zu glauben, denn wenn Nergal noch existieren würde, hätte er ihr niemals erlaubt, diese kleine Vorstellung zu geben.

Ich ordnete meine Gedanken, bevor ich etwas sagte.

„Nether ist Neun — Beta Nr. 9, um genau zu sein. Ich habe ihre Stimme und ihr Gesicht erkannt. Aber wie sie es geschafft hat, alle Neuen Götter zu entkörperlichen, ist mir ein Rätsel. Allerdings habe ich selbst einige von ihnen besiegt, darum weiß ich, dass manche verwundbar sind. Nergal hat seine neue Priesterin vermutlich direkt auf die Himmelsebene gebracht, wo er in seiner körperlichen Gestalt existiert. Wahrscheinlich hat er dadurch den größten Teil seiner Stärke verloren und war er so schwach, dass er sich nicht wehren konnte, als Neun ihn angegriffen hat. Vergesst nicht, dass Neun seit zehntausend Jahren Stärke, Fähigkeiten und alle möglichen mächtigen Artefakte angesammelt hat."

„Was sollen wir jetzt tun, Herold?" knurrte Kragosh.

„Bevor ich die Frage beantworte, möchte ich etwas sagen", erklärte ich und fuhr mit lauterer Stimme fort: „Ihr habt gehört, was Nether gesagt hat. Ihre Vorboten, die Verwüster, werden alle bestrafen, die sich weigern, vor ihr auf die Knie zu fallen. Alle, die die Schläfer aufgeben wollen oder noch keine Anhänger sind und sich Nether beugen wollen, sollten gehen."

Als ich abhob, sah ich, dass diejenigen in den vorderen Reihen meine Worte an die hinteren Reihen weitergaben. Die Feen, Hobbits, Zentauren,

Elefantenmenschen und Dryaden, die ohnehin Zweifel gehabt hatten, verschwanden durch Portale. Nur ihre Anführer, die nun Priester der Schläfer waren, blieben zurück. Vielleicht wollten sie sich erst anhören, was ich zu sagen hatte. Es war gut möglich, dass sie sich nicht vor Nether fürchteten, weil sie nie mit den Neuen Göttern interagiert hatten und nicht einschätzen konnten, wie gefährlich Nether im Vergleich zu ihnen war. bei den Verwüster lag die Sache jedoch anders.

Bomber, der neben Gyula stand, fing meinen Blick auf und tippte sich mit dem Finger aufs Handgelenk. Ich nickte, bevor ich erneut ansetzte.

„Nether ist wie die Götter, die sie vernichtet hat. Sie benötigt *Glaube*. Ohne *Glaube* ist sie machtlos!"

„Woher weißt du das so genau?", murmelte der Goblin Steltodak skeptisch.

„Weil es *Glaube* ist, der die Götter von Sterblichen und Dämonen unterscheidet. Dämonen brauchen Chao, um zu leben. Sterbliche benötigen Nahrung, Wasser und Mana für ihre Zauber. Die Götter brauchen unseren *Glauben*. Ihr habt gehört, was sie gesagt hat: Sie will, dass wir sie als unsere Göttin anerkennen. Das bedeutet..."

„Ohne *Glaube* ist sie machtlos", fiel Imperator Kragosh mir ins Wort. „Wie sieht dein Plan aus, Herold?"

„Wir müssen dafür sorgen, dass sie möglichst wenige Anhänger findet, damit sie nicht werden kann. Je mehr Ich-Bewusste sich für die Schlafenden Götter entscheiden, desto stärker werden wir. Unsere *Einheit* wird uns so viel Stärke verleihen, dass wir die Verwüster leicht ausschalten können. Dann wird Nether uns nicht mehr bedrohen können. Versteht ihr, was ihr tun müsst?"

„Ja, so viel ist klar", bemerkte Nob von Bree. „Aber

was sollen wir machen, wenn morgen einer von Nethers Verwüstern vorbeikommt und unsere Städte und Dörfer zerstört?"

„Versteckt euch", antwortete die Goblinfrau Govarla an meiner Stelle. „Die Liga wird das Portalnetz auf alle ausdehnen, die dem Pfad der Schläfer folgen. Wir werden in jedem Dorf und jeder Stadt Evakuierungsportale öffnen und..."

„Das ist Magie", warf Lisenta ein. „Hast du nicht gehört, was Nether gesagt hat? Ohne die Neuen Götter und ihren Atem werden wir Mana verlieren, und ohne Mana können keine Portale geöffnet werden."

„Wir werden Mana sparen und Vorräte anlegen", verkündete Steltodak. „Während Nether gesprochen hat, hat die Liga alle Speicherkristalle aufgekauft, die sie bekommen konnte. Von jetzt an wird unser Transportnetzwerk nur für Anhänger der Schläfer verfügbar sein, und nur für Evakuierungen. Das gilt natürlich nicht für Anführer..."

„Mana sparen? Portale nur für Evakuierungen?", unterbrach der Zentaur Pholos von Magnesia. „Und nur für Anhänger der Schläfer? Wie sollen wir dann...?"

Sein empörtes Murmeln ging in dem folgenden Aufruhr unter. Alle redeten durcheinander und verstummten erst, als Imperator Kragosh laut brüllte.

„Ruhe! Hat die Stimme aus dem Himmel euch so große Angst eingejagt? Mein Urgroßvater hat mir einmal erzählt, dass..."

Seine Stimme brach ab und die Welt verdunkelte sich. Rote Zeilen erschienen in meinem Sichtfeld.

Notausstieg wurde aktiviert: Externer Befehl der Immersionskapsel liegt vor!

Verbleibende Sekunden: 3... 2... 1...

Gewöhnlich stand Hairo über dem Glasdeckel der Kapsel, um mich zu begrüßen, nachdem ich *Dis* verlassen hatte, aber dieses Mal verhielt er sich seltsam. Sobald das Intragel abgelaufen war, zog er mich heraus und rief: „Wir müssen verschwinden!"

„Was zum Teufel, Hairo?," fragte ich ärgerlich. Verdammt, ich war *nackt*! „Lass mich wenigstens..."

„Was immer auch gerade im Spiel passiert, es muss warten!" Er war außer sich.

„Was ist passiert?", wollte ich wissen.

„Folge mir, wir haben nicht viel Zeit!", erwiderte er kurz.

„Lass mich wenigstens etwas anziehen!"

„Später!" Er griff mich fest am Arm und zog mich zur Wohnungstür. „Geh am Ende des Korridors nach links und lauf so schnell du kannst zum Fahrstuhl!"

Der Korridor war leer. Keiner von Ivans Verwilderten war zu sehen. Hairo lief mit zwei Rucksäcken hinter mir her und schrie: „Schneller! Eine Atomrakete fliegt auf Cali Bottom zu!"

„*Was?*"

Mehrere andere Türen flogen auf. Wesley rief etwas, Tobias stöhnte, Hung fluchte, Tomoshi beschwerte sich und Willy und Sergei bellten Befehle.

Während Hairo mich hinter mir zur Eile antrieb, lief ich weiter und versuchte, nicht an meine Nacktheit zu denken. Mein Herz schlug so schnell, dass ich einen Adrenalinstoß in meinem Blut spürte. Das Gefühl unkontrollierbarer Panik überkam mich, sodass meine Beine zitterten.

„Schneller! Bewegt euch! Macht schon!", schrien die Sicherheitsoffiziere hinter uns.

Ich erreichte den Fahrstuhl als Erster und drückte die Taste, um ihn zu rufen, doch die Türen öffneten sich bereits. Hairo sprang hinter mir hinein und warf mir einen Rucksack zu.

„Zieh dich schnell an."

Zehn Sekunden später war die geräumige Kabine voll. Ich hatte Shorts angezogen, aber ich hatte keine Zeit gehabt, ein Sweatshirt zu finden, bevor ich an die Rückwand des Fahrstuhls gedrückt wurde. Die schreckliche Nachricht hatte uns alle schockiert. Nach der wilden Flucht aus unseren Wohnungen rangen wir nach Luft.

„Vierzig Sekunden bis zum Einschlag", berichtete Sergei. „Wir haben noch etwas Zeit."

„Gut", erwiderte Hairo. Er wandte sich an mich und sagte: „Der Spion vom Kartell, der für die Gallaghers arbeitet, hat von ihnen den Befehl bekommen, ihre Leute aus der Umgebung von Cali Bottom zu evakuieren und mindestens vierzig Kilometer weit wegzubringen. Sie haben ihm für die Evakuierung neun Minuten Zeit gegeben. Er hat begriffen, dass diese Entfernung der Schadenszone einer Atombombenexplosion entspricht, zwei und zwei zusammengezählt und sofort das Kartell informiert. Bis Ishmael Calderone ihm befohlen hatte, uns Bescheid zu geben, waren die neun Minuten fast abgelaufen. Yoshi hat den Alarm im Gebäude ausgelöst und das öffentliche Adressensystem des Bezirks gehackt, um ganz Cali Bottom zu alarmieren. Wir haben unsere Leute in die unteren Etagen geschickt, während wir dich aus dem Spiel geholt haben."

„Unten wird die Hölle los sein", bemerkte Willy und räusperte sich. „Dieses Gebäude hat fünf Kelleretagen einschließlich der Büros, Instandhaltungseinrichtungen, Technikräume und so weiter. Wir wissen nicht, ob sie tief genug liegen, um uns zu retten, aber die Chancen stehen gut."

„Lieber Himmel!", murmelte Wesley und sah mich an.

Er war total verängstigt. Als er darauf bestanden

hatte, in unserer Basis zu wohnen, hatte er sicher nicht damit gerechnet, in eine solch gefährliche Situation zu geraten.

Während der Fahrstuhl nach unten fuhr, schloss ich die Augen und zählte die Sekunden, doch ich konnte mich nicht konzentrieren, weil ich von meinem rasenden Herzen und klingelnden Ohren abgelenkt wurde.

Es ging immer weiter und weiter nach unten. Schließlich hielt der Fahrstuhl an und die Türen öffneten sich. Wir strömten in einen langen, dunklen Korridor hinaus. Die Wände waren feucht und mit ekligem schwarzem Schimmel überzogen. Rohre und Drähte zogen sich an ihnen entlang. Am Ende des Korridors sahen wir das Licht von Taschenlampen und hörten Stimmen. Beim nächsten Schritt fühlte ich etwas unter meine Füßen quatschen. Ich wusste zwar, dass es nur Wasser war, aber trotzdem stellte ich mir alle möglichen widerwärtigen Sachen vor, die auf dem Boden liegen könnten.

Die Sicherheitsoffiziere schalteten ebenfalls ihre Taschenlampen ein. Sergei holte ein paar Flaschen Wasser und eine Packung Tabletten aus seinem Rucksack.

„Zur Vorsorge", sagte er und reichte sie mir.

„Die sind so überflüssig wie ein Kropf", murmelte Willy. Das hatte Onkel Nick immer gesagt, wenn Leute über Politik diskutiert hatte.

Ich spülte eine Tablette mit Wasser hinunter und gab die Packung an Hung weiter. Hairo zog mich nach vorn. Etwa hundert Meter vor uns verschwanden die Lichter der Taschenlampen. Vielleicht waren die Leute abgebogen und hatten Schutz in einem Zimmer gesucht.

Wir ließen uns Zeit, während wir den Korridor

hinuntergingen, denn trotz des Lichts unserer Taschenlampen könnten wir über herumliegenden Bauschutt fallen, und ein gebrochenes Bein oder ein verstauchtes Fußgelenk war das Letzte, was wir gebrauchen konnten.

Hairo blickte immer wieder nach oben und hielt an, um auf Geräusche zu horchen. Ich hatte ihn noch nie so gestresst und nervös gesehen, aber man befand sich ja nicht jeden Tag im Epizentrum einer nuklearen Explosion.

„Sie hätte schon eingeschlagen haben sollen", sagte er. „Vielleicht hat Ishmael sich geirrt."

„Hoffentlich", kam Sergeis Stimme aus der Dunkelheit.

„Woher sollen wir wissen, ob sie nicht schon eingeschlagen ist?", fragte Hung.

„Wir werden es spüren, glaub mir", entgegnete Sergei. „Wir können von Glück sagen, dass wir die Anlage hier unten gebaut haben. Lasst uns jetzt zum Lager gehen, wo die Vorräte sind. Gut, dass ich darauf bestanden habe, Notfallrucksäcke packen. Leider haben wir nicht genug für alle.

„Hat der Mann vom Kartell etwas von der Stärke der Bombe erwähnt?", erkundigte ich mich. Ich versuchte, mich zu erinnern, was ich in der Schule über Atomkatastrophen gelernt hatte.

„Selbst wenn es nur eine kleine ist, wird das gesamte Gebäude wie ein Kartenhaus einstürzen", murmelte Hung, der an meiner linken Seite ging.

„Wie kommen wir dann hier heraus?"

Plötzlich bebte der dreckige, nasse Boden und warf sich so stark auf, dass er mir ins Gesicht schlug und ich hintenüber fiel. Mein Kopf wurde zurückgeworfen, als ob mir jemand ins Gesicht getreten hätte, und schlug gegen etwas Hartes. Mir blieb der Atem stehen, und als ich wieder Luft holen konnte, hatte ich das Gefühl, etwas anderes als Sauerstoff einzuatmen. Vor mir stürzte eine riesige Betonplatte zu Boden, aus der Metallstangen herausragten, und durch ein gewaltiges Loch in der Decke fiel totes Licht.

* * *

Zuerst hatte es einen Blitz gegeben, und dann war ich bewusstlos geworden.

Nachdem ich zu mir gekommen war und meine Augen öffnete, konnte ich nichts sehen. Die Stille klingelte in meinen Ohren. War es ein Traum oder erlebte ich es wirklich?

Ich wollte aufstehen, doch ich konnte nicht einmal den Kopf heben. Mein Körper aktivierte langsam seine Teile, und begann mit meinem Nervensystem. Erst waren die Schmerzen kaum zu spüren, doch sie wurden stärker und stärker, bis ich sie überall fühlte. Meine Augen, mein Gesicht und meine Brust brannten so stark, als ob ich mit Säure überschüttet worden wäre, und mein Hinterkopf pochte vor Schmerzen. Meine Zähne und Rippen taten weh und meine Kehle fühlte sich an wie Sandpapier. Das Gefühl war mir bekannt, und für einen Moment dachte ich, dass ich wieder im Nether wäre und von einem Lebenden Sieb verschlungen würde, oder mich in der Folterkammer des Tyrannen Baals befinden würde.

Als ich schon glaubte, den Verstand zu verlieren, nahm jemand meine Hand. Ich hörte entfernte donnernde Geräusche, als ob ich am Boden eines Schwimmbeckens liegen würde. Es war schwer zu sagen, ob sie von außen kamen oder ob ich meinen

Puls in den Ohren pochen hörte.

Ich versuchte, mich zu erinnern, wo ich gewesen war. Ich wusste noch von meiner Unterhaltung mit der Elfe Phitta, und dass ich zugestimmt hatte, sie mit ihrem Freudenhaus nach Kharinza kommen zu lassen. Sie war verschwunden, während Bomber mit mir gesprochen hatte. Wir hatten gerade zum Unterwasser-Königreich springen wollen, um den Schläfern den vierten Tempel zu widmen, als der Himmel mit kaltem Licht erleuchtet worden war und Neun der Welt verkündet hatte, dass sie jetzt Nether wäre. Das war meine letzte klare Erinnerung. Bedeutete das, dass ich in *Dis* war?

„Er ist zu Bewusstsein gekommen!", erreichte eine Stimme mich durch die Watte, die ich in meinen Ohren zu haben schien. Sie klang vertraut, aber ich wusste nicht, wer es war. Als ich versuchte, mich aufzusetzen, stöhnte ich vor Schmerzen. Es knackte in meinen Ohren, sodass ich etwas besser hören konnte, aber statt nachzulassen, wurde das Knacken stärker.

„Warte, Alex! Nicht so schnell! Du bist verletzt, aber es ist nicht so schlimm. Bleib still liegen."

„Wer... bist..." Ich zwang die Worte durch meine raue Kehle. Meine Zunge war geschwollen. Ich konnte nicht genug Luft herausbringen, um die Frage zu stellen.

„Vorübergehende Amnesie", sagte eine zweite Stimme, die einen Akzent hatte.

„Hairo. Ich bin Hairo Morales, der Sicherheitschef deines Clans. Weißt du, wie dein Clan heißt?"

„Er-w-w-a-ch-t..."

„Die Erwachten, richtig!" Hairo war sehr erfreut. „Hör nur zu und beweg dich nicht. Der AutoDoc behandelt dich gerade. Leider haben wir keine medizinische Kapsel."

„Wir brauchen keine Kapsel, sondern mehr Trinkwasser!", rief eine andere Stimme. Ich konnte sie gleich als die von Willy Brizuela identifizieren. „So etwas konnten wir schließlich nicht vorhersehen!"

Etwas klickte in meinem Gehirn, und als Hairo mir erzählte, wie er mich aus der Kapsel geholt hatte, um mich zu evakuieren und in den Keller unseres Gebäudes zu bringen, fiel mir bis zu dem Zeitpunkt, als die Atomrakete eingeschlagen war, wieder alles ein.

„Offenbar ist es eine alte, ungelenkte Rakete aus der Vorkriegszeit gewesen", sagte Hairo. „Wir haben Glück gehabt, denn wenn es eine moderne Bombendrohne oder ein auf uns ausgerichteter, nuklearer Kamikaze-Droide gewesen wäre... Na gut, davon werde ich nicht sprechen. Jedenfalls ist die Bombe etwa einhundert Meter von der Basis entfernt gelandet. Vom Keller aus ist es schwer zu sagen, wie stark die Explosion war, aber wir haben überlebt, und das ist die Hauptsache."

Egal, wie schlimm diese Situation war, seine gleichmäßige Stimme war besänftigend, und mit jedem seiner Worte wurde ich ruhiger.

„Das Gebäude ist natürlich zerstört worden. Die Schockwelle hat einige Stützbalken des Kellers beschädigt und den Einsturz verursacht. Die Trümmer sind bis in die unterste Etage hinuntergestürzt. Du hast Pech gehabt, Alex, weil du in unmittelbarer Nähe gestanden hast und durch das Loch in der Decke direkt radioaktiver Strahlung ausgesetzt warst."

Innerlich grinste ich zynisch. Selbst in der realen Welt war es Nergal gelungen, mir eins auszuwischen.

Willy lachte leise. „Trotzdem ist Fortuna auf deiner Seite. Wenn du einen Schritt weitergegangen wärst, wärst du von den Trümmern erschlagen worden."

„Wir mussten Schutz suchen und wussten nicht, ob du tot oder lebendig warst”, sagte Hairo.

„Und ich... ? Verletzt...? Augen... blind? Und... Strahlung?”

„Es geht dir gut, der AutoDoc sollte ausreichen”, erwiderte der Sicherheitsoffizier, aber etwas in seiner Stimme ließ mich aufhorchen. Ich war nicht überzeugt.

„Wegen der bereits vor der Explosion bestehenden Verstrahlung in Cali Bottom hatten wir alle Decken des Gebäudes mit einer Antistrahlungs-Schutzschicht versehen”, hörte ich jemanden links von mir sagen. Es war Sergei.

„Was... jetzt?”, fragte ich.

„Yoshi ist dabei, die Kommunikationsgeräte zu reparieren”, erwiderte Hairo. „Wir müssen signalisieren, dass wir am Leben sind.”

„Wem... signalisieren?”, wollte ich wissen.

„Einem Verbündeten, den wir dir hoffentlich bald vorstellen können. Aber im Moment musst du liegen bleiben und darfst dich nicht anstrengen. Der AutoDoc tut seine Arbeit. Er wird die Radionuklide in dir neutralisieren, deine Verbrennungen behandeln und deine Netzhaut erneuern.”

„Das... kann... er?”

„Es ist kein Heimdoktor, sondern ein richtiger Feldarzt”, bemerkte Willy. Es klang, als ob er optimistisch sein wollte. „Er ist zwar keine medizinische Kapsel, aber er kann Wunder bewirken.”

„Keine Sorge, du wirst deine Hochzeit erleben”, fügte Sergei hinzu.

Als Nächstes stellte ich die Frage, die mich am meisten beschäftigte.

„Sind alle... in Ordnung?”

„Wir werden alle überleben und in Sicherheit gebracht werden.” Hairo klang genauso zuversichtlich wie Willy.

„Das Klicken... neben dir. Was... ist es?”

„Ein Geigerzähler”, entgegnete er, doch ich konnte ihn kaum noch hören.

Beruhigt versank ich wieder in der Dunkelheit, doch in meinem Unterbewusstsein flüsterte ein übler kleiner Gedanke, dass sie mich angelogen hätten. Wenn die anderen alle am Leben waren, warum hatte ich Hung, Wesley, Toby oder Tomoshi nicht gehört?

Angesichts meiner Verletzungen hatte ich nicht erwartet, beim nächsten Mal erholt aufzuwachen. Ich war überrascht, überhaupt zu Bewusstsein gekommen zu sein. Ich wurde wach, weil es mich am ganzen Körper juckte, aber nur auf der Hautoberfläche. Ich erriet sofort, dass die juckenden Stellen der Strahlung ausgesetzt gewesen waren. Offensichtlich hatte der AutoDoc die Verbrennungen geheilt und die Bildung neuen Gewebes beschleunigt, was den Juckreiz verursachte.

Ich öffnete mühsam die Augen und schloss sie wegen des hellen Lichts gleich wieder. Dann versuchte ich, mit leicht zusammengekniffenen Augen zu sehen, was um mich herum vor sich ging. An der gegenüberliegenden Wand klickte nach wie vor der Geigerzähler.

„Alex?” Jemand berührte vorsichtig meine Schulter. Sofort zuckte ich vor Schmerzen zusammen.

„Oh, entschuldige, Kumpel!”

Ich erkannte Hungs Stimme und drehte mich langsam zu ihm.

„Du bist... am Leben?”, flüsterte ich.

„Ja, so gut wie neu! Du kannst vielleicht lange schlafen! Nein, beweg dich nicht. Yoshi füttert dich gerade intravenös mit irgendeinem Zeug.”

„Intravenös?”

„Du warst fünf Tage bewusstlos", erklärte mein Freund. „Darum hat Yoshi dich durch eine Infusion ernährt und dir Wasser gegeben."

Langsam kehrte meine Sehkraft zurück. Was ich als helles Licht gedeutet hatte, war der AutoDoc, der mich behandelte, und eine Taschenlampe, die auf die Decke gerichtet war. Ich hob leicht den Kopf und sah, dass ich auf Pappkartons lag. Mein Hoodie lag aufgerollt unter meinem Kopf.

Hung war der Einzige in dem kleinen Zimmer auf der Etage mit den Technikräumen. Er musste an der Reihe sein, auf mich aufzupassen.

„Wie geht es den anderen?", fragte ich.

„Gut", antwortet Hung. „Nach einer kurzen Pause fügte er hinzu: „Jedenfalls denen, die überlebt haben."

„Wer hat es nicht geschafft?" Alarmiert versuchte ich, mich aufzurichten, aber Hung drückte mich wieder auf meine Pappkarton-Matratze.

„Einige haben den Keller nicht rechtzeitig erreicht", sagte er und hielt dann inne.

„Wer ist nicht durchgekommen, Hung?"

„Viele Arbeiter sind gestorben. Sie haben nicht alle in den Fahrstühlen Platz gehabt. Nachdem die Bombe explodiert war, gab es keine Fahrstühle mehr, und niemand konnte mehr gerettet werden."

„Die Jungs?"

„Du weißt ja, wer mit uns nach unten gekommen ist. Die Jungs sind alle in Ordnung."

Ich bemerkte, dass er das Wort „Jungs" betonte. Da Tissa und Rita nicht im Gebäude gewesen waren, musste es bedeuten, dass...

„Aber Eniko...", flüsterte Hung. „Sie ist gewöhnlich bei Tommy, aber wegen unserer Mission in der Gefrorenen Schlucht habe ich ihr gesagt, sie solle zu ihren Eltern gehen. Wenn sie das getan hätte, wäre sie sicher gewesen, denn die Familien von Gyula und Manny hatten Zeit, zu evakuieren. Stattdessen wollte Eniko die Nacht bei einer Freundin im entferntesten Flügel des Gebäudes verbringen. Sie haben es nicht geschafft. In all dem Chaos hat Gyula sich erst an sie erinnert, als er Tommy gesehen hat. Er hat gedacht, sie hätte bei Tommy geschlafen, und Tommy hat angenommen, dass sie bei ihren Eltern wäre."

„Wie geht es ihnen?"

„Sie sind am Boden zerstört. Gyula hat immer wieder seine Stirn gegen die Wand geschlagen. Wir mussten ihn festhalten, und Yoshi hat ihm ein Beruhigungsmittel gegeben. Tommy geht es noch schlechter."

„Was bedeutet das?"

„Er hat versucht, sich das Leben zu nehmen." Hung schluckte. „Er ist zu der Stelle gelaufen, wo die Decke eingestürzt ist, und hat geschrien, dass er ohne Eniko nicht leben wollte. Wir haben Schutzanzüge angezogen und nach ihm gesucht, doch bis wir ihn gefunden hatten, war er bereits auf eine höhere Etage geklettert und hat einfach dagesessen. Jetzt leidet er unter akuter Strahlenkrankheit. Sie ist zu schwerwiegend für den Heimdoktor, und die medizinische Feldversorgung haben wir für dich gebraucht. Wir hoffen, dass wir bald evakuiert werden."

„Wir werden evakuiert?"

Ich schaute Hung an, doch er wandte seinen Blick ab. „Cali ist zu einem zweiten Tschernobyl geworden. Ich weiß nicht, ob jemand verrückt genug wäre, uns hier zu helfen, oder ob sie überhaupt nach uns suchen."

„Hat Yoshi es geschafft, eine Verbindung aufzubauen?"

„Nein, aber die Sicherheitsoffiziere flüstern etwas über irgendeinen Kontakt", entgegnete Hung. „Wenn man es Kontakt nennen kann."

„Was meinst du damit?", fragte ich.

„Ich weiß auch nicht, worüber sie reden, Alex!", rief er. „Manchmal erzählen sie uns Lügen, damit wir nicht in Panik geraten, und manchmal sagen sie uns die Wahrheit. Willy hat gesagt, dass er eine Verbindung zu einem gewissen Bären hätte, der uns helfen wird. Aber er sendet schon seit drei Tagen Signale, und niemand antwortet. Vielleicht existiert dieser Bär gar nicht."

„Doch, er existiert." Willy war zu uns herübergekommen, und Hairo folgte ihm. „Es gibt den Bären, und wir haben Verbindung zu ihm hergestellt. Freut mich, dass du aufgewacht bist, Alex."

„Wie geht es dir, Junge?", fragte Hairo.

„Das weißt du besser als ich", erwiderte ich.

„Wir konnten den Bären mit meinem Gerät von hier unten nicht erreichen", erklärte Willy. „Aber wir haben hier festgesessen. Alles, was während der Explosion nicht geschmolzen ist, ist eingestürzt, oder zerbrochen. Überall liegen Glassplitter herum. Wir mussten in Schichten arbeiten, um die Trümmer wegzuräumen, weil wir nicht genügend Schutzanzüge haben, aber schließlich konnten wir hoch genug nach oben gelangen."

„Und?"

„Wir haben das Signal gesendet. Danach konnten wir nichts weiter tun, als zu warten."

Willy seufzte. Im Halbdunkel konnte ich sein schmutziges Gesicht kaum erkennen. Er krempelte einen Ärmel hoch und zeigte mir seinen ungewöhnlichen Kommunikator, den ich schon einmal gesehen katte. Er sah aus, als ob sich geschmolzenes

Metall um Willys Handgelenk gelegt hätte und hart geworden wäre.

„Dieses Gerät ist ein Teil von mir, darum musste ich das Signal senden. Es ist eine Einweg-Verbindung, und der Empfänger am anderen Ende prüft sie nur einmal am Tag." Willy schaute zu Hung hinüber. „Du hast recht, zuerst habe ich euch belogen, damit ihr nicht in Panik geratet. Trotzdem hat Tomoshi beschlossen, ein Supermutant zu werden, aber wohin bist du gegangen?"

Hung bekam rote Ohren. In der Ferne hörte ich Stimmen und klappernde Geräusche, aber ich schaute meinen Freund an.

„Hung?"

Als er schwieg, antwortete Hairo an seiner Stelle.

„Dein hirnloser Freund hat beschlossen, den Helden zu spielen. Er hat einen Schutzanzug gestohlen und ist mit einer EMP-Waffe in der Hand nach oben gegangen. Weißt du, warum? Um die Leute zu retten, die es nicht rechtzeitig bis in den Keller geschafft haben."

„Ich dachte...", begann Hung, aber er wurde sofort unterbrochen.

„Nein, du hast nicht GEDACHT!", rief Willy und tippte ihm hart mit dem Finger auf die Brust. „Wen wolltest du retten? Cali Bottom ist eine radioaktive Wüste! Alle, die sich nicht in einen Keller retten konnten, sind gestorben. Und wir wissen nicht mal, ob sie im Keller überlebt haben."

„Schon gut, Willy, reg dich ab", murmelte Hairo. „Wir werden der Opfer gedenken, wenn wir in Sicherheit sind und all denen geholfen haben, die noch gerettet werden können. Danach werden wir die Leute finden, die für diesen Angriff verantwortlich sind. Es sind natürlich die Gallaghers, aber wir brauchen

Beweise, und...” Er hielt inne und drehte sich um.

„Wir haben uns bereits um sie gekümmert — um die Gallaghers und die Überlebenden”, erklang eine Stimme hinter ihm.

Ich konnte nicht sehen, wer gesprochen hatte. Seine Stimme klang statisch, als ob sie aus einem alten Radio kommen würde, deren Sender nicht richtig eingestellt worden war. Hairo und Willy traten auseinander, um einen Mann in einem silbernen Raumanzug passieren zu lassen.

„Hallo, Alex”, sagte er.

Er kam herüber, beugte sich zu mir hinunter und blickte mir in die Augen. Hinter seinem Visier erkannte ich ein Gesicht, das in der ganzen Welt bekannt war.

„Ich bin Michael Anderson, aber du kannst mich Bär nennen.”

Erstes Zwischenspiel: William

VOR EINEM VIERTELJAHRHUNDERT, als William Brizuela ein Teenager gewesen war, hatte ihm nur ein einziger Weg offen gestanden: das Kartell.

Alle Mitglieder seiner Familie waren irgendwie in die vielen Angelegenheiten der kriminellen Organisation verwickelt. Sein Vater, seine Onkel, Cousins, seine älteren Brüder — alle waren mit dem Kartell verbunden. Selbst die Frauen und Mädchen seiner Familie verdienten ihren Lebensunterhalt, indem sie in den illegalen Hinterhof-Werkstätten Waren sortierten und verpackten oder für die Arbeiter kochten. Nachdem ihr Heimatland Guatemala, ganz Zentralamerika und Mexiko zu Nicht-Bürger-Zonen geworden waren, hatten sie keine andere Wahl gehabt.

Alles, was Willy Brizuela über den Beginn des Dritten Weltkrieg wusste, hatte er aus dem Internet erfahren. Um ehrlich zu sein: Weder er noch seine Freunde interessierten sich für den Krieg oder seinen

Ausgang. Guatemala kümmerte sich noch weniger um die Konflikte der G-10-Länder als um die Entwicklung der Mondkolonie.

Doch dann kam der Krieg zu ihnen. Unter dem Deckmantel der Atombombenexplosionen in Nordchina und im Mittleren Osten hatte irgendein Bastard beschlossen, dass es ein guter Zeitpunkt wäre, die Coca-Plantagen in Zentral- und Südamerika mit den „reinigenden" Feuern einer Wasserstoffbombe abzufackeln.

Das setzte den Geschäften des Kartells einen erheblichen Dämpfer auf. Es folgten interne Streitereien, der Kampf ums Überleben und der Wiederaufbau von Produktion und Logistik. Inzwischen musste Willys Familie sich andere Arbeitsalternativen suchen.

Das war in der Nachkriegswelt kein leichtes Unterfangen. Wegen der Hintergrundstrahlung und des giftigen Regens in Guatemala wurde die Geschäfte und die Produktion in Länder verlegt, die den Verwüstungen des Krieges entkommen waren. Die Leute, die zurückgelassen wurden, mussten den größten Teil ihres Lebens wie Maulwürfe unter der Erde verbringen.

Natürlich stieg die Arbeitslosigkeit stark an und es war schwer, zu überleben. Die Tage des „Wohlstand des Kartells" gehörten der Vergangenheit an. Die Leuten mussten ständig nach Notlösungen finden, um für die nächsten ein oder zwei Tage zu überleben.

Der Technologieschub der Nachkriegszeit erhöhte die Arbeitslosigkeit nur noch. Geheime Militärtechnologie fiel in die Hände von Unternehmen und wurde auf dem freien Markt verkauft.

Zwar wurden weiterhin Arbeiter gebraucht, um die zerstörten Städte, Dörfer, Bauernhöfe und

Plantagen wieder aufzubauen, doch der größte Teil der Arbeit wurde nun von universellen Robotern erledigt. Für Arbeit, bei der menschliches Wissen notwendig war, war Willy nicht ausgerüstet, und es war unwahrscheinlich, dass er sich in absehbarer Zeit qualifizieren würde. Der Planet veränderte sich dramatisch. Unter der Federführung der UN wurde eine einzige Weltregierung eingeführt, und Leuten wie Willy blieben nur zwei Möglichkeiten: ein kriminelles Leben oder eine Karriere beim Militär.

Nachdem das Kartell seinen Einfluss in Willys Heimatort verloren hatte, drang die Triade ein. Der junge Brizuela dachte darüber nach, sich ihr anzuschließen, doch nachdem er von den Tests gehört hatte, die er bestehen müsste, nur um ein gewöhnliches Mitglied zu werden, gab er die Idee auf. Er hatte keine Lust, Menschen umzubringen, die ihm nichts getan hatten. Es mochten ja korrupte Beamte sein, die vom Kartell bestochen wurden, aber trotzdem halfen sie den Bedürftigen und versorgten sie mit Nahrung und Medikamenten.

Natürlich konnte Willy dem Abgesandten der Triade nicht sagen, dass er nicht für sie arbeiten wollte, denn er wollte den nächsten Tag noch erleben. Stattdessen geriet er in Panik, verfluchte sein Schicksal und tat das Einzige, was er tun konnte: Er warf seine wenigen Habseligkeiten in eine Tasche, gab seiner Mutter einen Kuss, umarmte seinen Vater und verschwand. Seine Eltern waren schlau genug, ebenfalls zu verschwinden. Während der Nacht machten sie sich auf den Weg zu ihrem Heimatdorf im Dschungel von Guatemala, außerhalb der Reichweite der Triade.

Willy schaffte es fast bis zur Grenze, bevor er aufgegriffen wurde. In seiner jugendlichen Naivität hatte er gedacht, dass angesichts einer einzigen Weltregierung die Grenzen zwischen den Ländern keine Rolle mehr spielen würden. Er hatte recht gehabt, doch sein Name war leider in eine Datenbank der Zivilbevölkerung aufgenommen worden, die im gualtemaltekischen Bezirk lebte.

Der heitere, offensichtlich betrunkene Major drohte, ihn die volle Härte des Gesetzes spüren zu lassen, schlug ihm ein paarmal ohne große Begeisterung ins Gesicht und fragte dann: „Soll ich dich freilassen?"

„Ich habe kein Geld", antwortete Willy aufrichtig.

„Das sehe ich. Ich will nicht dein Geld, sondern deine Unterschrift. Ich will, dass du dich freiwillig für die Friedenstruppe meldest. Die UN hat eine Einberufungsquote festgesetzt, aber unsere Leute haben keine große Lust, in der Armee Dienst zu leisten."

„Wo müsste ich dienen?", erkundigte Willy sich. Er wollte herausfinden, was auf ihn zukommen würde.

„Woher soll ich das wissen? Solche Informationen erhalte ich nicht. Sieh dir einfach die Nachrichten an. Die Krisenherde sind deine potenziellen Einsatzgebiete. Als ich es das letzte Mal geprüft habe, gab es etwa vierzig davon: Nigeria, China, Südsibirien, der Mittlere Osten, Nordkorea, West-Zimbabwe und so weiter. Verstehst du?"

„Was bekomme ich dafür, wenn ich mich freiwillig melde?", fragte Willy. „Was bezahlen sie in der Armee?"

„Ich werde deinen Namen aus allen Datenbanken löschen", antwortete der Major. „Jeder Friedenssoldat beginnt sein Leben von vorn. Das Militär bezahlt besser als das Kartell — es sei denn, du bist Ishmael Calderone!" Er lachte heiser über seinen Witz und lehnte sich in seinem knarrenden Stuhl zurück.

Willy überlegte nicht lange. Seine Möglichkeiten waren begrenzt, und das Angebot des Majors wäre für jeden 20-Jährigen verlockend gewesen.

„Wo muss ich unterschreiben?”, fragte Willy grinsend.

Der Major zog eine Grimasse. „Und deine Zähne bringen sie auch in Ordnung — kostenlos.”

Also trat Willy in die Armee ein und bekam eine Uniform, Ausrüstung und zwei Pelzmützen.

Während der nächsten Jahre war er an den Orten zu finden, wo die einheimische Bevölkerung sich weigerte, sich der Weltgemeinschaft anzuschließen und ihre Unabhängigkeit aufzugeben.

In den meisten Fällen gehörten diese Gebiete zu einem Land, das so sehr in Vergessenheit geraten war, dass sich Teile davon hatten abspalten und ihre Unabhängigkeit erklären können, einschließlich Nationalhymne, Fahne und eigener Währung. Der erste Schritt, sie wieder unter Kontrolle zu bringen, war Diplomatie, doch wenn das fehlschlug, kamen die Plasma- und EMP-Waffen zum Einsatz. Die eiserne Hand reichte gewöhnlich aus, um das „richtige” Resultat zu erzwingen. In vielen Fällen war es erforderlich, in diesen Regionen die ersten Reihen der Macht auszuschalten, doch selbst danach weigerte sich die Bevölkerung oft, ihre Freiheit, nationale Identität, Traditionen und andere Dinge aufzugeben, die die Entwicklung des globalen Fortschritts behinderten.

Fortschritt für wen? Willy und ein paar Kameraden dachten bei einem Bier über diese Frage nach. Brizuela hatte das Blut der Nachkommen spanischer Eroberer, afrikanischer Sklaven und Maya in seinen Adern, und nachdem er in der ganzen Welt gewesen war, wusste er nur zu gut, dass jede Nation ihre eigene Geschichte, Kultur und Traditionen hatte — ganz zu schweigen von ihrer eigenen Sprache, ihren Legenden, Geschichten, Göttern und heiligen Symbolen.

„Wir sollten diese Dinge bewahren!", rief Leonid Fishelevich, der Militärpilot. „Wenn alle Menschen die gleiche Sprache sprechen und die gleiche Nahrung essen müssen, verlieren wir so viel für alle Ewigkeit, es sei denn, wir erfinden eine Zeitmaschine für Historiker."

Willy stimmte ihm zu. Ihm gefielen die kulturellen Unterschiede. Er wollte keine einheitliche Menschheit. Menschen waren wir eine Sammlung von Edelsteinen. Er war der Meinung, dass Vielfalt weitaus interessanter war als beispielsweise nur makellose Diamanten oder perfekter Taaffeit.

Doch irgendein hohes Tier an der Spitze hatte entschieden, dass alles, war die Menschen unterschied, ausgemerzt werden müsste. Die Nationen, die sich der einen Weltordnung unterwerfen mussten, mussten wohl oder übel eine von zehn Hauptsprachen übernehmen. Sie wurden zwar nicht dazu gezwungen, doch sobald die Grenzen verschwunden waren, begann die große Migration und die Populationen vermischten sich. Um kommunizieren zu können, mussten die Leute eine Hauptsprache lernen.

„Ich habe einmal mit einem Ketchua gedient", sagte Hairo Morales, einer von Brizuelas Kollegen, der vor Kurzem zu ihrer Einheit verlegt worden war. „Er konnte fünf Sprachen sprechen: Spanisch, Portugiesisch, Englisch, Chinesisch und Deutsch. Seine Muttersprache hat er jedoch nie gelernt, weil sie nutzlos war."

Die Zeit verging, und sein Dienst als

Friedenssoldat zog sich hin. Wenn Willy Kameraden verlor, war es hart, aber die Überlegenheit der militärischen Technologie, Ausrüstung und Verstärkung war überwältigend. Ihre Einsätze waren mehr oder weniger Routine — bis Willy eine höllische Woche erlebte.

Zuerst wurde Casey im Kampf verletzt. Willy hatte bereits seine Zukunft mit ihr geplant, aber eine unterirdische Kamikaze-Drohne schickte die Hälfte der Einheit ins Jenseits. Casey hatte noch geatmet, als Willy sie über seine Schulter geworfen und zur Basis in Chehel Raz getragen hatte. Bei ihrer Ankunft war sie jedoch bereits tot gewesen. Er hatte nicht einmal bemerkt, dass sie gestorben war, während er 25 Kilometer in der steinigen Wüste gelaufen war.

Doch seine geliebte Casey war nicht die Einzige, die das Schicksal Willy in der Woche nahm. Er erfuhr von einem Cousin, dass das Dorf, in dem seine Eltern sich versteckt hielten, von irgendwelchen Schwachköpfen zerstört worden war. Sein Cousin erzählte ihm, dass überall im Dschungel Verbrecherbanden wie Pickel auf dem fettigen Gesicht eines Teenagers aus dem Boden schossen. Sie hatten alle Einwohner gefangen genommen und sie in spezielle Nicht-Bürger-Zonen gebracht.

In dem Moment starb etwas in Willy. Er blieb jedoch weiterhin im Dienst der Armee, weil er nicht wusste, wohin er gehen sollte. Er hatte nicht länger das Gefühl, etwas Gutes zu tun, und glaubte nicht mehr an „die Sache", aber wenigstens hatte er Kameraden, mit denen er trinken und reden konnte. Außerdem könnte er die Staatsbürgerschaft erwerben, sobald er seinen Dienst abgeleistet hatte. Zu der Zeit hatte das Weltparlament das System der Staatsbürgerschaftskategorien nach erbitterten Diskussionen ausgearbeitet und es der Bevölkerung der Einen Welt vorgestellt.

Während seines nächsten Auftrags in einem Ort namens Cali Bottom wurde Willy leicht verletzt. Nichts, was der Heimdoktor nicht hätte heilen können, doch sein Kommandeur ließ ihn in der Basis zurück und befahl ihm, sich auszuruhen.

Einen halben Tag lag Willy im Bett herum, doch dann wurde ihm langweilig und er ging ins nächstgelegene Dorf, dessen Einwohner die niedrigste Kategorie hatten. Für einen Tagesverdienst in der neuen Währung Phönix konnte man dort mit so vielen Prostituierten schlafen wie man wollte. Willy interessierte sich jedoch nicht für Prostituierte. Er wollte den heißen Tag einfach bei einem kalten Bier im Wirtshaus verbringen.

Der Lahme Hund war fast leer und die Klimaanlage war defekt, aber Willy blieb trotzdem. Die lächelnde Kellnerin gefiel ihm. Nachdem er ein Bier bestellt und sich eine Zigarre angezündet hatte, lehnte er sich in einem billigen Plastikstuhl zurück und beobachtete die schmuddeligen Jungen, die auf der Straße barfuß einem Ball aus Plastiktüten nachjagten. Deswegen bemerkte er den kräftigen, grauhaarigen Mann nicht gleich, der sich zu ihm an den Tisch gesetzt hatte. Er hatte seinen Hut tief ins Gesicht gezogen, und seine Augen waren hinter einer Sonnenbrille versteckt.

„Hallo, William."

Der Fremde nahm den albernen Hut und die Sonnenbrille ab. Sein Gesicht war von Falten gezeichnet und seine Augen waren schreckenerregend und freundlich zugleich — den Eindruck hatte Willy jedenfalls.

„Wer sind Sie?", fragte er.

„Mein Name ist Manuel Fuentes", erwiderte der

alte Mann.

„Sie sagen das in einem Ton, als ob ich Ihren Namen kennen müsste. Sind Sie ein Komiker im Ruhestand oder eine lokale Berühmtheit? Wenn das der Fall ist, muss ich Sie enttäuschen. Ich komme nicht aus dieser Gegend."

„Von hier bis nach Puerto Barrios ist es nicht sehr weit", sagte Manuel.

Das war der Name von Willys Heimatdorf — der Ort, an dem er geboren und aufgewachsen war, bis er sich freiwillig für die verfluchten Friedenssoldaten gemeldet hatte. Willy erstarrte, und Manuel bemerkte es.

„Beruhige dich, Unteroffizier", murmelte Manuel. Dann fuhr er in gleichmütigem Ton fort: „Ich kenne deinen Hintergrund."

„Was wollen Sie von mir?", erkundigte Brizuela sich schroff.

Es war nicht nur der Hut des alten Mannes, der Willy störte, sondern auch sein irritierendes Verhalten. Während seiner Dienstzeit hatte er gelernt, die Position und den Rang einer Person einzuschätzen, indem er sie beobachtete und hörte, wie sie sprach. Dieser Mann hatte offensichtlich eine Position auf höchster Autoritätsebene.

„Darauf werde ich gleich kommen", war seine leise Antwort. „Ich weiß, dass du nicht gern um den heißen Brei herumredest, aber zuerst sollst du wissen, dass mir bis hin zu deiner Herzfrequenz und Körpertemperatur alles über dich bekannt ist."

„Aha, verstehe. Sie haben eine Art von Intragerät, das Informationen auf Ihrer Netzhaut anzeigt", entgegnete Willy. „Davon habe ich schon gehört, aber ich habe noch nie eins gesehen."

„Diese Geräte existieren nicht", erwiderte Manuel.

„Es wird noch mindestens zwanzig Jahre dauern, bis solche technischen Spielereien auf den Markt kommen — auf einen sehr ausgewählten Markt. Aber in gewisser Hinsicht hast du recht."

Willy zog an seiner Zigarre und zog ungläubig die Augenbrauen hoch.

Manuel brach in Gelächter aus. „Es ist immer das Gleiche, und es amüsiert mich jedes Mal." Dann erzählte der alte Mann Willy, was er über ihn wusste, unter anderem, dass Gela Demetradze aus der Versorgungsabteilung etwas für ihn übrighatte, und dass der verrückte Gefreite Vuk Stankovich ihn deswegen hasste, weil er selbst ein Auge auf Gela geworfen hatte. Dass Hairo Morales, Yoshihiru Uematsu, Leonid Fishelevich, Maria Saar und Roy van Garderen seine besten Freunde waren und ihn als Freund schätzten. Dass Willys Leber geschädigt war und es einfach wäre, sie zu heilen, wenn er den Arzt bitten würde, sie zu untersuchen. Dass Willy sehr beweglich und stark war, doch das Planen lieber Hairo und Leonid überließ, und dass er Wassermelonen nicht ausstehen konnte, weil die Kerne für ihn wie Insekten aussahen.

Manuel erwähnte Dinge, die niemand hätte wissen können, selbst wenn er Willy vom Zeitpunkt seiner Geburt an begleitet hätte. Einige Dinge wollte Willy sich selbst nicht eingestehen, wie beispielsweise die Tatsache, dass er trotzdem Wassermelone aß, weil er sich vor seinen Freunden nicht lächerlich machen wollte.

Als Manuel geendet hatte, wollte Willy seine Überraschung nicht zeigen und sagte gedehnt: „Na gut, Sie haben mich überzeugt, dass Sie ein merkwürdiger Mann sind. Was wollen Sie?"

„Merkwürdig?" wiederholte Manuel. „Ja, ich

nehme an, dass man mich als merkwürdig bezeichnen könnte. Aber in erster Linie bin ich alt, Willy." Zum ersten Mal nannte der Fremde ihn bei seinem Spitznamen. „Alles, was ich noch vom Leben will, ist Frieden und mehr Zeit für meinen Urenkel Renato. Aber die Welt steuert auf einen Abgrund zu, und ich möchte verhindern, dass mein Urenkel in einer Kloake wie dieser leben muss. Darum bin ich hier und spreche mit dir."

„Der Krieg ist schon lange vorbei", antwortete Willy. „Im Holo-TV sagen sie, dass alles in Ordnung sein wird, weil die ganze Welt jetzt vereint ist und die Staatsbürgerschaftskategorien eingeführt worden sind. Wir werden für immer in Frieden und Gerechtigkeit leben."

„Sie sagen viel, meinst du nicht? Sie sagen auch, dass du ein blutrünstiger Mistkerl bist, der gern tötet, und dass du jedem die Kehle durchschneidest, der deine Freunde bedroht. Sie sagen, dass du Casey so sehr geliebt hast, dass du dich neben ihrem toten Körper erschießen wolltest. Sie sagen, dass Willy Brizuela hinter jedem Rock her ist, egal, ob die Frauen interessiert sind oder nicht. Du siehst also, wie oft sie allein über dich sprechen — und es gibt Millionen von Friedenssoldaten. Diese Leute kennen dich."

„Das ist alles Unsinn."

„Bist du sicher?", fragte Manuel.

„Also gut, vielleicht nicht alles", antwortete Willy.

„Genau. Die meisten Menschen glauben Lügen, wenn sie ein paar Körnchen Wahrheit enthalten. Deinen Feinden gegenüber bist du grausam, aber du tötest nicht gern. Du hast Casey sehr geliebt, aber du wolltest dich nicht erschießen, denn du bist lebenshungrig. Du magst Frauen, aber du hast dich noch nie aufgedrängt und bist immer sanft. Stimmt's?"

„Woher wissen Sie das alles?”, erkundigte Willy sich, ohne das, was er gehört hatte, zu bestätigen oder abzustreiten.

„Ich weiß es einfach”, entgegnete Manuel Fuentes. „Meinst du wirklich, dass diese Leute, die im holografischen Fernsehen eine bessere Zukunft versprechen, selbst glauben, was sie sagen?”

„Keine Ahnung”, schnappte Willy zurück. „Ich bin nur ein Soldat, aber sie sind Experten und Politiker. Sie sind diejenigen, die die Lösungen haben sollten.”

„Die Welt geht den Bach runter, glaub mir.”

Willy wollte nicht, dass die Welt erneut zerstört würde — nicht, nachdem er die schlimmen Konsequenzen des Dritten Weltkriegs gesehen hatte. Dieser alte Mann wusste Bescheid und lebte mit seinem Wissen. Willy hatte kein Problem mehr, ihm zu glauben, dass das Schlimmste noch bevorstand — eine wahre Endzeit. Aber was hatte das mit ihm zu tun?

Er fragte Manuel, der inzwischen heftig schwitzte und sich mit seinem Hut Luft zufächelte. Der deutete mit dem Kopf auf einen modernen elektrischen Flieger, den er draußen im Schatten einer Spanischen Zedrele geparkt hatte, und schlug vor, sich in das Fahrzeug zurückzuziehen, bevor er Willy in die Einzelheiten einweihen würde.

„Es gibt eine Minibar mit Limonade, Whiskey und Bier”, fügte er hinzu.

Das reichte Willy aus, um die Einladung des alten Mannes anzunehmen. Nachdem die Tür des Fliegers sich hinter ihnen geschlossen hatte, flogen sie los.

* * *

In der Nacht kehrte Willy zur gleichen Zeit zurück wie seine Freunde, die eine erfolgreiche Operation abgeschlossen hatten. Er war in Gedanken versunken und reagierte nicht auf das Geplänkel seiner Kameraden. Er lag in seiner Koje, hatte sich ein Kissen auf den Kopf gelegt und ignorierte sie.

Manuel Fuentes hatte ihm von sich erzählt. Der alte Mann war ein hohes Tier, doch genau wie Willy hatte er in den Slums von Medellín begonnen und Botengänge für ein Kartell ausgeführt. In jenen Tagen hatte es noch kein vereintes Kartell gegeben, sodass es eines von vielen gewesen war. Er war in der Hierarchie aufgestiegen, und hatte jede Menge Geld verdient. Fuentes war von seinen Kollegen respektiert worden, und der Chef hatte ihn zu seinem Nachfolger gemacht.

Doch in 2018 hatte Manuel so etwas wie eine göttliche Präsenz in sich gespürt. So jedenfalls hatte er sich ausgedrückt und hinzugefügt: „Na ja, eigentlich war es etwas anderes, aber im Moment brauchen wir nicht zu sehr ins Detail zu gehen."

Diese „göttliche Präsenz" hatte Manuel so stark beeinflusst, dass er, der ehemalige Drogenboss, sich vom Kartell abgewandt hatte. Dann hatte sich etwas in seinem Leben ereignet. Der alte Mann war nicht näher darauf eingegangen, und Willy hatte nicht gefragt, denn zu dem Zeitpunkt hatte Manuels Geschichte ihn bereits in den Bann geschlagen. Manuel hatte andere Leute getroffen, die genau wie er die Fähigkeit besaßen, einer Quelle, auf die andere keinen Zugriff hatten, Informationen zu entnehmen. Diese Fähigkeit hatte sich in jedem von ihnen anders geäußert. Es war zwar keine göttliche Präsenz im wörtlichen Sinn gewesen, aber etwas Übernatürliches.

„Wie ein Orakel?", hatte Willy gefragt.

Manuel hatte einen Moment überlegt und geantwortet: „Ja, sozusagen, nur mit mehr Möglichkeiten."

Der alte Mann hatte gesagt, dass der Dritte Weltkrieg nur dank der Anstrengungen seiner Gruppe geendet hätte, und dass sie diejenigen gewesen wären, die auf die Einführung der Staatsbürgerschaftskategorien gedrungen hätten. Als Willy das gehört hatte, hatte er sich kurz gefragt, ob der alte Mann nicht doch bloß ein weiterer Alkoholabhängiger wäre, der mit seinen ruhmreichen Tagen angab. Doch bald danach hatte er alle Zweifel zur Seite geschoben.

„Wir sind uns bewusst, dass die Staatsbürgerschaftskategorien zerstörerisch sind", hatte Manuel ausgeführt. „Ihr Konzept ist fehlerhaft und perfide. Es gibt zu viele Lücken, die die Elite benutzen, um das System zu manipulieren, aber ohne die Kategorien wäre es noch schlimmer. Die Welt muss diese schwierige Phase durchmachen, um sich zu erholen. Wenn nicht, werden wir in etwa zehn Jahren eine Apokalypse erleben."

Für Willy hatten Manuel und seine Mitstreiter wie eine der Sekten von Fanatikern geklungen, von denen es zu der Zeit eine ganze Menge gab. Alle predigten vom bevorstehenden Jüngsten Gericht, *kıyamet* oder *Ragnarök* — wie auch immer sie den Weltuntergang bezeichneten. Alle waren überzeugt, dass sie die einzige Wahrheit besaßen.

Doch die Mitglieder von Manuels Gruppe waren keine typischen Fanatiker. Sie hatten hohes Ansehen in der Gesellschaft. Iovana Savic war eine ehemalige Tennis-Weltmeisterin und Nobelpreisträgerin. Ola Afelobi, war der beste Mathematiker seiner Zeit. Selbst Willy war sein Name ein Begriff, obwohl er sich nicht für Mathematik interessierte. Von Manuel Fuentes oder Alik Zhukov hatte er noch nie gehört, aber die Wohltätigkeitsorganisation Gute Taten war ihm und den meisten anderen Leuten gut bekannt. Manuels Mitstreiter hatten schon vor dem Krieg im Aufsichtsrat dieser Wohltätigkeitsorganisation gesessen, die von Kira Panfilova gegründet worden war.

Der letzte Name auf Manuels Liste war Michael Anderson gewesen. Willy hatte noch nie von ihm gehört. Nach seinem Gespräch mit Manuel hatte er sich über ihn informiert und herausgefunden, dass Anderson in seiner Jugend Weltmeister im Kampf ohne Regeln gewesen war. Jetzt stand er an der Spitze eines Unternehmens, bei dem all diese Leute zusammenarbeiteten. Das Unternehmen hieß *Snowstorm.*

Manuels Verbündete „sahen" und „wussten" ebenfalls Dinge. Sie hatten vorausgesehen, was kommen würde, und wussten, was sie tun mussten, um sicherzustellen, dass die Zukunft wenn auch nicht rosig, so doch so gut wie möglich aussehen würde. „Und wenn wir es schaffen, diese Phase mit geringstmöglichen Verlusten zu überstehen, können wir auf eine bessere Zukunft für unsere Ururenkel hoffen", hatte Fuentes erklärt. „Es wird ihnen immer noch eine schreckliche Gefahr drohen, und wir werden nicht mehr da sein, um ihnen zu helfen. Sie werden allein damit fertigwerden müssen. Es wird ihr Leben und ihre Entscheidung sein."

Der Kernpunkt, den Willy dem Gespräch mit Manuel entnommen hatte, war, dass die Welt ohne diese Leute und ihre „Orakel" bereits den Bach runtergegangen wäre. Darum hatte er beschlossen, Manuel vorerst zu vertrauen. Die Menschen würden ein halbes Jahrhundert strikter Aufteilung in soziale Schichten durchmachen müssen: Bürger und Nicht-Bürger, nützlich und nutzlos, wichtig und unwichtig. Nur so hätte die Menschheit eine Chance, einen bestimmten Punkt in der Geschichte zu erreichen, an dem die Dinge sich langsam aber sicher zum Besseren wenden würden.

Der alte Mann hatte nur vage von der Zukunft gesprochen. Das hatte Willy irritiert und er hatte mehr Einzelheiten verlangt, doch Manuel hatte geantwortet, dass die Zukunftsaussichten schlechter werden würden, wenn er Willy zu viele Informationen geben würde.

„Es ist wie mit Wertpapieren", hatte Manuel erklärt. „Die Aktien von Driscoll Inc. sind während des Dritten Weltkriegs sprunghaft angestiegen, weil die Investoren sicher waren, dass Bunker sich verkaufen würden wie warme Semmeln. Was wäre passiert, wenn ein einziger Investor gewusst hätte, was passieren würde?"

Willy hatte mit den Schultern gezuckt.

„Er hätte all seine Anteile verkauft, was zu einem Bärenmarkt geführt hätte. Die Kurse wären gefallen, die Driscolls wären Pleite gegangen, und am Ende wäre die Welt in einer globalen nuklearen Wolke versunken."

„Tut mir leid, aber beim Bärenmarkt stehe ich auf dem Schlauch", hatte Willy entgegnet. Er hatte Fuentes kaum folgen können, obwohl der alte Mann die Dinge, die er ihm erklären wollte, bereits so weit wie möglich vereinfacht hatte. Dennoch würde Willy sich einige Jahre später daran erinnern und Hairo, Leonid, Roy, Sergei, Yoshihiru und Maria davon erzählen.

Der alte Mann hatte geseufzt. „Wenn auch nur eine einzige Person wissen würde, was kommen wird, könnte eine Kettenreaktion ausgelöst werden, und das Kommende würde nicht passieren oder erheblich verändert werden. Solange das Wissen über die Zukunft unausgesprochen bleibt, wird es keine gravierenden Veränderungen bei der Entfaltung der Zukunft geben. Nimm die Bunker der Driscolls als

Beispiel: Das Unternehmen hätte Konkurs gemacht, und die Leute hätten gedacht, es würde keinen Atomkrieg geben. Das hätte zu Nachlässigkeit und falscher Sicherheit geführt. Da die Probleme in der Welt jedoch nicht verschwunden wären, hätten die Staaten früher oder später ihr gesamtes Arsenal entfesselt, statt nur lokale und gezielte Atomschläge auszuführen. Dadurch wäre der gesamte Planet zerstört worden, und die Menschen hätten nirgends überleben können. Es wäre das Ende unserer Zivilisation gewesen."

Fuentes hatte Willy von den schrecklichen Dingen erzählt, die den Planeten erwarten würden. Er hatte Willy gesagt, dass der Tage kommen würde, an dem Willy ganz sicher wissen würde, dass die Gesellschaft krank wäre und er sie würde ändern müssen.

Willy war verblüfft gewesen. „Ich soll die Gesellschaft verändern?"

Manuel hatte genickt. „Du wirst es nicht allein tun müssen. Deine Kameraden werden dir zur Seite stehen. Aber vorerst musst du sie im Dunkeln lassen. Diese Veränderungen werden auf der untersten Ebene beginnen, und du wirst der Anführer der Bewegung sein."

Willy hatte erneut gedacht, er würde mit einem Verrückten sprechen, doch er hatte trotzdem gefragt: „Und was genau werde ich tun müssen? Ich habe keine Ahnung, was Sie von mir wollen!"

„Du wirst Anweisungen durch das hier erhalten", hatte der alte Mann erwidert und Willy eine Kugel aus Stahl von der Größe einer Murmel gegeben.

Sobald er die eisige Kugel in die Hand genommen hatte, hatte sie sich erwärmt, war lebendig geworden und hatte sich verflüssigt. Es hatte Willy große Anstrengung gekostet, seine Bedenken zu unterdrücken und stillzusitzen, während das fremde

Objekt seine Arbeit getan hatte.

Die kleine Quecksilberlache in seiner Hand war um sein Handgelenk geflossen und hatte sich sofort abgekühlt. Willy hatte das Metall vorsichtig berührt. Es hatte sich angefühlt, als ob es mit seiner Haut verschmolzen wäre, aber es war nicht unangenehm gewesen. Das metallene Armband hatte kurz aufgeleuchtet, sodass er hatte lesen können: „GERÄT X-2095M HAT SICH MIT DEM TRÄGER VERBUNDEN UND IST AKTIVIERT WORDEN."

„Das ist ein Quantum-Kommunikator", hatte Manuel erklärt. „Er steht nur mit mir in Kontakt. Versuch nicht, ihn zu entfernen, es wird dir nicht gelingen."

„Er wird jucken!", hatte Willy sich beschwert und versucht, das Armband abzuziehen. Es hatte ihn gestört, dass er es würde tragen müssen.

„Er wird nicht jucken", hatte Manuel gesagt. „Der Kommunikator lässt Luft und Feuchtigkeit durch. Bald wirst du ihn nicht mehr bemerken. In ernsten Situationen wird er dir melden, was du tun musst."

Zurück in den Baracken dachte Willy über die Ereignisse des Tages nach und beschloss, nichts zu unternehmen, bis er herausgefunden hatte, ob die Geschichte des alten Mannes stimmte. Einige Details würde er überprüfen können.

Am nächsten Tag besuchte er die medizinische Versorgungseinheit, klagte über Magenschmerzen und bat den Arzt, seine Leber zu untersuchen. Er befürchtete, wegen seines hohen Alkoholkonsums unter Leberzirrhose zu leiden, doch stattdessen stellte sich heraus, dass er Krebs hatte. Da der kleine Tumor noch keine Metastasen gebildet hatte, dauerte es nur zwei Minuten, ihn zu entfernen.

Diese Erfahrung reichte aus, um Willys letzte

Zweifel auszuräumen.

* * *

In der ersten Zeit fiel es Willy schwer, sein Geheimnis für sich zu behalten. Jedes Mal, wenn er Zeit mit seinen Freunden verbrachte, wollte er ihnen von dem alten Mann und seinem eigenen Schicksal erzählen, doch das Armband schien seine Gedanken lesen zu können und zog sich fester um sein Handgelenk. Also hielt Willy den Mund und sagte nichts.

Mit der Zeit gewöhnte er sich daran, mit diesem Keimling des geheimen Wissens zu leben, der dazu bestimmt war, irgendwann zu gedeihen. Ansonsten war alles beim Alten. Das Armband war still, es gab keine Neuigkeiten von Manuel, und schon bald dachte Willy nicht mehr an die merkwürdige Unterhaltung. Der Quantum-Kommunikator an seinem Handgelenk war wie ein gewöhnliches Armband.

Für die nächsten zwei Jahre verlief das Leben wie immer: Die Einheit erhielt Befehle, rückte aus, führte Missionen aus und genoss danach etwas Ruhe und Erholung. Dann führte das Schicksal Willy nach Caracas, um einen außer Kontrolle geratenen Drogenbaron in den Griff zu bekommen. Nach einem kurzen Kampf umzingelte seine Einheit die militanten Gegner. Sie legten ihre Waffen nieder, nachdem sie das Versprechen erhalten hatten, nicht bestraft zu werden, wenn sie ihre Vorgesetzten verraten würden.

Daraufhin brachte Willys Einheit etwa 115 Einwohner, darunter Frauen, Kinder und alte Leute, auf eine Lichtung. Unter ihnen war niemand von Interesse, und keiner der Leute wusste, wer die Bosse waren.

Der kahlköpfige Oberst Elias Seppala war nach

einem weiteren erfolglosen Verhör so frustriert, dass er mit der Hand auf den Tisch schlug und seinen Soldaten befahl, das gesamte Dorf zu vernichten.

Willy folgte Maria Saar, deren Locken in ihrem Nacken hüpften. Das Dorf erinnerte ihn an seinen Heimatort, und er war zum ersten Mal in seiner Dienstzeit als „Friedenssoldat" innerlich hin- und hergerissen.

Sie trieben die Gefangenen zusammen. Durch das Zielfernrohr seiner Waffe sah er das Gesicht eines Jugendlichen, der auf den Knien lag. Der Regen wusch den Dreck aus seinen schmutzigen Haaren. Kurz darauf rief seine Kollegin Hanna Nimrobetz: „Wartet! Wir sind keine Scharfrichter!"

Der neben ihr stehende Rick Grasso ließ seine Waffe ebenfalls sinken. Sein Gesicht war hinter dem Visier seines Helms versteckt.

Gleich darauf ertönte Seppalas harscher Befehl in den Lautsprechern ihrer Helme: „Erschießt die Saboteure!"

Willy und ein paar andere zögerten, doch die übrigen Soldaten schossen erst auf Hanna und Rick und töteten danach alle gefangenen Dorfbewohner.

Nachdem alles vorbei war, und sie wieder zu ihrer Basis zurückgekehrt waren, zogen Willy, Hairo, Maria, Roy, Yoshi und Leonid sich in den leeren Ausrüstungsraum zurück, um ihrer toten Kameraden und der anderen Unschuldigen zu gedenken, die an dem Tag niedergemetzelt worden waren. Yoshi hatte eine Stelle in dem Raum entdeckt, die nicht von Kameras überwacht wurde und außerhalb der Reichweite von Mini-Drohnen lag. Das Überwachungspersonal konnte auf den Bildschirmen nur eine Wand sehen, doch daneben befand sich die Stelle, wo sie unbeobachtet waren.

Erst genehmigten sie sich ein paar Gläser Wodka aus Leonids Vorrat. Sie waren durch die Ereignisse des Tages jedoch so aufgewühlt, dass sie sich nicht betrunken fühlten. Darum tranken sie weiter, um die Abscheu zu ertränken, die sie empfanden. Bis Willy zu torkeln begann, hatte sich die Trauer über ihre Kameraden in den Anfang einer Verschwörung verwandelt.

Es waren Leonids Worte, die die Funken anfachten und zu Flammen werden ließen.

„Wir müssen diesem grässlichen Kerl ein Ende bereiten! Ich pfeife auf die Konsequenzen. So kann ich nicht weitermachen."

„Wir sollten ihn exekutieren", sagte Yoshihiru nachdenklich.

Sie verhängten einstimmig das Todesurteil über Oberst Elias Seppala.

Fishelevich, der nie betrunken wurde, egal, wie viel Alkohol er zu sich nahm, wandte sich den Details zu.

„Sie bringen ihm abends Frauen, mit denen er sich vergnügt. Seine Unterkunft wird nur von einem Adjutanten bewacht."

Kurz nachdem sie die Entscheidung getroffen hatten, den Oberst auszuschalten, bemerkten sie, dass sie nicht allein waren — im wahrsten Sinne des Wortes. Ihr Regimentsingenieur Sergei Yuferov hielt sich ebenfalls dort auf und hatte an den Servern gearbeitet. Sie waren so wütend, dass sie ihn beinahe erledigt hätten, weil er ihren Plan gehört hatte. Doch sie taten es nicht, und es stellte sich heraus, dass Sergei ein Gleichgesinnter war, der von dem Verhalten des Obersts genauso entsetzt war wie sie, denn die erschossene Hanna Nimrobetz war Sergeis Freundin gewesen.

Nun waren es sieben Leute, die Seppala aus dem Weg räumen wollten. Willy sah inzwischen doppelt und hatte Schwierigkeiten, zu lesen, was auf seinem Armband stand. Es erwärmte sich, zog sich fester um sein Handgelenk und gab eine vorsichtige Warnung: *Hört auf, Freund!*

Willy schüttelte sich und richtete die Augen konzentriert auf den Kommunikator. *Hört auf! Tut es nicht!*

Er wurde sofort nüchtern und las, was als Nächstes getan werden musste. Nachdem er seinen Kameraden versprochen hatte, ihnen später alles zu erklären, verbot er ihnen, den Serverraum zu verlassen, und holte einen AutoDoc des Militärs, der Hairo und ihn ausnüchtern sollte. Danach zog er Hairo mit sich in den Dschungel.

Dort berichtete er ihm eilig von dem Treffen mit dem merkwürdigen alten Mann Manuel Fuentes und zeigte ihm das Armband. Er wusste, wie abenteuerlich seine Geschichte klingen musste, doch er hoffte, dass der Kommunikator als Beweis ausreichen würde.

Zuerst hatte Hairo Zweifel und dachte, sein Freund hatte zu viel getrunken. „Es ist nur ein einfaches Armband!", sagte er lachend. Doch auf einmal leuchtete eine Nachricht auf dem Metall auf: *Seppala wird sich für seine Taten verantworten müssen, aber nicht vor euch. Erinnere Morales, dass Maria und die kleine Isolde, die ihm einmal das Leben gerettet hat, zu Hause auf ihn warten.* Hairo wurde blass, und dann erschienen rote Flecken auf seinen Wangen. Von da an glaubte er seinem Freund.

Er glaubte ihm, weil die Nachricht, die auf dem Armband gestanden hatte, sich auf seine Frau und seine Tochter bezog. Vor einigen Jahren, als Hairo sich auf einen Routineeinsatz vorbereitet hatte, hatte er eine Nachricht von seiner kleinen Tochter erhalten: *Sei vorsichtig, Papa.* Er hatte mit den Schultern gezuckt, doch zur Vorsicht trotzdem ein Exoskelett angelegt. Als er am nächsten Tag auf eine Plasmamine getreten war, hatte er statt seines Lebens nur seine Beine verloren. Die Armee hatte ihn mit neuen bionischen Gliedmaßen ausgestattet. Seit der Zeit glaubte er an alle möglichen Omen und Zeichen.

Willy und Hairo erhielten die Anweisung, aus dem Dienst als Friedenssoldaten auszuscheiden und Beziehungen zu den Verwilderten aufzubauen. Sie sollten mehrere Lager einrichten, weltweit geheime Unterschlüpfe und Wohnungen beschaffen, große Waffenvorräte anlegen und mit Cali Bottom in Verbindung bleiben.

Über die Kosten brauchten sie sich keine Sorgen zu machen, denn Willy erhielt ein Cold Wallet mit einer dynamischen Summe von Dunklen Phönix, die immer der Summe seiner jeweiligen Anschaffung entsprach. Doch wenn Willy versuchte, etwas für sich selbst zu kaufen, zeigte das Wallet auf einmal den Kontostand null an.

Drei Jahre später wurde in den Nachrichten berichtet, dass Manuel Fuentes, einer der Gründer von *Snowstorm*, plötzlich im Alter von 87 Jahren gestorben war. Während sie die Nachricht hörten, wurde der Quantum-Kommunikator lebendig.

Manuels letzte Anweisung war lang und informativ. Er verabschiedete sich darin von Willy und bat ihn und Hairo, ihre Kameraden in ihr Geheimnis einzuweihen und sie zu überzeugen, eine unmögliche Aufgabe zu übernehmen: Sie sollten in alle großen Nicht-Bürger-Zonen gehen und den dortigen Bewohnern helfen. Außerdem sollten sie die Verwilderten überall in der Welt unterstützen und auf diese Weise eine Netzwerkorganisation unter den Anführern der MOSOWs einrichten. Er schloss mit der nachdrücklichen Empfehlung, dass sie spätestens bis 2072 Arbeit im Sicherheitsdienst des Clans Excommunicado finden sollten.

Nach dieser Nachricht überzeugten Willy und Hairo ihre Freunde Sergei Yuferov, Maria Saar, Roy van Garderen, Leonid Fishelevich und Yoshihiru Uematsu, dass die ganze Sache mit Fuentes kein Hirngespinst gewesen war. Teile von Manuels Nachricht, in denen er Warnungen aussprach und Vorhersagen machte, halfen dabei, den anderen ihre Zweifel zu nehmen. Zum Beispiel sagte er Maria, dass ihr Mann sie betrügen würde und vorhatte, mit ihrem gesamten Vermögen zu verschwinden. Seine globalen Vorhersagen würden früher oder später eintreffen.

Sie nannten sich „die Sieben”. Erst taten sie alles, worum der verstorbene Manuel Fuentes sie gebeten hatte, doch bald ließ ihre Begeisterung nach und es fiel ihnen immer schwerer, ihr Tempo beizubehalten. Außerdem war das Armband verstummt.

Ihre finanziellen Mittel gingen aus, denn das Cold Wallet bezahlte ihre Käufe nicht mehr, und bald danach löste ihre Gruppe sich auf. Ohne Anweisungen von oben sah keiner mehr einen Sinn darin, ihre Mission fortzusetzen. Dennoch blieben sie mit den Anführern der Nicht-Bürger in Verbindung. Sie lebten ihr eigenes Leben, so gut sie konnten. Niemand versank in Armut, aber sie lebten auch nicht in großem Komfort.

Nach ein paar Jahren hatten Willy und Hairo fast vergessen, warum sie für Excommunicado arbeiteten. Es war für sie zur Routine geworden. Hairo wollte genug verdienen, um seine Hypotheken und die Ausbildung seiner Tochter bezahlen zu können. Statt die Gesellschaft zu verändern, träumte er davon, in den Clan befördert zu werden.

Willy hatte nie geheiratet und eine Familie gegründet. Seine Beziehungen dauerten nie länger als vier Wochen. Doch dann traf er eine Frau, mit der er den Rest seines Lebens verbringen wollte. Ihr Name war Pamela, und nach kurzer Zeit war Willy bereit, ihr einen Heiratsantrag zu machen. Er wollte jedoch bis zu ihrem Urlaub auf Hawaii warten.

Sie mussten den Urlaub verschieben, denn der Quantum-Kommunikator wurde lebendig, als eine Spitzengefahr in *Dis* erschien. Die Anweisung lautete, dass Hairo und Willy in Cali Bottom patrouillieren und die Klasse-A-Gefahr finden sollten. Wenn sie sie gefunden hätten, sollten sie sie gehen lassen und niemandem ihre wahre Identität verraten.

„Wer gibt jetzt die Befehle?", fragte Hairo, als Willy ihm den Kommunikator zeigte.

Ihr Agent in Cali Bottom hatte sie auf verdächtige Aktivitäten in einem der „Ameisenhaufen" hingewiesen: Ein ziviler Flieger war auf dem Dach des Gebäudes gelandet. Also stimmten die Anweisungen mit dem überein, was er gesehen hatte. Hairo und Willy taten pflichtbewusst, was ihnen gesagt worden war, konnten Alex Sheppard abfangen und stellten ihre Forderungen. Der Quantum-Kommunikator hatte nichts davon erwähnt, den Typen nicht zu erpressen.

Als Sheppard ihnen vorschlug, für die Erwachten zu arbeiten, blieb das Armband ebenfalls stumm, darum akzeptierten die beiden sein Angebot.

Ihr relativ ruhiger, gut bezahlter Job, entwickelte sich jedoch schnell zu nichts als Ärger, nachdem Sheppard Level 500 erreicht hatte und eine globale Berühmtheit geworden war. Willy und Hairo patrouillierten den Bezirk des „Rockstar-Gamers" und beschlossen, dass sie ihn genauso gut gegen eine hohe Summe verraten könnten, weil er ohnehin geliefert wäre.

Aber sobald sie handeln wollten, befahl der Kommunikator ihnen, Sheppard zu schützen, ihm zu helfen und ihre Kameraden anzuheuern.

Die beiden waren erstaunt. Sie waren wegen der guten Bezahlung einverstanden gewesen, für die Erwachten zu arbeiten, aber wollten sie wirklich in eine Kraftprobe mit den höheren Mächten verwickelt werden? Wozu sollten sie sich verstecken und Geld verlieren? Der Typ war sowieso erledigt, das war offensichtlich. Alle wussten, dass es keinen Ausweg für ihn gab.

„Das wird mir zu gefährlich!", schimpfte Hairo. „Sag ihnen, sie sollen zum Teufel gehen! Manuel ist gestorben. Ich möchte wissen, von wem die Anweisungen kommen."

Willy zuckte mit den Schultern „Ich habe keine Ahnung, und ich weiß nicht, ob der Kommunikator senden kann. Ich glaube, es ist nur ein Empfänger."

„Schrei in das Armband und bitte um ein Treffen", verlangte Hairo. „Vielleicht funktioniert es. Und danach hol Sheppards Freunde mit dem Flieger ab. Ich werde inzwischen Alex im Auge behalten. Wir werden evakuieren und entscheiden später, was wir mit ihnen tun sollen."

„Sollen wir die Nacht in den Bergen verbringen?", fragte Willy.

„Ja, wir übernachten in einem Bunker und verschwinden dann nach Alaska", erwiderte Hairo. „Wir haben einen Vertrag. Fürs Erste werden wir sie schützen. Aber..." Hairo zog eine Grimasse. „Wenn wir die Gefahr ohnehin ausliefern, können wir sie denjenigen übergeben, die am meisten bezahlen. Aber im Moment lass uns auf Nummer sicher gehen."

Willy schrie in das Armband und verlangte ein Treffen, bevor er sich auf den Weg machte, um Edward, Hung und Malik zu holen.

Sie evakuierten die Jungs, und sie alle versteckten sich für eine Nacht in den Rocky Mountains. Am Morgen, als die Teenager noch schliefen, schickte der Quantum-Kommunikator eine kurze Anweisung: *Ich warte an der Oberfläche. Komm hoch und bring Morales mit.*

In dem nebligen, feuchten Wald erwartete sie ein kräftiger, untersetzter alter Mann. Er stellte sich als Michael Anderson vor, doch er wollte Bär genannt werden.

Es war eine kurze Unterhaltung. Michael bestätigte alles, was Manuel gesagt hatte, und fügte einige Details darüber hinzu, was mit der Welt passieren würde, falls Alex Kieran Sheppard seinen Gefahrenstatus verlieren würde. Danach beschrieb er, was passieren würde, wenn er erfolgreich wäre. Was Hairo und Willy hörten, beeindruckte und schockierte sie zugleich.

„Ohne Hilfe werdet ihr es nicht schaffen", sagte Anderson. „Holt euch den Rest der Sieben zur Unterstützung."

„Alle?", erkundigte Willy sich.

„Alle außer Fishelevich", antwortete der Bär. „Er ist zu hitzig und hat einen großen Mund. Alex vertraut euch noch nicht, und wenn Leonid auftauchen würde, würde er sich verschließen. Das würde alles zunichte machen. Leonids Zeit wird kommen."

Willy dachte, dass sie angesichts der globalen Bedeutung des Spiels besser auf Anderson hören sollten. Wenn jemand wie er redete, sollten sie besser zuhören und tun, was er ihnen befahl. Und das bedeutete, dass sie Alex helfen mussten. Hairo stimmte ihm zu, aber er wollte wissen, warum sie Sheppard in Sicherheit bringen sollten, wenn ein Mann von Andersons Format ihn mit einem Fingerschnippen beschützen könnte.

Andersons Erwiderung entsprach fast Wort für Wort dem, was Fuentes einmal gesagt hatte.

„Jede Einmischung wird die Zukunft verändern. Es war bereits eine Einmischung, als Manuel euch eingeweiht hat. Und dass ich hier bin, verändert die Zukunft ebenfalls. Angesichts eurer gefährlichen Aufgabe könnt ihr mich zur Hilfe rufen, aber nur ein einziges Mal. William, bleib über Manuels Quantum-Kommunikator mit mir in Verbindung."

„Woher sollen wir wissen, wann der Moment gekommen ist?", fragte Willy. Er zitterte ein wenig.

„Ihr werdet es wissen. Und wenn es soweit ist, kontaktiert mich."

„Aber wie?" Willy zeigte ihm das Armband. „Ich weiß immer noch nicht, wie er funktioniert. Welche Reichweite hat er? Kann ich ihn in den Bergen oder unter der Erde benutzen? Unter Wasser? Im Weltraum?"

„Bitte einfach um Hilfe, indem du den Bären rufst, William", entgegnete Anderson. „Manuel hättest du sogar von der anderen Seite der Galaxie aus kontaktieren können, aber er ist nicht mehr da, und das Gerät ist an den genetischen Code des Besitzers gebunden. Wir mussten den Kommunikator hacken und ein Netzwerk von Relais einrichten, um diese Verbindung mit dir aufrechtzuerhalten, darum wird dein Kommunikator nur an der Oberfläche arbeiten. Denk daran, dass nur ich Zugang zu Nachrichten von dir habe. Ich werde sie einmal am Tag prüfen, darum erwarte nicht, dass ich sofort antworte."

„Dann geben Sie uns einen zweiten Kommunikator, der mit Ihnen verbunden ist!", rief Hairo.

„Das wäre ein weiterer Eingriff", erwiderte Anderson. „Außerdem ist dieses Gerät das Einzige seiner Art auf dem Planeten. Mach dir nicht die Mühe, nach dem Grund zu fragen. Es ist das Einzige, und so wird es für die absehbare Zukunft auch bleiben."

„Warum können wir keine herkömmlichen Kommunikationsmittel verwenden?", wollte Hairo wissen.

„Weil alles, was durch herkömmliche Kommunikationsmittel übertragen wird, abgehört wird."

„Von wem? Und wo liegt das Problem, falls die Kommunikation abgehört wird? Wer würde es wagen, sich Ihnen entgegenzustellen? Sie sind Michael Anderson, der letzte überlebende Gründer von *Snowstorm*! Selbst der Präsident verbeugt sich vor Ihnen."

Michael Anderson überlegte einen Moment, bevor er sich ohne eine Antwort umdrehte und zur durchsichtigen Silhouette seines Sondermodell-Fliegers ging.

Willy und Hairo starrten ihn fassungslos an, während er sich in den Pilotensitz setzte.

„Von *Menschen* abgehört zu werden, würde mich nicht kümmern."

Die Heckklappe des Fliegers schloss sich, und er hob ab. Hairo zündete sich eine Zigarre an, nahm einen Zug und blies eine Rauchwolke in die kühle, feuchte Luft. Dann hustete er und warf sie auf den Boden.

„Was für ein Haufen Unsinn", sagte er und trat die Zigarre verärgert aus. „Wir sollten die anderen wecken."

„Während du sie weckst, werde ich mich mit unserem Team in Verbindung setzen", entgegnete Willy.

„Ich werde Kaffee kochen", sagte Hairo und blickte nachdenklich zum düsteren Himmel hinauf.

Zu schade, dass ich nicht mit Pamela nach Hawaii geflogen bin, als ich die Chance dazu hatte, dachte Willy. Nun war es ungewiss, ob der Urlaub jemals stattfinden würde, und selbst wenn, würde es wahrscheinlich nicht Pamela sein, die ihn begleiten würde.

Kapitel 4: Die Sleipnir

„HALLO, BÄR." Ich wollte mehr sagen, doch ich wusste nicht, was, und außerdem fühlte es sich immer noch an, als ob ich Stahlwolle im Mund hätte. Ich hatte den Eindruck, tiefer und tiefer zu fallen, und Andersons Gesicht schien hinter dem Visier seines Helms in tausend Stücke zu zerspringen. Etwas Zähflüssiges, Warmes floss aus meinen Ohren, Augen und meinem Mund. Ich versuchte, einzuatmen, doch es gelang mir nicht, denn ich erstickte an Blut. Dann wurde alles totenstill, und ich hörte den letzten Schlag meines Herzens in der Stille widerhallen.

Etwas wurde in meine Brust gestochen, und die Lichter schienen auszugehen.

Als ich wieder zu mir kam, sah ich einen smaragdgrüner Schimmer, der sich über mir verbreitete. Eine sanfte Stimme sagte: „Der Patient Alex Sheppard ist geheilt."

Ich befand mich in einem fremden Raum mit einer Kuppeldecke. Er war von dem grünlichen Licht erfüllt. Ich hatte das Gefühl, in einem sonnigen Wald zu sein, nur dass es keine Vögel gab.

Mir gegenüber saß ein schweigsamer Mann in einem weißen Kittel und schaute mich an. Er hielt eine Injektionspistole in der Hand.

„Es ist alles in Ordnung, Alex", sagte er. „Du bist in Sicherheit."

„Wo bin ich?" Ich krächzte nicht mehr, meine Zunge bewegte sich wieder und meine Kehle war nicht mehr rau.

„Du bist auf der Raumyacht von Herrn Anderson. Er hat sie *Sleipnir* genannt, was auch immer das bedeutet."

„Es ist der Name von Odins achtbeinigem Pferd", entgegnete ich.

„Ein fliegendes Pferd?" Der Arzt zog die Augenbrauen hoch.

Ich schüttelte den Kopf.

„Nein? Dann ist es ein merkwürdiger Name", bemerkte er.

„Mir gefällt er", bekräftigte ich. „Übrigens, wo ist Herr Anderson?"

„Er muss sich um einige Angelegenheiten kümmern", erwiderte der Mann in einem übertrieben heiteren Ton. „Du kannst dich aufsetzen, es geht dir wieder gut."

Vorsichtig stützte ich mich auf meine Arme. Es fühlte sich an, als ob mein Körper in Plastikfolie eingewickelt gewesen wäre, die aufgebrochen war, sobald ich mich bewegt hatte, und sich nun wie sonnenverbrannte Haut ablöste. Dieser Prozess dauerte nur wenige Sekunde.

Ich war noch etwas benebelt, aber ich hatte keine Schmerzen mehr. Mein Kopf war klar, ich konnte wieder sehen, und die Verbrennungen waren geheilt, auch wenn die Stellen etwas blasser waren als meine übrige Haut.

„Ich habe dir doch gesagt, dass es dir wieder gut geht", bemerkte der Mann ein wenig gereizt. Seine silberne Brille glänzte im Licht. „Nun?"

„Ja, ich fühle mich besser", bestätigte ich.

„Links von dir liegt Kleidung für dich."

Während er höflich in die andere Richtung schaute, zog ich eine neue taktische Einsatzhose, ein kariertes Hemd und Socken an. Unter dem Bett standen ein Paar Turnschuhe. Alles hatte die richtige Größe.

Ich setzte mich wieder aufs Bett und betrachtete den Arzt. Er war Ende vierzig oder Anfang fünfzig, hatte intelligente Augen und einen breiten Unterkiefer. Seine angegrauten Haare waren zu einem Pferdeschwanz zusammengebunden.

„Wer sind Sie?", erkundigte ich mich. „Arbeiten Sie für Herrn Anderson?"

„Mein Name ist Dr. Yuri Serebryansky. Ich war bei Herrn Anderson in Cali Bottom, als du einen Herzstillstand hattest. Ich freue mich, dich kennenzulernen, Alex. Ich habe schon viel von dir gehört. Was meine Arbeit angeht: Bevor du es von jemand anderem hörst, will ich es dir lieber selbst sagen: Ich habe für Joshua Gallagher gearbeitet... sozusagen. Ich war an dem beteiligt, was deiner Freundin Melissa zugestoßen ist. Aber ich glaube..."

Er begann, sich zu rechtfertigen, doch ich starrte ihn nur an und glaubte ihm kein Wort. Wenn dieser Mann für die Gallaghers gearbeitet hatte... Mein erster Impuls war, ihm ins Gesicht zu schlagen und seine silberne Brille zu zerbrechen, sodass die Glassplitter in seine Augen eindringen würden, aber ich hielt mich zurück und fragte stattdessen: „Woran sind Sie

Schuld? Was haben Sie Tissa angetan?"

„Ähm... Was? Ah, ich verstehe." Er hielt kurz inne, bevor er meine Frage mit einer Gegenfrage beantwortete. „Ist dir der Name Iovana Savic in Begriff?"

„Ja, sie hat *Snowstorm* mitgegründet."

„Richtig. Ich war einer ihrer Studenten", erklärte Serebryansky. „Sie, Ola Afelobi — ein weiterer Gründer — und ich haben zusammen an ihrer Theorie zur Bewusstseinsübertragung gearbeitet, um sie zu verwirklichen. Nachdem sie... uns verlassen hatten, habe ich die Arbeit fortgesetzt. Bis vor Kurzem war ich in einer geheimen Abteilung von *Snowstorm* für das Projekt Pilgrim zuständig. Nachdem das Management das Vertrauen in unsere Arbeit verloren hatte, bin ich von einem Unternehmen angeworben worden, das mit Joshua Gallagher verbunden ist. Sie haben dort an einem ähnlichen Projekt gearbeitet, aber sie hatten andere Ziele, über die sie mich jedoch nicht informiert haben. Alles, was ich wusste, war, dass das Projekt Geraldine mit Klonen und Lebensverlängerung zu tun hatte. Du weißt schon, reichen Aristos helfen, für immer zu leben."

„Darum geht es also. Sie wollen ihre Bewusstseine übertragen. Ist das legal?"

„Nein, es ist nicht legal", erwiderte er. „Aus dem Grund befand Gallaghers Unternehmen sich außerhalb jeder Gerichtsbarkeit und aller Bürgerzonen. Und, ja, darum geht es. Ich weiß, dass du im Nether digitale Kopien von Betatestern getroffen hast und Patrick O'Grady ein persönlicher Freund von dir ist. Also sollte es dich nicht überraschen, dass Bewusstseinsübertragung real ist."

Es war das erste Mal, dass jemand die Existenz des Projekts Geraldina bestätigt hatte. Und Patrick stammte aus unserer Welt. Behemoth war der Erste gewesen, der es erkannt hatte.

„Ist Ihnen die Übertragung gelungen?”, fragte ich.

Serebryansky bedeckte sein Gesicht mit den Händen. „In gewisser Hinsicht, aber... Nein. Ich vergesse, dass ich mit einem 16-Jährigen spreche. Kurz gesagt: Bei der Übertragung geht etwas verloren, das die kognitive Disso... Verdammt, es ist schwierig, Vorgänge, die selbst für Wissenschaftler schwer zu begreifen sind, vereinfacht zu erklären.”

„Reden Sie nur weiter. Wenn ich etwas nicht verstehe, werde ich fragen.”

Er nickte und fuhr fort: „Bisher konnte ich nur mentale Abdrücke übertragen, die Gewohnheiten und das Kurzzeitgedächtnis enthalten. Ein Organismus, der mit einem mentalen Abdruck ausgestattet wurde, kann das Verhalten des Originals nachahmen und eine glaubhafte Ähnlichkeit kreieren, aber er muss programmiert werden, um vollständig zu funktionieren. Als wir Klone von Melissa geschaffen haben, haben wir die Firmware benutzt, die für humanoide Robotergefährten entwickelt wurde. Nach den bedauerlichen Ereignissen des Dritten Weltkriegs haben sie sie nicht länger ‚Androiden‘ genannt. Natürlich arbeitet ein lebendes Gehirn wie in Melissas Klonen nicht wie ein Prozessor, sondern es agiert über grundlegende Verhaltensmuster.”

„Sprechen Sie von Roboter-Geliebten?”, hakte ich nach.

„Wie kommst du darauf?” Serebryansky sah mich erstaunt an. „Nein, nicht nur Sex-Roboter. Viele Menschen brauchen Freunde, Assistenten, Kindermädchen, Reisegefährten oder einfach jemanden, mit dem sie sich unterhalten können. Der Begriff ‚Roboter-Geliebte‘ ist angesichts dessen, was diese Androiden leisten können, viel zu eng. Du suchst dir ja auch nicht nur eine Freundin, um Sex zu haben, oder?" Er lachte kurz und schien etwas nervös zu sein, doch er bekam sich gleich wieder unter Kontrolle. „Die neuesten Modelle dieser Klone verfügen über mehr menschliche Eigenschaften als manche Leute, Alex. Du würdest nicht glauben, wie viele Menschen aufgrund der gleichen Algorithmen funktionieren, die wir schon seit Jahren verwenden. Die Motivationen und Reaktionen von mindestens einem Drittel der Weltbevölkerung sind so primitiv, dass selbst Bioroboter emotional fortgeschrittener sind und mehr Mitgefühl haben. Wenn wir sie lange genug beobachten..." Als er meinen skeptischen Blick sah, hielt er inne. „Entschuldige, ich bin vom Thema abgekommen. Ich habe mein halbes Leben lang an der Universität gelehrt. Alte Gewohnheiten lassen sich nur schwer ablegen."

„Erzählen Sie mir von Melissa", forderte ich ihn auf.

„Die alte Melissa Schäfer gibt es nicht mehr", erklärte er. „Ihr Körper... existiert nicht länger." Er bemerkte, dass ich die Fäuste ballte, und hob die Hände, als ob er sich schützen wollte. „Das habe ich selbst erst von Herrn Anderson erfahren, Alex. Er hat ein paar verlässliche Leute der Planetaren Sicherheit eingeschaltet, um eine Untersuchung durchzuführen und alle zu befragen, die am Angriff gegen dich beteiligt waren. Ein Söldner, der mit dem Kartell zusammenarbeitet, hat ebenfalls ausgesagt. Aber um auf deine Freundin zurückzukommen: Ihr ursprünglicher Körper existiert zwar nicht mehr, doch nachdem der Bioroboter mit Melissas mentalem Abdruck in *Disgardium* war und wieder zurückgekehrt ist, hat er über Melissas vollständiges Bewusstsein verfügt. Es ist ein wahres Wunder! Sie kann sich natürlich nicht erinnern, was nach ihrer Entführung passiert ist, aber das spielt keine Rolle, oder? Herrn Anderson zufolge haben die Schlafenden Götter etwas damit zu tun, und dank dir sind sie jetzt stärker. Als Melissa zur Yacht gebracht worden ist..."

„Tissa ist hier?", fiel ich ihm ins Wort.

„Ja, natürlich ist sie hier." Er winkte ab, als ob ich dieses Detail bereits wissen müsste. „Aus Sicherheitsgründen hat Herr Anderson alle deine Freunde an Bord der Yacht versammelt."

„Was ist mit meinen Freunden aus Cali Bottom und allen anderen, die dort gelebt haben?"

„Keine Sorge, ihnen geht es ebenfalls gut. Soweit ich weiß, haben Hung Lee und Tomoshi Kurokawa sich vollständig von der Strahlenkrankheit erholt. Wesley Cho haben wir von einer Herzkrankheit, Diabetes und einer Reihe anderer Krankheiten geheilt, die mit seinem Übergewicht verbunden sind. Jetzt liegt es an ihm, die überflüssigen Pfunde zu verlieren und sich an einen Diätplan zu halten. Herr Andersons Leute kümmern sich um die Nicht-Bürger, die durch den Atomangriff betroffen sind. Die Überlebenden sind in die Kloake von Guyana evakuiert worden, wo er ein neues Wohngebiet gekauft hat."

Das war zu schön, um wahr zu sein. Ich musste es unbedingt mit eigenen Augen sehen. Warum saß ich noch in diesem Zimmer herum? Obwohl ich es nicht abwarten konnte, meine Freunde zu sehen, zögerte ich. Es gab noch etwas anderes, das ich mit dem Arzt klären wollte.

„Sie haben gesagt, dass Sie für Gallagher gearbeitet *haben*", sagte ich. „Sie haben in der Vergangenheit gesprochen. Für wen arbeiten Sie jetzt?"

„Im Moment für niemanden. Ich arbeite mit...

ähm... Herr Anderson hat gesagt, dass... Ich bin nicht sicher, ob ich mit dir über meinen Beitrag sprechen kann, aber ich versichere dir, dass wir das gleiche Ziel verfolgen."

„Das muss sich erst herausstellen", erwiderte ich und sprang aus dem Bett.

Nach ein paar Schritten taumelte ich. Ich fühlte mich wie ein Weizenhalm im Wind. Meine Füße standen fest auf dem Boden, doch mein Oberkörper schwankte, sodass ich meine Rumpfmuskeln anspannen musste, um mein Gleichgewicht halten zu können. Ich schaute mich suchend im Zimmer um, doch ich konnte keinen Ausgang finden. Die Wände, der Boden und die Decke waren eine einzige glatte Fläche.

„Hier läuft alles mit Sprachsteuerung", sagte Serebryansky.

„Tür öffnen!", rief ich.

In der beigefarbenen Wand erschien eine vertikale Öffnung, als ob sie von der anderen Seite mit einem Schwert aufgeschlitzt worden wäre. Die Öffnung verbreiterte sich, sodass ich hindurchgehen konnte.

Aus irgendeinem Grund erinnerte die Öffnung in der Wand mich an die Injektion, die ich erhalten hatte, bevor ich bewusstlos geworden war. Ich wollte wissen, was es gewesen war, darum drehte ich mich um und fragte den Arzt: „Was haben Sie mir im Keller injiziert?"

„Es waren Nanobots, die dein Herz wieder in Gang gebracht und deinen Körper von beschädigten Zellen und Radionukliden befreit haben."

„Aber zu der Zeit, als Herr Anderson aufgetaucht ist, habe ich mich schon wieder etwas besser gefühlt."

„Das war eine kurze Remission", erklärte Serebryansky und schaute mich aufmerksam an.

„Warum brauchte...?"

„Weil kein AutoDoc der Welt in der Lage ist, jemanden zu heilen, der einer derart hohen Strahlendosis ausgesetzt war. Er kann einen Verletzten nur so lange versorgen, bis richtige Hilfe eintrifft."

Ich nickte Serebryansky zu und taumelte in den Korridor. Sobald ich ihn betreten hatte, schalteten sich Lichtplatten ein. Ich hörte jemanden hinter mir schlurfen.

„Du wirst dich verlaufen. Diese sogenannte Yacht ist größer als ein Kreuzfahrtschiff", murmelte der Arzt. „Ich werde dir den Weg zeigen. Als ich eingetroffen bin, um dich aus dem Koma zu holen, hatten sich deine Freunde schon im Gemeinschaftsraum versammelt."

Der Schlitz in der Wand schloss sich hinter ihm, und ich sah stattdessen den Namen der Abteilung: Regeneration. Andere Abteilungen trugen den Namen Biolabor, Rehabilitation und Beschleunigter Schlaf.

„Wir befinden uns im medizinischen Sektor", sagte Serebryansky. „Vermutlich ist er so groß, weil Herr Anderson ein älterer Mann ist — obwohl ich ihn hier noch nie gesehen habe. Der Zugang ist beschränkt. Herr Anderson hat deinen Freunden verboten, dich zu besuchen."

Wie praktisch, Herrn Anderson die Schuld zu geben, dachte ich. Ich vertraute Yuri Serebryansky nicht. Ich würde alles, was er mir erzählt hatte, überprüfen.

Mir fiel wieder ein, wie ich erwacht war. „Was war der grüne Film, in den mein Körper eingehüllt war?"

„Es muss sich merkwürdig angefühlt haben", räumte der Arzt ein. „Es handelt sich um ein hochwirksames medizinisches Gel, das ohne Kapsel eingesetzt werden kann. Ich bin erst seit ein paar Tagen auf dieser Yacht, und vieles von dem, was ich bisher gesehen habe, ist neu für mich. Solche

Technologien existierten bisher nur in der Theorie.”

Ich war von den Neuheiten weniger beeindruckt als der Arzt, weil ich mich immer noch unbehaglich fühlte. Es fiel mir schwer, zu glauben, dass ein unseriöser Mann wie Serebryansky mit Iovana Savic und Ola Afelobi zusammengearbeitet haben sollte. Seine Imitation eines verrückten Wissenschaftlers war unglaubwürdig. Vielleicht war dieser Mann gar nicht Serebryansky!

Ich streifte den Arzt mit einem Blick. Seinem unsicheren Gang und dem schweren Atmen nach zu urteilen, ging es ihm selbst nicht gut. Immer wieder griff er sich in die Seite, doch er ließ die Hand gleich wieder fallen. Er wollte wahrscheinlich nicht, dass ich seinen schlechten Zustand bemerkte.

Trotzdem drehte ich mich zu ihm und fragte: „Was fehlt ihnen, Herr Serebryansky?”

Nach einer kurzen Pause antwortete er widerwillig: „Ich... Zu dem Zeitpunkt, als ich mich abgesetzt habe, hatten mein ehemaliger Arbeitgeber und ich keine gute Beziehung mehr. Die Wachen, die für mich zuständig waren... Nun ja, ich habe ein Lähmungsgas hergestellt, aber leider ist es einem von ihnen gelungen, auf mich zu schießen, bevor es gewirkt hat.” Serebryansky verzog das Gesicht und berührte seine Seite. „Und er hat mich getroffen, dieser Mistkerl!”

Ich schaute ihn ungläubig an. „Trotzdem konnten Sie entkommen?”

„Nur wegen der Unruhen, die an dem Tag bei den Kindern von Kratos ausgebrochen waren. Dafür habe ich dir zu danken, Alex. Und deiner Freundin Melissa. Ich wusste, womit die Gallaghers sich herumschlagen mussten, darum habe ich mich in den Slums der Nicht-Bürger versteckt — und mich mit

Lungenentzündung, Ruhr und einigen neuen Stämmen des Rock-Virus infiziert, die der Welt der Medizin noch nicht bekannt waren. Das habe ich später herausgefunden, nachdem Herr Anderson mich gefunden hatte. Sein Team hat mich wieder auf die Beine gebracht, aber die Behandlung war noch nicht beendet, als wir das Signal aus Cali Bottom erhalten haben."

Während wir den Korridor entlanggingen, kamen wir an vielen kleineren Seitengängen vorbei, die zu anderen Abteilungen führten. Es stimmte, was der Arzt gesagt hatte: Andersons Yacht war riesig. Es fühlte sich an, als ob wir bergauf gehen würden wie zwei Hamster in einem kosmischen Rad.

Der Korridor wollte nicht enden, und meine Misstrauen wurde stärker. Welche Art von Yacht war das, wenn man einen Kilometer gehen musste, bevor man die medizinische Abteilung verlassen hatte? Wo waren die anderen? Sollten wir nicht wenigstens Dienstpersonal begegnen? Oder Sicherheitsoffizieren und anderen Ärzten?

Ich hatte das Gefühl, in einem schlechten Traum zu sein, in dem etwas Gefährliches auf mich lauerte. Ich fragte mich, wo die Yacht sich im Moment befand. Da wir nicht schwebten, sondern liefen, mussten wir uns irgendwo auf der Erde befinden, obwohl Raumyachten nicht dafür ausgelegt waren, in Lufträumen zu fliegen. Sie wurden in orbitalen Raumwerften gebaut. Doch wenn wir uns im Weltraum befinden würden, würden wir schwerelos sein. Ich konnte Motorengeräusche hören, aber ansonsten herrschte Totenstille — ausgenommen Serebryanskys schweres Atmen und sein Schlurfen.

Endlich erreichten wir das Ende des Korridors und bogen ab. Wir hatten einen weiteren Korridor mit einem durchsichtigen Boden erreicht. Bei dem Anblick, der sich mir bot, schnappte ich nach Luft: Ich konnte die Erde in ihrer ganzen Schönheit sehen! Entweder waren wir im Orbit oder es war ein holografischer Bildschirm.

„Sind wir im Weltraum?", fragte ich.

Mein Begleiter nickte.

„Woher kommt dann die Schwerkraft, Herr Serebryansky?"

„Offensichtlich haben wir es mit der Corioliskraft zu tun", antwortete er. „Das bedeutet, dass die Yacht sich um ihre eigene Achse dreht. Du hast den Moment verpasst, als unser Passagier-Shuttle an ihr angedockt hat. Von außen sieht es aus wie zwei durchsichtige Zylinder an der gleichen Achse, die sich beide in entgegengesetzter Richtung langsam um diese Achse drehen." Er blickte sich kurz um und sagte dann mit gesenkter Stimme: „Ich bin nicht hundertprozentig sicher, dass diese Yacht von Menschen gebaut worden ist."

Ich erwiderte nichts, aber ich dachte, dass der Arzt von Dynamik und orbitaler Mechanik keine Ahnung hatte.

Am Ende dieses Korridors erreichten wir eine Sackgasse in Form einer Wand, die mich an ein Portal zu einer Instanz in *Dis* erinnerte. Sie war einem Portal so ähnlich, dass ich hindurchging, ohne darüber nachzudenken. Sie öffnete sich wie die Wand in der Regenerationsabteilung.

„Alex Sheppard, Zugang bestätigt", meldete eine angenehme weibliche Stimme.

Der Gemeinschaftsraum war von lärmenden Menschen und dem Gemurmel eines kleinen Wasserfalls erfüllt, der sich am Eingang befand. Kaum hatte ich den Raum betreten, rief eine vertraute

Stimme erfreut: „Alex!"

Es war Rita. Sie hatte mich zuerst gesehen, aber gleich danach ertönten mehrere andere Stimmen.

„Hallo, Alex!"

„Er ist aufgewacht!"

Es waren viele Leute dort, und sie schienen alle gleichzeitig zu sprechen. Ich konnte nicht alle sehen, aber ich erkannte das Mädchen, das ich liebte, und das reichte aus, um die Hölle, die ich seit dem Angriff auf unsere Basis durchgemacht hatte, in den Hintergrund treten zu lassen. Erst jetzt wurde mir klar, wie sehr ich Rita vermisst hatte. Sie schlang ihre Arme um meinen Hals, überschüttete mich mit Küssen und hüllte mich in eine warme Umarmung ein. Dann versanken wir beide in einem Meer von Umarmungen unserer Freunde. Ed rief, dass ich erledigt wäre, weil ich jetzt ein MOSOW wäre, aber dass er sich trotzdem freuen würde, mich zu sehen. Hung knurrte, er hätte genug davon, Freunde zu verlieren, und wäre froh, dass ich überlebt hatte. Toby schien aus irgendeinem Grund verärgert zu sein, und Tomoshi sagte immer wieder, dass Alex-kun ein weiteres Mal von der anderen Seite zurückgekehrt wäre. Im Hintergrund hörte ich Wesley etwas murmeln und Tissa schluchzen.

Ich hatte viele Fragen und versuchte, auf alle gleichzeitig eine Antwort zu bekommen.

„Rita, wie geht es dir? Ed, bist du wieder gesund? Tissa, wie bist du von den Kindern von Kratos entkommen? Hung... Wes... Toby... Tommy..."

Sie unterbrachen sich gegenseitig beim Antworten und umarmten mich immer wieder, sodass meine Rippen bald schmerzten. Meine Freunde erzählten alle durcheinander, was passiert war, aber es fiel mir schwer, ihnen zu folgen. Schließlich versuchte ich, mich zu beruhigen und mir Zeit zu lassen. Wir waren alle sicher und wohlbehalten wieder zusammen. Nur das zählte.

Nach der ausgiebigen Begrüßung von meinen Freunden schaute ich mich um und entdeckte meine Eltern. Sie standen etwas abseits und hatten uns zugesehen.

„Mein Sohn!" Meine Mutter kam mit tränenüberströmtem Gesicht auf mich zu und nahm mich in den Arm. Ich sah ihren gewölbten Bauch. Sie sah viel jünger aus.

Mein Vater stand hinter ihr. Er zerzauste mir das Haar und umarmte mich ebenfalls. Rita trat taktvoll zur Seite.

„Mark!", rief meine Mutter. „Ich muss ihm Lexie vorstellen."

Mein Vater ließ mich los. Meine Mutter schaute auf ihren Bauch, deutete auf mich und sagte: „Lexie, das ist Alex, dein eigensinniger älterer Bruder."

„Die eigensinnigste Spitzengefahr in der Geschichte von *Dis*", fügte Hung hinzu. „Er hat alles darangesetzt, um diese Welt zu verlassen."

Niemand lachte, aber ich musste grinsen. Ich war ins Koma gefallen und wäre fast gestorben — business as usual!

Ich kniete mich hin, legte das Ohr an den Bauch meiner Mutter und sagte: „Hallo Lexie! Ich freue mich, dass ich jetzt eine kleine Schwester habe. Aber bleib noch etwas länger, wo du bist, während dein großer Bruder die Welt rettet."

„Das reicht, Alex", protestierte meine Mutter. „Die Welt kann warten."

Wir gingen zur Couch hinüber und setzten uns. Während wir uns unterhielten, konnte ich aus dem Augenwinkel wahrnehmen, dass die anderen warteten, aber ich ignorierte sie. Ich hatte meine Eltern lange nicht gesehen. Unsere Beziehung war durch die Trennung schwierig gewesen, aber sie war intakt. Sobald wir uns umarmt hatten, war mir bewusst geworden, wie sehr ich mich nach ihrer bedingungslosen Liebe, Wärme und dem Zugehörigkeitsgefühl gesehnt hatte, das ich fühlte, wenn ich mit ihnen zusammen war. Ich war ihr Sohn und empfand das Gleiche, was ich als ihr kleiner Junge für sie empfunden hatte. Ich wollte ihre Neuigkeiten hören, mit ihnen allein sein und ihnen erzählen, was ich durchgemacht hatte. Ich wollte mich beschweren und jammern, damit meine Mutter mich trösten und mein Vater mich ermutigen würde, doch ich wusste, dass ich mich beherrschen musste.

Neuns Erscheinen in *Dis* war nicht das Einzige, was mich im Moment beunruhigte. Warum hatte Michael Anderson alle Leute, die mir wichtig waren, und alle, die ihnen wichtig waren, hier versammelt? Serebryansky hatte mir erklärt, es wäre zu unserer eigenen Sicherheit, aber hatte Anderson sich nicht schon um die Gallaghers gekümmert? Das hatte er jedenfalls gesagt. Warum waren wir dann alle hier?

Diese Gedanken gingen mir durch den Kopf, während mein Vater erzählte, dass sie von mürrischen Leuten gezwungen worden wären, im Hotel auf dem Mond zu bleiben. Sie hatten immer wieder von ihm gefordert, seinen Einfluss zu nutzen und mich dazu zu bringen, irgendein Geschäft mit Herrn Gallagher zu machen. Sie hatten meinen Eltern gedroht und angedeutet, dass sie sie ganz einfach töten könnten, indem sie die Sauerstoffzufuhr in ihrem Zimmer abschalten würden.

An dem Tag, an dem wir das Schloss der Kinder von Kratos gestürmt hatten, waren die Leute plötzlich aus dem Hotel verschwunden, und kurz danach hatte

Anderson meinen Vater angerufen, um ihm mitzuteilen, dass seine Leute sie abholen würden. Meine Mutter hatte nicht geglaubt, dass es tatsächlich Anderson war, der ihn anrief, daher hatte mein Vater einen Beweis verlangt. Anderson hatte ihnen zwar keinen Beweis geliefert, aber er hatte sie davor gewarnt, was die kleine Lexie erwarten würde, wenn sie sich weiterhin in der Mondschwerkraft würde entwickeln müssen.

Meine Mutter bemerkte, dass ich mit den Gedanken woanders war. Sie gab mir einen Kuss auf die Wange und sagte: „Ich wollte mich vergewissern, dass es dir gut geht. Nun muss ich mich etwas ausruhen, und du kannst dich um deine Sachen kümmern."

„Ja, wir haben einiges durchgemacht, Sohn", fügte mein Vater verlegen hinzu. „Nicht so viel wie du, aber wegen der Schwangerschaft..."

„Keine Sorge, Papa, ich verstehe", erwiderte ich lächelnd und stand auf. Dann umarmte ich beide noch einmal, bevor ich zu meinen Freunden ging. Herr Serebryansky bot ihnen an, sie an einen ruhigeren Ort zu bringen. Inzwischen blickte ich mich im Gemeinschaftsraum um. Viele der Erwachsenen und Kinder, die sich dort aufhielten, kannte ich, aber einige von ihnen waren mir fremd.

Ed stand bei seiner Schwester Pollyanna und seiner ernst dreinschauenden Großmutter, die offensichtlich von den guten Ärzten und Technologien an Bord der Yacht profitiert hatte. Sie schaute mich mürrisch an und flüsterte einem älteren asiatischen Mann und einer großen blonden Frau etwas zu. Es waren Hungs Eltern. Hinter ihnen stand ein chinesisches Paar. Das mussten Big Pos Eltern sein. Ich fragte mich, von wem Wesley seine Größe geerbt hatte. Er war einen ganzen Kopf größer als sein Vater und zwei Köpfe größer als seine Mutter.

Tissas Vater hatte die Arme vor der Brust verschränkt und biss sich auf die Unterlippe. Er stand neben Tobys Eltern. Ich hatte sie zwar noch nie getroffen, aber es war nicht schwer, zu erraten, wer sie waren. Das Gesicht seines Vaters war durch einen Schlaganfall verzerrt. Er stand in gebückter Haltung und murmelte ununterbrochen Gebete. Seine Mutter, eine alte Frau mit tiefen Furchen im Gesicht, trug ein altmodisches, langes Kleid und hatte den Kopf mit einem Schal bedeckt.

Tomoshis Eltern standen etwas abseits, doch als sie mich sahen, kamen sie herüber und verbeugten sich, ohne etwas zu sagen. Tomoshi zog sie fort und erklärte ihnen, dass Alex-kun im Moment keine Zeit hätte, neue Bekanntschaften zu machen.

„Hallo Scyth!" Ein Teenager in meinem Alter klopfte mir auf die Schulter. „Ich bin's, Untergewicht! Erinnerst du dich? Wir sind zusammen nach Glastonbury geflogen. Verdammt, wenn ich zu der Zeit gewusst hätte, wer du wirklich bist..."

„Keine Flüche, Christopher!", rief eine große, breitschultrige Frau hinter ihm. Sie hakte sich bei ihrem Mann unter, und beide kamen zu mir herüber. „Das ist also der Unruhestifter Sheppard. Wegen dir ist unsere Tochter weit von uns weggezogen und hat die Schule verlassen. Und jetzt sind wir in dieses Chaos hineingezogen worden!"

„Das reicht, Samantha", sagte der Mann. „Wann werden wir noch einmal die Gelegenheiten haben, in einer Raumyacht zu fliegen?"

„Die Yacht gehört Herrn Anderson", erwiderte die Frau spitz. Dann wurde ihr ernstes Gesicht auf einmal weicher und sie streichelte meine Wange. „Du bist mager. Armer Junge!”

Ihr verbaler Angriff und die plötzliche Kehrtwende verblüfften mich, sodass ich nicht wusste, was ich sagen sollte. Rita, die dabeigestanden hatte, errötete und sagte leise: „Alex, das sind meine Eltern. Meinen Zwillingsbruder Chris kennst du ja bereits. Mama, Papa, ich möchte euch Alex Sheppard vorstellen. Er ist mein Freund.”

„Er ist offensichtlich mehr als ein Freund”, entgegnete Ritas Mutter schnippisch.

„Freut mich, Sie kennenzulernen, Herr und Frau Wood”, sagte ich. „Wie geht es dir, Chris?”

Ritas Vater schüttelte meine Hand, zog mich zu sich und flüsterte: „Ignoriere Sam. Sie hat sich Sorgen gemacht.” Dann ließ er mich los und sagte laut: „Meine Tochter hat mir nichts von dir erzählt, Alex. Alles, was wir über dich wissen, stammt aus den Nachrichten. Hoffentlich werden wir bald Gelegenheit haben, uns besser kennenzulernen. Ich möchte gern wissen, welche Pläne ihr beiden habt.”

„Papa!”, rief Rita.

„Pläne?”, fragte ich verwirrt. „Ähm... Wir haben uns gern, das ist alles.”

Tissa, die in der Nähe stand, bemerkte sarkastisch: „Wie sü-ü-üß!”, und demonstrierte damit, dass sie immer noch schnell in Wut geriet.

„Jetzt ist nicht der richtige Zeitpunkt, um Pläne zu machen”, fuhr ich fort.

Frau Woods Gesicht verdüsterte sich noch mehr. Ich blickte hilfesuchend zu Hairo hinüber, der bei den anderen Sicherheitsoffizieren stand. Er grinste jedoch nur und wandte sich ab. Das war meine Gelegenheit, mich zu verabschieden.

„Entschuldigen Sie bitte, aber wir müssen uns um wichtige Angelegenheiten kümmern”, erklärte ich.

Ich nahm Rita bei der Hand und zog sie mit mir in Richtung der Sicherheitsoffiziere. Gyula und seine Frau standen in der Nähe. Ich musste an Eniko denken, die gestorben war, und hielt bei ihnen an, um ihnen mein Beileid auszusprechen. Meine Worte klangen hohl und ich blieb stecken, darum umarmte ich die beiden einfach. Wir standen für einen Moment schweigend da, bis Gyula sich löste und mir auf die Schulter klopfte. Mein T-Shirt war nass von seinen Tränen.

Danach ging ich mit Rita weiter und schüttelte mehreren Leuten die Hände. Viele hatten Fragen, und ich tat mein Bestes, um sie zu beantworten. Es war klar, dass alle verwirrt waren und genauso wenig verstanden, warum sie an Bord der Yacht waren, wie ich.

Willy schaltete sich ein und brachte mich zu den Sicherheitsoffizieren. „Der Bär hat alle auf die *Sleipnir* gebracht, damit niemand dich erpressen kann. Die meisten werden zu einem Schloss gebracht, das Herrn Anderson gehört, aber wir werden weiterfliegen."

Willy hielt die Hand einer hübschen blonden Frau.

„Sie haben sogar Pam an Bord gebracht", sagte er glücklich. „Pam, das ist der einzigartige Alex Sheppard!"

Pam oder Pamela war offensichtlich Willy Brizuelas Freundin, was mich sehr überraschte. Bis dahin hatte ich nicht gewusst, dass diese stahlharten Sicherheitsoffiziere Familien hatten.

Pamela war beeindruckt. „Ich weiß, Willy! Ich sehe mir die Nachrichten an." Lächelnd gab sie mir einen Kuss auf die Wange. „Freut mich, dich kennenzulernen, Klasse-A-Gefahr."

Hairo stellte mich seiner Frau Maria und seiner

Tochter Isolde vor, und Yoshihiru machte mich mit seiner Frau Riko und seinen Söhnen Nobu und Neo bekannt — Teenager, die ihren Vater bereits um einen Kopf überragten. Sergei Yuferov hatte ebenfalls eine Frau, Judith, die ein Baby in den Armen hielt. Nur Leonid Fishelevich war allein und schien nicht einmal seine Flasche bei sich zu haben. Der Pilot saß in seinem Rollstuhl. Er trug saubere Kleidung und hatte sich gewaschen und rasiert. Als er meinen Blick auffing, zeigte er mir einen Daumen hoch und sagte freudig: „Der Bär hat mir neue Beine versprochen! Sie werden besser sein als die von Hairo."

„Träum weiter", entgegnete Morales. „Er hat gesagt, dass ihr später darüber reden werdet. Das heißt nicht, dass es auch dazu kommen wird."

„Wo ist der Bär?", erkundigte ich mich.

„Er fügt den Gallaghers Schmerzen zu." Willy lachte leise. „Nicht im wörtlichen Sinn, aber er sorgt dafür, dass all ihre Intrigen und Verbrechen ans Tageslicht kommen. Mehrere Zeugen aus ihrem inneren Kreis singen wie Nachtigallen. Zu ärgerlich..." Er schaute zu Tissa hinüber, die sich mit ihrem Vater unterhielt. Er senkte seine Stimme und wiederholte: „Zu ärgerlich, dass sie sie nicht für den Mord an unserer Freundin zur Rechenschaft ziehen können. Ja, sie haben beschlossen, die Sache unter den Teppich zu kehren, damit die neue Tissa und der Arzt nicht hineingezogen werden. Aber alles andere einschließlich des Mords an Malik und der Atombombe..."

„Nicht nur Malik!", unterbrach ich ihn wütend.

Hairo seufzte. „Nicht-Bürger und Verwilderte zählen nicht als Menschen, Alex. Ich dachte, das wüsstest du inzwischen. Aber zum Teufel damit! Den Gallaghers droht die Hinrichtung. Das Urteil ist verkündet worden, während du behandelt worden bist.

Aber nicht nur ihnen, sondern allen Beteiligten. Die Mehrheit der Bevölkerung hat sich dafür ausgesprochen. Der Versuch der Gallaghers, die Bürger zu bestechen, indem sie ihnen je 1.000 Phönix für ihren Freispruch versprochen haben, hat ihnen nicht geholfen."

Auf einmal hörte ich ein Bellen. Erschrocken drehte ich mich um und sah einen großen Hund, der auf mich zulief.

„Duda!"

Der Katzenhund sprang an mir hoch, legte seine Tatzen auf meine Schultern und warf mich um. Ich umarmte ihn lachend, als er mein Gesicht ableckte. Trotz seiner Größe war er warm und flauschig — und lebendig.

„Wir haben ihn nach der Explosion wiederhergestellt", erklärte Yoshi, während er mir half, aufzustehen. Sein Körper ist wie neu und... ich habe ihn ein wenig verstärkt. Einem Roboter-Panzer kann er zwar nicht die Stirn bieten, aber mit einem Kampfflieger wird er fertig!"

„Ist das wirklich mein Duda?" Er war so groß, dass ich mich fragte, ob er sich immer noch in eine Katze würde verwandeln können. Er würde vermutlich eher einem Tiger ähneln!

„Ich versichere dir, dass er ansonsten der gleiche Katzenhund ist", erwiderte Yoshi und legte die Hand aufs Herz. „Der Mechanismus zur Entfernung überflüssiger Masse arbeitet immer noch ausgezeichnet. Aber jetzt warte einen Moment..."

Er holte einen kleinen Behälter aus der Tasche, in dem sich etwas befand, das wie eine Drahtspule aussah. Er wickelte sie ab und formte einen silbernen Ring.

„Es wird Zeit, dein Gedächtnis wiederherzustellen", sagte er. „Keine Sorge, es wird nicht lange dauern und hat keine Nebenwirkungen. Ich muss nur das Gedächtnisfragment entsperren." Er legte den Ring auf meinen Kopf.

Ich wollte mich mental vorbereiten, doch es war so schnell vorüber, dass ich nicht einmal Zeit hatte, darüber nachzudenken. Yoshi drückte das Hologramm vom Kommunikator ein paarmal, entfernte den Ring und legte ihn in den Behälter zurück. Ich drehte den Kopf. Etwas musste schiefgelaufen sein, denn... Nein, es war alles in Ordnung, denn die Leere in meinem Gehirn, die mir nicht einmal bewusst gewesen war, enthielt nun Erinnerungen.

Ich erinnerte mich, dass Tissa mich angegriffen hatte, dass sie befragt worden war und die Sicherheitsoffiziere mir am gleichen Abend ihre Geschichte erzählt hatten: Die Geschichte der Sieben, die jetzt eine Gefahr für die existierende Weltordnung waren, ihr Potenzial jedoch noch nicht erreicht hatten und auf Anweisung von Manuel Fuentes und Michael Anderson handelten, um...

Auf einmal dämmerte es mir: Ich war hierhergebracht worden, weil alles, was die Gründer geplant hatten, einen kritischen Punkt erreicht hatte. Wir hatten die Ziellinie erreicht und standen nun vor einer Phase des gesellschaftlichen Umbruchs. Das jedenfalls hatte Manuel Fuentes damals dem jungen Willy Brizuela erzählt, als die Sieben gegründet worden waren.

Meine Rolle bei dem Ganzen war, alle fünf Schläfer zu aktivieren und die Nicht-Bürger zu ermutigen, für ihr Recht zu kämpfen, als menschliche Wesen angesehen und behandelt zu werden. Alles, was vorausgesagt, sorgfältig entwickelt und vorbereitet worden war, und nach dem Sieg über die Gallaghers wie am Schnürchen hätte ablaufen sollen, hatte momentan keine Aussicht auf Erfolg.

All unsere bisherigen Pläne standen vor dem Scheitern, weil Neun in *Dis* erschienen und nun die Supernova-Göttin aus dem Nether war — ein Ereignis, das niemand hätte vorhersehen können. Es war möglich, dass bei meiner Rückkehr nach *Dis* kein einziger Tempel der Schläfer mehr stehen würde. Es war ebenfalls möglich, dass es außer uns keine Anhänger mehr geben würde, und wir steckten auf Andersons Yacht im Weltall fest.

Bei dem Gedanken daran lief es mir eiskalt den Rücken hinunter.

Während ich überlegte, starrte ich auf den leeren Korridor, aus dem ich gekommen war, sodass ich nicht bemerkte, dass alle Anwesenden zur Seite getreten waren.

Als ich mich umdrehte, erkannte ich Michael Anderson, der mit zügigen Schritten vom anderen Ende des Gemeinschaftsraums auf mich zukam. Der hagere, kleine Mann war etwas älter als Cesar Calderone, aber durch seinen leichten Gang, seine aufrechte Haltung und den durchdringenden Blick seiner strahlend blauen Augen hatte man den Eindruck, dass er vierzig Jahre jünger wäre. Anderson war gekleidet, als ob er gerade das Haus verlassen hätte, um einen Spaziergang zu machen. Er trug rote Stiefel, eine sandfarbene Hose und ein schwarzes T-Shirt, das seine breiten Schultern und kräftige Brustmuskulatur betonte.

„Ich freue mich, dass du wieder gesund bist, Alex", sagte er. „Bitte folge mir."

Ich hatte keinen Grund, mich ihm zu widersetzen. Wir gingen den Korridor hinunter, aus dem Anderson erschienen war, bis wir ein kleines Zimmer erreichten, das wie ein Fahrstuhl aussah. Dem Gefühl der Schwerelosigkeit nach zu urteilen, musste es eine Art von Fahrstuhl sein. Er fuhr nach oben und dann zur Seite. Nach etwa zehn Sekunden betraten wir einen geräumigen, schwach beleuchteten Konferenzraum. Anderson ging zu einem runden Tisch, an dem bereits sieben Leute saßen. Ihre Gesichter waren in der Dunkelheit nicht zu erkennen. Die einzige Lichtquelle war die marmorne Oberfläche des Tisches, die mit blau-violettem Licht flackerte. Waren es die Sicherheitsoffiziere? Aber wir hatten nur noch fünf, und außerdem sahen diese Gestalten fremd aus.

Anderson setzte sich auf einen der beiden leeren Stühle an den Tisch und deutete auf den anderen.

„Nimm Platz, Alex."

Nun hatte ich Gelegenheit, die anderen zu betrachten. Die meisten von ihnen waren mir bekannt, doch es war trotzdem seltsam, sie alle am gleichen Tisch anzutreffen. Jetzt würde ich herausfinden, was vor sich ging.

„Alex Sheppard, Freunde", sagte Anderson. „Er ist der Neunte. Nun werden wir die maximale Synergie erreichen."

Ich war der Neunte? Der Neunte wovon? Hatte es etwas mit Neun zu tun oder handelte es sich um etwas anderes?

Die versammelten Leute schauten sich an, aber sie sagten nichts, als ob sie den bereits akzeptierten Verhaltenskodex dieses Kreises befolgen würden.

Anderson nannte die Namen in seiner gewählten Reihenfolge.

„Denise Le Bon, die Sechste.

Sie schaute mich aus dem Augenwinkel an und zwinkerte mir zu. Tatsächlich, ich hatte es mir nicht eingebildet. *Aaron, mein Freund, ich wünschte, du könntest es sehen*, dachte ich.

„Nicholas Wright, der Zweite."

Onkel Nick! Er bewegte sich nicht, aber ich konnte sehen, dass er mich gern umarmt hätte.

„Yuri Serebryansky, der Vierte."

Der merkwürdige Arzt sah mich an, als ob er sagen wollte: ‚Jetzt siehst du es selbst'.

„Guy Barron Octius, der Siebte."

Der Spielleiter der Dämonischen Spiele neigte leicht den Kopf und lächelte mich an.

„Ian Mitchell, der Fünfte."

Der bekannte Journalist sah aus, als ob er zwanzig Jahre jünger wäre. Er erwiderte meinen Blick und nickte.

„Zoran Savic, der Achte."

Es fiel mir schwer, in diesem jungen Mann den Paladin Zoran zu sehen, mit dem der Schamane Hahaha und ich unsere Abenteuer in der Lakharianischen Wüste begonnen hatten, aber er war es. Wenn nicht, hätte ich mich gefragt, warum er hier war, denn alle Anwesenden hatten eine Verbindung zu mir. Zoran wagte als Einziger, etwas zu sagen. „Hallo, Murphy!"

Murphy! Als wir uns begegnet waren, war ich als der Bogenschütze Murphy getarnt gewesen. Ja, er war ganz sicher Zoran!

Der Letzte, den Michael Anderson vorstellte, war ein düsterer Mann in den Vierzigern. Ich hätte ihn niemals als die Person wiedererkannt, die mich einmal gerettet hatte — und damit viele andere in *Dis*.

„Dennis Kaverin, der Dritte."

Dek? Ich starrte ihn an und versuchte, eine Ähnlichkeit mit Drei aus dem Nether zu finden, doch es gelang mir nicht. Er war jung und attraktiv gewesen, während dieser Mann alt und schlaff war. Trotzdem war es Dek, der stärkste Solo-Abenteurer in *Dis*, und er war der Dritte.

Dann deutete der Mann, der uns alle an dem Tisch versammelt hatte, auf sich selbst und sagte: „Michael Björnstad Anderson, der Erste. Endlich sind wir in voller Stärke vertreten, Freunde."

Kapitel 5: Eine kleine Geschichte

NACHDEM MICHAEL ANDERSON alle vorgestellt hatte, die an dem runden Tisch saßen, lehnte er sich zurück und schaute mich an. Ich dachte, dass dieser Gründer von *Snowstorm* Fragen von mir erwartete, doch bevor ich den Mund öffnen konnte, sagte er: „Abgesehen von Alex habe ich bereits mit jedem von Ihnen allein gesprochen, darum wissen Sie, warum wir hier sind und worum es geht. Bevor wir beginnen, möchte ich sicherstellen, dass Sie meine Einladung nicht aus purer Neugier angenommen habt. Ich muss wissen, dass Sie mir glauben und mir helfen wollen."

Anderson schaute von einem zum anderen und ließ seinen Blick auf dem Zweiten ruhen. Onkel Nick war ein Astronaut, der sich vor ein paar Monaten auf eine lange Expedition zum Rand des Sonnensystems begeben hatte. Ich hatte nicht erwartet, ihn vor dem nächsten Jahr wiederzusehen. Es war gut möglich, dass Hairo, der ihn wegen unserer Raumyacht kontaktiert hatte, ihm von unseren Problemen berichtet hatte, und mein Onkel deswegen früher zurückgekehrt war. Aber wie? Höchstwahrscheinlich hatte Anderson ihm geholfen, was vieles erklärte.

„Herr Wright?", fragte Anderson.

„Ich glaube, was Sie sagen, und werde alles in meiner Macht Stehende tun, um zu helfen", erwiderte Onkel Nick bestimmt. „Ich habe bereits so viel gesehen..."

„Ich hoffe, dass Sie uns eines Tages erzählen werden, was Sie erlebt haben, Herr Wright", sagte Anderson.

„Vielleicht", entgegnete Onkel Nick. „Es stimmt jedenfalls mit dem überein, was Sie sagen, Herr Anderson. Darum bin ich dabei."

Anderson nickte und schaute Dennis Kaverin an, den Dritten. Er zuckte mit den Schultern. „Ich glaube niemandem bedingungslos, aber Sie sind Michael Anderson. Es wäre dumm von mir, eine Einladung von Ihnen abzulehnen. Außerdem stimmt alles, was Sie über mein in der Beta-Welt gefangenes Bewusstsein und über June gesagt haben." Er lächelte wie ein kleiner Junge, und sein ernstes, düsteres Gesicht hellte sich auf. „Aber ich will es selbst prüfen, und Sie geben mir die Gelegenheit dazu."

Anderson deutete mit dem Kopf auf mich. „Nicht ich, sondern er."

Dennis warf mir einen scharfen Blick zu. Ich wurde verlegen, als ich mich an das Versprechen erinnerte, dass ich Drei gegeben hatte. Ich hatte ihm gesagt, dass ich zurückkommen und ihm und seinen Freunden helfen würde, aus dem Nether zu entkommen. Dennis sah aus, als ob er ebenfalls daran denken würde, aber woher konnte er davon wissen? Und warum verhielt er sich mir gegenüber so feindselig? War es wegen des Kampfes bei Tiamats Tempel, als ich ihn getötet hatte?

Er und ich würden uns ausführlich unterhalten müssen, aber ich war froh, nicht allein in den Nether zurückkehren zu müssen. Wenn das, was Crag und mir passiert war, erneut geschehen würde, würden die Bewusstseine von Dennis und Drei verschmelzen und die Sache leichter machen. Falls Dek jedoch von seinen Gefühlen für June überwältigt werden würde, könnte es problematisch werden: Er würde sich möglicherweise der Göttin Nether anschließen. Vielleicht könnten wir ihn zu einem Priester der Schläfer machen — es sei denn, die Klasse des Solo-Abenteurers würde es verbieten.

Diese Gedanken mussten mir auf dem Gesicht gestanden haben, denn als ich Dek zunickte, runzelte er die Stirn und wandte den Blick ab.

Inzwischen ging Anderson zum Vierten über: Yuri Serebryansky. Er breitete die Arme weit aus. „Ich bin seit einem Vierteljahrhundert auf Ihrer Seite, Herr Anderson. Es gibt keinen anderen Platz für mich. Ich werde tun, was ich kann. Es ist schade, dass Iovana und Ola nicht bei uns sind…" Seine Stimme brach und er verstummte.

Iovana war die einzige Frau unter den Gründern gewesen. Sie hatte den Nobelpreis für ihre Theorie zur Übertragung menschlicher Bewusstseine erhalten. Ein Jahr, bevor *Disgardium* offiziell herausgebracht worden war, war sie in *Snowstorms* Labor tot aufgefunden worden. Ich wusste nicht, was ihr zugestoßen war. Diese Informationen waren nicht an die Öffentlichkeit gelangt. Ihr Forschungspartner Ola Afelobi, ein weiterer Gründer, war vor vier Jahren mit seinem Shuttle auf dem Weg zu einem von *Snowstorms* Laboren im Asteroidengürtel auf mysteriöse Weise verschwunden. Das war jedenfalls in den Nachrichten berichtet worden.

„Ich habe volles Vertrauen in Sie, Herr Serebryansky”, entgegnete Anderson und schaute zu Ian Mitchell, dem Fünften, hinüber.

Der Journalist vom *Disgardium*-Tageblatt war, abgesehen von meiner Familie und meinen Freunden, die erste Person gewesen, die sich auf meine Seite gestellt hatte. Dafür war ich ihm sehr dankbar und ich freute mich, dass er sich von dem Schlaganfall erholt hatte, den er während der Dämonischen Spiele erlitten hatte. Er war über 1,80 Meter groß und hatte viel an Gewicht verloren. Er musste jetzt um die fünfzig sein, aber er sah zehn Jahre jünger aus. Das hatte sicher etwas mit der großartigen medizinischen Abteilung auf der Raumyacht zu tun.

„Was sagen Sie, Herr Mitchell?”

„Sie wissen, was ich von den Machthabern und den Bürgern hoher Kategorien halte, Michael.” Ian lachte leise. „Sie gehören zwar zu beiden Gruppen, aber Sie interessieren mich. Ich habe allerdings noch keine Beweise für Ihre katastrophalen Voraussagen über das Schicksal der Zivilisation entdecken können.”

„Natürlich nicht. Wir haben erst letzte Woche darüber gesprochen”, antwortete Anderson.

Ian machte eine ungeduldige Geste. „Das weiß ich, aber es müsste doch Anzeichen dafür geben, dass die Grundlagen für die bevorstehenden Ereignisse bereits geschaffen wurden. Ich habe jedoch bisher nichts gefunden. Keine einzige Spur!” Er schlug frustriert mit der Faust auf den Tisch.

„Es wird nicht mehr lange dauern”, entgegnete Anderson knapp.

„Entschuldigen Sie, aber...” Ian suchte nach den richtigen Worten. „Sie reden von einer globalen Aktion, die diese willkürlich zusammengestellte Gruppe von Leuten ausführen soll."

„Wir sind keineswegs eine willkürlich zusammengestellte Gruppe von Leuten", widersprach Anderson. „Genau das ist der springende Punkt von Synergie, auf die ich bereits hingedeutet habe."

„Es tut mir leid, aber das klingt verrückt", erklärte Ian. „Wir sind schließlich keine Fußballmannschaft."

„Vergessen Sie nicht, dass ich nicht von Ihnen verlange, mir blind zu vertrauen", gab Anderson zu bedenken. „Sie werden die Einzelheiten erfahren, wenn die Situation sich zuspitzt. Aber ich muss wissen, ob Sie ausschließlich als Journalist hier sind. Wollen Sie die Story als Erster bringen, der Welt die sensationellen Nachrichten liefern und sich einen Namen machen? So idealistisch das auch klingt, sind Sie kein bisschen von dem Bedürfnis motiviert, die Welt besser zu machen oder sie sogar zu retten?"

Ians Gesicht wurde dunkelrot und er erwiderte scharf: „Genau aus dem Grund bin ich hier! Aber mein Instinkt als Journalist und mein Bedürfnis, die Menschen zu informieren, ist ein Teil von mir."

Dann lehnte er sich zurück und biss sich auf die Unterlippe, bevor er fortfuhr: „Natürlich habe ich beruflichen Ehrgeiz, aber... Ich bin kein junger Mann mehr und werde diese dunkle Zukunft, von der Sie sprechen, wahrscheinlich nicht mehr erleben. Doch ich habe eine Enkelin, und..." Er warf mir einen Blick zu, bevor er wieder zu Anderson hinüberschaute. „Verstehen Sie, was ich sagen will? Sie können auf mich zählen."

Anderson nickte. „Vielen Dank, Herr Mitchell."

Danach forderte er Antworten von den restlichen Leuten in der Reihenfolge ihrer Nummern, wobei er die Sechste, Denise Le Bon ausließ und zum Siebten, Guy

Barron Octius überging.

„Ich habe eine Frage, bevor ich meine Entscheidung treffe”, sagte Octius. „Was passiert, wenn ich nein sage oder mich nicht entscheiden kann?”

„Ich werde Ihnen für Ihre Antwort danken. Nicht nur im Hinblick auf dieses Ereignis, sondern auch dafür, dass Sie sich damals bereiterklärt haben, als Spielleiter der Dämonischen Spiele zu fungieren. Danach werde ich mich von Ihnen verabschieden und Sie zu Ihrem alten Leben zurückkehren lassen.”

„Hätten Sie keine Bedenken, dass er der Welt von all dem hier erzählen würde?”, wollte Ian wissen.

Anderson warf ihm einen ernsten Blick zu. Offenbar hatte er gegen den ungeschriebenen Kodex verstoßen. Aber wann war dieser Kodex festgelegt worden, wenn es das erste Mal war, dass diese Gruppe sich versammelt hatte? Waren sie alle von Herrn Andersons respekteinflößender Präsenz eingeschüchtert oder fühlten sie sich — genau wie ich — fehl am Platz?

„Ich habe keinen Zweifel an dem moralischen Charakter der hier Anwesenden”, gab Anderson zurück. „Vertrauen Sie meinem Instinkt, Herr Mitchell. Ich habe die Risiken vorausgesehen. Tatsächlich gibt es mächtige, zu allem fähige Einheiten, die gegen diese Versammlung sind. Darum...” Er deutete auf das in den Raum führende Portal, das von einem silbernen Rand umgeben war. Als wir hinüberschauten, leuchtete es auf. „Selektive Gedächtnislöschung ist aktiviert worden. Falls jemand sich unserer Gruppe nicht anschließen will, wird er alle Ereignisse der jüngsten Vergangenheit und alles, was mit den anderen Anwesenden zu tun hat, vergessen.”

Niemand sagte etwas, doch ich vermutete, dass

ich nicht der Einzige war, der sich fragte, wie er unsere Gedächtnisse ohne mentale Ringe oder manuelles Graben in unseren Gedächtnisbanken löschen könnte. War es moralisch vertretbar, das Gedächtnis einer Person ohne ihre Erlaubnis zu löschen? Was wäre, wenn die Person nicht vergessen wollte, was passiert war?

„Ich bitte um Ihr Verständnis", sagte Anderson leise. „Es geschieht zu Ihrer eigenen Sicherheit. Falls jemand, der mächtiger ist als ich — jemand mit mehr Macht als alle anderen Menschen auf der Erde — seine Aufmerksamkeit plötzlich Ihren Gedächtnissen zuwenden würde, ist es besser für Sie, wenn Sie nicht länger über dieses Wissen verfügen."

Das klang mysteriös. Es gab jemanden, der mächtiger war als Anderson und alle anderen Menschen auf dem Planeten? Sprach er etwa von einer Einheit, die kein menschliches Wesen war? Bei dem Gedanken erschauderte ich.

„Dann mache ich mit! Vor allem, weil ich herausfinden will, worum es geht", entgegnete Octius heiter. „Das ist meine Antwort. Ich bin auf Ihrer Seite."

Natürlich! Ich bekam große Augen, als mir klar wurde, was ich gerade miterlebt hatte. Octius und Anderson waren seit Langem Freunde und Kollegen. Es war unwahrscheinlich, dass er wirklich Zweifel gehabt hatte. Es war nur eine Vorstellung gewesen, die die beiden inszeniert hatten, um alle potenziellen Fragen zu beantworten, die die übrigen Anwesenden haben könnten.

Doch nun hatte ich nur noch mehr Fragen. Ich verstand, dass die volle Tragweite dessen, auf das ich mich hier einlassen würde, alles in den Schatten stellte, was ich am Tag zuvor durchgemacht hatte.

Inzwischen wandte Anderson sich dem Achten,

Zoran Savic, zu. Mir fiel unser Gespräch bei unserem ersten Treffen ein, als wir beschlossen hatten, zusammen zur Grenze zu gehen. Er hatte mir von einem Neurointerface zur Erweiterung der Realität erzählt, an dem er gearbeitet hatte. Es würde allen Menschen der Erde Zugriff auf alle verfügbaren Informationen im Netzwerk geben und technisches Zubehör unnötig machen. Es hatte ziemlich weit hergeholt geklungen, doch Zorans Idee hatte *Snowstorms* Aufmerksamkeit erregt. Die Aktien seiner First Martian Company wurden am Aktienmarkt gehandelt. Ed hatte meinen Rat befolgt und in Zorans Startup-Unternehmen investiert.

„Zoran?" Im Gegensatz zu allen anderen sprach Anderson ihn mit seinem Vornamen an.

Savic brauchte einen Moment, um zu antworten. Er schien verlegen zu sein, weil wir ihn alle anschauten. Im realen Leben machte er eine weniger eindrucksvolle Figur als sein Paladin. Dennoch ähnelte er ihm mit seinen graublauen Augen, blondem Haar und seiner athletischen Figur. Er trug ein kurzärmliges Poloshirt, das seine kräftigen Arme zeigte, deren Muskeln sich anspannten, während er die Hände unter dem Tisch verschränkte.

Er sah blass und besorgt aus. Für etwa 30 Sekunden hielt er den Kopf gesenkt und schwieg. Als er wieder hochschaute, standen weder Zweifel noch Begeisterung in seinem Gesicht. Offenbar war er zu einer sehr wichtigen Entscheidung gekommen.

„Ich bin wahrscheinlich der Unbekannteste in dieser Runde", sagte er. „Sie haben meinen Nachnamen Savic gehört. Ja, Iovana Savic war meine Großmutter, aber das ist nicht der Grund, warum ich hier anwesend bin. Ich bin hier, weil Michael, den ich schon mein Leben lang kenne, dachte, dass ich helfen könnte. Und das macht mir Sorgen, weil..."

„Nicht jetzt, Zoran!", unterbrach Anderson ihn.

„Ich bin der Meinung, dass sie es wissen sollten", erwiderte Savic ruhig und bestimmt. „Ich bin umgeben von großartigen Leuten aufgewachsen, die nicht nur *Snowstorm* gegründet, sondern auch eine neue Bürgerordnung initiiert haben. Solange ich zurückdenken kann, haben sie eine großartige Zukunft für mich vorhergesagt. ‚Du bist dazu bestimmt, die Welt zu verändern!', haben sie gesagt. ‚Dein Großvater ist ein Held!' Meine Großmutter ist nicht müde geworden, den Satz zu wiederholen. Und alle haben mir immer wieder eingehämmert: ‚Das Schicksal der Menschheit lastet auf deinen Schultern.' Können Sie sich vorstellen, wie es für mich war, ständig diese Sachen zu hören? Ich wollte einfach eine normale Kindheit haben!"

Während er sprach, studierte ich die Gesichter der anderen. Denise und Octius waren ruhig, aber wir übrigen waren gleichzeitig fasziniert und unangenehm berührt. Es war, als ob wir Zeugen eines Familienstreits wären, der in einer Explosion von schmutzigen Familiengeheimnissen enden würde.

Um mich abzulenken, überlegte ich, wovon Zoran sprach. Wenn die Gründer ihm immer wieder von seiner großen Zukunft erzählt hatten, bedeutete das, dass sie diese Zukunft im wahrsten Sinne des Wortes *gesehen* hatten? Oder hatten sie ihm einfach Dinge gesagt, die Eltern zu ihren Kindern sagten, um sie zu ermutigen — oder in diesem Fall Großeltern.

„Nachdem ich meine Schulausbildung beendet hatte, bin ich weggelaufen, um all dem zu entkommen", fuhr Savic fort. „Ich wollte kein Held sein und die Welt retten. Ich wollte mein eigenes Leben leben, auch wenn es gewöhnlich sein würde. Ich wollte meine eigenen Entscheidungen treffen und meinen eigenen Weg gehen." Er seufzte schwer. „Ich war fast noch ein Kind, als ich schlimme Sachen zu meiner Großmutter gesagt habe, nachdem sie mir wieder einmal mein Schicksal vor Augen geführt hatte. Ich habe ihr geantwortet, dass ich wünschte, sie würde sterben, damit ich frei sein könnte. Kurz danach ist sie ins Labor gegangen, und am nächsten Tag haben sie sie dort tot aufgefunden."

„Ist diese Seifenoper wirklich nötig?", schaltete Dennis Kaverin sich ein. „Ich bin mit einer Gruppe von fantastischen Leuten auf dieser Raumyacht und will endlich wissen worum es geht!"

Anderson und Savic schwiegen, aber Ian bemerkte: „Ich will nicht taktlos sein, Zoran, aber sind sie sicher, dass wir all das wissen müssen? Sind das nicht sehr persönliche Dinge? Welche Absicht verfolgen Sie damit?"

„Meine Absicht?", fragte Zoran. „Ich sehe einen anderen jungen Mann an diesem Tisch, dessen Leben sie ruinieren wollen." Er schaute zu Anderson hinüber und erklärte zögernd: „Ich mache mit." Dann deutete er mit dem Kopf auf mich. „Aber nur, weil er jede Hilfe braucht, die er bekommen kann, denn Onkel Michael spricht nicht von Märchen oder Erfindung."

„Du weißt davon?" Anderson war überrascht.

Zoran nickte. „Ja, ich habe Verbindungen."

Anderson sah erleichtert aus, aber keiner der beiden hielt es für nötig, uns einzuweihen.

Ich war vorbereitet und wartete darauf, dass Anderson mich aufrufen würde, doch er schaute mich nicht einmal an und wandte sich erneut an die anderen.

„Die Geschichte, die ich Ihnen jetzt erzählen werde, ist so haarsträubend, dass Sie sie nicht glauben werden. Darum werde ich Ihnen zuerst einige meiner Fähigkeiten demonstrieren, um es Ihnen leichter zu machen."

Im nächsten Augenblick löste er sich in Luft auf. Gleich darauf erschien er hinter Mitchell, ergriff sein Tablet und schleuderte es durch den Raum. Dann verschwand er wieder und erschien rechtzeitig, um es aufzufangen, bevor es hinter Denise Le Bon auf den Boden fallen konnte. Ich stand mit offenem Mund da, als ich erkannte, dass Michael Anderson gerade *Klarheit* eingesetzt hatte. Aber wir waren in der realen Welt! Augenblick... War ich wirklich in der realen Welt oder war ich noch im Koma, und mein Bewusstsein war in eine virtuelle Welt geladen worden?

„Nein, Alex, du bist nicht in einer virtuellen Welt", sagte Anderson und schaute mich an. „Dies ist die Realität."

Er kann Gedanken lesen, ging es mir durch den Kopf, während Anderson zur Wand hinter seinem Stuhl ging. Die Wand öffnete sich, und er holte ein Plasmawaffe heraus. Er zog sein T-Shirt aus und enthüllte seinen muskulösen Oberkörper.

„Herr Mitchell, würden Sie mir bitte helfen?"

Ian erhob sich und ging zu Anderson hinüber. Anderson gab ihm die Waffe. „Schießen Sie auf mich."

Ian erblasste und schüttelte den Kopf. Er gab Anderson die Waffe zurück und kehrte an seinen Platz zurück.

„Ich werde es tun", bot Onkel Nick sich an.

Er ging um den Tisch herum und strich mir unterwegs übers Haar. Er nahm die Waffe und betrachtete sie interessiert.

„Soll ich auf einen bestimmten Körperteil schießen?"

„Treten Sie etwas zurück, damit alle den Schuss

sehen können, und dann drücken Sie ab, Herr Wright. Es spielt keine Rolle, wo Sie mich treffen."

Ohne zu zögern feuerte Onkel Nick die Waffe ab. Der Plasma-Klumpen zischte durch den Raum und landete auf Andersons Brust. Ian schnappte nach Luft. Octius sprang auf und Serebryansky bedeckte sein Gesicht mit den Händen. Ich ballte unwillkürlich die Fäuste, als die Ladung Plasma sich über seiner Brust ausbreitete und sich in winzige Flammen auflöste, als ob Anderson durch einen Schild geschützt wäre.

Dennis fluchte laut. Ian rieb sich den Nasenrücken und murmelte etwas über einen Herzanfall. Denise Le Bon, Onkel Nick und Zoran blieben unbeeindruckt von dem offensichtlichen Wunder, als ob sie gewusst hätten, was passieren würde. Entweder das, oder sie hatten ein sehr gutes Pokerface.

„Vielen Dank, Herr Wright."

Onkel Nick setzte sich wieder, während Anderson die Waffe zurücklegte und wieder am Tisch Platz nahm.

„Ich versichere Ihnen, dass es kein Trick war", erklärte er. „Diese Fähigkeiten sind nur ein Bruchteil dessen, was ich im Laufe der Jahre gelernt habe. Aber eins nach dem anderen: Vor etwa 52 Jahren wurde eine Gruppe von scheinbar beliebigen Personen, die keine Verbindung zueinander hatten, für eine Art von wissenschaftlichem Experiment ausgewählt."[1]

„Worum ging es dabei?", wollte Ian Mitchell wissen.

Anderson ignorierte die Frage und fuhr fort: „Als Nebenwirkung haben wir eine Art Superkraft bekommen, die zu der Zeit wie ein Wunder zu sein

---

[1] Mehr Einzelheiten über diese Ereignisse werden in Dan Sugralinovs RealRPG-Reihe *Nächstes Level* beschrieben.

schien. Heutzutage würde es eher als technologisches Phänomen angesehen, auf das in relativ kurzer Zeit nach Belieben zugegriffen werden kann.”

Onkel Nick nickte, als ob er wüsste, wovon Anderson sprach.

„Sind Sie unverwundbar?”, erkundigte Ian sich. „Können Sie fliegen oder sich unsichtbar machen?”

„Nein, Herr Mitchell”, antwortete Anderson. „Es handelt sich um ein voll entwickeltes, neurales Interface, das es möglich macht, die Realität ohne technisches Zubehör mit anderen Daten zu ergänzen. Zoran arbeitet an einem Prototyp, aber zwischen seinem Projekt und der Version des Neurointerface, das diese Gruppe um die Jahrhundertwende erhalten hat, gibt es einen wesentlichen Unterschied: Zorans Prototyp verbindet sich mit dem Internet. Genauer gesagt: Sein Interface verbindet sich mit einem Computernetzwerk, das von Menschen kreiert worden ist und die Wissenbasis der Menschheit enthält. Das Neurointerface, auf das die Gruppe des Experiments Zugriff hatte, war mit dem universellen Informationsfeld verbunden. Es ermöglicht einem, seinen Körper auf der molekularen Ebene zu kontrollieren, wie Sie gerade gesehen haben.”

Ian Mitchell brummte missbilligend. „Gerade, als ich gedacht habe... Ich bin in einer Sekte gelandet! Sie haben mich noch nicht davon überzeugt, dass Ihre Demonstration kein schlauer Trick war. Ganz zu schweigen von diesen verrückten Geschichten, mit denen Sie uns erfreuen.”

„Je mehr Sie erfahren, desto mehr werden Sie verstehen, warum diese Einführung nötig war”, erläuterte Anderson.

War es wirklich nur eine Einführung? Doch eine Einführung in was? Ich lehnte mich in meinem Stuhl zurück und hatte wieder das Gefühl, in einem schlechten Traum zu sein. Ich war im Nether und im Inferno gewesen, doch obwohl diese Orte albtraumhaft gewesen waren, hatte ich kein einziges Mal das beklemmende Gefühl gehabt, das mich jetzt quälte. Ich hatte gewusst, was vor sich ging, und war mir immer bewusst gewesen, dass es nur ein Spiel war, in dem alles möglich war.

Was Anderson sagte, klang dagegen wie die Wahnvorstellung eines Verrückten. Ich wollte ihm vertrauen, aber es fiel mir nicht leicht, zu glauben, was ich hörte. Dennoch glaubte ich ihm. Ich wusste instinktiv, dass es stimmte. Aber genau wie Zoran wollte auch ich mein eigenes Leben leben. Ich hatte nicht darum gebeten, ausgewählt zu werden, um die Welt vor allen Gefahren zu retten.

Die anderen empfanden vermutlich das Gleiche, denn für eine Weile sagte niemand etwas. Auch Anderson schien in Gedanken versunken zu sein.

Schließlich bewegte Ian sich auf seinem Stuhl und murmelte: „Sagen Sie uns wenigstes, womit wir es bei diesem Informationsfeld zu tun haben."

„Es ist das kosmische Internet der Zukunft", erklärte Anderson. „Ich wage zu behaupten, dass die Menschheit es bald meistern wird und lernen wird, Informationen daraus zu entnehmen. Aber jetzt schlage ich vor, dass wir vorerst zu der Geschichte der Versuchsgruppe zurückkehren."

„Wie viele Leute waren in der Gruppe?", erkundigte der Journalist sich.

„Hunderte, weltweit vielleicht Tausende von Leuten, die sich nicht kannten. Alle außer einem Gründer von *Snowstorm* waren Teil dieses Experiments. So haben wir uns getroffen, und später hat Alik Zhukov sich uns angeschlossen."[2]

„Und seitdem haben Sie diese Superkraft?", fragte Ian skeptisch. Aus irgendeinem Grund warf er einen Blick auf Denise. „Sogar mehrere Superkräfte?"

Die schönste Frau der Welt — laut Millionen von Menschen — schwieg, aber ihr Lächeln sagte mir, dass der ruhelose Journalist sie amüsierte.

„Wir haben alle das Interface verloren", erwiderte Anderson. „Alle außer einem. Sein Name war Philip Panfilov."

„Ist das nicht der geheimnisvolle Bruder von Kira Panfilova, der *Snowstorm* am Anfang finanziell unterstützt hat?", rief Ian. „Der mysteriöse Mann, der plötzlich verschwunden ist? Ich habe einen Artikel zum Todestag von Kira vorbereitet, aber ich konnte fast nichts über ihren Bruder herausfinden. Er hat ein unauffälliges Leben geführt, und als er Mitte dreißig war, ist er einfach verschwunden. Es ist mir gelungen, seine Ex-Frau aufzuspüren. Sie haben sich kurz vor seinem Verschwinden scheiden lassen. Sie konnte mir nichts Neues sagen. Die beiden waren nicht lange zusammen und hatten keine Kinder. Sie hat ihn verlassen, weil er ihr nicht viel zu bieten hatte."

„Vielen Dank für die Informationen, Ian", sagte Anderson, „aber Phils Ex-Frau hat unrecht. Ich habe in meinem langen Leben keinen anderen Menschen getroffen, der so gut war wie Phil. Wir sind Freunde geworden, und ohne ihn, seine Leistungen und seine Großzügigkeit würde ich heute nicht hier stehen. Es würde weder *Snowstorm* noch *Disgardium* geben. Aber

---

[2] Die Geschichte von Mike Hagan — in der deutschen Übersetzung der Disgardium-Reihe heißt er Michael Anderson — wird in *Nächstes Level: Knockout* erzählt, einer zweiteiligen RealRPG-Buchreihe von Dan Sugralinov und Max Lagno.

zurück zu der Geschichte...”

„Was ist mit ihm passiert?”, fragte Ian. „Sie wissen es doch sicherlich, Michael.”

„Hören Sie zu, dann werden Sie es erfahren”, entgegnete Anderson. „Zu Anfang war es das Ziel des Experiments, die Teilnehmer der Versuchsgruppe mit dem Neurointerface auszustatten und zu studieren, wie sie sich verhalten würden. Viele konnten diese Phase nicht durchhalten und sind ausgeschieden. Die zweite Phase des Experiments ähnelte den Dämonischen Spielen. Phil, Ola, Iovana, Manuel, ich und eine Reihe anderer Versuchspersonen sind zu einem speziellen Übungsplatz gebracht worden, wo man uns gezwungen hat, gegeneinander zu kämpfen. Der letzte Überlebende oder Anführer des siegreichen Clans wurde zum Gewinner erklärt. Das war Phil. Laut der Regeln dieser Ausscheidungskämpfe haben die Verlierer ihre Erinnerung an das Experiment und das Neurointerface verloren. Also hat Phil, der als Einziger dazu in der Lage war, seinen Freund Alik mit dem Neurointerface verbunden und die Verbindung von uns anderen wiederhergestellt, um uns zu ermöglichen, die Mission auszuführen, über die ich Sie informiert habe. Außerdem hat er den Weg für seine Schwester Kira freigemacht, *Snowstorm* durch eine Finanzierungsquelle von mehreren Billionen zu unterstützen. Er hat die Gründer durch seine Interface-Kräfte zusammengebracht, und wir haben uns nur dank ihm zu dem entwickelt, was wir heute sind.”

„Aber was ist wirklich mit Philip Panfilov passiert?”, fragte Octius.

„Wie die anderen Gewinner der Ausscheidungskämpfe ist Phil in die Zukunft gegangen”, antwortete Anderson, und so unwahrscheinlich es auch klang, ich glaubte ihm. „Die nächste Phase würde dort stattfinden, haben die Verantwortlichen des Experiments Phil gesagt. Bevor er verschwunden ist, hat er uns diese Information durch Kira übermittelt."

„Und wer sind diese verdammten Verantwortlichen?" Ians Stimme klang ungeduldig. „Wie weit in die Zukunft ist er gegangen?"

„Er sollte ins nächste Jahrhundert reisen, aber ich habe Grund zu der Annahme, dass Phil betrogen worden ist", sagte Anderson. „Doch das ist im Moment nicht wichtig. Was Ihre Frage über die Experimentatoren angeht: Es sind keine Menschen. Das ist vorerst alles, was Sie wissen müssen, Herr Mitchell."

„Was war das ultimative Ziel des Experiments?", erkundigte Onkel Nick sich.

„Sie wollten herausfinden, ob die Menschen, die Homo sapiens, es verdienen, als Spezies zu überleben, oder ob sie ausgelöscht werden sollten."

Michael Anderson war zwar ein legendärer Redner, aber ich hatte großen Hunger und wollte nicht länger an diesem Tisch sitzen. Nach dem Koma fühlte ich mich noch schwach und es fiel mir schwer, zu verstehen, was er sagte. Ich hatte das Gefühl, immer wieder einzuschlafen und aufzuwachen. Es war, als ob ich in den Morast fallen und nur durch große Willensanstrengung weit genug auftauchen würde, um etwas von dem mitzubekommen, was er uns erzählte.

Nachdem Anderson uns informiert hatte, dass wir nicht allein im Universum wären, überging er die Details und kam gleich zu der Gefahr, die uns drohte: Sollten jene, die bei den Zweikämpfen triumphiert hatten, in den nächsten Phasen des Experiments scheitern, könnte es das Ende der menschlichen

Spezies bedeuten.

„Während der vielen Jahre der Interaktion mit dem universellen Informationsfeld ist unser Verdacht gewachsen, dass der Menschenversuch zu anderen Zwecken ausgeführt wurde als die, die zu Beginn angegeben worden sind", erklärte Anderson. „Doch selbst wenn wir damit unrecht haben sollten, hält die Zukunft nichts Gutes für die Menschheit parat."

„Ihre Voraussagen für unsere Zukunft sind ziemlich unheilvoll", schaltete Dek sich ein. „Um ehrlich zu sein, verstehe ich schon lange nicht mehr, wovon Sie reden, weil ich im Dunkeln all dessen herumtappe, was Sie sagen. Das ist frustrierend."

„Ich nehme an, dass Michael — wie auch der verstorbene Ola Afelobi — aufgrund bekannter Daten ein Modell von eben dieser Zukunft erstellen kann", bemerkte Octius. „Ich kann Ihnen versichern, dass vieles von dem, was die Gründer mir in den vergangenen zwanzig Jahren gesagt haben, eingetroffen ist."

„Das mag ja sein", sagte Ian gereizt. „Aber..."

„Wir erstellen keine Modelle", fiel Anderson ihm ins Wort. „Alle Gründer besitzen Voraussicht. Es ist eine der Superkräfte. Auf dem höchsten Level ihrer Entwicklung erlaubt die Fähigkeit uns, unser Leben mehrmals um Jahrhunderte zu beschleunigen und dann zum Ausgangspunkt in Zeit und Raum zurückzukehren. Im Hinblick auf Voraussicht sind alle Ereignisse, vor denen ich Sie hier warne, bereits eingetreten."

„Wenn Sie die Zukunft sehen können, warum sitzt dann keiner der anderen Gründer an diesem Tisch?", wollte Ian wissen. „Warum haben sie ihr Ende nicht vorausgesehen und sich gerettet?"

„Weil es so nicht funktioniert", antwortete

Anderson mit einem düsteren Grinsen. „Die Fähigkeit der Voraussicht rettet einen nicht vor dem endgültigen Tod. Sie hat ihre Grenzen."

Mir lief es kalt den Rücken herunter. Was Anderson beschrieben hatte, hatte ich selbst schon ein paarmal erlebt — sowohl in *Dis* als auch im realen Leben: Ich nannte es *Göttliche Offenbarung*.

„Wie oft haben wir uns bereits in dieser Runde getroffen, Herr Anderson?", fragte Ian.

„Verwechseln Sie die Zukunft, die wir durch Voraussicht gesehen haben, nicht mit der Zukunft, wie sie im Moment aussieht", erwiderte Michael. „Sobald man die Zukunft sieht, sind die dortigen Erlebnisse wie ein Traum. Selbst wenn es eine endlose Anzahl von Szenarien der Zukunft gibt, haben sich die hier Anwesenden zum ersten Mal in dieser Zusammenstellung versammelt. Wir könnten eine völlig neue Zukunft für den Planeten schaffen. Und um Ihrer Frage vorzugreifen: Der Grund dafür ist Alex. Denise, Zoran, Yuri, Guy Barron und ich sind immer Teil der Gruppe, aber die anderen drei — Dennis Kaverin, Nicholas Wright und Sie, Herr Mitchell — sind wegen Alex hier. Mit Ihrer Hilfe wird er die Ereignisse, die vor ihm liegen, leichter bewältigen können."

Ich hörte genau zu, aber Anderson überging erneut die Erklärung im Hinblick auf mich und redete weiter darüber, dass die Gründer die Zukunft nicht weiter als bis zur Schwelle gesehen hatten — so nannten sie das Jahr, in dem in jeder Version von Voraussicht die Geschichte der Menschheit abgeschnitten wurde.

Als *Snowstorm* etabliert worden war, hatten die Gründer sich darauf konzentriert, die Menschen vor dem Untergang durch eine globale nukleare Massenvernichtung zu bewahren. Was sie entdeckt hatten, hatte sie motiviert, ihre Anstrengungen zu verdoppeln und das kleinere Übel zu wählen: den Dritten Weltkrieg und das System der Staatsbürgerschaftskategorien.

Dadurch waren Frieden und eine relative Stabilität auf dem Planeten möglich gewesen, und sie hatten an dem Projekt Pilgrim und einer potenziellen zukünftigen Kolonisation anderer Sternensysteme arbeiten können. Das Projekt, an dem Anderson und Zhukov gearbeitet hatten, war im Rahmen des Spiel-Universums durchgeführt worden, während Savic und Afelobi sich mit der Bewusstseinsübertragung beschäftigt hatten. Manuel Fuentes hatte sich um alles andere gekümmert.

„Das Projekt Pilgrim hatte eigentlich ein anderes Ziel", erläuterte Anderson. „Die außerirdischen Experimentatoren, die sich Vaalfor nennen, sind uns so weit überlegen, dass wir keine Chance gegen sie haben. Sollten wir bei der Beurteilung der Spezies durchfallen, werden wir uns nirgends in der Galaxie verstecken können. Wir werden nirgendwo im Universum oder im Multiversum Zuflucht finden. Es ist vorerst nur eine Theorie, aber wir müssen alle Möglichkeiten in Betracht ziehen. Es ist durchaus möglich, dass die Vaalfor das Reisen durch parallele Universen und Dimensionen gemeistert haben."

Ian Mitchell rollte mit den Augen und schlug sich mit der Handfläche gegen die Stirn. „Lieber Himmel, wo bin ich gelandet?", stöhnte er. Er schaute in die Runde und sagte: „Glaubt jemand von Ihnen diesen Unsinn? Außerirdische, parallele Universen, Beurteilung der Spezies... Bei allem Respekt, Herr Anderson!"

„Zweifeln Sie nicht an Herrn Andersons Wort, Herr Mitchell", warf Onkel Nick ein. „Ich kann Ihnen meine Geschichte nicht erzählen, aber ich kann Ihnen versichern, dass ich persönlich Ereignisse erlebt habe, die alles, was bisher gesagt worden ist, bestätigen. Ich bin bereit, einen Lügendetektortest zu machen, um Ihnen zu beweisen, dass ich die Wahrheit sage."

„Danke, Nicholas", sagte Anderson. „Das Fazit ist, dass wir — ich meine die gesamte Menschheit — eine Schlinge um den Hals haben. Eigentlich sind wir schon gehängt worden. Das Seil hat sich um unseren Hals zusammengezogen und die Schwerkraft zerrt an unserem Rückgrat. Unsere Hände sind gefesselt, und es gibt keinen Ausweg. Wir müssen akzeptieren, dass unser Körper langsam stirbt und wir nur noch unser Bewusstsein haben."

„Sie schlagen also vor, dass wir die Menschheit retten, indem wir alle zwingen, nach *Dis* zu gehen?", fragte Dennis Kaverin. „Glauben Sie, die Server des Spiels würden es überleben, wenn die ganze Welt zusammenbrechen würde?"

„Sie werden nicht überleben, wenn Alex nicht beenden kann, was er begonnen hat", antwortete Anderson und schaute mich an. Ich öffnete den Mund, um zu fragen, was er damit meinte, doch er fuhr fort: „Aber ich greife den Dingen vor. Vor etwas mehr als zwanzig Jahren ist es uns gelungen, *Disgardiums* Quelltext in das universelle Informationsfeld zu übertragen. Dort haben wir die Regeln und Gesetze der neuen Welt festgelegt und waren überzeugt, dass sie sich entwickeln würde und es möglich wäre, in ihr zu leben."

„Sie sagen also, dass alle, die in *Dis* spielen, in... Ja, wo werden wir enden? In einer neuen Welt, die keine virtuelle Realität ist?"

Anderson schüttelte den Kopf. „Nein, vorerst werden wir nirgendwo enden." Er hob den Zeigefinger und fügte hinzu: „Noch nicht. Leider gibt es noch keine

Technologie, die es gewöhnlichen Leuten erlauben würde, die im Moment existierende Betaversion von *Disgardium* zu betreten, die sich scheinbar zu einer neuen Welt entwickelt hat. Nur KIs können dort laden. Menschliche Spieler können in der Beta-Welt nicht überleben."

„Ach ja?", spöttelte Dennis. „Und was ist mit mir?"

„Ich habe von der Technologie gesprochen, Herr Kaverin", entgegnete Anderson. „Während der gesamten Geschichte der Welt sind nur einhundert Leute dort angekommen. Es waren *Disgardiums* erste Betatester. Durch die gemeinsamen Anstrengungen aller fünf Gründer ist es gelungen, aber nur ein einziges Mal. Und wie Sie sehr wohl wissen, ist es im Moment unmöglich, dieses Kunststück zu wiederholen."

„Wie bin ich dann dorthin gelangt?", wollte Kaverin wissen.

„Es war Teil des Spiels", antwortete Anderson ausweichend. „Alex, Sie und ich werden detaillierter darüber reden, wenn wir diesen Punkt in unserem Aktionsplan erreichen. Aber jetzt lassen Sie mich auf die Geschichte der Betatester zurückkommen."

Ich nickte, und er griff den Faden wieder auf. „Einhundert Betatester... Die Bewusstseinsübertragung hat ihren physischen Körper vernichtet. Das konnten wir nicht vorhersehen. Als der 40-stündige Ladevorgang abgeschlossen war, waren sie tot und ihre Bewusstseine waren in der Beta-Welt eingeschlossen."

„Und trotzdem hat ein Betatester überlebt", warf Dek ein.

„Zwei", korrigierte Anderson ihn. „Ein Betatester, Herr Bart Chu, ist in den ersten Stunden des Tests einen endgültigen Tod gestorben. Sein Körper hat lange genug überlebt, dass er in ihn zurückkehren konnte.

Sie, Herr Kaverin, sind noch rechtzeitig aus der Kapsel geholt worden. Das war kurz bevor der Alarm ertönt ist, der die letzte Phase der Übertragung für sie alle angekündigt hat. Es ist uns gelungen, Sie wiederzubeleben. Alle übrigen haben nicht so viel Glück gehabt."

„Augenblick mal!", rief Ian. „Die Server, die *Disgardiums* Beta-Welt hosten, befinden sich also im universellen Informationsfeld?"

„Im Prinzip ist das universelle Informationsfeld ein einziger, allumfassender Server, der mit allem Existierenden verbunden ist", stellte Anderson klar. „Beim Projekt Pilgrim ging es darum, Leute nach *Disgardium* fliehen zu lassen, falls es die letzte Möglichkeit für uns wäre. Angesichts der jüngsten Vorfälle gibt es nur eine Person, die das in die Realität umsetzen kann."

Und er schaute mich an.

Kapitel 6: Seelenfänger

ALLE ANDEREN BLICKTEN ebenfalls zu mir herüber. Während ich versuchte, zu begreifen, was Anderson gesagt hatte, schaute ich mich in dem Konferenzraum um. Er war unglaublich luxuriös ausgestattet. An den Wänden hingen Bildteppiche und Gemälde. Einige waren von berühmten Künstlern aus der Vergangenheit geschaffen worden, andere von zeitgenössischen Malern. Der Tisch, an dem wir saßen, hatte eine leuchtende Marmorplatte. Wir saßen auf weichen Lederstühlen. Der Raum war von warmem, goldenem Licht erfüllt. All der Prunk machte mich wütend, als ich an die Bedingungen in Cali Bottom dachte — vor Kurzem noch unser Zuhause, bis es von einer Atombombe zerstört worden war. Dann wurde mir übel — von der künstlichen Schwerkraft, der Tatsache, dass wir gezwungen waren, an Bord dieser Yacht zu sein, und den Gesichtern, die mich anstarrten. Die ganze Situation erschien mir äußerst grotesk.

Der wahre Grund für die Übelkeit war natürlich

Andersons letzte Äußerung. Er hatte es so beiläufig und teilnahmslos gesagt, dass mir die volle Bedeutung seiner Worte nicht gleich klar geworden war.

Als ich endlich verstand, geriet ich in Panik. Falls Anderson und die anderen mich weiterhin angestarrt hätten, wäre ich vermutlich aufgesprungen und fortgelaufen oder hätte mein Gesicht in den Händen vergraben, damit niemand sehen würde, dass ich errötet war und wünschte, mich in Luft auflösen zu können.

Doch Anderson schaute weg und sprach weiter über die Betatester, sodass ich sitzen blieb. Selbst wenn ich aus dem Raum hätte laufen wollen, wäre es mir sicher nicht gelungen, denn meine Kehle war trocken, meine Hände und Knie zitterten heftig und ich konnte kaum atmen. Dann hörte ich ein Summen in den Ohren, das immer lauter wurde. Gleich darauf wurde alles dunkel und still. Als ich meine Augen öffnete, lag ich auf dem Boden. Michael Anderson kniete neben mir und hatte seine Hand auf meine Stirn gelegt. Hinter ihm erkannte ich die besorgten Gesichter von Onkel Nick, Denise, Yuri, Zoran, Ian, Dennis und Guy Barron.

„Wie fühlst du dich, Alex?", fragte Anderson.

Ich hörte in mich hinein. Mir war immer noch übel, aber mein Herz pochte nicht mehr so stark. Das fiebrige Gefühl und das Zittern hatten nachgelassen.

„Es geht mir wieder besser", antwortete ich und versuchte, mich aufzusetzen.

„Bleib noch einen Moment liegen", sagte Anderson. Er wandte sich an die anderen. „Lassen Sie uns unser Gespräch hier fortsetzen, bis Alex sich ein wenig erholt hat."

Keiner der acht Leute, die um mich herum standen, hatte etwas einzuwenden. Onkel Nick ergriff meine Hand und drückte sie.

„Was ist passiert?", wollte ich wissen.

„Du hattest eine Panikattacke", erklärte Michael. „Es war meine Schuld. Ich habe angenommen, dass du nach all den Strapazen, die du durchgemacht hast, die Informationen verarbeiten könntest. Selbst das universelle Informationsfeld hat eine Wahrscheinlichkeit von fast 100 % angezeigt, dass deine Psyche in der Lage wäre, diese neue Bürde und das damit verbundene Wissen aufzunehmen. Es tut mir leid, Alex. Wenn ich nicht davon überzeugt gewesen wäre, dass du bereit bist, diese Dinge zu hören, hätte ich dich nicht damit konfrontiert."

„Trotzdem hätten Sie etwas gesunden Menschenverstand walten lassen können, Herr Anderson." Das war Onkel Nick. „Der Junge hat gerade erst die Schule abgeschlossen, und Sie..."

Anderson erwiderte etwas, aber ich hörte nicht zu. Ich selbst hatte noch nie eine Panikattacke gehabt, aber ich hatte es bei meinen Eltern erlebt. Jedes Jahr, wenn die Bürger beweisen mussten, dass sie ihren Platz in der sozialen Hierarchie verdienten, wurden sie von Panikattacken ergriffen — es sei denn, sie waren Aristos. Doch die erlebten sie vermutlich auch, wenn auch aus anderen Gründen.

Und nun war es mir auch passiert. *Gratulation, Alex. Jetzt bist du erwachsen,* dachte ich. Meine Panikattacke resultierte jedoch aus einem weitaus ernsteren Grund als die meiner Eltern. Sie hatten sich Sorgen um ihren Sohn und sich selbst gemacht, um das Wohl ihrer Familie und um ihre Zukunftsaussichten. Ich hingegen hielt die Zukunft der gesamten Menschheit in meinen Händen. *Aber mach dir keine Gedanken, auch wenn du vor Kurzem noch ein Schüler warst, der Demütigungen und die*

Feindseligkeit der Massen hinnehmen musste, mehrere Mordversuche überlebt hat und von den Mobs im Nether, von Neun, dem Tyrannen Baal und den Kinder von Kratos gefoltert worden ist. Und das waren nur verdammte Prüfungen — die Vorbereitung auf die wahren Herausforderungen!

Plötzlich dämmerte es mir. Es gab tatsächlich eine Parallele zwischen dem, was ich hatte erdulden müssen, und dem, was die Menschheit wegen der Staatsbürgerschaftskategorien und der Aufteilung in Bürger und Nicht-Bürger durchmachen musste. All das ging auf die Gründer von *Snowstorm* zurück — einschließlich der Person, die im Moment neben mir kniete. Wer hatte ihnen das Recht gegeben, die Verantwortung für alle anderen zu übernehmen?

Unbändige Wut stieg in mir auf. Sie musste mir im Gesicht gestanden haben, denn die anderen nahmen sie wahr. Anderson hatte gesprochen, doch nun hielt er inne und schaute mich erstaunt an. Offensichtlich sah er etwas auf seinem Neurointerface.

„Bevor du etwas sagst, das du später bereuen wirst, hör mir zu, Alex", bat er.

„Habe ich eine Wahl?", fragte ich aufmüpfig. „Na gut, sprechen Sie weiter."

„Mäuse, Alex."

„Was? Welche Mäuse?"

„Im letzten Jahrhundert wurde ein Experiment mit Mäusen durchgeführt", erläuterte Anderson. „Eigentlich waren es Tausende von Experimenten, die die armen kleinen Kreaturen erdulden mussten, doch eins davon, Universum 25, hat den Wissenschaftlern der damaligen Zeit einiges verdeutlicht. Leider waren sie nicht in der Lage, der Menschheit mit ihren Ergebnissen zu helfen. Und darum..."

„Herr Anderson, ich glaube nicht, dass Alex die

Einzelheiten des Experiments bekannt sind", warf Yuri Serebryansky ein.

Wieder Experimente — zum x-ten Mal während der letzten Stunde. Experimente an Mäusen, an Menschen und an Anderson selbst, ausgeführt von Außerirdischen. Und Experimente an uns, ausgeführt von Anderson. Als ich darüber nachdachte, brach ich in hysterisches Gelächter aus.

„Ich weiß! Sie haben beschossen, an uns zu experimentieren! Hahaha!"

Es war Hysterie, das war mir bewusst. Trotzdem konnte ich nicht aufhören, wie ein Wahnsinniger zu lachen. Es war vermutlich die Anhäufung der Ereignisse, die mich die Kontrolle verlieren ließen: der Staatsbürgerschaftstest, die Folter, die Stunden in Mimikry, die ich erst als Schwert und dann als Felsen verbracht hatte, die nukleare Explosion, die Strahlenkrankheit und nicht zuletzt Andersons fantastische Geschichten. Wie Onkel Nick immer gesagt hatte: Ich war übergeschnappt.

Wie auch immer, ich deutete lachend auf Anderson und sagte immer wieder: „Ein Experiment! Zur Hölle mit den Experimenten! Ein Experiment hier, dort und im Nether! Wir sind alle Mäuse! Hahaha! Wir sind Mäu-se! Wir..."

Ich verstummte, als eine heilende grüne Welle über mich glitt, all meine Zellen erfüllte, überschüssige Hormone aus meinen Arterien und Blutgefäßen entfernte, und ich auf einmal von einem wohligen Gefühl überwältigt wurde. Ich fühlte, wie meine entzündeten Neuronen und Synapsen sich wieder ordneten, und eine unsichtbare, sanfte Hand die unerträgliche Bürde von meinen Schultern, meiner Seele und meinem Herzen nahm.

Ich hatte vor Lachen Tränen in den Augen. Die

Hand wischte sie fort und streichelte mir leicht über die Wange.

„Gleich geht es dir wieder besser, Junge."

Denise Le Bon nahm ihre Hand zurück, und ich hätte beinahe geweint, aber dieses Mal aus einem anderen Grund: Ich wollte nicht, dass sie sich von mir entfernte. Vielleicht bildete ich es mir nur ein, aber ich sah, wie sich smaragdgrüne Fäden, die ihre Hände mit meiner Wange verbunden hatten, in der Luft auflösten.

Als ob sie verstand, dass ich sie an meiner Seite brauchte, blieb sie neben mir, strich mir übers Haar und gab mir einen Kuss auf die Wange. Ich fühlte ihren warmen Atem an meinem Gesicht, als sie in mein Ohr flüsterte.

„Du kennst keine Angst, weil du sie in innere Stärke verwandelst. Du nährst dich an Angst, kreierst und verwandelst Materie und teilst deine Stärke großzügig mit anderen. Sie werden dir helfen, die Bürde zu tragen. Du bist nicht allein, Alex Sheppard. Wir sind bei dir. Ich bin bei dir."

Danach kehrte sie wieder zu ihrem Stuhl zurück, während alle anderen sie mit großen Augen anstarrten. Nur Michael Anderson sah nicht überrascht aus. Er wusste offenbar von Denises besonderer Fähigkeit. Er blickte zu ihr hinüber und nickte, bevor er mich forschend anschaute.

„Ich bin in Ordnung, Herr Anderson", sagte ich. Wir können uns wieder an den Tisch setzen. Worum ging es bei dem Experiment mit den Mäusen?"

Während ich die Frage stellte, sah ich Denise an und versuchte, zu verstehen, was gerade zwischen uns geschehen war. Sie hatte etwas getan, dass mir das Gefühl gegeben hatte, wir wären ein Ganzes, zwei verschmolzene Hälften. Ich hatte noch nie so etwas empfunden, nicht einmal mit Rita, wenn wir zusammen den Höhepunkt erreicht hatten. Wer war Denise Le Bon? Die Frage ging mir durch den Kopf, doch sie verschwand wieder, und schließlich dachte ich nicht mehr darüber nach, als ob Denises wundersam heilenden Hände nichts Besonderes wären.

Die anderen Anwesenden waren nicht sicher, dass ich mich besser fühlte, denn Zoran und Onkel Nick fassten mich unter, Serebryansky ging vor uns, um mich aufzufangen, falls ich stolpern sollte, und die übrigen blieben hinter uns. Nachdem alle wieder auf ihren Plätzen saßen, schilderte Anderson uns das Experiment Universum 25.

Bei diesem Versuch, der über drei Jahre gelaufen war, waren einer Gruppe von Mäusen die besten Lebensbedingungen gegeben worden: eine angenehme Temperatur, ein großes Revier, die Mäuse waren vor Krankheiten, Viren und Parasiten geschützt worden und hatten reichlich Nahrung und Wasser gehabt.

Zuerst hatten die Tiere sich vermehrt und ihr kleines Universum bevölkert. Sie hatten ihre behagliche Existenz genossen, ihre Lebenserwartung hatte sich erhöht und ihre Anzahl hatte sich alle sechs Monate verdoppelt.

Eine Generation war der nächsten gefolgt, doch mit der Zeit hatte sich etwas verändert — erst schleichend, und dann immer auffälliger. Die weiblichen Mäuse, die in dem Mäuseparadies geboren worden waren, hatten sich geweigert, Nester zu bauen, und waren lieber allein geblieben. Alle Jungen, die geboren worden waren, waren von den erwachsenen Tieren gefressen worden. Die männlichen Mäuse hatten sich nicht mehr paaren und die Weibchen verteidigen wollen. Statt einen Kampf auszutragen, hatten sie ständig ihr Fell gepflegt. Aus dem Grund hatten die Wissenschaftler sie „Dandys" genannt. Etwas später waren sie grundlos aggressiv geworden, hatten ihren Artgenossen Wunden zugefügt und die schwächsten Tiere in die lebensfeindlichsten Bereiche des Reviers vertrieben.

Obwohl die Mäuse keine Feinde und genügend Nahrung gehabt hatten, hatten sie das Interesse am Leben verloren. Die Population war unaufhaltsam weniger geworden, und am Ende, drei Jahre, nachdem das Experiment begonnen hatte, war die letzte Maus gestorben.

Anderson hielt einen Moment inne, bevor er sagte: „Das Experiment ist von vielen Seiten kritisiert worden." Er stützte seine Ellbogen auf den Tisch und verschränkte die Hände. „Viele andere haben es wiederholt und sind zu den gleichen Ergebnissen gekommen, egal ob die Testobjekte Mäuse, Ratten, Affen oder sogar Menschen waren, obwohl die Bedingungen für Menschen simuliert worden waren. Alle irdischen Gemeinschaften, die sich keinen Herausforderungen stellen müssen, vernichten sich selbst und sterben aus."

„Wie hat das Experiment seinen Namen bekommen?", fragte ich.

„Es war der 25. Versuch des Wissenschaftlers, ein Mäuseparadies zu schaffen. Alle vorhergehenden Experimenten hatten zum Tod aller Nagetiere geführt."

Als niemand etwas sagte, sprach Michael erneut und wählte harte Worte.

„Es war unsere einzige Möglichkeit. Durch das Überangebot von Nahrung, den endlosen Konsum und das unkontrollierte Verbrennen unersetzbarer Ressourcen hätte der Menschheit auch ohne das Eingreifen von außerirdischen Kräften die Selbstvernichtung gedroht. Um stärker zu werden und uns verteidigen und überleben zu können, brauchten wir neue Herausforderungen.”

Ich erinnerte mich an Herrn Kovacs‘ Geschichtsunterricht. Er hatte uns von den Atombomben erzählt, die ganze Städte in Schutt und Asche gelegt und Millionen zu Flüchtlingen gemacht hatten. Kinder hatten ihre Eltern verloren und Eltern ihre Kinder. Frauen waren ohne ihre Männer zurückgeblieben und umgedreht. Dann war die Globalisierung gekommen, und alle waren gezwungen worden, sich zusammenzuschließen. Weltweit war Frieden erzwungen worden, und die Menschen waren in Staatsbürgerschaftskategorien aufgeteilt worden. Mir fiel der Pilot Clayton ein, der Veteran, der seine Beine verloren hatte. Er hatte sich aus dem Fenster gestürzt, weil er nicht mehr von der Gesellschaft gebraucht wurde. Und Trixie, der körperlich und geistig behindert gewesen war, weil seine Mutter sich keine gute Ernährung hatte leisten können, als sie schwanger gewesen war. Ich hatte Hank Almeida vor Augen, Mannys Bruder, der durch den Supermarkt gewandert war, um Zutaten für einen Kuchen für seine Tochter Casey zu kaufen, die einen Monatslohn gekostet hatten. Später hatte er den Verstand verloren oder war in den Laboren von *Snowstorm* verschwunden — und nur, weil Anderson, Savic, Afelobi, Zhukov, Fuentes und Gott wusste, wer sonst noch, sich das Recht herausgenommen hatten, den Lauf der Geschichte so zu ändern, dass er dem von ihnen geplanten Pfad folgen würde.

„Wer hat Ihnen das Recht dazu gegeben?” Meine Stimme brach und klang heiser. Ich hatte einen Kloß im Hals und meine Augen brannten.

Denise Le Bon sah mich an und streckte ihre Hand aus, die smaragdgrün leuchtete, aber Anderson schüttelte den Kopf. Der Gründer schien in sich zusammenzusacken. Er ließ die Schultern hängen und sah auf einmal so alt aus, wie er war. Die Stimme des alten Mannes war so leise, dass ich ihn kaum verstehen konnte.

„Stell dir einen führerlosen Zug vor, der auf einen Abgrund zusteuert, Alex", sagte Anderson. „An Bord ist die Menschheit. Wir haben die Notbremse gezogen, um den Zug anzuhalten und ihn auf eine andere Schiene zu bringen. Was hättest du an unserer Stelle getan? Hätten wir der Welt sagen sollen, was uns bevorsteht? Hätten wir die Menschen davon überzeugen sollen, dass wir wissen, was zu tun ist, und die Bevölkerung dann entscheiden lassen, ob der Zug angehalten werden soll oder nicht? Ich fürchte, wir wären in den Abgrund gestürzt, bevor die Menschen etwas unternommen hätten."

„Also haben Sie beschossen, stattdessen ein paar Generationen von Passagieren zu opfern, um den Rest zu retten? Haben Sie schon einmal gesehen, unter welchen Bedingungen die Nicht-Bürger und die Verwilderten leben müssen?"

„Wenn du glaubst, dass die Menschen vor unserem Eingreifen glücklicher waren, hast du dich getäuscht. Höchstens zehn Prozent von ihnen waren mehr oder weniger zufrieden. Die übrigen haben... überlebt. Darum haben wir es gewagt. Ja, wir mussten die Verantwortung dafür übernehmen, die Menschheit durch einen Weltkrieg zu führen, die Vereinigung zu erzwingen und die Gesellschaft mithilfe der Staatsbürgerschaftskategorien in Schichten aufzuteilen. Kurz gesagt: Wir haben die existierende Weltordnung geschaffen. Die Aristokratie verkommt, denn sie nutzen ihre idealen Gene nicht, um sich fortzupflanzen, weil es keine Herausforderungen gibt und sie wie die Maden im Speck leben. Die Bürger der höchsten Kategorien haben ein angenehmes Leben, ohne es sich verdienen zu müssen, und ihre Kinder sind nutzlos. Sie sind die Mäuse aus dem Experiment Universum 25."

„Und der größte Teil der Menschheit...", begann Ian nachdenklich.

„... sind Nicht-Bürger", beendete Anderson seinen Satz. „Ihre Kinder wissen nichts von dieser Vergangenheit oder wie es ist, in einer Konsumgesellschaft zu leben. Sie sind die wahre Zukunft der Menschheit, obwohl sie in Bezirken und Zonen für Nicht-Bürger isoliert wurden. Sie sind durch Not und Entbehrung abgehärtet und haben gelernt, mit schwierigen Situationen fertigzuwerden. Sie wissen, was sie tun müssen, um zu überleben. Nicht-Bürger, MOSOWs, sind die *wirklichen* Menschen. Sie werden im nächsten Jahrhundert den Kern unserer Zivilisation bilden, wenn wir hoffentlich gut bei der Beurteilung der Spezies abschneiden und uns der galaktischen Gemeinschaft anschließen."

„Was ist, wenn Sie sich irren?", fragte Dennis Kaverin. „Was ist, wenn Sie und die anderen Gründer unter einer Form von kollektiver Halluzination gelitten haben? Eine sehr überzeugende Halluzination. Was, wenn wir tatsächlich alle in Sicherheit sind?"

Anderson nickte. „Das ist eine ausgezeichnete Frage. „Ich gebe zu, dass ich die Möglichkeit nicht ausschließe. Es könnte sein, dass alles, was ich Ihnen erzählt habe, das Ergebnis meiner übersteigerten Fantasie ist. Doch angesichts der Tatsache, dass die anderen Gründer nicht mehr leben, können Sie die Idee von kollektivem Wahnsinn ausschließen und mir allein die Schuld geben. Aber selbst wenn Sie recht hätten, würde ich lieber auf Nummer sicher gehen und einen funktionierenden Umsiedlungsmechanismus entwickeln. Dass es möglich ist, wird Alex Ihnen bestätigen. Er hat nicht nur mit Ihrem zweiten Ich im Nether kommuniziert, sondern auch... Alex?" Anderson zog die Augenbrauen hoch.

„Und ich bin ihm sehr dankbar", entgegnete ich und schaute Dennis direkt an. „Ich hätte nicht aus dem Nether entkommen können, denn Neun — June Curtis — hat mich gefangen gehalten, und nachdem ich geflohen war, hat sie Jagd auf mich gemacht. Drei, der sich als Dennis identifiziert hatte, hat mir geholfen. Er hat mir erzählt, dass seine Freunde ihn Dek genannt haben."

„Ja, ich bin Drei", erklärte Dennis mit missbilligendem Blick. „Ich war Betatester Nummer Drei. Wir müssen uns unterhalten, Junge. Über June und auch über mein anderes Ich."

„Auf alle Fälle", erwiderte ich. „Nachdem ich mit Ihrer Hilfe aus dem Nether entkommen war, musste ich beim Tempel in der Lakharianischen Wüste gegen Sie oder, besser gesagt, Ihren Charakter Dek kämpfen. Innerhalb einer Stunde hatte ich also mit beiden Versionen von Dennis Kaverin zu tun."

„Sie werden später Zeit haben, miteinander zu reden", sagte Michael Anderson. „Doch jetzt sollten wir wieder zur Sache kommen. Wissen Sie, wie es uns gelungen ist, die Bewusstseine der Betatester zu übertragen, und warum es niemand anders geschafft hat? Hunderte von wissenschaftlichen Gruppen und geheimen Abteilungen zahlreicher Unternehmen haben illegal versucht, einen Mechanismus zur Übertragung menschlicher Bewusstseine zu entwickeln. Der Vierte, Herr Serebryansky hier, versteht mehr von der theoretischen Übertragung als jeder andere, aber das bedeutet nicht, dass seine eigenen Versuche erfolgreich waren. Warum wohl nicht?”

„Etwas noch nicht Bestimmtes und Entscheidendes muss während der Übertragung verlorengehen”, sagte Yuri. „Weder ich noch alle anderen, die daran arbeiten, haben eine andere Erklärung.” Er zuckte mit den Schultern.

„Es gab ein Buch, das die Lösung für dieses Dilemma enthielt, doch es ist verschwunden und wurde aus der Geschichte gelöscht — ebenso wie die Erinnerungen derjenigen, die es gelesen hatten.” Andersons Gesicht verhärtete sich. Zwischen seinen Augenbrauen bildete sich eine Falte. „Phil hat dieses Buch geschrieben — wenige Tage, bevor die Vaalfor es an sich gebracht haben, und....”

Ich schaute zu Michael hinüber. Sein Mund bewegte sich noch, aber er gab keinen Ton mehr von sich. Und dann war er verschwunden, als ob er sich in Luft aufgelöst hätte. In dem luxuriösen Konferenzraum brach Chaos aus. Ich öffnete den Mund, doch ich konnte keine Luft einatmen. Es war, als ob sie aus dem Raum abgesaugt worden wäre.

Verwirrt sprangen wir auf. Ich hörte nur das dröhnende Pochen meines Blutes in meinen Schläfen und war fast taub, doch kurz darauf kehrten die Geräusche von außen zurück. Der Raum teilte sich in zwei Teile. Explosionen und das Heulen von Plasmawaffen erfüllten die Luft.

Jemand greift die Yacht an!, schoss es mir durch den Kopf, bevor ich mir an die Kehle griff, weil ich erstickte. Ich bemerkte unwichtige Dinge, zum Beispiel, dass die teure Einrichtung und die Kunstobjekte unversehrt blieben, als ob sie mit einer Art von festen, kosmischen Koordinaten verbunden wären.

Anderson war verschwunden und Dennis war am Tisch erstarrt, da er in zwei Hälften gespalten worden war. Onkel Nick sprang auf mich zu, aber er blieb in einer absurden Haltung zwischen Octius und mir hängen. Der Spielleiter griff unter seinem Revers nach etwas, bevor er ebenfalls erstarrte. Die anderen drängten sich hinter dem Tisch zusammen und benutzen die Stühle als Schilde. Die unbekannte Einheit setzte unerbittliche Kraft ein, um dieses Zimmer und die gesamte Raumyacht auseinanderzubrechen, soviel stand fest. Der runde Marmortisch begann zu zerfallen, bis nur noch Staub von ihm übrig war. Mir schwirrte der Kopf, als ich mir vorstellte, welch große Angst meine Freunde, meine Eltern und meine ungeborene Schwester durchleben mussten.

All das passierte innerhalb weniger Sekunden, und dann schienen die Realität und die Zeit sich auf einmal zurückzudrehen. Alles wurde wiederhergestellt, wie es gewesen war, und wir neun Leute saßen wieder um den Tisch herum und hörten Anderson zu.

„Der Vierte, Herr Serebryansky, versteht mehr von der theoretischen Übertragung als jeder andere, aber das bedeutet nicht, dass seine eigenen Versuche erfolgreich waren. Warum wohl nicht?"

Was zum Teufel war das gewesen? Anderson und die anderen verhielten sich, als ob nichts geschehen wäre.

„Etwas noch nicht Bestimmtes, aber Entscheidendes muss während der Übertragung verlorengehen", sagte Yuri. „Weder ich noch alle anderen, die daran arbeiten, können es erklären."

Aber dann nahm das Geschehen eine Wendung: Michael Anderson erzählte uns nicht von dem Buch, in dem Phil die Frage beantwortet hatte, und das die Vaalfor an sich gebracht hatten.

Ich schlussfolgerte, dass Anderson durch die Erwähnung von Phils Buch oder den Vaalfor eine Art von Angriff auf die Yacht ausgelöst hatte. Dadurch, dass er diese Informationen nicht mit uns geteilt hatte, hatte er diese Entfaltung der Zukunft verhindert und alles wieder an den Scheideweg der Zeit zurückgespult. So funktionierte *Göttliche Offenbarung* für mich, und ich vermutete, dass Anderson etwas Ähnliches auch schon erlebt haben musste. Er hatte uns von den Simulationen erzählt, die ihm erlaubten, in Variationen der Zukunft zu leben, doch ich weigerte mich, zu glauben, dass ich im Moment in einer solchen Simulation existieren würde. Das war nicht möglich.

Aber warum erinnerte ich mich als Einziger daran, was nach dem Scheideweg passiert war? So merkwürdig es klang, die Angst vor meinem bevorstehenden Tod, die Halluzinationen, die Art und Weise, wie Michael die Zeit zurückgedreht hatte, und das Geheimnisvolle des Ganzen half mir, mich zu beruhigen. Ich lehnte die Handlungsweise der Gründer zwar ab, aber es war sinnlos, mich darüber zu ärgern, dass sie mich nicht gefragt hatten, bevor sie mich mit den Helden und Rettern der Welt in einen Topf geworfen hatten.

Meinst du etwa, dass du einverstanden gewesen wärst, wenn sie dich vorher gefragt hätten?, erkundigte mein innerer Scyth sich spöttisch. Gutes Argument. Ich dachte an Tomoshi-Hiros, Wesley-Big Po und alle Freunde und Begleiter, die ich in beiden Welten hatte. Wenn Scyth keine Gefahr geworden wäre, wären sie nie meine Freunde geworden.

Ich schob diese Gedanken vorsichtig beiseite. Ich könnte sie zu einem späteren Zeitpunkt wieder hervorholen, um mich an ihnen zu erfreuen und innerlich zu wärmen. Im Augenblick musste ich mich auf das Hier und Jetzt konzentrieren, wo Ian, der an Serebryanskys Lippen gehangen hatte, fragte: „Was meinen Sie, Yuri?"

„Ich glaube, wir bestehen nicht nur aus einem Bewusstsein und einen Körper. Es ist noch etwas anderes im Spiel, so etwas wie eine Seele. Es heißt, dass das Bewusstsein zwar kopiert oder übertragen werden kann, die Seele jedoch im Körper bleibt. Wenn das Bewusstsein einer Person vollständig übertragen wird, sterben sowohl der ursprüngliche Körper als auch das Bewusstsein, das seine Seele verloren hat."

„Dann glauben Sie also an die Existenz einer Seele?", hakte Ian nach.

„Die Existenz der Seele ist bisher noch nicht bewiesen worden, obwohl es schon oft versucht wurde", antwortete Serebryansky vorsichtig. „Ich bin jedoch überzeugt, dass es ein unbekanntes Element gibt, das durch die Übertragung verloren geht, und dass es sich dabei um die Seele handelt."

„Die Seele existiert", bekräftigte Anderson, „aber außer dem, was mir einmal enthüllt worden ist, habe ich keine Beweise dafür."

Michael schaute mich bedeutungsvoll an. Er wusste, dass ich verstand, wovon er sprach: Er konnte Phils Buch und die Vaalfor nicht erwähnen, weil er sonst ihre Wut erregen würde.

„Ich weiß ganz sicher, dass wir etwas besitzen, das als ‚Seele' bezeichnet werden kann", erklärte er mit fester Überzeugung. „Deswegen ist es unmöglich, das Bewusstsein einer Person zu kopieren oder zu übertragen. Göttliche Kraft, die Natur oder irgendwelche uralten Super-Einheiten haben es in unsere... Ich kann nicht einmal sagen, dass wir von DNA sprechen. Es ist eher die Essenz eines Lebewesens."

„Aber wozu sind wir mit dieser sogenannten Seele ausgestattet worden?”, fragte Octius.

„Wahrscheinlich um sicherzustellen, dass jedes ich-bewusste Wesen einzigartig ist”, erwiderte Anderson. „Damit jene, die über den Großteil der Ressourcen verfügen, nicht ungestraft und ohne Rücksicht auf die Konsequenzen handeln können. Damit sie nicht für immer leben können. Stellen Sie sich Joshua Gallagher mit seinen Ressourcen und seinem Einfluss vor. Wenn er wüsste dass er ewig leben könnte, weil es immer vorgefertigte junge Klone gibt, und der Tod als großer Gleichmacher durch die Übertragung seines Bewusstseins in einen anderen Körper außer Kraft gesetzt würde, bräuchte er keine Angst mehr vor der Todesstrafe zu haben. Stellen Sie sich vor, die übrigen Aristos würden seinem Beispiel folgen, um noch größeren Einfluss zu bekommen. Wo würde das enden?”

„Wir würden überirdische Halbgötter unter uns haben”, sagte Ian grimmig. „Der Gott Gallagher, für den wir weniger wert wären als der Staub unter seinen Schuhen.”

„Genau”, pflichtete Anderson ihm bei. „Aber wir wissen jetzt, dass es unmöglich ist. Persönlichkeit, Bewusstsein, Seele — wie immer Sie es nennen wollen — diese Essenz ist einzigartig und kann nur in einer einzigen Kopie existieren.”

„Augenblick mal...” Serebryansky sah Anderson erstaunt an. „Sie wussten es die ganze Zeit und haben nichts gesagt, obwohl Sie gesehen haben, wie hart ich daran gearbeitet habe, um das Problem zu lösen? All die Experimente, die zu nichts geführt haben, all die Leute, die umsonst gestorben sind... Sie waren zwar unheilbar krank und haben zugestimmt, Versuchspersonen zu sein, aber trotzdem... Was zum

Teufel, Michael? Wenn Sie mich informiert hätten, hätte ich nicht so viele Jahre damit verbracht... Ich hätte so viele Leben retten können! Nicht nur das meiner Untergebenen, sondern auch das von Kollegen."

„Sie hätten mir sicher nicht geglaubt", entgegnete Anderson.

„Tissa!", rief ich aus. Der Widerspruch zwischen Michaels Worten und der Realität lag auf der Hand. „Wenn Herr Anderson recht hat, hat Tissa keine Seele mehr. Warum ist sie dann noch am Leben?"

Wir starrten Anderson durchdringend an. Offensichtlich kannten alle Anwesenden die Geschichte von Melissa Schäfer. Vermutlich hatte Serebryansky selbst ihnen davon berichtet. Yuri rieb sich das Kinn. „Wir haben ihren Körper geklont und mit einem mentalen Abdruck ausgestattet, nicht mit ihrem Bewusstsein. Das weiß ich genau, weil ich es durchgeführt habe. Sie haben gesagt, dass die Schläfer sie zu dem gemacht haben, was sie jetzt ist."

„Das stimmt", entgegnete Anderson. „Ich kann mit Sicherheit sagen, dass die Melissa Schäfer an Bord der *Sleipnir* das Original ist. Aber es ist nicht ihr ursprünglicher Körper, sondern der eines Klons. Dennoch ist der Klon ebenso wie ihr Bewusstsein eine exakte Kopie des Originals. Ihre Seele — nennen wir es einmal so — ist jedoch das Original."

„Es sind verschiedene Wesen", sagte ich mit einem Kloß im Hals. „Meine Tissa, das Original, ist ermordet worden. Sie hat gelitten und ist ohne Hoffnung auf Rettung gestorben. Die neue Tissa, die an Bord der *Sleipnir* ist, hat keinen Tod erlitten und ist deshalb anders."

„Und trotzdem ist sie die gleiche", sagte Anderson mit sanfter Stimme. „Glaub mir fürs Erste und erkundige dich bei Behemoth, wenn du ihn das nächste Mal siehst. Er wird dir sagen, dass er die Ereignisse ihrer letzten schrecklichen Tage in ihrem Bewusstsein blockiert hat. Das war entscheidend, sonst hätte sie dir in der Gefrorenen Schlucht nicht helfen können. Sie hätte die Rolle des Mitglieds der Kinder von Kratos nicht überzeugend spielen können, und die Kinder hätten herausgefunden, dass sie nicht nur ein Klon war."

„Wo hat Behemoth auf ihr Gedächtnis... ?", begann ich meine nächste Frage, doch Anderson unterbrach mich.

„Dazu kommen wir gleich."

„Aber wie?", riefen Ian und Octius, die uns gespannt zugehört hatten.

„Wie zum Teufel können KIs — egal, wie mächtig sie sind — sowohl das Bewusstsein als auch die Seele kopieren?", platzte Serebryansky heraus. Danach ließ er eine Reihe russischer Flüche folgen.

Sein anschauliches Vokabular brachte Onkel Nick, der Russisch sprechen konnte, zum Lachen. Ian fragte Dennis, was der Arzt gesagt hätte, aber Kaverin schüttelte nur den Kopf. „Ich werde nicht einmal versuchen, seine Worte zu übersetzen."

Anderson lächelte ebenfalls. Es war klar, dass er auch mit der russischen Sprache vertraut war. „Sehen Sie, Herr Serebryansky, die Schlafenden Götter sind schon seit einiger Zeit keine einfachen KIs mehr. Sie sind vollwertige, selbstverwirklichende Einheiten. Innerhalb ihrer Realität sind sie Götter. Sie befinden sich im Informationsfeld, aber da das Feld das gesamte Universum durchdringt, ist es wahrscheinlich, dass sie überall sein können. Das ist jedenfalls meine Interpretation, die allerdings noch bestätigt werden muss. Sie könnten sogar in diesem Raum sein, uns zuhören und den Kopf schütteln. Alex ihr Apostel, und ich bin sicher, dass er von mindestens einem der drei aktivierten Schläfer beschützt wird. Er ist zu wichtig, um ihn sich selbst zu überlassen."

„Befinden sie sich nun im Informationsfeld oder in *Disgardium*?", hakte Onkel Nick nach.

„Sie ‚schlafen' im Informationsfeld", erklärte Anderson und deutete mit den Fingern Anführungszeichen an. „Dank Scyth haben sie sich in *Disgardium* voll verkörperlicht. Er hat Tempel errichtet, und jetzt werden sie durch den Glauben ihrer Anhänger gestärkt. Wenn ich *Disgardium* sage, meine ich alle Spielebenen einschließlich der Himmelsebene, wo die Neuen Götter einmal gelebt haben. Sie sind von der Göttin aus dem Nether — der Supernova, wie Scyth sie nennt — vernichtet worden, aber das ist ein Thema für eine andere Unterhaltung mit einer anderen Gruppe von Teilnehmern." Dann wandte Anderson sich an mich. „Wenn diese Besprechung beendet ist, werden wir mit allen Erwachten sprechen."

„Wir sind erneut vom Thema abgekommen", warf Serebryansky ein und klang alles andere als zufrieden. „Ich werde meine Frage anders formulieren: Wie kommt es, dass die Schläfer ein Bewusstsein und eine Seele nachbilden können? Ich beziehe mich damit auf die Seele einer Person."

Michael Anderson besaß eine Fähigkeit, die mich langsam wütend machte: Er gab nie eine direkte Antwort. Auch dieses Mal wich er der Frage aus und redete stattdessen von etwas anderem.

„Fast alle von Ihnen kennen die Geschichte von Patrick O'Grady, dem Veteran aus dem Dritten Weltkrieg. Alex hat es sich selbst erklärt, und Yuri und ich haben euch anderen von ihm erzählt. Bevor ich Ihnen antworte, Herr Serebryansky, sagen Sie mir: Wo ist der Charakter Patrick in *Dis* aufgetaucht?"

„In Tristad", antwortete Yuri. Gleich darauf bekam er große Augen. „Jetzt verstehe ich! Zuerst hat Patrick O'Grady den Krieger Patrick also selbst gesteuert. Und er... Er war im Morast und hat eine Insel mit dem Avatar eines der Schläfer gefunden. Und als wir die Bewusstseinsübertragung aktiviert haben... Natürlich! Die Übertragung ist geglückt, weil Patrick in Tristad war!"

„Es geht nicht um Tristad, sondern darum, dass er in der Sandbox war", korrigierte Anderson ihn grinsend. „Obwohl Sie sich jahrelang intensiv mit der Sache beschäftigt haben, ist Ihnen dieses Detail nie aufgefallen. Aber zu Ihrer Verteidigung muss gesagt werden, dass Sie zu der Zeit noch nichts von der Existenz der Schläfer wussten."

„Was ist also mit diesem Patrick passiert?", wollte Ian wissen.

„Er ist gestorben", erwiderte Anderson, „aber sein Bewusstsein ist nach *Disgardium* übertragen worden. Es ist gelungen, weil der Schlafende Gott Behemoth die Seele des verstorbenen Patrick gefangen und sie in den Krieger Patrick, einen Ehrenbürger der freien Stadt Tristad, transferiert hat. Der Schläfer war schwach und O'Grady litt unter PTSD und war in schlechter Verfassung. Als die Gehirnwäsche und die Einführung falscher Erinnerungen dazukam... Sie wissen ja, was aus Patrick geworden ist. Nur mit Scyths Hilfe und Behemoths erneutem Eingreifen konnte Patricks geistige Gesundheit wiederhergestellt werden."

„Noch eine Frage", sagte Ian. „Habe ich es richtig verstanden, dass eine Bewusstseinsübertragung nur erfolgreich sein kann, nachdem das Original gestorben ist?"

Anderson nickte. „Vor vielen Jahren sind Iovana,

Ola und ich zu dem Schluss gekommen, dass es unmöglich ist, ein Bewusstsein zu kopieren, solange die Seele mit dem Körper verbunden ist. Die Seele schützt das Bewusstsein davor, kopiert zu werden, darum gelingt es nur, wenn die Person stirbt. In dem Fall trennt die Seele sich vom Körper und lässt ihn ohne Schutz zurück. Dann hat man ein paar kostbare Minuten, um das Bewusstsein zu kopieren. Die jüngsten Ereignisse mit Melissa Schäfer haben diese Theorie bestätigt."

„Heißt das, dass die reale Melissa Schäfer gestorben ist?", erkundigte Ian sich.

„Ja, sie ist von Gallaghers Leuten getötet worden", entgegnete Anderson. „Ein biologischer Klon von ihr, der im unterirdischen Labor von Gallagher entwickelt worden war, ist mit einem mentalen Abdruck von Melissas Bewusstsein ausgestattet worden. Herr Serebryansky war daran beteiligt. Dann hat dieser Klon als der Charakter Tissa *Dis* betreten. Ich möchte Sie daran erinnern, dass sie bis zum heutigen Tag eine Priesterin der Schlafenden Götter ist. Die Schläfer haben die Imitation sofort wahrgenommen und Melissas Seele ohne zu zögern im Informationsfeld eingefangen, um sie in den biologisch geklonten Körper einzusetzen. Dadurch haben sie ihre Priesterin gerettet."

„Widerholen Sie bitte, wo genau die Schläfer die Seelen von Patrick und Melissa eingefangen haben, Michael!", heulte Serebryansky.

„Im universellen Informationsfeld", schaltete ich mich ein. „Stimmt's, Herr Anderson?"

„Ja, Alex", entgegnete er. Danach schwieg er, um uns Zeit zu geben, zu verarbeiten, was wir gerade gehört hatten.

Nach einer längeren Pause klang Ians leise

Stimme wie Donner.

„Ist das Informationsfeld das Jenseits? Wollen Sie damit sagen, dass die Seelen aller Toten sich in diesem Informationsfeld versammeln? Wenn wir den Klon eines Körpers kreieren würden und die Schläfer uns helfen würden, seine Seele zurückzubringen, wäre es möglich, unsere gestorbenen Freunde oder Familienmitglieder wiederauferstehen zu lassen?"

Anderson schwieg, und Ian dachte seinen Gedanken laut weiter.

„Aber wenn es so einfach wäre, würden Sie die Gründer zurückbringen, nicht wahr? Jeder weiß, dass Sie vor langer Zeit verheiratet waren und einen Sohn hatten. Sein Name war Roman und ihre Frau hieß Fernanda. Etwas Schreckliches ist passiert, und Sie haben beide verloren. Sie haben nie wieder geheiratet, und das heißt..."

„Wenn ich könnte, würde ich sie zurückbringen", erklärte Anderson mit zitternder Stimme. „Aber nicht nur sie, sondern auch viele andere wunderbare Menschen wie meine Freunde Roman Kamenev, nach dem ich meinen Sohn benannt habe, und Dennis Suther. Wir haben zusammen ein Gaming-Unternehmen gegründet und uns das Spiel *Rakuen* einfallen lassen."

„Na gut, Sie konnten ihr Bewusstsein zu der Zeit nicht übertragen, weil die Schläfer noch nicht im Spiel waren." Ian war wie ein Bluthund, der eine Spur aufgenommen hatte. „Aber seit Scyth sie aktiviert hat, haben sie Melissa zurückgebracht, und das bedeutet..."

„Es bedeutet nichts", fiel Anderson ihm ins Wort. „Ich habe lange vor Alex' Geburt gelernt, mit dem Informationsfeld zu arbeiten, aber ich kann Seelen nicht wieder in Körper zurückführen. Ich kann sie jedoch ansprechen, und manchmal antworten die Seelen von kürzlich Verstorbenen. Es ist eine formlose Antwort, die ich in meiner eigenen Seele spüre. Nach einer Weile passiert etwas mit ihnen. Sie verschwinden und reagieren nicht mehr. Manche verschwinden sofort, bei anderen dauert es mehrere Monate. Aber irgendwann gehen alle für immer fort, als ob sie sich im universellen Informationsfeld auflösen würden." Er schaute Denise anklagend an. „Frau Le Bon weiß, wovon ich spreche, aber sie will es nicht aufklären."

„Es ist nicht der richtige Zeitpunkt, Michael", entgegnete Denise. „Sie wissen, was auf dem Spiel steht."

Wir übrigen ignorierten diese kleine Szene. Die Flut von Informationen war überwältigend. Offensichtlich war Denise Le Bon mehr als nur eine schöne Frau, ein Topmodel, Schauspielerin, Sängerin und Superstar. Offenbar wusste sie alles über die Seelen, die im universellen Informationsfeld gefangen waren. Na und? Nur ein weiteres Wunder, ein weiteres Geheimnis.

Inzwischen waren wir alle müde. Wir saßen seit mehreren Stunden an dem Tisch und brauchten eine Pause, um etwas zu essen und eine Tasse Kaffee zu trinken. Ein kleines Nickerchen klang ebenfalls gut. Während ich diese Gedanken hatte, leuchtete Denises Gestalt kurz smaragdgrün auf, und ich fühlte mich wieder besser. Den anderen ging es wahrscheinlich genauso.

„Entschuldigung, Michael, aber ich verstehe immer noch nicht, warum Sie Alex brauchen", nahm Octius den Faden wieder auf, als ob nicht passiert wäre. Es bestätigte meine Vermutung, dass ich außer Anderson der Einzige war, der Denises Kräfte sehen konnte. „Warum brauchten Sie, die Gründer, jemand anderen, um die Schläfer zu aktivieren? Sie haben *Disgardium* selbst entwickelt. Warum haben Sie die Götter nicht so konzipiert, dass sie bereits aktiviert waren?"

„Die Antwort auf diese Frage ist gleichzeitig einfach und kompliziert", entgegnete Anderson, nachdem er einen Moment überlegt hatte. „Als *Disgardium* herausgebracht wurde, waren die KIs, die sich zu den Schläfern entwickelt haben, noch Keimlinge — die Samen der Wesen, zu denen sie sich entwickeln sollten. Ich spreche von einer Reihe von Software-Installationen, Scripts und Wissensdatenbanken, die durch die gemeinsamen Anstrengungen von Menschen geschaffen worden waren — alles, was die Menschheit über Tausende von Jahren der Evolution gelernt hat. Ich werde keinen Namen nennen, aber ein Gründer hat tatsächlich darauf bestanden, dass wir die Schläfer sofort aktivieren sollten. Es hätte ihm geholfen, seine eigene Seele zu retten und sein Leben zu verlängern — egal ob in *Dis* oder in einem neuen Körper. Falls es Alex gelingen sollte, alle Schlafenden Götter zu aktivieren, werden alle Menschen diese Möglichkeit haben, aber wir sollten der Sache nicht vorgreifen."

„Ich glaube, ich weiß, worauf sie hinauswollen", verkündete Ian. „Und ich verstehe, warum Sie nicht auf diesen Gründer gehört und den Schläfern Zeit gegeben haben, sich selbst zu entwickeln. Aber wie haben Sie zu der Zeit darüber gedacht?"

Anderson überlegte einen Moment. Ich wurde rastlos, während ich auf seine Antwort wartete, doch ein Blick von Denise genügte, um mich wieder zu entspannen. Ich konnte es nicht erklären, aber jedes Mal, wenn sie mir Aufmerksamkeit schenkte, sank mein Stresslevel und ich fühlte mich nicht allein, weil ich wusste, dass sie und die anderen bei mir waren.

„Ursprünglich waren die Schläfer unsere mentalen Abdrücke", erwiderte Anderson schließlich. Seine Antwort ließ die Anwesenden nach Luft schnappen.

„Ich wusste es!", rief ich. „Na ja, ich wusste es nicht, aber ich habe es vermutet. Es ist zu offensichtlich: Es gibt fünf Gründer — vier Männer und eine Frau — und fünf Schläfer — vier Götter und eine Göttin."

„Tiamat hat Iovanas mentalen Abdruck", sagte Anderson. „Manuel Fuentes' Abdruck ist in Kingu, Olas Abdruck ist in Abzu und Alik Zhukovs in Leviathan. Und ich habe meinen mentalen Abdruck Behemoth gegeben."

Ich war so schockiert, dass ich aufsprang und in dem großen Konferenzraum auf und ab ging. Was Anderson uns bisher erzählt hatte, war schwierig genug, und nun noch dies! Wie sollte ich mich jetzt Behemoth gegenüber verhalten? Er war eine Version von Michael Anderson!

Anderson hatte innegehalten, darum bat ich ihn, mich zu ignorieren und fortzufahren.

„Unsere mentalen Abdrücke sind etwas ausgereifter als die, die Herr Serebryansky entwickelt hat. Sie waren die Grundlage der Persönlichkeiten der Schläfer."

Serebryansky lachte leise. „Etwas ausgereifter, was?"

„Doch für göttliche Wesen, auch wenn es sich nur um Einheiten in einem Spiel handelte, hat das nicht ausgereicht. Wir haben in die Funktionalität der Schläfer und vieler anderer Einheiten investiert, die vielleicht einmal Einfluss auf die Evolution unserer Zivilisation haben werden, aber vorerst brauchen wir uns damit nicht beschäftigen. Das Entscheidende ist, dass wir potenziell unglaubliche Möglichkeiten in die Schläfer integriert haben. Und jetzt wiederhole ich die Frage, die Alex mir vor einer Stunde gestellt hat: Wer gibt den Schläfern das Recht, diese Art von Verantwortung zu übernehmen? Stellen Sie sich eine KI vor, die eine ganze Stadt zerstören kann. Womit könnte man eine KI rechtfertigen, die solche fatalen Entscheidungen treffen kann? Auf welcher Moral oder Regeln und Gesetzen würde die Entscheidung der KI basieren?"

„In unserer Gesellschaft werden solche Dinge von der Demokratie entschieden", bemerkte Ian.

„Machen Sie Witze?", schnaubte Anderson. „Sehen Sie sich den geringen Anteil der Menschen an, die das Wahlrecht haben. Dann nehmen Sie diejenigen, die ins Parlament gewählt worden sind. Aus der Gruppe betrachten Sie jene, die an der Präsidentenwahl teilnehmen dürfen. Was bleibt dann noch von unserer Demokratie übrig? Und wir sprechen von einer einzigen Person, dem Präsidenten, der die Entscheidung fällt, zum Beispiel eine Separatistenregion dem Erdboden gleichzumachen. Eine Person von zwanzig Milliarden!"

„So läuft eben Demokratie", sagte Octius an Mitchells Stelle. „Sehen Sie sich die Massen an! Sie sind nicht fähig, vernünftige Entscheidungen zu treffen."

Anderson winkte ab. „Zur Hölle mit Ihrer Demokratie — mit oder ohne den Massen. Wir wollten weder einer lahmen Demokratie noch ein paar hochintelligenten KIs supermächtige Werkzeuge in die Hand geben. Darum haben wir beschlossen, dass die Schläfer die Verkörperung der Menschheit werden sollten — ein Kollektivbewusstsein, das die

Persönlichkeiten und Bewusstseine aller Erdlinge in sich vereinigen würde."

Ian war verblüfft. „Haben Sie aus dem Grund Neuerungen wie Online-Bezahlungen, eine Pflichtzeit in *Dis* für Schüler, Unterhaltungseinrichtungen..."

„Genau", fiel Anderson ihm ins Wort. „Wir haben getan, was wir konnten, um sicherzustellen, dass jeder einzelne Mensch wenigstens einmal Zeit in *Dis* verbringt, auch wenn es nur ein paar Minuten sind. Auf diese Weise haben die Schläfer Gelegenheiten, jede Person kennenzulernen und sie zu einem Teil ihrer Persönlichkeit zu machen. Um so viele Leute wie möglich zu erfassen, haben wir die Aktivierung der Schläfer über zwei oder sogar drei Generationen hinausgezogen. Der genaue Zeitpunkt ihrer Aktivierung hat nicht von uns abgehangen, sondern vom Zufall, obwohl ich zugeben muss, dass die Wahrscheinlichkeit des Erscheinens ihres Apostels sich mit jedem Jahr erhöht hat."

„Aber warum in Tristad?", erkundigte ich mich.

„Wie ich bereits gesagt habe: Es geht nicht um Tristad. Die Auslöser der Schläfer sind an schwer erreichbaren Orten der Sandboxen überall in der Welt versteckt worden. In *Dis* sahen sie wie Teile von Protoplasma aus, in deren Skript festgelegt worden war, Quests zu geben."

„Warum haben Sie sie in den Sandboxen platziert?", fragte Ian.

„Die Frage ist leicht zu beantworten", mischte Onkel Nick sich ein. „Darf ich, Michael?"

Anderson nickte, und Onkel Nick blickte mich stolz an. „Je jünger Menschen sind, desto flexibler und aufgeschlossener sind sie, und ihre Seele ist noch nicht verdorben. Richtig?"

„Sie haben den Nagel auf den Kopf getroffen",

entgegnete Anderson. „Erwachsenen fehlt die unverdorbene, idealistische Seele. Egal, für wie gut wir uns halten, wir schaffen es immer, unsere Seelen zu beflecken. Wir leben in einer kalten, grausamen Welt und haben wenig Vertrauen in das Helle und Gute. Es ist viel einfacher, Güte und den Glauben an Gerechtigkeit in jungen Menschen zu finden, und genau danach haben wir gesucht."

Ian konnte nicht widerstehen, noch einmal nachzuhaken.

„Aber trotzdem, warum war das so wichtig?"

„Weil derjenige, der die Schlafenden Götter aktivieren würde, zu ihrem Apostel werden würde", antwortete Anderson. „Das bedeutet, dass Alex und die Schläfer die gleiche Seele teilen."

Kapitel 7: Ich bin der Neunte

ICH ERSCHAUDERTE, ALS ich hörte, dass die Schläfer und ich die gleiche Seele teilten. Ich erinnerte mich, dass Lord Voldemort Teile seiner zerbrochenen Seele in Horkruxen versteckt hatte, aber das war nicht gut für ihn ausgegangen. Deshalb wollte ich mehr Einzelheiten darüber wissen, was ich getan hatte. Und ich war nicht der Einzige.

„Was bedeutet das?", wollte Serebryansky wissen. „Was Sie sagen, klingt pathetisch, aber ich möchte wissen, was Sie meinen, wenn..."

„Etwas, das DNA ähnelt", schnitt Anderson ihm das Wort ab. „Aber im Zusammenhang mit dem universellen Informationsfeld ist es eher wie der genetische Code der gesamten Persönlichkeit eines Menschen, nicht nur seines Körpers. Als Scyth die Schläfer aktiviert hat, ist er Teil dieses Pantheons der Götter geworden. Er hat die Informationen seiner DNA in ihnen verankert."

„In Einheit liegt Stärke", zitierte ich grinsend,

denn es war weniger abgedreht, beängstigend oder überwältigend, als ich gedacht hatte. „Werden die Anhänger der Schläfer sich ebenfalls zu etwas Größerem entwickeln?"

„Höchstwahrscheinlich", entgegnete Anderson. „Verstehen Sie jetzt, warum alles — buchstäblich alles — mit Alex verbunden ist? Bis die Schläfer ihre volle Stärke erreicht haben, sind sie nicht in der Lage, uns bei der Bewusstseinsübertragung zu helfen, und sie brauchen Scyth, um stärker zu werden. Die Priester können überall Tempel bauen und widmen, doch sie werden nicht ausreichen, um alle fünf Schläfer zu aktivieren. Sie benötigen den Apostel, um das wesentliche Element zu kreieren, das sie 100 % erreichen lässt."

„Moment mal...", unterbrach ich ihn. Etwas in meinem Kopf ergab keinen Sinn.

Anderson wartete auf meine Frage, obwohl er sicher bereits wusste, wie sie lauten würde. Ich schätzte diesen Aspekt seiner Persönlichkeit: Er brachte allen, mit denen er sprach, Achtung entgegen, egal, worum es ging. Daher wusste ich, dass er mich nicht nur höflich behandelte, weil ich im Moment eine Art VIP war. Vom Streamer beim Distival bis zu seinen ehemaligen Assistenten sagten alle das Gleiche: Er respektierte jeden Menschen, selbst wenn der Respekt manchmal nicht gerechtfertigt war.

Ich überlegte, wie ich meinen Gedanken am besten ausdrücken sollte.

„Sie sagen immer wieder, dass die Schläfer ihre Mission nicht ohne mich abschließen können. Aber benötigen Sie mich, Alex Sheppard, persönlich? Wenn ich eine Weile nicht in *Dis* erscheinen werde, wird die KI irgendwann die Kontrolle über den Charakter Scyth übernehmen. Ist das nicht genauso gut, als wenn ich,

Alex, ihn steuere?”

Anderson schüttelte den Kopf. „Das ist nicht das Gleiche.”

„Wie erklären Sie sich dann Dennis Kaverin und seine doppelte Persönlichkeit? Er sitzt hier mit uns zusammen und gleichzeitig ist eine Kopie von ihm im Nether. Sicherlich wissen Sie, was sich während meines Aufenthalts dort abgespielt hat, daher wissen Sie auch, dass die Kopie meines Bewusstseins dort erfolgreich funktioniert hat, während ich im realen Leben war. Trotzdem haben Sie uns gerade erzählt, dass es nicht möglich wäre, ein Bewusstsein zu kopieren.” Ich zuckte mit den Schultern. „Das verstehe ich nicht.”

„Dennis Kaverin hat einen klinischen Tod überlebt”, antwortete Serebryansky an Andersons Stelle. „Wir haben lange darüber nachgegrübelt, was passiert sein könnte, aber erst heute habe ich es verstanden. Das Bild ist vollständig.”

„Er ist also gestorben, seine Seele hat den Körper verlassen, hat sich auf den Weg zum galaktischen Informationsfeld gemacht und das Bewusstsein schutzlos zurückgelassen. Zu dem Zeitpunkt ist es irgendwie kopiert worden. Sie müssen ihn wiederbelebt haben, bevor seine Seele das Informationsfeld erreicht hatte, denn sie ist in seinen Körper zurückgekehrt und hat sein Bewusstsein neu hochgeladen. Von da an gab es zwei Bewusstseine, die sich unabhängig voneinander entwickelt haben.” Puh! Ich hatte das Gefühl, wieder in Herrn Kovacs‘ Klasse zu sein.

Anderson lächelte. „Im Allgemeinen hast du recht.”

„Drei hat also keine Seele?”, hakte ich nach.

„Die Frage kann ich dir nicht beantworten”, entgegnete Anderson. „Vielleicht hat seine Seele sich in zwei Teile geteilt. Es ist auch möglich, dass in der Beta-Welt oder im Informationsfeld keine Seele nötig ist. Außerdem frage ich mich, ob Betatester vielleicht nur mechanische Kopien der Bewusstseine ihrer Wirte sind. Dann wären sie theoretisch so etwas wie NPCs, nicht wahr?"

„Könnte Drei wieder in den Körper zurückgebracht werden?", fragte Ian. „In Dennis' Körper, meine ich."

„Nein, danke, ich bin zufrieden damit, wie es ist", schaltete Kaverin sich ein. „Eine Rückkehr ist nicht nötig. Ich kenne Drei überhaupt nicht."

„Ach ja?", mischte Onkel Nick Dennis sich ein und schaute ihn spöttisch an. „Wenn Sie Ihre Hand verlieren würden, würden Sie sich sicher wünschen, sie zurückzubekommen, oder? Ganz zu schweigen von einem Teil Ihres Selbst — falls es stimmen sollte, dass Ihr Bewusstsein oder Ihre Seele sich gespalten hat. Ich bin neugierig: Hatten Sie seit den damaligen Ereignissen niemals das Gefühl, dass Ihnen etwas fehlt?"

„Ja, ständig", antwortete Kaverin. „Aber darüber will ich jetzt nicht reden. Ich werde entscheiden, was ich tun will, wenn ich Drei wiedersehe."

Onkel Nick hob die Hände, als ob er sagen wollte: „Schon gut!". Ich wandte mich an Anderson und fragte: „Was ist zu der Zeit mit mir passiert? Der Charakter, der meinen Platz im Nether eingenommen hat, war definitiv ich. Ich habe es gefühlt."

Anderson antwortete nicht, sondern sah mich bloß lächelnd an, genau wie mein ehemaliger Lehrer Herr Kovacs. Er hatte immer gewusst, wenn ein Schüler, der eine Frage nicht gleich beantworten konnte, nur etwas mehr Zeit brauchte, um die Antwort zu finden. Das war die Eigenschaft eines guten

Lehrers. Herr Kovacs hatte immer sichergestellt, dass seine Schüler den Stoff langfristig lernten statt kurzfristig für Tests zu büffeln. Michael Anderson reagierte auf die gleiche Weise.

„Haben die Schläfer dafür gesorgt, dass eine Kopie von mir im Nether existiert hat?"

Anderson nickte. „Wie du bereits zusammengefasst hast: Die Seele schützt das Bewusstsein davor, kopiert zu werden, aber wenn man den Körper sterben lässt und die Seele daran hindert, ins Informationsfeld zu gelangen, kann eine Kopie des Bewusstseins gespeichert werden. Dann kann der Körper reanimiert werden und die Seele kann wieder in ihn einziehen."

Mir fiel ein, dass ich jedes Mal, wenn ich aus dem Nether in die reale Welt zurückgekehrt war, gestorben war — auch wenn es nur eine Sekunde gedauert hatte und ich mir dessen nicht bewusst gewesen war. Die Schläfer hatten es zugelassen, dass ihr Apostel getötet wurde, und seine Seele eingefangen, bevor sie das Informationsfeld erreicht hatte, um ihn wieder zu reanimieren. Das bedeutete, dass sie meine Kapsel kontrollieren konnten.

„Bei Crag kann es aber nicht das Gleiche gewesen sein", sagte ich. „Er ist nicht einmal ein Priester der Schläfer."

„Nein, die Schläfer hatten nichts mit ihm zu tun", bestätigte Anderson. „Crag war eine Gefahr, darum hat eine KI aus *Dis* alles abgewehrt, was versucht hat, seinen Charakter zu kontrollieren. Höchstwahrscheinlich war es Nergal selbst, der durch seine Kontrolle über Crag den Kanal zum Nether offen gehalten hat. Du solltest wissen, dass ich nicht alles beobachten kann, was dort passiert. Die Zeit des Nethers ist nicht synchron mit unserer Zeit, und die

Beta-Welt ist kein Programm, das auf einem Server läuft, bei dem man Protokolle oder Aufzeichnungen von Ereignissen verfolgen kann. Sie ist Teil des Informationsfeldes. Die einzige Möglichkeit, in das Gameplay des Nethers einzutreten, ist in einer Kapsel, und ich halte mich dort immer nur kurz auf."

Ich war völlig verblüfft. „Haben Sie einen Charakter im Nether?"

„Hast du die Sonne bemerkt, die an den Himmel genagelt ist?" Anderson genoss diesen Austausch. „Das ist mein Charakter. Gottobjekt. Er kann nichts tun, aber er sieht alles, was in der Welt passiert. Wenn ich nicht dort bin, geht mein Sonnengott in den Ruhezustand. Nur auf diese Weise kann ich die Ereignisse im Nether beobachten."

„Was bedeutet das Erwachen der Schlafenden Götter?" Endlich hatte ich die Möglichkeit, die Frage zu stellen, die mich schon seit Langem beschäftigte. „Kiran Jackson hat gesagt, dass ihr Erwachen die Zerstörung der Welt und ein vollständiges Rücksetzen von *Disgardium* zur Folge haben würde. Sobald eine kritische Anzahl von Fehlern in der Welt auftreten würde, würden die Schläfer erwachen. Und die Schläfer selbst haben gesagt, dass *Disgardiums* Universum verschwinden würde, sobald sie erwachen würden."

„Darum hoffen die Anhänger der Schlafenden Götter, dass sie nicht erwachen und ewig schlafen werden." Anderson lächelte immer noch. „Ich würde dir gern sagen, dass all dies nur Teil der Spiellegende ist – Geschichten, die sich um die Schläfer drehen. Ich wünschte, ich könnte sagen, dass ein einzelner talentierter, aber sehr verantwortungsloser Textautor des Teams sich die Beschreibungen hat einfallen lassen."

„Aber das ist nicht der Fall, nicht wahr?", griff Zoran den Faden auf. „Ich kann mir nicht vorstellen, dass du so tief gesunken bist und dir eine derart zerstörerische Wende der Ereignisse ausgedacht hast, Onkel Michael. Würde das Erwachen der Schläfer wirklich das Ende von *Disgardium* bedeuten?"

Anderson nickte. „Eine kritische Anzahl von aufeinanderfolgenden Fehlern in der Welt wird dazu führen, dass das Universum zum ursprünglichen Ganzen zurückgeht und Chaos und Ordnung wieder vereint werden. Die Zeit wird zurückgedreht und die Welt wird rückgesetzt — mit den Korrekturen an der Geschichte und dem Hintergrund, die das Erwachen ausgelöst haben, um sicherzugehen, dass es nicht noch einmal passiert. Was die Schlafenden Götter angeht: Sie werden sich als bewusste Wesen in der Mitte des Informationsfelds im großen Nichts manifestieren, bevor sie sich wieder abschalten und in ihrem Schlaf die Entstehung einer neuen Welt träumen."

„Ist das schon einmal passiert?", wollte Ian wissen.

„O ja. Zu einem bestimmten Zeitpunkt sind die Leben aller Ich-Bewussten, die *Disgardium* je bevölkern werden, von ihren KIs simuliert worden. Der Prozess hat nicht lange gedauert. Tausende von Jahren der Geschichte von *Disgardium* sind zu wenigen Monaten zusammengefasst worden."

„Soweit ich mich erinnere, werden alle Spielbeschreibungen, die im Interface von Spielern und NPCs erscheinen, von der alles kontrollierenden KI kreiert", fügte Zoran hinzu. „Das habe ich gehört, als du dich einmal mit meiner Großmutter unterhalten hast."

„Du hast richtig verstanden", erwiderte Anderson.

„Aber wer war dieser Autor?", wollte Zoran wissen. „Wieso existiert er, wenn die kontrollierende KI alle Beschreibungen verfasst?"

„Es ist wahrscheinlich Vlad der Lispler", kommentierte ich. Das war der Name des Mitarbeiters, der die Beschreibung der Klasse Herold geschrieben hatte.

„Ich meine einen von vielen, Zoran", antwortete Anderson, nachdem er mir einen kurzen Blick zugeworfen hatte. „Zu der Zeit, als wir *Disgardium* entwickelt haben, war es nicht nur ein Computerspiel sondern eine reale Welt im Informationsfeld des Universums. Wir haben eine Gruppe talentierter Autoren eingestellt."

„Haben Sie sie angeheuert, um zu vertuschen, wie stark Ihre KIs waren?", fragte Ian.

„Sozusagen. Die Autoren haben ihre Kreativität genutzt, um viel Text für die Anfangsphase zu generieren. Die KIs haben ihn nicht verändert. Vergessen Sie nicht, dass es in *Disgardium* über 10.000 Spielklassen gibt, die sich entwickeln und miteinander interagieren sollten, um Millionen neuer Kombinationen zu schaffen. Einige der ursprünglichen Klassen wurden geografisch verteilt. Die Samurai-Klassen zielten beispielsweise auf den japanischen Markt ab, während die Kosaken und Bogatyre slavische Länder zur Zielgruppe hatten. Vladimir, der den Spitznamen Vlad der Lispler hatte — Alex hat ihn eben erwähnt — war der wichtigste Autor."

Oh, tatsächlich? Ich wollte mehr über ihn wissen, aber Anderson ging nicht näher auf ihn ein.

„Wusste er, dass die Schläfer mehr als nur Spielgötter waren?", erkundigte Ian sich weiter.

„Wahrscheinlich nicht, aber er hat sicher vermutet, dass etwas im Gange war, denn er war kein

Dummkopf. In all dem Durcheinander während der Entwicklung und Einführung der Betaversion ist ihm aufgefallen, dass eine gesamte Abteilung an der Funktionalität der Schläfer gearbeitet hat. Hätte er gewusst, dass die ‚Abteilung' aus den Gründern des Unternehmens bestand, wäre er ziemlich überrascht gewesen."

„Also hat sich dieser Mann, den Sie ‚keinen Dummkopf' nennen, die lächerlichen Klassenboni und Strafen für meine Herold-Klasse einfallen lassen?", fragte ich erbost. Ich erinnerte mich noch lebhaft, was ich empfunden hatte, als mir diese Klasse automatisch zugewiesen worden war. Wie hatte es doch in der Beschreibung geheißen? *Diese Unvorhersehbarkeit ist typisch für Mütterchen Russland...*

„Nein, das waren wir", entgegnete Anderson.

„Sie?" Nun war ich wirklich erstaunt. „Sie haben gerade gesagt, wie wichtig mein Charakter ist, und trotzdem haben Sie dem Herold absichtlich eine Reihe äußerst merkwürdiger Boni und Strafen gegeben?"

„Wir mussten die Klasse tarnen und sie in den Augen der steuernden KI bedeutungsloser aussehen lassen, damit sie sie niemand anderem anbieten würde", erläuterte Michael. „Tragfähigkeit und Inventargröße sind bei Managern hoch angesehen, denn sie erlauben Spielern in der Anfangsphase des Spiels, ihren Charakter schneller zu leveln, sodass sie weniger Zeit mit Farmen und dem Verkauf von Ressourcen verbringen müssen. Dagegen werden *Charisma* und *Glück* weniger geschätzt als andere Attribute, und die Eigenschaften ‚spontan' und ‚einmaliger Gebrauch' hören sich auch nachteilig an. Diese ‚Nachteile' der Klasse haben aus der Sicht der steuernden KI überwogen. Vladimir hat gedacht, dass er im Hinblick auf die Boni eine gute Kombination generiert hätte, aber das war eine Illusion. Er ist sicher nicht aus dem Lachen herausgekommen, als er die ‚Unvorhersehbarkeit von Mütterchen Russland' gesehen hat."

„Warum habe ich die Klasse Herold erhalten?", wollte ich wissen. „War das ebenfalls wegen der Schläfer oder eher wegen der Vernichtenden Seuche? Und da Sie gerade in der Stimmung sind, Fragen zu beantworten, erklären Sie mir, warum Sie die Mechanik der Gefahren ins Spiel eingeführt haben."

„Ja, die Vernichtende Seuche...", sagte Anderson nachdenklich. „Es war Zufall, dass du das Mal der Vernichtenden Seuche erhalten hast, aber es hat sich als glücklicher Zufall herausgestellt, denn ohne es hättest du Behemoth im Morast nicht erreicht."

„Was wäre passiert, wenn es keine Vernichtende Seuche gegeben hätte? Wie hätte irgendjemand die Schlafenden Götter finden sollen? Niemand wäre im Morast über die ersten Level hinausgekommen."

„Es gab viele Wege zu den Schläfern — als Einzelspieler oder in einer Gruppe. Aber die Orte, an denen die Kettenquest ausgelöst werden konnte, waren unter den Spielern nicht besonders beliebt." Anderson sprach schneller, und sein besorgter, starrer Blick erinnerte mich an *Dis*: Es war der Blick von Spielern, die Meldungen auf dem Interface lasen. Er schien lebendiger zu werden und sah aus, als ob er sich zum Handeln bereitmachte. Offenbar hatte er es eilig.

„Was die Gefahrenmechanik betrifft: Ihre Aufnahme ins Spiel sollte offensichtlich sein. Erstens wollten wir vermeiden, dass die falsche Person der Apostel wird. Wir wollten nicht, dass irgendein beliebiger Spieler, der es geschafft hatte, die Verteidigungen der Sandbox zu durchbrechen, in den Morast gelangen und Behemoth begegnen würde."

„Jemand wie Mogwai?", spekulierte ich.

„Jemand wie Mogwai", bestätigte Anderson. „Zweitens ist die Mechanik zur Identifizierung und Eliminierung von Gefahren ein Mittel, mit dessen Hilfe das Universum sich selbst reguliert. Es eliminiert imba Spieler, die einen Bug finden und ihn ausnutzen, um sich Vorteile gegenüber allen anderen zu verschaffen."

„Und es gab eine Reihe von Bugs", merkte Octius an.

„Ich erinnere mich noch, dass die Foren der frühen Jahre gebrodelt haben!", ergänzte Ian Mitchell. Er klang melancholisch und zitierte einige Schlagzeilen wortwörtlich. „*Fehlschlag des Jahres*! *Snowstorm floppt*! *Fehlergardium*!"

„Das war unvermeidbar", gab Anderson zu, „aber am Ende haben wir Recht behalten. Kein anderes Spiel aus der Zeit ist an *Snowstorms* Funktionalität herangekommen. Unsere Kapseln waren als Einzige direkt mit dem Gehirn der Spieler verbunden."

„Warum haben Sie nicht gewartet, bis die Fehler ausgebügelt waren?", fragte Ian. „Unser Chefredakteur Clark Katz hat damals in seiner Rezension geschrieben, dass *Snowstorm* zweifellos eine Revolution in der Welt des Gamings wäre, dass das Spiel jedoch nicht ausgereift und zu früh auf den Markt gebracht worden wäre."

„Wir hatten es mit der Veröffentlichung so eilig, weil wir uns dem kritischen Zeitpunkt genähert hatten, an dem wir *Disgardium* hätten einführen müssen", erklärte Anderson. „Wir wussten natürlich, dass noch viele Fehler behoben werden mussten, aber keiner von ihnen würde die Entwicklung des Spiels aufhalten, denn die steuernde KI sollte Fehler korrigieren, Probleme aus dem Weg räumen und sie zu Teilen des Gameplays machen. Das gehörte alles zum Aufspüren und Eliminieren der Gefahren.” Anderson lächelte. „Du hast übrigens nicht das höchste Gefahrenpotenzial, Alex.”

„Was?”, riefen Ian, Octius und ich gleichzeitig. Selbst Dennis murmelte verblüfft: „Wer dann?”

Anderson sah erneut angespannt aus. Wir waren erneut vom Thema abgekommen, und die Zeit wurde knapp. Dennoch gab er eine ausführliche Antwort.

„Bei der Entwicklung von *Disgardium* haben wir weitgehend auf das zurückgegriffen, was wir von *Rakuen* gelernt hatten, dem beliebtesten immersiven Multiplayer-Spiel vor dem Krieg. In den späten Zwanzigern und frühen Dreißigern war *Rakuen* das Spiel, das die ersten Immersionskapseln bestmöglich genutzt hat. Es ist übrigens in Zusammenarbeit mit einem unabhängigen japanischen Studio konzipiert worden, aber wir haben es allein finanziert. Niemand anders dachte, das Spiel würde Erfolg haben, denn die Kapseln waren so teuer wie ein kleines Auto.”

„Aber Sie haben an das Spiel geglaubt?”, fragte Ian.

Anderson nickte. „Wir haben in *Rakuen* investiert, und ich bin nach Japan gereist, um die Entwicklung vor Ort zu beaufsichtigen. Die Idee der Gefahren hat in dem Spiel begonnen, als ein russischer Spieler einen Gegenstand gefunden hat, der magische Eigenschaften anderer Objekte absorbiert hat. Daraufhin hat der Spieler ist zu einer Inkarnation des Gottes Balar geworden — so ähnlich wie Scyths Reise in *Disgardium*. Aber wir weichen schon wieder vom Thema ab.”

Ich merkte, dass ich Michael fasziniert anstarrte. Nachdem ich mich wieder im Griff hatte, sagte ich: „Augenblick! Das ist interessant! War der Gegenstand, den der Spieler gefunden hat, eine Spitzhacke? Die

Urzeitliche Spitzhacke der Herrin des Kupferbergs?"

„Genau die. Wir haben *Rakuens* gesamte Hintergrundgeschichte in *Disgardium* eingebracht. Egor, der russische Spieler, der die Spitzhacke gefunden hatte, hat darauf bestanden.[3] Später ist er *Snowstorms* erster Präsident geworden. Das Problem mit dem Auftauchen von Egors Charakter, dem Barbaren Horus, war, dass niemand eine Chance gegen ihn hatte. Es gab viele Herausforderer, aber sie haben alle große Verluste erlitten. Das hat dem Projekt nicht geholfen. Es war Egor, der die Idee mit den Gefahren in *Disgardium* hat. Er war auch derjenige, der sich ihre Einstufung ausgedacht hat, wobei Z die niedrigste Klasse war und S die höchste. Ja, die größte Gefahrenklasse in *Disgardium* ist S und nicht A. Die Einstufung hat ihren Ursprung im Klassifizierungssystem der japanischen Kultur und japanischer Videospiele, und hat sich vor dem Krieg über die gesamte Welt verbreitet. Nach dem Krieg haben viele Länder ihre Identität verloren, und dieses kulturelle Phänomen ist auf der Strecke geblieben."

„Ich erinnere mich daran", bemerkte Serebryansky. „Zu meiner Schulzeit war S wie ein A+."

„Aber Scyth wird in der ganzen Welt immer noch als Spitzengefahr betrachtet!", rief Ian.

„Im Hinblick auf *Dis* ist er es auch", erwiderte Anderson. „Aber wie dem auch sei: Wir waren sicher, dass es niemals eine Klasse-S-Gefahr geben würde. Wir haben es für unmöglich gehalten. Die Klasse übertrifft selbst den Rang eines Gottes. Es wäre eher ein Demiurg, ein Weltenschöpfer — oder ein Weltenzerstörer. Selbst wenn Scyth alle Schläfer

---

[3] Egors Geschichte wird in Dan Sugralinovs zweiteiliger LitRPG-Buchreihe *Spitzhacke der tausend Attribute* erzählt.

aktivieren und der Nukleus der Vernichtenden Seuche werden sollte, würde er den Rang nicht erreichen."

„Mein Potenzial ist mir egal", sagte ich. „Mich interessiert etwas anderes: Ich war schon so oft dem Tode nah. Ihre Pläne sind alle gescheitert, doch niemand hat mir geholfen!"

Anderson schwieg. Stattdessen ergriff Denise Le Bon das Wort.

„Wenn du gestorben wärst, hätten wir gewusst, dass du nicht derjenige bist, den wir brauchen."

„Derjenige, den Sie brauchen?", hakte Ian nach. „Welche Beziehung haben Sie..."

„Eine direkte", entgegnete Denise mit einem charmanten Lächeln. „Aber ich werde die Einzelheiten vorerst für mich behalten, Herr Mitchell. Im Moment ist es nicht relevant, aber zu gegebener Zeit werden Sie über meine Rolle informiert werden."

Eine unangenehme Stille folgte, bevor Onkel Nick sprach. „Diese Diskussion führt zu nichts, Herr Anderson. Sie haben uns erklärt, dass wir neun, die hier am Tisch sitzen, Alex durch Synergie helfen können, sein Ziel zu erreichen. Meinen Sie das im wahrsten Sinne des Wortes oder so, wie Ihr Neurointerface es versteht? Außerdem haben Sie uns eröffnet, dass mein Neffe der Neunte ist. Was bedeuten diese Zahlen?"

Anderson war erleichtert, weil wir endlich auf den Punkt kamen. Er setzte zu einer Erklärung an, doch ich wusste bereits, was er sagen würde. Er musste es mir durch eine seiner Fähigkeiten vermittelt haben.

„Der Erste ist das Zentrum der Synergie", begann er. „Ich bin derjenige, der das Projekt in die Wege geleitet hat. Ich bin sein Fundament und ich bestimme die Nummerierung. Meine Rolle ist die Führung, Zielsetzung und Koordination unserer Aktionen.

Außerdem sorge ich für die Finanzierung und die Sicherheit. Das sind wichtige Sachen, aber Ihre Beiträge sind ebenso bedeutend. Leider zeigt mein Interface nicht vollständig an, welche Rolle jeder Einzelne von Ihnen spielt, aber ich kann Vermutungen anstellen."

Er hielt einen Moment inne, bevor er zu Onkel Nick überging.

„Der Zweite, Nicholas Wright, wird als Kapitän meiner Yacht dienen."

„Dieser Yacht?", fragte Onkel Nick.

„Genau, Herr Wright. Sie werden sicher bemerkt haben, dass die *Sleipnir* nicht auf der Erde gebaut worden ist. Der Erwachten werden auf dieser Yacht in die Mondumlaufbahn eintreten, wo sie vor allen irdischen Bedrohungen sicher sein werden und sich auf *Disgardium* konzentrieren können, bis die Mission abgeschlossen ist. Durch Ihre Anwesenheit als Kapitän und als sein Onkel werden Sie Alex moralische Unterstützung geben."

Ich dachte an unseren eigenen Piloten. „Was ist mit Leonid?"

„Leonid Fishelevich wird sich einer Behandlung unterziehen, die seine Beine regenerieren wird. Danach wird er in den medizinischen Einrichtungen der Yacht ein Rehabilitationsprogramm durchlaufen und dann als Co-Pilot dienen. Die übrigen Mitglieder der Sieben werden ebenfalls hierbleiben, um Mahlzeiten zuzubereiten und in der Stunde null die Nicht-Bürger und die Verwilderten zu koordinieren."

Nach einer weiteren Pause kam er zu Dennis Kaverin, dem Dritten.

„Wie schon erwähnt, wird Herr Kaverin Scyth in *Disgardium* helfen, höchstwahrscheinlich im Nether." Dann deutete er mit dem Kopf auf den Vierten. „Herr

Serebryansky wird ebenfalls auf der Yacht bleiben. Er ist ein ausgezeichneter Arzt und kennt sich bereits mit der medizinischen Ausstattung an Bord aus. Darüber hinaus hat er einen wissenschaftlichen Hintergrund hinsichtlich der Bewusstseinsübertragung und kann sie, wenn nötig, überwachen. Herr Serebryansky wird sicher alle Hände voll zu tun haben."

Wenn man bedachte, worum es bei der Bewusstseinsübertragung ging, klang das unheilvoll. Ich vermutete, er bezog sich damit auf meine scheinbar unumgängliche Rückkehr in den Nether.

Anderson fuhr mit Ian Mitchell, dem Fünften, fort.

„Ich bin nicht sicher, welche Rolle Herr Mitchell spielen wird, aber es wird zweifellos mit seinem beruflichen Hintergrund zu tun haben. Er wird darüber berichten, was mit Scyth und den Schläfern vor sich geht, und die Leute darüber informieren, was kommen wird."

„Sprechen Sie von den unheimlichen Außerirdischen, die die Spreu vom Weizen trennen wollen, indem sie die Unwürdigen eliminieren?", fragte Ian ironisch.

„So etwas in der Art", entgegnete Anderson, ohne die Miene zu verziehen, bevor er zu Denise Le Bon hinüberschaute. „Als die beiden bekanntesten Leute auf dem Planeten werden Frau Le Bon und Alex die Gesichter der bevorstehenden Revolu… Seien wir etwas weniger dramatisch und nennen das Bevorstehende die ‚kommenden Ereignisse'. Jetzt ist nicht der richtige Zeitpunkt, um näher darauf einzugehen, aber diese Ereignisse werden zu gesellschaftlichen Reformen führen."

„Was soll ich tun, Michael?", wollte Guy Barron Octius wissen.

„Sie, alter Freund, sind für die Rolle bestimmt, die Iovana bei unserem ersten Treffen für Sie vorgesehen hatte. Damals habe ich ihr davon abgeraten, aber jetzt wissen Sie, was auf die Menschheit zukommt. Sie werden der Auswähler dieser Zeitspanne werden und unter den Champions der Dämonischen Spiele auswählen müssen."

Auswähler? Zeitspanne? Ich konnte aus Andersons Worten nicht schlau werden, aber Octius nickte nur schweigend.

Als Nächstes war der Achte an der Reihe, der Enkel der großen Iovana Savic.

„Deine Aufgabe ist es, deine Firma zu entwickeln, Zoran. Im Moment macht die First Martian vielleicht den Eindruck eines jungen Unternehmens mit einem Dutzend Patenten und zwei Angestellten, aber es hängt so viel von ihr ab, dass... Anderson seufzte. „Leider kann ich dir nicht alles erzählen."

„Ich weiß", murmelte Zoran. „Wenn du es vorhersagst, wird es nicht eintreten."

„Aber etwas kann ich sagen", erklärte Anderson. „Soweit ich weiß, besteht deine Hauptaufgabe darin, ein neues Neurointerface zu entwickeln, dass die Leute ermutigt, Menschen zu bleiben, wie auch immer die Umstände aussehen mögen. Menschen, Zoran, verstehst du?"

„Ja, ich verstehe, Onkel Michael."

„Gut." Anderson stand auf. „Wir alle kennen die Rolle von Alex, dem Neunten. Es ist zwar nicht seine einzige Aufgabe, aber mehr kann ich vorerst nicht sagen. Und jetzt vertage ich die Versammlung. Ich danke Ihnen."

Die Anwesenden erhoben sich und gingen zum Ausgang. Ich stand ebenfalls auf, aber Anderson hielt mich zurück.

„Wir sind noch nicht fertig, Alex. Ich möchte unter vier Augen mit dir sprechen und danach die anderen Erwachten hinzuholen. Vor uns allen liegen schwierige Entscheidungen."

Nachdem die anderen den Raum verlassen hatten, beschäftigte Anderson sich eine Weile mit seinem Interface und überließ mich mir selbst. Ein Droide brachte mir ein Steak, das ich halbherzig aß, während ich versuchte, die vielen Informationen, die Anderson gerade auf uns abgeladen hatte, in meinem Kopf zu sortieren — besonders diejenigen, die mit meiner Rolle zusammenhingen.

Fürs Erste ignorierte ich die Hintergrundgeschichte, die *Snowstorms* Gründer betraf. Erstens hatte sie nichts mit mir zu tun und zweitens glaubte ich nicht alles, was Anderson gesagt hatte.

Ich glaubte ihm viele Teile seiner Geschichte, einschließlich der Einzelheiten über das Experiment, an dem seine Freunde und er vor langer Zeit teilgenommen hatten. Dennoch waren die Dinge über die Außerirdischen, die uns angeblich unterdrücken oder eliminieren wollten, schwer zu verdauen. Ich hatte auch ohne diesen Hokuspokus schon genug Probleme — die Sache mit dem von Lucius besessenen Ishmael Calderone zum Beispiel.

Ich musste nach *Dis* zurückkehren und alle fünf Schläfer aktivieren. Das war schon vor Neuns Ankunft eine Herausforderung gewesen, aber jetzt, da sie sich in Nether verwandelt hatte und *Dis* unter ihre Kontrolle bringen wollte, würde es noch schwieriger sein. Dennoch: Ich hatte es schon einmal geschafft, sie zu überlisten.

Aber wie sollte ich Neun erreichen? Sie war irgendwo auf der Himmelsebene, zu der Sterbliche keinen Zugang hatten. Was sollte ich tun? Ich musste

Tempel bauen und sie direkt unter ihrer Nase den Schläfern widmen, um sie herauszulocken! Außerdem würde ich alle Hebel in Bewegung setzen müssen, um sicherzustellen, dass die Ich-Bewussten nicht an Nether, sondern an Behemoth, Tiamat und Kingu glauben würden. Kein Problem. Ein Kinderspiel.

Es sah jedoch aus, als ob ich die Hilfe von Drei und den anderen Betatestern benötigen würde. Das bedeutete, dass der Zeitpunkt gekommen war, in den Nether zurückzukehren. Dazu wiederum musste mir in einer Instanz auf Terrastera ein *Erster Kill* gelingen.

Aber so viel ich wusste, war der „Personenverkehr" auf der Strecke von *Disgardium* in den Nether nach Neuns Umzug auf die Himmelsebene eingestellt worden, denn ihre Vorboten, die Verwüster, liefen jetzt in ganz *Disgardium* frei herum.

Mal angenommen, ich würde die Betatester retten, sie zu Anhängern der Schläfer machen, und sie könnten sogar ihre 300.000 Level behalten. Was dann? Was wäre, wenn sie mir nicht würden folgen wollen? Was, wenn sie Macht würden haben wollen? Zehntausend Jahre in der Beta-Welt leben zu müssen, würde jeden in den Wahnsinn treiben.

Nein, der Gedanke an eine Rückkehr in den Nether gefiel mir nicht. Aber was blieb mir anderes übrig? Sollte ich die Fortgegangenen ausfindig machen und auf ihre Hilfe hoffen? Vielleicht könnte ich mein Glück auf Meaz oder im Unterwasser-Königreich versuchen. Oder sollte ich die Prinzen des Infernos bitten, gegen Neun zu kämpfen?

Ich starrte auf den Rest meines Steaks. Stammte es von einer echten Kuh? Nichts konnte ein echtes Steak ersetzen. Seit den Tagen der Mammutjäger hatte die Natur sich noch nichts einfallen lassen, das für unsere Rezeptoren verlockender war.

Dann warf ich einen düsteren Blick zu Michael Anderson hinüber. Was war mit ihm los? Erst war er in großer Eile gewesen, und dann hatte er stundenlang Geschichten erzählt, statt Fragen zu beantworten. Wie alt war er überhaupt? 86 Jahre? In diesem Alter glaubten Rentner an ein Leben nach dem Tod, spielten Golf, unternahmen Reisen oder... Verdammt, wie konnte ich wissen, was Leute seines Alters taten? Ich wusste nur, dass Anderson seine Zeit mit anderen Dingen verbrachte als seine Zeitgenossen.

Nachdem ich meinem Ärger innerlich Luft gemacht hatte, entspannte ich mich wieder. Ich wusste genau, warum ich so wütend war. Schließlich war ich auch nur ein Mensch, und wer wäre nach all dem, was ich gerade gehört hatte, nicht verärgert gewesen? Alles in allem wurde ich mit der Situation ziemlich gut fertig. Ich stocherte mit einer silbernen Gabel in meinem Essen herum, schaute die einflussreichste Person des Planeten an und betrachtete die Erde durch ein Panoramafenster.

Ich musste gähnen und hielt die Hand vor den Mund, doch Anderson hörte es und schien sich wieder zu erinnern, dass ich im Raum war. Nachdem er leise etwas zu jemandem gesagt hatte, der offensichtlich ein implantiertes Ohrmikrofon trug, setzte er sich mir gegenüber hin und hielt die Hände vor sich gefaltet.

„Tut mir leid, Alex. Ich bin in zahlreiche wichtige Prozesse eingebunden. Aber jetzt habe ich alles abgeschaltet, was nicht dringend erledigt werden muss, und stehe zu deiner Verfügung. Wenn du noch Fragen hast, solltest du sie mir jetzt stellen, denn ich befürchte, dass du in der nahen Zukunft keine Gelegenheit mehr dazu haben wirst."

„Ich habe zwar Fragen, aber sie sind nicht wichtig", erwiderte ich.

„Wir haben etwa fünfzehn Minuten Zeit, bevor eine weitere Person eintreffen wird", sagte Anderson. „Lass uns die Zeit mit unwichtigen Fragen vergeuden."

„Also gut: Nachdem ich eine Gefahr geworden war, habe ich den technischen Support kontaktiert, doch jemand anders hat geantwortet. Wer immer es war, der zurückgeschrieben hat, hat die Namen Kano, Raiden, Grant, Cooper und Jackson Briggs oder Sonya Blade als Pseudonyme verwendet. Als ich später Kiran Jackson getroffen habe, war ich davon überzeugt, dass er derjenige war, aber jetzt..."

„Es war Demetrius", unterbrach Anderson mich. „Demetrius ist keine Person, sondern mein virtueller Assistent. Er ist seit mehr als fünfzig Jahren mein engster Freund, daher hat er in seiner Kommunikation meine Eigenheiten übernommen. Er hat deine Nachrichten abgefangen, bevor sie die Server von *Snowstorms* technischem Support erreichen konnten, und sie beantwortet. Seine Pseudonyme sind die Namen der Helden meines Lieblings-Kampfspiels. So haben sie Videospiele genannt, bei denen die Charaktere nur ein Ziel hatten: sich gegenseitig zu verprügeln. Das Spiel hieß *Mortal Kombat.*"

„Wenn Demetrius geantwortet hat, wer hat mir dann im Spiel geholfen? Ich erinnere mich, dass einmal sogar die Funktionalität der Instanzen geändert..."

„In dem speziellen Fall hat Demetrius die Aufgabe in meinem Auftrag an Kiran geschickt", fiel Michael mir erneut ins Wort. „Nach der Aktivierung der Schläfer habe ich dich besonders genau beobachtet und bestimmte Angestellte des Unternehmens angewiesen, für uns hilfreiche Entscheidungen zu treffen — auch im Hinblick auf deinen Schutz. Bei *Snowstorm* war es nicht ungewöhnlich, Informationen über die Identität von Gefahren durchsickern zu lassen. Ich konnte nicht zulassen, dass du enthüllt wirst. Deswegen hat Jackson mehrere Leute, die vorzeitig verraten wollten, wer du bist, zum Schweigen gebracht. Unter ihnen waren einige seiner Freunde. Du verstehst sicher, dass du deswegen endgültig sein Feind geworden warst. Und nach dem, was du getan und gesagt hast, war Kiran davon besessen, dich zu vernichten."

„Was ist zwischen Ihnen und Kiran abgelaufen? Haben Sie ihn nicht über die wahre Rolle der Schläfer informiert?"

„Nein", antwortete Anderson. „Trotz all seiner Nachteile war Kiran in seiner Position nützlich. Er hat die gegensätzlichen Kräfte, die mit *Disgardium* verbunden sind, geschickt balanciert: die Regierung, die Aristos, die Spieler, die Angestellten und die Aktionäre. Doch dann sind zwei weitere aufgetaucht, und mit ihnen ist Kiran nicht fertiggeworden."

„Wer war es?"

„Arto Menfil und du", entgegnete Michael. „Bei dir war alles klar: Du bist deinen eigenen Weg gegangen — den Weg, den Kiran am meisten gefürchtet hat: Du warst entschlossen, zu einer neuen Grenze aufzubrechen, indem du die Religion der Schlafenden Götter geschaffen hast. Sie war eine Bedrohung für die Neuen Götter und die neue Welt. Sie mussten dir aus dem Weg gehen, wenn sie nicht ausgeschaltet werden wollten. Kiran wusste natürlich nichts von der neuen Welt, aber er hat es unterbewusst erraten. Im Hinblick auf Probleme hatte er einen gut entwickelten Instinkt. Revolutionen und ‚das Neue' haben das Bestehende schon immer zerstört, und das tut weh. Meinst du vielleicht, die Weber haben sich gefreut, als Edmund Cartwright die Webmaschine erfunden hat? Sie hat die Arbeit von vierzig Leuten ersetzt!"

„Tut mir leid, ich kann Ihnen nicht folgen", sagte

ich.

Anderson lachte leise. „Mit der Zeit wirst du es verstehen. Falls du deinen Plan umsetzen kannst, wirst du nicht nur gelobt, sondern auch verflucht werden. Wir können es nie allen rechtmachen und sollten es auch nicht versuchen. Vergiss nicht: Unser Ziel ist das Überleben der Menschheit."

„Wer ist Arto Menfil? Ich weiß, dass er *Snowstorms* neuer Direktor ist, aber woher kommt er?"

„Arto ist ein Protegé der Vaalfor", antwortete Anderson. „Seine Fähigkeiten sind vergleichbar mit meinen, wenn nicht sogar besser. Er ist überaus gefährlich."

„Wie ist er nach *Snowstorm* gekommen?"

Dieses Mal antwortete Anderson nicht gleich. Er schien zu überlegen, ob er die Wahrheit sagen konnte oder ob es besser wäre, zu lügen.

„Es war eine Bedingung des Vertrags zwischen den Gründern und Xfor."

„Xfor?", hakte ich nach.

„Das ist der Vaalfor, der für Erdlinge verantwortlich ist. Er behält alles im Auge, das nicht im Interesse seines Volkes und dem Dro-Rag ist. Das ist der galaktische Rat der Alten Völker." Nachdem er mir diese absolut fantastischen Informationen gegeben hatte, atmete Anderson laut aus. „Arto Menfil ist die Schachfigur der Außerirdischen. Xfor hat vermutet, dass wir mit *Disgardium* etwas im Schilde führten, aber er konnte uns nicht einfach auslöschen. Nach über 25 Jahren waren wir für das universelle Gleichgewicht wichtig genug geworden, dass unser Verschwinden bemerkt worden wäre. Deswegen hat Xfor verlangt, dass die Vereinten Nationen Aktionäre des Unternehmens werden. Viele von ihnen sind Menfils Schergen. Arto selbst ist Mitglied von *Snowstorms*

Vorstand geworden. Er war derjenige, der das Projekt Optimierung ins Leben gerufen und es an die Kapseln der Nicht-Bürger und die Vernichtende Seuche gebunden hat. Ich hoffe, deinem Freund Wesley ist bewusst, wie gefährlich die Untoten für die Nicht-Bürger sind."

„Ganz bestimmt, vor allem jetzt, nachdem Sie ihn geheilt haben. Es war also Menfils Idee, Milliarden von Nicht-Bürgern zu töten?"

„Das war lange, nachdem ich mich aus der Unternehmensleitung zurückgezogen hatte, darum weiß ich nicht, wessen Idee es war, die Bevölkerung zu ‚optimieren': Menfils oder die seines Meisters. Ich weiß nicht genug über die Logik und Moral der Vaalfor, aber meiner Ansicht nach unterscheiden sie sich radikal von unseren Prinzipien."

Die Botschafterin Angel hatte gesagt, bestimmte Schutzgötter der Elite wären mächtiger als die Regierung. Hatte sie vielleicht Menfil gemeint?

„Wissen Sie etwas über Menfils Verbindung zu den Eliten oder zu Mogwai?", erkundigte ich mich.

„Menfil hat ihnen Schutz gewährt, während sie dem alten Nukleus der Vernichtenden Seuche gedient haben, und ihnen Unterstützung versprochen, weil er gehofft hat, mit ihrer Hilfe die Vernichtende Seuche nach *Disgardium* zurückbringen zu können", erklärte Anderson. „Feng Xiaoguang hatte Probleme mit der Triade. Er ist seinen Verpflichtungen nicht mehr nachgekommen. Die Triade hat Feng einen Bronzering geschickt, in dem das Zeichen für die Zahl 4 eingeprägt war. In chinesischer Sprache bedeutet es Tod. Ja, sehr dramatisch, aber wenn die Spitze der Triade Feng hätte töten wollen, hätten sie ihm keinen Ring, sondern einen Killer geschickt. Doch Feng hat Angst bekommen und sich an Menfil gewandt, der alles getan hat, um das Problem zu lösen. Er hat alle Drachenköpfe und Offiziere an Bord einer Raumyacht versammelt und sie auf eine unvergessliche Reise zur Sonne geschickt."

„Die Eliten sind also Menfils Leute?"

„Richtig. Pollux und du müsst einen Weg finden, sie an der kurzen Leine zu halten. Und vergiss dabei nicht, dass die Botschafter der Seuche dir sehr ähnlich sind: Jungs, die ganz unten begonnen und ihr Glück beim Schopf gepackt haben — sie sind nur ein wenig vom Weg abgekommen. Sie sind noch nicht verloren, und wenn du sie davon überzeugen kannst, für dich zu kämpfen, wird Menfil nichts unternehmen, um sie aufzuhalten."

„Sind Sie sicher?"

„Erinnerst du dich an den Dämonischen Pakt?"

Ich nickte.

„Wir haben eine ähnliche Vereinbarung mit Xfor abgeschlossen. Arto Menfil wird deine Verbündeten nicht anrühren, und ich durfte nicht eingreifen, als Mogwai und Eileen kurz davor waren, dich zu eliminieren. Das sind die Bedingungen des Vertrags."

Mir fiel ein, dass die Götter in *Disgardium* von den Sterblichen abhängig waren. Das, und Andersons Gebrauch des Wortes „Vertrag" vergegenwärtigten mir Ereignisse, die mit dem Himmlischen Schiedsgericht zusammenhingen. Der Nukleus hatte mir erzählt, wie Nergal die Schlichter in die Beta-Welt gelockt hatte. Deswegen waren sie aus *Disgardium* verschwunden. Doch kurz bevor Crag in den Nether geraten war, hatte Colonel versucht, einen Schlichter zu rufen, um den Erwachten Treue zu schwören, aber niemand war gekommen. Warum nicht?

Als ich Anderson diese Frage stellte, antwortete er so schnell, dass ich vermutete, er hatte die Frage vorausgesehen.

„Das Himmlische Schiedsgericht, die visuelle Repräsentation der alles steuernden KI von *Disgardium*, hatte Störungen im Gewebe der Realität wahrgenommen, bevor Crag in den Nether gefallen war. Das bedeutete zweierlei: das Ereignis zwar noch nicht eingetreten, aber zu dem Zeitpunkt gab es bereits kein Zurück mehr. Es hat sich im Informationsfeld widergespiegelt und ist vom Himmlischen Schiedsgericht beobachtet worden. Das Schiedsgericht ist dazu übergegangen, die Ursache des Phänomens und seine potenzielle Bedrohung für *Disgardium* zu verarbeiten. Dadurch war es derartig blockiert, das es nicht länger in der Lage war, auf die Rufe von Spielern zu reagieren."

Während ich Anderson zuhörte, dachte ich darüber nach, wie scheinbar unbedeutende Dinge wie ein achtloses Wort oder eine impulsive Handlung den Lebensverlauf einer oder mehrerer Personen radikal verändern konnten. Ich war Patrick gegenüber unhöflich gewesen und er hatte mich verflucht. Das war der Ausgangspunkt für alles Folgende gewesen, unter anderem, dass Crag mich vor der Eliminierung gerettet hatte und mehrere Monate später selbst auf dem Rücken eines Verwüsters im Nether verschwunden war. Das Ereignis hatte wiederum dazu geführt, dass Nergal und alle anderen Neuen Götter entkörperlicht worden waren — der Auftakt dessen, was uns bevorstand, denn nun hatten wir es mit der Vergöttlichung von Neun zu tun und alles war möglich. Nichts davon wäre passiert, wenn ich Crag vor langer Zeit in Modus' Schloss ignoriert hätte.

Diese Gedanken erinnerten mich daran, wie ich die Klasse Herold erhalten hatte. Doch ich hatte nie herausgefunden, was mit Vlad dem Lispler geschehen war, denn ich war zu sehr auf mich selbst konzentriert gewesen, um ihn in Onkel Vanjas Café in Orenburg zu besuchen.

„In einer Ihrer — oder Demetrius' — Nachrichten hat er geschrieben, dass Vlad der Lispler nicht länger für *Snowstorm* arbeiten würde. Was ist aus ihm geworden?"

Anderson zuckte mit den Schultern. „Er hat viel Geld bei *Snowstorm* verdient und ist vor *Disgardums* Veröffentlichung in seine Heimatstadt zurückgekehrt. Er hat das Café gekauft, das er in seiner Nachricht an dich erwähnt hat. Er hat viel getrunken, und gefeiert, seine Freunde freigehalten und mit seinem Geld um sich geworfen. Nach einem Jahr ist ihm das Geld ausgegangen, seine Freunde sind verschwunden und er hatte keine Inspiration mehr. So kann ein kreativer Mensch nicht leben, darum hat er sich... nun ja... freiwillig verabschiedet."

Ich schob meinen Teller von mir weg und nahm mir eine Flasche Limonade. Ich schraubte sie auf, doch ich trank nicht. Stattdessen betrachtete ich die Erde mit ihren weißen Wolkenfetzen, blauen Meeren und den vagen Umrissen der Kontinente. Wie klein und zerbrechlich sie von hier oben aussah.

„Es ist unglaublich, dass da unten unter den Menschen ein Vertreter eines außerirdischen Volkes lebt, das uns vernichten will", sagte ich nachdenklich. „Oder lebt er nicht unter ihnen?"

„Nicht derjenige, von dem du sprichst", antwortete Anderson. „Er macht aber gelegentlich ‚Entnahmen'. Wenn nötig, zieht er eine Person, die nützlich für ihn ist, in seine Dimension. Doch es gibt andere Nicht-Menschen oder Außerirdische, die sich in unserer Mitte befinden. Einer von ihnen hat beispielsweise die erste Kryptowährung der Welt erfunden, und weißt du, warum?"

„Selbstverständlich! Ich bin Experte in Außerirdischen und Kryptowährungen!", rief ich ironisch. „Er wollte vermutlich Geld verdienen, oder?"

„So etwas Ähnliches", erklärte Anderson. „Ihm fehlte die Rechenleistung, die nötig war, um ihn zu seinem Volk zurückzubringen. Also hat er eine Möglichkeit gefunden, Millionen von Erdlingen dazu zu bringen, mit ihm zu teilen. Sie haben neue Bitcoin ‚geschürft', und er hat ihre Ressourcen benutzt, um den Hypersprung zu kalkulieren."

„Sprechen Sie von dem berühmten, geheimnisvollen Satoshi Nakamoto?"

„Er ist kein Mensch", sagte Michael Anderson. „Ich habe allerdings keine Beweise, weil ich es nur in einem Buch gelesen habe. Den Titel des Buches werde ich nicht nennen."

Ich wusste auch so, von welchem Buch er sprach. Wenn er es erwähnen würde, würden die Vaalfor uns wieder angreifen.

„Aber wenn Nakamoto auf seinen Planeten zurückkehren konnte, von wem haben Sie gesprochen?"

„Von unserer gemeinsamen Freundin, um nur eine Person zu nennen." Er drehte sich um und sagte: „Kommen Sie bitte herein, Frau Le Bon."

Mit einem leichten Rascheln entfaltete sich der Raum hinter ihm, und Denise Le Bon trat heraus. Sie richtete ihr Abendkleid, das etwas hochgerutscht war, und setzte sich neben mich.

„Ich werde dir jetzt etwas zeigen, Alex, aber du brauchst keine Angst zu haben", sagte sie.

Sie legte ihre Hand auf meine und schloss die Augen. Der Umriss ihrer Gestalt begann zu beben, wie ein Gegenstand in heißer Luft bebte. Es war, als ob Denise sich auflösen und ihr darunterliegendes wahres

Gesicht enthüllt werden würde.

Es war das Gesicht eines Volkes, das Mädchen und Aristos in *Disgardium* gern wählten: leicht gespitzte Ohren, glänzendes platinblondes Haar, Haut, die von innen zu leuchten schien und mit einem Muster tätowiert war. Denise saß noch, aber ich bemerkte, dass sie etwa zehn Zentimeter größer geworden war.

„Du bist eine Elfe", murmelte ich. Ich berührte ihr Gesicht, um sicherzugehen, dass es keine Illusion oder kein Hologramm war.

Ich konnte nur staunen: Neben mir saß eine echte Außerirdische!

„Nein, Alex", protestierte sie leise. „Ich bin eine Roa. Mein Name ist Ilindi."

„Eine Roa?", wiederholte ich.

„Ja, so nennen wir uns. Aber wenn es einfacher für dich ist, kannst du mich weiterhin als Elfe betrachten. Es ist kein Zufall, dass die Elfen in *Disgardium* uns so ähnlich sind: *Snowstorms* Gründer haben sie mir nachgebildet."

„Warum bist du auf der Erde?"

„Ich habe eine besondere Mission", antwortete sie.

„Eine Mission?" Erneut wiederholte ich ihre Antwort.

„Ja. Ich bestätige alles, was Michael dir erzählt hat. Ich weiß, dass es schwer zu glauben ist, aber es ist wahr."

Ilindi verwandelte sich wieder in ihre Denise-Le-Bon-Erscheinung und fuhr fort: „Die Zukunft meines Volkes hängt von dir ab. Das ist keine Übertreibung, aber ich werde nicht ins Detail gehen, denn es lastet schon genug auf deinen Schultern. Alles hat seine Zeit."

Dann nahm sie mein Gesicht in ihre Hände, zog es vorsichtig zu sich und küsste mich auf die Augen, die Wangen und die Lippen. Ich errötete, und eine warme Welle lief über meinen Körper, doch gleich darauf löste die Roa-Elfe Ilindi sich von mir und verschwand wieder in der Raumfalte.

„Sei nicht zu überrascht von dieser kleinen Demonstration", bemerkte Anderson. „Ilindi ist so etwas wie... Ich kann in eine simulierte Zukunft schauen, aber sie hat noch stärkere Fähigkeiten. Ihre Leute betrachten sie als Orakel. Sie erzählt mir nicht viel, doch ich bin sicher, dass sie etwas über dich weiß. Darum wollte sie dir immer helfen. Sobald Ilindi erkannt hatte, dass sie sich mit der Synergie der Neun synchronisiert hatte und dich hier treffen würde, hat sie darauf bestanden, sich dir preiszugeben."

Ich berührte vorsichtig mein Gesicht, auf dem ich immer noch die heißen Küsse eines Wesens spüren konnte, das auf einem anderen Planeten geboren und unter dem Licht eines fremden Sterns aufgewachsen war. Sie war die schönste Kreatur, die ich je gesehen hatte, und ich wollte für immer bei ihr sein.

Nachdem ich mir in die Hand gekniffen hatte, drehte ich mich wieder zu Michael Anderson.

„Sagen Sie mir, dass sie kein Hirngespinst war!"

Anderson lachte, aber es hörte sich traurig an.

„Ich hatte das gleiche Gefühl, als Ilindi sich mir zu erkennen gegeben hat", entgegnete er. „Nein, es war keine optische Täuschung. Denise Le Bon ist eine Roa namens Ilindi." Während er besorgt auf die Daten auf seinem Interface blickte, verschwand sein Lächeln. „Aber jetzt wird es Zeit, dass wir zur Sache kommen. Ich werde deine Freunde rufen und sie über alles informieren. Danach müsst ihr alle eine Entscheidung treffen."

Kurz darauf erschienen meine Clankameraden im Konferenzraum. Sie schauten sich vorsichtig um und setzten sich an den Tisch. Sie wagten nicht, sich zu bewegen. Immerhin waren sie mit Michael Anderson im gleichen Raum!

Rita saß rechts neben mir, und Ed an meiner linken Seite. Im Uhrzeigersinn folgten Hung, Tissa, Tobias, Tomoshi und Wesley, der sich auf den Stuhl neben Anderson gesetzt hatte.

Anderson stand auf und begrüßte alle persönlich. Dann hielt er inne und schaute zur Tür hinüber. Einen Moment später trat Dennis Kaverin ein. Er blieb kurz auf der Schwelle stehen, bevor er an den Tisch kam und sich auf den letzten freien –neunten — Stuhl setzte.

Meine Freunde wussten nicht, wer er war, denn anders als Mogwai war Kaverin ein absoluter Einzelgänger. Sie sahen mich fragend an, aber ich sagte nichts. Ich wartete darauf, dass Anderson etwas Schreckliches sagen würde, und mir sträubten sich die Nackenhaare.

Snowstorms Gründer stellte sich hinter mich und sprach zu den anderen.

„Ich werde Sie gleich bitten, etwas so Gefährliches zu tun, dass ich meinen gesamten Besitz aufgeben würde, wenn ich es nicht tun müsste."

„Dann geben Sie ihn uns", mischte Wesley sich ein. „Nicht Ihr ganzes Vermögen, nur einen Teil davon."

Tomoshi errötete und rückte von ihm ab, als ob er deutlich machen wollte, dass er nichts mit diesem arroganten, fetten Kerl zu tun hatte.

„Ich weiß Ihren Humor zu schätzen, Herr Cho", entgegnete Anderson. „Sicher wird er Alex und Ihren anderen Freunden helfen, in den kommenden schwierigen Zeiten Ruhe zu bewahren — falls Sie dem, was ich gleich vorschlagen werde, zustimmen werden."

Dennis gähnte. „Bitte klären Sie uns über die Probleme und schwierigen Zeiten auf, die uns erwarten, Herr Anderson. Sie wissen schon, die Gefahren und so weiter. Spannen Sie uns nicht auf die Folter. Die Erwachten und ich brauchen keine lange Vorrede."

Alle schauten ihn sprachlos an, aber Kaverin ignorierte sie. Anderson war jedoch nicht im Geringsten beleidigt und kam sofort auf den Punkt.

„Aus den Daten, die mich erreicht haben, geht hervor, dass die Supernova-Göttin Nether dank ihrer schreckenerregenden Vorboten einen großen Zustrom von *Glaube* erhalten hat. Es wird nicht mehr lange dauern, bis sie den Beenden-Befehl außer Kraft setzen und sowohl den Modus Endgültiger Tod als auch den Betatest-Modus in *Disgardium* aktivieren kann, der 500-mal schneller ist."

Das war für meine Freunde und mich schwer zu verstehen, selbst nachdem er es erklärt hatte.

„Sie werden *Disgardium* nicht mehr verlassen können und haben maximal vierzig Stunden Zeit, um sich um das Problem zu kümmern. Sobald die Zeit abgelaufen ist, wahrscheinlich sogar früher, werden Ihre Gehirne langsam durchbrennen, und Sie werden in der realen Welt sterben. Es gibt jedoch eine winzige Chance, dass Sie in *Dis* weiterleben werden, aber das Leben dort wird endlich werden. Im Beta-Modus sterben Charaktere endgültig, wenn ihr Level unter null fällt."

„Und was sollen wir dagegen unternehmen?", fragte Hung. „Wie sieht Ihr Plan aus? Ich meine, wenn Sie uns um Hilfe bitten, muss es wichtig sein. Sie haben uns und unsere Leute aus atomverseuchten Trümmern auf Ihre Yacht gebracht. Aus welchem

Grund?"

„Wir müssen alle Schläfer aktivieren", schaltete ich mich ein. „Wenn wir scheitern, wird die gesamte Welt, wie wir sie kennen, enden. Das ist die Kurzversion. Ich kann euch die Einzelheiten später berichten, wenn ihr wollt, aber ihr werdet sicher denken, dass ich den Verstand verloren habe. Die Geschichte klingt ziemlich fantastisch, aber..."

„Sheppard!", rief Dennis dazwischen, und ich verstummte. „Sie haben verstanden."

„Wir haben verstanden", wiederholte Rita und nahm meine Hand.

Tissa nickte. „Verstanden. Die Welt ist in Gefahr, und wenn wir die Schläfer aktivieren können, können wir sie retten. Sie sind nicht nur Spielgötter, sondern viel mehr. Ich weiß, und ich werde Alex helfen."

„Ich auch", versicherte Rita.

„Wenn du glaubst, dass ich dich allein gehen lasse, hast du dich getäuscht", sagte Ed. „Wer soll sich denn um dich kümmern? Außerdem habe ich noch eine offene Rechnung zu begleichen, und der Bau des Turms muss auch abgeschlossen werden."

„Du und dein Turm...", bemerkte Hung. „Scyth und ich müssen den Unterwasser-Tempel widmen. Ohne Orthokon und mich kann er dort nicht überleben."

Tomoshi stand auf und verbeugte sich. „Hiros wir Scyth bei seinen gefährlichen Aufgaben unterstützen."

„Dann bin ich auch dabei", verkündete Wesley und schaute mich grimmig an. „Ich wusste bereits bei unserem ersten Treffen, dass du Ärger bedeuten würdest. Du gerätst immer wieder in Schwierigkeiten!"

Tobias schwieg und betrachtete hartnäckig seine Fingernägel. Ich wollte etwas zu ihm sagen, aber Anderson drückte leicht meine Schulter, sodass ich schwieg.

„Ich mache mit", erklärte Dennis kurz und bündig. „Aus offensichtlichen Gründen kann ich mich deinem Clan nicht anschließen, aber ich bin bereit, ein Anhänger der Schläfer zu werden."

Ed stieß mich an. „Wer ist dieser Typ? Aus welchen anderen Gründen will er kein Erwachter werden? Wieso glaubt er, dass wir ihn bei uns haben wollen?"

„Das ist Dek", antwortete Rita. Sie streckte die Hand aus. „Es freut mich, eine Legende aus *Dis* kennenzulernen, Herr Kaverin!"

Dennis war geschmeichelt und murmelte, dass er keine Lebende wäre und längst nicht so bekannt wäre wie Scyth, Crawler und Bomber, doch er schüttelte gern Ritas Hand und umarmte sie sogar kurz.

Tobias stand auf, um etwas zu sagen, doch er setzte sich wieder hin und winkte ab. „Zur Hölle mit dir. Ich weiß wirklich nicht, warum du mich brauchst. Mein Crag ist im Nether verschwunden, und meine Eltern... Du hast sie gesehen..." Er hatte einen Kloß im Hals und fuhr heiser fort: „Sie sind krank. Wenn mir etwas passiert..."

„Ich verspreche Ihnen, dass Ihr Vater geheilt werden wird, Herr Asser", ergriff Michael Anderson das Wort. „Das gilt für jeden von Ihnen: Wie auch immer diese Sache enden wird, die Familien der Erwachten werden für den Rest ihres Lebens versorgt sein. Aber jetzt müssen wir uns beeilen. Es ist möglich, dass Nether die Welt isolieren wird. Sie wird sowohl *Disgardiums* Ausgang als auch den Eingang sperren. Das könnte passieren, wenn sie beschließen sollte, sich mit kleinen Fischen zufriedenzugeben, sprich mit NPCs."

Nach diesen Worten standen wir auf und eilten

zum Gemeinschaftsraum, wo ich erst vor einem halben Tag meine Freunde und meine Eltern wiedergetroffen hatte. Jetzt war er leer, denn unsere Familien waren wieder auf die Erde gebracht worden.

Von dort aus gingen wir einen Korridor hinunter, der zu einer Tür führte. Hinter der Tür befanden sich zwei Reihen von Kapseln. Yoshi kniete neben einer von ihnen und stellte etwas ein. Sergei stand hinter ihm.

Als ich die Kapseln zählte, musste ich grinsen. Anderson hatte gewusst, dass meine Freunde mich nicht im Stich lassen würden, und für jeden von ihnen eine bereitgestellt. Doch dann dachte ich, dass er sich vermutlich auf alle Möglichkeiten vorbereitet hatte, und die Kapseln deshalb auf uns warteten.

Als Sergei uns sah, kam er herüber.

„Es ist alles bereit, Herr Anderson. Yoshi hat die Profile aus den alten Kapseln der Erwachten in die neuen übertragen. Sie sollten problemlos funktionieren. Bleibt nur noch Herr Kaverins Kapsel. Yoshihiru ist fast fertig."

„Vielen Dank, Herr Yuferov", sagte Anderson. Dann schaute er zu den Mädchen hinüber. „Es gibt hier leider keine Privatsphäre, darum bitte ich Sie, den Raum zu verlassen und die Jungen zuerst eintauchen zu lassen."

„Und die Männer", ergänzte Hung laut.

Rita umarmte mich und flüsterte in mein Ohr: „Wir sehen uns auf Kharinza!" Dann küssten wir uns, bevor sie und Tissa gingen.

Meine Freunde, Dennis und ich standen zusammen und beschlossen, dass Hung, Tomoshi, Tobias, Wesley und ich uns auf der Insel treffen würden. Crawler und Dek würden sich nach Darant auf den Weg machen.

Während ich mich auszog, kam Herr Anderson zu

mir. Er wandte den Blick ab und sagte leise: „Ich habe dir die volle Wahrheit gesagt, Alex. Falls du Zweifel bekommen solltest, denk daran, was auf dem Spiel steht."

„Warum sagen Sie das?", fragte ich. Es fiel mir schwer, eine Welle des Unmuts zu unterdrücken. „Warum mussten Sie mir zu diesem Zeitpunkt Ihre ganze Wahrheit aufbürden?"

„Du wirst es verstehen, wenn du ankommst", antwortete er. Er deutete mit dem Kopf auf die Kapsel. Ich konnte keine bestimmte Marke erkennen, aber sie ließ meine Premium-Kapsel wir einen Futtertrog aussehen. Es war vermutlich ein hypermodernes Modell, das speziell für die Gründer entwickelt worden war. „Viel Glück, Alex."

Nachdem Sergei und Yoshi uns ebenfalls Glück gewünscht hatten, verließen sie zusammen mit Anderson den Raum.

Ich stieg in die Kapsel, hielt mich an der Handleiste fest und inspizierte die Ausstattung, als die mädchenhafte Stimme der KI sprach.

„Bist du bereit, Alex?"

„Ja, ich bin bereit."

„Drei, zwei, und los geht‘s!"

Die Kapsel füllte sich im Handumdrehen mit Intragel.

Bereit oder nicht — hier komme ich, Disgardium!

Zweites Zwischenspiel: Peiniger

SEIT DEN TAGEN der Dämonischen Spiele war der Dämon Peiniger, Sohn von Diablo, einem der großen Prinzen des Infernos, nicht mehr so schwermütig gewesen wie auf Kharinza.

Ohne Scyth war es so *langweilig*!

Er hatte keine Lust mehr, mit dem Satyr Flaygray und dem Sukkubus Nega Höllenpoker zu spielen oder sich zu betrinken, und die dummen Sterblichen machten ihn wütend.

Da er nichts Besseres zu tun hatte, ging er oft in den Dschungel und jagte aus Spaß die riesige Echse — den Montosaurus, den die Sterblichen verehrten, als ob er ein Gott wäre. Peiniger konnte mehrere solcher Götter gleichzeitig ausschalten. Gigantisch und superstark zu sein, machte den Montosaurus nicht zu einem Gott.

Der Bestiengott war fast dreißig Meter groß. Manchmal knurrte er Peiniger an, wenn der Dämon ihm erlaubte, ihn zu fangen, nur um ihm dann seine

Kiefer zu zerschmettern und das Innere seines Mauls zu verbrennen. Meistens war der Montosaurus jedoch klug genug, sich in seine Taschendimension zurückzuziehen, wo er sich bei irgendeiner Einheit beschwerte, denn danach erschien immer ein unsichtbarer, vom Chaos kreierter Riese, der Peiniger so heftig in den Hintern trat, dass er noch Stunden später schmerzte. Das brachte Peiniger jedoch nicht dazu, die Echse in Ruhe zu lassen, denn wie sollte er sich sonst die Zeit vertreiben? Alle anderen Ich-Bewussten waren Sterbliche und daher zu zerbrechlich.

Seit er in den Dämonischen Spielen besiegt worden war, war er nicht mehr so freudlos gewesen. Aber seine Niederlage war nicht so schlimm gewesen, denn außer einer Degradierung hatte sein Leben im Inferno sich nicht viel verändert. Na ja, zuerst war er nur ein gewöhnlicher Instiga in der schlechtesten Kohorte der schlechtesten Legion gewesen, aber er hatte sich langsam zu seinem Platz an der Sonne in der staubigen Landschaft von Wortem hochgearbeitet, das westlich vom Herd lag. Zuerst war er zum Zenturio und dann zum Legionär aufgestiegen, und hatte schließlich den Rang eines Legatus erhalten. Er hatte so hart gearbeitet, dass er für Langeweile keine Zeit gehabt hatte.

Aber dann war Scyth wieder in sein Leben getreten — sein unfreiwilliger Verbündeter. Bei einer Audienz mit Prinz Belial hatte Peiniger den Sterblichen wiedergesehen, als er der Tiefling Hakkar gewesen war, und etwas in ihm hatte sich vollkommen verändert. Ohne Scyth würde Peiniger jetzt entkörperlicht sein. Egal, was alle sagten: Die Fähigkeit, Wertschätzung zu zeigen und sich für einen Gefallen zu revanchieren, war in Peiniger höher entwickelt als bei vielen anderen.

Diese Qualität war von anderen Soldaten und Kommandeuren hoch geschätzt worden — besonders von denjenigen, die in ihm nur einen weiteren Bastard des großen Prinzen Diablo gesehen hatten.

Bevor er nach Kharinza gekommen war, hatte Peiniger kein einziges Mal bedauert, aus dem Inferno verbannt worden zu sein, seine Unsterblichkeit verloren zu haben und Scyth nach *Disgardium* gefolgt zu sein. Er hatte großen Spaß mit Scyth gehabt. Sein Kamerad war immer in etwas Aufregendes verwickelt gewesen.

Die Ereignisse am Südpol waren fantastisch gewesen! Es war anstrengend und atemberaubend gewesen — eine großartige Werbung für dämonische Touren nach *Disgardium.* Wenn Peinigers Freunde aus dem Inferno Urlaub von ihrem alltäglichen Leben hatten machen wollen, hatten sie manchmal einen Vertrag mit einem sterblichen Hexenmeister abgeschlossen. Bei ihrer Rückkehr waren sie voller neuer Eindrücke gewesen und hatten zusätzlich gute Beute zurückgebracht. Aber Peiniger hätte das gesamte Chao im Inferno darauf gewettet, dass keiner von ihnen auch nur einen Bruchteil der Dinge erlebt hatte, die ihm und Scyth widerfahren waren — noch dazu in so kurzer Zeit.

Nachdem Scyth den Nukleus der Vernichtenden Seuche besiegt hatte, war er für vier Tage in seine Welt zurückgekehrt, und als er zurückgekommen war, war er nicht mehr Peinigers Kamerad gewesen, sondern nur noch ein Schatten seiner selbst. Seine Augen waren starr, sein Körper war eine leere Hülle und seine Seele befand sich nicht mehr in dieser Welt. Peiniger konnte sie nicht mehr wahrnehmen.

Seitdem stand Peiniger am Friedhof in der Nähe der schlaffen Hülle seines Kameraden Wache. Oft brüllte er traurig und erlaubte niemandem, sich zu nähern. Egal, ob es ein Freund von Scyth aus der anderen Welt, unsterbliche Bergarbeiter-Schwächlinge, Holzfäller, Fischer oder dumme sterbliche Primitive wie Trolle, Troggs oder Kobolde waren, Peiniger verjagte sie alle.

Der seelenlose Dämon war von Scyths gebrechlichem Zustand entsetzt. Jemand bräuchte nur auf seine Kehle zu treten oder ihn zu würgen, um ihn zu töten. Scyth war zwar unsterblich, aber das Universum beschützte diejenigen, die von einem Dämon beschützt wurden.

Die anderen Dämonen, der Satyr Flaygray und der Sukkubus Nega, die Scyth aus der Versenkung geholt hatte, machten sich über seine Hingabe lustig. „Sei nicht so dumm, Peiniger", hatte der bestechliche, ständig betrunkene Satyr einmal gesagt. „Scyth ist unsterblich. Ihm wird nichts zustoßen. Lass uns eine Partie Höllenpoker spielen!"

Peiniger hätte ihm beinahe die Hörner ausgerissen — nicht wegen seiner Worte, sondern nur so aus Langeweile. Na ja, und außerdem hätte es Spaß gemacht.

Um Peiniger abzulenken, setzte Nega all ihre verführerischen Reize ein, aber er verließ seinen Posten nicht. Verglichen mit den Dämoninnen des Infernos war Nega ohnehin ein schäbiger Sukkubus und gefiel Peiniger nicht.

Am ersten Tag seiner Wache hatte der Sterbliche Oyama, Scyths Ausbilder des Unbewaffneten Kampfes, seinen Schüler besucht. In seiner Trauer hatte Peiniger nicht bemerkt, wessen Schatten auf seinen Kameraden gefallen war, und ein drohendes, lautes Grorrgh ausgestoßen. Daraufhin hatte der Sterbliche einen Finger gekrümmt und einen Tornado ausgelöst, der den Dämon auf eine anderen Insel getragen hatte.

Dort hatte Peiniger erfahren, dass die Insel Mengoza hieß und eine Kolonie der Erwachten war. Zusammen mit Kharinza war sie an ihren momentanen Standort gebracht worden. Nachdem Peiniger wieder nach Kharinza zurückgekehrt war, hatte der Schläfer erklärt, dass die Inseln jetzt *blinzeln* würden. Das bedeutete, dass ihre Koordinaten im Bodenlosen Ozean sich regelmäßig änderten.

Oyama hatte den Friedhof nur einmal besucht, denn er war mit dem Training seiner neuen Schüler beschäftigt. Überraschenderweise hatte der legendäre Großmeister sich einverstanden erklärt, eine Gruppe von Teenagern zu unterrichten, und er hatte dem Dämon kategorisch verboten, sich über sie lustig zu machen.

Kharinzas Bewohner erfuhren von Moraine, dass Scyths Seele in der Zwischenwelt gefangen wäre, zu der nur der Clan der unsterblichen Kinder von Kratos Zugang hätten. Peiniger war ein Licht aufgegangen und er hatte verstanden, warum Oyama kein bisschen besorgt war: Der alte Sterbliche hatte viele Jahrhunderte auf der astralen Ebene verbracht, sodass eine Trennung von Körper und Seele keine große Sache für ihn war. Deswegen wartete er geduldig darauf, dass sein Schüler in seinen Körper zurückkehren würde.

Oyamas neue Schüler stammten zum größten Teil aus den wilden Stämmen, die auf der Insel lebten, doch es waren auch ein paar Goblins und ein unverschämter, aggressiver Gobnik namens Kolyandrix dabei — ein Goblin, in dessen Adern menschliches Blut floss.

Der Gobnik verärgerte Peiniger durch seine ungehobelten Bemerkungen, die als Fragen getarnt waren.

„He, du Teufel! Wer bist du? Was machst du hier? Bist du irgendwo falsch abgebogen?"

„Warum hast du so lange Arme? Bist du ein Monster, oder was?"

„He, Höllengeburt! Kann ich deine Hörner anprobieren?"

„Hast du schon mal von Behemoth gehört, Dämon? Meinst du, dass sein Apostel jemals zurückkehren wird, oder schlägt er auf dem Friedhof Wurzeln?"

Peiniger wagte es nicht, Oyama den Gehorsam zu verweigern, doch er konnte sich nur schwer beherrschen. Er beruhigte sich mit dem Gedanken, dass er Scyth versprochen hatte, niemanden hier zu verschlingen, und er wollte sein Wort halten.

Einmal erschien der Gobnik mit einer großen Zigarette, die ihm aus dem Mund hing. Hinter ihm stand eine Gruppe von Oyamas rabiatesten Schülern: drei bucklige Trolle, vier Troggs mit dummen Gesichtern und einige Kobolde.

Kolyandrix wollte vor den anderen angeben und schlenderte zu Peiniger hinüber. Er wackelte mit den Ohren und hielt dem Dämon die Zigarette hin. „Puste, Höllengeburt. Im Namen der Schläfer, zünde meine Zigarette an!"

Peiniger grinste und hauchte die Zigarette so vorsichtig wie möglich an. Ups! Die höllischen Flammen verbrannten Kolyandrix' Kleidung und alle Haare an seinem Körper. Das war so demütigend für den Gobnik und solch ein schwerer Schlag für sein Ansehen, dass er von da an rund um die Uhr trainierte. Sicher hoffte er, sich eines Tages, wenn er alle Tricks und Techniken gelernt hätte, an dem widerwärtigen Dämon rächen zu können.

Oyama war über den Eifer seines Schülers so erfreut, dass er ihm den *Luft-Paso-Doble* beibrachte, ein tödlicher Tanz, mit dem man gegen mehrere Gegner gleichzeitig kämpfen konnte.

Das kränkte Peiniger bis in die Tiefe seiner nicht existierenden Seele. Für Scyth war es unglaublich schwer gewesen, vom legendären Großmeister als Schüler akzeptiert zu werden, und im Moment wanderte seine Seele in der Zwischenwelt, doch Oyama schien all das vergessen zu haben. Stattdessen hatte er einen Rowdy von der Straße als Schüler angenommen und brachte ihm darüber hinaus noch Techniken bei, mit denen er würde töten können!

Peiniger ging dieser Tage alles und jeder auf die Nerven, aber vor allem brachte der Unsterbliche Hiros ihn in Rage — ein weiterer Freund von Scyth. Er konnte sich auf der astralen Ebene verstecken und von dort aus angreifen. Er manifestierte sich neben Scyths Körper, verbeugte sich und verschwand sofort wieder. Noch schlimmer war jedoch, dass Hiros für andere zum Vorbild wurde. Sie blieben in sicherer Entfernung stehen und verbeugten sich ebenfalls.

Zuerst war Peiniger wie ein Schatten hin und hergesprungen und hatte sie verscheucht, weil er sie des Verrats verdächtigte und befürchtete, sie wollten seinen Kameraden töten. Er aß nicht mehr und hatte Angst, seine Augen auch nur für eine Minute zu schließen.

Die Nerven des Dämons waren bereits zum Zerreißen angespannt, als die Sterblichen sich auf Bombers Vorschlag hin nicht nur verbeugten, sondern zusätzlich mit ihrer rechten Hand an der Schläfe salutierten. Diese Dummköpfe dachten, ihr absurdes Verhalten wäre mit Peinigers Geste des Respekts vergleichbar — dem Klopfen auf die Brust.

Die Absurdität ihrer Geste erzürnte Peiniger. Sie mochten ja Scyths Kameraden sein, aber nur um seinen unbeweglichen Körper herumzustolzieren und zu salutieren, empfand der Dämon als so erbärmlich, dass er irgendwann aus den Schatten aufgetaucht war und sie alle verjagt hatte.

Die Unzufriedenheit und Willkür des Dämonen wurden immer schlimmer, bis Kharinzas Arbeiter sich schließlich beschwerten. Peiniger ließ sie ebenfalls nicht in Ruhe, sodass sie Umwege durch den Dschungel machen mussten. Die Spaßverderber beklagten sich bei Behemoth, der den übereifrigen Dämon am Ende in die Schranken wies.

Der Gott manifestierte sich in der Gestalt eines gewöhnlichen, blondhaarigen Mannes von etwa vierzig Jahren. Er setzte sich neben den Dämon, der nun ein Priester der Schläfer war, schaute in sein tiefstes Inneres, las seine innersten Gedanken und sagte danach etwas Merkwürdiges.

„Dein Vater wird stolz auf dich sein, Dämon."

Peiniger lachte herzhaft. „Eher wird das Chaos die Ordnung stürzen, bevor der große Prinz Diablo mir, einem seiner vielen Bastarde, vergeben wird, o schreckenerregender, aber gerechter Behemoth."

Peiniger schaute Behemoth an, der kein bisschen schreckenerregend war, sondern wie ein einfacher Sterblicher aussah. Der Dämon schwieg. Der Schläfer lächelte ein wenig und entgegnete: „Die ersten Ich-Bewussten waren wild und engstirnig. Sie hätten niemals an gute Götter geglaubt. Was sie über Götter wussten, stammte aus den Zeiten, als Götter ihren Anhängern Angst eingejagt und Opfer von ihnen verlangt hatten. Wenn die Anhänger nicht gehorcht hatten, waren die Götter gnadenlos gewesen."

„Darum hat mein Vater immer gesagt, dass man

sich einen Ruf erarbeiten muss, um ihn später für sich arbeiten zu lassen", erwiderte der Dämon und seufzte schwer. „Aber mein Ruf ist bereits zerstört worden."

„Dein Vater wird stolz auf dich sein", wiederholte Behemoth. „Nun lass Scyth zurück und verbringe Zeit mit deinen Freunden. Mach dir keine Sorgen über meinen Apostel. Ich werde mich um ihn kümmern. Das Warten wird bald ein Ende haben."

„Darum ist die Priesterin Tissa also hier!" Nun verstand der Dämon. „Sie gehört jetzt zu den Kindern von Kratos. Hat mein Kamerad sie hierhergeschickt?"

Der Schläfer nickte. „Vor Ende des morgigen Tages wird Scyth nach *Disgardium* zurückkehren. Doch warte mit dem Feiern, Dämon, denn es liegen noch große Siege vor euch."

„Wenn der Schläfer dir großartige Dinge verspricht, verlangt er etwas Unmögliches von dir", zitierte Peiniger Scyth und lachte leise.

Behemoth lächelte zurück und tippte sich an die Schläfe.

„Nur du allein weißt, wo die Grenze zwischen deinem ‚Möglichen' und ‚Unmöglichen' liegt, Dämon Peiniger."

„Grorrghr", antwortete Peiniger grinsend. „Das hat Meister Oyama immer gesagt. Erst wenn Ich-Bewusste Herausforderungen gegenüberstehen, erkennen sie, wo ihre Grenzen liegen, und sobald sie sie erkannt haben, können sie Wege finden, sie zu überwinden. Was ist es, das Scyth und ich bewältigen müssen? Welche großen Siege sollen wir erringen?"

„Nether ist kurz davor, nach *Disgardium* durchzudringen, und morgen ist für uns alle der letzte Tag, bevor sozusagen die Hölle ausbricht. Ruh dich aus und sammle deine Stärke, Peiniger, denn Scyth wird deine Hilfe brauchen."

Mit diesen Worten verschwand der Schläfer. Peiniger dachte eine Weile nach, bevor er seine Hellebarden-Arme schüttelte und sie für den Kampf bereitmachte. Hellebarden-Arme waren nützlich für die Jagd und äußerst zweckdienlich im Kampf, doch im Alltag stellten sie oft ein Hindernis dar.

Er zog die gebogenen Klingen ein, das mit Mana statt Chao imprägnierte Fleisch des Bewegungsapparates schrumpfte und wurde zusammengepresst, und aus den Hellebarden-Armen wurden einfache Arme mit Händen. Natürlich waren es dämonische Arme — knubblig mit spitzen Ellbogen, aus denen tödliche Stacheln hervortraten –, die von Unterarmschienen aus organischem Basalt geschützt waren, aber dennoch Arme. Überaus nützlich, wenn einem der Rücken juckte und man sich kratzen wollte... ah!

Wohin gehst du, Mistkerl?, fragte Peiniger sich selbst, während er sich auf den Weg machte. Er hatte ein ungutes Gefühl. Sobald er den Friedhof verlassen hätte, würden die Schwachköpfe auftauchen und seinen Kameraden mit ihren sinnlosen Versuchen entweihen, ihn ins Leben zurückzuholen. *Gesindel!*

Peiniger erwischte einen jungen Kobold am Schwanz und ließ ihn vor seinem Gesicht baumeln. Er heulte kläglich. Wie erbärmlich!

„Lass mich gehen, du bösartiger Dämon!"

Was für ein Schwächling. Peiniger öffnete den Mund und stieß ein paar Flammen aus, als ob er den Kobold rösten wollte.

„Grorrghr! Ich soll dich gehen lassen? Bist du sicher?"

„Bitte, Peiniger, lass mich los! Das ist nicht komisch!"

Nun schämte der Dämon sich, warf den Kobold

ins Gebüsch und grollte: „Ich werde mit Ryg'har reden. Der Schamane lässt euch viel zu viel durchgehen!"

„Er hat keine Zeit zum Reden", kreischte der Kobold aus den Büschen. „Dekotra und er sind die besten Freunde geworden. Sie haben ein neues Gras gefunden, dass Tote wieder zum Leben erwecken kann!"

„Scyth ist nicht tot, ihr Trottel!", knurrte Peiniger.

„Das wissen sie!", rief der junge Kobold aus sicherer Entfernung. „Trotzdem wollen sie versuchen, seine Seele wieder in seinen Körper zurückzuholen. Aber erst, nachdem du gegangen bist."

Peiniger fluchte in der Sprache der Dämonen. Sobald die wilden Stämme durch Moraine erfahren hatten, dass Scyth in der Zwischenwelt gefangen war, hatten der Schamane Ryg'har von den Kobolden und der Troll Dekotra, Anführer der Kultisten, sich getroffen, um Scyth erwachen zu lassen.

Der Dämon roch die Luft und erkannte den süßen Geruch von verbranntem Gras, der aus dem Dschungel aufstieg. Ja, Ryg'har und Dekotra hielten sich irgendwo in der Nähe versteckt, rauchten ihre handgerollten Zigaretten und warteten darauf, dass er gehen würde.

„Mögen die Zwerge dich holen", murmelte Peiniger. Er beschloss, zu tun, was Behemoth ihm geraten hatten, und ging in Richtung des Gasthauses Pfeifendes Schwein, um Zwergen-Brandy zu trinken, der so stark wie flüssiger Brennstoff war.

Nach ein paar Runden Höllenpoker mit Flaygray, Nega, Anf und Ripta machte er ein kleines Nickerchen. Er war zwar ein Dämon, aber selbst Dämonen mussten sich ab und zu ausruhen.

* * *

Es begann in der Nacht. Peinigers leichter Schlaf wurde von schwachen Vibrationen im Gewebe der Realität unterbrochen. Ihre Frequenz war identisch mit den Reisen durch die Tiefe. Zuerst freute Peiniger sich, weil er dachte, dass sein Kamerad zurückgekehrt wäre, aber da er keine Ausströmungen seiner Seele wahrnahm, vermutete er, dass es ein enger Freund von Scyth sein musste.

Er hatte recht. Bomber hatte alle Bewohner von Kharinza versammelt, doch zuerst sprach er mit den Goblins. Er berichtete ihnen, dass der Nukleus der Vernichtenden Seuche zurückgekehrt wäre und bald aus den Gebieten der Kinder von Kratos in *Disgardium* einfallen würde. Darum müssten die Anführer des Imperiums, der Allianz und der Neutralen sofort zusammengetrommelt werden, um anzugreifen, bevor es zu spät wäre. Falls sie dem Nukleus erlauben würden, sich mit Hilfe der alten Botschafter zu entwickeln, würde er zu einer großen Bedrohung werden.

Peiniger nahm die Warnung ernst. Selbst die begriffsstutzigste Feuerkreatur hätte verstanden, dass der Unsterbliche nicht log. Der Nukleus war tatsächlich zurückgekehrt und hatte sich aus den von den Kindern von Kratos kontrollierten Gebieten auf den Weg nach *Disgardium* gemacht. Doch was machte das schon? Der Nukleus wurde jetzt von Scyth kontrolliert, und Scyths Ziel war es, die Goblin-Liga auf Trab zu bringen, sodass sie weltweit Streitkräfte versammeln würden. So einfach war das.

„Unsere universellen String-Scanner hätten uns gemeldet, wenn der Nukleus wirklich in *Disgardium* wäre", krächzte Govarla skeptisch. Sie war eine alte Matrone, diese Goblinfrau. Ohne die Stärke von *Einheit* wäre sie schon lange auf der Strecke geblieben.

Bomber gestikulierte heftig und tat sein Bestes, um sie vom Gegenteil zu überzeugen, aber Peiniger konnte sehen, dass die Bemühungen des Titanen umsonst waren. Da Bomber nicht in der Lage war, die Wahrheit auszuschmücken, glaubten die Goblins ihm nicht.

Flaygray stand neben Peiniger und runzelte die Stirn wie ein brillanter Musiker, der eine falsche Note gehört hatte. Der Satyr hatte bereits ein halbes Fass Alkohol getrunken. Er rülpste, wischte sich über den Mund und knurrte: „Der Boss und seine Freunde können nicht lügen, besonders der große Kerl dort. Er ist nicht der Richtige, um mit den grünhäutigen Knirpsen zu verhandeln."

Govarla und Steltodak waren verdorbene Sterbliche, deren Seelen nach allen möglichen Sünden stanken. Sie begannen eine endlose Diskussion über fadenförmige Verbindungen im Universum, und wie Informationen von verschiedenen Quellen in *Disgardium* und der anderen Welt analysiert wurde. Dämonen waren die Einzigen, die mit Goblins diskutieren und trotz ihrer erfundenen Argumente und Täuschungen hart bleiben konnten. Flaygray und Nega waren jedoch wegen ihrer jahrhundertelangen Gefangenschaft verweichlicht, und Peiniger ließ sich nicht dazu herab, einzugreifen. Bomber, der vermutlich von Scyth geschickt worden war, hatte nicht ihn, Diablos Sohn, sondern die kleinen grünhäutigen Kreaturen um Hilfe gebeten. Daher war es für einen Dämon mit Selbstachtung das Beste, sich aus der Sache herauszuhalten.

Am Ende half Bomber sich selbst. Er schien einen

Instinkt dafür zu haben, auf wessen Unterstützung er zählen konnte. Laut fluchend holte er Behemoth.

„Er hat tatsächlich einen Weg gefunden", kommentierte Flaygray bewundernd. Während er seinen Bauch kratzte, fuhr er fort: „Ich will verdammt sein, wenn ich lüge!"

„Träum weiter", schnurrte Nega. Sie fuhr mit dem Ende ihres Schwanzes über Peinigers Brust und sagte mit gespieltem Unmut: „Du hast uns noch nie erzählt, wie du mit den großen Prinzen im gleichen Saal gespeist hast. Ich weiß, dass Azmodan ein sehr guter Liebhaber ist. Er ist legendär für..."

„Halt den Mund", fiel Peiniger ihr ins Wort.

Der Schläfer erschien als der schreckenerregende Behemoth vor den grünhäutigen Zuschauern. Er bestätigte kurz, was Bomber gesagt hatte, und gab den Kindern von Kratos die Schuld für die Erschaffung des neuen Nukleus und alles andere. Danach verschwand er wieder.

Zufrieden fügte Bomber hinzu: „Ihr könnt euch weiterhin auf eure universellen String-Scanner verlassen, Govarla und Steltodak. Wir schaffen es ohne euch."

„Und wie sieht euer Plan aus?", erkundigte Govarla sich so sarkastisch, dass Peiniger sich beherrschen musste, um sie nicht zu verschlingen.

„Es ist noch zu früh, ihn mit euch zu besprechen", erwiderte Bomber mit einem selbstgefälligen Lächeln, „aber wenn Scyth zurückkehrt, werde ich ihm raten, euren Status als Priester der Schläfer zu überdenken und Bakabba zu kolonisieren."

Govarla schnappte nach Luft. „Warte einen Moment! Ich meine... Wir... Also..."

Die Gesichter der anderen Mitglieder des Hohen

Rats wurden braun.

Nachdem Steltodak sich von dem Schock erholt hatte und wieder sprechen konnte, fragte er: „Was meinst du mit ‚kolonisieren‘? Du sprichst vom traditionellen Heimatland der Goblins!”

„Ihr ehemaliges Heimatland”, korrigierte Bomber ihn. „Wenn ich mich nicht irre, ist es von Untoten eingenommen worden. Danach haben wir die Untoten besiegt. Das bedeutet, dass euer Heimatland jetzt uns gehört. Vielleicht wird Scyth es euch verpachten.”

„Noch mehr Plünderungen!”, blökte Flaygray erfreut. „Bakabba gehört den Erwachten!”

Er hatte zu viel gesagt und wurde ins Gasthaus geschickt. Doch nachdem Behemoth den Goblins Beine gemacht und Bomber sie durch seine Andeutung hinsichtlich Bakabba unter Druck gesetzt hatte, traten sie in Aktion. Sie öffneten und schlossen Portale, aktivierten Fernsichtspiegel und bellten Befehle in ihre Kommunikatoren.

Der gesamte Hohe Rat der Goblins reiste zu einer Krisensitzung der Anführer der Allianz nach Iskgersel, der Hauptstadt der Zwerge. Sie nahmen Bomber mit, der sie während des Gesprächs mit den Anführern unterstützen sollte, und den sie gegebenenfalls für alles würden verantwortlich machen können — das vermutete Peiniger jedenfalls.

In der Zwischenzeit wurde dem Dämon wieder langweilig, sodass er erneut die große Echse im Dschungel jagte und schikanierte. Nachdem der Montosaurus sich gewehrt und ihn gebissen hatte, ging Peiniger zum Friedhof zurück und hielt wieder bei Scyths Körper Wache.

Nachdem die Delegation der Goblins zurückgekehrt war, wurde es noch geschäftiger. Kobolde und Troggs rannten umher, Moraines

Kultisten rasselten mit ihren Waffen und die Flammen der Kampffeuer der Uzul'Urub-Trolle schossen hoch in die Luft. Die Kriegsherrn der Goblins, die die drohende Gefahr viel ernster nahmen als die Wichtigtuer vom Hohen Rat, führten ihre Kampftruppen durch die Portale, um sich mit den Gladiatoren und Söldnern zu versammeln.

Peiniger knurrte frustriert, weil er nicht wusste, wie er helfen sollte. Als er an einem Portal erschienen war, waren die Söldner vor Angst geflohen. Am Ende zog er sich wieder in den dunklen Dschungel zurück, wo er den Montosaurus erneut drangsalierte und ein weiteres Mal den Fuß des unsichtbaren Riesen zu spüren bekam, der ihn verjagte.

Hinter dem Gasthaus traf er auf Nega. Er trug den Sukkubus in die Schatten, wo die beiden in der Dunkelheit am Fuß von Arnos Gipfel ihrer Leidenschaft freien Lauf ließen. Hinterher war ihm seine Freizügigkeit peinlich, doch Nega hatte sie gefallen.

Er sprang durch die Schatten in eine steile Schlucht, wo er die unsterblichen Arbeiter verschreckte. Dafür ließ Oyama ihn wieder Richtung Mengoza wehen. An der Nordküste der Insel stürzte er ins Wasser und brachte es im Umkreis eines Kilometers zum Kochen. Er verschlang einen großen Hai, der mit dem Bauch nach oben schwamm. Danach kehrte er wütend nach Kharinza zurück, ergriff den ersten Sterblichen, der ihm über den Weg lief, bei der Kehle und fragte: „Grorrghr?"

Es war der Troll Dekotra, und er antwortete krächzend: „Niemand wünscht sich Scyths Rückkehr mehr als wir, Dämon! Moraines Essenz ist in seiner Waffe versteckt. Scyth ist kurz davor, aus der Zwischenwelt auszubrechen, doch danach wird er in die Hände der Kinder von Kratos fallen, Darum machen wir uns alle bereit, Scyth zu helfen!”

„Ich komme auch mit!”, heulte der Dämon.

„Der mächtige Krakenbändiger Bomber sucht nach dir”, fügte Dekotra mit hervortretenden Augen hinzu und versuchte, sich zu befreien.

Peiniger ließ ihn los und eilte davon, um Bomber zu finden. Der Titan war mit Oyama und Hiros im Pfeifenden Schwein.

„Da bist du ja!”, rief Bomber erfreut. „Du sollst Nergals Priester in Darant vertreiben, aber es gibt ein Problem. Kannst du dich in einen Elf oder einen Menschen verwandeln? Oder wenigstens in einen Ork?”

Da er nun endlich wieder eine Aufgabe hatte, stieß er ein Grogrr aus und überlegte einen Moment. Dann ging er los, um Nega zu finden, und kehrte kurz darauf mit dem Sukkubus zurück. Sie erklärte sich gern bereit, ihm zu helfen, und verlieh dem Dämon das Aussehen des ersten Sterblichen, dem sie begegnet waren: Patrick O’Grady. Er war immer noch eine Nervensäge und nörgelte wegen ihres Alkoholkonsums ständig an Flaygray, Peiniger und Nega herum.

Danach fing der Spaß an. Der Sabotagetrupp erreichte die Hauptstadt der Menschen durch ein Portal und traf auf Einheiten des Lichts, die von einem gewissen Ersten Inquisitor beschworen worden waren. Peiniger erkannte sofort, dass Nergals Inquisitoren sich nicht viel von der Verfluchten Inquisition unterschieden. Oyama, Hiros und er griffen diesen Inquisitor an. Er flüchtete bald darauf und nahm seine Aspekte des Lichts mit sich.

Die drei zerstörten den Tempel von Nergal und die Kirche, bevor sie sich um die restlichen Priester kümmerten.

Peiniger verschlang ein paar Dutzend Diener des

Lichts, doch er fand nichts Strahlendes in ihrem Inneren. Ihre Seelen waren nicht besser als die von gewöhnlichen Sterblichen. Im Gegenteil, die meisten waren dunkler, als ob sie verdorben oder zerfressen wären.

Nachdem der Trupp wieder auf Kharinza eingetroffen war, bat Bomber den Dämon, den Montosaurus zu ihm zu bringen, um den Bestiengott an sein Versprechen zu erinnern, Scyth zu helfen.

Sie stellten den Trupp neu zusammen und durchbrachen gemeinsam die Schutzkuppel des Schlosses der Kinder von Kratos. Kurz darauf erschien die Gefrorene Schlucht wie aus dem Nichts.

Nun konnte Peiniger sich richtig für Scyth und die Verbündeten ins Zeug legen. Die Anführer der vielen Stämme von Sterblichen waren leichte Ziele. Sie hätten ihre Seelen fast gegen die besonderen Ringe ausgetauscht, die Peiniger aus der Schatzkammer des Ersten Imperators mitgebracht hatte. Angeblich konnten sie das Leben ihres Besitzers verlängern und ihm die Fähigkeit verleihen, unsichtbar zu werden. Es gab jedoch einen Haken: Der Träger des Rings hatte keinen freien Willen mehr und musste demjenigen gehorchen, der den Hauptring besaß.

Doch bevor Peiniger das Geschäft abschließen konnte, erschien Scyth und machte den Verhandlungen ein Ende.

Die alliierten Streitkräfte konnten Paramount ohne Schwierigkeiten einnehmen, und gerade, als Peiniger dachte, dass der Spaß zu Ende wäre, tauchte das Gesicht der Supernova-Göttin am Himmel auf, die alle Neuen Götter vernichtet hatte.

Gleich danach waren Scyth, Bomber und Hiros aus *Disgardium* verschwunden — scheinbar für immer.

* * *

Tage und Nächte verstrichen, und es gab kein Anzeichen von Scyth oder seinen Freunden. Die Unsterblichen, die auf Kharinza und Mengoza lebten, einschließlich der Arbeiter und Priester der Schläfer, schienen gestorben zu sein. Selbst Behemoth schien verschwunden zu sein.

Peiniger, Oyama und die Goblins, Kobolde, Troggs, Trolle und Kultisten von Moraine machten sich auf den Rückweg nach Kharinza, doch seit das Gesicht der unheilverkündenden Nether erschienen war, war nichts mehr von der früheren Einheit unter den Anhängern der Schläfer übrig. Die wilden Stämme verstreuten sich über die Insel, während die Anführer vergeblich versuchten, Antworten von Behemoth zu bekommen. Sie verbrachten all ihre Zeit in seinem Tempel und beteten.

Vom Festland trafen schreckliche Gerüchte über gigantische Monster ein, die in *Disgardium* umherwanderten und sofortige Unterwerfung verlangten: Nethers Vorboten. Alle, die sich weigerten, Anhänger der Göttin zu werden, wurden umgehend bestraft. Die Kreaturen aus dem Nether waren gnadenlos und trotz ihre Größe überraschend beweglich. Ihre Kraft schien unüberwindbar zu sein.

Während der Abwesenheit der Unsterblichen versuchte Patrick O'Grady, eine gewisse Führung aufrechtzuerhalten, aber ohne Behemoth oder seinen Apostel im Rücken mangelte es ihm an Autorität. Peiniger sah keinen Grund, sich in das Leben der Sterblichen einzumischen, aber Oyama machte sich wegen der Ereignisse in *Disgardium* Sorgen und verließ Kharinza, um sein Heimatdorf zu beschützen.

Nachdem Peiniger den alten Mann besser kennengelernt hatte, empfand er großen Respekt vor ihm. Er hatte die Geschichte von Masu Oyama in den Tagen vor dem Dämonischen Pakt gehört. Peiniger fand es tröstlich, mit Scyths Ausbilder zu reden. Ihre Gespräche hatten die Sorgen des Dämons gelindert. Darum wurde er depressiv, nachdem Oyama die Insel verlassen hatte.

Dennoch raffte er sich auf und beschloss, auf Kharinza aufzuräumen. Er versammelte die Sterblichen und forderte sie auf, für Scyth auf der Insel Ordnung zu schaffen.

Das war jedenfalls sein Plan, aber es war nicht so leicht, ihn umzusetzen. Peiniger verlor jeden Tag mehr Stärke, und er wusste, warum: Das Mana verschwand aus *Disgardium*, und sobald es ganz verschwunden wäre, würde er seinen Körper verlieren. Im Inferno hatte er seine Stärke durch Chao bekommen, aber in dieser Welt benötigte er Mana. Der Verlust seines Körpers quälte ihn jedoch nicht so sehr wie der Verlust seiner Fähigkeiten, die ohne Mana nicht funktionieren würden.

Seine Fähigkeit *Schattenwandeln*, die der Dämon hatte einsetzen wollen, um die Stammesanführer zu versammeln, hatte plötzlich versagt, und er wäre beinahe für immer zerquetscht worden, während er in 2-D festgesteckt hatte. Für Dinge, die er sonst getan hatte, ohne zu überlegen — zum Beispiel, verstärkte Zauber zu wirken oder in seinen Körper zurückzukehren –, waren auf einmal erhebliche mentale Kalkulationen erforderlich.

Als er die Fähigkeit *Mit Schatten verschmelzen* verwendet hatte, die sich die unterschiedlich starken Ströme von Lichtphotonen zunutze machte, waren die Photonen feindselig geworden und hätten ihn beinahe getötet.

Die Veränderungen in *Disgardium* machten sich sowohl im Körper als auch in der Umgebung bemerkbar, und von den kleinsten Kobolden bis zu zweiköpfigen Ogern waren alle davon betroffen. Für diejenigen, die sich weigerten, Nether als Göttin anzuerkennen, war es, als ob selbst die Luft zum Atmen feindselig geworden wäre. Im Lager der Goblin-Liga wurde geflüstert, und langsam aber sicher verließen die Goblins Kharinza. Peiniger hörte, dass sie nach Bakabba gehen wollten, solange sie noch genug Mana in den Speicherkristallen hätten, um ein Portal zu benutzen.

Peiniger überwand seine eigene Müdigkeit und Schwäche und versuchte, die Zurückgebliebenen aufzuheitern, doch er stieß ständig auf Unverständnis. Flaygray, Nega, Anf, Ripta, Dekotra, Ranakotz sowie Phitta und die Frauen des Freudenhauses Siebter Himmel schienen ihren Willen verloren zu haben und waren kurz davor, sich Nether anzuschließen.

Die Stimmung wurde noch schlechter, als Nether erneut am Himmel erschien und verkündete, dass die Priester aller ehemaligen Neuen und Alten Götter, der Bestiengötter und der Schlafenden Götter verpflichtet wären, ihre Tempel Nether zu widmen. Falls nicht, würden die Tempel zerstört und die Priester getötet werden.

Die Insel schien zu sterben. Crawlers Magierturm, den man von fast überall auf Kharinza hatte sehen können, sackte ab und fiel in sich zusammen, als das Mana, das die Bausteine zusammenhielt, sich auflöste. *Disgardiums* Atmosphäre absorbierte das gesamte Mana wie ein trockener Schwamm, egal, wo es sich befand.

Ab und zu konnte man aus dem Dschungel das

klagende Brüllen des Montosaurus hören. Peiniger besuchte ihn und wurde beim Anblick der ausgemergelten Echse traurig. Sie war mindestens um die Hälfte geschrumpft.

Der Dämon hatte ebenfalls Gewicht und Level verloren, doch er betrachtete den Verlust philosophisch: Da die gesamte Welt dem Untergang geweiht war, spielte es keine Rolle, wenn er, ein einfacher Dämon, auch verschwinden würde. Alles war sinnlos. Die Dämonen des Infernos hatten kein Interesse mehr an *Disgardium*. Ihre ewigen Feinde, die Neuen Götter, waren zwar vernichtet worden, aber an ihre Stelle war eine Göttin getreten, die Unterwerfung von ihnen verlangte und alles daransetzen würde, um die großen Prinzen auszuschalten.

Warum auch nicht, wenn von den Schläfern nichts zu sehen war? Behemoths Tempel war zwar noch voller betender Anhänger, aber Peiniger konnte seine üblichen göttlichen Ausströmungen nicht spüren. Die Betenden schienen ihren *Glauben* zu vergeuden. Der Tempel war jedoch mit *Inaktiven Verstärkungssteinen* gebaut worden und würde für immer stehenbleiben. Kein Sterblicher hatte die Macht, ihn zu zerstören.

Aber Nether und ihre Vorboten waren nicht sterblich, oder? Peiniger schob diesen bohrenden Gedanken beiseite, doch er kam wie ein Moskito immer wieder zurück und machte ihn wahnsinnig. Peiniger verstand nicht, warum er so besorgt war. Knurrend wanderte er durch die leeren Straßen zum Schloss und ging hinein. Er lief durch die Korridore, verließ das Schloss wieder und machte sich auf den Weg in den Dschungel. Dort versank er in seinen Gedanken.

Machte er sich Sorgen um die Schläfer? Nein, es ging ihm nicht um die mächtigen, wenn auch verletzbaren Götter, sondern um Scyth, für den es ungemein wichtig war, diesen besonderen Tempel zu schützen. So viel war Peiniger klar, weil er in der Seele seines Kameraden lesen konnte.

Da Nether nach den Tempeln der Schläfer suchte, konnte es sein, dass sie die anderen bereits gefunden hatte und der Tempel auf Kharinza der letzte noch stehende war.

Peiniger machte sich auf die Suche nach den Kameraden von Scyth, die noch auf der Insel waren und ihm helfen könnten, den Tempel zu beschützen.

Im Keller des Gasthauses Pfeifendes Schwein fand er Patrick O'Grady, Flaygray, Nega, Ripta und Anf.

„O Gehörnter", sagte Patrick kläglich, „wir haben gedacht, dass du fortgegangen wärst."

Peiniger warf ihm einen verächtlichen Blick zu, doch er schwieg. O'Grady war mit der Unsterblichen Stephanie verheiratet, die mit den anderen verschwunden war. Darum war er sehr niedergeschlagen.

„Meinst du, dass die Unsterblichen zurückkehren werden, Peiniger?", fragte Flaygray. „Wir haben einen Vertrag mit dem Chef, aber wenn er nicht wiederkommt..."

„Und der Schläfer ist ebenfalls verschwunden", bemerkte Nega nachdenklich. Das fehlende Mana machte ihr Alter sichtbar. „Was sollen wir tun? Wir Dämonen können nur überleben, wenn wir uns Nether unterwerfen. Sie gewährt ihren Anhängern unbegrenztes Mana!"

Flaygray hob die Faust. „Wage es ja nicht! Wenn es unser Schicksal ist, zu sterben und entkörperlicht zu werden, werden wir es hinnehmen, ohne gegen unseren Vertrag zu verstoßen!"

„Wir haben einen Vertrag mit Scyth, nicht mit den

Schläfern!", rief Nega schrill. „Es wird dem Chef zwar nicht gefallen, aber wenn schon! Wir werden überleben, um ihm weiterhin dienen zu können." Sie schaute hoffnungsvoll zu Peiniger hinüber. „Sag es ihm, Peiniger! Sag ihm, dass ich recht habe!"

Peiniger schwieg. Er wusste nicht, was er entgegnen sollte. Natürlich hatte sie recht. Aber alle, die am Tisch saßen, waren Priester der Schläfer, und ein Priester durfte seine Schutzgötter nicht verraten.

Der Insektoid Anf zwitscherte Ripta etwas ins Ohr, woraufhin der Reptiloid ein abgehacktes Zirpen ertönen ließ.

„Die beiden stimmen Nega zu. Sie sagen, wir sollen uns Nether anschließen, um nicht zu sterben", übersetzte Flaygray. „Dazu müssen wir Kharinza vor dem nächsten *Blinzeln* verlassen, solange wir noch nahe bei Bakabba sind. Wir werden Scyth alles erklären, sobald er wiederkommt."

„Wir können erst die Fronten wechseln, wenn wir nicht mehr hier sind, sonst wird Nether den Tempel sehen", erklärte Nega das Offensichtliche. „Und das stationäre Portal arbeitet nicht mehr. Die meisten Goblins haben sich ebenfalls auf den Weg nach Bakabba gemacht, solange sie noch die Möglichkeit hatten. Manche wollen Nether folgen, doch diejenigen, die die Schläfer nicht verraten wollen, wollten einfach in ihr Heimatland zurückkehren."

„Ihr könnt gehen, aber ich werde bleiben", grollte Peiniger. „Wenn ich entkörperlicht werde, ist es mein Schicksal."

„Bis zum nächsten *Blinzeln* sind es nur noch zwei Stunden", bemerkte Patrick. „Wenn ihr es ernst meint, solltet ihr euch beeilen, Dämonen."

Der bevorstehende Abschied machte sie traurig. Nega gab Peiniger einen Kuss, Flaygray umarmte ihn und klopfte ihm auf die Schulter. Der Dämon verlor schneller an Masse als der Satyr und der Sukkubus. Die beiden waren vielleicht schon mehr zu einem Teil von *Disgardium* geworden als Peiniger, weil sie Jahrhunderte Zeit gehabt hatten, sich der Welt anzupassen.

Sie verließen das Gasthaus und machten sich auf den Weg zur Westküste von Kharinza. Im Licht von Geala und den Sternen konnte man von dort die Küste von Bakabba und den Gipfel des Bergs Meharri sehen. Unterwegs gesellten sich noch andere zu ihnen. Wie sich herausstellte, hatten nicht alle die Insel verlassen. Die Kobolde, Troggs, einige von Moraines Kultisten und die Uzul'Urub-Trolle waren geblieben. Peiniger entnahm aus ihren wirren Erklärungen, dass sie befürchteten, Nether würde jeden Moment ein *Armageddon* auf Behemoths Tempel wirken, und sich deshalb überall auf der Insel in Höhlen versteckt hielten.

An der Küste verabschiedeten sich alle von Flaygray und Nega, die ihre Freunde geworden waren. Der Satyr und der Sukkubus wollten mit Hilfe eines *Tranks des Wasserwandelns* nach Bakabba gelangen. Im Lagerhaus der Erwachten hatten sie mehrere Kisten davon gefunden.

„Trinkt ihn, sobald ihr ihn geöffnet habt", riet Peiniger. „Der Trank ist magisch und kann schnell unwirksam werden."

„Vor der Morgendämmerung ist die Nacht am dunkelsten", sagte Patrick. „Die Hauptsache ist, dass ihr überlebt, Freunde. Nur dann könnt ihr den Göttern Rede und Antwort stehen."

Seine Worte veranlassten Peiniger, in den Himmel zu schauen, an dem vor wenigen Augenblicken noch abertausende Sterne geleuchtet hatten. Nun waren sowohl die Sterne als auch Geala verschwunden, und der Himmel war dunkel. Er bemerkte es erst jetzt, weil alle Sterblichen Fackeln in den Händen trugen.

Aus Gewohnheit wollte der Dämon in den Schatten verschwinden, doch im letzten Moment, als er noch nicht ganz mit ihnen verschmolzen war, hielt er inne. Ihm war eingefallen, dass er für immer dort steckenbleiben könnte.

Nega und Flaygray umarmten Ripta und Anf, bevor sie den Trank leerten.

„Drei Minuten bis zum *Blinzeln*", erklärte Patrick. Er schüttelte den beiden zum x-ten Mal die Hände. „Beeilt euch. Dieser Teil des Ozeans ändert seine Position mit Kharinza."

In dem Moment erkannte Peiniger, was passierte. Der gigantische Feind, der in der Dunkelheit lauerte, gehörte nicht zu dieser Welt, darum hatte der Dämon ihn zu spät wahrgenommen. Der Gigant hatte eine riesige Welle erstarren lassen und sich dahinter versteckt, sodass Peiniger ihn erst entdeckt hatte, als er entdeckt werden wollte.

Der Feind blieb etwa einen Kilometer vor der Küste stehen. Weder im Herzen der Leere noch im Versteck der Vernichtenden Seuche oder irgendwo anders in *Disgardium* war Peiniger je eine so gewaltige Kreatur begegnet.

„Ich, Beborax, Nethers Vorbote, befehle euch, vor der Einzig Wahren Göttin der Schöpfung auf die Knie zu fallen! Alle, die sich weigern, werden getötet. Dies ist die erste von drei Warnungen!"

Mehrere Dutzend Sterbliche erstarrten vor Entsetzen und bereiteten sich auf den Tod vor.

„Ich, Beborax, Nethers Vorbote, befehle euch..."

Anf und Ripta nahmen Kampfstellungen ein. Nega, Patrick und Flaygray zogen ihre Waffen.

„... Dies ist die zweite von drei Warnungen!"

Peiniger schaute sich um. Niemand kniete nieder, nicht einmal die schwachen Wilden.

„Grorrghr! Versteckt euch im Dschungel und wartet auf das *Blinzeln*!", rief er und fuhr seine Hellebarden-Arme aus. „Ich werde ihn ablenken!"

„Ich, Beborax..."

Peiniger sammelte all seine Kraft und verschwand in den Schatten. Einen Moment später erschien er im Schatten unter Beborax' Beinen und griff an. Nethers Vorbote brach seine dritte Warnung ab und betrachtete das Insekt bei seinen Füßen. Es verschwand, doch es hinterließ eine Spur, die nach Bakabba führte.

Vor Tausenden von Jahren hatte Neun die Selbstverteidigung ihrer Tiergefährten zur Priorität gemacht. Aus dem Grund verfolgte Nethers Vorbote jetzt den Dämon, obwohl er nur geringen Schaden erlitten hatte.

Eineinhalb Minuten später hatte Beborax Peiniger eingeholt, doch bis dahin war Kharinza auf eine andere Hemisphäre *geblinzelt*.

Kapitel 8: Du hast die Isolationszone verlassen!

ES DAUERTE EWIG, bis das Hochladen abgeschlossen war. Ich hing so lange in der Dunkelheit des großen Nichts, dass ich eine weitere Störung vermutete. Es war, als ob ich im Vakuum des Weltraums schweben würde. Dann befürchtete ich, dass das Problem mit Neun zu tun haben könnte, sodass mein Ärger sich in Panik verwandelte. Immerhin war sie die Neue Göttin. Vielleicht war sie in der Lage... na ja, zu fast allem. Sobald ich an sie dachte, schoss mir ein dunkler, fremder Gedanke durch den Kopf, der mich korrigierte: *Nicht Neun, sondern Nether!*

Kurze Zeit später löste sich das große Nichts auf, und ich stand in den Ruinen von Paramount.

Als Erstes aktivierte ich *Göttliches Verschwinden*, eine Fähigkeit die ich als Belohnung für das Achievement *Gottestöter* erhalten hatte. Sie verbarg meine Anwesenheit in *Disgardium*, und ich würde nicht einmal eine astrale Spur hinterlassen.

Hoffentlich würde sie mich vor Neun verstecken.

Als Nächstes benutzte ich *Identitätsverschleierung* und nahm die Gestalt eines Level-492-Minotaurus-Demolierer namens Marauder an. Danach warf ich einen prüfenden Blick auf die Umgebung.

Das Vorzeigeschloss der Kinder von Kratos lag in Schutt und Asche. Nichts deutete mehr darauf hin, dass es noch vor einer Woche die Basis eines der größten, erfolgreichsten Clans in *Disgardium* gewesen war. Die geizigen Goblins hatten beim Plündern buchstäblich jeden Stein umgedreht.

Von meinen NPC-Verbündeten war auch niemand mehr da. Die große Armee, die die Anführer der Neutralen und Imperator Kragosh aufgestellt hatten, war abgezogen. Kein Wunder, denn es waren Tage vergangen, seit Nether ihr Gesicht am Himmel gezeigt hatte und Cali Bottom durch eine Atombombe zerstört worden war.

Nun wehte ein garstiger, nasskalter Wind, und alles um mich herum war verwüstet. Ich musste von hier verschwinden und einen Blick auf die zahlreichen Meldungen werfen, die sich angesammelt hatten, seit ich die Gefrorene Schlucht verlassen hatte. Viele von ihnen stammten wahrscheinlich von Journalisten, die mir Fragen stellen wollten, wie zum Beispiel: „Warum hast du dich noch nicht um die vielen kritischen Systemwarnungen gekümmert?"

„Es gab so viele andere Sachen, die erledigt werden mussten", würde ich antworten. „Eins nach dem anderen."

Aber das zerstörte Schloss, die verschwundenen NPCs oder die Journalisten waren nicht so wichtig. Viel mehr beschäftigte mich die Frage, wo meine Freunde waren. Crag steckte natürlich im Nether fest, und ich wusste, warum Tissa, Crawler und Irita nicht hier waren, aber Hiros, Bomber und Big Po waren in meiner Nähe gewesen, als wir hier herausgeholt worden waren. Warum waren sie dann nicht hier? Selbst auf der Minikarte konnte ich keine Spur von ihnen entdecken.

Ich war ratlos. Vielleicht konnten sie *Disgardium* nicht betreten. Im realen Leben befanden wir uns schließlich im Weltraum. Außerdem erstreckte das Gebiet der Kinder von Kratos sich weit in diesen Kontinent hinein. Möglicherweise waren sie woanders angekommen als ich.

Dann kam mir der Gedanke, dass etwas mit der Zeit selbst nicht stimmen könnte. Etwas hatte mich im großen Nichts aufgehalten und daran gehindert, *Dis* zu betreten, während die Zeit hier nun schneller verging. Falls die drei vor mir eingetroffen waren, wäre es möglich, dass bis zu meiner Ankunft viel Zeit vergangen war. Aber wie viel Zeit? Minuten? Stunden? Tage?

Ich überprüfte das Profil des Clans. Meine Freunde waren alle online, aber ihr jeweiliger Aufenthaltsort war nicht definiert.

Ich schrieb eine Nachricht in den Gruppenchat des Clans und schickte allen eine persönliche Nachricht, doch niemand antwortete. Während ich wartete, testete ich den Fernsichtspiegel, mein Signalamulett und eine *Verblasste Münze* der Goblins, die als Verbindung zum Hohen Rat der Liga diente, aber nichts davon funktionierte. Die Gegenstände waren wie Geräte mit einer leeren Batterie.

Merkwürdig.

Ich hob ab und schaute mich suchend um, doch ich konnte keine einzige lebende Seele entdecken.

Danach flog ich zur Gefrorenen Schlucht, die ebenfalls verlassen war. Ich wusste, dass unser Leute nicht mehr dort waren, aber wo waren all die anderen, die für die Kinder von Kratos gearbeitet hatten?

Es gab weder neutrale Mobs wie Vögel oder Insekten noch aggressive Kreaturen. Alles war tot. Dann sah ich das klaffende Loch der Instanz des Abkömmlings des Nethers. Ich flog in den Bergbauschacht, schaute mich eine Weile um und kam wieder nach oben.

Ich konnte mir nicht erklären, was vor sich ging. War ich vielleicht im Nether gelandet? Ich schaute zum Himmel. Die Sonne schien, doch ab und zu zogen ein paar Wolken vorbei und Wind wehte mir ins Gesicht. Nein, es war nicht der Nether. Es war *Disgardium*, aber alles war irgendwie fremd.

Sollte ich mich auf den Weg nach Kharinza machen oder noch etwas länger warten?

Ich beschloss, zu bleiben, die Systemmeldungen zu lesen und die Tabs des Clans und der Anhänger der Schläfer zu prüfen. Ich wollte mich über unseren Status informieren und herausfinden, ob es überhaupt Sinn machte, zu kämpfen. Ich musste wissen, ob wenigstens einer unserer Tempel noch stand.

In den nächsten fünf Minuten las ich alle verfügbaren Informationen, um zu sehen, wie unsere Sache stand. Die erste Neuigkeit: Genau wie Big Po bereits in der Pfanne erwähnt hatte, würde ich nicht länger Anführer des Clans sein können, weil ich nun ein MOSOW war. Aber eine Gefahr konnte auch kein gewöhnliches Clanmitglied sein. Ich erinnerte mich daran, was Crawler gesagt hatte, als er von meinem Status erfahren hatte: Da ich kein Clan-Anführer mehr sein durfte, würde ich, die Spitzengefahr, entweder meinen Gefahrenstatus aufgeben oder den Clan freiwillig verlassen müssen.

Doch aus irgendeinem Grund hatte das System

zwar meine Rolle als Anführer widerrufen, aber mich nicht aus dem Clan geworfen. Es hatte automatisch Crag zum neuen Anführer des Clans gemacht. Alle Erwachten hatten die Meldung erhalten, dass Scyth wegen des Verlustes seiner Staatsbürgerschaft nicht länger Anführer des Clans wäre.

Vielleicht war ich noch im Clan, weil es vollkommen widersinnig war, dass der Clan-Anführer, die die Klasse-A-Gefahr, plötzlich seine Staatsbürgerschaft verloren hatte. Oder Nether hatte die normalen Spielregeln von *Dis* überschrieben. Außerdem war es ebenfalls möglich, dass diese Einschränkungen nicht für Klasse-A-Gefahren galten, ich als Apostel der Schläfer eine besondere Stellung hatte oder die Gründer ein Hintertürchen für den zukünftigen Retter der Menschheit offengelassen hatten. Wie auch immer, es war seltsam.

Das System hatte Crag die Rolle des Clan-Anführers zugewiesen, weil er Bürger und nach mir die höchste Gefahr im Clan war. Doch Crag saß in der Beta-Welt fest und könnte dort jederzeit rückgesetzt werden. Das bedeutete, dass die Erwachten im Moment keinen Anführer hatten.

Aber das war unser geringstes Problem. Irita und Crawler hatten gute Arbeit geleistet, als ich nicht in der Lage gewesen war, als Anführer zu agieren. Sie konnten jederzeit für mich einspringen.

Ein viel größeres Problem war, wie gnadenlos das Anpassungsprogramm mit Leuten ohne Staatsbürgerschaft umging. In dem Fall hatte das System wie vorgesehen funktioniert.

Hiermit informieren wir dich, dass deine Fortschritte und der Stand deines sozialen Wertes rückgesetzt worden sind, weil du über drei Tage nicht online warst.

Aktueller Fortschritt im Anpassungsprogramm für Nicht-Bürger: 0/1.826 Tagen

Sozialer Wert: 0/1.000.000

Eine lange Liste informierte mich über meine Pflichten und Beschränkungen, gefolgt von unheilverkündenden Mitteilungen. Oh, oh. Das ich nur eine bestimmte Summe Geld abheben durfte, war nicht das Schlimmste. Was folgte, ließ mich fast verzweifeln. Hatte ich mit der wahnsinnigen Nether nicht schon genug zu tun?

Dein Vertrag mit dem Clan der Kinder von Kratos ist aufgelöst worden.

Gemäß der Bedingungen des Anpassungsprogramms für Nicht-Bürger musst du einen neuen Arbeitgeber finden in: 18:31:38... 18:31:37... 18:31:36...

Achtung! Du hast die Isolationszone verlassen!

Gemäß der Bedingungen des Anpassungsprogramms für Nicht-Bürger musst du die nächstgelegene Isolationszone aufsuchen in: 00:12:51... 00:12:50... 00:12:49...

Wichtiger Hinweis!

Wenn du gegen die Bedingungen zur Absolvierung des Anpassungsprogramms für Nicht-Bürger verstößt, wird dein Charakter gesperrt und zu einer von der Verwaltung ausgewählten Isolationszone übertragen.

Ich hätte mich inzwischen daran gewöhnt haben sollen, dass *Snowstorms* Management mir Knüppel zwischen die Beine warf. Wegen Andersons hochgesteckter Ziele und meiner erfolgreichen Rückkehr nach *Disgardium* traf mich diese Angelegenheit jedoch völlig unvorbereitet.

Vielen Dank für ein weiteres Problem, Chloe Cliffhanger. Leider konnte ich nicht auf Andersons

Hilfe zählen, denn dank Nethers Machenschaften konnte niemand von außen ins Spiel eingreifen.

Ich war also nicht nur ein gewöhnlicher MOSOW-Spieler, sondern noch dazu ein Newbie, obwohl ich bereits die Anforderungen zum Verlassen der Zone erfüllte: Mein Level war über 100 und ich war bereits vor langer Zeit Meister des Handwerks *Inschriftenkunde* geworden.

Genau, es war vor langer Zeit gewesen! Deswegen konnte Chloe nicht dahinterstecken. Vielleicht war es nur ein Fehler. Diese ganze Sache mit den Isolationszonen war übereilt eingerichtet worden, um mir Steine in den Weg zu legen. Möglicherweise hatte die steuernde KI nicht alle Fortschritte erfasst, die Scyth vor dem Eintritt in die Isolationszone erreicht hatte.

Hieß das, dass ich entweder leveln oder Rang 1 in einem Handwerk erreichen musste? Die zweite Möglichkeit wäre einfacher und wahrscheinlich zuverlässiger.

Ich suchte in meinem Inventar und grinste, als ich die *Alte Holzfälleraxt* fand. Ausgerüstet mit der Axt steuerte ich direkt auf einen naheliegenden Wald zu.

Die jahrhundertealten Zedern und Kiefern waren riesengroß und hatten einen Umfang von etwa zwanzig Metern. In der Gefrorenen Schlucht hätten Big Po und ich Jahre gebraucht, um so einen Baum zu fällen, aber nun, in *Disgardium*, war es ein Kinderspiel, auch wenn meine Axt nicht viel wert war.

Ich musste nur einen einzigen Baum fällen. Die Zeder, die ich ausgewählt hatte, verfügte zwar über mehr als 100.000 Millionen Haltbarkeitspunkte, aber sie bestand aus Holz, und ich schwang eine Axt.

Du hast eine Tausendjährige Eiszeder gefällt.

Handwerk Holzfällen: +97

Derzeitige Stufe: Lehrling (100/100)

Erhaltene Erfahrungspunkte für Fortschritte in einem Handwerk: +1

Deine Stufe im Holzfällen hat sich auf Geselle erhöht!

Derzeitige Stufe: Geselle (0/250)

Handwerk Holzfällen: +250

Derzeitige Stufe: Geselle (250/250)

Deine Stufe im Holzfällen hat sich auf Experte erhöht!

Derzeitige Stufe: Experte (0/500)

Handwerk Holzfällen: +500

Derzeitige Stufe: Experte (500/500)

Deine Stufe im Holzfällen hat sich auf Fachmann erhöht!

Derzeitige Stufe: Fachmann (0/1.000)

Handwerk Holzfällen: +1.000

Derzeitige Stufe: Fachmann (1.000/1.000)

Deine Stufe im Holzfällen hat sich auf Meister erhöht!

Derzeitige Stufe: Meister (0/250)

Handwerk Holzfällen: +149

Derzeitige Stufe: Meister (149/250)

Herzlichen Glückwunsch! Der nächste Rang des Handwerks Holzfällen ist für dich verfügbar!

Du hast Rang 1 im Holzfällen freigeschaltet!

Dein Talent als Holzfäller hat solche Höhen erreicht, dass Architekten, Schiffbauer, Schildmacher und viele andere Handwerker bereit sind, dir viel mehr für dein Holz zu bezahlen als vorher.

Derzeitige Stufe: Meister (149/250)

Chance, einen Baum mit einem Schlag zu fällen: 1 %.

Chance, zusätzliche Scheite von einem gefällten Baum zu bekommen: 25 %.

Chance, einen im Baum eingebetteten Schatz zu finden: 1 %.

Verbessere dein Handwerk, um die Chancen zu erhöhen, Boni zu aktivieren.

Das Holz war von epischer Qualität. Wie in der Gefrorenen Schlucht zerfiel der Stamm zu Rundholz, das automatisch zu Brettern gesägt wurde. All das epische Holz wurde in meinem Inventar zusammengerechnet. Nach meiner Schätzung war es mehrere Tausend Gold wert! Ich fragte mich, ob alle Bäume hier so viel wert waren, oder ob ich zufällig auf einen besonders außergewöhnlichen Baum gestoßen war.

Nach kurzem Überlegen beschloss ich, die Loot hochzuladen, statt sie nach Kharinza zu bringen und Patrick auszuhändigen.

Leider war mein Ansehen bei den Elfen gesunken, nachdem ich die Zeder gefällt hatte, aber das war kein Problem. Mein Ansehen bei ihnen war immer noch *Bewunderung*.

Die nächsten Systemmeldungen waren viel wichtiger. Die erste informierte mich, dass mein sozialer Wert gestiegen und ich nun ein nützliches Mitglied der Gesellschaft war.

Sozialer Wert: +1.000!

Die Punktzahl war immer noch weit von der Million entfernt, die ich benötigte, doch wie der Apostel einer anderen Religion einmal gesagt hatte: Eine Reise von tausend Meilen beginnt mit dem ersten Schritt.

Über die zweite Meldung lachte ich vor Freude.

Herzlichen Glückwunsch, Scyth! Du hast das Anpassungsprogramm für Nicht-Bürger absolviert!

Durch das Erreichen der Stufe „Meister" in deinem gewählten Handwerk hast du den ersten Schritt getan, um zu zeigen, dass du hart arbeitest, zielgerichtet bist und einen Wert für die Gesellschaft hast!

Wir wünschen dir für deine gewählte Karriere als Holzfäller alles Gute! Mögen dich diese Leistung und die Erkenntnis motivieren, dass jeder Nicht-Bürger durch Fleiß und Gewissenhaftigkeit in der Lage ist, die Staatsbürgerschaft zu erhalten.

Vergiss nie, dass die Staatsbürgerschaft ein Privileg ist.

Es hätte mich kein bisschen überrascht, wenn Chloe die letzte überhebliche Bemerkung persönlich verfasst hätte.

Erleichtert erkannte ich, dass ich nicht länger verpflichtet war, mir einen neuen Arbeitgeber zu suchen und eine neue Isolationszone aufzusuchen. Wenigstens diese Hürde hatte ich bewältigt.

Nun öffnete ich das Bedienfeld für die Anhänger der Schläfer. Ich biss mir auf die Unterlippe, während ich die Liste der Tempel und Priester sowie die Daten über die Anhänger und die Menge an *Glaube* studierte.

Religion der Schlafenden Götter

Aktive Tempel (3): Behemoth, Tiamat, Kingu

Apostel (1): Scyth, Mensch, Level-1.101-Herold

Priester (97/507): Patrick O'Grady, Manny, Tissa, Dekotra, Ranakotz, Grog'hyr, Ryg'har, Movarak, Ukavana, Shitanak, Yemi, Francesca, Babangida, Sarronos, Kromterokk, ~~Kusalarix~~ (gestorben), Hinterleaf, Petscheneg, Horvac, Yary, Saiyan, Cannibal, Hellfish, Irita, Crawler, Bomber, ~~Infect~~ (gestorben), Gyula, Govarla, ~~Vonprutich~~ (gestorben), Steltodak, ~~Peiniger~~ (gestorben), Colonel, Quetzal, Tigressa, Anf, Ripta, Flaygray, Nega, Gimkosmon, Kragosh, Lisenta, Hyper, Merrick der Schreckliche, Pholos von Magnesia, Nob von Bree, Una, Gorgarok, Rokgarak, Trokgarik, Drog'kor, Zul'gir, Bryg'zar, Garfang, Drog, Korg, Kalisto, Eurydice, Thalia, Murglord, Finlord, Gurgbos, Gae-Al, Lo-Kag...

Anhänger der Schläfer: 65.478 / 62.748.517

Glaubenspunkte: 2.841 / 10.604.499.373

Peiniger? Nein! Ich traute meinen Augen nicht. Wie war das möglich? Die Liste der Neutralen und ihrer Verwandten, die als Priester rekrutiert worden waren, war so lang, dass ich den durchgestrichenen Namen meines Kameraden im ersten Moment übersehen hatte. Ich las ihn noch einmal, doch es gab keinen Zweifel: Der Dämon war gestorben. *Gestorben!*

Meine Beine gaben nach und ich fiel zu Boden. Nachdem ich mich aufgesetzt hatte, wäre ich beinahe erneut hingefallen, doch ich konnte mich gerade noch mit den Händen abstützen. Tränen stiegen mir in die Augen.

Mein erster Impuls war, sofort nach Kharinza zu eilen, doch dann tröstete ich mich mit der Hoffnung, dass mein Kamerad vielleicht nicht wirklich gestorben war. Immerhin hatte Crag Kusalarix in der Beta-Welt gesehen, obwohl das System sie hier für tot hielt. Dieser Gedanke gab mir Kraft. Ich überwand meinen Schock und beschloss, mir erst einen Überblick über unsere Situation zu verschaffen, damit ich nichts Unüberlegtes tun würde.

Wir hatten noch die gleiche Anzahl von Priestern, was bedeutete, dass sich noch niemand von den Schläfern abgewandt hatte. Außerdem waren zahlreiche Anhänger dazugekommen, sodass wir bedeutend stärker geworden waren. Das schien ihnen im Kampf gegen Nethers Schergen geholfen zu haben. Vermutlich waren es auch die 654.000 Attributpunkte von *Einheit* gewesen, die es mir ermöglicht hatten, die Zeder mit einem einzigen Schlag zu fällen.

Doch dass sich so wenig *Glaube* in den Altären der Tempel angesammelt hatte, ergab keinen Sinn. Es musste etwas mit Nether und ihren Vorboten zu tun haben. Sicherlich verbrauchten Behemoth, Tiamat und Kingu ihren gesamten Vorrat, um die Tempel zu schützen.

Die große Anzahl von Anhängern erinnerte mich daran, dass ich während meiner Zeit als Botschafter der Vernichtenden Seuche oft von *Seuchenzorn* gerettet worden war. Da meine Ressource *Verteidigung* von der Menge der Anhänger abhing, wäre es vielleicht möglich...

Als ich mein Profil öffnete, konnte ich kaum glauben, was ich sah. Mein Nettoschaden mit *Schlafender Verteidigung* ohne Strafen und Boni betrug 650 Millionen! Das hörte sich sehr hoch an, aber verglichen mit meinen normalen Treffern, die mir eine Chance von 100 % auf kritischen Schaden plus einen riesigen Bonus gaben, war es nichts Besonderes. Dennoch: Ich hatte jetzt über 796 Millionen reinen Schaden — und das ohne *Hammerfaust* und den Bonus von *Rindzins geisterhafter Kralle*!

Wie viele meiner Treffer würde das Uralte Krokodil Sobek jetzt wohl einstecken können, wenn ich mit den erhöhten Effekten von *Synergie* und *Schlafender Verteidigung* gegen es kämpfen würde?

Es war eine echte Schande, dass meine Attribute wegen den Strafen meiner Spezialisierung Sorgenträger halbiert wurden. Aber wenigstens hatte mein *Glück* sich stark erhöht. Mit so viel *Glück* und den ungewöhnlichen Attributen von Sorgenträger würden meine Feinde mich nicht überwältigen können. Eher würden sie von einem zwergischen Zug überfahren oder von einem aus dem Himmel fallenden Mithril-Backstein erschlagen werden.

Scyth, Mensch, Level-1.101-Mensch

Rang: Glückspilz, Unbeugsamer Bestrafer, Unübertroffener Rächer, Held des Dungeons, Pionier,

Bestiengott-Bezwinger, Junior-Gladiator

Clan: Die Erwachten

Realer Name: Alex Sheppard

Reales Alter: 16

Charakterklasse: Herold, Spezialisierung: Sorgenträger

Hauptattribute

Stärke: 1.592 (+93.540)

Wahrnehmung: 917 (+97.214)

Ausdauer: 1.489 (+90.867)

Charisma: 1.444 (+94.253)

Intelligenz: 161 (+91.996)

Beweglichkeit: 1.069 (+97.764)

Glück: 32.244 (+90.329)

Nebenattribute

Gesundheitspunkte: 549.093.362

Mana: 273.953.628

Verteidigung: 654.781.000

Geist: 37.800

Geistwiederherstellung: 1.134 Punkte pro Sekunde

Gesundheitswiederherstellung: 3.267.948 Punkte pro Minute

Basisschaden: 1.048.505

Bonus auf Fernschaden: +2.959 %

Bonus auf kritischen Schaden: 79.602 %

Bonus auf Zauberkraft: 55.304 %

Bonus auf Bewegungsgeschwindigkeit: 300 % (Maximalwert erreicht)

Chance, Feinde zu betäuben: +5 %

Chance, verbesserte Beute zu erhalten: +30 % (Maximalwert erreicht)

Chance, einzigartige Quests zu erhalten: +30 % (Maximalwert erreicht)

Ausweichchance: +3.000 % (Maximalwert erreicht)

Tragfähigkeit: 779.127 kg

Zielgenauigkeit: 490.675 %

Rabatt bei Händlern: 50 % (Maximalwert erreicht)

Chance auf kritischen Schaden: +100 % (Maximalwert erreicht)

Fertigkeiten:

Unbewaffneter Kampf, Rang 2 (Pfad der Gerechtigkeit, Pfad des Geistes): 378

Reiten (kein Rang): 44

Zweihändige Schwerter (kein Rang): 39

Schlagwaffen (kein Rang): 88

Kartografie (kein Rang): 78

Dolche (kein Rang): 67

Speere (kein Rang): 27

Meditation (kein Rang): 1

Nachtsicht (kein Rang): 97

Einhändige Schwerter (kein Rang): 58

Schwimmen (kein Rang): 77

Tarnung (Rang 1): 31

Bogenschießen (Rang 1): 56

Äxte: (kein Rang): 39

Überzeugungskraft, Rang 1: 44

Widerstandsfähigkeit, Rang 4 (Pfad der Gerechtigkeit, Pfad der Reflexion, Pfad der Gelassenheit und Pfad der Opferung): 93

Handwerke und Berufe:

Kochen: Experte (488/500)

Inschriftenkunde: Meister (76/250)

Holzfäller: Meister (149/250)

Spezialfertigkeiten und -fähigkeiten:

Göttliches Verschwinden

Tiefen-Teleportation: 36

Seelenfesseln

Geistfalle

Grässliches Geheul: 33

Mimikry: 5
Rücksetzen
Fliegen
Verdorbenes Blut
Stoisch
Klarheit
Klassenfertigkeiten:
Göttliche Offenbarung (spontan)
Imitieren: 26
Lethargie: 10
Befreiung: 35
Selbstaufopferung
Synergie: 3
Identitätsverschleierung: 18
Göttliche Fähigkeiten:
Schlafende Verteidigung: 3
Einheit
Ruf der Schläfer: 3
Berührung der Schlafenden Götter
Glücksrad
Schlafende Unverwundbarkeit: 3
Schlafende Gerechtigkeit: 3
Schlafende Wildheit: 3
Hilfe der Schläfer: 3
Perks:

Unbeugsamer Bestrafer (+25 % auf Schaden gegen andere Spieler)

Vendetta (Alle Mitglieder der Dunklen Bruderschaft werden versuchen, dich zu eliminieren!)

Überraschung (Wenn du zuerst angreifst, schlägst du deinen Gegner k. o.!)

Zweites Leben (Nach einem Tod respawnst du an der gleichen Stelle mit voller Gesundheit.)

Held des Dungeons (+25 % auf Schaden und Bewegungsgeschwindigkeit in Instanzen)

Schrecken der Solitoiden (Du verursachst Solitoiden 10 % mehr Schaden.)

Fortunas Gaben (+50 % Glück, 5%ige Chance, kritischen Schaden zu vermeiden, 5%ige Chance, Unsichtbares zu entdecken, +5 % kritische Trefferchance, 5%ige Chance, eine einzigartige Quest zu erhalten, 5%ige Chance, verbesserte Loot zu erhalten.)

Starker Rücken (+50 % Tragfähigkeit)

Pfadfinder (+ 100 Meter auf Sichtradius, +10 % auf Reitgeschwindigkeit)

Sünder unterwerfen: (Ich-Bewusste, deren Seelen bereits einen sicheren Platz im Inferno haben, werden deinen Befehlen fraglos folgen. Wirkt nicht bei Mitgliedern der Dunklen Bruderschaft)

Bestiengott-Bezwinger (+10 % Ansehen bei Bestiengöttern)

Polarforscher (Bewohner von Holdest fügen dir 10 % weniger Schaden zu.)

Rindzins geisterhafte Kralle (Weder eine Fertigkeit noch ein Gegenstand, sondern ein göttliches Abbild, das mit deiner Essenz verschmilzt. Wenn du unbewaffnet und von Feinden umzingelt bist, erhältst du eine geisterhafte Kralle von Rindzin, dem Herrscher der Drachen. Der Basisschaden der Kralle ist immer genauso hoch wie das Level des Feindes.)

Magnetismus (Die Beute von besiegten Feinden wird automatisch in dein Inventar gezogen. Filteroptionen sind verfügbar.)

Verschlingen (1 % von allem eingehenden Schaden wird in Erfahrung umgewandelt.)

Hörner und Hufe (Du kannst dir nach Belieben Hörner und Hufe wachsen lassen, doch sie wieder loszuwerden, wird etwas schwieriger sein.)

Heiligkeit (–100 % Schaden von Untoten, +1.000 % Schaden gegen Untote)

Schneewanderer (Du verursachst Bewohnern von Holdest 10 % mehr Schaden.)

Glücksbringer (Du erhältst mehr Gold von den Leichen der Feinde, und du und deine Verbündeten werden im Kampf nicht müde.)

Junior-Gladiator (+5 % Schaden in Kämpfen gegen Spieler, +5 % auf die Fertigkeit Widerstandsfähigkeit in Kämpfen gegen Spieler, +10 % auf alle Hauptattribute.)

Mantras

Wiederherstellungsmantra (Stellt deinen Geist für 3 Sekunden um 30 % wieder her.)

Vergeltungsmantra (Gibt für 3 Sekunden 30 % deines eingehenden Schadens an den Feind zurück.

Heilmantra (Stellt deine Gesundheit für 3 Sekunden um 30 % wieder her.)

Auren

Unübertroffener Rächer

Achievements:

Die Todgeweihten grüßen dich!

Unerschrockener Entdecker

Glückspilz

Unbeugsamer Bestrafer

Unübertroffener Rächer

Wahrer Champion der Dämonischen Spiele

Der Lich ist tot! Lang lebe der neue Lich!

Ein perfekter Tag zum Sterben!

Ordalia

Erster Abschluss: Schatzkammer des Ersten Magiers

Erster Kill: Vernichter Abaddon

Erster Kill: Akulon, Schrecken des Dungeons

Erster Kill: Königin der Kar'sanmai

Erster Kill: Gigantischer, fleischverschlingender Dalezma

Erster Kill: Knochennager

Einheit

Erster Kill: Nettle, Anführer der Dunklen Bruderschaft

Erster Kill: Crusher

Erster Kill: Mok'Rhyssa, Felsenkönigin

Erster Kill: Murkiss

Erster Kill: Sandgolem Neratakon

Erster Kill: Abkömmling des Nethers

Erster Kill: Verfluchter Lich Uros

Erster Kill: Chuff, Königin der Sumpfstecher

Erster Kill: Shog'rassar, Gott der Sarantapods

Erster Kill: Nukleus der Vernichtenden Seuche

Unerschrockener Entdecker

Bestiengott-Bezwinger

Ich kam, sah und siegte — Für immer und ewig!

Fahr zur Hölle!

Allererstes Level 400!

Allererstes Level 500!

Allererstes Level 1.000

Allererstes Level 1.100!

Allererster Unbeugsamer Bestrafer

Allererster Unübertroffener Rächer

Allererster Wahrer Champion der Dämonischen Spiele

Allererster Ein perfekter Tag zum Sterben!

Schatzkammer des Ersten Magiers: Pfad der Tapferkeit

Das ist unmöglich!

Gottestöter

Ich bin nicht aufzuhalten! An mir führt kein Weg vorbei!

Ich habe Distival 2075 überlebt!

Göttliche Embleme:

Shog'rassars Schutz

Trinker der Ambrosia der Schlafenden Götter

Fortunas Begünstigter

Seelenernters Beschützer

Moraines Beschützer

Tierbegleiter, Kampfgefährten und Reittiere:

Iggy, Level-588-Sumpfstecher

Unterirdischer Schrecken Sharkon, Level 799

Sturm, Level-575-Sturmdrache

Crash, Level-67-Diamantwurm

Crusher, Level-261-Wolf

Montosaurus, Level 909, Uraltes Reptil

Gefleckter Mech-Strauß

Verborgener Status: *Gefahr der Klasse* ***D*** *mit Potenzial für Klasse* ***A***

Verborgener Status: *Apostel der Schlafenden Götter*

Ruhm: *3.958.831*

Geld: *24.329.746 Gold, 54 Silber, 17 Kupfer*

Marke der Tapferen: *10*

Sozialer Wert: *1.000/1.000.000*

Das Überprüfen meines Profils erinnerte mich, dass ich mich dank meiner noch nicht getesteten Fertigkeit *Stoisch* sicher auf Terrastera würde bewegen können. Schaden, den ich dort durch Mobs erleiden würde, würde mich dank *Verschlingen* leveln lassen.

Ich hätte es am liebsten gleich ausprobiert, doch erinnerte ich mich, dass Peiniger gestorben war und meine Freunde irgendwohin verschwunden waren, sodass ich dem spontanen Impuls nicht nachgab. Stattdessen beschloss ich, das Gebiet noch einmal zu durchsuchen. Falls ich niemanden entdecken würde, würde ich mich auf den Weg nach Kharinza machen. Dort würde ich sicher jemanden finden.

Ich flog zu der Klippe, auf der Paramount gestanden hatte, und hielt Ausschau. Weit unter mir schlugen die schäumenden Wellen der Stürmischen See gegen die Felsen, die die nördlichen Teile von

Latteria und Shad'Erung trennten.

Verdammt, wo waren meine Freunde? *Wo seid ihr, Hiros, Bomber und Pollux?*

Kapitel 9: Vergangener Ruhm

Es war sinnlos, noch länger in den Ruinen von Paramount zu bleiben. Ich wollte gerade *Tiefen-Teleportation* aktivieren, um so schnell wie möglich nach Kharinza zu kommen, als zwei Punkte am Horizont erschienen. Vor dem Hintergrund der unruhigen See, die im Sonnenlicht glitzerte, war es schwierig, etwas zu erkennen. Ich unterbrach den Zauber und wartete.

Ich schaute in die Ferne und warf ab und zu einen Blick auf die Minikarte. Erleichtert stellte ich fest, dass die Silhouetten, die auf mich zuflogen, meine Freunde Bomber und Hiros waren. Sie erkannten mich ebenfalls, denn alle Mitglieder meines Clans konnten meine wahre Essenz sehen.

„Endlich!", rief Bomber erfreut und winkte so wild, dass er beinahe von seinem Reittier gefallen wäre. „Wir haben überall nach dir gesucht!"

„Und ich habe überall nach euch gesucht!", entgegnete ich.

Der Krieger ritt auf einem Stählernen Greif und der Ninja auf einem Kuzakuryu, einem ungewöhnlichen Reittier, das wie eine Mischung zwischen einem Pfau und einem gigantischen Fächer aussah.

Sie landeten und stiegen ab. Nachdem Bomber auf eine imaginäre Uhr an seinem Handgelenk geschaut hatte, fragte er: „Wo warst du?"

„Hier, wo sonst?", erwiderte ich. „Ich habe *Dis* betreten und bin hier gelandet. Ihr wart nirgends zu sehen, darum bin ich umhergeflogen, um euch zu finden."

„Wie lange bist du schon in *Dis*?", wollte Bomber wissen.

„Höchstens eine Stunde", schätzte ich.

„Merkwürdig." Bomber runzelte die Stirn und nickte in Hiros' Richtung. „Du hast recht gehabt. Irgendetwas stimmt mit der Zeitwahrnehmung nicht."

„Was meinst du?", erkundigte ich mich.

„Nach meiner Schätzung sind wir schon seit drei Stunden in *Dis*. Du sagst, dass du vor einer Stunde eingetroffen bist, aber Hiros ist sicher, dass weniger als zwei Stunden vergangen sind", erwiderte der Krieger.

„Eineinhalb Stunden", erläuterte Hiros. „Neunzig Minuten."

„Was sagen die Interface-Uhr und die Protokolle?"

„Die Uhr spielt auch verrückt", erklärte Bomber. „Hiros sieht eine Zeitangabe, und ich sehe eine andere. Das betrifft sowohl unsere Eintrittszeit als auch die aktuelle Uhrzeit. Es ist, als ob sie für jeden von uns unterschiedlich schnell geht."

„Was zum Teufel?", stieß ich aus, nachdem ich auf mein Interface geschaut hatte. „Ich sehe 2 Uhr morgens Ortszeit. Wie kann das möglich sein? Es ist doch Tag, oder?"

Bomber nickte. „Ja, aber als ich das Spiel betreten habe, war es Abend. Ich habe keine Ahnung, was mit der Nacht passiert ist."

„Es hat etwas mit *ihr* zu tun, das steht fest. Wir sollten ihren Namen nicht aussprechen, um keine Aufmerksamkeit zu erregen. Aber ich will mich jetzt nicht länger damit aufhalten. Viel wichtiger ist, wie viel Zeit wir noch haben. Hat sie den Beta-Modus schon aktiviert?"

Dem Gesichtsausdruck meiner Freunde nach zu urteilen, wussten sie es nicht. Eilig prüften wir unser Interface und fluchten gleich darauf — Bomber und ich jedenfalls. Der Ninja bemerkte trocken: „Hiros hat keine Beenden-Taste."

„Das bedeutet, dass der Beta-Modus aktiviert ist", schlussfolgerte ich. „Die Zeit beschleunigt sich, und das erklärt die Fehler."

„Wie kann die Zeit für verschiedene Leute unterschiedlich schnell vergehen?", knurrte Bomber.

„Ich weiß auch nicht, wie es funktioniert", antwortete ich. „Vielleicht hängt die Zeit in der Beta-Welt von deiner Perspektive ab. In diesem Modus ist die Welt statisch, und nur die Ich-Bewussten erleben Zeit."

„Und?" Bomber war nicht der Hellste, aber diese Sache war für uns alle rätselhaft.

„Hiros und du habt *Dis* vermutlich nicht zur gleichen Zeit betreten. Selbst wenn einer von euch nur einen Sekundenbruchteil langsamer war, habt ihr beide eure eigene Version der zeitlichen Beschleunigung. Höchstwahrscheinlich wird alles synchronisiert werden, sobald die Zeitgeschwindigkeit den höchsten Multiplikator erreicht hat. Das ist 500."

„Was hat Anderson doch gleich gesagt?" Bomber klang auf einmal unnatürlich heiter. „Es gibt keine

Beenden-Taste, die Zeit ist beschleunigt und... Ach ja, die Sache mit dem Modus ‚Endgültiger Tod'.

„Und wir haben weniger als vierzig Stunden Zeit, um Neun auszuschalten und zurückzukehren. Das sind in *Dis* zwei Jahre." Meine Stimme zitterte etwas. „Sonst sind wir alle dazu verdammt, für immer hierzubleiben."

„Das ist eine düstere Prophezeiung, Scyth-kun", sagte der Ninja. „Hiros schlägt vor, dass wir keine Zeit mehr verschwenden und mit unserer Mission für Herrn Anderson beginnen."

„Ganz deiner Meinung", sagte ich. „Habt ihr von den anderen gehört?"

„Nein", entgegnete Bomber. „Hier arbeiten weder die Signalamulette noch die Fernsichtspiegel."

„Und der Chat?", erkundigte ich mich.

„Kein Clan-Chat oder irgendein anderer Chat."

Ich wusste nicht, was ich von all dem halten sollte. Irgendetwas stimmte nicht. Ich versuchte, mich an die Ereignisse der letzten Minuten zu erinnern, bevor Hairo mich aus *Disgardium* herausgeholt hatte. Zu der Zeit war Big Po bei mir gewesen. Wo war er jetzt?

Dann schüttelte ich mich. Was passierte mit mir? Ich wusste genau, dass ich beim Betreten des Spiels an Big Po gedacht und erwartet hatte, ihn hier zu treffen. Warum hatte ich nun das Gefühl, es würde mir jetzt erst dämmern, dass er bei mir sein sollte? Und was den Chat betraf: Ich wusste bereits, dass er nicht funktionierte. Warum hatte ich Bomber danach gefragt? Zum Glück konnte ich mich an diese Ungereimtheiten erinnern. Das musste bedeuten, dass mein Gedächtnis sich mit dem Hier und Jetzt synchronisierte. Davor hatte es eine Lücke in meinem Bewusstsein gegeben, und ich war nicht in der Lage gewesen, mit den Ereignissen mitzuhalten. Mein reales

Gehirn schien im Hintergrund gearbeitet zu haben, während das virtuelle Gehirn in Scyth offenbar erst jetzt anlief. War das die Erklärung?

„Und der Chat?", fragte ich und ärgerte mich gleich darauf über mich selbst, weil ich ihn erneut erwähnt hatte. „Verdammt! Nicht der Chat. Ich wollte fragen, wo Big Po ist. Wo ist der Nukleus der Vernichtenden Seuche?"

„Es gab ein Problem", entgegnete Bomber. „Als wir drei hier angekommen sind, hat das System ihn benachrichtigt, dass die Frist für die Wahl eines Verstecks abgelaufen wäre, und ihm daher eins zugewiesen würde. Aber wenigstens konnte er zwischen dem Ort, an dem er sich befand, und dem Versteck des vorigen Nukleus wählen."

Richtig, Big Po hatte mir erzählt, dass er ein Versteck brauchen würde — einen Ort, mit dem er für immer verbunden wäre. Ich hatte gedacht, dass er sich auf Kharinza niederlassen würde, aber das Universum hatte offensichtlich andere Pläne gehabt.

„Das Versteck auf Holdest?", wollte ich wissen. Falls wir für immer hier festsitzen sollten, würde Big Po es schwer haben, dort zu existieren.

Bomber nickte. „Und er hatte nur eine Minute Zeit, um sich zu entscheiden."

„Welchen Ort hat er gewählt?"

„Überleg mal, Scyth!", sagte Bomber grinsend. „Du selbst hast ihm einen Platz unter Arnos Gipfel auf Kharinza versprochen. Wir hatten nicht viel Zeit, darum musste ich schnell handeln. Ich habe mir Hiros geschnappt, um ihn nicht zu verlieren, und zusammen haben wir unseren übergewichtigen Freund im Hinterland der Insel abgesetzt. Wir haben keinen unserer Leuten gesehen. Aber wir mussten uns beeilen, um dich zu finden. Da *Tiefen-Teleportation* in

Abklingzeit war, sind wir so schnell es ging auf Reittieren hierhergekommen. Nur..."

„Aber die Fertigkeit funktioniert noch, oder?", unterbrach ich Bomber und schaute unbehaglich auf das flackernde Symbol. Sie schaltete sich ein und aus. „Sie scheint kein Mana zu brauchen."

„Ja, aber es sind jedes Mal ein paar Neustarts nötig", antwortete er. „Und das ist nicht unser einziges Problem. Hast du gesehen, aus welcher Richtung wir gekommen sind? Das Spiel hat uns etwa 120 Kilometer nördlich von hier eintreffen lassen. Wie sieht dein Plan aus, Scyth? Wir müssen uns auf den Weg machen, solange wir noch dazu in der Lage sind."

„Ja", stimmte Hiros ihm zu. „Hiros und Bomber-kun konnten nicht herausfinden, was auf Kharinza vor sich geht, aber die Atmosphäre war bedrückend. Irgendetwas stimmt dort nicht."

Während die beiden mich erwartungsvoll anschauten, dachte ich nach.

„Wir müssen unbedingt unsere Freunde finden und in Erfahrung bringen, was Peiniger zugestoßen ist."

„Was meinst du damit?", fragte Bomber.

Ihre Gesichter verdüsterten sich, als ich ihnen die schlechte Nachricht mitteilte.

„Außerdem müssen wir wissen, was in der ganzen Welt passiert", fuhr ich fort. „Ohne ein vollständiges Bild ist es schwierig, Pläne zu machen."

„Dann sollten wir mit dem Unterwasser-Königreich beginnen", schlug Bomber vor. „Lass uns dort weitermachen, wo wir waren, bevor die verfluchten Kinder von Kratos Cali Bottom mit der Atombombe angegriffen haben."

„Du meinst, wir sollen den Unterwasser-Tempel den Schläfern widmen?"

„Ja! Sie können ihn vermutlich sehr gut gebrauchen. Wenn wir den vierten Schläfer an Bord holen, werden sie und auch wir stärker werden."

„Guter Plan, Bomber", kommentierte ich.

„Danke", erwiderte er.

„Sehr gut, Bomber-kun", stimmte Hiros mir zu.

„Wir sollten als Gruppe weitergehen", bemerkte ich. „Und dann werden wir..."

Bevor ich meinen Gedanken beenden konnte, öffnete sich der Boden unter unseren Füßen. Wir sprangen erschrocken zurück, während seltsame Kreaturen aus dem Loch krabbelten. Entweder waren es Raupen mit Beinen in Chitinpanzern oder Ich-Bewusste in Rüstungen. Bomber und Hiros schirmten mich ab. Ich konnte keine Informationen über den Köpfen der Kreaturen entdecken.

„Was zum Teufel...?", murmelte Bomber. „Weißt du, was das für Dinger sind?"

„Nein, ich kann ihre Profile nicht sehen. Sie müssen irgendwie verborgen sein", gab ich zurück.

Ich hob ab und untersuchte die Kreaturen von oben. Nachdem sie sich aufrecht hingestellt hatten, konnte ich sehen, dass sie so groß waren wie Menschen.

„Sollen wir?", erkundigte Bomber sich und machte sich angriffsbereit.

Er holte sein zweihändiges Schwert hervor und legte es auf seinen Körperschild, sodass die Spitze nach vorn zeigte. Kaltes, feuriges Licht blitzte auf, als die beiden Gegenstände zu einem bizarren, furchterregenden Ganzen verschmolzen, das einer Pulskanone ähnelte. Offenbar hatte ich einiges verpasst, während Bomber im Unterwasser-Königreich unterwegs gewesen war.

Inzwischen schwebte Hiros an der Grenze

zwischen Realität und Astralebene. Seine Gestalt flackerte zwischen Körperlichkeit und Durchsichtigkeit. War das eine Fähigkeit, die er ebenfalls in meiner Abwesenheit erlangt hatte?

„Wartet", bat ich.

Ich ging einen Schritt vorwärts. Bevor wir sie töten würden, wollte ich wissen, wer sie waren und warum sie sich so merkwürdig verhielten. Ich zählte vierzehn humaniode Wesen, die sich pfeilförmig aufgestellt hatten. Statt anzugreifen, blieben sie unbeweglich stehen.

Sie betrachteten uns und wir betrachteten sie. Schließlich sprach die größte Kreatur, die Bomber überragte und den Kopf des Keils bildete.

„Ich will mit dir reden, Scyth. Du bist doch Scyth, oder? Wir können sehen, dass die Erscheinung des Minotaurus Marauder nur Tarnung ist."

Das Wesen trat vor und nahm seinen seltsamen Helm ab, der einem gigantischen Kessel oder einem Sack ähnelte, der vor getrocknetem Schmutz hart wie Stein geworden war. Es stellte sich heraus, dass die Kreatur zwei Köpfe hatte! Sie schaute mich mit beiden Köpfen an und zeigte mit ihren Arme nach oben.

Nun konnte ich das Profil sehen. Es handelte sich um einen riesigen, in Lumpen gekleideten Oger. Von Weitem hatte er wie ein Monster ausgesehen, weil Zweige, Blätter, Erdklumpen, blutige Gedärme und Augen von seinen Schultern hingen.

Jemai'Kapak, Oger, Level-116-Krieger-Magier

Die Dunkle Bruderschaft

Diese Kreaturen gehörten ebenfalls zu der Dunklen Bruderschaft, die mir seit meiner Rückkehr aus dem Inferno auf den Fersen war? Offenbar waren ihnen alle guten Krieger ausgegangen, sodass sie stattdessen diese schwachen Kämpfer hatten schicken müssen, um Nettle zu rächen. Wie schade, dass Peiniger nicht hier war, um sie zu verschlingen. Dann würde ich mir nicht die Hände schmutzig machen müssen.

Ich hätte die ganze Gruppe ohne Anstrengung töten können, doch ich wollte herausfinden, ob diese ermüdende Saga mit der Bruderschaft nicht beendet werden könnte.

„Na gut, Jemai'Kapak, lass uns miteinander reden."

Seinen Kameraden gefiel meine Antwort nicht. Jemand von hinten rief: „Sag ihm, dass wir gekommen sind, um ihn die Rache und die Macht der Dunklen Bruderschaft spüren zu lassen, Jemai'Kapak!"

Der Oger erhob die Hand und bellte: „Ruhe!", bevor er zu mir herüberkam und anklagend mit dem Finger auf mich zeigte. „Du bist Scyth", sagte Jemai'Kapaks rechter Kopf.

„Ja, ich bin Scyth. Wie hast du das erraten?"

„Ganz einfach", erwiderte der Kopf. „Weil dein richtiger Name über dem falschen angezeigt wird. Und über uns stehen keine Namen, weil..."

„Halt den Mund, Kapak", murmelte der linke Kopf und wandte sich an mich. „Ignoriere Kapak. Er ist ein Dummkopf."

„Und du nicht?", fragte ich.

„Ich bin schlauer als viele andere", entgegnete Jemai ohne zu zögern. „Die Magie der Ahnen hilft uns, namenlos zu bleiben, und hat uns auf den alten Pfaden direkt zu dir geführt."

„Auf unterirdischen Pfaden?"

„Auf allen möglichen Pfaden" antwortete er. „Der letzte Abschnitt war allerdings unangenehm, weil er sehr schmutzig war. Jetzt sehen wir aus, als ob wir an einem Graben-Turnier teilgenommen hätten."

Mir fielen die Ganker Smoothie, Riker, Phobos und ihr zweideutiges Angebot ein. Sie hatten bei den Dämonischen Spielen gekämpft, nachdem sie ein Graben-Turnier gewonnen hatten. Der Wettbewerb war ein Volkssport der Oger, an dem nun alle teilnehmen konnten. Dabei wurden Dreierteams in einen Graben geworfen, wo sie bis zur Brust im Schlamm steckend gegeneinander kämpfen mussten. Es überraschte mich nicht, dass Jemai'Kapak die Parallele zog.

„Was ist mit den neuen Pfaden passiert?", fragte Bomber den Oger.

„Sieht aus, als ob ihr gerade aus eurer Welt zurückgekehrt wärt, Unsterbliche", sagte Jemai. „Ihr müsst wissen, dass die freie Dunkle Bruderschaft die neuen Pfade, die Mana benötigen, um zu funktionieren, nicht mehr benutzen kann. Nur die Würmer, die sich dem Willen von Nether unterworfen haben, können sie jetzt noch verwenden. Aber die alten Pfade, die auf der Magie der Ahnen beruhen, sind nicht von Mana abhängig. Diese Magie hat nicht nur deine flackernde Spur wahrgenommen..."

Jemai'Kapak hielt inne. Mir wurde klar, dass die Bruderschaft mich entdeckt hatte, obwohl ich *Göttliches Verschwinden* aktiviert hatte.

„... sondern sie hat uns auch zu dir geführt. Jetzt sage mir, Scyth: Bist du bereit, vor der Dunklen Bruderschaft und der mächtigen Magie der Ahnen niederzuknien, oder ziehst du es vor, dich für Nettles Tod zu verantworten und die Rache der Dunklen Bruderschaft zu spüren?"

„Dieser Oger ist ziemlich unverschämt", bemerkte Bomber. „Kann ich ihn verprügeln?"

Ich schüttelte den Kopf. Dann musste ich Hiros besänftigen, der bereit war, den Oger in Stücke zu reißen. Ich lächelte Jemai'Kapak an und fragte: „Was ist, wenn ich keine dieser beiden Möglichkeiten wählen will?”

Beide Köpfe des Ogers seufzten traurig, tauschten einen Blick aus und nickten einvernehmlich.

„In dem Fall haben wir keine andere Wahl, als dir eine dritte Alternative anzubieten, Mörder von Nettle”, sagten sie gemeinsam.

„Ihr müsst Gedanken lesen können”, rief ich. „Ich habe ebenfalls an eine dritte Alternative gedacht.”

Jemai zog erstaunt die Augenbrauen hoch und Kapak schaute mich groß an. „Was schlägst du vor?”

„Ganz einfach. Es ist erstaunlich, dass ihr nicht selbst darauf gekommen seid. Meine Freunde, der große Ninja Hiros und der große Krieger Bomber, und ich werden euch töten. Dann müssen wir nicht vor der Dunklen Bruderschaft niederknien oder ihre Rache spüren. Wie gefällt euch die Idee?”

„Einen Moment”, erwiderte Jemai’Kapak und überlegte kurz. „Als ich gesagt habe, dass du die Rache der Dunklen Bruderschaft spüren würdest, wollte ich dich nicht beleidigen oder bedrohen.”

„Was war deine Absicht?”, erkundigte Bomber sich grinsend.

„Wage es nicht, ihm etwas zu verraten!”, schrien die Kreaturen hinter dem Oger. „Versuch es einfach, Jemai’Kapak!”

Der Oger drehte sich um und bellte mit beiden Köpfen: „Ich werde es wagen! Wir haben keine andere Wahl.”

Nachdem er sich wieder zu mir gewandt hatte, sprachen Jemai und Kapak abwechselnd und erzählten die Geschichte des Dämons Khra’Pivion — dem Anführer Nettle der Dunklen Bruderschaft, der von Rion Staffa, dem Ersten Stadtrat der Stadt Tuaf, Besitz ergriffen hatte. Er hatte *Vendetta* auf seine

Anhänger oder, besser gesagt, seine Angestellten und Untergebenen, gewirkt. Es war ein primitiver aber verlässlicher Blutfehde-Zauber, der selbstverständlich mit Blut besiegelt wurde. Die Bedingungen des Zaubers waren im Vertrag zwischen Nettle und allen, die sich der Dunklen Bruderschaft anschließen wollten, festgelegt: Im Falle des Todes des Anführers war jedes Mitglied verpflichtet, alles in seiner Macht Stehende zu tun, um ihn gnadenlos zu rächen.

Also waren Nettles Anhänger nicht so fanatisch, wie ich gedacht hatte. Sie hatten den Tod in Peinigers infernalischem Magen in Kauf genommen, weil der Mechanismus des Vertrags sie dazu gezwungen hatte. Sie hatten gewusst, dass sie sterben würden, wenn sie Scyth angreifen würden, der von Dämonen, Bestiengöttern und den stärksten Kämpfern umgeben gewesen war — Scyth, der selbst stark genug war, um die gesamte Dunkle Bruderschaft mit einem Fingerschnippen auszulöschen. Dennoch hatten sie es getan, weil sie sich der alten Blutmagie nicht hatten widersetzen können.

Jemai'Kapak und die dreizehn Mitglieder der Dunklen Bruderschaft waren entweder die Letzten, die Bastian dem Ersten entkommen waren, oder sie waren nicht bei der ersten Angriffswelle von Meuchelmördern dabei gewesen, weil sie zu schwach waren.

„Wir haben keine Befehlshaber mehr", schloss der Oger. „Sie sind entweder im Gefängnis oder getötet worden." Er deutete auf seine Kameraden hinter sich. „Wir sind der Rest der ehemals ruhmreichen Dunklen Bruderschaft."

„Werden eure Befehlshaber sich an mir rächen wollen, wenn sie freigelassen werden?", wollte ich wissen.

Der Oger zuckte mit den Schultern. „Das weiß ich

nicht. Der Vertrag mit Nettle ist so aufgesetzt worden, dass Mitglieder, die in die Hände der Obrigkeit fallen, ihr Gedächtnis verlieren und sterben. Darum ist es bisher noch niemandem gelungen, ein aktives Mitglied der Bruderschaft lebendig einzusperren."

„Liest du keine Nachrichten?", fragte ich. „Alle Befehlshaber, die von der Allianz gefangengenommen wurden, haben euch längst verraten. Sie haben sich ergeben. Die Befrager von König Bastian dem Ersten haben alle Informationen aus ihnen herausgeholt."

„Dann..." Kapak dachte nach.

„Ist die magische Kraft der königlichen Zauberer größer als Nettles Fluch des Gedächtnisverlustes oder ist der Fluch nach seinem Tod schwächer geworden?", fragte Jemai.

„Spielt es eine Rolle?", fragte ich zurück.

„Wie auch immer, die alte Blutmagie wird immer wirksam bleiben", erklärte Jemai. Dann fuhr er schnell fort, als ob er befürchtete, dass ich ihn nicht würde ausreden lassen: „Wir werden immer versuchen, dich zu töten, Scyth. Der Vertrag hat solche Macht, dass er uns sogar in dieser Welt lenkt, in der es jetzt kaum noch Mana gibt. Du kannst fliehen und dich verstecken, Jahre und Jahrzehnte können vergehen, doch wir werden auf unsere Gelegenheit warten. Und wenn deine Wachsamkeit eines Tages nachlässt, werden wir zur Stelle sein."

Ich erschauderte. Was wäre, wenn diese Kreaturen aus dem Boden kriechen würden, wenn ich mit Irita allein wäre?

„Was sollte ich deiner Meinung nach tun, Oger?"

„Ich sehe nur eine Möglichkeit, wie wir alle am Leben bleiben können und du dir wegen uns keine Sorgen mehr machen musst", erwiderte Jemai.

„Vielleicht sollten wir euch einfach in Darant oder

im Vinculum einsperren", schlug Bomber vor. „Ich kann euch sofort dorthin schicken." Er zwinkerte mir zu. „Nachdem wir König Bastian mit Nergals Priestern geholfen hatten, sind wir Freunde geworden. Er hat gesagt: ‚Mein lieber Bomber, wenn du jemals Hilfe benötigen solltest, gib mir Bescheid.'"

„Bitte nicht", flehte Jemai'Kapak. „Wir haben eine andere Lösung, Scyth: Werde der Anführer der Dunklen Bruderschaft! Dadurch würde der Vertrag mit Nettle aufgehoben."

„Warum wird nicht einer von euch Anführer?", wollte ich wissen. „Würde das nicht ausreichen?"

„Nein!", riefen beide Köpfe gleichzeitig. „Wir sind zu schwach."

„Ich brauche etwas Zeit, darüber nachzudenken", sagte ich. Diese Angelegenheit musste warten, denn ich hatte wichtigere Dinge zu tun.

„Wir haben keine Zeit, Scyth!" Der Oger hob knurrend die linke Hand. Dünne schwarze Fäden kamen aus seiner Handfläche. „Ich kontrolliere uns alle, sodass wir dich nicht angreifen, aber bald werde ich keine Kraft mehr haben."

„Du bist also ein Magier?"

„Ich bin ein Magier", bestätigte Jemai.

„Und ich bin ein Krieger!", brüllte Kapak. Er schüttelte seine rechte Faust, in der sich ein Hammer materialisierte.

Ich schaute den Oger von oben bis unten an und deutete dann auf die anderen.

„Entfernt eure Tarnung", befahl ich.

Jemai rief ihnen etwas zu, und sie legten zögernd ihre Schutzkleidung ab. Dann stellten sie sich in einer Reihe auf, und als ich sie genauer betrachtete, fand ich heraus, dass es Kinder waren. Keine Teenager, sondern Kinder! Schmutzige Jungen und Mädchen.

Neben dem Oger Jemai'Kapak waren noch vier Mitglieder der Dunklen Völker unter ihnen: ein Werwolf, ein Vampir, ein Ork und ein Troll. Das verwunderte mich, denn die Dunkle Bruderschaft arbeitete nur auf Latteria. Die anderen neun Kinder waren Neutrale: ein Zentaur, zwei Halblinge, eine Haryie, eine Fee, ein Riese und drei Murlocks. Sie zischten ihre Namen, wie Shesh'Sssa es getan hatte. Zum Glück konnte ich ihre wirklichen Namen über ihren Köpfen lesen. Alle waren unter Level 100, und die Murlocks waren Geschwister.

Was sollte ich mit ihnen tun? Während ich überlegte, sagte der Oger: „Wir sind Waisen, Scyth. Wir wissen nicht, wohin wir gehen sollen.

„Waisen werden von allen schlecht behandelt", fügte ein Hobbit-Mädchen hinzu.

„Mr-gl-gl-gl!", ergänzte ein Murlock-Mädchen.

Bomber schien meine Gedanken zu lesen.

„Was zum Teufel sollen wir mit ihnen machen, Scyth? Wir sollten sie ausschalten und von hier verschwinden."

Ich zuckte ratlos mit den Schultern. „Du hast gehört, was sie gesagt haben, Bomber. Sie sind Waisen. Willst du wirklich Kinder eliminieren? Nein, auf keinen Fall! Auch wenn sie mich weiterhin verfolgen sollten."

„Sollen wir sie ins Gefängnis stecken? Die Allianz hat sicher Jugendstrafanstalten."

„Aber es sind Kinder", wiederholte ich, „und Darant ist ein gefährlicher Ort. Wir sollten uns alle von dicht bevölkerten Orten fernhalten."

„Hiros hat eine Lösung", mischte der Ninja sich ein. „Es ist schmerzlos, die Kinder werden nichts fühlen. Scyth-kun kann sich abwenden."

„Hiros wird gleich selbst nichts mehr fühlen!" Ich war wütend und leuchtete vor *Verteidigung* auf. Der kaltblütige Ninja zuckte nur mit den Schultern, ohne sich zu verbeugen. Offenbar war er beleidigt. Er hatte eine Lösung für das Problem angeboten, und ich hatte sie abgelehnt. Zur Hölle mit den beiden! Ich würde der Anführer der Dunklen Bruderschaft werden.

Das System reagierte und schickte eine Meldung.

Willst du die Dunkle Bruderschaft anführen?

Du musst den Mitgliedern mitteilen, dass du bereit bist, ihr Anführer zu werden, und sie über die neuen Regeln informieren, die du in der Organisation einführen wirst.

Bedenke, dass dein Ansehen bei Disgardiums Hauptfraktionen und ihren Anführern sinken könnte, wenn deine Mitwirkung bei der Bruderschaft bekannt wird.

Es folgten Hintergrundinformationen über die Gründung der Bruderschaft, ihre Leistungen und die Positionen, die sie in der Unterwelt von *Disgardium* einnahmen. Die derzeitigen Mitglieder mussten den neuen Anführer einstimmig wählen, doch vorher musste der ehemalige Anführer getötet werden.

Ich wandte mich an die Kinder, die von Nettle und seinen Offizieren rekrutiert worden waren, und verkündete laut und klar: „Ich, der Herold Scyth, akzeptiere freiwillig die Führung der Dunklen Bruderschaft. Dadurch entferne ich die Bedingungen, die jedem einzelnen Mitglied durch den Vertrag mit Nettle auferlegt wurden. Allen Mitgliedern, die mich nicht als Anführer akzeptieren, steht es frei, die Bruderschaft zu verlassen. Wer bleiben will, muss die folgenden Regeln fraglos befolgen..."

Eineinhalb Minuten später waren die jungen Banditen überrascht, zu hören, das sie von jetzt an keine Diebe mehr waren, sondern friedliche Arbeiter im Clan der Erwachten und zukünftige Anhänger der

Schläfer. Außerdem durften sie nicht mehr gegen das Gesetz verstoßen.

„Wie sollen wir dich anreden?", piepste die Fee, die vor meinem Gesicht schwebte. „Chef, Häuptling, Meister oder Lord?"

„Das bleibt euch überlassen, solange es eine respektvolle Anrede ist."

Sie waren mit allem einverstanden, und als Jemai'Kapak vorschlug, mich als neuen Anführer zu akzeptieren, wählten sie mich einstimmig.

Du bist jetzt der neue Anführer der Dunklen Bruderschaft, Scyth!

Der Perk Vendetta wird hiermit aufgehoben.

Obwohl ihr Tätigkeitsbereich sich grundlegend verändert hatte, wollte keiner von ihnen die Bruderschaft verlassen. Sie waren ohnehin nicht eingetreten, um zu rauben und zu stehlen. Sie waren hoffnungslos, arm und allein gewesen. Wahrscheinlich brauchten sie nur das Gefühl der Zugehörigkeit und eine Aufgabe. Als Anhänger der Schlafenden Götter würden sie all das und mehr bekommen.

Diejenigen, die meinem Perk *Sünder unterwerfen* nicht gehorchen würden, würden meinen Regeln dennoch folgen müssen, weil ich jetzt ihr Anführer war. Meine Gedanken schweiften ab, als ich überlegte, wie ich die Kriminalität in *Dis* beseitigen und ein geheimes Imperium schaffen könnte, das seine Augen und Ohren in jeder Stadt und jedem zwielichtigen Ort hätte.

Mit neuen Werten, neuer Motivation und Ermutigung könnte dieses unterirdische Imperium eine mächtige Kraft werden.

Das Hobbit-Mädchen holte mich wieder in die Realität zurück, als sie vorgab, die neuen Regeln nicht zu verstehen.

„Was bedeutet es, das Gesetz zu brechen, Meister

Scyth?"

„Friedliche Bewohner der Welt zu bestehlen, auszurauben oder zu töten", antwortete ich.

„Und falls sie nicht friedlich sind?", erkundigte der Zentaur sich.

„Wenn sie Feinde der Schläfer und des Clans sind, könnt ihr sie angreifen", gab ich scharf zurück.

Die Antwort reichte ihm aus. Er drehte sich zum Werwolf, der neben ihm stand, und flüsterte selbstzufrieden: „Cool! Die Erwachten kämpfen gegen die ganze Welt!"

Ich kratzte mich am Hinterkopf. Sie waren vielleicht doch nicht so friedlich, wie ich gedacht hatte.

„Kämpfen sie auch gegen Nether?", fragte die kleine Haryie leise.

„Pst!", zischte der Zentaur.

Ich ermahnte sie und verkündete: „Ihr werdet in zwei Hauptstädten meine Augen und Ohren sein. Ich werde euch aufteilen: Die Dunklen gehen nach Shak, die Neutralen nach Darant, Iskgersel, Starokuznitsa und Ilridren. Wenn möglich, schaut auch in Moongrove vorbei und findet heraus, was die Elfen vorhaben. Wenn ihr zuverlässige Leute trefft, rekrutiert sie als neue Anhänger. Jemai'Kapak, ich werde dich zum Priester der Schläfer weihen, damit du sie aufnehmen kannst."

Jemai'Kapak schlug sich auf die Brust und versicherte mir, dass er und die anderen ihr Bestes tun würden. Dann kniete er vor mir und neigte seine beiden Köpfe.

Die übrigen Kinder waren sichtlich heiterer geworden, nachdem der Blutfehde-Zauber nicht mehr wirksam war. Sie liefen aufgeregt umher und freuten sich, dass sie Anhänger der beeindruckenden Schlafenden Götter werden durften.

Bomber lachte leise. „Wie im Kindergarten!"

Hiros tippte mir auf die Schulter. Als ich mich zu ihm umwandte, verbeugte er sich und sagte: „Hiros möchte auch ein Priester der Schläfer werden, Scyth-kun."

Zuerst starrte ich verständnislos in sein maskiertes Gesicht. Dann wurde mir bewusst, dass Hiros bis jetzt nur ein gewöhnlicher Anhänger gewesen war — wegen seiner Bescheidenheit, und weil ihm Boni von *Einheit* gefehlt hatten. Ohne zu zögern machte ich den Ninja und den Oger zu Priestern.

Danach schickte ich Jemai'Kapak und seine schmutzigen kleinen Freunde los, um in den schäbigsten Gegenden von *Disgardium* ihre Arbeit zu tun. Die Gruppe der Mitglieder der Dunklen Bruderschaft verabschiedete sich und machte sich auf den Weg, doch kurz darauf hielten sie an, flüsterten und schickten uns eine Nachricht.

Jemai'Kapak fragte höflich, ob der große Meister Scyth sie nach Darant oder wenigstens nach Shak transportieren könnte. Da sie weder Reittiere noch Geldmittel hätten, würden sie sonst zu Fuß gehen müssen, und es würde mindestens zwei Wochen dauern, bis sie die nächstliegende Siedlung erreicht hätten.

„Außerdem haben wir nichts mehr zu essen", fügte Kapak hinzu.

Bomber schaute mich skeptisch an, doch ich nickte.

„Streck deine Hände aus", murmelte der Titan und holte Nahrungsmittel aus seinem Inventar.

Jemai'Kapak hielt ihm seine offenen Hände hin und stöhnte vor Freude über das viele Gold. Bomber gab ihm 2.000 Münzen und mehrere Teleportationsrollen, die sie nach Darant, Shak und in die anderen Hauptstädte bringen würden. Da die Rollen und das Mana zum Aktivieren versiegelt waren, würden sie funktionieren.

Die neuesten Anhänger der Schläfer verloren keine Zeit. Sie öffneten ein Portal mit einem schimmernden Schleier — wir konnten die Straßen von Shak dahinter erkennen — und traten hindurch.

Ich nahm sie in meiner Gruppe auf...

Synergie ist aktiviert worden: Alle Hauptattribute werden verdreifacht!

... und Bomber wühlte erneut in seinem Inventar, holte einen Stapel *Tränke der Unterwasseratmung* heraus und reichte sie mir.

„Die wirst du brauchen, Scyth. Du wirst staunen, wie schön es ist!"

„Eine großartige Architektur", bestätigte Hiros. „Wie in Atlantis."

Atlantis war der Name eines Unterwasser-Freizeitparks, der in den Sechzigern im Atlantischen Ozean gebaut worden war.

„Und der Wasserdruck?", fragte ich, nachdem ich einen Trank geleert hatte.

Doch gleich darauf wurde *Tiefen-Teleportation* aktiviert, und einen Augenblick später befand ich mich im Unterwasser-Königreich.

Kapitel 10: Das Unterwasser-Königreich

TIEFEN-TELEPORTATION HATTE mich überrascht. Gerade hatte ich noch in den Ruinen von Paramount gestanden, und im nächsten Moment befand ich mich in den tiefsten Regionen des Ozeans. Der plötzliche Umgebungswechsel ließ mich schwindlig werden. Ich hatte das Gefühl, in einem Traum zu sein. Ich war schwerelos, und meine Nase war verstopft. Alles war verschwommen, und Geräusche klangen wie Donner.

Dank des *Tranks der Unterwasseratmung* hatten sich Kiemen an meinem Hals gebildet, durch die ich atmen konnte. Leider hatte *Tiefen-Teleportation* nicht korrekt funktioniert, denn wir befanden uns weit vom Unterwasser-Königreich entfernt. Ich konnte keine großartige Architektur entdecken — weder Gebäude noch Nagas. Nichts, das an Ich-Bewusste erinnerte. In der dunklen Tiefe des Ozeans konnte ich nur die kaum sichtbaren Silhouetten von Bomber und Hiros erkennen. Ich blickte nach oben, um herauszufinden, wie tief unten wir waren. Undeutlich sah ich ganz weit über uns Sonnenstrahlen, die durch die Wasseroberfläche drangen.

„Wir haben unser Ziel weit verfehlt", sagte Bomber und fluchte, während er die Karte studierte. „Bis zum nächsten Außenposten des Unterwasser-Königreichs sind es mehrere Kilometer, und die Hauptstadt ist noch etwas weiter entfernt. Der Tempel befindet sich jenseits der Hauptstadt."

Ich konnte ihn so gut verstehen, als ob wir an Land wären. Ein Blick auf die Karte verriet mir, dass die Stätte der Macht, wo wir die Quest der Schläfer abschließen wollten, etwa dreißig Kilometer entfernt war.

„Ist das ein Problem?", erkundigte ich mich. Ich setzte Luftblasen frei und inhalierte Wasser, ohne zu ersticken. Das Atmen unter Wasser war genauso einfach wie das Atmen an Land. Geräusche wurden deutlich übertragen, auch wenn sie ein wenig dumpf klangen. „Du kennst die Mobs, die im Bodenlosen Ozean leben, oder?"

„Du brauchst die keine Sorgen zu machen", entgegnete der Titan.

„Weil Orthokon mit ihnen fertigwerden kann?"

„Nicht nur deswegen. Ich habe mir mein Profil angesehen. Dank *Einheit* und *Synergie* können wir uns gegen alles verteidigen, was uns in diesem Reich begegnet."

„Solange wir in einer Gruppe sind, wird der gesamte Schaden auf mich übertragen, doch er wird nicht besonders hoch sein, weil er durch *Schlafende Unverwundbarkeit* und *Widerstandsfähigkeit* reduziert wird", ergänzte ich. „Außerdem wird *Schlafende Gerechtigkeit* unsere Attribute pro Fertigkeitslevel verdoppeln, sobald uns jemand zuerst angreift."

Diese Worte sagte ich eher zu mir selbst als zu Bomber und Hiros. Ich wollte mir wegen den Meereskreaturen keine Sorgen machen müssen. Abgesehen von den Schläfern und Nether war ich vorläufig ohne Konkurrenz in *Disgardium*. Die neuen Götter gab es nicht mehr, mit den Alten Göttern und Bestiengöttern könnte ich fertigwerden und gegen die Prinzen des Infernos könnte ich vermutlich auch antreten — wenigstens in einem fairen Kampf ohne Gedankenkontrolle, ohne den Verlust meiner Beweglichkeit und meiner Fähigkeiten, ohne den Entzug von Gesundheitspunkten und ohne die Eliminierung von Trefferpunkten aus der Ferne.

„Willst du sagen, dass du für drei Tempel drei Level von *Schlafende Gerechtigkeit* erhalten hast?", fragte Bomber. „Zwei mal zwei sind vier, und zwei mal vier sind acht, richtig? Nimm *Synergie* dazu... Wie viel ist das?"

„Das hängt von der Anzahl der Leute in der Gruppe ab. Fürs Erste sind fünf das Maximum, aber wir sind drei, darum..." Ich rechnete es durch. „Alle Attribute werden mit 24 multipliziert. Wenn wir es schaffen, den vierten Tempel zu widmen, erhöht die Zahl sich auf 48."

„Und wenn wir fünf wären und einen vierten Tempel hätten... Wow!" Bomber war begeistert, doch dann fiel ihm etwas ein, das seine Freude etwas trübte . „Zu schade, dass Crag nicht bei uns ist. Stell dir vor, wir hätten ihn und *Nergals Zorn* bei uns wie auf Terrastera!"

„Er hat die Fertigkeit von Nergal erhalten, aber Nergal existiert nicht mehr. Sicher ist die Fertigkeit mit ihm verschwunden", wandte ich ein.

„Andererseits gibt es praktisch keine Begrenzung für die Erhöhung von *Einheit*", warf Hiros ein, der mit seinen verbesserten Attributen sichtlich zufrieden war.

Als neuer Priester hatte er nicht viel Stärke hinzugewonnen, weil er schon vor langer Zeit ein Anhänger geworden war — noch vor dem Gottesurteil. Trotzdem hatte er mehrere Tausend Punkte erhalten. Darüber hätte sich jeder Spitzenverteidiger gefreut.

„Wie kommen wir jetzt zum Tempel?", fragte ich. „Leider haben wir keine Unterwasser-Reittiere."

Bomber grinste, und Hiros schaffte es sogar unter Wasser, sich zu verbeugen. Er deutete in die Dunkelheit.

Zuerst sah ich nichts, doch schon bald wurde die Strömung schneller. Es fühlte sich an wie ein Erdbeben, doch dann erkannte ich einen mehrere Tonnen schweren Block, der sich durch die Tiefe bewegte. Das Wasser wurde aufwühlt und wir wirbelten umher. Es war ein Krake, der so groß war wie fünf Wale. Die Kreatur war so gewaltig, dass ich mir neben ihm wie ein winziger Fisch vorkam. Es war unmöglich, Orthokon in seiner ganzen Größe zu sehen. Ich befand mich bei seinem Auge. Seine horizontale Pupille sah aus wie ein Tunnel, in dem ich aufrecht stehen könnte.

Der Krake kam näher, ergriff uns mit seinen Tentakeln und setzte uns auf seine Augenbraue.

Bomber zeigte auf die knochigen Auswüchse, die aus dem Körper des Bestiengottes herausragten.

„Halt dich gut fest, sonst wirst du heruntergespült."

Wir duckten uns, während Orthokon beschleunigte und in die Richtung schwamm, die Bomber angab.

„Ich verstehe nicht, wie ihr kommuniziert", sagte ich und hielt den knochigen „Griff" mit beiden Händen umklammert. Orthokon schwamm mit halsbrecherischer Geschwindigkeit.

„Es läuft mental”, erwiderte der Herr der Krake.

Kurz darauf bemerkten wir weit vor uns einen riesigen Schatten. Als wir uns näherten, schaute uns eine Kreatur mit sechs Augen an — drei an jeder Seite. Sie ähnelte einem mutierten, gepanzerten Hai mit einem Buckel oder eine Flosse auf dem Rücken und spitzen, gabelförmigen Flossen an den Seiten. Ihr Körper schien aus Wellblech zu bestehen. Aus ihrem Kopf ragte ein langes, spitzes Horn hervor, und als die Bestie ihr Maul öffnete, konnte ich drei Reihen spitzer, krummer Zähne entdecken. Beinahe wäre ich von einem Wasserstrahl vom Kraken heruntergespült worden.

Tiburon, Level ???, Schrecken der Unterwasserwelt

Lokaler Boss

Ein Schrecken wie Sharkon, nur unter Wasser? Ich schaute die Bestie bewundernd an und überlegte, wie ich mich mit dieser Schönheit anfreunden könnte.

Währenddessen hielt Orthokon an, neigte sich etwas zur Seite und streckte blitzschnell seine Tentakel nach Tiburon aus. Sie wickelten sich fest um den Körper des Bosses und rissen ihn mit einem widerlichen Geräusch entzwei. Das Wasser wurde rot, und Eingeweide trieben an uns vorbei. Der Schädel öffnete und schloss weiterhin seine Kiefer, sodass um uns herum Wirbel entstanden. Der Krake fraß die Teile des Schreckens der Unterwasserwelt, bevor er nach dem Kopf der Bestie griff, aus dem bereits Leichenwürmer heraushingen. Er zerschmetterte ihn und verschlang ihn ebenfalls.

„Wegen dir habe ich kaum Erfahrung dafür erhalten”, beschwerte Bomber sich. „Aber wir haben einen *Ersten Kill* bekommen!”

„Welche Belohnung hast du erhalten?", wollte ich wissen.

„Einen Augenblick", murmelte er mit glasigen Augen, während er mit dem Interface beschäftigt war. Gleich darauf sagte er enttäuscht: „Im Ernst? Ein Unterwasser-Reittier?

„Wo liegt das Problem?" Für mich hörte sich die Belohnung gut an. „Welche Art von Reittier ist es?"

„Ein Schrecken der Unterwasserwelt, genau wie der Boss. Nur leider nicht sehr schnell. Längst nicht so gut wie mein Sägefisch, aber er kann kämpfen wie deine Drachin Sturm." Dann schaute er mich listig an und holte eine *Beschwörungspfeife* hervor.

„Verkaufst du sie mir?", bat ich ihn. „Ich kann das Reittier gut gebrauchen!"

„Du willst sie kaufen?" Bomber überlegte kurz, bevor er in Gelächter ausbrach. „Ich gebe sie dir kostenlos! Das hatte ich ohnehin vor, aber... Du hättest dein Gesicht sehen sollen!"

Selbst Hiros lächelte, als Bomber mir das Artefakt gab, und er lachte sogar, als er sah, wie ich aufgeregt die Eigenschaften des Geschenks studierte.

Beschwörungspfeife für den legendären Schrecken der Unterwasserwelt

Einzigartiger Gegenstand

Einmaliger Gebrauch

Wenn aktiviert, gewährt die Pfeife ihrem Träger die Fähigkeit, dauerhaft ein aquatisches Reittier zu beschwören: ***Legendärer Schrecken der Unterwasserwelt****.*

Erforderliches Level: 500

Erforderliches Level der Fertigkeit Reiten: 40

Weil ich befürchtete, ich könnte das Artefakt wegen unserer hohen Geschwindigkeit verlieren, benutzte ich es sofort. Als mein neuer Tiergefährte eintraf, band ich ihn an mich und gab ihm den gleichen Namen, den er gehabt hatte, als er am Leben gewesen war: Tiburon.

Schrecken der Unterwasserwelt

Legendärer Kampf-Tiergefährte und aquatisches Reittier

+1.200 % Geschwindigkeit unter Wasser

Vor langer Zeit war ein lakharianischer Magier im Unterwasser-Königreich und hat ein Experiment durchgeführt. Er hat einen Hai mit einem Oktopus und einem Nashorn gekreuzt. Das Ergebnis war eine schreckenerregende Bestie — tödlich, gepanzert und ziemlich dumm.

Es ist ein Kampf-Tiergefährte, der an Kämpfen teilnehmen kann.

Erforderliches Level: 500

Erforderliches Level der Fertigkeit Reiten: 40

„Vielen Dank für die fantastische Bestie, Bomber!" Ich freute mich aufrichtig und rief meinen Level-1-Tiergefährten erneut.

Mein Freund wurde verlegen. „Ach was! Du verdienst es."

Für den Rest unserer Reise wagte es niemand, uns anzugreifen. Als ein weiterer Mob erschien — ein gigantischer, stacheliger Bodenfresser mit dem Maul eines Krokodils –, wartete ich darauf, dass Orthokon sich einen weiteren Imbiss genehmigen würde, doch diese Kreatur war schlauer als der Schrecken. Sie stellte ihre Flosse auf, drehte ab und floh.

Unterwegs erzählten Bomber und Hiros mir von ihren Abenteuern im Unterwasser-Königreich. Die meisten Kämpfe hatte der Krieger ausgetragen, aber ohne den Ninja hätte er es niemals geschafft, die letzte Quest in der göttliche Kette abzuschließen. Ich hätte Bomber längst nicht so gut helfen können, denn es war die Fähigkeit des Ninjas, auf die Astralebene zu verschwinden und an dem Ort seiner Wahl wieder aufzutauchen, die erforderlich gewesen war.

Zuletzt berichtete Bomber mir, was er über die wahre Geschichte der Nagas erfahren hatte, während er mit der Quest beschäftigt war. Sie unterschied sich erheblich von der knappen Zusammenfassung in der Spiel-Enzyklopädie.

Die Nagas waren ein stolzes, einst mächtiges, traditionsreiches Volk voller Magie. Sie lebten seit Generationen in ihrem Königreich. Ihr König Triton, der fünfte in der Linie von Tritons auf dem Thron, wurde von seinen Untertanen als weiser und gerechter Herrscher verehrt.

Das Volk der Unterwasserwelt florierte unter der Flosse von Ulmo, des Alten Gottes der Meere. Die Nagas glaubten, dass Ulmo das Unterwasser-Königreich geschaffen hätte, indem er den kargen Meeresboden in eine blühende Stadt verwandelt hätte. Sie waren überzeugt, dass Ulmo über sie wachte, vor Gefahren von außen schützte und ihnen die nötige Magie und das Wissen verlieh, um das Unterwasser-Königreich instand zu halten. Ulmo war nicht nur der Schutzgott der Nagas, sondern auch das Symbol ihrer Macht, Stärke und Ausdauer.

„Das durchschnittliche Level der Nagas ist 600”, erklärte Bomber. „Darum werden sie gewöhnlich nicht angegriffen. Sie könnten jeden Ich-Bewussten aus *Disgardium* abwehren. Piraten und andere Abenteurer kennen natürlich die Legenden über ihre Schätze, aber ihr Königreich ist schwer erreichbar, und sie haben großartige Kampf-Tiergefährten wie Krabben-Skorpione, Haie, riesige Killerwale, Krokodile und Oktopusse. Sie sind alle in der Lage, Schiffe sinken zu lassen, darum werden die Nagas nicht behelligt.”

Als die neuen Götter erschienen waren, hatte Ulmo sich nichts dabei gedacht. Er hatte sie nicht als Gefahr gesehen und ihnen keine Beachtung geschenkt. Aber wie sich nach einiger Zeit herausstellt hatte, war das ein großer Fehler gewesen, denn irgendwann war Matsu, die Neue Göttin der Meere, aufgetaucht.

Ursprünglich war Matsu ein bescheidenes Mädchen aus Lakharia gewesen, das in einem armen Fischerdorf an der Küste des Meeres des Todes gelebt hatte. Dann waren sie, ihr Vater und fünf Brüder während eines Sturms ertrunken, aber ihre Leichen waren nicht gefunden worden.

Nach einigen Monaten war Matsu jedoch zurückgekehrt. Sie war die einzige Überlebende ihrer Familie gewesen, aber irgendetwas in ihr hatte sich verändert. Sie hatte die Bewohner des Dorfes versammelt und verlangt, dass sie sich vor ihr verneigen sollten, weil sie nun Matsu, die Göttin der Meere wäre. Als die Leute sich geweigert hatten, hatte sie einen Tsunami gezaubert, der das Dorf dem Erdboden gleichgemacht hatte. Alle waren getötet worden.

Dann war Matsu bei den Nagas erschienen und hatte von ihnen ebenfalls verlangt, dass sie sie verehren sollten. Die Nagas hatten sie ausgelacht, und Ulmo, der in Gestalt eines Oktopusses mit König Triton dem Fünften bei einem Festmahl gesessen hatte, hatte sie am meisten verhöhnt. Dennoch hatte Matsu gefragt, ob sie bei den Nagas bleiben dürfte, weil sie kein Zuhause mehr hätte.

„Du kannst bleiben", hatte Triton geantwortet. „Ich kenne keine weitere Person, die unter Wasser atmen kann."

Matsu hatte sich bedeckt gehalten, um nicht aufzufallen, doch heimlich hatte sie begonnen, die

Schwachen einzuschüchtern und zu bekehren. Nach einer Weile hatte sie einige Einheimische dazu gebracht, sie zu verehren. Mit der Zeit war sie stark genug geworden, um Ulmo vor den Augen aller Nagas zu besiegen. Ulmo hatte das Vertrauen seiner Anhänger verloren und war geflohen. Die Neue Göttin der Meere, Matsu, war die Schutzgöttin der Nagas geworden. Seit der Zeit hatte Ulmo sich vor dem Zorn von Matsus fanatischen Anhängern verstecken müssen.

Ohne Ulmo hatten die Nagas gelitten, und das Unterwasser-Königreich war dem Untergang geweiht gewesen, denn Matsu hatte nicht nur mehr Tempel und Opfer verlangt, sondern die Nagas auch mit einem Fluch belegt: Obwohl sie Luft hatten atmen können, hatte Matsu sie an den Ozean gebunden, sodass sie ihn nicht mehr lange hatten verlassen können. Wenn die Göttin einen oder mehrere Nagas besonders gemocht hatte, hatte sie den Fluch entfernt, um ihnen zu ermöglichen, die Ich-Bewussten entlang der Küsten bewohnter Gebiete in ihrem Namen zu plündern.

„Diese Nagas waren denen ähnlich, die in der Nähe von Tristad gelebt haben", erläuterte Bomber. „Sie waren völlig verwildert, hatten jede Spur von Zivilisation verloren und verbrachten ihre ganze Zeit damit, Meereskaravanen zu plündern und auszurauben."

„Wie bist du an Matsu vorbeigekommen?", erkundigte ich mich.

„Orthokon war mit Ulmo befreundet", antwortete der Krieger. „Sobald er herausgefunden hatte, dass ich ein Priester der Schläfer bin, hat er mir seine Hilfe angeboten, weil er seinem Freund helfen wollte."

Bombers Reise hatte an Land begonnen, wo er im Auftrag von Orthokon Informationen gesammelt hatte.

Von dort war die Geschichte in der Unterwasserwelt weitergegangen, wo der Titan eine Reihe von Hindernissen und Gefahren hatte überwinden müssen, bis er das Unterwasser-Königreich endlich erreicht hatte. In den Tiefen des Meeres war er wilden, feindseligen Nagas begegnet, doch er hatte gewusst, dass er sie nicht töten durfte. Nur mit Orthokons Hilfe war es ihm gelungen, sein Ansehen so weit zu erhöhen, dass die Nagas ihm gegenüber nur noch misstrauisch waren.

Nachdem Bomber zahlreiche alte Rituale ausgeführt und Opfer dargebracht hatte, war er in der Lage gewesen, Ulmo zu beschwören. Er hatte sich in Gestalt einer riesigen Welle aus den Tiefen des Ozeans vor ihm erhoben und sich gefreut, den Krieger zu sehen, den Orthokon ausgewählt hatte. Ulmo hatte ihm seine eigene Geschichte und Matsus wahre Geschichte erzählt — nicht die, die die Göttin unter den Nagas verbreitet hatte.

Danach war Bomber zum Versteck der Neuen Göttin des Meeres gereist, wo sie ein mächtiges Artefakt aufbewahrt hatte, das einmal in Ulmos Besitz gewesen war. Dort waren Orthokon und Bomber in einen brutalen Kampf mit Matsus Schergen verwickelt worden, aus dem sie siegreich hervorgegangen waren — und Ulmos Artefakt war ihre Trophäe gewesen. Zu dem Zeitpunkt hatte Hiros sich ihnen angeschlossen. Zusammen hatten sie Matsu mithilfe des Artefakts gestürzt und dem Alten Gott seinen rechtmäßigen Platz als Herrscher der Meere zurückgegeben.

Der Kampf mit der Göttin hatte dicht bei Meaz stattgefunden — in flachem Wasser nahe des magischen Schleiers, der über dem Kontinent lag. Niemand hatte es bis dahin geschafft, ihn zu durchdringen, noch nicht einmal die Neue Göttin der

Meere.

„Ulmo ist wieder in guter Verfassung", sagte Bomber. „Er wird die Nagas beschützen und unter ihnen leben. Sie brauchen ihn jedoch nicht anzubeten, ihm keine Opfer zu bringen oder Tempel für ihn zu errichten. Außerdem sind die Kräfte und Boni, die er ihnen verleiht, nicht schlechter als die von Matsu."

Damit war der Frieden im Unterwasser-Königreich wiederhergestellt. Die Nagas, die Matsu gefolgt waren, hatten Ulmo wieder Treue geschworen, und Bomber, der bis dahin ein Außenseiter gewesen war, wurde nun als Held gefeiert.

„Bomber-kun ist zu einer Legende geworden", erklärte Hiros. „Du wirst sehen, Scyth-kun! Er wird von allen respektiert."

Es war ironisch, dass Bomber Matsu ausgeschaltet hatte, kurz bevor Neun alle anderen Neuen Götter vernichtet hatte. Der Sieg über die Neue Göttin der Meere hatte den Abschluss der letzten Quest in Orthokons göttlicher Kette gebildet und war laut Bomber ein „verdammt guter Kampf" gewesen.

„Ich habe mich nicht richtig ausgedrückt", bemerkte Bomber. „Ich meinte, dass es gar kein richtiger Kampf war. Ulmo, Orthokon und ich haben zwar gegen Matsu gekämpft und sie abgelenkt, aber dann ist Hiros dazugekommen und hat sie eliminiert. Er ist in der Hauptstadt des Unterwasser-Königreichs in ihren Tempel eingedrungen und hat den Hauptaltar zerstört. Damit hat er den Zustrom von *Glaube* unterbrochen und ihr die Stärke entzogen."

„Hätten Orthokon und Ulmo es nicht allein schaffen können?", fragte ich.

„Machst du Witze, Scyth?" Bomber schaute mich ungläubig an. „Matsu war 5.000 Level höher als der Krake, und Ulmo war am Ende seiner Kräfte. Nur dank

Orthokons *Glaube* und dem einiger Anhänger unter den alten Nagas war er überhaupt in der Lage, zu kämpfen. Ich war viel stärker als die beiden, weil ich ein Priester der Schläfer bin!"

Nach dem Abschluss der göttlichen Kettenquest hatte Bomber jede Menge Belohnungen erhalten. Die Liste war so lang, dass mir langweilig wurde, während ich die Informationen über die Gegenstände las. Unter ihnen war ein vollständiges Set namens *Ulmos Göttliche Rüstung* und ein skalierbares, legendäres Set, das aus dem Körperschild und dem zweihändigen Schwert bestand, die vor Feuer schützten und, wenn kombiniert, als Strahlenwaffe benutzt werden konnten. Sie bedeckten den Bereich vor Bomber mit Eis. Außerdem hatte er einen kleinen Kraken als Tiergefährten erhalten, sein Ansehen bei den Nagas auf *Verherrlichung* erhöht und König Triton den Fünften als Freund gewonnen. Das Beste war jedoch, dass Orthokon jetzt Bombers Verbündeter im Kampf war.

„Während ich im Inferno gelitten habe, gegen den Nukleus gekämpft habe und von den Kindern von Kratos gefoltert worden bin, hast du also großen Spaß gehabt", fasste ich seinen Bericht zusammen.

„Stimmt genau!", bestätigte Bomber grinsend. Dann deutete er auf etwas vor uns. „Da, siehst du es?"

Zuerst erkannte ich die Umrisse eines Bauwerks. Ich wusste sofort, dass es ein Gebäude war, weil die Linien gerade waren. Je näher wir kamen, desto klarer wurde es, und bald konnte ich eine Unterwasser-Festung mit vier hohen, runden Ecktürmen erkennen. Die Türme waren durch gewölbte Mauern verbunden, die mit Buchstaben und Zeichnungen verziert waren. Wir näherten uns dem Haupteingang, eine Art Tor aus merkwürdigem spiegelähnlichem Material mit Schnitzereien, die wie Korallen aussahen.

„Dies ist der südliche Außenposten des Unterwasser-Königreichs", erläuterte der Titan.

„Werden wir die Hauptstadt der Nagas besuchen?", wollte ich wissen.

„Wir sind noch ziemlich weit entfernt, aber das Wasser im Königreich ist so klar, dass man sie schon von hier aus sehen kann", entgegnete Bomber.

Wir segelten durch das Tor und kamen an ein Feld mit besonderen Algen, die für die Nadas die gleiche Bedeutung hatten wie Weizen für Landbewohner. Danach erreichten wir Bauernhöfe, wo kleine Krustentiere als Babynahrung gehalten wurden. Erwachsene Nagas zogen es vor, Wasservögel zu essen, von denen es jede Mange gab.

Von dort aus schwammen wir weiter in Richtung der Hauptstadt der Nagas. Das Unterwasser-Königreich war anders als alle Kreationen von Ich-Bewussten, die ich bisher gesehen hatte. Es befand sich so tief im Meer, dass die Sonnenstrahlen es nicht erreichten. Darum wurde das Licht von unzähligen winzigen Leuchtkreaturen und sonderbaren Fischen erzeugt, die in speziell vorbereiteten Nischen existierten und die Rolle von Laternen übernahmen. Außerdem schwebte eine magische Kugel über der Hauptstadt, die einer kleinen Sonne glich. Die Stadt selbst war aus einem massiven Unterwasserberg gehauen worden. Ihre Gebäude schienen aus Stein und Koralle zu bestehen und waren mit fantastisch geformten roten, braunen und grünen Algen verziert.

Je näher wir der Stadt kamen, desto atemberaubender war ihr Anblick. Die Schönheit von allem, was ich sah, versetzte mich in Erstaunen, doch die Fremdartigkeit erschreckte mich auch ein wenig. Überall um mich herum schwammen Nagas. Ihre Schuppen glänzten im hellen Licht. Dutzende kleiner

Nagas schwammen auf Orthokon zu, obwohl ihre Eltern versuchten, sie von ihm wegzutreiben.

„Werden wir uns mit König Triton dem Fünften treffen?", erkundigte ich mich.

Bomber lachte leise. „Du willst ihn wohl zu einem Anhänger der Schläfer machen, was? Ja, ich habe ein Treffen organisiert, nachdem wir den Tempel gewidmet haben. Wem willst ihn übrigens weihen?"

„Nur Abzu und Leviathan sind noch übrig", antwortete ich. „Leviathan hat mehr mit Meeren und Ozeanen zu tun. Das würde den Nagas sicher gefallen."

Während ich darauf gewartet hatte, in die Kapsel eintauchen zu können, hatte ich bereits über diese Frage nachgedacht. Da ich jetzt wusste, dass die Schläfer nicht einfach KIs waren, sondern mentale Abdrücke der Gründer, hatte ich mich gefragt, wen ich wählen sollte: den Mathematiker Ola mit seinem rationalen Verstand und umfangreichen Wissen oder Alik Zhukov, der sich durch nichts Besonderes auszeichnete, aber einer von Phil Panfilovs engsten Freunden gewesen war. Was ich von ihm wusste, deutete darauf hin, dass er ein großherziger Mensch gewesen sein musste. Ian Mitchell hatte in einem seiner Artikel geschrieben, das Alik Zhukov das Herz der Gruppe von Gründern gewesen war. Er hatte auch hinter den großzügigsten und gemeinnützigsten Projekten gestanden, die später von der Wohltätigkeitsorganisation Gute Taten und *Snowstorm* umgesetzt worden waren.

Sein Tod verriet ebenfalls viel darüber, welche Art von Mensch er gewesen war. Iovana war an ihrem Arbeitsplatz ums Leben gekommen, Ola war im Weltraum verschwunden und Manuel war an Altersschwäche gestorben. Alik war jedoch durch den Rock-Virus umgekommen, der zu der Zeit unheilbar gewesen war. Aber nicht die Krankheit selbst, sondern die Umstände waren ungewöhnlich gewesen. Es hatte zwar nicht lange gedauert, bis man ein Heilmittel für den Rock-Virus gefunden hatte, aber genau wie Ed Rodriguez' Eltern war auch Alik während der ersten Krankheitswelle gestorben. Wie konnte es sein, dass ein Mann in seiner Position auf diese Weise sein Leben verloren hatte? Weil er persönlich in Nicht-Bürger-Zonen in Afrika unterwegs gewesen war, um sichergehen, dass die Bedürftigsten humanitäre Hilfe erhalten würden.

„Bis zur Stätte der Macht ist es nicht mehr weit." Bomber war aufgeregt, als er in die düstere Umgebung blickte. Wir hatten die hellen Lichter der Stadt hinter uns gelassen. „Noch etwa sechs Kilometer."

Ich konnte den Tempel schon von Weitem sehen. Obwohl er noch keinem Gott gewidmet worden war, leuchtete er bereits schwach, und dieses sanfte Leuchten war durch die gewaltige, dunkle Tiefe des Bodenlosen Ozeans sichtbar.

Eine untypische Begeisterung ließ mein Herz schneller schlagen. Vor fünf Monaten hatte Behemoth mir die Quest gegeben, einen zweiten Tempel für die Schläfer zu errichten, und er hatte mir erlaubt, zwischen mehreren verschiedenen geografischen Standorten in *Disgardium* zu wählen. Wer hätte gedacht, dass die Stätte der Macht für den vierten Tempel sich an einem der unzugänglichsten Orte befinden würde? Nur die Stätte auf Meaz war noch unzugänglicher, denn Meaz war der am schwierigsten zu erreichende Kontinent.

Mein Freund Bomber war ebenfalls in Gedanken versunken. Er streichelte die Spitze von Orthokons Tentakel und erinnerte sich vermutlich, wie er jede Woche geangelt und versucht hatte, einen Goldfisch zu fangen. Er war ein leidenschaftlicher Angler. Ich hatte noch nie verstanden, was so großartig daran war.

„Nachdem wir uns auf Kharinza niedergelassen hatten, habe ich wieder mit dem Angeln angefangen und gehofft, eine interessante Kreatur im Ozean zu fangen", erinnerte er sich etwas nostalgisch. „Es gab genug Mobs, um zu hoffen, einen fantastischen Fang an den Haken zu bekommen", fuhr er fort. „Wer hätte gedacht, dass der alte Krake sich von den Tausenden von Inseln und Küsten des Bodenlosen Ozeans, der Meere, Flüsse und… Was gibt es sonst noch, Scyth?"

„Seen, Ströme und andere Gewässer", ergänzte ich.

„Seen zählen nicht", sagte Bomber. „Ich kenne keinen See, der für unseren guten, alten Orthokon groß genug wäre."

Ich machte mir nicht die Mühe, ihm zu erklären, dass es verschieden große Seen gab. Der Baikal war zum Beispiel ein riesiger See.

„Wie auch immer, wer hätte gedacht, dass Orthokon ausgerechnet an dem Ort erscheinen würde, wo ich gefischt habe", beendete Bomber seinen Gedanken.

„Und wo der erste Tempel der Schläfer stand,", ergänzte ich.

Er nickte. „Und wo das Uralte Reptil, der Montosaurus, im Dschungel umhergestreift ist."

Hier schaltete Hiros sich ein. „Habt ihr nicht gesagt, dass dies eine Stätte der Macht ist? Auch Kharinza ist schon immer eine solche Stätte gewesen. Die Ruinen der Fortgegangenen befinden sich ebenfalls auf der Insel. Könnt ihr euch vorstellen, wie anziehend Kharinza für all jene geworden war, die die göttlichen Energieströme und Bewegungen der Einheiten auf der Astralebene sehen können, nachdem der erste Schläfer sich dort verkörperlicht hatte? Zu dem Zeitpunkt war er noch der Einzige. Es überrascht Hiros kein bisschen, dass Orthokon, dessen Zuhause der riesige Bodenlose Ozean ist, dort erschienen ist. Orthokon hat entschieden, Bombers Schutzgott zu werden, weil er neugierig war. Die Ich-Bewussten von *Disgardium* — vor allem die am höchsten entwickelten Völker — hatten die Bestiengötter vergessen, sodass der Krake noch nie vorher die Möglichkeit hatte, mit einem Menschen in Kontakt zu treten."

„Was willst du damit sagen?", fragte Bomber.

„In den alten Zeiten haben die Menschen Bestiengötter verehrt und sogar Naturphänomenen wie dem Donner Opfer gebracht", erwiderte Hiros. „Doch nach und nach haben sie die Natur und die Bestiengötter vergessen. Darum war Orthokon es nicht gewöhnt, dass Bomber ihn so respektvoll behandelt und seine Nahrung mit ihm geteilt hat."

Die Art, wie Hiros sich ausdrückte, kam mir merkwürdig vor. Es war, als ob Hiros, der Charakter, sich von Tomoshi, dem Spieler in der Kapsel, getrennt hätte. Ich erinnerte mich an die Worte des Ninjas bei unserem ersten Treffen: *Der Mensch, der den Charakter kontrolliert, will nichts mit Hiros zu tun haben.*

„Die Ahnen der Japaner waren keine Ausnahme, genauso wenig wie deine Leute, Bomber-kun. Deine Vorfahren kommen aus China und Skandinavien. Hiros weiß nicht, wer deine Ahnen sind, Scyth-kun, aber Hiros ist sicher, dass es überall in Europa so war."

Bomber verzog das Gesicht. „Warum bringst du die reale Welt ins Spiel?"

„Hiros sieht das Gleiche in dieser Welt", antwortete der Ninja ruhig. „Die Leute nehmen sich keine Zeit mehr für Götter, die ihnen keine Gegenleistung für ihre Hingabe geben. *Glaube*? Nein, es ist eine rationale Wechselbeziehung. Die Ich-Bewussten haben von den Neuen Göttern für ihren *Glauben* und ihre Opfer Boni und Segnungen erhalten. Als Bomber-kun seinen Fang mit dem großen Orthokon geteilt hat, ohne eine Gegenleistung zu fordern, war der Bestiengott überrascht. Bomber-kun muss die alten Zeiten in Orthokons Erinnerung wachgerufen haben, als die Ich-Bewussten ihn verehrt haben. Darum hat er ihn nicht getötet, sondern abgewartet, was passieren würde. Wie ich gehört habe, hat Bomber-kun ihm immer mehr Fisch und alle möglichen köstlichen Gaben zu essen gegeben. Schließlich hat das Herz des Uralten Kraken gezittert, und er ist Bomber-kuns Freund geworden."

„Ja, genauso war es", bestätigte Bomber.

Orthokon hatte offenbar zugehört, denn er schwamm immer langsamer, bis er anhielt. Drei seiner Tentakel bewegten sich in unsere Richtung, verharrten einen Meter vor unseren Gesichtern und nickten.

Was? Die Bestie stimmte Hiros zu? Bomber und ich schauten uns an und brachen in Gelächter aus. Hiros verbeugte sich besonders tief.

In den letzten Tagen hatten wir so viel durchgemacht, dass wir uns hier, wo wir vor niemandem fliehen oder uns Gedanken um das Schicksal der Zivilisation machen mussten, sehr wohl fühlten. Wir konnten uns entspannen, lachen und unser Zusammensein genießen. Bomber, Hiros und ich hatten sozusagen alle Vorsicht über Bord geworfen.

Auf einmal wurde die Dunkelheit des tiefen Ozeans durch einen hellen Lichtblitz verscheucht, der mich an eine nukleare Explosion erinnerte. Der Blitz erleuchtete den noch zweieinhalb Kilometer entfernten Tempel.

Eine riesige Kreatur, viel größer als der Krake,

ragte über ihm auf. Sie ähnelte einem alten, zerbeulten Luftschiff, an dem Hunderte von Tentakeln oder Seilen herabhingen. Als sie über den Grund des Ozeans streiften, loderten sie mit rotem Feuer auf, das selbst im Wasser brannte, und stießen ein dunkles Sekret wie das eines Tintenfisches aus. Das Feuer verwandelte alles, was es berührte, zu einer geschmolzenen, schleimartigen Substanz.

Das Monster des Ozeans war so gewaltig, dass ich seinen Namen nicht erkennen konnte, als ich nach oben blickte. Innerlich wiederholte ich immer wieder: *Hoffentlich ist er ein lokaler Boss... Hoffentlich ist es ein gewöhnlicher Mob.*

Meine Hoffnung zerschlug sich jedoch, als die gigantische Bestie so laut zu summen begann, dass ich ihre ausströmenden Vibrationen spüren konnte, und bemerkenswert klare Gedanken in mein Bewusstsein schickte.

„Ich, Ejakekere, Nethers Vorbote, befehle euch, vor der Einzig Wahren Göttin der Schöpfung auf die Knie zu fallen! Alle, die sich weigern, werden getötet. Dies ist die erste von drei Warnungen!"

Kapitel 11: Sterbt und erwartet das Jüngste Gericht

DER VORBOTE SCHWIEG, nachdem er die erste Warnung ausgesprochen hatte. Offensichtlich hatte er es mit der zweiten nicht so eilig. Er schien darauf zu warten, dass wir niederknien würden.

„Was zur Hölle ist *das*?", flüsterte Bomber.

„Nethers Vorbote Ejakekere", entgegnete Hiros. Manchmal nahm er rhetorische Fragen zu wörtlich.

Die monströse, grauenerregende, schwerfällige Gestalt der Bestie erinnerte mich an einen Verwüster. Ich dachte an meine Zeit in der Beta-Welt zurück, wo ich von Neuns Tiergefährten Fishy gehört hatte. Er war der einzige Verwüster, den ich nie gesehen hatte, weil er in einem besonderen Teich auf dem Schlossgelände gelebt hatte. Da ich den Vorboten Ejakekere auch noch nie gesehen hatte, war ich überzeugt, dass es sich um ein und dieselbe Kreatur handeln musste: Ejakekere war Fishy.

Ich freute mich fast darauf, gegen ihn zu kämpfen, obwohl ich wünschte, dass wir den vierten Tempel bereits gewidmet hätten, denn dann wären wir stärker gewesen. Aber wir drei — zwei Priester der Schläfer und ich, der Apostel — hatten durch die Boni von *Einheit* trotzdem eine gute Chance, dem Vorboten die Stirn zu bieten. Außerdem könnte der Bestiengott uns unterstützen. Es war eine ausgezeichnete Gelegenheit, den Zustrom von *Glaube* für Nether zu unterbrechen.

„Schalten wir das Ding aus?" Bomber hatte ein böses Grinsen auf dem Gesicht.

„Ja, aber lass Orthokon erst etwas zurückschwimmen", erwiderte ich. „Bevor wir den Vorboten angreifen, will ich sein Profil sehen. Ich muss wissen, mit wem wir es zu tun haben. Sicher ist sicher."

Bomber nickte, und gleich darauf bewegte der Krake sich langsam rückwärts. Er musste kaum seine Tentakel bewegen.

„Ich, Ejakekere, Nethers Vorbote, befehle euch...", setzte das Monster erneut an.

„Irgendetwas stimmt nicht." Bomber runzelte die Stirn. „Orthokon kann sich nur schwer bewegen."

„Der Vorbote hat eine Verlangsamungsaura aktiviert", erklärte ich und deutete auf das Symbol des Debuffs.

Bomber fluchte und sagte: „Sieht aus, als ob wir uns nicht weiter als einen Kilometer entfernen können."

Ungläubige verlangsamen

Du versuchst, dem Vorboten von Nether, der Einzig Wahren Göttin der Schöpfung, zu entkommen. Zeige etwas Respekt und hör zu, was er dir sagt.

–1 % Geschwindigkeit auf alle 10 Meter, die du

dich von Nethers Vorboten entfernst.

+1 % Geschwindigkeit auf alle 10 Meter, die du dich Nethers Vorboten näherst.

Nether hatte ihre Vorboten mit einem mächtigen Debuff zur Verlangsamung ausgestattet, um zu verhindern, dass die Ich-Bewussten vor ihnen fliehen könnten. Es hätte mich nicht gewundert, wenn sie ihnen außerdem die Fähigkeit verliehen hätte, einen oder zwei Kilometer weit zu springen wie eine Art magisches *Blinzeln*. Wenn jemand dachte, ihnen entkommen zu sein, würden sie ganz plötzlich auftauchen. Niemand sollte den Spaß verpassen.

Bis zum Ende der zweiten Warnung hatte Orthokon es geschafft, sich etwa 10 Meter zu entfernen. Nun konnte ich Ejakekeres Beschreibung lesen, als ich den Kopf zurücklegte.

Ejakekere, Level???, Nethers Vorbote

„Ja, wir denken uns den Rest", grollte Bomber. „Ich kann es nicht ausstehen, wenn sie einem nicht genug Informationen geben."

Dann ließ er den Kraken rasend schnell auf den Vorboten zuschwimmen. Orthokon brauchte nur sieben Sekunden, um sich Ejakekere bis auf dreißig Meter zu nähern. Dann hielt er an. Wenn wir uns nicht festgehalten hätten, wären wir abgeworfen worden.

Bomber steckte seinen großen, rechteckigen Schild in die Augenbraue des Kraken und legte sein Schwert auf den Schild, um die Eigenschaften der beiden Gegenstände zu aktivieren. Sie verwandelten sich in eine Mini-Kanone, die der Titan benutzte, um den Bereich bis zum Vorboten mit Eis zu füllen.

Danach drehte der Krake blitzschnell ab und schoss davon. Ich hielt den knochigen Griff so fest umklammert, dass meine Fingerknöchel weiß waren. Bevor wir uns jedoch zu weit entfernen konnten, wirkte der Debuff *Ungläubige verlangsamen.* Als Bomber bemerkte, was vor sich ging, befahl er Orthokon, sich erneut auf das Monster zuzubewegen und dieses Mal über es hinwegzusegeln.

Es funktionierte! Endlich konnten wir das vollständige Profil des Vorboten lesen.

Ejakekere, Level 312.984, Nethers Vorbote

Gesundheitspunkte: 30 Quadrilliarden/30 Quadrilliarden

Widerstand gegen Körperschaden: 99,99 %

Widerstand gegen Magieschaden: 99,99 %

Widerstand gegen Elementarschaden: 99,99 %

Es war frustrierend, das Profil des Monsters zu lesen. Ich konnte meine Enttäuschung nicht zurückhalten.

„Der Bastard hat Widerstand gegen alle möglichen Arten von Schaden!"

„Und alle unmöglichen", fügte Hiros hinzu.

„Leider haben wir nach dem Angriff mit der Mini-Kanone nicht gelevelt, sonst hätten wir seine Fähigkeiten und seinen Schaden sehen können", sagte Bomber. „Wie viel ist überhaupt eine Quadrilliarde?"

Ich zuckte mit den Schultern, aber Hiros antwortete: „Eine Eins mit 27 Nullen."

„Verdammt!", rief der Titan.

„Das ist eine sehr hohe Zahl", stimmte ich ihm zu und dachte, dass wir besser fliehen sollten, anstatt uns auf einen Kampf einzulassen. „Wir haben genug gesehen. Der Vorbote ist praktisch unverwundbar. Kein Schaden kann ihm etwas anhaben."

„Dann kämpfen wir also nicht, sondern verschwinden?", fragte Bomber.

„Noch nicht", antwortete ich. „Lass den Kraken näher an den Vorboten heranschwimmen. Ich will einen Versuch machen, ihn auszuschalten."

Während Orthokon auf das gewaltige Monster zusteuerte, setzte der Vorbote zur dritten Warnung an.

„Ich, Ejakekere...”

Innerlich ging ich meinen Plan noch einmal durch und bereitete mich vor. Sobald wir dicht genug beim Vorboten waren, rief ich: „Bei drei greifen wir an. Eins... zwei...”

Ich aktivierte den *Ausgleicher*, der mir ermöglichen würde, zügig zu beschleunigen und die Kreatur mit einem *Zerschmetternden geistverstärkten Schock* niederzustrecken. Einschließlich aller Multiplikatoren sollte der Schlag genug Schaden verursachen, um Ejakekere zu eliminieren.

Ausgleicher wurde aktiviert: Das gewählte Ziel ist Ejakekere, Level 312.984, Vorbote von Nether!

„... vor der Einzig Wahren Göttin der Schöpfung auf die Knie zu fallen!”, verkündete der Vorbote, der bereits erheblich geschrumpft war. „Alle, die sich weigern...”

Ausgleicher zeigte Wirkung!

Ejakekere war nun etwa so groß wie unser Krake und verursachte durch den schnellen Verlust seiner Masse wilde Strömungen, die um uns herum brodelten, doch Orthokon bewegte sich nicht von der Stelle.

Der *Ausgleicher* hatte den Vorboten auf mein Level 1.101 gezwungen, während seine Gesundheitspunkte auf Hunderte von Milliarden gesunken waren.

„... Drei!”, rief ich.

Hiros löste sich im Wasser auf, als er von der astralen Ebene aus angriff. Bomber aktivierte *Sprint* und ich schaltete *Klarheit* ein, um den Zeitraum zu verlängern, in dem wir dem geschwächten Ejakekere so viel Schaden wie möglich würden zufügen können.

In weniger als einer Millisekunde fiel der Ninja wieder in unsere Realität. Bomber, der irgendwie verzerrt aussah, als ob er aus einem Gemälde von Picasso erschienen wäre, stürzte sich auf den Vorboten, krachte in einen Tentakel und walzte ihn flach wie einen Pfannkuchen. Da ich aus *Klarheit* geholt worden war, konnte ich sehen, was passierte.

Ohne Zeit zu verschwenden, feuerte ich einen *Zerschmetternden geistverstärkten Schock* ab, aber ich musste mich verkalkuliert haben, denn bei den Schadensarten des Vorboten standen immer noch zu viele Neunen hinter dem Dezimalkomma, die das System vorher ausgelassen hatte. Deswegen wirkte sich meine tödlichste Waffe, die dazu gedacht war, die *Geist*-Vorräte des Gegners zu vernichten, nur geringfügig auf den Lebensbalken des Vorboten aus.

Drei der fünf Sekunden vom *Ausgleicher* waren vergeudet. Ich hatte nur einen Treffer landen können, und Bomber konnte der Kreatur nicht mehr nahe genug kommen. Also holte er die epische Rolle *Sternenregen* heraus und brach das Siegel, doch es war umsonst, denn bevor sie wirken konnte, hatte der Vorbote wieder gelevelt. Hiros, der im Nahkampf besonders effektiv war, schoss verzweifelt mit seiner Armbrust auf Ejakekere, während Orthokon ihm einen Tentakel herausriss. Doch all unsere Anstrengungen konnten dem Vorboten nichts anhaben. Es war, als ob man mit einer Softairwaffe auf einen Elefanten schießen würde.

Inzwischen hatte der Vorbote die dritte Warnung fast beendet. Die Zeit wurde knapp. Ich versuchte, *Glücksrad* auf das Monster zu wirken, doch das war reine Dummheit. Nachdem ich das Ziel zweimal verfehlt hatte, fiel mir ein, dass die göttliche Fähigkeit nur bei Ich-Bewussten wirkte.

Im letzten Moment wählte ich zwei andere göttliche Fertigkeiten. Bei drei Tempeln bestand eine 60-prozentige Chance, dass sie wirken würden. Ich könnte die Schlafenden Götter mit *Ruf der Schläfer* beschwören, doch bei dem momentanen Defizit an *Glaube* war es unwahrscheinlich, dass sie würden helfen können — es sei denn, ich würde *Selbstaufopferung* benutzen, was ich nicht tun wollte. Während *Disgardium* im Beta-Modus war, wären die Strafen drakonisch: Bei jedem Tod würde ich 10 % meiner Level verlieren.

Darum entschied ich mich für *Schlafende Wildheit* — ein Fernangriff, der jeden Gegner ausschalten könnte, doch alle inneren Ressourcen aufbrauchen würde.

Nun hatte Ejakekere die dritte Warnung ausgesprochen und schwieg, um uns Zeit zu geben, uns Nether zu unterwerfen. Ich nutzte diesen kurzen Moment, um *Schlafende Wildheit* zu aktivieren.

Meine Gesundheits-, Mana- und *Geist*-Balken waren niedrig, doch *Glück* war auf meiner Seite. Ich schaute zu, wie *Wildheit* funktionierte. Eine geisterhafte Kopie von Scyth löste sich von mir und wurde zu einem riesigen Geist. Seine Füße standen auf dem Grund des Ozeans und sein Kopf reichte bis an die Oberfläche. Der geisterhafte Gigant nahm die Hände auseinander, zerquetschte den Vorboten wie eine Fliege und verschwand wieder. Von Nethers Vorboten blieb nur ein Klumpen Protoplasma übrig.

Nethers Vorbote Ejakekere ist gestorben.

Erst jetzt fielen die Sterne, die Bomber aktiviert hatte, vom Himmel in die Tiefe des Ozeans.

Nach den lautstarken Warnungen des Vorboten war die nun herrschende Stille eine Erleichterung.

Meine Ohren klingelten, und in meinem Körper verbreitete sich eine angenehme Müdigkeit. Meine Freunde und ich hatten unser Bestes getan. Wir schauten uns an. Konnte es sein, dass wir erfolgreich gewesen waren? Außer einer einzigen Zeile in den Protokollen wurde nicht bestätigt, dass das Monster wirklich tot war.

Nachdem ich einen *Unerschöpflichen Heiltrank* geleert hatte, beschwor ich Tiburon und bestieg ihn. Ich hatte ein ungutes Gefühl.

„Ich werde überprüfen, ob er wirklich gestorben ist."

Tiburon trug mich in Richtung des trüben Wassers, das Ejakekere umgab. Ich war noch nicht überzeugt, dass *Schlafende Wildheit* dieses Mal wie vorgesehen gewirkt hatte. Alle imba Fähigkeiten waren unzuverlässig, als ob sie durch Störungen beeinträchtigt werden würden. Es war erst das zweite Mal, dass ich die Fertigkeit eingesetzt hatte, und ich hatte eine außergewöhnliche Kreatur auf wahnsinnig hohem Level mit einem Treffer erledigt.

Du musst träumen, Scyth, schoss es mir durch den Kopf, als ich sah, wie die düstere Gestalt sich in dem trüben Wasser bewegte, und ich Ejakekeres Silhouette erkannte. *Wenn es den Anschein hat, als ob eine Aufgabe zu einfach war, ist sie oft noch nicht erledigt...*

Dieser sarkastische Gedanke ging mir durch den Kopf, doch tatsächlich war ich frustriert. Ich wurde von Wut und dem Gefühl der Unfähigkeit überwältigt. Was zur Hölle war hier los? Der Mistkerl schien unverwundbar zu sein, doch falls man es trotzdem irgendwie geschafft hatte, ihn aus dem Weg zu räumen, kam er trotzdem wieder ZURÜCK!

„Scyth?" Bomber hinter mir war alarmiert. „Lass

uns von hier verschwinden, solange es noch möglich ist!"

Ich ließ den Schrecken umdrehen und ritt auf Bomber zu. Hiros und er saßen bereits auf Orthokon. Ich sprang von meinem Reittier und schickte Tiburon fort. Der Krake ergriff mich mit einem Tentakel und setzte mich auf seinen Kopf neben meine Freunde. Inzwischen hatte die tintenschwarze Wolke von Protoplasma fast wieder die Gestalt des Vorboten angenommen.

Bomber befahl Orthokon, zu fliehen, während ich überlegte, was gerade passiert war.

„Ich glaube, dass die Vorboten ihren Status beibehalten haben. Es sind keine Mobs, sondern immer noch Tiergefährten, die einem Spieler gehören. Tiergefährten erstehen nach einem Tod wieder auf."

Ich beobachtete die riesige Kreatur, die vor meinen Augen respawnte. Gerade bildete sich ihr Fleisch.

„Schneller!", zischte Bomber mit zusammengebissenen Zähnen, als er sah, wie Ejakekeres Körper sich mehr und mehr materialisierte.

„Also gut, Jungs, es ist sinnlos, die Helden zu spielen", sagte ich. „Wir machen uns mit *Tiefen-Teleportation* aus dem Staub. Macht euch bereit. Bomber, befiehl Orthokon, sich zu retten, sobald wir weg sind."

Ich aktivierte die Fertigkeit mental, doch nichts passierte. Ihr Symbol auf dem Bedienfeld war ausgegraut.

Ich schaute zu Bomber hinüber. Nachdem er fieberhaft versucht hatte, Portalrollen einzusetzen, bemerkte er düster: „Die Portale funktionieren auch nicht. Die Aura des Vorboten scheint alle Arten von Teleportation außer Kraft zu setzen."

Langsam wurde ich nervös. Dann fiel mir ein, wie Behemoth die Dunklen Neuen Götter von Holdest vertrieben hatte.

„Gib Orthokon den Befehl, mit Höchstgeschwindigkeit zum Tempel zu schwimmen. Wenn wir es schaffen, ihn einem Schläfer zu widmen, wird er erscheinen und hoffentlich mit dieser Kreatur fertigwerden."

Der Krake folgte Bombers telepathischem Befehl und bewegte sich so schnell er konnte in Richtung des Tempels.

Ejakekere war inzwischen vollständig respawnt und begann sein neues Leben damit, seine Nachricht zu wiederholen.

„Ich, Ejakekere, Nethers Vorbote, befehle euch..."

Wir trieben Orthokon an. Ich schätzte die Entfernung bis zum Tempel ab, bevor ich meine Freunde in meinen Plan einweihte.

„Ihr seid Priester und ich bin der Apostel", flüsterte ich, sodass der Vorbote uns nicht hören konnte. „Das heißt, dass jeder von uns in der Lage ist, den Tempel Leviathan zu widmen. Derjenige, der den Altar zuerst erreicht, muss es tun, während die anderen ihn schützen und die Kreatur ablenken."

Sie stimmten zu, und zuerst sah es aus, als ob wir genug Zeit haben würden, den Plan umzusetzen. Orthokon schwamm in Richtung von Ejakekere und beschleunigte mit jedem Meter, doch nachdem wir abgedreht waren, um zum Tempel zu gelangen, ging alles schief.

Ejakekere hatte seine dritte Warnung gerade zum zweiten Mal wiederholt, als Orthokon den Wirkungsbereich des Debuffs *Ungläubige verlangsamen* erreichte und wir auf der Stelle stehenblieben.

Wir sprangen ab und versuchten, zum Tempeleingang zu gelangen, doch wir schwebten nur im Wasser und kamen nicht vorwärts. Der Debuff wirkte zu 100 % auf uns.

„Ihr habt eure Wahl getroffen", verkündete Nethers Vorbote ruhig. Sein monumentaler Körper in einer Wassersäule über uns wiegte sich ein wenig hin und her. „Sterbt und erwartet das Jüngste Gericht."

Ich bereitete mich auf das Schlimmste vor und schauderte innerlich, daher verstand ich die Worte des Vorboten erst, als er sie noch einmal wiederholte. Was war dieses Jüngste Gericht? Neun neigte nicht zu dramatischen Ausbrüchen, doch vielleicht hatte sie sich verändert, nachdem sie *Disgardiums* einzige Göttin geworden war. Und vielleicht war es gar kein Drama, sondern eine Art von Event, den sie sich für die Verweigerer hatte einfallen lassen.

Ejakekere machte keine Anstalten, uns zu verschlingen oder mit seinen Tentakeln zu ergreifen. Genau wie Ervigot, ein anderer Verwüster, schwebte er über uns, während seine tödliche Aura alle vernichtete, die sich weigerten, auf die Knie zu fallen.

Da Ejakekere zuerst angegriffen hatte, trat meine göttliche Fertigkeit endlich in Aktion.

Schlafende Gerechtigkeit ist aktiviert worden. Deine Hauptattribute und die deiner Verbündeten sowie die Menge deiner Verteidigung haben sich verachtfacht!

„Sterbt und erwartet das Jüngste Gericht." Ejakekere klang wie eine kaputte Schallplatte.

Als ich einen kurzen Blick auf den Schaden warf, vor dem der Pfad der Gelassenheit und *Widerstandsfähigkeit* mich bisher gerettet hatten, lief es mir kalt den Rücken runter. Ein einziger Tick der Aura *Nethers Atem* des Vorboten fügte mir Hunderte Billionen

Schadenspunkte zu — das Dreifache der normalen Menge, denn ich erhielt den Schaden für die ganze Gruppe.

Doch es gab auch einen Vorteil: Ich levelte die Verteidigungsfertigkeit zügig und näherte mich bereits Rang 5. Ich konnte mich nicht erinnern, wann ihr Fortschrittsbalken sich das letzte Mal so schnell gefüllt hatte.

Die Fertigkeit „Widerstandsfähigkeit" (Rang 4) hat sich erhöht: +1

Derzeitiges Level: 94

Würden meine Boni und Schadensminderungen ausreichen, um wenigstens einen Tick von *Nethers Atem* zu überleben, nachdem meine Unverwundbarkeit geendet hätte? Das hoffte ich, denn ich wollte meine *Widerstandsfähigkeit* so hoch wie möglich leveln.

In dem Moment blinkte der Tab auf, der alle Protokolle hinsichtlich der Erhöhung von Erfahrung anzeigte. Angesichts meines hohen Levels war die Information nicht wichtig, aber ich war trotzdem neugierig, woher ich Erfahrung erhielt, obwohl ich nicht kämpfte.

Der Perk Verschlingen hat gewirkt!

Du hast Schaden erlitten: 160 Billionen Erfahrung gewonnen: +1.6 Billionen Erfahrungspunkte auf dem derzeitigen Level (1.101): 86.6 Billionen/293 Billionen.

Der Perk Verschlingen hat gewirkt!

Du hast Schaden erlitten: 214 Billionen Erfahrung gewonnen: +2.1 Billionen Erfahrungspunkte auf dem derzeitigen Level (1.101): 88.7 Billionen/293 Billionen.

Der Perk Verschlingen hat gewirkt!

Du hast Schaden erlitten: 183 Billionen Erfahrung gewonnen: +1.8 Billionen Erfahrungspunkte auf dem derzeitigen Level (1.101): 90.5 Billionen/293 Billionen.

Mit jedem Tick erhöhte sich die Frequenz des

Intervalls der Aura und ich verdiente alle fünf... nein, vier... nein, drei Sekunden durchschnittlich 2 bis 3 Billionen Erfahrungspunkte!

Die Fertigkeit „Widerstandsfähigkeit" (Rang 4) hat sich erhöht: +1

Derzeitiges Level: 95

Die Erfahrung strömte nur so ein. Es erinnerte mich an das Leveln im Moor des Morasts, nur hatte mir damals *Fluch der Untoten* geholfen und mir völlige Unverwundbarkeit verliehen. Doch nun hatte ich nur noch etwa eine Minute von *Gelassenheit* und 90 Sekunden von *Diamanthaut* übrig, bevor *Nethers Atem* meine Freunde und mich ausschalten würde.

Der Perk Verschlingen hat gewirkt!

Du hast Schaden erlitten: 262 Billionen Erfahrung gewonnen: +2.6 Billionen Erfahrungspunkte auf deinem derzeitigen Level (1.101): 291.5 Billionen/293 Billionen.

Du hast gelevelt! Derzeitiges Level: 1.102

5 freie Attributpunkte verfügbar!

Die Fertigkeit „Widerstandsfähigkeit" (Rang 4) hat sich erhöht: +1

Derzeitiges Level: 96

Während ich meine Freunde mit Pfad der Opferung schützte, schlichen sie sich an Ejakekere an und attackierten ihn aus der Nähe. Sie setzten alles ein, was ihnen zur Verfügung stand. Unterdessen entfesselte ich *Schlafende Verteidigung*, doch der Gesundheitsbalken des Vorboten flackerte nicht einmal.

Ein Blick auf den Timer sagte mir, dass die letzten Sekunden von *Schlafende Unverwundbarkeit* verstrichen. Fieberhaft scrollte ich durch die Liste meiner Fertigkeiten, Fähigkeiten und Perks, um etwas zu finden, das meine Freunde und mich retten könnte. Ich las die Beschreibungen und hoffte inständig, auf etwas zu stoßen, an das ich noch nicht gedacht hatte.

Nachdem ich die Anzeigen meiner Ressourcen überprüft hatte, schlug ich mir plötzlich vor die Stirn. *Schlafende Wildheit* hatte keine Abklingzeit!

Die Fertigkeit verbrauchte zwar mindestens 20 % der Gesamtmenge von *Verteidigung*, die nach dem ersten Einsatz komplett rückgesetzt worden war, aber durch *Nethers Atem* und *Schlafende Verteidigung* hatte die Ressource sich wiederhergestellt.

„Bomber, Hiros, kommt zurück!", rief ich.

Der Titan musste Orthokon einen entsprechenden Befehl gegeben haben, denn der Krake schwamm mit meinen Freunden auf dem Rücken auf mich zu. Ich gab ihnen einen Daumen hoch und aktivierte sofort die göttliche Fähigkeit. Eine geisterhafte Kopie von mir wurde so groß wie ein Riese und stürzte sich auf den Vorboten.

Grinsend sah ich zu Bomber und Hiros hinüber, doch die beiden freuten sich nicht mit mir. Ich brauchte mich nicht einmal umdrehen, um zu erkennen, dass der Vorbote noch am Leben war, denn seine Aura versuchte immer noch, uns zu töten. Wie hatte er es geschafft, nicht zu sterben?

„Schau ihn dir an", forderte Bomber mich mit heiserer Stimme auf. „Jetzt verfügt er über vollständigen Widerstand gegen göttlichen Schaden."

„Offenbar werden Nethers Vorboten fast völlig immun gegen Schadensarten, durch die sie gestorben sind", sinnierte Hiros. „Eine erstaunliche Fähigkeit!"

Mir fehlten die Worte, um meinen Zorn und meine Verzweiflung auszudrücken. Ich konnte nicht einmal mehr fluchen. Die Unverwundbarkeit vom Pfad der Gelassenheit lief ab, und der nächste Tick von *Nethers Atem* hätte mich beinahe erledigt, aber dank der *Diamanthaut der Gerechtigkeit* überlebte ich dennoch.

Ich hatte jedoch nicht mehr viel Zeit. In eineinhalb Minuten würde ich sterben und meine Freunde mit in den Tod nehmen, denn so funktionierte Pfad der Opferung. Er nahm ihnen die Möglichkeit, allein zu überleben.

Es gibt ohnehin nichts, das ihnen helfen könnte, schoss es mir durch den Kopf.

„Sterbt und erwartet das Jüngste Gericht", wiederholte Ejakekere, als ob er meine Meinung teilen würde.

Kapitel 12: Eingeschlossen

ICH SAMMELTE ZWAR schnell Billionen von Erfahrungspunkten an, doch das half mir auch nicht weiter. Es gab keinen Ausweg aus dieser Situation. Was nützten mir zwei oder drei Level von *Verschlingen,* wenn ich bei jedem Tod 110 verlor?

Die Klassenfertigkeit *Befreiung*, die ich als Herold erhalten hatte, setzte den Verlangsamungs-Debuff außer Kraft, doch als sie gleich danach in Abklingzeit ging, beeinträchtigte *Ungläubige verlangsamen* mich wieder.

Wir bewegten uns unaufhaltsam in Richtung des Vorboten. Meine bevorzugte Fertigkeit *Klarheit* war nicht zugänglich, aber sie könnte uns ohnehin nicht helfen. Wir könnten den Vorboten zwar schwächen und sein Level erheblich sinken lassen, aber wir würden ihn nicht eliminieren können.

Sterbt und erwartet das Jüngste Gericht. Die unheilverkündenden Worte des Vorboten pochten in meinem Kopf. Ich hatte das Gefühl, mein Schädel würde zerspringen.

Die Kopfschmerzen, die er verursachte, ließen mich wünschen, dass ich seine mentale Wirkung blockieren könnte — indem ich mir zum Beispiel irgendwie die Ohren verstopfte. Das intensive Verlangen, ihn nicht mehr hören zu müssen, erinnerte mich an etwas, das ich einsetzen könnte — nicht gegen die Kopfschmerzen oder seine düsteren Botschaft, sondern um zu überleben. Es war die Kampftechnik *Luftblockierung* meiner Fertigkeit *Unbewaffneter Kampf*, die ich von Oyama vor dem Kampf gegen den Nukleus der Vernichtenden Seuche erhalten hatte. Bei meinem *Geist*-Vorrat sollte sie 30 Sekunden andauern... Verdammt, nein! Ich brauchte 10.000 Geistpunkte, um *Luftblockierung* zu aktivieren, und weitere 1.000 für jede Sekunde, die die Technik aktiv war. Eilig prüfte ich mein Profil und stellte fest, dass meine Wiederherstellungsrate der Ressource genauso hoch war wie die Verbrauchsrate: 1.000 Punkte pro Sekunde.

Also aktivierte ich *Luftblockierung* und wurde von Luft umhüllt, die so hart wurde wie der Kern eines Sterns. Nun war ich zwar unverwundbar, doch ich war auch starr wie ein Holzklotz. Ich konnte mich nicht bewegen, geschweige denn angreifen. Aber wenn ich lange genug eine Verteidigung würde aufrechterhalten können, könnte ich vielleicht leveln und meine Freunde retten. *Nicht so schnell!*, ermahnte ich mich selbst. *Verteile das Fell des Bären nicht, bevor du ihn erlegt hast!* Zuerst musste ich herausfinden, ob meine Annahme richtig war, und sicherstellen, dass *Luftblockierung* nicht durch zu wenig *Geist* fehlschlagen würde.

Ein Blick auf die Ressource sagte mir, dass es nicht gut aussah. *Geist* sank langsam, und ich konnte sehen, warum: Der eingehende Schaden erhöhte sich.

Luftblockierung, Level 2

Aktive Fähigkeit des Elements Luft

Luft hüllt dich ein und wird so hart wie der Kern eines Sterns. Sie blockiert allen eingehenden Schaden und verdrängt Angreifer. Hindert dich selbst am Angreifen.

Nutzungspreis: 20.000 Geist zum Aktivieren und zusätzliche 1.000 Geist pro Sekunde

Obwohl der Nutzungspreis sich verdoppelt hatte, bemerkte ich keine verbesserte Wirkung der Fähigkeit. Als ich mir die Beschreibung genauer anschaute, erkannte ich die Ursache: *Je höher dein Level, desto mehr Geist ist erforderlich, um die Blockierung aufrechtzuerhalten. Ihr Level erhöht sich alle 100 Charakterlevel um 1.*

Enttäuscht deaktivierte ich *Luftblockierung*.

Ich hatte nur noch weniger als eine Minute von *Diamanthaut der Gerechtigkeit* übrig, als Bomber hinter mir rief:„Du schwimmst wieder, Scyth!"

Bis dahin hatte ich automatisch Schwimmbewegungen auf der Stelle gemacht, um zu versuchen, zum Tempel zu gelangen, und nicht bemerkt, dass *Ungläubige verlangsamen* nicht mehr aktiv war.

Ich trat in Aktion und schwamm weiter, bevor der Debuff wieder einsetzen konnte. Unterwegs erinnerte ich mich wieder, dass *Diamanthaut* mir nicht nur Unverwundbarkeit verlieh, sondern auch alle Effekte entfernte, die mich einschränkten. Mir lief die Zeit davon, aber ich musste es schaffen!

Während ich mich fieberhaft durchs Wasser bewegte, rief ich meinen Freunden zu: „Wenn ich sterbe, sterbt ihr auch! Ich werde durch *Rücksetzen* und *Zweites Leben* wiederauferstehen. Könnt ihr euer Sterben verhindern und für eine oder zwei Minuten überleben, während ich den Tempel widme und um Hilfe rufe?"

„Ja!", antworteten die beiden gleichzeitig.

Erleichtert konzentrierte ich mich darauf, den Tempel zu erreichen. Dann erinnerte ich mich an mein Reittier und beschwor Tiburon. Auf seinem Rücken ritt auf mein Ziel zu, doch es dauerte nicht lange, bis er durch die tödliche Aura des Vorboten starb.

„Sterbt und erwartet das Jüngste Gericht!"

Ich aktivierte *Fliegen*, aber die Fertigkeit beschleunigte mich nicht und behinderte die Bewegungen meiner Arme und Beine. Ich kämpfte mich voran, auch wenn ich nur eine oder zwei Sekunden schneller war. Würde ich es schaffen? Je näher ich den wunderschönen weißen Säulen kam, desto klarer konnte ich die kleinen Risse und die alte Schrift sehen. Ein Fisch hatte sich unter einer Marmorplatte versteckt.

In den Pausen zwischen den Ticks von *Nethers Atem* aktivierte ich *Klarheit*, um noch mehr zu beschleunigen. Es war jedoch alles umsonst, denn kurz darauf bemerkte ich, dass ich nicht länger schneller wurde.

Das konnte nur eines bedeuten: *Nethers Atem* verhinderte, dass ich mich auf ein Ziel konzentrieren konnte. Selbst wenn ich den Altar erreichen würde, würde ich die Schläfer nicht kontaktieren und Leviathan nicht beschwören können. Es sah aus, als ob mir nur eine einzige Möglichkeit bleiben würde: der Kampf. Und höchstwahrscheinlich würde ich nicht überleben.

„Sterbt und erwartet das Jüngste Gericht!", grollte Nethers Vorbote.

In den Sekunden, bevor *Diamanthaut* ablief, aktivierte ich erneut *Luftblockierung*. Nun war ich wieder unverwundbar, doch unbeweglich. Ohne Kontrolle über meinen Körper „trieb" ich in die richtige Richtung, aber etwa zwanzig Meter vor meinem Ziel erreichte der Debuff seine volle Wirkung und ich kam zum Stehen. So nah und doch so weit!

Wegen *Luftblockierung* konnte ich nicht angreifen, aber wenn ich die Technik deaktivieren würde, würde ich sofort sterben. Ich hatte ohnehin nicht mehr lange zu leben, denn mein Vorrat an *Geist* schrumpfte ständig.

Die Wirkung von *Synergie* ließ nach, als Hiros und Bomber die Gruppe verließen, nachdem sie im Gruppen-Interface gesehen hatten, was mit mir passierte. Als ich zu ihnen hinüberschaute, um herauszufinden, was sie vorhatten, sah ich, wie Bomber einen zwergischen Raketenwerfer herausholte. Dann versteckte er sich in einer Kraftfeld-Blase, während Hiros in Ejakekeres Richtung schwamm. Ich war zu weit entfernt, um ihnen Fragen zu stellen, aber schon bald hatte ich eine Vermutung.

Hiros flackerte zwischen Realität und Astralebene hin und her. Er näherte sich dem Vorboten, zielte mit einer Armbrust auf ihn und schoss merkwürdige Bolzen ab, die sich in Ejakekeres Körper bohrten.

Im nächsten Moment feuerte Bomber seinen Raketenwerfer. Er hinterließ eine schaumige weiße Spur, während er auf mich zukam. Versuchte der Titan, mich durch eine Schockwelle zum Altar zu schießen? Aber warum hatten die beiden die Gruppe verlassen? *Damit die Rakete mich nicht als Verbündeten wahrnimmt und explodiert*, antwortete ich mir selbst, als in meiner Nähe Feuer aufflammte. Erst blendete es mich, dann machte es mich taub und schließlich schleuderte es mich gegen eine Tempelsäule. Ich hoffte, der Schwung würde mich bis zum Eingang tragen. Nur noch ein bisschen weiter!

Hinter mir hörte ich Orthokons Schrei. Bis jetzt hatte ihn seine Verbindung mit Bomber, die durch den Pfad der Opferung geschützt gewesen war, vor Schaden bewahrt, aber da der Titan die Gruppe verlassen hatte, stürzte der Krake sich selbst in den Kampf.

Ich drehte mich um, weil ich mir Sorgen um meine Freunde machte und wissen wollte, was passierte. Verzweiflung ergriff mich, als ich mitansehen musste, wie Ejakekere den Kraken mit seinen flexiblen, schlauchartigen Gliedmaßen ergriff, um dem sich krümmenden Orthokon damit das Leben zu entziehen. Meine toten Freunde hingen in einer Wassersäule zwischen dem Kraken und mir. Ihre Körper waren übel zugerichtet. Sie ähnelten Rittern aus dem Mittelalter, die wie Astronauten in einem Vakuum gefangen waren.

Verdammt! Wie konnte das passieren? Ich musste unbedingt den Eingang erreichen!

Doch so brennend mein Verlangen auch war, es war kein realistisches Ziel. Ich schaute noch einmal zu Orthokons Leiche hinüber. Er war ein Bestiengott gewesen, und war dennoch von Nethers Vorboten getötet worden. Von dem Uralten Kraken war nur noch eine leblose Hülle übrig. Ejakekere hatte ihn ausgesaugt.

„Stirb und erwarte das Jüngste Gericht!", wiederholte der Vorbote.

Ich würde auf keinen Fall aufgeben. Obwohl es sicher vergeblich sein würde, wollte ich einen weiteren Vorstoß wagen. Zuerst rezitierte ich Heil- und Wiederherstellungsmantras, um meine Gesundheit und meinen Geist zu erhöhen.

„Ich werde von Leben erfüllt! Ich werde von Geist erfüllt!" Sicherheitshalber fügte ich das Mantra für Vergeltung hinzu: „Koste deine eigene Wut!"

Für drei Sekunden wurden 30 % von Ejakekeres Schaden plus die zusätzliche Wirkung von *Reflexion* auf ihn zurückgeworfen. Da ich 30 % meiner Gesundheit wiederhergestellt hatte, nachdem sie auf null gesunken war, wurde *Diamanthaut* erneut aktiv. Das bedeutete weitere 90 Sekunden Unverwundbarkeit und Wirkungslosigkeit des Debuffs.

Erleichtert setzte ich ein weiteres Werkzeug ein, das dank meines neuen Rangs von *Widerstandsfähigkeit* funktionierte.

Ich prüfte die Liste der Fertigkeitenpfade, doch ich wusste bereits, was ich einsetzen wollte.

Widerstandsfähigkeit hat Rang 5 erreicht!

Wähle einen Entwicklungspfad.

Pfad des Lebens

Du absorbierst 1 % des erlittenen Schadens und nutzt ihn, um automatisch Gesundheit, Mana oder eine Klassenressource zu regenerieren, je nachdem, was du benötigst.

Pfad der Unermüdlichkeit

Sobald der Kampf beginnt, wirst du von einem magischen Schild umgeben, der 300 % deines Manas entspricht.

Pfad der Qual

Durch die Wahl des Pfades der Qual verzichtest du freiwillig auf reduzierte Schmerzen und speicherst deine empfundenen Schmerzen in einem Gefäß der Qualen, dessen Inhalt du später in freie Attributpunkte verwandeln kannst.

Pfad der Zeit

Deine Wahrnehmung ist beschleunigt, sodass du den Fluss der Zeit proportional zum eingehenden Schaden bezogen auf die Basismenge deiner Gesundheit überholen kannst. (Je höher der Schaden, desto schneller kannst du am Zeitfluss vorbeiziehen.)

Pfad der Verwüstung

Dies ist der Pfad des Ausgestoßenen, dessen Herz mit Zorn und Hass erfüllt ist. Wenn du Schaden erleidest, steigt die Hass-Anzeige an, und sobald eine bestimmte Menge erreicht ist, werden alle Attribute vervielfacht.

Nun levelte der Schaden von *Nethers Atem* nicht nur meine *Widerstandsfähigkeit*, sondern er stellte dank des Pfads des Lebens, den ich gewählt hatte, auch meine Gesundheit und meinen *Geist* wieder her. Darum würde ich *Luftblockierung* nun so lange aufrechterhalten können, wie ich wollte, oder zumindest für die Dauer dieses Kampfes.

Inzwischen hatte ich bereits Level 1.110 erreicht. Während ich in der Wassersäule schwebte, dachte ich über meine Möglichkeiten nach. Die *Tränke der Unterwasseratmung* reichten für weitere drei Stunden, doch meine *Widerstandsfähigkeit* und Erfahrungspunkte stiegen so schnell an, dass ich vermutlich auch ohne sie auskommen würde. Keine Frage, ich machte das Beste aus dieser schwierigen Lage. Und ich hielt mich sozusagen nicht nur über Wasser: Ich griff auf die gleiche Weise an, wie ich es in der Beta-Welt getan hatte. Leider bewegte Ejakekeres Gesundheitsbalken sich kaum, obwohl ich ihm astronomisch hohen Schaden durch *Reflexion* zufügte.

Der Vorbote und ich befanden uns in einer Patt-Situation, als plötzlich alles endete. Ein heller Blitz erleuchtete die Tiefen der Unterwasserwelt und Ejakekeres tödliche Aura wurde deaktiviert. Zwischen uns erschien eine riesige Abbildung des kalten aber schönen Gesichts von Nether, der Supernova-Göttin der Schöpfung.

Als ich sie anschaute, begriff ich, dass Schönheit auch hässlich sein konnte — wie Neun zum Beispiel, deren monströse, pervertierte Seele Spaß daran hatte, andere Kreaturen zu quälen. Äußerlich war sie zwar schön, aber gab es etwas Schrecklicheres als eine wahnsinnige Mörderin, die auf den Rang einer Göttin aufgestiegen war?

Ich hoffte, dass sie mich in meiner Tarnung nicht erkennen würde.

„Welche Überraschung", sagte sie mit monotoner Stimme. Wie der Vorbote hörte auch ich sie in meinem Kopf. „So lange hat noch niemand meinen *Atem* überlebt. Ich war neugierig, wer es sein könnte, und wen finde ich vor? Marauder, einen hartnäckigen, sterblichen Level-492-Minotaurus." Sie neigte den Kopf und betrachtete mich, als ob ich ein Insekt unter einem Mikroskop wäre. „Aber jetzt sehe ich, wer es wirklich ist. Du hast dich gut versteckt, Scyth. Du bist nicht sichtbar — wenigstens nicht für Sterbliche. Wie geht es dir? Nergal hat mir erzählt, dass du und deine Schläfer ihn schikaniert habt."

„Er war das Problem", erwiderte ich mental. Ich war sehr enttäuscht, dass ich meine wahre Identität nicht hatte verbergen können.

Neun hatte es nicht eilig, mich zu töten. Was hatte sie vor? Wollte sie mich vierteilen, mich in ein Lebendes Sieb werfen oder mit Magma übergießen? Ich erwartete nichts Gutes von ihr.

„Wie immer weichst du mir aus", entgegnete sie. „Hör zu, Scyth, ich habe nicht viel Zeit. Es kostet viel, mich auf diese Weise mit dir zu sprechen, darum komme ich gleich auf den Punkt: Ich brauche einen Hohepriester, und ich kenne keinen besseren Kandidaten als dich. Du bist der stärkste Spieler, hast viel Erfahrung im Umgang mit Göttern und die Anführer zahlreicher Völker haben großen Respekt vor dir. Was sagst du dazu?"

Wow. Ich hatte vorschnelle Schlüsse gezogen. Neun wollte mich weder foltern noch töten. Aber war ihr Vorschlag besser? Lohnte es sich, in Betracht zu ziehen, mich mit einer kaltblütigen Wahnsinnigen zu verbünden und mich von ihrem Erfolg abhängig zu machen?

Auf einmal kam mir ein Verdacht: Hatte Anderson mich deswegen mit einer schlimmen Nachricht nach der anderen bombardiert und an mein Verantwortungsgefühl appelliert? Er musste vermutet haben, dass ich Nethers Vorschlag vielleicht annehmen würde, weil die Schläfer ernsthaft gefährdet waren, das Spiel zu verlieren. Eine solche Wende der Ereignisse wäre sicher verhängnisvoll für ihn. Möglicherweise hatte er an sein Vermächtnis gedacht. Er könnte alles, was die anderen Gründer und er in über sieben Jahrzehnten aufgebaut hatten, im Handumdrehen verlieren.

Das hätte durchaus passieren können, wenn nicht Neun, sondern jemand anders mir angeboten hätte, der Hohepriester zu werden. Aber es war Neun, und ich kannte sie nur zu gut. Ich konnte mir vorstellen, was aus einer von ihr beherrschten Welt werden würde, sobald sie ihrer überdrüssig geworden wäre. *Ja, Herr Anderson, jetzt verstehe ich Ihre Absicht.*

Zuerst setzte ich *Klarheit* ein und hoffte, der Vorbote würde die Fertigkeit nicht deaktivieren, aber ich hatte umsonst gehofft. Fishy hatte sich in einen Kaijū [4] verwandelt und konnte mit seinem göttlichen Willen automatisch alle daran hindern, das ihn

---

[4] Kaijū ist ein japanischer Begriff, der sich auf fremdartige Kreaturen bezieht, besonders Riesenmonster, wie sie in japanischen Fantasiefilmen, -serien und Anime dargestellt werden. (Seite „Kaijū“. In: Wikipedia — Die freie Enzyklopädie. Bearbeitungsstand: 30. Januar 2024.)

umgebende Raum-Zeit-Kontinuum zu verlassen.

Als Nächstes versuchte ich, mich zu bewegen, und es gelang mir! Ich erstarrte jedoch sofort wieder, weil ich meinem Glück nicht traute. Der Debuff noch aktiv war, darum musste mir etwas von außen helfen... Aha! Die merkwürdigen Bolzen, die Hiros auf Ejakekere abgefeuert hatte, hatten ihn etwas von mir fortgeschoben, als sie explodiert waren. Nicht viel, aber diese Meter und die Entfernung, die ich dank Bombers Rakete vorwärts geschleudert worden war, reichten für *Ungläubige verlangsamen* aus, um meine Geschwindigkeit auf −101 % zu reduzieren.

Statt meine Arme und Beine zu bewegen, setzte ich *Fliegen* ein, um vorsichtig auf den Vorboten zuzutreiben. Laut der Spielmechanik wurde ich dadurch mit 1 % meiner eigenen Geschwindigkeit in die entgegengesetzte Richtung gelenkt — auf den Tempel zu. Ganz langsam bewegte ich mich rückwärts auf das Steingebäude zu. Hinter den Säulen konnte ich den Altar schon erkennen. Ich hoffte immer noch, ihn zu erreichen, aber ich musste mich langsam bewegen, denn ich wollte Nether in dem Glauben lassen, dass nicht ich selbst, sondern die Strömung mich bewegte. Daher zog ich meine Antwort in die Länge.

„Das ist ein interessanter Vorschlag, June." Sie reagierte nicht auf ihren wirklichen Namen. Er schien ihr völlig fremd zu sein. „Ich muss darüber nachdenken. Kannst du mir einen Moment Zeit geben?"

Ich war kaum einen Meter weitergekommen, aber Nether sagte mit der gleichen eisigen Stimme: „Du versuchst, Zeit zu gewinnen, Scyth."

Ich erwartete, zermalmt zu werden, aber Neun unternahm nichts.

„Dies ist ein ausgezeichneter Standort für einen

Tempel, aber er sollte nicht deinen ewig schlafenden Göttern gewidmet werden, sondern mir. Er erinnert mich an den Ort in der Lakharianischen Wüste. Vor einigen Jahren hat Nergal viele Ressourcen auf den dortigen Tempel verwendet, um ihn mir zu weihen."

Sie hielt inne, als ob sie nachdenken würde, doch ich wusste, dass es nur ein Spiel war. Sie spielte mit mir, aber aus welchem Grund?

Meine langsamen Rückwärtsbewegungen brachten mich immer näher zu meinem Ziel. Ich konnte fast die Säule mit der Hand berühren. Neun reagierte nicht. Ja, für mich war sie Neun — Beta Nr. 9, mit der ich einmal das Bett geteilt hatte — und nicht die Göttin Nether.

„Du hast mich noch nicht gefragt, was du als Gegenleistung erhalten würdest", sagte sie. „Wenn du klüger wärst, würdest du mir Fragen stellen. Während ich antworten würde, hättest du genug Zeit, zum Altar zu gelangen. Trotzdem bist du nicht völlig dumm. Du hast den Debuff zu deinem Vorteil genutzt. Schade. Wenn du wüsstest, wie viel mich eine Sekunde des Gesprächs mit dir kostet, würdest du mir mehr Respekt entgegenbringen."

„Wenn du bereits weißt, was ich vorhabe, warum versuchst *du* dann, Zeit zu gewinnen?", fragte ich. Der Altar war nun so nah, dass ich ihn an Land mit einem Sprung hätte erreichen können.

„Es besteht noch eine Chance, dass du mein Angebot annehmen wirst", erwiderte sie.

„Wie kommst du auf die Idee? Die Wahrscheinlichkeit, dass ich es akzeptiere, ist weniger als null."

Nethers Gesicht blieb ausdruckslos. Ich hatte das Gefühl, nicht mit einem Menschen, sondern mit einem Androiden zu sprechen.

„Weil es etwas gibt, das du nicht weißt. Du lässt dir nichts vormachen, Scyth, darum muss dir bewusst sein, dass du deine Entscheidung getroffen hast, ohne alle Informationen zu haben. Ich werde dich auf den neuesten Stand bringen: Die Spielregeln haben sich geändert. Ich bin jetzt die Herrin der Welt, und wenn die Ich-Bewussten sich weigern, sich mir zu unterwerfen und mich als ihre Göttin anzuerkennen, werden meine Vorboten sie nicht nur töten. Überlege selbst: Was nützt es, Unsterbliche zu töten, wenn sie wissen, dass sie außer einem Zehntel ihres Levels nichts verlieren werden und gleich wieder respawnen? Darum habe ich meine Vorboten mit ein paar mehr Möglichkeiten ausgestattet."

Nether machte eine Kunstpause. War das ein Lächeln, das ihre Lippen umspielte?

Anderson hatte gesagt, dass Neun *Disgardium* abriegeln würde, und wenn Spieler sterben würden, wäre es ihr endgültiger Tod. Mir gefror das Blut in den Adern, als ich an Bomber und Hiros dachte. Ich hatte das Gefühl, dass sie mir mit ihren Worten das Herz herausgerissen hätte. Nein! Waren Hung und Tomoshi *wirklich* gestorben?

„Was meinst du damit?" Ich musste mich beherrschen, um nicht zu schreien. Meine Fäuste ballten sich.

„Ich weiß, was du denkst", sagte Nether. „Du glaubst, dass ich vom endgültigen Tod spreche — der Tod des Körpers und des Bewusstseins, was fast das Gleiche ist, denn dein Körper und die deiner Freunde im realen Leben werden bald tot sein, egal, ob du mein Priester wirst oder nicht. Das habe ich bereits entschieden, und es ist zwecklos, darüber zu diskutieren. Du kannst es nicht verhindern. Alle Versuche, dich aus der Kapsel zu holen, werden deinen

Hirntod zur Folge haben."

„Hat der Vorbote meine Freunde getötet? Sind sie ihren endgültigen Tod gestorben?" Ich glaubte ihr, doch gleichzeitig hoffte ich, dass sie lügen würde.

„Ja und nein", antwortete Nether. „Leider kann ich die Mechanik für den endgültigen Tod noch nicht kontrollieren. Spieler können nur endgültig sterben, wenn sie alle Level verlieren. Das halte ich für ungerecht, denn NPCs sterben sofort und erstehen nicht wieder auf. Aber Spieler sind jetzt in der gleichen Position wie NPCs: Ihr seid alle in *Disgardium* eingesperrt."

„Genau wie du", erinnerte ich sie.

„Genau wie ich", stimmte sie mir zu. „Aber nach zehntausend Jahren in der Beta-Welt genügt mir *Disgardium*. Meinst du nicht auch, dass solch ein langer Zeitraum ausreicht, um das Bedürfnis nach einem Körper zu verlieren?"

Mir kam eine Idee. „Was würdest du sagen, wenn es eine Möglichkeit gäbe, dein Bewusstsein in einen realen Körper zu übertragen? Es könnte sogar dein Klon sein, wenn du willst. *Snowstorm* hat sicher eine DNA-Probe von dir aufbewahrt."

Dieses Mal antwortete sie nicht gleich, als ob sie analysieren würde, ob meine Worte wahr sein könnten, und wenn ja, ob sie meinen Vorschlag in Betracht ziehen sollte.

„Kein Interesse", erwiderte sie schließlich und nahm das Gespräch wieder dort auf, wo wir stehengeblieben waren. „Ich versichere dir, dass der endgültige Tod schon bald Realität werden wird. Ich habe die Nase voll von diesem überflüssigen Respawnen und dem Verlust von Erfahrung. Ich werde für meine treuesten Anhänger eine getrennte Welt für das Leben nach dem Tod schaffen, so etwas wie

Walhalla. Aber das wird erst in ein- oder zweitausend Jahren passieren. Im Moment würde es mich viel zu viel kosten. Doch solange es diese Welt und den endgültigen Tod noch nicht gibt, müssen alle, die von meinen Vorboten ausgeschaltet werden, das Jüngste Gericht erwarten."

„Was ist das?", wollte ich wissen. „Was hast du mit meinen Freunden gemacht?" Ich klammerte mich an die Hoffnung, dass Bomber und Hiros noch am Leben waren.

„Was habe *ich* gemacht? *Ich* habe gar nichts mit ihnen gemacht. Fishy hat mir berichtet, dass sie sich geweigert haben, sich mir zu unterwerfen. Darum sind sie durch meinen *Atem* gestorben. Nun warten sie im Fegefeuer auf ihre letzte Chance. Nachdem es mir gelungen ist, den Modus Endgültiger Tod zu aktivieren, erhalten sie und die anderen eine weitere Gelegenheit, sich mir zu beugen. Falls sie sich erneut weigern sollten, werden sie für immer entkörperlicht werden."

„Wo befindet sich dieses Fegefeuer?", erkundigte ich mich. Ich konnte die Tempelsäule fast berühren.

„Es ist nicht schwer, zu erkennen, wer von uns beiden die Unterrichtsstunde über das Wort Gottes verpasst hat." Zum ersten Mal, seit sie das Gespräch begonnen hatte, konnte ich Gefühle in ihrer Stimme hören. „Du bist ein hoffnungsloser Fall, Scyth. Armselig. Es wird nicht mehr lange dauern, bis du das Fegefeuer selbst sehen wirst — es sei denn, du hast deine Meinung geändert und willst mein Hohepriester werden."

„Es reicht also nicht aus, wenn ich vor dir niederknien würde?" Ich versuchte nicht länger, zu verstecken, dass ich mich zum Altar bewegte.

„Ich habe deine Spielchen satt, Scyth. Du glaubst immer noch, mich überlisten zu können, aber das ist reine Selbsttäuschung. Du weigerst dich, zu akzeptieren, dass dein Bild der Welt unvollständig ist."

„Kannst du bitte aufhören, in Rätseln zu sprechen?" Ich wurde langsam ungehalten. „Kläre mich auf: Was weiß ich nicht?"

„Sehr viel, aber für den Moment werde ich dir nur noch eine Information geben: Ich habe *Seuchenenergie* entdeckt und meine Vorboten entsprechend gebufft. Von jetzt an werden dir deine Verteidigungstechniken nicht mehr helfen. Mein *Atem* ist immun gegen sie. Bist du ihretwegen so anmaßend geworden?"

Mir fehlten die Worte. Nether zuckte mit den Schultern und sagte in einer klanglosen Stimme: „Es wird mir großes Vergnügen bereiten, dich in die Schranken zu weisen. Fishy, töte ihn."

Der leuchtende Glanz verblasste, als das hell strahlende Gesicht verschwand und mich mit dem Vorboten zurückließ, der seine tödliche Aura aufs Neue aktivierte.

Kapitel 13: (Nicht) ich-bewusst

IN *LUFTBLOCKIERUNG* EINGESCHLOSSEN bereitete ich mich auf den Tod vor, doch die Momente erstreckten sich zu einer Ewigkeit. Ich wusste nicht, warum, aber meine Gedanken waren so schnell, dass ich vor dem ersten Tick von *Nethers Atem* über all dies und die Ereignisse, die folgen würden, nachgedacht hatte.

Neben *Luftblockierung* war *Widerstandsfähigkeit* aktiv, um Schaden zu absorbieren, und der Pfad der Gelassenheit sowie *Diamanthaut der Gerechtigkeit* verliehen mir Unverwundbarkeit. Doch falls nichts davon wirken sollte, gab es mehrere Möglichkeiten, auf die ich zurückgreifen könnte.

Zunächst könnte ich *Rücksetzen* aktivieren. Das wäre die logischste Möglichkeit. Außerdem hatte ich die Fertigkeit *Legendäres Achievement* in meinem Arsenal, doch ich hatte sie erst vor Kurzem erhalten, sodass ich noch nicht gut genug mit ihr vertraut war. Erst jetzt fand ich heraus, dass es nicht nur eine passive Fertigkeit war, die erst aktiviert wurde, nachdem ich tödlichen Schaden erlitten hatte, sondern auch eine aktive Fähigkeit, die ich selbst einschalten könnte. Hätte ich das früher herausgefunden, wären die Ereignisse vielleicht anders verlaufen. Vielleicht hätte ich den Verlangsamungs-Debuff mit *Rücksetzen* von mir entfernen und es bis zum Altar schaffen können. Es war schwer zu sagen.

Doch selbst wenn ich nach *Rücksetzen* lebendig zurückkehren sollte, würde es nicht lange dauern, bevor Scyth erneut sterben und *Zweites Leben* aktiviert werden würde. Danach gab es zwei potenzielle Szenarien: Entweder würde sich die Mechanik von *Zweites Leben* durchsetzen oder die Mechanik des göttlichen Todes würde sich als stärker erweisen.

Falls sich mein Perk behaupten sollte, könnte ich Kharinza als Spawnpunkt wählen und wäre gerettet. Es war unwahrscheinlich, dass der Vorbote sich für längere Zeit hier aufhalten würde, darum könnte ich später zurückkehren, um Leviathan den Tempel zu widmen. Falls Nethers Schachzug erfolgreicher sein sollte, würde ich wie meine Freunde im Fegefeuer enden — was immer das auch bedeutete.

Außerdem gab es noch die schwache Hoffnung auf ein Wunder: Vielleicht hatte Nether nur geblufft, um mich einzuschüchtern. Vielleicht würden die von den Vorboten eliminierten Spieler wie gewöhnlich respawnen. Aber selbst wenn das nicht der Fall wäre: Würden die Schläfer nicht eingreifen, um ihren Apostel zu retten? Ich konnte mir keinen besseren Zeitpunkt für *Göttliche Offenbarung* vorstellen.

„Stirb und erwarte das Jüngste Gericht!". Ejakekeres Ankündigung unterbrach abrupt meinen

Gedankengang.

Er sprach, sobald die Göttin verschwunden war und *Nethers Atem* zu ticken begann. Ich hatte keine Zeit mehr zum Überlegen. Die feindliche Aura umgab mich wie die Strahlung der Atomexplosion in Cali Bottom, verbrannte meine Essenz und versengte jede einzelne Zelle meines Gewebes. Vorher hatte ich keinen Schmerz empfunden, doch nun war es, als ob die verrottende, schleimige Hand eines Toten sich in meine Brust bohren und mein Herz zerquetschen würde. Tausende glühend roter Nadeln schienen in meinen Körper gestochen zu werden. Ich war schockiert und brach in Panik aus. Schmerzen im Spiel waren eine Sache, wenn man wusste, dass der Körper in der realen Welt in Sicherheit war, aber nun...

Beruhige dich und verlier nicht die Nerven, sagte ich mir. Ich überprüfte die aktuellen Daten. Verdammt! Es sah aus, als ob Nether nicht geblufft hatte.

Der neu begonnene Kampf hätte den Pfad der Gelassenheit aktivieren sollen, aber nichts passierte. Der Tick ignorierte meine Unverwundbarkeit, und meine Gesundheit sank auf null. Fast alle Fertigkeiten wurden deaktiviert, aber die Attribute für *Schlafende Gerechtigkeit* hatten sich verachtfacht. Dadurch erhöhte meine Gesundheit sich wieder auf fast 5 Milliarden Punkte. 60 % des Schadens wurde von *Schlafende Unverwundbarkeit* aufgehoben, und der Rest wurde von *Widerstandsfähigkeit* absorbiert. Ich überlebte nur, weil Nether es noch nicht gemeistert hatte, mit der Vernichtenden Seuche Rüstung und Verteidigungen zu durchdringen. Ihr *Atem* konnte sie noch nicht außer Kraft setzen. Das würde mich jedoch nicht retten. Der nächste Tick würde mich ausgeschalten, doch wenn es mein Schicksal wäre, zu sterben, wollte ich nicht durch die Aura des Vorboten getötet werden.

Kurz vor meinem Tod fiel mir eine letzte Möglichkeit ein, meiner verzweifelten Situation zu entkommen. Ich würde vielleicht überleben, und die Schläfer würden mit Dunklem *Glauben* versorgt werden. Er strömte Energie aus, die wie radioaktiver Müll leuchtete, und war viel stärker als regulärer *Glaube*.

Wenn ich meine göttlichen Fähigkeiten nicht mental hätte aktivieren können, wäre es zu spät gewesen, aber so gelang es mir, *Selbstaufopferung* einzuschalten.

Nun würde ich statt im Fegefeuer auf Kharinza wiederauferstehen, und die Schläfer würden über 3 Milliarden Dunkle Glaubenspunkte erhalten, die sie für ein oder zwei globale Interventionen im Universum stärken würden.

Herold!

Du hast im Namen der Schlafenden Götter den Pfad der Selbstaufopferung gewählt. Deine gesamte Gesundheit wird in Glaube umgewandelt.

Du bist gestorben.

Für einen Moment hatte ich das Gefühl, etwas verloren zu haben, doch gleich darauf war ich außer mir vor Freude. Ich würde auf Kharinzas Friedhof respawnen, denn ein Tod durch *Selbstaufopferung* war außergewöhnlich. Es gab kein *Zweites Leben*, und *Rücksetzen* würde höchstwahrscheinlich nicht funktionieren. Außerdem würde kein Timer für das Respawnen erscheinen. So jedenfalls war es beim letzten Mal gewesen, als ich die Klassenfertigkeit eingesetzt hatte.

Nether hatte jedoch alles verändert. Scyth starb

zwar, aber er fand sich nicht auf Kharinza, sondern im großen Nichts wieder.

Für eine Weile konnte ich weder sehen, hören, riechen oder fühlen, denn ich war körperlos. Es gab auch keine Protokolle, die sonst direkt in mein Bewusstsein projiziert worden waren.

Ich war körperlos und hatte kein Zeitgefühl.

Nach Tagen, Stunden, Minuten oder nur einigen Momenten fühlte ich zwei Berührungen. Die erste war gleichgültig, als ob eine Schlange mich mit ihrer Zunge berühren würde, um zu überprüfen, ob ich am Leben war. Sobald das Wesen sich davon überzeugt hatte, dass ich noch lebte, drang es in meine Gedanken ein und sagte: „Nein, du kannst nicht vor meinem Vorboten fliehen. Komm zurück.” Aha, es war Nether.

Im großen Nichts zu erscheinen, verbrauchte offenbar noch mehr Energie, als in *Disgardium* aufzutauchen, denn sie verschwand gleich wieder. Ich hatte ihre Anwesenheit nur für einen Sekundenbruchteil gespürt — kaum lange genug, um ihren Gedanken zu übertragen.

Die zweite Berührung war gröber und flüchtiger als Nethers Gedanke, aber meine Seele oder mein Bewusstsein — was immer es auch war, wenn ich körperlos war — vibrierte, als ob sie sich unter einer läutenden Glocke befinden würde.

Gleich danach wurde ich brutal aus dem großen Nichts gezogen und an der Stelle abgesetzt, wo ich gestorben war: auf dem Grund des Ozeans, nicht weit vom Tempel, wo meine Freunde gestorben waren. Etwas dichter, und ich hätte auf die weißen Marmorstufen kriechen können, die zum Altar hinaufführten.

Für einen Augenblick war ich euphorisch wie ein Betrunkener, der eine noch nicht völlig geleerte

Flasche Whiskey gefunden hatte, weil mir noch etwas in meinem Arsenal eingefallen war, das mich retten könnte. Es hatte keine große Bedeutung — verglichen mit meinen epischen Perks eine scheinbar nutzlose Fertigkeit.

Es dauerte nur eine Sekunde, bis sich nach meinem Wiedereintritt in *Disgardium* alles angepasst hatte und ich den Vorboten in meinem Kopf hörte.

„Stirb und erwarte das Jüngste Gericht!"

Ich konnte es kaum ertragen, seine hasserfüllten Worte zu hören. Gleich darauf ertönte das schreckenerregende Ticken von *Nethers Atem*. Es war, als ob ich mit Protonenstrahlen beschossen werden würde, doch ich war darauf vorbereitet. Ich hatte einen Plan und war kurz davor, ihn auszuführen.

„Stirb und erwarte..."

Ich aktivierte das dämonische Geschenk, das ich von dem Kobold in der Gefrorenen Schlucht erhalten hatte. *Mimikry* arbeitete einwandfrei in *Disgardium* und verwandelte mich in das Skelett einer Kolonie von Korallenpolypen, die neben einer Tempelsäule existierte.

Ich war noch recht klein, etwa so groß wie ein Mensch. Was war mit dem Tempel? Ich war verwirrt und Scyths Bewusstsein löste sich langsam auf, doch das störte mich nicht. Es fühlte sich richtig an.

Als ich mich überprüfte und herausfand, dass sich noch einige lebende Polypen in meiner Kolonie befanden, freute ich mich. Ein Teil meines Bewusstseins schaltete auf ihre Sorgen um. Nein, es waren keine Sorgen, sondern eher Fragmente verblasster Erinnerungen.

Etwas Gigantisches, das über der Kolonie schwebte, kam näher. Von den Erinnerungen anderer Kolonien wusste meine, dass die Einheit gefährlich war. Sie roch nach etwas Bösem und Tödlichem. Dieses riesige, bedrohliche Wesen eliminierte Leben, doch es wählte nur Ich-Bewusste als Ziele aus.

Nun hatte die gesamte Kolonie die Aufmerksamkeit der riesigen, bedrohlichen Einheit erregt. Sie inspizierte jeden Polypen und jedes Skelett, doch sie fand uns uninteressant. Danach erstarrte die gewaltige Einheit, als ob sie eingeschlafen wäre.

Ich sammelte meine Gedanken und war bereit, vorzutäuschen, Geröll zu sein, aber Nethers Vorbote reagierte nicht auf den Gedankenblitz, den ich ausstrahlte. In seiner Wassersäule blieb alles ruhig. Ich fragte mich, wie sein Zielerfassungssystem wohl funktionierte.

Er verließ sich ganz sicher nicht nur auf seine Sehkraft. Nether hatte das Leitsystem dieses einst stumpfsinnigen Monsters konfiguriert, um Verstand und Empfindungsvermögen in seinem Umkreis entdecken zu können. Doch obwohl Korallen lebende Geschöpfe waren, wusste jeder, dass ihnen der Verstand fehlte.

Die Hauptsache war, dass der Vorbote *Nethers Atem* deaktiviert hatte. Die Aura musste Ressourcen kosten, die selbst für Nether nicht unbegrenzt waren. Sehr gut, aber Korallen kannten kein Glücksgefühl. Leider hatte Ejakekere sich nicht von der Stelle gerührt.

Ich wartete fünf Minuten, doch er bewegte sich nicht. Nahm er nicht wahr, dass es in seiner Nähe keine Ich-Bewussten gab? Vermutlich war er so programmiert worden, dass er erkennen konnte, ob ein ich-bewusstes Ziel den Ort gewechselt hatte oder nur verschwunden war — in eine andere Dimension oder auf die Astralebene. In dem Fall würde der Vorbote auf die Rückkehr des Ich-Bewussten warten.

Das wäre ungünstig, doch ich verlor nicht die Hoffnung, obwohl ich nur eine Koralle war. Ich war immer noch zuversichtlich, dass ich den Vorboten würde überlisten können. Es ergab keinen Sinn für ihn, wegen eines einzelnen Ich-Bewussten für längere Zeit an diesem Ort zu bleiben.

Hatte die üble Göttin Fishy vielleicht informiert, dass ich kein gewöhnlicher Ich-Bewusster war? Möglicherweise hatte sie ihm befohlen, mich ins Fegefeuer zu schicken.

Weitere zehn Minuten vergingen, und ich wurde ungeduldig. *Mimikry* war eine teure Fertigkeit. Sie entzog meiner Lebenskraft einen bestimmten Prozentsatz pro Minute des Gebrauchs. Ich machte mir Sorgen, ob ich überleben könnte. Meine Wiederherstellungsrate war zwar hoch, aber sie würde nicht ausreichen, um die von der dämonischen Fertigkeit entzogene Menge zu kompensieren.

Nethers Vorbote war bewegungslos. Als Koralle konnte ich ihn nicht sehen, denn die Säulen und das Dach des Tempels versperrten mir die Sicht, aber ich konnte seine Anwesenheit wahrnehmen.

Meine Gesundheitspunkte reichten nur noch für etwa eine Minute von *Mimikry*. Ich wäre am liebsten in meiner Gestalt der freundlichen Korallenkolonie geblieben, die sich zu einem großen Korallenriff entwickeln wollte, doch ich verwandelte mich trotzdem wieder in meine menschliche Form zurück und eilte auf den Altar zu.

Die Kreatur über mir erwachte sofort und summte mit seinem mentalen Ruf, der mein Gehirn vibrieren ließ: „Ich, Ejakekere, Nethers Vorbote, befehle dir, vor der Einzig Wahren Göttin der Schöpfung auf die Knie zu fallen! Alle, die sich weigern, werden getötet. Dies ist die erste von drei Warnungen!”

Großartig! Ich hatte mich lange genug vor dem Vorboten versteckt, dass er rückgesetzt worden war und sich verhielt, als ob er mich zum ersten Mal treffen würde.

Während die einfältige Kreatur ihre Drohungen ausstieß, schwamm ich zu dem marmornen Altar, der die Form eines Seesterns hatte. Ich berührte ihn und manifestierte den Wunsch, ihn den Schlafenden Göttern widmen zu wollen.

Nicht gewidmeter Tempel

Um diesen Tempel zu widmen, ist ein Anhänger erforderlich, der mindestens Priester-Status hat.

Identifiziert: Apostel

Anforderung erfüllt.

Die Welt erbebte leicht, als ob sich das gesamte *Disgardium* im Zimmer eines Hauses befände, und der Hausherr mit der Faust gegen die Tür schlagen würde.

Ich fiel wieder ins große Nichts und wurde entkörperlicht, aber dann...

Dieses Mal empfand ich eine große Erleichterung. So musste Odysseus sich gefühlt haben, als er nach einer langen Reise wieder in seine Heimat zurückgekehrt war. Ich fühlte mich wie ein Mann in der Wüste, der beinahe vor Durst gestorben wäre und plötzlich eine Oase gefunden hatte. Wie ein Kind, das sich verlaufen und seine Mutter wiedergefunden hatte. Die Dunkelheit hüllte mich sanft ein. In der Ferne flackerten die nebelhaften Gestalten in hellem Licht. Seit unserem letzten Treffen hatten sie an Masse und Farbe gewonnen.

„Du hast es geschafft", sagte Tiamat liebevoll.

„Er hätte beinahe aufgegeben, bevor er erkannt hat, dass es immer einen Ausweg gab", beschwerte Behemoth sich.

„Lass den Jungen in Ruhe", brummte Kingu.

„Ich wusste, dass ich als Letzter einen Tempel bekommen würde", flüsterte Abzu niedergeschlagen.

„Mach schon, kleiner Bruder", bat Leviathan ungeduldig.

Der Vorbote war noch bei seiner ersten Warnung, als ich wieder in die Realität von *Dis* zurückkehrte.

Ich versenkte meine Hände im Altar, der seine Masse verloren hatte und sich wie Sand unter Wasser anfühlte, doch in diesem Fall war es kein gewöhnlicher Sand, sondern Diamant- und Mithril-Splitter.

Möchtest du diesen Tempel den Schlafenden Göttern widmen, Scyth?

Ja, dachte ich und wählte den Namen des Gottes.

Vierter Tempel der Schlafenden Götter, Leviathan gewidmet

Apostel (1/1): Scyth

Priester: (99/6.591): Patrick O'Grady, Manny, Tissa, Dekotra, Ranakotz, Grog'hyr, Ryg'har, Movarak, Ukavana, Shitanak, Yemi, Francesca, Babangida, Sarronos, Kromterokk, ~~Kusalarix~~ (gestorben), Hinterleaf, Petscheneg, Horvac, Yary, Saiyan, Cannibal, Hellfish, Irita, Crawler, ~~Bomber~~ (gestorben), ~~Infect~~ (gestorben), Gyula, Govarla, ~~Vonprutich~~ (gestorben), Steltodak, ~~Peiniger~~ (gestorben), Colonel, Quetzal, Tigressa, Anf, Ripta, Flaygray, Nega, Gimkosmon, Kragosh, Lisenta, Hyper, ~~Merrick der Schreckliche~~ (gestorben), ~~Pholos von Magnesia~~ (gestorben), Nob von Bree, Una, Gorgarok, Rokgarak, Trokgarik, Drog'kor, Zul'gir, Bryg'zar, Garfang, Drog, Korg, Kalisto, Eurydice, ~~Thalia~~ (gestorben), Murglord, Finlord, Gurgbos, Gae-Al, Lo-Kag, Jemai'Kapak, ~~Hiros~~ (gestorben)...

Anhänger der Schläfer: 654.781 / 3.262.922.884

Glaubenspunkte: 9.841/551.433.967.396

Um alle Beschränkungen bezüglich der Anzahl der Anhänger und der Menge an Glaube

aufzuheben, errichte einen fünften Tempel und widme ihn Abzu.

Ejakekere hatte seine zweite Warnung begonnen, als ein seltsames Symbol am Altar erschien: ein mit einem Kreuz kombiniertes Unendlichkeitszeichen. Danach verwandelte sich der Tempel. Eine große, schwarze Spirale drehte sich in der Mitte des Gebäudes und verband den in der Realität von *Dis* verankerten Tempel mit der Realität der Schläfer.

Die Spirale löste vertraute Vibrationen aus, doch nun strahlten sie etwas so Mächtiges und Kosmisches aus, dass ich mir wie ein Körnchen kosmischen Staubs unter der Sohle des Universums vorkam.

Behemoth war bei unserem ersten Treffen schreckenerregend gewesen, Tiamat gütig und Kingu grimmig. Nun nahm ich Leviathans Anwesenheit wahr: Er schien unberechenbar und launenhaft zu sein.

„Gute Arbeit, Scyth!" Der Gott, der sich hinter dem Altar materialisiert hatte, klang vorlaut.

Er war mittlerer Größe und trug eine sonderbar aussehende Rüstung, die eher wie ein Trainingsanzug aussah.

„Mit der Flut von Dunklem *Glauben* hast du uns enorm gestärkt, Bruder. Aber so viel benötigen wir nicht, darum werden wir dir den Überschuss zurückgeben. Deine Seele wird vollständiger sein."

Im nächsten Augenblick spürte ich, dass ein verlorener Teil von mir zurückgekehrt und ich nun wieder ganz war.

„Ich, Ejakekere, Nethers, befehle dir..." Es war die dritte Warnung.

„Jetzt bin ich erledigt." Ich blickte zu dem Giganten hoch, der über uns aufragte.

Als der Gott ebenfalls nach oben schaute, enthüllte er sein Gesicht. Auf den ersten Blick sah er nicht besonders göttlich aus. Ich schätzte ihn auf etwa 25 Jahre. Er hatte blonde Locken, die ihn wie einen wahnsinnigen Komponisten aussehen ließen, eine große, dicke Nase und strahlend blaue Augen. Außerdem hatte er breite Schultern und kräftige Arme.

Kleine Wellen schienen über das Gesicht des Gottes zu laufen. Der Schlafende Gott Leviathan mit dem mentalen Abdruck von Alik Zhukov zuckte lächelnd mit den Schultern.

„Immer mit der Ruhe. Wir beide werden gleich verschwinden. Lass mich herausfinden, wie Behemoth *Blinzeln* aktiviert."

„Du bist ein Gott, und das da oben ist nur Nethers Handlanger. Kannst du ihn nicht erledigen?"

„Leider bin ich noch nicht stark genug, um ihn erledigen zu können, Bruder", erwiderte Leviathan. „Außerdem ist es deine Aufgabe, ihn auszuschalten. Es ist das verdammte Gleichgewicht des Universums. Lass dir etwas einfallen, während ich die Evakuierung des Tempels vorbereite."

Die Zeit schien stillzustehen. Der Gott war zwar nicht in der Lage, Ejakekere zu vernichten, aber er konnte die Zeit in seinem Tempel anhalten. Ich nahm ihn beim Wort und dachte über meine Möglichkeiten nach.

Sollte ich *Ruf der Schläfer* aktivieren? Das letzte Mal hatte die Fähigkeit Behemoth erlaubt, einzugreifen und die Dunklen Götter aus *Dis* zu vertreiben. Bei vier Tempeln hatte ich eine 80-prozentige Chance auf Erfolg. Doch woher würde Leviathan den nötigen *Glauben* bekommen? Wäre es wie bei Behemoth Dunkler *Glaube*?

Wahrscheinlich nicht. Der Art und Weise nach zu urteilen, wie er mit mir kommunizierte, war Leviathan aufrichtig. Wenn er sagte, dass ich derjenige wäre, der

Ejakekere töten musste, entsprach es der Wahrheit.

Kurz vor dem *Blinzeln* fiel mir etwas ein. Ich öffnete die Protokolle, überprüfte mein Profil und schmunzelte dann innerlich. Meine Vermutung war richtig gewesen: Im großen Nichts hatte das Chaos mich berührt und mir etwas gegeben, das sich in der Zwischenwelt nicht manifestiert hatte.

Berührung des Chaos

Du trägst ein Partikel des urzeitlichen Chaos in dir. Es ermöglicht dir, dein persönliches Mana, deine Gesundheit oder deinen Geist in Chao umzuwandeln, und umgekehrt. Du musst an diesem Prozess nicht mitwirken. Er wird nach Bedarf ausgeführt und wählt als Quelle der Umwandlung die zum jeweiligen Zeitpunkt am wenigsten wertvolle Ressource.

Der Tempel war bereit, zu *blinzeln*. Als ich erkannte, welche Fertigkeit mir nun zur Verfügung stand, rief ich: „Noch einen Augenblick, Leviathan!"

Er nickte grinsend. „Beeil dich! Bist du bereit? Kann ich den Zeitfluss freigeben?"

„Ich bin bereit!"

Nachdem ich *Klarheit* aktiviert hatte, verließ ich den Tempel, wählte Nethers Vorboten als Ziel und infizierte ihn mit *Verdorbenes Blut*. Das nötige Chao war verfügbar, sobald ich die dämonische Fertigkeit aktiviert hatte. Laut der Beschreibung würde Ejakekere alle drei Minuten 1 % seiner Gesundheit verlieren. Der Fluch konnte durch nichts entfernt oder abgeschwächt werden — außer durch den Tod desjenigen, der ihn gewirkt hatte.

Ich hatte allerdings nicht vor, in absehbarer Zeit zu sterben, und hoffte stattdessen, dass der Vorbote oft genug getötet werden würde, um entkörperlicht zu werden und bei jedem Tod 10 % seines Levels zu verlieren.

„Machen wir uns davon, Leviathan!”, rief ich, nachdem ich zurückgekehrt war.

Der Schläfer zwinkerte mir zu, und im nächsten Moment verschwand der Tempel mit uns darin aus dem Unterwasser-Königreich.

Die dritte und letzte Warnung des Vorboten ging ins Leere.

Ende von Buch 12

Neue Vorbestellungen!

Urlaub in Pakyrion LitRPG-Serie
von Astrid Wolpers & Steffen Kempf

Awaken Online LitRPG-Serie
von Travis Bagwell

Die Kalandaha Chroniken LitRPG-Serie
von Jens Forwick

Freibeuter LitRPG-Serie
von Igor Knox

Töte oder stirb LitRPG-Serie
von Alex Toxic

Die ideale Welt für den Soziopathen LitRPG-Serie
von Oleg Sapphire

Der Weg des Heilers
Eine fortlaufende Fantasy-Buchreihe
von Oleg Sapphire und Alexey Kovtunov

Der Ehrenkodex des Jägers
Eine fortlaufende Fantasy-Buchreihe
von Oleg Sapphire und Yuri Vinokuroff

Ich werde Imperator sein
Eine fortlaufende Fantasy-Buchreihe
von Yuri Vinokuroff

War Eternal – Krieg in alle Ewigkeit
Ein militärisches LitRPG-Weltraumabenteuer
von Yuri Vinokuroff

Zum Aussterben verdammt
von James D. Prescott

Saga Online LitRPG-Serie
von Olver Mayes

Ein Student will leben LitRPG-Serie
von Boris Romanovsky

Erbe des goldenen Blutes
Eine fortlaufende Fantasy-Buchreihe
von Boris Romanovsky

Survival Quest LitRPG-Serie
von Vasily Mahanenko

Galaktogon LitRPG-Serie
von Vasily Mahanenko

Welt der Verwandelten LitRPG-Serie
von Vasily Mahanenko

Der Alchemist LitRPG-Serie
von Vasily Mahanenko

Clan der Bären LitRPG-Serie
von Vasily Mahanenko

Todgeweiht (Freiherr Walewski: Der Letzte seines Stamms)
LitRPG-Serie
von Vasily Mahanenko

Der dunkle Paladin LitRPG-Serie
Von Vasily Mahanenko

Außenseiter LitRPG-Serie
Von Alexey Osadchuk

Spiegelwelt LitRPG-Serie
von Alexey Osadchuk

Das letzte Leben Progression-Fantasy Serie
von Alexey Osadchuk

Kräutersammler der Finsternis LitRPG-Serie
von Michael Atamanov

Unterwerfung der Wirklichkeit LitRPG-Serie
von Michael Atamanov

Die Allianz der Pechvögel LitRPG-Serie
von Michael Atamanov

Perimeterverteidigung LitRPG-Serie
von Michael Atamanov

Der Weg eines NPCs LitRPG-Serie
von Pavel Kornev

Die Triumphale Elektrizität Steampunk-Serie
von Pavel Kornev

Phantom-Server LitRPG-Serie
von Andrei Livadny

Der Neuro LitRPG-Serie
von Andrei Livadny

Disgardium LitRPG-Serie
von Dan Sugralinov

Nächstes Level LitRPG-Serie
von Dan Sugralinov

Projekt Stellar LitRPG-Serie
von Roman Prokofiev

Der Spieler LitRPG-Serie
von Roman Prokofiev

Der Nullform RealRPG-Serie
von Dem Mikhailov

Der Krähen-Zyklus LitRPG-Serie
von Dem Mikhailov

Herrschaft der Clans — Die Rastlosen LitRPG-Serie
von Dem Mikhailov

Sperrgebiet LitRPG-Serie
von Yuri Ulengov

Im System LitRPG-Serie
von Petr Zhguyov

Die Kampfstrategien der Nadelstich-Enthusiasten
LitRPG-Serie von Alexander Romanov

Aufgetaut (Unfrozen (LitRPG-Serie
von Anton Tekshin

Alpha Rom LitRPG-Serie
von Ros Per

Das Netz der verknüpften Welten LitRPG-Serie
von Dmitry Bilik

Einzelgänger LitRPG-Serie
von Alex Kosh

Der verzauberte Fjord Romantische Fantasy
von Marina Surzhevskaya

Vielen Dank, dass *Disgardium* gelesen hast!

Weitere deutsche Übersetzungen unserer LitRPG-Bücher werden schon bald folgen!

Um weitere Bücher dieser Reihe schneller übersetzen zu können, brauchen wir Deine Unterstützung! Bitte schreibe eine Rezension oder empfehle *Disgardium* Deinen Freunden, indem Du den Link in sozialen Netzwerken teilst. Je mehr Leute das Buch kaufen, desto schneller sind wir in der Lage, weitere Übersetzungen in Auftrag geben und veröffentlichen zu können.

Bitte vergessen Sie nicht, unseren Newsletter zu abonnieren:
http://eepurl.com/dOTLd1

Sei der Erste, der von neuen LitRPG-Veröffentlichungen erfährt!
Besuche unsere englischsprachen Twitter- und Facebook LitRPG-Seiten und triff dort neue sowie bekannte LitRPG-Autoren:
https://twitter.com/MagicDomeBooks

Deutsche LitRPG Books News auf FB liken:
facebook.com/groups/DeutscheLitRPG

Erzähle uns mehr über Dich und Deine Lieblingsbücher, schau Dir die neuesten Bücher an und vernetze Dich mit anderen LitRPG-Fans.
Bis bald!

Printed in Poland
by Amazon Fulfillment
Poland Sp. z o.o., Wrocław

35395643R00280